倚楼曌

火莲圣女

上

玉琪 著

中国友谊出版公司

图书在版编目（ＣＩＰ）数据

倚楼嬰／玉琪著. –– 北京：中国友谊出版公司，2020.5

ISBN 978–7–5057–4480–6

Ⅰ．①倚… Ⅱ．①玉… Ⅲ．①侠义小说－中国－当代 Ⅳ．①I247.5

中国版本图书馆CIP数据核字(2019)第282395号

书名	**倚楼嬰**
作者	玉　琪
出版	中国友谊出版公司
发行	中国友谊出版公司
经销	新华书店
印刷	北京中科印刷有限公司
规格	880×1230毫米　32开
	15印张　360千字
版次	2020年6月第1版
印次	2020年6月第1次印刷
书号	ISBN 978–7–5057–4480–6
定价	68.00元
地址	北京市朝阳区西坝河南里17号楼
邮编	100028
电话	(010) 64678009

目录

引子   1

第一章   三人聚首入江湖   遥望帝都不见君   3

第二章   独立马鞍鞘迎敌   昊王府中白无忧   10

第三章   君心难猜忆白鸾   紫妃宫中独黯然   18

第四章   天下第六指甲红   白虎啸天惊鸾凤   27

第五章   书生难道天机徒   明教西北露真容   36

第六章   御花园中授机宜   无影飞剑欲夺命   45

第七章   白云出岫本无心   火莲竟与心意通   54

第八章   时过境迁月西沉   醉眼蒙眬念奴娇   64

第九章   王家有女已苍天   神游书生惹红颜   71

第十章   送君千里终须别   未曾拜师先收徒   79

第 十 一 章　　此情可待成追忆　　只是当时已惘然　　87

第 十 二 章　　西荒边境买酒人　　御机营前显峥嵘　　94

第 十 三 章　　折柳成剑破千敌　　白马世子风度翩　　102

第 十 四 章　　举世难寻玲珑指　　人间少有赤子心　　109

第 十 五 章　　天漠之中分天下　　圣女台前赐光明　　118

第 十 六 章　　风流债两笔勾销　　截书生一夫当关　　125

第 十 七 章　　柳相木师显真身　　天漠深处落难人　　135

第 十 八 章　　大音希声不留尘　　春雨如油莫等闲　　143

第 十 九 章　　孤直一剑惊四座　　刚过易折奈若何　　152

第 二 十 章　　论功绩天地正气　　谈人生刀客狂奔　　160

第二十一章　　灯明影绰人难忘　　凝眸笑靥凤求凰　　169

第二十二章　　云想衣裳花想容　　血做胭脂点绛唇　　177

第二十三章　　白塔传承一念间　　光明战罢天地变　　184

第二十四章　　冠绝古今四圣灵　　白沙地底藏光明　　192

第二十五章　　深渊堕入为谁忙　　城头夜羽有余香　　200

第二十六章　　　生死抉择惊春雷　　　母仪天下旧红颜　　208

第二十七章　　　香消玉殒君已老　　　落红满径雨未停　　216

第二十八章　　　温情暗藏春意中　　　书卷之外有痴人　　224

第二十九章　　　东方七星无心宿　　　神殿骸骨惊众人　　233

第 三 十 章　　　大明王饮恨天漠　　　赤玉螭复丁重生　　241

第三十一章　　　斗转星移玄武门　　　执名殿前魔音现　　249

第三十二章　　　圣女情定今生寺　　　日月当空少明王　　257

第三十三章　　　众人无奈陷囹圄　　　于无声处起惊雷　　265

第三十四章　　　武道巅峰天人境　　　明眸皓齿惊鸿影　　273

第三十五章　　　乌木逞威杀意浓　　　老臣少主终相见　　282

第三十六章　　　江湖情仇爱恨难　　　杀手之王红颜换　　291

第三十七章　　　巅峰对决生死结　　　旦夕祸福谁人知　　300

第三十八章　　　前世今生斩不断　　　杀机尽增美人心　　308

第三十九章　　　惺惺相惜不须识　　　同病相怜起仓皇　　317

第 四 十 章　　　天机舍命传衣钵　　　神兵力挽有缘人　　326

第四十一章　　携神兵重见天日　　得消息心急如焚　　335

第四十二章　　九州当兴蔷薇生　　晚霞深处藏旖旎　　343

第四十三章　　问世间情为何物　　直教人生死相随　　351

第四十四章　　真情实意空欢喜　　红颜薄命惹人怜　　359

第四十五章　　只身打马过草原　　芙蓉帐暖度春宵　　368

第四十六章　　重现江湖玄阴功　　山雨欲来风满楼　　376

第四十七章　　白银闪耀大明军　　暗度陈仓日月兴　　385

第四十八章　　遇善缘义结金兰　　恨无边风尘相见　　393

第四十九章　　残阳如血记相思　　以身破局为收官　　401

第 五 十 章　　人心如弦鸣不平　　君情已晚空余恨　　409

第五十一章　　皇族英姿双雄会　　圣女蹁跹独倾城　　417

第五十二章　　将军百战犹不敌　　绝世清音与谁听　　425

第五十三章　　红袍招摇屠苍生　　赤发成妖西北城　　434

第五十四章　　身死道消终不悔　　看破红尘执子归　　443

第五十五章　　神游太虚登天去　　明月秋池倚楼罂　　451

引子

唐多令·倚楼曌

白虹贯日头，深宫冷千秋。空琴弦藏月狐愁。踏马江湖寻帛锦，小心思，盼白首。

刀剑问去留，拂衣念红袖。算天机狼烟九州。山外青山楼外楼，书生气，自风流。

第一章

三人聚首入江湖　遥望帝都不见君

　　张秋池蹲在客栈门口，眼前是一个五十岁左右的落魄男子。男子看着不像乞丐，他高大的躯干与瘦削的脸庞极不相称。这个男子在张秋池进入客栈之前就坐在这里，看着来来往往的人流和进出客栈的客人，没有开口说过一句话。如果不是花白而杂乱无章的胡须与身上褴褛的衣衫出卖了他，甚至没有人会认为他是一个窘迫不堪的人。

　　可他的确不是乞丐，人若不是到了走投无路抑或无可奈何的境地，谁都不会将生命交到别人的施舍之中。张秋池看得出来，这个男子不愿意放低自己，也不愿意就此死去，所以他才安安静静地坐在客栈门口，寻找那份可望而不可即的希望。

　　张秋池蹲下身子，平静地看着男子，递过去两个刚刚出屉的馒头，为这个初春添加了一丝温暖和香味。男子望着张秋池手中热气腾腾的馒头，极其缓慢地伸出右手在破旧的脏衣服上搓了搓，小心翼翼地从张秋池手中拿起一个馒头。男子依旧没有说话，他用自己青黄脸颊上坚毅的眼神表达了谢意。张秋池回头望了客栈一眼，看着手里的馒头对男子点了点头，男子似乎犹豫了一下，然后略带腼腆地拿走了另一个馒头。只是这次，男子不忘向张秋池点头示意，他的嘴唇微张，干涸的喉咙发不出一丝声音。张秋池对男子微微一笑，轻轻拍了拍他的肩膀，然后站起身来走进客栈。

坐回自己的位子后，整张桌子的氛围还是一如既往的寂静。于是，张秋池很自觉地说："我少吃两个。"话刚说完，张秋池才注意到今天早上每个人的盘子里也只有两个馒头，他顿时有些尴尬起来，只好伸手摸了摸头，然后眼观鼻，鼻观心。

果然，还是和之前一样，小伍伸过一只手，然后张秋池的盘子里便多出一个馒头来。张秋池扭头看了一眼正挑眉望着自己的小伍，微微一笑，没有任何推让，却在桌子下面做了一个除了小伍谁也看不到的动作。见到张秋池的大拇指之后，小伍心满意足地抽了一下鼻子，拿起自己仅有的那个馒头美滋滋地咬了一大口，张秋池也毫不客气地拿起盘子里的馒头嚼了起来。

虽然从帝都出来已经合伙很多天了，可每次看到张秋池和小伍这番有福同享的画面，小清总忍不住要翻白眼。她偷偷看了看自家小姐，凤儿姑娘好像什么都没有看见，只是用一块白丝巾包起一个馒头起身回房去了。待凤儿姑娘离开之后，小清忍不住冷哼了一声，也同样用丝巾裹起一个馒头，离去之时不忘对小伍和张秋池说道："我家小姐饭量小，吃一个就够了。"然后将凤儿姑娘留下来的馒头推到桌子中间，想了想，又补了一句，"我饭量也小"，再将自己盘中的馒头也推到桌子中间。

追上自家小姐后，小清噘起小嘴闷闷不乐。凤儿姑娘没有回头，随意问道："你觉得张秋池这个人怎么样？"

"没有本事还喜欢做好人，真是百无一用。"小清熟知自家小姐的脾气，平时就算自己心里再不痛快也不敢乱插嘴，可是既然小姐问了，那她可就不客气。自相遇以来，这个书生就对人间的一切悲情苦事放不下心，只要他看到了总会想法子凑个热闹。结果则让本来一穷二白的张秋池变得更加清白，往往还要捎带上几个搭伙的人也跟着慷慨起来。想到这里，小清反而对那个自称要成为"荣朝第一刀"的小伍高看一眼，毕竟这个半吊子刀客从来都只会量力而行。或许，这就是江湖人士与书生的区别。书生爱意气用事，而在江湖中逞强便意味着生死。

凤儿姑娘突然停下脚步，说了一句与之前不大相干的话。"不知道这场战争会持续到什么时候。"凤儿姑娘没有告诉小清，门口那个落魄至极的男子并非乞丐，而是难民。荣朝与大月氏之间的这场战争已经持续整整三年，新皇白泓也登基三年了。因为这场战争，逐渐强盛的荣朝遭遇了自太祖白颢建国以来最严重的一次考验，现在连难民都流窜到帝都附近，可见边境传来的好消息并不那么让人放心。

"小姐不用担心，大荣国力强盛，新皇只是拿那大月氏砥砺己身，毕竟我朝以武兴国。更何况，听说不觉王爷的半国之军还没有任何动静。"小清从小跟着凤儿姑娘生活在帝都，聊起这些对于平民百姓来说高深莫测的事情反而毫不避讳。

"重大义是好事情，至少比那些迂腐酸儒要好些。"凤儿姑娘想到自己也是第一次从帝都出来，踏足传闻已久的江湖，不由得摇了摇头，叹息道，"可惜，这里是江湖。"

"可不是嘛。"小清听得自家小姐对张秋池的这份评价，心里痛快极了。

对于凤儿姑娘和小清的讨论与评价，张秋池自然不会知道。此时，他正努力消灭小清留下来的那个馒头，因为这个馒头同样是小伍从桌子中间拿过来丢给他的。原来张秋池还有些犹豫，同行六人之中，张秋池和凤儿姑娘、小伍都算是刚入伙的，而从头到尾做主的是另外两位老先生。一位是会做木匠活的车夫，叫木柏松，大家称呼他为木先生。另一位是个相士，叫柳星张，大家称呼他为柳先生。而两位老人之中，又以木柏松更有主见一些，擅长掐指算卦的柳星张不大爱说话，用他自己的话说就是天机不可泄露。

所以当小伍一手一个，抓着桌子中间的馒头望向二老的时候，木柏松说了一句"年纪大了，吃不下太多"，就等于承认了这两个馒头归小伍所有。张秋池从来没有想过小伍为什么总是将小清留下的食物给他，而把凤儿姑娘的据为己有。当然，张秋池目前是想不通也想不到的，他只是一个书生，一个不会武功，只会读书写字的善良书生而已。

"我说秋池老弟，你怎么想着要去楼外楼呢？要知道，天漠之中危机四伏，别说你一介文弱书生，便是江湖人士行走其间，也有性命之忧啊。"木柏松刚啃完自己的两个馒头，正捧着客栈伙计新沏的热茶啜着。

"啊！"张秋池听到"老弟"这个称呼，差点将干瘪瘪的馒头哽在喉间。在张秋池看来，木柏松无论年龄、资历，都不是自己这个初出茅庐的书生可以相比的，所以听到老车夫如此不见外的称呼，顿时有点受宠若惊。张秋池使劲咽下喉间的馒头，端坐身子，认真回答："学生一心求学，希望寻求人世大义，为天下百姓请命。然二十年来阅遍天下公认之书，未偿所愿，听闻天漠之中有一座堪称世间无双的楼外楼，就想亲自去一趟，好好领略一番传闻中高出世间一等的文治武功。"

听到张秋池的回答，木柏松摸着山羊胡，点了点头，又转头看向捧着馒头舍不得吃，嗅了又嗅的小伍。别看小伍平时没个正形，现在又沉醉于馒头之间，可他毕竟是练武出身，耳听八方的境界未必有，可眼观六路的功夫还是在的，感觉到山羊胡老头看向自己，小伍赶紧放下馒头，也学着张秋池的样子正襟危坐，道："我呢，很简单。就是想到传说中的楼外楼学些江湖传闻中的刀法，远的不说，最起码也要练成一两套绝世刀法。等下次再回帝都，至少在荣朝武林之中有立足之地。"

"你不是说去了楼外楼以后，要成为荣朝第一刀吗？"张秋池有些疑惑地问道，对小伍难得的谦虚有些不太适应。

"你懂什么，你以为练武跟你们读书一样吗？读了几本书就可以说自己为了天下大义，反正文字也砸不死人。可江湖中的地位是一刀一剑拼出来的，而且跟练武时间早晚长短都有关系，练得越早、时间越长就越有优势，像我这个年纪要是能在荣朝混出点名声，就算是武林之中的后起之秀了。"说到这里，小伍瞄了眼桌对面的两个老头，见他们没有什么反应，想到这一路上自己心里对张秋池这个书生还是蛮器重的，虽然书生大部分时间显得呆头呆脑，可真遇到事情，也从没退缩过，身上还真有符合自己口味的那么一丝侠气，虽然很多事情在小伍看来都不是真正的侠士所为，毕竟自己到现在也没做过什么惊天动地的大事。

"或许你们读书人不知道，以为楼外楼是个好地方。其实呢，楼外楼也的确是个好地方，不过在我看来，它就是一个为江湖人准备的好地方。因为，每隔五年江湖中的八方高手排名便由楼外楼裁定，几十年来也没听说楼外楼给你们读书人排个先后。你说是不是？"小伍还想再劝劝张秋池，自己选择了习武自然不怕死，可他内心深处很不希望张秋池糊里糊涂地钻进江湖中。就算你张秋池不怕死，可书生混江湖，除了会写一个"死"字，真的一无是处。

"读书不分先后，自然也就不需要排名了。虽然我不知道你说的江湖八方高手都是哪些人，可我们读书人有一个天机子老前辈，名气还是挺大的。"张秋池才思敏捷，自然知道小伍后头那些话的意思，可他也要表达自己的意思。他读书不为自己，或者说开始的时候也并不一定为了苍生，只是为了报恩。当年那个和蔼的老人，随口几句话便让一个孤苦伶仃的孩子坚持活了下去，而且活得很有意义，至少这个孩子现在已经懂得了人生的一些大义。

这一次小伍没有接话，因为他没办法接。张秋池作为读书人，当然知道位于东海山羊宫的宫主天机子是公认的天下第一读书人，可小伍更知道自从楼外楼诞生以来，在江湖八方高手的排名上，从第三到第八都有确切的人物，而第一和第二从来没有定数。江湖传闻未定的两人一个是楼外楼的大楼主，另外一个便是读书第一的天机子。无论真正的排名怎样，天机子作为文武双全的天下第一人都是毫无疑问的。想到这些距离自己遥不可及而又心生向往的人物，小伍顿时有些精神摇曳，做着一个年轻人该有的遐想。

这时，木柏松手里的茶水也喝得差不多了。他放下茶杯，清了一下嗓子："老朽活了几十年，也略有耳闻，听说那楼外楼不仅在文治武功上让人敬服，连琴棋书画医词歌卜都有独到之处，甚至酿酒都能酿出天下少有的天漠西荒酒，确实厉害，不佩服不行啊。"

"厉害得让人觉得有些可怕。"从来惜字如金的柳星张突然开口说道。

"你柳星张卜卦卜了一辈子，可曾算到自己有一天会主动去楼外楼？江湖的可怕之处在于未知，楼外楼将一切实力展现在世人面前，就是想以大势服众。再说，它选择在天漠扎根，立足于荣朝、大月氏、旭三国之间，无非是想超然物外。这些自诩世外高人的心思，我木柏松活了大半辈子，多少也可以理解一些。"

"善。"柳星张没有再跟木柏松扯下去，继续掐着手指独自乐在其中。

于是，四个人里面，小伍发呆，柳星张闭目养神，木柏松一口气喝干茶水，无所事事地嚼着茶叶。

张秋池望着他们，不由自主地微笑起来。他从一个孤儿长大成人，靠的是自己和自己手里的书。他从书中懂得了人生的大道理，懂得了人生无常的小失意，更懂得了人生一世应该有所追求。在走遍荣朝各地之后，张秋池也看尽了所有的风景，他想去更远更神秘的地方走走，身体力行，不虚此生，更何况现在他并非孤身一人。自从在帝都揭下楼外楼招人的榜单后，张秋池完全没有想过自己会被楼外楼相中，然后与他们四个一起踏上前往天漠楼外楼的路途。张秋池认认真真吃完剩下的馒头——他从不浪费任何东西，尤其是粮食。

初春时节，哪怕是在战事不断的年岁，帝都百姓依旧自由自在地生活在喧嚣繁华里。没有人在意这春寒之中，护城河旁的柳树已悄悄绽放新芽，绿意暗藏，更别提前几日那四个年轻人和两个老者，离开这里向西而去，与帝都渐行渐远。

第二章

独立马鞍鞘迎敌　昊王府中白无忧

用罢早点，等凤儿姑娘与丫鬟小清收拾妥当，一行六人再次动身。这里仍属京畿地区，离西面的天漠还远得很。幸好从帝都出来的时候，家境丰殷的凤儿姑娘带着一辆马车，原本驾车的车夫被楼外楼安排在帝都的接引使拦了下来，理由很简单，楼外楼只允许五人独身前往。因为凤儿姑娘是个女子，接引使破例允许小清随行，至于能跟到哪里，谁也不知道。

木柏松和柳星张坐在车厢外面，木柏松一手拉着缰绳，一手轻松惬意地虚挥马鞭，活脱脱一副老把式。柳星张就坐在木柏松旁边，身后靠车厢的位置横放了一幅"卜吉问凶"的占卜幡。小伍独人独骑在马车四周游荡，腰上那把二尺见长的短刀，随着身体起伏有节奏地拍打在马背后侧。

小伍身下这匹马原本是驾车的两匹马之一，因为他不愿学张秋池的样子与凤儿姑娘和小清坐在车厢里面，也不想跟两个老头在车辕上挤，便从木柏松那里讨来这匹黑褐骏马，昂首而潇洒地颠簸上路。小伍嘴里叼着根野草秆子，随着骏马的节奏放松全身的肌肉，可以最轻松最舒服地骑在马背上。这也是小伍这几天自己琢磨出来的，免去了前几日双腿紧夹马腹遭的罪，毕竟像他这样独自在江湖漂泊的游子，真正骑上高头大马的时间也就这几天。这也是小伍看张秋池还算顺眼的原因之一，同是天涯沦落人，能遇到也是一场缘分。

想到这里，小伍这些天不止一次心生怨愤，书生也有书生的好处，可以光明正大地坐在车厢里。虽然小清那丫头脾气不是太好，可长得还真是养眼呢。更何况还有知书达理、贤淑可人、秀外慧中的凤儿姑娘。小伍几乎将自己听过的赞美之词都用上了，还觉得不足以表达凤儿姑娘在自己心目中的形象。记得刚认识的第二天，小伍就挖空心思向张秋池讨教怎么形容凤儿姑娘，张秋池听了半天也不知道小伍想要做什么，最后被逼无奈只好模糊地来了一句"只可意会不可言传"，正是这句话让小伍对这个同是孤儿又是同路人的书生刮目相看起来。

小伍不自觉咬断一截草秆，用力吐向远处，趁着骏马打响鼻摇头晃脑的机会，偷偷瞄了眼车厢，除了在尘土飞扬中轻摇的碎花帘子，什么也看不到。小伍心中涌出一股懊恼，一股说不出的滋味。想到张秋池此时可能正与凤儿姑娘谈天说地，小伍突然间对这个书生有些羡慕，黑褐骏马一声低低的嘶鸣，驮着吐掉草秆子的小伍朝前跑去，渐渐将马车甩在身后。马背上小伍的背影愈发挺直，隐隐透着一股英气，既然这里是江湖，就该拿出江湖人的气概，这里的儿女也该是江湖儿女。二尺短刀欢快地在空中跳跃，和它的主人一样，完全注意不到马车碎花窗帘后小清那张充满戏谑的小脸。

小清放下手里的一角帘子，满脸古怪地看着正襟危坐的张秋池。凤儿姑娘坐在车厢居中的位子上，她自然只能与张秋池坐在对面。其实，车厢里的张秋池丝毫没有小伍想象的那番绮丽光景，这些天来，张秋池在车厢内没和凤儿姑娘说过一句话，即便是对面那个经常与小伍斗嘴的小清，也难得与书生磨嘴皮子。望着规规矩矩的张秋池，小清心里不禁暗自得意：看你忍得住几时。江湖武夫也好，白面书生也罢，遇到惊为天人的自家小姐，哪个不是神魂颠倒、窘态百出，就像刚才帘子外面那个逞硬气的无赖刀客，还不是每天在车厢外面酸溜溜地转悠。你张秋池倒好，一句话不说，看不把你憋死。小清瞟了小姐一眼，凤儿姑娘正认认真真地看着茶几上那本古琴谱，完全不在意小丫头那点自娱自乐的心思。

凤儿姑娘正在看的古琴谱是《碣石调》，而且是极为罕见的古字真迹拓本，由此可见凤儿姑娘的家世定然十分显赫，再说，从帝都出来的年轻男女，哪一个不是寻常人家望尘莫及的呢。凤儿姑娘如此精于琴技，并非只是个人的品性和爱好，主要是为了真正进入楼外楼。像张秋池和小伍可能不清楚，可凤儿姑娘这样有钱有势的主自然知道，接引使引荐的人抵达楼外楼后，能不能进入还要看你有没有资格。这个资格说起来很简单，就是你要能够拿出让楼外楼心动或者感兴趣的东西，以此为筹码才可以从楼外楼获得你所需要的东西。柳星张说楼外楼厉害得让人觉得可怕是有道理的，因为世间商人只要能够付出相应的代价，几乎能够从楼外楼获得自身所需要的一切。真的是一切，甚至包括个人生死和世人讳忌莫深的国家兴衰。

张秋池一直保持沉默，没有闭眼假寐，他不会禅法也不会武功，闭上眼睛确实一点意思也没有。小清不停地东张西望，几乎看遍了这个小空间的任何一个地方，掀掀帘子打打盹，可一旦回过神来就看到张秋池那张年轻白净而又令她不喜的脸庞，她可不知道张秋池根本不是在看她，而是在心里默背以前读过的书。时间久了，小清也发现书生明亮的眼瞳里面没有丝毫违乱之情，竟然在走神，她大感无趣，闲来无聊的时候，偶尔也伸出一根手指在张秋池面前晃动一番，却都是无功而返。凤儿姑娘看了大半天古琴谱，似乎觉得有些乏了，伸出两根手指掐了掐眉心，小清见着，正准备起身伺候，马车却停了下来，车厢外传来几道粗犷的嗓音。听这架势，不像是好事。

"唉，我说柳老弟，你说我们都这一大把年纪了，你又穿着这么寒酸，他们总不会还打我们的主意吧。"木柏松看着前面一队拦路的盗贼，对身着一袭青里泛白长衫的柳星张说道。柳星张根本懒得搭理，木柏松原本想的这出双簧无疾而终。其实，两个活了一个多甲子的老头，一眼就看出这队剪径的盗贼中没有什么高手，都是些出身行伍会些把式的粗人。粗人的目标自然不会是他们两个，也不会是小伍，因为小伍正一马当先地被这群粗人嫌弃。

"小子，这里离帝都不远，我们京华帮也是有规矩的。今天我们是劫人不劫财，劫女不劫男，看你挎把刀也该明白这个理，赶紧走你的。"领骑的副手是一个身材魁梧的黑脸汉子，看到自己这边人马冒出来，黑褐骏马上这个愣头小子还独独立在面前，顿时忍不住呵斥起来。

小伍故作深沉地叹了一口气，拽着缰绳，斜眼望向盗贼身后的远方，摇了摇头。如是等了片刻，就在黑脸汉子不耐烦之际，小伍终于转过头来，轻飘飘地说了一句："然后呢？"

"什么然后？"黑脸汉子明显不知道这厮弄的是哪出。

"我是说如果我不走，你打算怎么办。"小伍没好气地解释说。他这才发觉读点书还是有用处的，至少跟张秋池说话就不用这么累。当然，张秋池对与小伍说话是如何感觉的只有天知道了。

"你干吗还不走！"黑脸汉子坐在马背上，几乎要跳起来。这句话让小伍微微一怔，差点从马背上栽下来，这才发觉江湖还可以这样子玩。不过小伍不愧是孤身摸爬滚打长大的，不假思索，便将自己调整到与对方一般无二的水平。小伍朝黑脸大汉一抱拳，大声道："这位好汉有所不知，在下座下这匹千里良驹叫'黑旋风'，乃车内姑娘赠送之物。俗话说士为知己者死，现在这位姑娘有难，我怎能一走了之？"说完，小伍脸色微红，内心却活跃异常。黑脸汉子听完深以为然，竟然还点了点头，这时车厢内小清不合时宜地啐了一声，顿时让红脸更红，黑脸更黑。

发觉遭人调戏之后，黑脸大汉也不废话，不等首领下令，便双脚一夹马腹，策马向小伍杀来。行进途中，右手顺势从马腹刀鞘内抽出一把大背刀，临近之时，左手松开缰绳，改由双手握刀，刀背向前，刀刃在后，狠狠对着小伍砸了下去。黑塔般的影子向小伍迎面扑来，在刀背临身之际，小伍双脚蹬实马鞍，腰间二尺短刀连刀带鞘同样双手迎上，只听"叮当"一声，两把刀就这样僵持在空中，木柏松看到小伍与黑脸汉子相比，略显单薄的身体在大背刀强压之下依然稳如磐石，不禁摸着山羊胡点点头。

黑脸汉子眼见自己全力一刀未曾建功，脸有怒色，身体前倾，双手再次蓄力下压，希望这个乳臭未干的小子掉落马背，不料就在黑脸汉子发力之时，原来双手持刀的小伍竟然收回左手，右手改握刀为托刀，二尺短刀连刀带鞘一起在右手掌心旋转起来，几圈下来，顿时将黑脸汉子的刀势化解得干干净净，小伍趁机将刀势向左侧牵引，黑脸汉子连人带刀不由自主地飞离马背。不承想，黑脸汉子果断弃刀，在空中双手为爪，凶狠地扑向小伍，妄图将这小子一同拽下马来。可小伍毕竟练习过正宗刀法，岂是寻常武夫能够相比，不待黑脸汉子近身，单腿站立马鞍之上，右脚朝黑脸汉子腰部轻轻一点，一尊黑乎乎的人影便结结实实摔在地上。正因为黑脸汉子之前用的是刀背，不存杀意，小伍这一脚也用的是巧劲，黑脸汉子虽然摔得狼狈，却并无大碍。

听得外面的动静，小清忍不住掀开帘子看了一眼，刚好看到一团影子从空中跌落，待看到黑脸汉子悻悻然爬起身来，小清忍不住咯咯大笑。黑脸汉子狠狠瞪了小清一眼，小清也不甘示弱地瞪了回去，然后甩手将帘子放下，从头到尾没有看在马背上挺立了半天的小伍一眼。小伍眼见小清钻回车厢，低下头来龇牙咧嘴，短刀依旧挂在腰间，右手藏在身后忍不住微微颤抖。以小伍那绵薄的内力，硬生生扛下黑脸汉子双手蓄力的刀势，自然不会好受。

黑子汉子捡起大背刀，牵着坐骑走回盗贼之中，盗贼首领没有责备也没有说话。首领看了看端坐马背稳如磐石的小伍，又在木柏松和柳星张身上打量一番，自觉自己这些人可能连车厢里的人都见不到，干脆一打手势，一群异常憨厚的盗贼就这样来也匆匆，去也匆匆。只留下还在思量接下去如何表现的小伍，眼睁睁望着盗贼离去的背影在晨风之中独自哀怨。

帝都，一座精致绝伦但并不奢华的花园之中，一位身着浅色底纹，镶淡黄金边白色华袍的年轻人正在园中逗弄一只金丝雀。初春之际，深处北地的帝都气温普遍偏低，花园中的绿意也极其稀少，令人惊奇的是，在这番光景之下，倒是还有不少颜色各异的花卉迎寒而开，皆是世间少有的稀奇品种。年轻人逗弄了一会儿金丝雀，便坐到园中纯白大理石圆桌茶几上拎起小火炉上温着的酒壶，自斟自酌起来。如果边上有一位在江湖中厮混已久的老酒鬼，一定可以从空气中飘荡的暗香闻出来，年轻人喝的酒便是楼外楼独家酿制的西荒酒。武林之中，除了楼外楼，能够喝到西荒酒的屈指可数。而武林之外，能够喝到西荒酒的只有那些地位非凡的王公贵族。

就在小伍一行遭遇盗贼不久，一只玲珑可爱的青雀飞进花园，扑楞着翅膀径直飞到大理石茶几上，望着即将送酒入口的年轻人，昂首注视。年轻人无奈，只好将手中的酒杯送到青雀面前，任由青雀埋首酒杯之中。良久，青雀将小脑袋从少了一半酒水的杯里抬起来，欢快地叫了两声，才把一张卷得极小的信笺从翅膀之间抖落下来。年轻人忍不住摸了摸青雀的脑袋埋怨起来："玲珑啊玲珑，你还真是长不大啊，这么多年过去了，还是这么小。"青雀抬起头，睁着眼睛没有任何表示，惬意地用满是酒香的细长喙子自顾自梳理翅膀下的羽毛。

年轻人打开信笺，看完之后顺手一撮，信笺便不知所终了。然后，年轻人脸上带着一副计谋得逞的小小得意，向花园外走去。外面，是围绕着花园而建的不知方圆几何的王府，荣朝的百姓都知道，帝都除了那座名闻天下的白帝楼，便是这座规模宏大的王府最为著名，这座王府叫昊王府，乃荣太祖白颢御赐。王府的主人叫白不觉，乃荣太宗白羿的亲哥哥，当今皇帝白泓的皇伯父。那么，能够自由出入昊王府百花园的年轻人只能是白不觉的独子白无忧了。白无忧离开花园的时候，还不忘善意地提醒一句："你可别贪杯，小心喝醉了让天上的鹰隼叼了去。"

名叫玲珑的青雀正在偷偷喝酒，听到白无忧的话，一个激灵抬起头，四处张望一番。很快，青雀抖了抖羽毛，若无其事地用翅膀把酒杯扒拉过来，继续埋首其间。

昊王府内，名震荣朝的王爷白不觉穿着一身素白的长衫，长衫之上并无丝毫装饰，反倒衬托出白不觉的超凡出尘。看到白无忧面带笑意地走过来，正在观看国势地图的白不觉随意问道："你又去逗那个丫头了？"嗓音深沉稳健，威而不严，亲而不近。

"我只是想让她知难而退，再说，我这样做既是帮陛下，也是帮父亲您啊。"白无忧笑嘻嘻地回答。

"哈哈，是吗？陛下发动这场大战的原因为父大致能猜到，可为父想做的事你就未必知晓了。"白不觉轻轻笑道，"再说，月狐那丫头的心思你难道一点都猜不着吗？"

"女孩子的心思比玲珑还要磨人，我就不猜了，反正我知道一点，有时候你不让她做什么她却偏要做什么。"

"有点道理。"听了白无忧的话，统领荣朝半国兵马的白不觉难得地点了点头，"这样也好，你们年轻人的小打小闹为父就不掺和了，只是你要记住一点，我们白氏的眼光不能太短浅，至少不是现在的荣朝能够容得下的。"

白无忧没有说话，望着包含荣朝、大月氏、旭三国国土的国势地图，嘴角微微含笑。

第三章

君心难猜忆白鸾　紫妃宫中独黯然

　　荣朝与大月氏的战争已经持续三年有余，哪怕以荣朝广阔疆域和强大国力，也终究受到了战争的影响，以至民间流传着一种说法，在九州大陆东方建国五十年不到的大荣似乎从白颢、白羿的"颢羿盛世"之后，在新皇白泓的手上将会由盛转衰。毕竟凭借荣朝的军事力量，三年时间内竟然与内乱不已的大月氏旗鼓相当，双方互有小规模胜负，荣朝虽说总体占优，但一直绕不过大月氏的天堑之地新月谷。

　　当然，这只是极少数人的见解，不过由此也可看出新皇白泓毕竟不像太祖开国、太宗拓疆那般让人敬若神明。实际上，在朝堂之上甚至在大部分知晓内情的人心里，对新皇即位之初便发动战争一事反而没有多大意见，很大一部分原因在于经过"颢羿盛世"的积淀，荣朝国内政事稳定、军心团结，对于新皇御驾亲征大月氏的事情，相当一部分老臣都很明白，新皇只有在文治武功上有所突破才能在皇位上真正坐稳，而且荣朝以武立国，在三年战争的刺激下，不少年少气盛的男子都积极应征入伍，希望在新皇手下建功立业。

其实，让整个荣朝真正安心的是那位从太宗白羿以幼胜长即位后便改名不觉的王爷，昊天王白不觉与太宗一起随太祖征战整个九州大陆，自太祖之后一直手握荣朝半国兵权，令人惊讶的是，白羿、白不觉兄弟在太祖西去后仍然亲密无间，白羿精心文治，白不觉勤于武功，兄弟二人硬生生让荣朝疆土北至犬、狄不毛之地，南到苗、陵蛮荒之所，东濒大海，西接天漠，成为九州大陆自大明王朝之后疆域最大之国。所以，只要没有惊动昊天王白不觉便不算什么大不了的事情，何况应征入伍的青壮男子战死的少，升官的多，即便偶尔有边境城镇流窜四散的难民，可更多的百姓依然只是把这场战事作为茶余饭后的闲谈。更有极其支持新皇的一群人认为这场战争只是练兵之战，是为新皇白泓将来一统九州所做的准备。

无论外人如何揣测琢磨，荣月之战还是打到现在，而且依旧没有停息的苗头。对于帝都的百姓来说，这场战争最大的好处还是能够不时从西北方向迎来一些稀奇古怪的物件，而这些物件大部分都被帝都的皇亲贵族瓜分殆尽，以显身份。这几天市场上又涌入了一大批西北物件，让整个帝都着实沸腾了几天，很明显，这肯定是最新一批轮换的征边士兵回来了。或许，荣月之战对于荣朝来说，仅仅是盛世王朝用于娱乐的调剂品罢了。可这场战争对于皇宫来说，影响还是非常大的，因为皇宫里最多的是女人，而女人的心思最难猜测，更何况现在荣朝的皇宫之中还有三个与新皇白泓息息相关的女人。

荣朝皇宫里面，位于最西面的怡容宫恐怕是最尊贵的地方了，因为怡容宫的主人便是当今的皇太后。初春时节，整个怡容宫在香炉和暖炉的点缀之下，香而不腻，温和异常。怡容太后斜靠在凤榻之上，静静望着宫门的位置，她知道那个她看着长大的小男孩，在成为新皇之后，每次征边轮休回宫时都会按时来给自己请安。或许，在白泓心里，最想看到的人不一定是自己，而是与他一同长大的鸾儿，那不也是挺好的吗？白鸾是自己的亲生女儿，有白泓这个疼爱她的皇帝哥哥，自己这个做母亲的不也正好放下心来。可是，今天你可能要失望了。这样想着，怡容太后犹显绝色的脸上露出少有的温馨。

不一会儿，新皇白泓的身影果然准时出现在宫门外面，无须宫女通报，怡容太后很远就听到盔甲在行走时发出的声响，白泓请安的话还没说完，便听到了怡容太后免礼的声音。白泓站在凤榻旁边，穿着那身未及褪下的黄金战甲，在这暖炉香气之间，愈发显得英姿勃发。望着刚满二十五岁的新皇，怡容太后不由得心中一阵疼惜："你啊，长大成人，又当了皇帝，怎么还跟小时候一样急匆匆的，有许多事情是急不得的。"

"泓儿知道，"白泓将头盔放在身旁的茶几之上，坐下来继续说道，"听说太后身体不适，就先赶过来了，这身盔甲穿了三年，习惯了，不碍事。"

"哀家能有什么，哪次不是宫女太监为了讨哀家的欢心，故意夸大其词，看来下次怡容宫要整顿整顿了。"怡容太后淡淡笑道，坐直了身子，眉眼之间隐隐有些倦容，并无任何病态。

"其实也不怪他们，泓儿本就要来请安，早些也是应该的。现在除了太后怡容宫那几个，还真没人敢和我多说话了。"白泓想起那几个与自己和白鸾一同长大的宫女太监，才暂时放下征边的心思，稍微感受到皇宫这个家的存在。

"那怎么行，皇宫有皇宫的规矩，自古以来帝王总是走在孤家寡人这条路上。好在你们都还年轻，还有几年真心实意的日子，可要珍惜啊。"太后笑了笑，作为深宫之内的过来人，她怎能不清楚帝王家的孤独与无奈，"白鸾那丫头前几日偷偷溜出宫去，要是知道你今天回来，恐怕赶都赶不走了。"

说实话，自从进入怡容宫没有看见白鸾，白泓心里还是有些失落的，这个从小到大一直黏着自己的妹妹，从来都只对他这个同父异母的哥哥要好，连怡容太后有时候都会嫉妒一下。可是，随着白鸾渐渐出落成一位美丽的女子，她的心思便谁也猜不透了，连怡容太后都吃不准自己这个女儿心里到底在想些什么。平时在宫中，外表平静的白鸾在弹琴、看书，哪怕是发呆出神的时候，都会让一众同龄的宫女太监看得出神。记得上次征边回朝，白泓第一次看到心不在焉的白鸾望着天空怔怔出神，那份侧脸的单纯、恬静，让他也忍不住看出神了。宫女"咮咮"的笑声让白泓好不尴尬，然后，便是回过神来的白鸾乳燕投林一般飞扑过来，哪里还有半点先前遗世独立的样子，双手缠绕着白泓的脖子，让这位征边三年依旧平静如初的新皇顿时狼狈不已。

"要是去了那里，怕是我亲自劝她也不行。"白泓自然猜得到白鸾连他这个哥哥都可以不见而要去的地方是哪里。那里是超脱地域疆土限制的存在，是一个被江湖人士奉为圣地的地方，而白鸾去那里只是为了他，为了一个白泓自己一直在寻求的秘密。

"是啊，连你都劝不住，哀家更不行了。所以，这件事你心里别怨哀家，女大不中留，迟早会离家。"怡容太后说完这些，看到白泓的脸色变得有些古怪，忍不住笑道，"当年鸾儿被太宗封为月狐公主，你因为这事差点连太子都不做了，现在鸾儿替你去一趟天漠，有何不可？"

白泓没有说话，他不知道说什么合适，怡容太后从小待他便如亲生儿子一样，年幼之时，白泓见到那时还是怡容皇后的王逸蓉时，总会亲热地喊一声蓉姨。白鸾似乎也喜欢他对母亲的这种称呼，每次都会嘟着小嘴在一旁傻乎乎看着，然后，怡容皇后便会转过头看看这对年幼的孩子，轻轻笑笑，笑得真是好看，可惜白泓的父皇白羿一生都未见过这份倾国倾城的笑容。那时候，白泓不知道男女之情比君臣之礼更让人费解和头痛，现在他朦朦胧胧感觉到了一点，愈发觉得头痛。所以，刚刚听到怡容太后的言语，心里不禁升起一股荒谬又好笑的念头，白泓看着怡容太后笑了笑，不再想这件事情。

"哀家知道你现在很忙，不过有些话还是想说一说。鸾儿这次出宫其实也是我默许的，好多事情迟早是要解决的，何况荣朝现在大局看起来还算安稳，可湖面之下的暗流谁也不知道有多少。自古以来，再大的乱世也有安逸之人，再好的盛世也有流民，明白这点你也许会轻松一些。"白泓点了点头，怡容太后站起身望向怡容宫外，"别怪哀家今天多嘴，哀家跟鸾儿一样是最喜清静的人，不过鸾儿既然都愿意为了你踏足江湖，哀家也要帮点忙吧。"

"要不，泓儿让许绩将军留下来。"

"怎么，你是担心鸾儿呢，还是不放心哀家？"怡容太后白了白泓一眼。天下人或许不知道荣朝的将军里面有一个叫许绩的人，更不知道这位许绩将军空有一个将军头衔手下却空无一兵，可许绩这个名字在江湖人人皆知，因为楼外楼公布的天下八方高手里面许绩排名第三。

白泓识趣地不再提及此事。许绩乃先帝太宗白羿除了江山之外，留给白泓最宝贵的财富。只要这位稳稳占据天下第三的高手留在白泓身边，江湖武林对荣朝皇帝来说便不值一提，而传说能够争天下第一的山羊宫主天机子和楼外楼大楼主两个人，哪一个不是飘尘出世的存在，谁会无聊到来找荣朝皇帝的麻烦。所以，只要那两人不出，许绩便相当于天下第一，如果这样的高手跟着白鸾，不说万无一失也差不多了，想必就连楼外楼都会受到惊动。

"时间不早了，你也早些回去歇息。对了，这些天记得去看看阿紫，不然下次又不知道要等到什么时候，毕竟她还是我们荣朝现在唯一的王妃。"怡容太后说完，转身走回凤榻，白泓也告辞离去。

就在白泓离开之后，怡容太后回首望向那个还未消失的挺拔身影，喃喃自语，"以后不管鸾儿做什么，总是为了你好。"

皇宫正南，日头偏西，紫妃宫一片静谧，比颐养天年的怡容宫还要安静，大荣王朝的后宫难道都是这般波澜不惊吗？一位身着紫色华服的清贵妇人正在紫妃宫如意园中小憩，两个贴身的宫女也站得远远的，无人打扰，自得清闲。听说你昨日已回宫，先是去怡容宫与太后请安，后又到母妃殿给太妃娘娘上香，鸾儿不在宫中，难道连阿紫这里也不来吗？紫妃失神地磕着瓜子，她不会埋怨白泓，从来不会，怪只怪自己什么都不会，又能拿什么为这位视亲情更胜爱情的皇帝夫君解忧呢。

"紫妃娘娘，陛下已到紫妃宫，正在等候娘娘过去。"一位灵巧的小宫女匆匆赶来禀报。紫妃放下一颗即将入口的雀舌瓜子，温柔回道："先去回话，说阿紫一会儿便到。"紫妃无论在白泓面前还是宫女太监面前，从不自称哀家，她不想过哀伤的日子，哪怕这种深宫独居的生活，在她看来还是有盼头的，比如说征边回朝的时候，新皇什么时候会来看她，比如说今年春去秋归的日子，又会陪太后去哪些稀奇的地方走走。总之，皇宫中的寂寞是人自找的，只要拥有一颗不寂寞的心，就会看见天空不一样的颜色。

算起来，紫妃与白泓成婚已经五年了，在新皇登基之前，二十岁的太子白泓迎娶了大他五岁的阿紫。如今新皇二十五岁，而阿紫却快三十了，遥想当年，年长五岁的阿紫正值华年，却每天带着一个男孩和一个女孩在皇宫之中玩耍，任何地方都可去，任何人都会行礼，两个孩子任何时候都离不开自己。那个男孩叫白泓，是太子。女孩叫白鸾，封月狐公主。阿紫依旧叫阿紫，是宫女，自小在宫中长大，而后被选为太子贴身宫女的丫头。

那时候，小白泓和小白鸾一左一右由阿紫牵着，怡容宫、母妃殿、御花园，他们三个的足迹总是在叶落花开之前印满整座皇宫。"阿姊，阿姊，快看快看，树上有只八哥。"两个孩子跑起来，同样也还是个大孩子的阿紫怎么都拉不住："太子小心，那是王爷送给皇后娘娘的寿礼。""飞啰，飞啰。"阿姊看着越飞越远的绝品八哥眼圈通红，不知所措，而小白泓和小白鸾兀自手舞足蹈，欢喜异常。"阿姊莫急，父皇说过，天下所有的鸟儿都归鸾儿来管，没人会怪你的。"阿紫听闻，破涕为笑，拉过小白泓的脑袋，靠在业已微微隆起的胸前，轻轻揉着，就像更小的时候哄他睡觉一样。

后来，小白泓成了一个少年，少年不知愁滋味，依旧在空闲时光拽着阿紫满世界乱跑，不再拘泥于宫内，整个帝都那段日子没少见一位卓尔不群的少年身影。少年身后还跟着两位女子，一位温婉动人，年华正好；一位青涩毓秀，含苞待放。没有人敢对他们生出别样的心思，因为三人身边还跟着一名中年男子。男子器宇轩昂，姓许名绩，太子出宫之时必定贴身相随。再后来，少年成年了，就在阿紫以为自己即将离开他的时候，一道旨意从天而降，白泓成年礼毕便可迎娶宫娥阿紫，立侧妃，封紫妃。于是，平民出身的阿紫莫名其妙就成了首位荣朝太子妃，如今更是贵为皇妃。最让人意外的是，白泓登基之后未立皇后，直到今日，皇妃仍然只有一位。

三年荣月之战，荣朝后宫宛如三年冷宫，可是阿紫的心里并不冷，二十年朝夕相伴，可以让白泓的样子在她心中清晰如初，在这个宫里，她可以从任何地方找到白泓的影子。哪怕繁花落尽，哪怕秋叶漫天，皇宫依旧是这个皇宫，是自己从小到大陪伴的那个男人的家。

　　"在想什么？"一道熟悉的声音在紫妃耳边响起，白泓不知何时已来到如意园中，站在阿紫身后，用手轻轻揉着紫妃的脑袋，一如当年的阿紫。

　　"想起以前的事，总觉得陛下还是个孩子。"紫妃没有起身，亦未请安，感受到白泓掌心的温度传来，心中顿生感慨。

　　"怪朕不好，这次多留两天。"白泓顺着秀发，轻抚紫妃那张美丽成熟的脸庞，清凉袭人，清香饶鼻。清风徐来，紫妃有些瑟瑟的感觉，不由得紧紧抓住了白泓的双手。

　　"君王当以国事为重，阿紫岂会不知。只是眼看陛下在外操劳，实在有些于心不忍。"紫妃在白泓手心触摸到厚厚的老茧，这些都是手握缰绳和战刀的印记。

　　"放心，不会再等很长时间了。"白泓扶着紫妃肩头，将她转过身来，看着这位今生陪伴自己的女人认真说道。

　　紫妃将白泓双手叠在一起，放在自己双手之间，然后侧脸贴在上面，闭上眼睛，用心感受上面的温度，仿佛回到了从前。谁都没有说话，谁都不知道说什么话，良久，紫妃抬起头来，展颜一笑："上次我去怡容宫与太后聊天，太后无意间说了一句话，说是陛下以前都喊她蓉姨，现在好久都没听过了。"

　　"那是礼数，朕不好僭越。"

　　"那我呢？"紫妃随口问道，因为以前白泓总是喊她"阿姊，阿姊",所以她才会在成婚之前选择阿紫这个名字。宫内宫娥太监能有几人享有赐名的恩泽。

"朕怕你难过。"

紫妃听完,望着白泓,欲欢颜而不得,重新伏在白泓手背之上。无声泪流,泪水在春寒之时显得尤为温热。

第四章

天下第六指甲红　白虎啸天惊鸾凤

"你说他们还会来吗？"木柏松靠在车厢上，对盘腿坐在地上的柳星张问道。

"该来总会来，不来便不来。"柳星张的"卜吉问凶"招牌幡横放在腿上，随口答道。木柏松听完，吹了一下胡子，没什么事做，伸出小指掏起了耳朵。

仔细望去，这里是一段山脉之中的小路，木柏松一行五人出城之后刚好走到这里，天黑之后未曾走出丛林，只好就地驻扎。谁知戌时刚过，便又有两位不速之客从天而降，两人手持利剑，杀伐果断，一左一右奔着张秋池和小伍而去。有着不俗刀功的小伍这次没有托大，他从这两人身上明显察觉到了血腥之气，非之前那伙盗贼可以相比。他第一时间拔出二尺短刀，刀尖斜掠刺向张秋池的那一剑，刀鞘砸偏逼向自己面门的一剑。短兵相接之后，小伍心里一沉，这两人两剑绝非寻常刺客，而是身经百战的杀手。两道铁剑上传来的力道虽沉却留有余力，见有小伍阻挡一时不能得手，两位杀手同时默契地收回刺出的铁剑，空中一左一右夹击小伍，比之前的速度更快上二分，明显是全力而为，希冀一击而杀之。

小伍自两位杀手现身之后便暗自谨慎，看到杀手变招，并不慌乱，手腕轻抖，短刀回旋防守，刀鞘立于胸前，以防万一。初涉江湖的小伍此番应对可谓万全之策，可杀手行事，只为目的而不择手段。左边的杀手在全力攻向小伍的同时，还趁机向张秋池射出一支飞箭，对于文弱书生张秋池来说，这支普普通通的飞箭足以要了他的命。眼见事出突然，小伍微微皱眉，左手刀鞘一弹而出，后发先至在空中将飞箭打落在地。此时，仅余二尺短刀的小伍只能全身心迎战两位杀手，再也没有回旋余地。

当时，六人围着中间的篝火席地而坐，木柏松与柳星张靠着车厢就地歇息，凤儿姑娘则和小清坐在张秋池和小伍对面不远的空地上。面对这场突如其来的暗杀，两位老人并无任何动容，只听得木柏松不时在一旁评头论足，柳星张默然不语。凤儿姑娘波澜不惊，在小清的伺候下，将随身携带的古琴在身前架起。凤儿姑娘每天都要练琴，从不间断，今日因为赶路，现在才有时间架琴调弦，一主一仆神态自若，无视外物。待将自家小姐安顿好，小清才得空打量对面这场战斗，正值两位杀手与小伍生死相搏之际，小清突然从篝火的余光里发现，一道黑影从小伍背后缓缓升起，一柄寒剑一闪而逝，便已刺透小伍的身体，然后便见到小伍如受重击般飞了出去，跌在地上生死不知。

其实，只有跌落在地却清醒异常的小伍自己知道，就在最后关头，他心中也已感到隐隐不妙，等到身后那丝寒意升起，小伍便做好了同归于尽的打算。谁知道，不知哪里冒出一脚，直接踢在小伍右边肩膀，将他整个人踢飞出去。面对杀手的铁剑，小伍还能反抗一番，可这一脚让他连反应的时间都没有。不过也亏了这一脚，让第三位杀手必杀的一剑仅从小伍肋下穿过，并无性命之忧。可趴在地上的小伍，有苦自知，右肩膀上传来的疼痛似乎比肋下的伤势更让他难以接受，这位拔脚相助的壮士是否过于热情了些。

没有人理会小伍此时心中是何感受，因为剩余的五人只看到一道身影，比三个杀手更黑更快的身影，先是在踢飞小伍之后，双手抓住前两位杀手的剑尖，轻轻一折，"叮当"两声脆响同时发出，下一刻，两片剑尖已经插在刺客额头，没入眉心，杀手已经直挺挺躺在地上，比小伍的形象要卖座得多。至于第三位偷袭小伍得手的杀手，面对后背朝向自己的身影，虽然吃惊于此人身手了得，可他不想放过这个机会，刚从小伍体内拔出的带有温热血迹的铁剑没有丝毫犹豫便向前刺去。然后，这个杀手就看到一幕奇怪的情景，身前近在咫尺的身影没有任何躲避，只是在原地转了一个身，杀手质地优良的铁剑便如丝绸般围着身影的腰绕了一圈，剑尖又捏在此人手中，下一刻，这把剑从剑尖到剑柄都不再属于这个杀手。不待杀手对眼前这位面容秀丽，比杀手还杀手的年轻女子有任何表示，女子一掌轻轻拍在杀手胸口，这位杀手便如落叶般向树林飘去，人在空中，心脉尽断。

一切发生得太过迅速。等这边尘埃落定，小清看到小伍被偷袭，尖叫声还未发出便咽了回去，小伍还未从地上爬起，而张秋池更是被这一连串的事情弄得云雾缭绕，不知所以。张秋池只看到自己和小伍聊天的时候，有人朝自己飞来，然后小伍便飞了出去，再然后又有人飞了出去，最后，一位个子修长、身着黑衣、长发披肩、面容清丽而又不带半分表情的年轻女子站在自己面前，好奇地盯着自己。这让张秋池有些惊慌。看到地上两位杀手的尸体，张秋池自然知道发生了什么，略作镇定，不失礼节地向年轻女子作揖致谢。女子盯着张秋池看了半天，眉头微皱，脸上显出一副不解的神情，让张秋池愣在那里不知所措。

突然，张秋池发现自己的右手腕上多了一只手，一只洁白如玉，而指尖红艳至极的手。这只手上传来的冰凉触觉，让张秋池记起小时候自己无意间碰到蛇的身体产生的怵意，自此以后，这位不怕天地不惧生死的书生，唯独对蛇敬而远之。可现在，被女子冰凉而又略显滑腻的手捉住，张秋池不敢有丝毫举动。火光跳跃之中，处于女子阴影之下的张秋池任凭女子的手指在自己的太渊、内关、神门穴位游走，一股清寒而舒爽的凉意从内关穴流入体内，很快便消失得无影无踪。女子红艳的指尖在张秋池手腕上不停轻弹游走，光彩流动，刺眼异常，张秋池记起女子刚刚一掌击杀黑衣杀手的事情，身体忍不住僵硬起来。"放心，这不是血。"女子没好气地说了一句，然后便收回手掌。

"你真的不会武功？"虽然女子已经通过内力查看了张秋池体内穴位，可以确定张秋池没有一点内力，可她真的不相信，这样的文弱书生凭什么获得师父的青睐。张秋池很诚实地点了点头，看了一下女子收回去的手指，不由自主地将双手往身后缩了缩。女人转了一下眼睛，没有再说什么，不客气地坐在六人余下来的空缺位置上，从怀中掏出一张当作干粮的玉米馍子，旁若无人地吃了起来。只见四周漆黑的篝火旁边，一位黑衣女子，手持大饼，手指洁白，指尖鲜红，大饼金黄，美不胜收。张秋池忍不住望了一眼，目光触及指端那一抹鲜红，忍不住全身冒出一股寒气，不敢再看。

小伍被木柏松扶起，一同靠在车厢上休息，肋下的伤口做了简单包扎。为防万一，张秋池也坐在车厢附近，四人对面正是那位专心吃玉米馃子的女子。小伍背靠车厢，用手不停地揉着肩膀，本来被木柏松的问话勾起的一些兴趣，立马就被柳星张的回答灭得无影无踪。突然之间，小伍内心对木柏松这个木匠好生敬佩，竟然能够跟要么不说，说了等于白说的柳星张一路同行这么久。看了看还在掏耳朵的木柏松和盘膝而坐的柳星张，想想每次自己能够跟张秋池同房，小伍顿时觉得这是一件多么幸运的事情。这样想着，连肩膀上的疼痛都弱了几分。

　　气韵悠扬的琴声从凤儿姑娘指下传出，小伍虽然听不懂是什么曲子，却也颇有感触。琴声在深邃的黑夜里愈发悠扬动听，声传天际，时间一长，连小伍也忍不住放下左手跟着曲子的节奏，一次次拍打在地面之上。一曲既罢，黑衣女子的玉米馃子也吃完了，四周顿时陷入一片静谧，火光跳跃，只有不远处两具杀手的尸体略显碍眼。小伍回过神来，忍不住瞟向凤儿姑娘那边，果不其然，被守株待兔的小清逮个正着，小伍装作事不关己的样子，视线从凤儿姑娘的位置一带而过，可总归看了一眼凤儿姑娘的手指，除了指甲修长如玉，似乎与对面那位救了自己一命的"壮士"的手指没什么两样，都挺好看。于是，小伍偷偷多看了对面的黑衣女子两眼，又转头望了望一直发呆的张秋池。只是这些落在疾男如仇的小清眼里，自然又被不屑和腹诽一番。

　　凤儿姑娘落指之后，木柏松也边摸胡子边打着拍子，曲子停下的时候，他刚好打了六十九下。木柏松神情凝重地望向柳星张："竟然还有六十九个人，真是好大的手笔，江湖中什么时候出现了这么强势的杀手组织。""是六十八个。"柳星张纠正道。"明明是六十九个，你们占卜算卦不也讲个天罡之数吗？"看到木柏松又要吹胡子瞪眼，柳星张朝对面努努嘴，木柏松这才发现六十九个杀手中最靠前的一个已经被黑衣女子扭断了脖子，正软塌塌地挂在空中。

木柏松这次没有继续跟柳星张斗嘴抬杠，而是略显放松地随意说道："原来是她，真是一个了不起的女孩子。老柳，你看看，人家一个三十岁不到的女娃子都能当上天下第六的高手，再看看我们当年。啧啧，了不起。"

"当年你不是在追南海派的女弟子吗？"柳星张难得附和一把。

"是啊，可惜最后没有追到，要是我再年轻个三十岁，一定要追这个女娃子，就算死也不会撒手。"木柏松老怀感叹。

"哎，那你真的会死的，这丫头可比南海派的门规厉害多了。"

听到两个老头煞有其事地讨论来讨论去，一旁听得一惊一乍的小伍忍不住问道："真的假的，她是天下第六？"

木柏松和柳星张不约而同地望向小伍，眼神无比慈祥和蔼，让小伍浑身不自在，木柏松的眼中更有一丝狂热："小子，这个机会看你敢不敢抓住。就看她刚才救你的举动，虽然力道有些过了，可那也是你小子太差劲了些。以后只要你能迎头赶上，至少不能落下太多，老人家我再帮你去跟她师父说说情，说不定你们就能在一起了。啧啧，到时候，娶一个八方高手做老婆，威风八面啊。"柳星张在一旁煞有其事地点了点头。

望着这两个为老不尊的家伙，小伍虽然心里知道这事没谱，且不说黑衣女子是不是天下第六的高手，光是之前那一脚就绝了他的心思。知道两个老头在拿自己打趣，可现在大家正被一大群杀手包围着，受了剑伤和肩伤的小伍也没力气跟他们瞎闹，嘴上却毫不示弱地回应："谁不知道天下第六是谁，楼外楼的榜单上写得清清楚楚，八方高手里面唯一的女高手便是排名第六的指甲红，你们一大把年纪了，不能看到一个红指甲的女人就认为她……"小伍话未说完，就看到又有两个杀手被黑衣女子所杀，一个被戳透咽喉，一个被拍碎额头，皆是一招毙命，鲜红的指甲在沾染血迹之后更加妖艳动人。红指甲，指甲红。这个时候，小伍觉得一股寒气从丹田升起，逐渐遍布全身。

没有管一旁吓得半死的小伍，木柏松仍然聊兴正浓："我说老柳啊，你说天机子老匹夫怎么教出这么个女娃，简直就是杀手的克星啊。"看柳星张没有回答的欲望，木柏松自己接了过去："啧啧，还有你不知道的啊，你不是会算吗？那你给我算算这些杀手是什么人，干吗要来杀我们？"

柳星张伸手指了指天上，然后又指了指小伍和张秋池，纠正道："不是杀我们，是杀他们。"

木柏松看了一眼云厚无月的天空，月黑风高夜，真是会挑时候。望着四周黑压压一片手持利剑不惧死亡的杀手，木柏松嘴里吐出两个字："遮月。"柳星张点点头，然而木柏松突然诙谐一笑，竟然架起了二郎腿，扬扬自得，"真是一场好戏。"

黑衣女子指甲红站在篝火旁边，脚下又多了三具尸体，这三位杀手甚至连剑都未及出手，在跃出树林的刹那之间，便命丧指甲红手下。如果木柏松和柳星张的估计没有错误，那么树林之中仍然还有多达六十六位遮月杀手，只是再也没有一人擅自出剑刺杀，篝火为明，树林为暗，既然以暗算明没有胜算，那么杀手们就不再飞蛾扑火，而是静待指甲红，这位江湖公认的真正第一杀手进入他们的世界，在黑暗之中决出荣耀和生死。

指甲红看了一眼六人，凤儿姑娘手指轻抚，琴弦隐隐发声，有新音欲破弦而出，小清垂首静立。张秋池睁眼无神，不知是不忍即将开始的杀戮还是在默背圣贤之书。小伍脸色苍白，拖着伤病之躯仍然不忘向张秋池靠近一些，以防后患。至于木柏松和柳星张，指甲红自然不会担心他们的安危，望一眼是要确认，确认在她进入树林之后，其他四人能否安然无恙。木柏松摸着胡子不置可否，柳星张善意地点了点头，于是，指甲红蓦然回首，长发轻扬，飞身进入树林之中。这时候，琴声初起，曲调激越，为其壮行。张秋池眼中生气渐生，虽然他不喜黑衣女子杀人，可两相比较，还是希望指甲红能够活着出来，只是希望，无关其他。

自指甲红进入树林已经过了半个多时辰，凤儿姑娘的琴声一直未停歇，一曲终了，重续新曲，只是音调更高，节奏更快。小清看见自家小姐额头早已渗出滴滴汗珠，可她不敢动一下，她知晓小姐是在以琴音助战，最忌半途中断。凤儿姑娘十指已显血丝，隐隐见浓，血浓音更甚，直透九重霄。树林之中不时传出种种声音，没有哀号和惨叫，只有铁剑折断的"叮当"声与身体落地的"扑通"声，在激越的琴音之中显得异常突兀。树叶发出的"沙沙"声从东到西，又由北向南，不断有受惊的飞鸟和动物从林中跑出，一部分又被明亮的篝火吓退了回去。如此反复，直到森林之中再无动静，天欲破晓，战斗已息，暗淡光线之中，黑衣女子携风而至，落在篝火旁边。

黑衣早已破碎不堪，长发稍显凌乱，指甲红脸色苍白如雪，十指鲜艳如血，滴滴血珠顺着指尖滴落在地，血腥味随风而散。张秋池眉头轻皱，看着对自己盈盈一笑的指甲红，微微偏过头去。指甲红也不以为意，转而望向凤儿姑娘，笑而称赞："好曲子。"

"《白虎啸天曲》，性凶，主杀伐。"凤儿姑娘浅笑回应，"只是此曲不应多奏，有违人和之道。"

"一次便够了，就算是遮月，想必也没更多的人再让我来杀。"指甲红随意说道。

凤儿姑娘笑了笑，未再说话。只有离得最近的小清才看得明白，此时凤儿姑娘双手的指尖同样是鲜红一片，与那位伫立的黑衣女子如出一辙，只是她们两个，一个以血养琴，一个以血养战。

　　红指甲，红指甲，天下第六指甲红，白虎啸天惊鸾凤。

第五章
书生难道天机徒　明教西北露真容

正当众人以为战斗已经平息的时候，树林之中一个身受重伤以剑拄地的杀手滚落出来，指甲红收敛笑意，她出手从不留情，不过今晚杀手确实太多，仓促击杀之下，难免有漏网之鱼。只是，这个在指甲红手下侥幸未曾一招毙命的杀手，很不幸又出现在这里。指甲红肩膀微耸，正准备上前了结此人，手臂突然被人给死死攥住了，她当然知道是张秋池，否则她不会让谁悄然无声地来到自己身后。

大难不死的杀手此时才清醒过来，看到眼前这个黑衣女煞星竟然没有对自己动手，无论对方是不屑还是另有目的，杀手都在等待，只有在死亡边缘走过一遭的人才真正理解生命的可贵。看到指甲红真的没有赶尽杀绝的意思，早已听天由命的杀手紧忙转身离去，自始至终，都没有看一眼指甲红身后，那个本来他们要杀现在却放过自己一命的书生。"还不放手！"眼见杀手早已潜入森林了无踪迹，指甲红忍不住回头对仍然死死攥着自己的张秋池说道。张秋池脸上有些温热，望着近在咫尺的清丽脸庞眼神躲闪，松手之后礼节性地作揖，然后走回车厢旁边。看到张秋池迎面走来，小伍用尚能活动的左手偷偷竖起一个大拇指，张秋池就当没有看见，落座的时候却有意离小伍远了几分。小伍不禁翻起白眼，"见色忘友"四个字在瞟到篝火旁那身黑衣之后，终究没敢说出口。

"成事不足。"小清可没有什么顾忌，嘀咕着表明自己对张秋池刚才作为的不满，不是小清心狠手辣，而是她知道这个杀手的离去定然会泄露大家的行踪和实力，这对行走江湖的人来说有时候是致命的失误。不过既然那位宛如杀神的女子都没反对，小清自然不会真的阻止杀手离去，就算将一个浑身不能动弹的杀手置于小清面前，她也不敢下手。女人嘛，刀子嘴豆腐心，自古如是。当然也有例外的情况，比如指甲红，这位八方高手中排名第六的江湖第一杀手此时盘膝坐了下来，没有理会周围几道复杂多变的目光，更未在意全身上下数不清的血迹，打坐调息，争取尽快恢复损耗的真气。谁也不知道，遮月这个近十年江湖中最强大的杀手组织是否真会死心。

就在那位杀手潜逃后不久，从逃逸的方向传来一声极其轻微的惨叫声，众人都围在篝火旁边歇息，似乎没有人注意。小清在惨叫声发出的时候，嘴角轻扬，脸上一副不出所料而又稍显轻松的表情。然后她合衣闭目，酣然入睡。

一宿无话，天明之后，众人动身继续向西而行，对于指甲红加入其中，没有人反对，也没人敢反对。于是，车厢里面原本属于张秋池的位置便被指甲红毫不客气地霸占了，他只好跟小清共处一个方位，自然没少受小清的明嘲暗讽，好在最终还是坐了下来。凤儿姑娘与指甲红简单问候交流之后，再未多言，调琴看谱，不带人间烟火。

小伍右肋剑伤，右肩脚伤，只好缠着绷带挂在"黑旋风"身上，只是马背上的身影怎么看都不像一个少侠，整个人摇摇晃晃，"黑旋风"打个响鼻，小伍便要哀号一声。每当这时，小清就在车厢里捂嘴而笑，倍觉舒爽，谁让这个学艺不精的家伙在自己替小姐传话的时候不愿领情，硬要照旧骑马，小清巴不得木老头给旁边的"黑旋风"来两鞭子，或者让换了一身干净黑衣的指甲红再踹一脚，也是行的。

辰时出发，直到午时才走出山脉树林，又过了个把时辰终于看到前面有一座小小的城池。小清站在这座小小的城楼底下，看着"折节城"三个字，有些目瞪口呆，也不知道是谁取的这个名字，口气大如天，便是帝都也不曾如此对待入城之人。进城之后，寻了家小客栈，众人打算好好吃上一顿饱饭。本来从帝都出来之后，六人按口粮凑了银两，全部交与木老头来安排，这段日子折腾下来，账上早已羞涩不堪，加上张秋池一贯的仁者之风，木老头的口袋终于在今天见底了。不待小清发话，指甲红随手扔出一袋银子："算搭伙。"听砸在桌子上的声响，至少有十几两，木老头眉开眼笑地拾过去，很自然地放入口袋，然后中气十足地喊了一声"小二"。

"杀手就是有钱。"小伍经过大半天的颠簸，伤口疼痛不说，连全身的肌肉都因为要照顾右侧而牵扯得酥麻难忍，看到指甲红丢出十几两银子眼睛都不眨一下，再联想到这位天下第六还有一个第一杀手的身份，脑子里的想法脱口而出。

指甲红第一时间没有看小伍，而是望向离自己最远的张秋池，果不其然，听到小伍的话后，张秋池极不自然起来。见这位文弱心善的书生脸有难色，指甲红只好出言解释："这不是买凶钱，是我收徒的报酬。"话虽是实话，可指甲红内心则恼恨不已，这张秋池也太大仁大义了吧，要不是他以后极有可能成为自己的小师弟，放在平时早就将他一脚踹出老远，再不济自己也可以有多远走多远。可指甲红无论如何也想不透，文武皆天下魁首的师父为什么会看上张秋池，还要她亲自护送张秋池抵达楼外楼。想想这里离楼外楼还有好长一段路程，指甲红比此刻的张秋池还要苦恼。

"这位……女侠。"小伍望着咬牙发呆的指甲红看了半天，发觉今天这个依旧黑衣，头发却绾成马尾的女子其实挺耐看的，想着昨天自己的确受恩于她，本着江湖有恩必报的原则，小伍便想趁着开饭之前当众向指甲红道个谢，也能展现一下本色。只是开口之后，便不知道如何称呼，人家是天下第六的高手，称呼前辈吧，年纪相差也没那么大，开不了这个口；叫姐姐吧，连小伍自己都想抽自己大嘴巴。憋了半天，终于将"女侠"这个词脱口而出，这让小伍在心底暗暗佩服自己的机智："感谢昨晚的救命之恩，我小伍有生之年，必当铭记在心。"

"不用谢。我要杀人，你挡我道了。"指甲红憋着气正无处出，恰巧刚刚惹火的小伍自己就迎了上来，不踩几下都对不起小伍那张依稀有几分英俊的脸。听到指甲红如此一说，众人哈哈大笑，张秋池同情地望向脸色红白交替的小伍，连一向不食人间烟火的凤儿姑娘都忍不住抿嘴轻笑，小清更是笑得前俯后仰。

事已至此，小伍也豁出去了，干脆站起身来抱拳说道："女侠武功盖世，要不你考虑一下收我为徒，让我拔高一些，以后就不会挡你道了。"一旁事不关己的木柏松听到小伍这番话，顿时眼睛一亮，心想这浑小子有前途啊，依稀有当年自己的风采。张秋池扭头转向一旁，不忍再看。

"我没有杀徒弟的嗜好。"指甲红语出惊人。

"……"小伍无言以对。

"万一以后你真的走错那一步，我会亲手杀了你。"指甲红极为严肃地说，透出的杀气让小伍全身上下不禁一颤。木柏松伸手将小伍按坐下来，同情地拍了拍他的肩膀，然后小伍便发出一声惨叫，木老头拍的正好是被指甲红踢伤的右肩。

也不知是不是痛楚的刺激，小伍竟然无畏指甲红的杀气，很是硬气地说道："好，那就当我伍……当我小伍欠你一条命。"对于小伍的慷慨激昂，指甲红没有理会，倒是小清抓住了其中的破绽，紧随其后问："小伍，你叫伍什么啊？"

"伍悠悠……""不许说！"张秋池的声音和小伍的气急败坏几乎同时发出。可惜啊，书生就是老实，而老实话总是伤人。

"伍悠悠，哈哈，哈哈，哈哈哈……"小客栈里爆发出小清极其恐怖的笑声。

离荣朝西北边境最近也是最大的国家是旭，旭国是一个政教合一的国度，也是唯一一个在大明王朝分崩离析后，依旧以明教为国教的地方。世人都认为荣朝是近五十年来九州大陆最大的国家，盛况空前，而且极有可能完成史无前例的九州大一统。实际上，在荣朝之前，历史上曾有一个比如今的荣朝更繁华鼎盛、疆域更广阔的国家，那就是大明王朝，而大明王朝起源于明教。

在大明王朝之前的宋朝末年，明教从九州大陆西面传入中原，并迅速为广大百姓接受，外加明教当时的教主墨蓬山武功盖世，震慑江湖，尔后墨蓬山携天下大势一举推翻大宋，建立大明王朝，墨蓬山既是教皇，亦即后世所称的大明王。只可惜五十年前，大明王朝建国不到三年，大明王墨蓬山与魔教教主赤玉螭巅峰一战后生死不知，传闻两人同归于尽。此后，大明王朝位于九州大陆的中心圣女湖一带天降黄沙，形成天漠，将王朝领土一分为二，而位于大陆中原西北角的荣朝趁势崛起，在多种势力挤压之下，显赫一时的大明王朝眨眼之间分崩离析，烟消云散。

　　大明王朝分裂之后，东方本来就未稳固的领土轻易被纳入荣朝版图，教众也改换门庭，成为正统中原百姓。而明教起源地的西方领土则以横亘东西的天漠为界，分成两个国家，北为正与荣朝作战的大月氏，大月氏原为大明王朝战略缓冲之地，集聚众多西方种族，在没有明教统一压制之后，大月氏国内连年内乱，后以大月部阿那木扎为首领，暂时趋于稳定，但祸事暗藏。南面则是原明教正统发源地，也是大明王朝旧国都所在，大部分核心教众都滞留在此，最终形成了仍以明教为国教的政教合一国家：旭。现如今旭国无君主，也无教主，一切由明教首领大逐日统辖，下设长老团，并保留圣女一职代表天意，传闻圣女何时出嫁，便是天意所归之时。旭国相对封闭，这些年来并未倒向大月氏或荣朝任何一方，所以在大陆东方人眼里，尤显神秘。

　　旭国的神秘不仅仅是大陆东方人眼中的不解和好奇，如果谁能够亲自来这里看一看，一定会认为，这个神秘的国度在东方人心中能够享有这般地位是可以理解的。整个旭国几乎随处可见一座座或大或小、或高或低由纯白大理石建成的圆顶方屋大殿，这些都是明王殿，是明教信徒跪拜、修行的场所。明王殿的建造很讲究，圆顶叫光明顶，方屋被称为天地阁，天地之上，光明永存。这本是明教教义的出处，也是旭国立国之本。令人惊讶的是，在旭国这个以明教为国教的国度，竟然还能够看到为数不少的道观和寺庙，无法想象这些不同的教义和信仰是如何在这里共存的。

　　大明王朝原国都所在地便是旭国中心地区，现在这里几乎不见原有的痕迹，只矗立着一座三十丈高的纯白明王殿，这是整个旭国的明王总殿，也是明教首领大逐日与圣女的居所。旭国上下，无论地处何方，都须以明王总殿为核心建造大小明王殿与日常居所。站在明王总殿，仰望光明顶如见苍穹，环视天地阁仿佛置身须弥，其蔚为大观或许是东方人士永远不能理解的。

　　杨明曦从小就在明王总殿长大，这座对外人来说庞大无比的建筑，在她眼里则显得太过渺小，因为明王总殿里的一砖一瓦、一草一木她都了若指掌。连总殿里那些成天蒙着脸面的光明使者她也能根据他们说话的声音、走路的姿势、行事的习惯毫无差错地分辨出来，而这些只是二十年来杨明曦无所事事之时自娱自乐的无奈罢了。杨明曦从不知道自己的父母是谁，也没有人告诉过她，更没有人管她，从出生到现在，她可以在明王总殿任意行走，只是走不出这座象征明教大放光明的建筑，其实就算出去了，她也不知道去哪里。所以，杨明曦总是在无人的时候自诩为光明之女，自己不就是这座明王总殿养育的女儿吗？只是杨明曦万万没有想到，自嘲的话语有朝一日竟然成真。

　　犹记得，那天自己被光明使者领到总殿之中离光明顶最近的那间木屋子，那名从小被杨明曦标记为七十七号的光明使者就站在屋门口，望向屋子的眼神充满了崇拜，然后他示意杨明曦进去。木屋里只有两个人，一个是身着大红教袍，胸前绣一朵燃烧火莲的女子，杨明曦认得这个女人是谁，她吃惊地捂着嘴巴，下意识往后退。眼前这位曾经高高在上，俯瞰万千教众的明教圣女此刻正披头散发跪在一位白袍白须老人面前。看到杨明曦进来，地上的圣女先是死死盯着她，然后发出一连串奇怪而又讥讽的笑声，歇斯底里地向白袍老人喊道："大逐日，你就让这样一个不会半点光明心法的女人接替我成为圣女，我绿晓死不瞑目。"

　　被称为大逐日的老人没有理会这位昔日圣女的叫喊，反而和蔼地望着杨明曦说："你愿意成为明教下一任圣女吗？"杨明曦还没从昔日圣女的震撼画面当中回过神来，又被"大逐日"的名字惊吓得无以复加，眼前这位白袍老人是旭国真正的统辖之人，更是自大明王以来整个明教遵从的最高首领。杨明曦只觉得自己脑中一片空白，不知道这一切到底是不是真的，在老人和蔼目光的注视之下，杨明曦渐渐恢复了一丝理智。在她眼中，老人代表的就是光明，正散发着柔和的自由之光，让她整个人都心生向往。杨明曦只说了一句："我要怎么做？"而老人却告诉她："你什么都不用做，只需心向光明。"于是，杨明曦毫不犹豫地点了点头，然后便成为明教当代圣女——从此，她便是圣女明曦。点头之后，明曦看到那位跪在地上的昔日圣女向大逐日出手，最后连人带红袍在大逐日手上，在最高深的光明心法面前化作一堆灰烬。昔日圣女在烟火中又哭又笑、手舞足蹈的情景，像极了那朵盛开在红袍之上的火莲花。

想到这里，明曦低下头，看了一眼自己身上的大红教袍，与前任圣女的教袍一模一样，唯一的区别在于胸前那朵本该绽放的火莲此刻只是一个花骨朵。大逐日说过，火莲与光明心法休戚相关，只要将光明心法修炼成，火莲必将迎日而放。

明曦推开那扇熟悉的木门，大逐日像往常一样坐在里面。她将那封刚刚收到的密信交上去，大逐日看过之后递给她："你看看吧。"明曦接过信，认认真真看了好几遍才用光明心法将其烧毁。"你就是心思太少，才让你跟光明如此亲近，这一点以往那些圣女都比不上你。"明曦听到大逐日的点评，不敢搭话。"不过，以后可要多花点心思在修行上面，花骨朵虽然好看，却没有什么用处。""明曦谨记大逐日教诲。"大逐日挥了挥手，明曦便准备告退。

"你传令下去，让他们暂时隐藏在暗处就行了。"大逐日想了想又对明曦说道，"以后这些事就交由你来处理，迟早要交给你的。"

明曦略微皱眉，犹豫之后还是问了出来："大楼主那边是不是要招呼一声，我们差点杀了他要的人。"大逐日摇了摇头："他和我的本意都不在于杀死那个读书人，能用几十条人命换到天机子的态度，已经很好了，他岂会在意这些无关紧要的事情。"

明曦微微鞠躬，退出门去。

第六章

御花园中授机宜　无影飞剑欲夺命

这几日阳光明媚，寒意渐消，帝都处处生机盎然，从王公贵族到平民百姓，各家花园和居所周围次第盛开一些最为寻常的小白花，连皇宫的御花园里也不例外。不远处，紫妃孩子气般从御道旁边摘下一朵，别在发髻之上，转身面对怡容太后，浅浅一笑，好一派天真烂漫。一向不苟言笑的怡容太后都忍不住称赞起来，随即打趣道："真是一个美人胚子，难怪泓儿这次回朝在宫里多待了几日，原来是你的功劳啊。"

"太后言重了，阿紫哪有什么功劳。要说功劳也是太宗皇帝才是，不仅慧眼如炬，还能未卜先知，替阿紫择下这份天大的福分。"阿紫本来就不喜遮遮掩掩，尤其在怡容太后面前，更是如此。偌大个皇宫，能说得上话的女人现在也就她们俩而已。

"都说你心思单纯，这话让朝野那些惯于逢迎拍马的老手都自愧不如，哀家听起来心里怎么有些甜腻腻的。"阿紫听了怡容太后的话，愣了半天，等她回过味来，发现怡容太后已走到前面去了，赶忙追上去解释："阿紫没有那个心思，请太后恕罪。"

怡容太后没有回头，而是继续边走边说："你要是真有这个心思，倒也是件好事。现在后宫人太少还不好说，等过几年人多起来，要是管事的女人心思太过单纯，自己倒是轻松，可就苦了陛下。而且，我看这几年泓儿都未曾纳妃，说不定等大月氏的事情结束之后，还真有皇后的福分等着你。"

"阿紫不敢，也不会去争的。""有什么不敢，是身份不够还是年龄大了？怕争不过以后的那些莺莺燕燕？女人在后宫就要有个盼头，不然日子怎么过得下去。听哀家一句劝，要是有机会你一定要争一争，从小你就疼爱泓儿，泓儿与你又很恩爱，到时候就算不为自己，为了他也得去争、去抢，你说是不是？"

"阿紫明白了。"

"难为你了。"怡容太后说完这句话挥了挥手，止住阿紫想要说的话，也止住了阿紫的脚步。初春以来荣朝后宫最重要的两个女人之间的谈话就这样结束了，怡容太后回怡容宫，阿紫一个人静静站在御花园中发呆，直到日头偏西，直到头上的小白花萎靡不振地耷拉在发髻上。阿紫伸手摸了摸脸庞，幸好，皱纹未起。

怡容太后回到宫里感到有些乏了，便挥退宫女太监，想一个人歇息一下。待人退出，一道黑影不知从哪里冒了出来，垂首侧立。怡容太后语气平淡，却隐隐有一丝不满："东苍，这么急着见我，难道莺儿那里出了什么事吗？"被称作东苍的黑影恭敬道："前日杀手组织遮月袭杀与公主殿下同行的一位书生，最后七十二名杀手全部被杀，公主殿下安然无恙。"

听到遮月，怡容太后眉头轻挑："明教那些余孽终于按捺不住了吗，七十二名杀手，好大的手笔，是被南炎三人所杀吗？""不是，南炎只是截杀了最后一名逃走的杀手，其他全是被一个黑衣女子所杀，经南炎他们推测，这名女子应该就是天下排名第六的指甲红。""杀了一个！真是好笑，许绩当年让你们跟我的时候是怎么保证的，说什么只要不是天下前八的高手亲自出手，你们四人就能对付，怎么等遮月真正出现的时候，竟然连插手都不敢。"

东苍似乎习惯了怡容太后这番在外人面前从未出现过的小女人气概，也没有任何反驳，只是在一旁静听。他和南炎、西浩、北玄四人乃许绩四大弟子，四人若是进入江湖都可独当一面，可自从新皇登基征战大月氏以来，许绩便安排四人留守太后身边，成为荣朝最高荣誉的影卫，听从调遣，驻守皇宫。这次太后为了月狐公主白鸾能顺利抵达楼外楼，不惜将除了东苍以外的三人全部派出，暗中保护自己的女儿。怡容太后略微平复心情之后继续说道："如果让南炎三人对付指甲红，有多少把握？"

"可保公主安然离开。"东苍的话让怡容太后终于有些满意，他没有说的是，这个代价将是牺牲掉南炎三人的性命，而指甲红未必会死。可是东苍知道自己没有必要说，怡容太后也不会让他说出来。他们四人的命是师父许绩救的，什么时候还回去都是应该的。

"哀家乏了，你还有什么要说的吗？""指甲红似乎对公主殿下没有敌意，反倒是同行的四人来历都不明，我怕公主殿下继续与他们同行局面会变得难以掌控。"东苍最终还是说出了来见怡容太后的目的。

"哀家只要你们保证鸾儿能安全抵达天漠楼外楼，至于怎么做，那是你们的事情。好了，你先退下吧。"

东苍不再言语，下一刻，宫内空空如也，只有怡容太后独自轻揉额头，似乎真有些倦了。

张秋池等人前一日几乎一夜未睡。指甲红还好说，丝毫没有倦意。木柏松和柳星张两个老头也精神矍铄。凤儿姑娘依旧清丽脱俗，似乎人间俗事与她没有多大干系。倒是小清早就支持不住，吃罢午饭便哈欠连天，最后连嘲笑伍悠悠的力气都没有了，直接趴在桌子上打起盹来。张秋池自然也好不到哪里去，两只眼圈又红又黑，硬撑着白天没有睡觉，晚上进入房间，不待脱去鞋袜，一沾枕头就睡着了，怎么叫都没用，这让在房间等了半天的伍悠悠差点憋出一口血来。

既然连说话解闷的人都没有，伍悠悠只好独自一人扯过被子闷在头上黯然神伤。也怪不得他，自从张秋池老老实实将他本名泄露出来以后，不仅小清捡了一个天大的便宜，连不苟言笑的凤儿姑娘和冷如冰霜的指甲红都强忍笑意，这对伍悠悠来说，可比江湖上任何神功都厉害，直接将他那英肝侠胆伤得透透的。更可恨的是，木柏松这促狭的老头儿竟然还说起自己的一件往事，说他那时候追的南海派女弟子也叫悠悠，不过姓夏，留着齐刘海，长得水灵灵，唯一美中不足的就是有点胖，说完还咂吧嘴回味了半天。这让本已无地自容的伍悠悠恨不得跳起来，用两尺短刀在木柏松身上扎上几个窟窿，但慑于指甲红的"淫威"，伍悠悠最终忍气吞声提前离席躲回房间。然而，他现在只能听着张秋池的鼾声咬牙切齿，一不小心又牵扯到肋下伤口。初春的夜晚真叫一个精彩啊。

第二天一大早，大家起床之后都神采奕奕，只有伍悠悠宛如雪上加霜，眼圈漆黑不说，连脸色都有些苍白。从桌子上拎过两个馒头，伍悠悠独自一人率先向客栈外头走出，寻到他的"黑旋风"，攀爬上去，边吃边等张秋池他们，自始至终都没有说话。看到马背上摇摇晃晃的伍悠悠，张秋池心里有些过意不去，跟众人道了个歉，也拿着两个馒头走到客栈门口，贴着"黑旋风"坐在石阶上，边吃边顺着伍悠悠忧郁不已的眼神望向前方。前方是折节城的城楼，这座本来就不大的城楼自然没有高大的城墙，除了基石采用的是大理石、花岗岩之类的岩石，城墙很大一部分都是和着半泥半石子筑成的，防御盗贼野兽还行，真正遇到战事就根本不值一提了。好在折节城位于荣朝境内深处，不大会出现战乱之类的情况，城中的居民也从来不担心这种事情。

张秋池的两个馒头很快便吃完了，抬起头看了一眼伍悠悠，发现他第一个馒头还在嘴边撕扯，不像是吃，倒像是幼兽磨牙一般。望着如霜结一样纷纷落在地上的馒头屑，张秋池好生心疼。不过张秋池大概也能感受到伍悠悠的心情，忍着没去嘀咕他，闲来无事，只好继续望着城头。城头上面稀稀拉拉有几股士兵在游走，突然一道白色的人影从天而降落在城头上面，几股士兵第一时间发现情况不对，瞬间工夫，三三两两跑得一个不剩，只余一座空城头和一位谪仙般的白衣人。适逢此时，客栈内神清气爽的小清望着门口这对难兄难弟，尤其是伍悠悠萧瑟的背影，伤口撒盐地说道："伍悠悠，一大早你就盯着城头，莫非上面有位绝世美女不成！"

"城头上面真有一个人，不过好像是个男的。"张秋池回头答道。老实人再次伤了一个人的心，还是一位少女，小清此时终于体会到昨天伍悠悠那一刻的心情。只是不待小清发飙，天下第六的指甲红已经率先发起飙来，黑色身影真如旋风一般直掠城头而去，丢下一句："你们先走，我随后赶来。"话音刚落，指甲红就站在城头之上，与白衣人遥遥相对。谁知道白衣人什么话都没有说，直接向城外落去，指甲红紧追不舍，刹那之间，黑衣和白影便不知所终，就像什么都没有发生一样。

"柳老头，这人是谁？"木柏松的好奇心总是那么浓烈。柳星张摇了摇头，回了一句"不是高手，胜似高手"。"这么说指甲红那丫头这次麻烦喽。"木柏松似乎还有些幸灾乐祸。

"输未必，赢也难。"

"你说平手不就得了，装什么高深。"木柏松对柳星张的回答很是不满。

"不会平手的。"柳星张还是摇了摇头。

凤儿姑娘早已明白柳星张的意思，望了一眼坐在石阶上的那个背影，心里有些琢磨不定："难道这次还会是你？"

马车出了折节城后，伍悠悠独自一人吊在后头，再无丝毫之前的英姿勃发。可能是指甲红的离去让大家略显谨慎，一行人脸上都有些许凝重。出城不远，一人一骑光明正大地拦在道路中央，马站在路上，人站在马背上，还有九把剑背负在这个人身上。与此人相比，耷拉在车厢后头的伍悠悠简直连绿叶都配不上。木柏松停下马车，一行人都出来看着，连在后面磨磨蹭蹭的伍悠悠都赶上来时，这位拦路的大侠依旧没有从马背上下来。

"学生张秋池，敢问前辈何方高人，为何拦住我等？"见伍悠悠丝毫没有出头的意思，张秋池只得硬着头皮来接这个茬儿，总不能让两位比马上这位还要老的人出面吧。

看到终于有人出面，马背上头发枯黄，梳着一个瘦小发髻，穿一身道袍的老道士终于松了一口气，略作沉吟，慢悠悠地说道："此路是我开，此树是我栽，要从此路过，留下书生来。"念完之后，老道士将了将黄须，有些满意自己的出口成章。

不仅仅是张秋池，大家都被老道士的话唬了一跳，心想，这么一个高人怎么也做起剪径盗贼的勾当来了。"老神仙，这路和树真是你的？"小清似乎被老道士出场的风姿震到了，难得低声下气半信半疑地问了一句。"当然，连你们昨天晚上吃饭住宿的地方都是我的。"老道士得意扬扬地说道。"我知道了，你是客栈掌柜的？"小清击掌说道。谁知道老道士在马背上一个趔趄差点没有站稳，枯黄的胡子吹得比木柏松还高，很认真地纠正道："贫道姓布，名折节，你们经过的那座城就是我的家。"这句话比老道士的出场词更让人吃惊，其貌不扬的老道士竟然是折节城的城主，那么布折节之前说的还真没错。按荣朝律令，城池方圆十里的地方都在城主的管辖之下，别说他们才走了不到二里路。这让本来下了套子准备嘲讽老道士一把的小清目瞪口呆，心里暗想：难道今天自己不应出门？

"那行，布老先生，我跟你走，你让他们过去吧。"张秋池很认真地对布折节说道。

"啥？不用打一架吗？"布折节这次真的有些生气。自己辛辛苦苦摆了半天谱，被张秋池这样一弄岂不是没有任何意思，老道士脸上一百个不同意张秋池的建议。

"那你说到底怎么办，我们还要赶路呢。"小清双手叉腰，气势汹汹地问道。

看着从贤淑变凶悍的小清，布折节指了指书生，支支吾吾地提出自己的主意："要不这样，一会儿我先杀你，然后你不同意被我杀，然后你们可以来阻止我杀他，我就可以和你们打一架，然后不管输赢，再让我把你杀了，他们就可以走了。你明白了吗？"

听了布折节这番看似绕口又理直气壮还中气十足的话，木柏松几乎想拿手里的鞭子抽过去，被柳星张暗地里拦了下来。小清算是彻底无言以对了，只有张秋池老老实实地回答道："明白了。""明白你个大头鬼，这老家伙想杀你，还要我们给他当猴耍，你以为你是谁啊，天下第一吗？高手很了不起啊，我伍悠悠最不怕的就是高手榜的高手，来来来，我陪你耍两刀，你要是输了下回我们来吃饭住宿不许收一两银子。"张秋池拽着摇摇晃晃走过来的伍悠悠，无比担心地问道："你伤没好，还是算了吧。"布折节丝毫不给张秋池做伍悠悠思想工作的时间，赶紧应承下来："没问题，要是我赢了呢？""赢了你杀他就是了。"听到伍悠悠恩怨分明的回答，张秋池拽着衣服的手不自觉地滑了下来。

"出剑。"伍悠悠话音刚落，布折节呵斥一声不给他丝毫反悔的机会，老道士背后九柄飞剑同时出鞘，齐刷刷停在布折节胸前，剑尖对着伍悠悠以及站在伍悠悠身旁的张秋池。

"老柳，还是你眼尖，御剑之术，这架没法打了。"木柏松心有余悸地说道。"你看下去。"柳星张面无表情。

"剑去。"九柄飞剑平缓地向伍悠悠飞去，速度不快，却很壮观，更关键的是飞剑带给人的压迫感，使得观战的众人都不忍目睹伍悠悠死于飞剑之下的惨状。伍悠悠早就觉得这个老道士有些不对劲，因为他本来就是这类人物，知己知彼，自然能够战而胜之。从布折节出剑伊始，伍悠悠就紧盯着九柄飞剑，开始心里还有点打鼓，等到飞剑越来越近，系在飞剑剑柄的九根透明丝线立马点燃了伍悠悠憋屈已久的怒火，随着伍悠悠一句"去你个大头鬼"，二尺短刀便不顾一切地冲进飞剑之中，叮叮当当将九柄飞剑连线带剑尽数砸落在地。

"我就说老柳你眼光独到嘛，我要是冲上去还真是以大欺小，丢不起这个脸啊。"木柏松哈哈干笑道。柳星张冷哼一声，手指握紧了膝盖上的幡子。就在此时，伍悠悠突然有些疑惑，似乎有什么东西从自己身旁经过，而木柏松和柳星张却同时脸色大变。就在张秋池准备上前搀扶伍悠悠时，一道黑色人影突兀地出现在张秋池身前，并将他撞飞，紧接着一蓬血花从人影肩头溅起，人影冷哼一声，踉跄着再次一闪而逝。小清望向凤儿姑娘，正欲说话，看到小姐眼中严厉的眼神，立刻噤若寒蝉，乖乖站立旁边垂首不语。

第七章

白云出岫本无心　火莲竟与心意通

"原来你是提醒我这一出。"木柏松放松下心神，若有所思，"就算是这样，对我也应该没有什么威胁。"

"不怕一万，就怕万一。要是这样的飞剑不止一柄呢？"看到木柏松没有说话，柳星张继续低声说道，"如果我猜得没错，这柄飞剑由旭国特有的水晶制成，寻常人很难发现，何况前面还用了那么多的幌子。要是这个布折节的御剑术再进一步，怕是刚才那个死士也救不了张秋池。""哈哈，没想到老柳你耳朵还挺灵光的。""哼，难道你就没发现那几个死士？怕是指甲红也早就知道，才心甘情愿被他们调虎离山。""指甲红被引走，一路上你又不肯让我出手，到底是为了什么？"这确实是木柏松心里最疑惑的地方。

柳星张嘴角微微一笑："老伙计，我们这次重出江湖本想到处走一走，看一看，没想到无意之中被卷入这样一场难得又危险的谜团里面，我可不想独自一人回去隐居。"

"你的意思是我们要急流勇退了。""流水都没有看到，你舍得走吗？""要不我们再合作一次？""还是先看看书生有没有事吧，他要是死了，估计也没什么看头了。""嘿嘿。"没有人知道在无影飞剑震慑全场的情况下，两个无良老头还蹲在车厢旁边为老不尊地打着小九九。

"唉，可惜了。"布折节看着被撞飞在地早已昏迷的张秋池摇头叹息，自言自语道，"就差一点，贫道就可与光明老头彻底了断这层关系。"说完，布折节十指微弹，将地上的九柄飞剑收了回去，此时，在场所有人再也不敢小看这个有些滑稽的老道士。凤儿姑娘眼神微冷，要知道，刚才那柄无影飞剑连南炎都没有办法避开，差点送了性命，若是这样的飞剑在杀手手中，岂不是用来行刺的绝佳兵器？除了八大高手，谁又能保证可以躲过这一击？凤儿姑娘正犹豫要不要让隐藏一旁的西浩和北玄出手，只听一声马嘶，蹄声阵阵，布折节九柄飞剑到手之后，赶紧用脚在马背上轻轻一跺，脚下那匹同样毛发枯黄的瘦马心有灵犀地撒蹄子狂奔，不待众人回过神来，一人一马已经朝折节城的方向跑了过去。凤儿姑娘看着站在马背上摇摇晃晃、七歪八扭却总不会摔下马来的身影，最终放弃了这个念头。

"咦，老头我刚想跟这位御剑神仙打个招呼，怎么就这样走了？"木柏松掏着耳朵遗憾说道。"木老头，本相掐指算过，这位高手与你志同道合，万万不可错过。"柳星张很认真地说道，谁知道回过头来，木柏松早就没了人影，正和伍悠悠抬着张秋池往车厢走来。

白衣人自折节城城头飞掠而出之后，沿着张秋池等人来的方向一路向东奔去。他的速度并不算太快，身法却很潇洒。即便气息衰竭之时，也未曾落地换气，而是就着脚底灌木花草一顿足、一拂衣便再次气贯长虹，气息连绵不绝不说，还有心思回头打量紧随其后的指甲红。指甲红追得也并不吃力，她知道身前这个白衣人内力相当了得，江湖中除了与自己齐名的七大高手，她一时真猜不到这人是谁。不过从白衣人的行事作为来看，顶多是将她从张秋池等人身旁引开，至于原因是什么，指甲红懒得去猜。她早就发现那位凤儿姑娘身边隐藏着三道极为强悍的气息，每一道都堪比江湖上最顶尖的杀手，加上凤儿姑娘本身以琴化气的手段，想必一时之间张秋池不会有什么大碍，何况还有两个其貌不扬的老头，在指甲红看来也许比前面这个白衣人还要难缠。

　　一黑一白两道身影一追一退，仿佛有默契一般不急不躁，直到离折节城三里有余，白衣人才在一面山坡上停了下来。指甲红落到白衣人身前，眼前这位看似四十多岁的中年男子，面带微笑地对她说："姑娘相貌旺夫，身手更是世间难寻，若不是痴长几岁，来我家做儿媳妇再合适不过。"指甲红清冷一笑，回了白衣人三个字："你想死？"白衣人仰天大笑道："性格也好，要是我那不成器的儿子喜欢，我也同意你们这门婚事，如何？"指甲红这次没有说话，右手五指微曲，红色指甲不停抖动，这是她暴怒杀人时的习惯，好久没有这么强烈的杀意了，连前天晚上在树林面对遮月杀手的围攻时也没有。指甲红伸出舌头，轻轻舔了一下嘴唇，却看到白衣人脸上的笑意更浓，也更让指甲红觉得死不足惜。

　　"罢了，"就在指甲红即将出手之际，白衣人摆了摆手，"反正又不会真打，打起来也不会分出生死，何必浪费气力。"说来也怪，白衣人说完这句话，指甲红果真散了指尖的内力，不过她依旧细细眯着双眼，一副随时择人而噬的感觉。要是刚才白衣人晚说半句，即便最终杀不死他，指甲红也想出手试试这个人的底子。她天生不惧高手，更何况她还是天下第一杀手，不杀普通武林人，杀的都是江湖有名或无名的高手，可是师父不喜欢指甲红杀人，估计只有这一点是那个书生与师父唯一相似的地方吧。

面对指甲红看待猎物一样的眼光，白衣人不以为意，很潇洒地转过身去："如果下次还会见面，我会给你一战的机会，你输了就得答应做我儿媳妇。"白衣人再次转过身来，盯着指甲红眯成一条缝的眼睛潇洒说道，"赢了，我便给你整个江湖。"指甲红听完，眼睛慢慢睁大，望向白衣人身后，手指轻握，红色指甲之间发出一连串悦耳的摩擦之声。

就在白衣人与指甲红所在的山坡背后，一队整齐的铁甲骑兵正列队等候，等候部队最前头那个华服公子的号令。白无忧回头看了一眼身后一万铁骑，黑压压的，像乌云一样，压得他心里很不舒服。想到自己老爹身后站的是整个荣朝一半的军队，白无忧就感到绝望，这日子真是没法过了。幸好现在有白不觉去操心，他只要安心做一个无忧无虑的小王爷便可以了。"玲珑啊玲珑，你说老爹不会真让指甲红嫁给我吧，我武功连老爹都比不上，更打不过指甲红了。要是真成亲了，岂不是要天天被她给欺负死啊？"白无忧抚摸着胯下白色骏马的鬃毛，忍不住抱怨给肩膀上的青雀听。青雀收拢翅膀，抬头望天，一副向往天空而不得的神情，丝毫没有把白无忧的话放在心上。"哎，要真是这样，到时候小王爷我连酒都喝不上，哪还有你的份儿呢？"果然，青雀立马回过神来，眼睛死死地盯着山那边正与白不觉交谈的指甲红。

"哈哈，你别瞪她，瞪她她也看不到。再说要真被她看到了，还不三两下把你扒光？你别仗着自己可爱就为所欲为，指甲红的指甲可是连人都能杀的，何况鸟乎？"说到这里，白无忧不明不白地打了一个寒战，随即又自我解嘲道，"真要到了那个时候，我是要你呢还是要指甲红呢？算了，我还是要我的鸾妹妹吧，比你听话，比指甲红漂亮，要不是为了她，我也不会来吃这个苦，你说对吧？"白无忧旁若无人地自言自语，反倒是肩膀上的青雀被白无忧唬得一愣一愣的，一会儿兴奋

一会儿痛苦，一会儿幽怨一会儿愤怒，最后干脆两眼一闭、两腿一蹬装起死来，直挺挺从白无忧肩膀上滚落。白无忧伸出右手刚好让青雀落在掌心，然后举向空中，说了一句："看，天上有只母雀。"青雀迅速弹了起来，看到天空只有白云一片，顿时恨意四溢。

白无忧身后一万铁骑，眼见统帅举起了右手，顿时铁蹄滚滚，杀意无比磅礴，将青雀吓得缩回了脑袋。白无忧白衣白马，一骑绝尘，如白云出岫。

"七十七，你先回去。"自从明曦成为旭国明教圣女，带她到木门的那位光明使者就被明曦留在身边。明曦侧身对七十七言道："我在这里站一站，如果大逐日问起，你据实以报。"光明使者七十七微微点头，安安静静地退了下去。半个时辰，一个时辰，两个时辰过后，寺门依旧紧闭，看来明空大师并不在寺庙里面。身着白袍的明曦有些失望，又有些庆幸地离开了今生寺。今生寺，这名字真好，每次来这里看着庙匾上的三个字，她都有些恍惚，自己的今生便是如此了吧。明曦低下头，发现白袍下那件大红教袍上的火莲已经含苞欲放。

回到光明总殿，明曦便又恢复了高高在上的圣女身份，说实话，自从成为圣女之后，明曦的生活似乎变得忙碌起来。从早到晚总殿之中，大小事务由大逐日安排的明教长老手把手教授明曦，她不仅要熟悉各项教典，更要学习明教功法，光明心法已经修行到了第三层，大逐日还是觉得有些慢。明曦自己也知道，往昔诸位圣女的光明心法至少需达到六层才行，甚至她的前任圣女绿晓更是修行到了九层大圆满的恐怖境界，可是那又如何呢？还不是在大逐日手里瞬间灰飞烟灭。所以，明曦内心一直觉得自己修不修光明心法，对明教和大逐日来说都影响不大，不过既然大逐日让她修行，她便会去做。她是明教圣女，那么大逐日就相当于明教当今的神明，谁都不会违背神明的旨意，也不敢违背。

成为圣女之后唯一的好处是可以自由出入明王总殿，可明曦从小到大都未离开过这里，出去之后她又能去哪儿呢。记得第一次从总殿出来，明曦才发现外面还有比光明顶更大更明亮的苍穹，苍穹之上有白云，云随风动。远处有高山，青山层层叠叠，任何一座都要比明王总殿壮观宏伟无数倍，原来，真正的世界从来不是明王总殿。阳光透过白袍，将温热的感觉传递到明曦身上，原来，真正的光明是如此耀眼温暖。等到明曦在总殿周围看到那些青瓦黄墙的道观和寺庙，才知道，原来这个世上除了明教还有道教和佛教，他们也有自己的信徒，道教的长簪道袍、佛教的戒疤袈裟便与明教的白色教袍一样，都代表各自追寻和向往的东西。

明曦到现在也不知道自己的红袍火莲究竟代表了什么，只要她出现在教众之中，那袭火红的身影便成为千万教徒顶礼膜拜的象征，站在总殿离光明顶最近的地方，她便宛如一轮红日，周围皆是她散发出的万丈刺眼光芒，白茫茫一片，让人心神摇曳。今天是每月一次的祭明王日，明曦做完仪式之后，从殿台走下，急匆匆向小木屋走去，她刚刚收到一个让人震动的消息，不敢擅自做主。

小木屋门口，大逐日望着愈发成熟和有圣女威严的明曦，满意地点了点头。自从他废除前任圣女绿晓之后，一向平静的明教内部却突然冒出几股不一样的声音。这些声音虽不敢违反大逐日的决定，可对于明教来说，他决不允许这种情况出现。只要明曦再坚持几年，等待一切时机成熟了，他就会让明教重新屹立于九州大陆之上，让世人都感受到信仰的力量，这个世界从此之后将大放光明。至于荣朝和大月氏，就让它们一起消失在光明的永恒之中吧。

明曦来到小木屋门前时，大逐日早已回到屋中，所以她不知道刚才大逐日就在这里看着她，更不知道大逐日心中所想。不知道为什么，随着成为圣女的时间越来越长，明曦从内心深处对大逐日有些害怕起来，其实大逐日还跟原来一样，每次见到她也都是和蔼可亲的。大逐日对待任何人都是一样的态度。明教教义上写着"人人皆可入光明，人人皆可入神国"，说明在明教之中，在最高首领大逐日眼中，同样可以与佛教一样平等对待众生，那么明曦又为何对此深感不安呢？难道是自己的心不再像以前那样平静了吗？因为今生寺还是因为明空？明曦不敢再想下去，大逐日在里面已经等很久了。

"殿外的世界看看就好，而你自己的世界只在你心里。"这是明曦进入小木屋后，听到的第一句话。"明曦知错了。"大逐日示意明曦坐下，可明曦依旧站着，大逐日也不以为意，继续说道："在我眼里，不管你是杨明曦还是圣女明曦，不管你在明教还是不在明教，都是一样的，因为我看到的是你内心对光明精神的向往，所以当年才选择了你，我希望你可以将明教带好。"

听到这里，明曦内心有些挣扎，正犹豫着要不要将明空告诉她的那些话说给大逐日听。大红教袍此刻像火一样缠绕在明曦身上，让她几乎喘不过气来。明曦又想起当初绿晓在焰火之中悲喜交加的画面，心里突然有些迷茫，有些懵懵懂懂的羡慕，甚至她在想自己只要向大逐日伸出一根手指，或者什么都不用做，只要暴露出自己内心最让她害怕的那个想法，是不是也会马上和绿晓一样，陷入那种焰火焚身的痛苦和解脱之中呢？明曦的脸色变得越来越红，她的全身也越来越烫，红袍上火莲的图案仿佛正在燃烧，从她胸口烧进血肉里，她的每一寸肌肤，每一块骨骼，每一滴血液都在慢慢融化直至沸腾，化作一股大气磅礴的火焰由喉咙直冲而上，最后从她七窍之中喷向天空，绽放出耀眼的光明，而她自己好像没有存在过一样。灰飞烟灭，了无痕迹，明曦突然之间心里感到极度害怕，她想通过叫喊驱散心中的恐惧，可是喉咙里都是火焰，哪里能够发出声音呢？

望着身陷痛苦之中临近死亡的明曦，大逐日的脸色看不出一点异样，最终，这位满头白发的老人还是伸出一根手指，轻轻点在明曦的眉头。半炷香后，明曦渐渐从疯魔状态清醒过来，全身都已经湿透了，她内心后怕不已。刚才不知道为什么，明曦体内的光明心法一时之间失去控制，加上明曦自己心神不宁，最终造成走火入魔的情况，如果不是大逐日出手对明曦体内的真气加以压制和引导，她可就真的步了绿晓的后尘，只不过绿晓是死在大逐日手上，而明曦可就会成为第一位死在自己手上的圣女了。

"谢大逐日救明曦一命。""看来这便是你我之间的机缘，不过这份机缘在今天已经被你耗尽了。以后的路要怎么走，只能看你自己了。"明曦低头不语，无意间看到自己早已湿透的红袍，心中顿时骇然，因为红袍上面那朵含苞欲放的火莲，此时竟然已盛开了大半。看到明曦震惊不已，大逐日只好提醒道："你这次算是因祸得福，再有下一次连我也救不了你。说吧，是不是又有什么棘手的事情了？"

明曦将密信从袖中拿出交给大逐日，大逐日看完之后，将密信轻轻拍在桌子上。明曦便看到密信连同大逐日手掌之下的木头逐渐化为灰烬，而手掌边缘的木桌却安然无恙。"可惜了。白不觉，你这是要提前决裂吗？"

"大逐日，白不觉明明知道布折节是您的暗棋，为什么还要派兵攻打折节城呢？"明曦是真的不明白，既然白不觉答应了大逐日，也亲自出手引开指甲红，虽然最后布折节依然没能杀死张秋池，可也没有必要派出一万铁骑将折节城屠杀干净吧。就算折节城只是一个不起眼的小城，他白不觉就不怕有违人和吗？

"折节城虽小，可城内藏有我们旭国培养的一千死士。十几年心血，一朝成空，白不觉，你不觉得这次做得有点过了吗？"大逐日突然微微笑道，"也好，过几日见面我看你如何给我交代。"明曦听了大逐日的话后，并无太多惊讶。作为圣女，她已经知道了太多明教的秘密，而她自己内心的秘密，真的就无人知晓吗？

不同于明王总殿里的暗潮汹涌，殿外一处不起眼的山坳之中，一位中年和尚刚刚回到庙前。就在之前明曦站立的位置，和尚抬起头，看了看每次回来都要念上无数遍的寺匾：今生寺。

第八章

时过境迁月西沉　醉眼蒙眬念奴娇

　　荣朝与大月氏的边境周围因为三年征战早已破败不堪，往东、东南的荣朝境内要稍微好些，基本没遭受多大影响。现在由于征月大军向西北推进到了新月谷附近，荣朝边境的原居民大部分已经陆续回来了，个别胆大的少年在大白天的时候，还敢将羊马赶到原来是大月氏的领土而现在早已荒无人烟的土地上偷吃几片肥嫩的青草。初春即将过去，西北之地严寒本就未退，青草是极其难寻的，自然不舍得眼睁睁放过。何况最近前方传来军情，说是征月大军即将强攻阻挡了荣朝三年的新月谷，一旦突破进去，相信要不了多久大月氏就将成为荣朝西北边疆之地。想到这些，不少中原货商、贫民已经踏足这块战乱区域，希望谋取一份利益。

　　黄昏时分，一队整整齐齐的兵士从这片土地穿过，朝西北新月谷方向而去，几名十几岁的少年坐在马背上面，望着征召入伍的荣朝新兵，眼中满是羡慕和骄傲。再过几年，他们也可以骑着自己的战马，像这群兵士一样，朝着目的地和梦想踏步向前。那时候，也许大月氏早已成为荣朝领土，但是九州大陆除了荣朝、大月氏之外还有不少各代都未曾踏足的地方，比如说旭，这个大明王朝最正统的继承者。相传旭国到处是明亮如日的宝石，旭国的女子每一个都像明教圣女一样让人向往。这些少年没少从父辈口中听到这些传闻，相对于美丽的女子，他们现在更在乎明晃晃的战刀，要是有一套像新皇白泓身上那样的黄金战甲就最好了，就算不是黄金的，最起码做到将军，弄一身镶银战甲，再回到家乡和部落走一圈，要多威风有多威风。如果运气好，能够跟着新皇征战大陆上的未知之地，这辈子也就值了，他们会成为开拓疆土的传奇人物而被后世铭记。少年们还未从幻想中醒来，这队兵士已经通过土地走向远方，天色已黑，前方渐渐朦胧的地方便是战场，那里有酒有肉，有荣耀，有热血，有义气。当然，还有死亡。

在新月谷前方平原地带，是荣朝征月大军的本部所在，驻扎着十五万新军，这些新军与新皇一样都是首次接触大规模的战争，他们热情洋溢、气势高涨，再过几天便要强攻新月谷了，是生是死，是荣是辱，就看战果如何。整齐的营垒中间，是一顶最大最耀眼的金龙帐篷，这顶帐篷以及它的周围通宵达旦灯火通明，帐篷四周镶嵌着九条活灵活现的游龙，气势逼人，帘子两旁分别站着一员守夜大将，皆是荣朝功勋大将的后代，誓死保卫皇室。虽然亥时已过，可荣朝本部各个军营依旧热闹，年轻人总有聊不完的梦想和女人，这一切宛如荣朝这个新生帝国一样年轻而充满朝气。

与新月谷外生机勃勃的军营场景不一样，谷内在天黑之后少有灯火，依稀几处亮光肯定是大月氏守夜的哨楼所在，火光明灭意味着安全与否。在谷内一处较为平坦的山腰之上，有一栋石头垒成的石室，石室不大，里面的陈设也非常简单，几张石桌木椅随意摆放。大月氏大月部首领阿那木扎独自在石室里面饮酒，整整三壶酒一人饮完犹未尽兴，他正要喊人加酒的时候，发现自己面前已经站了一个人。阿那木扎看了一眼许绩，平静地道："我以为你早就该来了。""该来的时候我自然会来。"许绩对这个阻拦了白泓三年的大月氏现任首领并未有太多客气，哪怕阿那木扎是白泓的亲舅舅。"白泓想见我了吗？""所以我来请你。""好。"

就在阿那木扎答应许绩之后，一位极为矮小的老头钻了进来。未等老头说话，阿那木扎对许绩说道："他叫斩土，是我的军师，能够支持这么久大部分是他的功劳。不过他曾经发过誓，此生不会踏足中原一步，所以你不用杀他。"征月三年许绩自然知道大月氏有这么一号人物，如果阿那木扎不说这番话，他也没准备随手干掉这个号称大月氏神算子的人。毕竟许绩是跟随荣太宗白羿亲身走遍九州大陆的人物，又是天下排行第三的高手，何况离白泓最近的许绩如何不知晓这场征月战争的真正意图。直到阿那木扎随许绩离开之后，未曾被许绩瞧过一眼的斩土发出轻轻的"呵呵"声。天下王朝莫不以土地为根本，斩土，恐怕也只有荣朝东海山羊宫的天机子才能胜过这个名字。幸好只是个名字，能否真正斩土裂疆，还要看手段如何。

阿那木扎出现在荣朝本部中央的金龙帐篷时，只是披了一件夜行的黑袍，头和脸都掩藏在帽檐的阴影下面。看到白泓端坐在大营正中的点将台上，阿那木扎的神色一时之间有些恍惚，自从二十年前妹妹阿那朵远嫁荣朝皇帝白羿，直到生下白泓之后突然薨亡，他都没有再见过阿那朵一次，甚至连眼前这个与妹妹形神相近的白泓也没有见过。三年前，阿那木扎得知白泓继承皇位之后，曾想孤身前往荣朝帝都看看这个亲外甥，即便当时大月氏各部落竭力反对，甚至还引发了两个部落叛乱，也没改变阿那木扎的心思。一直等到帝都的征月檄文告示天下，阿那木扎才绝了这份心思，而且征月大军的统帅还是刚刚继位的新皇白泓。最让阿那木扎无法理解的是，征月檄文里面最重要的一条罪行便是大月氏阴谋毒害荣朝皇太妃阿那朵。所以，阿那木扎早就想亲眼见一见这个亲外甥，再亲口问一问他，自己的妹妹究竟是怎么死的？

金龙帐篷此时只有三个人，阿那木扎坐下之后只是独自喝酒，许绩没有退下并不是担心白泓的安危，而是因为除了太后，许绩可能是最清楚当年事件的人。"如果新月谷被我攻破，你会怎么选择？"白泓首先开口提到的竟然是即将展开的战事。"当战则战，当退则退。""战，拿什么战？退，又能退到哪里？""这算是劝降吗？"阿那木扎笑道。

谁知白泓突然又提到一件与这次会面似乎毫无关系的事情："记得三年前父皇离去之后，满朝文武之中并非一致要拥立我这个太子，相当一部分人尤以武将居多，都暗中想推选本该成为太子的昊天王白不觉。在他们看来，白不觉战功卓著，是以武立国的荣朝新君的不二人选。当年太祖选择立父皇为太子就已经在朝廷内外埋下了一股不服的势头，幸好父皇文治天下，又与不觉皇伯父兄弟相亲，这才延续了太祖开国之后的'颢羿盛世'。可是当皇位传到我这里，许多问题便再也很难压制了，知道当时反对声音中最有力的一条是什么吗？说我血统不纯，根本就不应该继承大统，而当时对我威胁最大的一条传言认为我根本不是父皇的子嗣。"

阿那木扎听到这里，脸色变得有些难看："当年送你母亲入荣朝并非我一厢情愿的行为，白羿曾在边境会盟时见过阿那朵。那时候荣朝东面、南面、北面的疆土都已达到鼎盛，剩下的只有我大月氏和旭，我到现在也不明白白羿在余生的二十多年里为何不兴军事，反而在会盟的第二年送来密旨给我，说要迎娶阿那朵，可保大月氏二十年无忧。

最主要的是你母亲自己愿意前往，我不知道她是为了我还是为了大月部，事实是自从阿那朵嫁给白羿之后，大月部便从大月氏各部落中胜出，我这个首领也能够一直维持到今天。不管是谁认为你不是白羿的子嗣，我阿那木扎第一个不会放过他，这是对大月氏的侮辱，更是对你母亲的亵渎。"

白泓等阿那木扎说完，既没有认同也没有反驳，只是继续平静地说道："在情况最为危急的时刻，怡容太后和皇伯父共同站在我这边，太后的哥哥宰辅王志璨，率领门生旧吏硬生生弹劾了十八位帝都文官，而皇伯父更是亲手在御殿之上杀了三名大将军，这才止住这场风波，最后终于让我登上了皇位。"阿那木扎若有所思，他不知道白泓到底想告诉自己什么。然而，白泓接下来的一句话更让他疑惑不解。"舅舅，你告诉我，他们花了这么大的心思和代价，如果这一切都只是一场谋划，那他们最终的目的是什么？"

阿那木扎还没有从白泓突如其来的"舅舅"叫声中回过神来，便被白泓话中隐藏的诸多真相震惊得无以复加。"你需要我做什么？"虽然阿那木扎被白泓喊了一声舅舅，可他显然知道白泓的重点不是现在要跟他认亲，甚至如果白泓的猜测是真，哪怕有一部分是真的，别说他是白泓的亲舅舅，就算是荣太宗在世也未必能够扭转乾坤。

白泓没有理会阿那木扎，自顾自地说道："父皇临终之前，曾单独召见于我，他告诉我说母妃的死是个意外，至于凶手是谁连他都没能查出来。然而，在登基之后，许叔叔帮我调查了许多当年的线索，所有线索都在舅舅你这里断掉了。""我？"阿那木扎疑惑地问道。

"他们想让我征讨大月氏，所以我便来了。"直到此时，白泓才露出一丝微笑。

白泓微笑的样子在阿那木扎脑海之中渐渐与阿那朵重合。对于白泓所说的话，阿那木扎认认真真地思考了很长时间，才苦笑道："是舅舅没用，让你受苦了。"白泓走下点将台，亲自为阿那木扎和许绩各倒了一杯酒，然后给自己也倒了一杯："我能有什么苦，再苦也比不上母妃地下独眠二十余年。"说完，白泓、阿那木扎、许绩三人皆沉默不语。

　　许绩送阿那木扎回新月谷，整个金龙帐篷里又只剩下白泓一人，从小到大，他早已习惯了这样的生活。自己生命之中最重要的三个女人，一个在自己很小的时候便离他而去了，未见容颜，也就没有留下任何回忆，可是他心里仍然会时时想念，这个女人叫阿那朵，荣太宗白羿的皇妃，新皇白泓的母亲，皇宫母妃殿的主人。所以，白泓心里非常感谢阿紫，是阿紫从小将他当亲人一样对待。从小到大，每次进食都是阿紫试过之后才会拿给他吃，每当他夜里惊醒，睁开眼睛看到的便是阿紫。那时候，他还是喊她阿姊的。白泓以为只要自己长大懂事了，便可以给予阿紫一切她想要的东西，可是美好的念想往往只存在于年幼之时，时间是世间最高明的杀手，杀死了世人心中一切美好的留恋和念想。
　　白泓端坐在点将台上，孤独随着黑夜的沉寂而更加沉重，仿佛新月谷天空西沉的弯月，越低越亮。以往在自己最孤独的时候，阿紫会紧紧地抱着自己，从男孩到少年，从少年到成年。想到这里，白泓不自觉笑了一下，好像成年之后都是自己抱着阿紫，学着小时候的样子将头埋到阿紫胸前。不知道从何时起，白泓每次抬起头来都可以看到阿紫脸上一片绯红，就像自己十五岁那年早上起床被阿紫换掉衬裤的时候一样。可是阿紫从来没有拒绝过自己，直到今日依然如此，白泓真的非常喜欢靠在阿紫的胸前，很软很香很温暖，比点将台檀香木的桌面柔软，比玉杯里的西荒酒醇香，比身上这副黄金战甲温暖，真的很温暖，是不是母亲的怀抱也是这样……

许绩从新月谷回来之后，本想询问三天后的战事是否需要变更，看到趴在点将台醉倒的白泓，这位天下第三的高手嘴角泛起一丝笑意：白羿兄，白泓真的很像当年的你。

当许绩为这位年轻而孤独的皇帝盖上战袍的时候，点将台的檀香桌面上赫然写着一个酒渍未干的字：战。

第九章

王家有女已苍天　神游书生惹红颜

怡容宫中，太监宫女各司其职，难得地起了一大桌饭菜，因为今天来怡容宫用午膳的不是别人，正是当朝宰辅王志璨。如果王志璨以宰辅的身份进怡容宫，那是不可能的事情，凭他王家荣朝第一家族的底蕴，加上王远云、王志璨父子连续两任宰辅在朝堂累积的声望也远远不够，可王志璨有一个了不起的妹妹，叫王逸蓉。所以，王志璨今天是作为兄长前来探询身体抱恙的妹妹，与朝堂无关，有礼可循。即便如此，席间王志璨依旧做足礼数，丝毫不敢以怡容太后兄长的身份自居，这是臣子的本分。怡容太后仅仅在几道色泽明丽、味道清寡的素菜上浅尝辄止，就再也不肯多吃一口，王志璨也不好意思将御膳真正当成果腹之物，划拉几口饭菜就起身立于一旁，使整个午膳显得有些匆忙。

"宰辅近日要繁忙许多，身体可要调养好才行。"看到并无心思用膳的兄长，怡容太后开口言道，"哀家今年都觉得身子大不如前，常常感到厌倦困乏，想必宰辅更是如此，不知父亲大人现在如何？""太后放心，父亲年纪虽大，但依然耳聪目明，仍可食肉。"怡容太后面露微笑："那就好。"撤下午膳之后，王志璨随怡容太后来到宫中后院，初春已过，天气转暖，王志璨从背后望去，披着雪白狐裘毡子的怡容太后在春风中显得有些柔弱。谁能想到当年那位敢爱敢恨哭闹着不愿进宫的女子，此时竟成了荣朝太后，连女儿都已长大成人，到了天性烂漫的年龄，难怪他这个舅舅听说白鸾偷偷跑出皇宫，还涉足江湖，真是与当年的王逸蓉不相上下啊。

"月狐公主安好？"王志璨心里也对白鸾这个外甥女疼爱有加，不仅因为公主的身份，更因为她是王逸蓉的女儿。怡容太后微微皱眉，突然停下脚步，王志璨说完就后悔了，他知道王逸蓉对这个月狐公主的封号很反感。先帝在位时还好，自从白泓继位，月狐公主在宫中便很少有人再提起，可能这当中怡容太后暗中施加了压力。"看来我也老了，记性也大不如此，等陛下凯旋，我就请辞宰辅之职，也好在家多陪陪父亲大人。"王志璨笑着转过话题。

毕竟是自己的亲哥哥，怡容太后自然不会在月狐公主这个称呼上对王志璨有太多诘责，重新移动脚步，向前走去。"宰辅志存高远，身体强健，何须急于一时，何况陛下若征月回朝，还需你在一旁多加辅助，"怡容太后不是很赞同王志璨的想法，"朝中仍有人对陛下存有疑虑，宰辅难道忘了当年王家对文官的弹压吗？"怡容太后身后，王志璨脸色凝重，他深知官场险恶，当年新皇白泓登基，在皇后的授意下，他这个当宰辅的哥哥亲自出面率门生故吏弹压反对声最大的一群文官，虽然事后白泓成功登基，对王家和王志璨一派褒奖有加，但显而易见的是，昔日在荣朝地位超然的第一家族王家，由老宰辅王远云一辈子奠定的文官基础在这件事后已经动摇。最近三年，帝都文官虽然表面上还是以王家为首，实际上大部分文官已经或多或少与王家保持了距离，不愿意和王家走得太近，谁也不知道下一次皇室变动王家会如何选择。时局难料，人心更难测。

　　"自古朝堂是非多，朝堂之下犹有过之。一旦卸任宰辅之职，我会让门生也让出几个载重之职，相比之下，就算王家以后在朝堂不再像以前一样风光，可这第一家族的地位想必还是没有多大问题的。"王志璨如何不知道自己一旦辞去宰辅，他这一派甚至整个王家都会遭到当年被弹压势力的反扑，但是他这个宰辅交出去越早，他和王家受到的波及也就越小，趁着新皇还年轻，怡容太后在后宫还是独大的时候，至少可以不失体面地离开朝堂。怡容太后没有继续劝说，而是提到了征月大军的事情："宰辅以为新月谷之战战局如何？"

　　"陛下能在白不觉半国之军的压力下，以三年时间磨炼十五万新军，难能可贵，凭这一点就足有胜任荣朝尊位的资格。白不觉一直不声不响，何曾不是想让陛下独当一面，等陛下能够完全掌控大局，他必然要率半国之军一统九州大陆，建不朽战功。"王志璨不敢明说的是，白不觉不是不想做皇帝，他是想做那超越太宗、太祖的九州大陆第一位武帝，所以白不觉当年以嫡长子身份不与白羿争皇位，否则白羿岂能轻易为皇帝。而现在，白不觉对待白泓就像当年对待白羿一样，这位本名白昊的昊天王，要以一个安稳服帖的荣朝为基础，率领休养生息二十年的半国之军横扫整个九州大陆，甚至最后跨越传说中的大陆尽头也不一定。一旦功成，无论新皇白泓这个皇帝做得有多好，包括缔造"颢羿盛世"的太祖、太宗都无法与白不觉相提并论。因为那时候白不觉不是天子，而是天人。"三年隐忍磨炼，终将毕其功于一役，新月谷之战陛下胜算很大！"

　　"可是，要是陛下输了呢？"怡容太后突然回过头来微笑着问道。王志璨骤然无语。包括王志璨在内的荣朝上下都知道，新皇白泓征讨大月氏都是为了建立战功，以稳固本就摇摇晃晃的帝位，而且以荣朝军力，就算是十五万新军，也足够将大月氏打得抱头鼠窜了，别说一个攻打了三年的新月谷。而且，新月谷这场战斗新皇只能赢不能输，因为白泓输不起。所以，王志璨从来没想过这个问题，又如何回答怡容太后呢？

"白不觉的心思你我皆知，既然他只要一个安安稳稳的大后方，我们给他就是了。"听了怡容太后这句话后，王志璨睁大了眼睛，觉得王逸蓉有些陌生，似乎眼前这个妹妹再也不是当年被迫嫁给先帝白羿的无奈少女，她的脸色那样清冷，她的表情那样坚毅，她的眼神又那样柔和。"陛下是个可怜的孩子，无论他最后是胜还是败，哀家都希望哥哥你依然能像三年前那样站在我的身后。"怡容太后盯着王志璨的眼睛一字一顿道，"这本是王家欠我的。"

张秋池醒来之后，只觉得全身酸痛无比，无法动弹，脑子里更是一片模糊。别说他一个文弱书生，便是习武之人被南炎突如其来地撞一下，别说昏迷，丧命都是极有可能的。好在千钧一发之际，南炎仍然记得白鸾的吩咐，使出巧劲将张秋池撞飞，即便如此，对张秋池来说好像跟死也没什么两样。因为他在车厢里面已经昏迷了三天三夜，脸色苍白如雪，气若游丝，害得小清天天夜里惊醒好几次，只为用手探视张秋池的鼻息，生怕这个无能又不让人省心的书生突然毙命，惊着自家小姐和自己。好吧，其实最主要的是自己害怕守着个尸体过夜，小清记得小姐跟那个自称陆红的天下第一杀手指甲红晚上都是睡得很熟的，只可怜自己常常卷着被子蜷缩在车厢一角，提心吊胆的，整夜睡不好觉。

借着车厢内油灯的微弱灯光，三个女人凑在一起，六只眼睛齐刷刷盯着刚刚苏醒的张秋池。只见他双眼黯淡无光，连眼珠子都不转动一下，三个人你看我看你，都不知道怎么办才好。凤儿小姐没照顾过人，指甲红从来只顾杀人，而会照顾人的小清却幸灾乐祸地说道："不会是傻了吧。"凤儿姑娘与指甲红对望一眼，一个眼里有些淡淡的失望，另一个眼中却升起一股杀机。小清只觉得突然之间怎么有些冷，不由得裹了裹被子，凤儿姑娘赶紧偷偷拽紧一根琴弦，生怕对张秋池过于关心的指甲红暴起杀人。幸好喂了口水之后，张秋池死鱼般的眼珠终于转动了一下，渐渐恢复一些光泽，指甲红杀机收敛，凤儿姑娘也暗自松了一口气，小清却浑然不知。就在三人都松了一口气的时候，幽暗的车厢里，半醒未醒的张秋池突然伸出双手，大喊一声："我饿。"下一刻，凤儿姑娘一声娇叱，琴弦呜咽，整个车厢"轰"的一声飘然四散。木柏松和柳星张回头看到残破的车厢之中三女一男剑拔弩张的景象，顿时对书生刮目相看。

张秋池依稀记得之前有个老道士跟伍悠悠比剑，眼看着伍悠悠气势如虹地将老道士的飞剑砸得七零八落，不知怎的，眼前突然一花，整个人就晕了过去。也不知道昏昏沉沉睡了多久，反正在刚才看到一丝光亮之前都是黑沉沉的，什么也看不到，没有人，没有声音，也没有水和食物。张秋池就像在黑夜里迷路的旅人，孤独而没有希望地向前走去，不知道有没有出路，也不知道会不会看到光明。终于，不远处出现了一道亮光，一道极其微弱却足以振奋人心的亮光。张秋池使出全身的力量，一步步向前走去，只是越走越沉，越走越慢，最后离亮光很近很近的时候，他已经没有丝毫力气，整个人瘫倒在地。但他不想放弃，他要去一个地方，对，那个地方叫楼外楼，他要穿过耳闻已久心生向往的天漠，要到楼外楼读一读超脱世俗的书，他还要实现读书人最大的理想，为天下苍生请命，造福人间。自己怎么可以倒在这里呢？张秋池咬紧牙关，寸寸爬行，近了，更近了，终于那道光亮触手可及。张秋池将整个脑袋钻进光亮之中，眼前白茫茫一片，什么都看不见，只有光，无边无际的光，将眼睛刺得生疼。他一动也不敢动，生怕这些光会刺瞎自己。

张秋池整个人都爬进光亮之中，然后再也无法动弹一下，眼皮都动不了了，他太累太饿了，似乎从出生到现在都没有如此筋疲力尽过。现在，他只想要一杯水，一些吃的，可是在这莫名的地方有谁会知道呢？突然，一阵马蹄声让张秋池有了一些希望，一人一马从光亮尽处出现，这个人骑白色战马，披漫天白光，像一尊神祇，仔细看更像一个人。张秋池记起这个人叫小伍，是跟他一同从帝都出发的伙伴，于是他放下心来，耐心等候小伍的到来。骑着白马的小伍来到张秋池面前，一手拿着一碗水，一手拿了两个馒头，问张秋池："你要哪样？""我要水。""那你要答应我一个条件。""什么条件？""以后不许喊我伍悠悠。"张秋池不假思索地回答："好。""来，接着。"小伍坐在马背上，左手将碗倾斜，张秋池张嘴接着从天而降的泉水，倍感甘甜，嗓子舒服了很多，人也恢复了不少精神。然后他又对小伍说道："我还想吃馒头。""那你还得答应我一个条件。""什么条件？""有个叫指甲红的女人说要杀我。"张秋池思索了一下道："那我遇见她，让她不要杀你。""行，不过馒头你要自己来拿，我受了伤不能弯腰。"张秋池点了点头，努力伸出手去，眼看要拿到馒头的时候，那匹白色的战马突然长出一对翅膀，载着小伍就要向天空飞去。张秋池有些着急了，赶紧再用力把手伸出一截，可白马已经离开了地面，越升越高。张秋池不知道哪里来的力气，从地上纵身跃起，两手笔直地朝小伍右手的馒头抓去，这一次没有失败，终于将馒头抓在了手里。张秋池高兴地笑了起来，然后，所有的光亮都消失了，眼前是三个美丽的女子。

小清一手裹着被子，一手指着苏醒过来的张秋池，脸色又白又红又黑，神情又气又急又怒，说不出的丰富多彩，却一句话也说不出来。张秋池茫然望向眼前这张美丽异常，没有丝毫瑕疵却又冰冷得满是煞气的容颜，心中有些莫名其妙，心想这是在什么地方，突然想起这不就是一路行来的凤儿姑娘吗？为什么离自己如此之近？究竟发生了什么事情？又想起自己之前饿得不行，好不容易才从小伍手里抢到两个馒头。咦，对了，馒头呢？张秋池定睛一瞧，顿时如遭雷击，想死的心都有，自己双手齐刷刷抓着凤儿姑娘胸部，因为太用力的缘故，连凤儿姑娘胸前的衣服都皱成了一簇。

凤儿姑娘现在也是无可奈何，其实在张秋池伸手之后的一瞬间她就感觉到了不对，本来手中刚好有一根用来防备指甲红的琴弦，想都不想便缠到张秋池双手上面，只要这个入了疯魔的书生敢触及自己半分，凤儿姑娘便会不顾为陛下和荣朝惜才的心思，要将他的一双魔爪勒断。可又急又羞的凤儿姑娘忘了一件事，她旁边还有一位天下第六的指甲红，就在琴弦缠上张秋池双手的瞬间，五根鲜红渗人的指甲或捏或绕也同时夹在琴弦之间，凤儿姑娘的琴弦便下不了手也收不回去，双方便这样纠缠在空中。而张秋池的双手却因此而得利，直截了当狠狠抓在凤儿姑娘胸前，这样一幅光景，要多香艳有多香艳。

木柏松和柳星张在看到这一幕后，第一时间便转回头继续装睡，好像什么都没看到一样。等从前面不知就里的伍悠悠骑着"黑旋风"赶来，只来得及一瞥，还未回过味来，就被小清一句极其凶狠的话吓跑了："不想死就滚远点。"张秋池直愣愣地盯着自己的双手，似乎真的傻了。最后还是指甲红看不下去了，再怎么说自己也是天下第六的高手，这次虽是无意，却也等于间接帮着张秋池欺负了一次凤儿姑娘，而且是大欺负。指甲红一记手刀干净利落地斩晕张秋池，有些尴尬地对凤儿姑娘说道："算我欠你一个人情。"张秋池再次晕倒后，双手终于松开来，凤儿姑娘丢下琴弦，兀自坐回车厢后头的琴桌。指甲红望着倒在厢底的张秋池，想起他刚刚双手伸出的速度，心想难不成自己走眼了，这书生真是百年难遇的练武奇才？

指甲红的这记手刀力道十足，张秋池直到第二日中午才悠悠醒来。醒来发现，面前再也不是三个清丽可人的面容，而是马蹄和尘土。伍悠悠坐在马背上唉声叹气，身后驮着一个书生，这对难兄难弟最终还是流落到了一起。开始的时候，伍悠悠将"黑旋风"赶得又快又急，把张秋池颠得七荤八素，后来看书生失神落魄一声不吭地趴在马背上一动不动，伍悠悠不由得生出恻隐之心，其实说羡慕和嫉妒更准确一些。于是，小心翼翼与马车拉开一段距离，转身对身后这位大难不死的兄弟悄声问道："书呆子，什么感觉？"

只听"铮"的一声，一道刺耳至极的琴音从车厢里传出，"黑旋风"扬蹄嘶鸣，将背上两人狠狠摔在地上。

第十章

送君千里终须别　未曾拜师先收徒

从帝都到楼外楼走官道直行的话，也需要个把月的时间，抵达边境西荒城便会耗时半月有余，然后穿过天漠东面地带，还要一旬左右。传闻天漠是上天降罪于明教而出现的，五十多年前，大明王朝气势最盛之时，大明王墨蓬山本该趁势一统整个大陆，让明教光辉洒遍九州。可自诩古往今来世间第一人的大明王不顾明教和王朝众人反对，执意与当时力压武林众门派多年的魔教教主赤玉螭决一死战，二人从西荒城开始激战，一路向西而斗，最后在大陆中心圣女湖旁边销声匿迹，生死不明。正因为墨蓬山的失踪，最终导致大明王朝与九州大陆大一统的机会擦肩而过。也许正是因为此，上天才降下白沙，以示对大明王朝的惩罚。

据现存史书记载，大明王朝建国近十年，九州大陆东南西北四方皆可通达，明教鼎盛，广设明王殿，无处不以光明为神。明教教义"人人皆可入光明，人人皆可入神国"广为人知，于是，大陆东西往来不绝如缕，"东海之春盐，夏可显西域部落"便言明当时交通之畅通、贸易之繁荣。与此同时，西域各部各族，尤以世代马背民族为甚，各大首领纷纷率精骑良锐东进，抢占气候温和、土壤肥沃之地，逐草而居，个别部落甚至抛弃祖地，举族而行。其中，地处大陆中心曾被明教公认上通九天，下达黄泉的圣女湖最受青睐，大小部落蜂拥而至，使得圣女湖周边千里宛如盛世，居所城邦复日则新，至大明王朝分裂之时，大有逾越明教总殿之势。

然而墾蓬山失踪，在大明王朝动荡不安之际，上天突降白沙，一夜之间圣女湖化作遗迹，周边居所城邦尽皆被毁。当是时，日日风沙，遮天蔽日，人马物什上卷于天，下坠于地，活不见人，死亦无尸。明教教众与各大部落尽皆惶恐不安，认为明教惹了天怒，纷纷背弃逃离。不到一年，曾经千里繁华的圣女湖便成为如今的千里天漠，白沙漫天，硬生生将大陆西面分割成南北二地，而大明王朝也无疾而终。如今，千里天漠早已成为大陆的新景象，与昔日辉煌显著的圣女湖相比，位于天漠深处超然于世的楼外楼已成为九州大陆最神秘的所在。而当年墾蓬山与赤玉螭决斗的西荒城至天漠一带，自然成为无数武林少侠剑客慕名而寻的场所。

张秋池被赶出马车后，只好和伍悠悠同乘一马。虽说张秋池体形瘦小，身无多大分量，可多了个人伍悠悠总比不得先前的自由潇洒。何况一遇到颠簸路段，或是"黑旋风"甩蹄子撒欢的时候，张秋池很自觉地便将伍悠悠拦腰抱住。想到搂住自己腰腹的这双手，可是曾在凤儿姑娘胸前行过凶的，伍悠悠就又嫉又恨，心中莫名异常。可他总不能不计生死撇下书生不管，心有不甘的时候，就有意无意找些与馒头相关的话题，然后连累张秋池一同与自己人仰马翻。伍悠悠皮糙肉厚也不在意，可怜了张秋池这段日子，屁股上没有一块好肉，连睡觉上茅房都要龇牙抽冷气。好在无论是凤儿姑娘还是小清，都没有再提那件事，一行人在别扭而又古怪的气氛之中，离边境越来越近。

伍悠悠远远看到漫天风沙之中的西荒城，心中顿时一喜，可算到了。西荒城乃荣朝正西也是最西之地，过了西荒城再往西便是天漠，便是大陆真正的西域诸地。虽然此时还未进城，可空气中长年飘散的白沙味很远就弥漫开来，加上远处斑驳而古老的城墙，以及中原不可见到的一望无际的天地交接之景，都让人不由得心中为之一振。望着这座传闻大明王与赤玉螭曾经大战过的名城，伍悠悠心中顿时升起一股豪气，身为武林人士，最大愿望莫过于武功有成，留名江湖。如此想着，伍悠悠便松开缰绳，伸出双手对向天空，仰天一声长啸，中气十足，在这边境无边无际的苍茫之中，倒也有些豪情万丈的意思。连车厢内的三位女子在此时也都走下车来，美目流动，越发衬托出边境风沙肃杀之壮美，此情此景若是被人看见，定然有无数好男儿甘心情愿为此忘生死，行江湖，只为携美而归。

伍悠悠正肆意宣泄情绪的时候，一袭黑衣冷不丁出现在他面前，依旧望天的伍悠悠余光瞥到那条马尾，硬生生将舒畅至极的气息收了回来，差点憋出内伤。指甲红转过身，对马背上的张秋池说道："我只能送到这里了，以后你自己要……"本来她是要说多多保重的，可无意中看到张秋池那双修长的手，出口时就变成了"好自为之"。张秋池自然感觉出来指甲红的若有所指，脸色涨得通红。对于指甲红这位突然而至的天下第六，张秋池完全不知道她为什么会一路相随保护自己，可他知道指甲红没有恶意，说起来，自己已经欠了她很多次。所以现在听说指甲红要离开，心里竟然有些无来由的惆怅，不知道该怎么回答，只好居高临下地看着指甲红，一袭黑衣，清丽脸庞与平时一样平静无二。

说真的，张秋池突然觉得自己不再害怕白皙手指上的那抹鲜红，便学着江湖人士对指甲红双手抱拳，以示感谢。指甲红抬起头，面带微笑，左手轻挥，然后就听到伍悠悠一声惨叫，径直飞了出去。张秋池盯着那抹鲜红，又感到头皮阵阵发麻。

西荒城虽然地处天漠边缘，却是荣朝的边境重地，这里成为连接荣朝与大月氏、旭国的中枢所在。大月氏与旭国被横亘东西的天漠一分为二，要想彼此联系，除了穿越危险重重的天漠就只有绕道西荒，而西荒城就成了掐断大月氏、旭国的关键所在，这也是荣朝近二十年不着急征讨西域两大大明王朝遗留王国的凭借。西荒城常年驻有精锐兵士十万，全部是荣朝昊天王白不觉的嫡系部队，驻守西荒城的是当年白不觉五大亲兵之一，如今的镇西大将军朱犷。正因为地理位置尤其重要，荣朝上下对西荒城从来都有求必应，物资、军饷都是整个大荣最好最高的，这也使得这座平静了二十多年的边境之城日益繁华，往来客商、走卒商贩不计其数，各类稀罕物品在这里都司空见惯，但人多地小，从底层到高层，各类人物也鱼龙混杂，善恶情仇、官匪军民往往纠缠不清。

指甲红真的没有入城，目送张秋池他们从东门进入，便独自离去。待张秋池入城之后再次回首，哪里还有指甲红半点影子，来如春风，去如朝露。进城须下车，打着哈欠略显慵懒的小清眼见张秋池对指甲红似乎有些恋恋不舍的模样，心中还未平复的怒气更增了几分，她从未认为武功高绝的第一杀手指甲红会看上这个色胚暗藏的该死书生。偷看一眼小姐，凤儿姑娘早已走到前头，小清只好狠狠剜了张秋池几眼，急忙跟了上去。

西荒城内，除了白沙味越发浓厚，往来人群和店铺货物，竟与中原地区没有太大区别，江南丝绸、三州女红、北地野马等各地物产琳琅满目，应有尽有。木柏松自进城后，一路行来，双眼炯炯发光，遇到稀奇物品，口中"啧啧"之声不绝，这里问问那里摸摸，不忍放手又不买货。西荒城民风尤其彪悍，没有一个是好相与之辈，要不是看他是一个年逾古稀的老头儿，那些性情暴躁或性情不好的摊主早就赏他一顿饱揍了。关键是吃不准与老头同行的那位衣着华美高贵，貌若天人的女子，外加手持"卜吉问凶"的相士。在江湖中行走，这两类人可都是最难惹的，而木柏松仿佛对此一无所知，我行我素，玩得不亦乐乎。

伍悠悠牵着高头黝黑，愈发显得结实神骏的"黑旋风"走在最后头，出了帝都，他也未曾见过如此繁华景象，而眼神却早已被街道各处几道曼妙的身影牢牢吸引。好不容易挣脱出来，才发现书呆子张秋池不见了踪影，伍悠悠暗骂一声，没奈何只得回头去找，幸好离城门不远处发现书生蹲在一个小地摊前，似模似样地谈着生意。走近一看，原来是一个十来岁的小女孩，摆了一个卖五彩天石的摊子。说是五彩天石，其实就是天漠随处可寻的石头，只是这些石头个头不大，表面光滑异常，个别内里藏有不同颜色，遇到红橙蓝绿之石，收集起来置于水中，的确能让人赏心悦目。张秋池看中了一块巴掌大小刚好有五种颜色的天石，形态与传说中的鸾凤极其相似，尤其是那凤首昂天，栩栩如生。书生心中正想着将这块石头买下来，寻个机会送给凤儿姑娘也算稍微表达一下歉意，至于能否获得谅解，他从未想过，但求问心无愧就好。

小女孩因为常年在城外寻找天石，身形瘦削而脸色略显黝黑，头发有些蓬乱，一看便是孤苦之人。看着书生拿着那块最大最好的石头爱不释手，小女孩也不催促，只要能卖出去就好，至少张秋池外表看起来不像强取豪夺之辈。果然不一会儿，张秋池满意地点点头，问道：

"这块五彩天石多少银子？"看到书生终于询问价格，小女孩也松了口气，老练而平静地回答："这么大的五彩石现在很难找到了，看你这么喜欢，便宜点给你，三十文好了。"看着张秋池略显惊讶的表情，小女孩赶紧补充道，"真的是最低价钱了，不能再便宜了。"听到小女孩这么一说，张秋池有些赧然说道："不贵不贵，我是觉得怎么这么便宜。""这么便宜？你有三十文吗？"伍悠悠冷不丁插嘴说道。张秋池回头看了一眼伍悠悠，伍悠悠摇了摇头，两人早就穷得响叮当，谁也好不过谁。张秋池转身对小女孩和煦一笑："我叫张秋池，弓长张，秋天的秋，池塘的池。你呢？"

看到这一幕伍悠悠连翻白眼，心想自己难道一直都被书生天生的呆子模样给欺骗了吗？还是那次亵渎凤儿姑娘之后贼胆渐肥，这光天化日之下为了那三十文钱，要对一个十来岁的小女孩施展美男计吗？让伍悠悠再次受到打击的是，这位看起来比自己还精明几分的小女孩竟然没有将书生当成空手套白狼的坏人，而是很配合地在张秋池面前拍了一下手，顿时一小蓬尘土四扬开来，然后略显调皮地说道："我叫尘尘，这飞来飞去的就是。"空气中的尘土渐渐飘散，张秋池望着小女孩纯净而略显沧桑的瘦削脸庞，由衷赞美道："无根之土，当留尘世，好名字。"再次让伍悠悠受打击的是，小女孩听完书生酸不溜秋的话后，竟然两眼放光，看向张秋池的眼神满是崇拜之色。小女孩思索了一下，然后咬咬牙对张秋池说道："您是读书人，也是第一个说我名字好听的人。要不这块石头就送给您了。"听到小女孩这样一说，张秋池反而有些不好意思起来，赶忙解释道："不行不行，我朋友就在前面，你将石头帮我留一下，我这就去取钱来。"

"不用取了，你们都给老子滚开。"一道凶神恶煞的声音在张秋池耳边突兀响起，只见一个五大三粗、满身酒气的兵痞指着小女孩骂道：

"你这块小泥巴，天天占着摊位不交钱，当西荒城白养你们这些贱民的吗？"然后，军痞又一脚将小女孩身前的五彩天石踢散开去，"这些破石头，连壶酒水钱都不够，赶紧滚开，再让我看见你，就把你抓起来卖到西域番邦去。"名叫尘尘的小女孩眼圈红红一片，不哭也不闹，死死盯着兵痞不放。兵痞根本不看小女孩，反而昂着头，得意地对一旁的张秋池和伍悠悠朝城外一指："你们也给老子滚，滚得远远的，要是再让老子看到你们，照样把她卖了。"兵痞瞄了尘尘一眼。

"呦，西荒城的守军了不得了。伍悠悠，你还算是男人吗？练刀练岔气了吧，连个醉鬼都不敢动手。"不知什么时候，小清和凤儿姑娘以及两个老头也寻到这里，刚好看到兵痞撒酒疯的一幕。"你刚不也说了，他是西荒守军。"伍悠悠冷冷看着兵痞说道。以伍悠悠的身手，别说一个醉酒兵痞，就是寻常十个骁勇善战的守军他也不放在眼里，可这里是西荒城，他们想去楼外楼就必须经过这里，别说城外驻扎的十万大军，就是城内的守军随便来一队就可以将他们几人杀个无数遍了。江湖英雄再有豪气，又怎么能和一国之军相抗衡呢？"国有国法，军有军规。西荒城乃荣朝边境重镇，更加应当遵纪守法才是，堂堂威武之师怎能巧立名目、敛收民财呢？"张秋池站起身，站到尘尘身前，望着兵痞平静说道，"何况，我也不相信昊天王白不觉的嫡系军队会连酒钱都发不出来。"

兵痞先前对这个文弱书生不以为意，本来高看几眼的伍悠悠也一副敢怒不敢言的窝囊相，便觉得这两个新来的外地佬没什么意思。看到张秋池竟然敢站出来，还面不改色地对自己空谈一番大道理，兵痞脸上呈现一副兴奋之色，借着酒兴就要将这位年轻书生一巴掌抡到地上，再按老规矩让手下拖去挂在城楼示众三天，至于是死是活就看书生的造化了。可听到白不觉这个名字从书生口中冒出，兵痞先是心中一惊，突然想到大将军之前的吩咐，觉得对这个无足轻重的书生，还是杀了的好，省得走脱出去，说不定会有意想不到的麻烦。想到这里，兵痞神色不变，只是盯着张秋池嘿嘿一笑，脚下一个趔趄，借着醉态暗地伸手向书生抓去，心想，这瘦弱不堪的脖子可比西荒城外那些贼心不死的盗贼容易折断多了。

白光一闪，伍悠悠的二尺短刀第一次在众人面前出鞘，真的很快，快到兵痞在手断之后还来不及发出惨叫，整个人又被收刀入鞘的伍悠悠一脚踹飞出去，躺在地上哀号不已。张秋池望着伍悠悠愣了愣，然后竖起一根大拇指。伍悠悠丝毫没有得意之色，看着满地乱滚的兵痞，脸色沉重地说道："是可忍，孰不可忍。"尘尘偷偷从张秋池背后探出头来，通红的小眼睛并不慌张，不停打量着宛如仙子的凤儿姑娘。小清扭过头来，忍住不看地上那只蘸满泥沙血迹的断手，对张秋池没好气地说道："我家小姐说了，你要是收下这个小女孩做学生，就跟你恩怨两清了。"张秋池听完呆若木鸡，而伍悠悠则突然间感到悲愤不已，书呆子那样明目张胆的行为就这样算了？自己只是在西荒城外偷偷瞄了一眼指甲红胸前的衣服，就被那位女煞星一招击飞，而刚才一番动作下来，胸口那五道深达半寸的指痕愈发隐隐作痛。

木柏松端坐马车之上一副事不关己的样子，柳星张则将四散的五彩石捡到一起，走到兀自不敢相信的尘尘身边，指了指张秋池，微笑说道："还不快叫先生。"

这日，一伙新入城的旅人当街打残一名西荒守军，而后一行七人在众目睽睽之下悠然地向城西而去。

第十一章
此情可待成追忆　只是当时已惘然

　　紫妃宫中，阿紫正对着明亮照人的铜镜梳妆。就算天天可见，看到镜内那张熟悉而温柔的脸庞，正在梳头的柳儿依旧忍不住称赞："娘娘真美，"又左右看了看然后悄悄在阿紫耳边说道，"柳儿跟宫娥们私下里都偷偷羡慕娘娘哩。""噢，都说些什么呢？"阿紫笑问道。"她们说娘娘天生贵体，不用梳妆打扮都是人间绝色，还说陛下对娘娘宠爱有加，堪比太宗对太后的圣眷之情。不过，在柳儿看来，陛下可比太宗还要钟情于娘娘，到现在后宫可就娘娘一位正主儿，这可是皇宫中历朝历代都未有过的稀罕情意。"阿紫听完浅浅一笑，镜中人儿也摇曳生姿，用手捋了捋鬓角青丝，温声说道："陛下正值盛年，当以国事为重，岂能将心思放在后宫之中。再说，等天下安定祥和，大荣总是要开枝散叶才好，"说到这里，阿紫忍不住微微叹了一口气，"只是，不知道到了那个时候，我还敢不敢看一眼镜中容颜。"

　　"娘娘放心，就算再过几年年岁大些，可依然不是那些世俗美人能够……"柳儿突然呆立一旁，不敢吭声，带着哭腔说道，"娘娘恕罪，柳儿说错话了，娘娘永远都是这个样子，不会变老的……不对，柳儿是说娘娘会一直年轻，柳儿……"阿紫转过身，看着刚满十六岁的柳儿，温和说道："柳儿说得很好，都是真话，何罪之有。再说，要是真的永远不老，那我岂不成了妖精，陛下哪里还敢到紫妃宫来，你说是不是？""扑哧"，柳儿忍不住破涕为笑，十六岁心思单纯的少女，若非在紫妃宫中，也许早就被这不见血腥的后宫绞杀无数次了，就算侥幸不死，也不会再有天真烂漫的一天。柳儿毕竟深处后宫，回过神来依旧后怕不已，而心中对从不以哀家自称的紫妃娘娘，越发感到亲近，闲下里听年长的宫娥说，当年陛下就是被如自己这般年龄的紫妃娘娘带在身边，想必那时候的娘娘也跟现在一样温婉可人，甚至对陛下还有外人永不知晓的柔情贤淑吧。

望着铜镜里认真梳头的柳儿，阿紫微微出神，那时候自己每次为太子殿下梳头，他也如柳儿这般夸奖自己，只是白泓没有柳儿这般能说会道，每次都是双手托着脑袋望着镜中自己的倒影发呆，可是阿紫最喜欢回忆那番无语胜千言的情景，还有什么话语比白泓的表现更能让自己欢喜呢？也许，只有那一天自己替他梳完头后，白泓转过身静静望着阿紫，只说了一句话，便让从小只知照顾白泓从来不言劳累的阿紫泪流满面。他说："等我长大了，要娶阿姊做皇后。"谁知道，当时这句让阿紫终生难忘的话语竟然在一纸圣旨后成为现实，虽然现在不是皇后，可只要能够嫁给这个自己全身心投入的男人，还有什么不满足的呢？只要白泓愿意，阿紫情愿为他做任何事情。只要能和白泓在一起，阿紫可以不计生死。只要这个天下有白泓和阿紫，那便足够了。

直到有一天，行过成年礼之后的白泓兴冲冲对阿紫说道："阿姊，你教我梳头吧。""那怎么行，堂堂太子殿下何须自己梳头。要不你换件别的事，阿姊保证答应你。""那就让我帮阿姊梳头。"然后，阿姊顶着乱蓬蓬的满头青丝，认认真真教了白泓一个下午，以沉默寡言行事稳重著称的太子殿下竟然真的将阿紫满头乱发恢复如初，亲手插上暗藏袖中的碧簪之后，更加明艳可嘉。从此，这便是阿紫与白泓之间的小小秘密，哪怕成亲之后，两人还经常以此为乐。举案齐眉不可期，互绾青丝时日长。所以，当阿紫看到头上顶着同样发髻的月狐公主时，心中有过一种说不出的落寞，就像当年自己一个人坐在宫中台阶上看天上的孤月一样。柳儿不知道娘娘为什么突然对着铜镜发笑，笑得那么傻，那么天真，让人心里有一丝丝怜惜。

用过早膳，柳儿陪着阿紫到如意园中散心，自从上次分别之后，怡容太后已经很久没有召见阿紫了。其实这样挺好，每次见到太后，阿紫心中还是有些忐忑的，毕竟怡容太后跟自己不一样，怡容太后可是荣朝第一家族的明珠，是胆敢抗旨不嫁先帝的孤傲女子。虽然最后还是进了宫，可怡容太后的身份和地位不仅没有受到任何影响，反而受到先帝宠爱，最终毫无悬念地荣登一国之母，新皇登基后，又顺理成章地成为独享尊荣的怡容皇太后。至于自己，只要能够安安静静地多陪白泓几年就心满意足了，趁自己人未老珠未黄时，定然会离开这里，离开她无法割舍却不愿被年龄打败的青春。那个时候，泓儿也许会伤心，也许找她，可她想必已经抵达永不老去的地方，在那里祝福他，保佑他，等着他。

一段清幽恬静的琴音从如意园外传了进来，让人不忍离去，仿佛其中蕴藏着高山流水、明月松石，将世间最真实最朴质的情感表达得淋漓尽致，不惹尘埃。阿紫停下脚步，认认真真地听完整首曲子，顿时觉得心情少了几分寡郁，而多出一丝明悟。此人的琴艺与擅长以琴化气的月狐公主白鸢相比，亦不遑多让。柳儿在一旁伺候多时，看到娘娘有些走神，马上禀报道："此乃新入宫的琴师小达子，所奏之曲听说是他自创的《赤子听风曲》。"阿紫点了点头，随口对柳儿说道："回头跟韵律院说一声，哀家闲暇之时想弹弹琴。"柳儿怔了怔，随即反应过来："是，娘娘。"

　　与紫妃在情感与青春的纠缠之中犹豫不决一样，在这片大陆另一端的权势樊笼里，旭国明教圣女明曦同样面临着冰与火、生与死的抉择。

　　今生寺是明王总殿旁边一座不起眼的寺庙，全寺只有一个和尚，而且这个和尚常年不在庙中，偶尔出现，也没有人会在意。明曦站在寺前，隔着紧闭的寺门，她知道那个带着金色半面佛面具的中年和尚就在里面，因为明曦感受到了他的存在。明曦第一次从明王总殿出来的时候，就曾围绕这座自小生活其中的建筑小心翼翼地行走，外面的世界对她而言是那样神秘而不安，身边的光明使者七十七除了传递消息之外总是默然不语，没有方向没有目标，七十七跟着明曦漫无目的地在总殿周围走了一圈又一圈，只是这个圈绕得越来越大，离明王总殿也越来越远。在行走的过程中，明曦感到自己这个在旭国，在明教教众之中拥有极高地位的圣女，面对外面的陌生世界时，内心是那么脆弱和渺小。或许自己本来就是渺小的，而圣女似乎也并非外人眼中那样伟大，至少在天上的光明神面前，在原来的大明王面前，或者在如今的大逐日面前，都是渺小而谦卑的。

　　明曦甚至觉得唯一能够将圣女与自己联系在一起的，除了圣洁之外，还有幼小，幼小到对这个世界总是持有最善意的揣测和信任，这也是大逐日为什么总是提醒明曦，说她是这个世界上离光明最近的人。明曦无数次站在明王总殿自己的居所，那个离光明顶最近的地方，昂着头，踮起脚，想伸手触及明晃耀眼又近在咫尺的光明顶，她想知道真正的光明是什么，拥抱光明的时候会是怎样的感觉。可惜她都没有成功。明曦知道自己不会成功，可她总不甘心而日复一日地去做那徒劳无功的尝试，离光明最近的人，也只是最近而已，终究还是有距离不是吗？明曦站在今生寺前，昂起头，右手伸向天空，那么自己离真正的苍穹以及苍穹之上的光明该有多远呢？

进入寺门之后，寺门不需要牵引，自动轻轻合上，将温暖喜人的阳光拒之门外，七十七静默地守在门口，宛如雕像。明曦进来之后，面对那位半面金佛之人的背影，双手合十虔诚鞠躬，世人无法想象明教的光明圣女为何会抛弃自己的信仰而对这位无名和尚如此崇敬。如若有人看到这一幕，明曦将会面临生不如死的境地，连大逐日也无能为力，然而，她还是这样做了。自从第一次在今生寺外感受到冥冥之中对她的那道召唤，明曦就早已将生死置之度外。换句话说，自从她来到明王总殿，她这一生早就与光明连为一体。圣女明曦，或者她杨明曦，所做的一切最终是为了内心之中最向往的光明所在，因为大逐日曾经对她说过，"你即光明，光明即你，什么时候做到这一点，你明曦便能成为真正的圣女"。

"我找不到你说的东西。"明曦喃喃自语，"我看不到苍穹之上，也看不到光明，连光明顶都够不到。"脸戴金色半面佛的和尚一动不动，他在修行，抑或倾听？"当时我能感受你的存在，你也必然知道我的存在。既然你当初让我进入今生寺，想必总有一天我会知道你是谁。""你说参佛也好，引导光明也好，哪怕修炼武功，其实这些都是一个人的事情，只要将这件事情做好了，你便是佛，你便是光明，你便是天下最强的那个人。""那么，你能不能告诉我你修的是什么呢？"……明曦默默念出自己心中的所有疑问，一个接着一个，一个难于一个，可半面佛人还是没有任何反应。"你是好是坏，是生是死都不重要？""你叫明空，我叫明曦，难道我们是失散多年的兄妹？"明曦渐渐失去了耐心，到后来已经有些语无伦次了。她也不知道自己为什么会冒出这么一句胡搅蛮缠的俗语。

"哈哈哈哈。"没想到正是这样一句胡搅蛮缠的话让一直沉寂的活死人般的明空大笑出声，"我告诉过你：我们可以见面，却不可言语。我虽在今生寺，却不是和尚。我以佛像遮面，并非因我信佛。我为你停留此处，对你我有害无利。我是明空，又不是明空。我知道光明，可不爱光明。我是我，你是你。明空不是明空，明曦却是明曦。光明永存，明教当亡。我年逾知命，而你并不知命。我不爱你，你却为何爱我。"明曦美目微微颤抖，正待说话，又听明空补充道："还有，我不是光头，而是长不出头发。"

明曦强忍笑意，怔怔地看着背影宽厚，嗓音苍老，言语疯癫的明空，认真而决绝地说道："我要成为真正的圣女。"今生寺，这番小世界，岂非胜过千万明王殿。明曦伸出手，停留在明空脑后的空中，离那个光头，离金色半面佛面具下的脸庞近在咫尺，柔声道："但是你要教我。"

白无忧用力吐出被风尘带进嘴里的沙子，随意拨弄了下躲在衣领下面装死的青雀，忍不住叹息道："老爹啊老爹，你自己跑到楼外楼装高手去了，让我在这里喝西北风。"说完，白无忧伸手从空中带了一把风送到鼻尖下嗅了嗅，"还真是西北吹来的风啊，怎么除了草原上春泥的香味，还有着一丝血腥味呢？堂兄啊堂兄，这场仗不好打啊，输了难办，赢了更难办。"白无忧摇了摇头，若无其事地打量着沿途风光。

自从那天率领一万铁骑将折节城夷为平地，折节城内旭国一千死士，除了不在城内的，尽数被屠，随后白无忧留下九千铁骑驻守折节城，其实是这位风流偶傥的小王爷不想带着这么一大帮下属，他嫌烦，要不是手下副将以死相逼，连身边这一千轻骑都不愿带。然后，这一队人马在白无忧随心所欲的率领之下，将折节城往西的各个城镇逛了个遍，一时之间，昊天小王爷代父巡察的绝密消息逐渐被各明暗军营、城池郡守获悉，弄得沿途官员胆战心惊，不知道昊天王此举何意。尤其是个别军队大佬，因为各自私底下上不得台面的事情，惶惶不可终日。等看出小王爷这趟出行更似游山玩水，每到一地只是蜻蜓点水般打个交道便离去，让一众官员军官虚惊一场。实际上，只有寥寥无几的几名心腹才知道，小王爷这次的目的是寻找一名叫布折节的老道士。

"布折节早就跑了，可惜无缘见到那把传闻中无影无形的光明剑，老爹可是说过，这把剑里面藏着一个大秘密。"原来，当日布折节刺杀张秋池失手后，竟然没有回折节城，而是就此消失不见，连白无忧的大军分散寻找多日，也没有任何消息。白无忧停下马，解下马鞍上的酒囊子，拔掉塞子，先倒了一些在左手手心，装了半天死的青雀立马一个打挺，干净利索落到手掌边缘，美美喝起酒来。看着真正无忧无虑的青雀，白无忧笑道："秘密再大，大得过这个天下吗？"

就在此时，一名身着西荒城守军军服的探子疾驰而来，一路畅通无阻，径直来到白无忧身前，恭恭敬敬递上一张字条。"好一个朱犷，当真是死不悔改，如果在乱世，本王不介意将你收为己用，可惜了。"白无忧转身看向西边方向，心意一动，青雀向天而鸣，声传百里，一千轻骑掉转马头向西荒城疾驰而去。

"鸾妹妹，没想到这么快就能见到你了。"

第十二章
西荒边境买酒人　御机营前显峥嵘

从西荒城到天漠，至少需要半旬时间，所以必备物资要在城内准备妥当。张秋池等人也决定在城内休整两日，一方面准备所需物资，另一方面是应凤儿姑娘的要求。她在等一个人。

有尘尘这个西荒城的好向导，一行人的确省了不少力气，关键是小女孩此时已然将自己视作张秋池的入门弟子，先生长先生短的，弄得张秋池晕头转向。当然，天生机智灵敏的尘尘对有提携之恩的凤儿姑娘更是大献殷勤，好吃好喝好玩的都先向这位仙女姐姐介绍，而凤儿姑娘对这个身世可怜的小女孩也非常喜欢，不仅亲自为她买了崭新的衣裳，连睡觉也将她带在房间里。

第一天吃完饭的时候，尘尘望着香喷喷的米饭和菜肴，哽咽得说不出话，最后还是凤儿姑娘亲自劝说，这个善良可爱的小丫头才恢复兴致。事后大家才知道，尘尘的父亲原是西荒城守军之中的一员兵士，后来与逃难到西荒城的尘尘母亲成了亲，尘尘出生后，有一天父亲跟随守军去天漠侦察，结果遇到天降风沙，便再也没有回来。而在尘尘五岁的时候，母亲又跟着一个商人离开了西荒，从此孤苦伶仃的尘尘开始一个人在西荒城里谋生，她只能从天漠外围捡些五彩天石换取一些饭钱，就这样在西荒城苦苦挣扎，若非遇到张秋池等人，接下里的日子不知会是什么样子，想必不会比她那逃难而来的母亲好到哪里去。听小丫头含泪说完自己凄惨的身世，连一向嘴巴似刀的小清都忍不住落下泪来。凤儿姑娘将尘尘拉到怀里，如同当年那个孤独的小白鸾被太子哥哥抱在怀里一样，轻轻地抚摸尘尘不停抽动的小脑袋。

由于指甲红搭伙的银子已基本用完，木柏松准备找间普通的客栈凑合两天，谁知道凤儿姑娘直接让尘尘带大家到西荒城最好的客栈去住。看到一路同行的凤儿姑娘终于摆了一次谱，木柏松在去西荒客栈的路上咧着嘴笑了半天。而抵达城内最大的西荒客栈后，小清姑娘对掌柜说了一句话，才让伍悠悠、张秋池和两个老头知道什么叫财大气粗。"三间上房，先把最好的酒菜拿上来。"说完，小清在客栈掌柜惊喜、谄媚的脸色中，不无得意地回头看了一眼张秋池和伍悠悠，今天让你们知道姑奶奶的身份，要不是凑巧碰到楼外楼的事情，估计你们这辈子都见不到我家小姐一眼，更别提那个胆大包天的色胚书生，有机会一定要剁掉他那双狗爪子。见小清眯着眼睛到处乱转，张秋池早就藏到伍悠悠背后，躲得远远的。

就在几人刚刚坐定之时，客栈门口走进一位斜披粗布麻衣，魁梧异常，满面胡须，手臂裸露在外的壮年男子。男子在柜台前面停了下来，店小二眼神忌惮地望了望掌柜，掌柜停下手中活计，皱了皱眉，破天荒与这个形象落魄的男子好言劝慰："真不能再赊给你了，你都赊了三天，喝了整整九斤小西荒酒，我们这是做生意的地方，您请高抬贵手吧。"听到掌柜略显服软的话，客栈里大部分人都扭头看去，西荒城本地人看到这个男子好像已经习以为常，继续吃饭饮酒谈笑风生，而像张秋池这些刚刚入城的人则不由自主地看着这位奇怪男子。说也奇怪，张秋池第一眼看到这个男子，就从他身上感觉到一股凌厉的气息扑面而来，压得他有些透不过气来，这种感觉他只有在指甲红那里感觉到过，只是这个男子身形魁梧，裸露在外的手臂肌肉虬扎，蓬松的头发和满面的胡须更是给人黑如墨、硬如铁的感觉，无形中那股撼人心神的压迫感要比外表清丽的指甲红强烈许多。

或许正是因为这样，西荒城最大的客栈掌柜才对这个看似落魄的男子有所顾忌，可掌柜也吃不准男子究竟是什么人，总不能任他在客栈白喝下去吧，虽说是自家酿的酒借着地利挂了个小西荒的名字，可在这边境之地也是实打实的好酒了。幸好这名男子从未凭恃魁梧的身材做什么胁人之举，否则掌柜拼着得罪人也要将他撵出去，而不是像现在这般故作为难。"第一伯伯"，就在这时候，坐在张秋池身旁的尘尘突然跑到魁梧男子身边，亲昵地拉着他那粗麻衣服，没有丝毫害怕的神情。看到尘尘过来，这位反应有些迟钝的男子缓缓蹲下，像是一只温和的巨兽。因为太过高大魁梧的缘故，男子弓着背才堪堪与尘尘面对面。"你又没钱喝酒了啊，尘尘请你喝酒，你看。"尘尘伸出小手，手心有几颗零碎的银子，加起来一两有余，都是这两天凤儿姑娘给的零花钱，尘尘没舍得花都攒着呢。

男子望着尘尘。他清醒过来之后，似乎只有这个小女孩真心对待自己，每天辛辛苦苦卖五彩天石赚钱，自己连饭都吃不饱，还帮他买酒喝，哪怕她买的还不够他喝上一口，却是他这一世喝过的最好的酒。男子想微笑一下，又不愿惊吓到尘尘，便努力控制着脸上的肌肉，轻轻扯了扯嘴，谁知道满脸的胡须被挤成一团，惹得尘尘忍不住"咯咯"笑出声来，男子似乎也受到了感染，喉咙发出低沉的"嘿嘿"声，伸出右手，轻手轻脚地从尘尘手心捏起一枚最小的碎银子，抬起头看向掌柜，掌柜赶紧转头对小二喊道："虎子，去打三斤酒来，量足一些。"然后，尘尘应该跟男子说了说自己这两天遇到的事情，还不忘回头指指张秋池他们，男子只顾蹲着听，没有抬头看任何人一眼。等小西荒酒拿上来后，掌柜还特意给男子安排了角落里的小桌子。酒拿上来后，男子摸了摸尘尘的小脑袋，指了指角落，拎着一大壶酒走了过去。

等尘尘回来之后，小清看着角落的男子问道："尘尘，他是什么人啊？"尘尘摇了摇头。小清又问："那你怎么喊他第一伯伯，名字叫第一吗？哈哈，这个人真有意思。"尘尘思索了一下，然后极为认真地对小清说："小清姐姐，第一伯伯说他忘记自己是谁了，只记得自己是天下第一，所以我就叫他第一伯伯了。"不等小清说话，满嘴菜肴的伍悠悠就嚷了起来："他是楼外楼大楼主还是山羊宫天机子，随便来个人就说自己是天下第一，那我还练个屁的武功啊。我看啊，你那个第一伯伯喝酒天下第一还差不多。"尘尘望了望角落里那个昂首倒酒的男子，有些心虚又有些不服地瞪着伍悠悠，谁知道伍悠悠下一句突然问道："我说尘尘，你叫张秋池先生，那边喝酒的你喊他伯伯，我呢？虽然年轻，可好歹跟你家先生是共患难的兄弟，那你是不是该叫我一声叔叔啊。"尘尘理所当然地点了点头喊道："悠悠叔叔。"伍悠悠一口气差点提不上来，本打算借机占下小清辈分上的便宜，不知道这小丫头是太老实还是太精明，一句话将伍悠悠憋得幽怨万分。本来准备随时发飙的小清此时笑得花枝招展，朝尘尘伸出一个大拇指，弄得小丫头有点莫名其妙，只听得一桌人笑声不断。

吃饭间隙，掌柜还顺带给角落那名男子送了一碟不值钱的干巴豆。生意人的眼光总是毒辣的，眼见原本无人在意的小丫头跟这群财大气粗的客人扯上关系，掌柜的也就做点顺水人情，要是他知道这群人昨天才刚刚废了一名西荒守军的手，打死也不敢献这个殷勤，可惜的是这群人现在就坐在他的客栈里。一道尖锐急促的破空之声传进客栈之内，军伍之人一听便可知道这是弩箭袭来的征兆，不待客栈内众人反应过来，一支银头铁箭冷冷钉在客栈大堂横梁上面。客栈里面顿时鸦雀无声，众食客面面相觑，小伍狠狠咬了一口手中金黄锃亮的大鸡腿，摸了摸腰间的弯刀，他知道该来的总是要来的。偌大客栈，只听到角落那位麻衣男子"咕隆咕隆"畅饮小西荒酒的声音。

"众人听着，奉朱将军军令，前来逮捕昨天在城门东楼对西荒守军行凶之歹人，无关人等不可擅自行动。"客栈外传来一声响亮的喝喊声。众人顿时相互打量，没用多久，整个客栈的目光都聚集在张秋池那一桌身上，很明显，已经有人认出他们便是昨天大闹东楼的那群人。离得较近的两桌人，赶紧从座位上站起来躲到一边，生怕受到连累。看到满座皆惊的众人，张秋池皱了皱眉，然后站起来，孤身向客栈门口走去。伍悠悠看到之后，没有犹豫，在身上擦了擦手，将杯中所剩不多的小西荒酒一饮而尽，紧紧跟了上去。然后，这一桌人便在周边恐惧、窃喜、惊叹、叹息各种复杂情绪交错的目光中，陆续离开酒桌，离开客栈，离开这个江湖，然后走进西荒守军的围猎之中。

大将军朱犷坐在那匹陪伴他多年的战马上面，眯着三角眼，为了这次不容有失的机会，他把将军府上仅有的一队御机营全部带了过来。御机营还是当年荣太祖白颢征战大陆时设立的，开始只有一千精于弩箭的军中精锐作为皇帝的贴身扈从。待荣朝建国之后，太祖颁下旨意，武将只有官至上将军及大将军者方可增设御机营一队，以千人建制，用以彰显军功。几十年来，虽说御机营已经从正面战场脱离出来，可代表的不只是武将的身份，由于军中弩箭的发展进步，其战斗力与太祖时相比，只强不弱。朱犷当年乃昊天王白不觉贴身五大亲兵，后在太宗时期，跟随白不觉南征北战，累功至上将军。新皇登基之时，因与同为亲兵之一的中将军左养童反对新皇而被剥夺军权，左养童更是在御殿被白不觉亲手格杀。新皇登基后，朱犷恢复上将军之职，但被从帝都贬至西荒城，荣月之战开启后，很快又被加封为镇西大将军，率领十万西荒守军镇守荣朝西面，属于白不觉嫡系部队之一。

官至大将军的朱犷早就拥有设立御机营的资格，身边的这一千御机营亲兵还是他作为上将军时从帝都带到西荒城的，可以说，整个荣朝，除了他朱犷，只有白不觉可以调得动这些人，其他人都不行。都说当年新皇白泓对他朱犷明贬暗升，先罚后赏，想收买他这个白不觉的膀臂人物来稳固帝位。真是可笑，他朱犷自从军之日起便跟随昊天王出生入死，心中只认战功远超太宗的白不觉，什么朝廷封赏，什么加官晋爵，朱犷连生死都不在意，还在乎这些吗？朱犷望着从客栈从容而出的七人，眼神只盯在那位身着素雅华服的凤儿姑娘身上："凤儿？就算这次是怡容老凤凰站在这里，我朱犷也敢挠她一把毛下来。"朱犷口中念念有词，"王爷，当年兄弟们舍命与你争取帝位，不是我们贪恋御殿上的那个位置，而是真心替你不值，替大荣军威不值。定鼎中原之功，安能立于人下，横扫九州之勋，岂可拱手让之。这一次，就算王爷你依然不同意，我朱犷也顾不得了，就当此生最后一次为你白昊拼命。"整条街道早已被御机营团团围住，何况外围还有朱犷连夜从城外抽调过来的五千铁骑，朱犷不相信还有谁能够活着离开这里。

"朱犷，你大胆！"看到朱犷旁若无人坐在马背之上，小清大声呵斥道，"月狐公主微服出巡，替陛下前往楼外楼取回太宗遗旨，你身为镇西大将军，见到公主不仅礼仪全无，还携军而来，意欲何为？"朱犷看了看小清，不以为意地咧嘴笑了笑，眼神之中充满了一丝狂热和嗜血的光彩。只要杀了当今怡容太后最疼爱的女儿白鸾，朱犷不相信王爷白不觉还能同怡容太后站在一条道上，而且弑杀公主等同谋反，朱犷作为白不觉嫡系，白不觉就算想置身事外也不可能了，他这是在用命逼王爷做出选择。所以，朱犷丝毫不理会小清喊破凤儿姑娘身份的意图，相反，他就是要让天下人知道月狐公主是他朱犷杀的，他朱犷就是要谋反，谁奈我何？"我是粗人，只会打仗和杀人，不喜欢说话，更不喜欢说废话。"朱犷回过眼神对凤儿姑娘说道，"只要公主自尽，我保证其他人可以安然无恙地离开，甚至我可以派人护送他们前往楼外楼。"真身正是荣朝月狐公主的白鸾脸色波澜不惊，而她身边的伍悠悠、木柏松和柳星张却大吃一惊。凤儿啊凤儿，原来真是当今天下的一只凤凰。

"凭什么？"张秋池看着居高临下的朱犷很认真地问道。无论凤儿姑娘是不是公主，张秋池只是觉得朱犷的做法毫无道理。朱犷转头望向张秋池，有些惊讶于这个书生的胆量，但既然决定要对白鸾痛下杀手，朱犷自然早就对他们这一行人了如指掌。眼前这个手无缚鸡之力的书生竟敢在箭矢之下质问自己，朱犷真的很想反问张秋池一句"你凭什么？"可他毕竟是杀伐果断的大将，根本懒得给书生逞口舌之辩的机会。朱犷微露嘲笑之色，抽出腰间的战刀，指着张秋池，认真答道："就凭它。""嗖"的一声，朱犷话音刚落，一支御机营特有的银矢铁箭破空而至，直指张秋池面门而去。与此同时，伍悠悠向前踏出一步，二尺短刀横亘在张秋池面前，连刀带鞘旋转一周，将银矢铁箭击落在地，收刀冷对朱犷。朱犷望了望依旧面无表情却更似宫阙之人的白鸾，木柏松缩着脑袋跟柳星张站在最后，小清脸色青白狠狠迎向这位大将军冷血无情的目光。朱犷脸上嘲讽之味更浓，举起手中的战刀；周围近千御机营亲兵齐刷刷将弓弩对准七人。"我最后说一次，你们再不走，那就为月狐公主陪葬吧。"

张秋池还想说什么，发现自己的衣摆被尘尘拽得紧紧的，小丫头脸色苍白，伸手指了指客栈门口，示意张秋池不要轻举妄动。顺着尘尘的手指望去，只见刚才还坐在角落孤独饮酒的魁梧男子已经走出客栈，缓缓向前走去，前方则是骑着高头战马的朱犷。看到这一幕，朱犷微微皱眉，不需要他多说什么，"嗖嗖"几声，十几道银矢箭头精准地朝男子奔去，男子脚步未停，双手伸向身前空中略微虚抓，十指将左右两侧箭矢夹在当中，然后双手互相交错，中路射向面庞前胸的漏网之箭应声折断。男子趁着收回双手的空隙，将手中箭矢弹射回去。十几支箭矢从男子手中倒射而回的时候，却已变成数十节断矢，箭矢来时如风，去时宛如闪电，箭箭穿心，前后不过一眨眼的工夫，御机营弓弩手便栽倒一片，几十名亲兵不明不白便死得透透。伍悠悠一脸骇然地看了看尘尘，魁梧男子刚才这手看似简单，可整个武林能做到的恐怕屈指可数。看到自己的第一伯伯完好无损，尘尘脸色稍微好看了些，见伍悠悠望向自己，还不忘朝他做个鬼脸。

朱犷眼神微红，不是心疼已死的亲兵，而是眼眸发红，如同战场上提着敌人首级睥睨天下的时刻。朱犷战刀轻轻挥下，刀尖直指依然前行的男子，下一刻，御机营千弩齐发，破空之声传遍街头巷尾，阵阵箭羽风驰电掣般朝男子夺命而去。

第十三章
折柳成剑破千敌　白马世子风度翩

西荒边境植被稀少，最多最广最茂盛的自然是耐旱抗风的沙柳，而街道两旁依次栽植的沙柳便成了西荒城中唯一常见的绿色风景。现在，西荒城最大最好的客栈西荒客栈门前，这些久经风沙而屹立如初的沙柳，竟然被一阵箭雨袭杀得千疮百孔，枝枝柳条被箭矢贯断，飞向空中，片片柳叶支离破碎，上下翻飞。偶有一箭从破开的柳叶之间穿透而过，继续毫不留情，直奔客栈门前那位缓缓前行的男子而去。张秋池和伍悠悠将小丫头尘尘紧紧护在身后，月狐公主白鸢跟小清紧挨着，皆出神望向面对瓢泼箭雨的魁梧男子。而他们旁边，木柏松则与柳星张并肩而立，两人神情凝重，面色狐疑。

就在朱犷战刀挥动的一瞬间，男子突然右脚跺地，脚落处，花岗岩石板如蛛网裂开。男子左脚微提的同时，右手自然张开，斜对天空，不远处一株沙柳无风自弯，只听"啪"的一声，一截柳条应声折断，顺着风势落入男子手中。此时，男子左脚将将离地，柳条已在手中，他将柳条轻轻一抖，客栈门前宛如一声炸雷响起。紧接着，笔直如铁的柳条在男子的轻轻挥舞之下，迎着箭雨左右逢源，点点开花。起先，还能看得清柳条与银矢铁箭接触的一刹那，铁箭便马上从中炸开，化作烂木一根，然后二根、三根、四根……再然后，根本无法看清柳条是如何挥动，似乎男子手中的柳条又根本没有动，可那万千箭雨来到男子身前仿佛遇见一堵无形之墙，自行炸开，簌簌而落。

男子左脚落地之时，箭雨已停，风和日丽。一口气息，一瞬之间，只用了一步，一根柳条便破去御机营上千弩箭。男子周围尽是箭矢残渣，最下层还可见不少枯枝烂木，皆为箭杆。再往上瞧，只见一层厚厚的木屑，银矢满地，好一笔天降横财。而男子身后的张秋池等人，完好如初，连地面都不曾杂乱一分。伍悠悠看完之后，仍不住嘴角抽搐，二尺短刀在手中兀自哆嗦不已。"剑落惊风雨，剑成泣鬼神。"柳星张喃喃念道。"不错，是魔教的八方风雨剑。"木柏松点头附和，随即又问道，"柳老头，你可猜出了此人是谁？"柳星张吸了一口气，摇头晃脑说道："像又不像，是又不是，难。难！难！难！"木柏松有股想骂娘的冲动，拍拍屁股朝尘尘那边走去，将独自沉思的柳星张弃之一旁。

近千御机营亲兵大部分已经放下手中弓弩，他们的箭壶内还有很多箭，可是再多的箭在这个男子面前都没了意义。男子继续缓慢而执着地朝朱犷走去，手中的柳枝又恢复到常态。随着男子步伐低垂空中，摇曳不已，丝毫看不出之前曾封挡过八方箭雨。朱犷眼眸渐渐恢复正常，他冷冷地看着离自己越来越近的男子，统辖西荒城数年，他竟然不知道城内什么时候出现了这样一位近乎万人敌的高手，这种江湖莽夫原本在朱犷眼里，再厉害也比不过自己手下的千军万马。可是今天，在面对这个魁梧男人的时候，本来心中胜券在握的朱犷产生了一丝动摇，难道这个男人凭借一己之力，真的可以从万军丛中带走公主不成？街道外围传来一阵阵马蹄和嘶鸣声，统领五千铁骑的副将早已将御机营受挫的情况看在眼中，他要在大将军下令之前做好冲锋的准备，尽管街道之内并不适合骑兵作战，可面对这个能让他们这些经历无数惨烈战事的老将都感到窒息的男子，采取任何战术都不为过，哪怕铁骑出动会对西荒城造成极大的损害，总比眼睁睁看着大将军受制于人要强上许多。

令西荒守军不解的是，朱犷什么都没有做，任由这个强大至极的男子走到战马面前。男子实在是过于魁梧，站在那里，竟然可以与战马相互平视。男子终于停下脚步，伸出左手轻轻扶在马头之上，战马顿时惊恐不安，全身瑟瑟发抖，四蹄弯而不屈。朱犷的战刀仍然指向男子，并没有因为男子的到来而颤动分毫。想当年，这把战刀沾染过多少热血，又斩断过多少头颅，在生与死的抉择面前，何曾犹豫过半分。别说男子只是一介武夫，就算整个荣朝唯一让他佩服的昊天王白不觉要杀自己，朱犷也只会站着死去。见此情景，御机营亲兵弓箭手再次挽起弓弩，铁骑副将早已拔刀在手，只待一挥之下，兵戈相向。

男子对周围发生的一切置若罔闻，掌心内力微吐，朱犷座下战马想昂头嘶鸣，被男子左手按住竟然丝毫不能动弹，只见战马眼眶渐渐渗出血泪，四蹄颤抖不已，不一会儿，终于支持不住，四蹄缓缓跪下，瘫软在地。战马已被男子活活震死，可临死之前仍然不愿让主人坠落。座骑已亡，朱犷立于地上，他将战刀缓缓归鞘，亲手合上战马双眼。多年同生共死，如今战马阵亡，不是死在战场，可此刻胜似战场。朱犷与男子面面相对，就算你是那举世不出的万人敌，今日今时你又如何从千军万马之中救得那谪仙出尘的女子。一道令箭从御机营破空升天，下一刻数道令箭从城外数里遥相呼应，小清脸色煞白，她知道那个方向是西荒守军营寨，朱犷疯了。

且不说朱犷有没有疯癫，在张秋池身后，木柏松与伍悠悠面对脸色由白转红、一脸自豪的尘尘，两张嘴张得比西荒城的城门还要大。木柏松抛弃柳星张之后来到尘尘身边，挤出一张菊花般的笑脸问道："小丫头，你跟那个第一伯伯是怎么认识的？""有一次第一伯伯没钱喝酒了，我刚好还有十文钱就给他了。""然后呢？""然后我们就是好朋友了啊！""那你的第一伯伯会武功吗？""不知道，反正伯伯很厉害。""多厉害呢？""有一次伯伯带我出城去，一跺脚就到了城外。""……"木柏松还不死心，继续问道："还有呢？"尘尘看了看男子那边，好像暂时打不起来，她就干脆坐在地上，木柏松和一旁听得兴起的伍悠悠也自觉坐了下来。"我让伯伯帮我抓蛐蛐，蛐蛐钻到城墙底去了，伯伯就一拳把城墙砸了一个大窟窿。""伯伯跟我去城外捡石头，遇到龙卷风，被伯伯一脚踢没了。""还有上回……"木柏松和伍悠悠已经没有了最开始的兴奋劲，听尘尘说到最后，两人嘴角斜了半天都正不回来。就在此时，令箭的破空声将三人的心神吸引过去，木柏松瞅了瞅城外，咂吧嘴道："好大一条鱼啊！"

被尘尘称为第一伯伯的男子丝毫没有理会西荒守军的行为，只是按照自己的节奏继续朝前迈出一步，下一刻他的手便可触及收刀而立的朱犷。"你杀了他也没用，"张秋池在男子伸手的瞬间突然说道，"他既然决定要杀死公主，就没打算惜命。就算他死了，这些人以及城外正在赶来的守军都足够杀死我们无数次。"朱犷终于看向张秋池说道："都说书生无用误国，其实我朱犷从心底看不起书生，但不代表书生真的一无是处。你有这个胆量站在这里，就比朝廷里面那些脂粉货色强上一分了。""我站出来说话与胆量没有关系，将士从军，在乱军丛中出生入死，或能一战成名，或能庙堂捧剑，或能裂土封侯，抑或埋骨他乡。而书生读书，可直达天听，可位列公卿，可管治百姓，也可教书育人，造福一方。无论是谁，也无论他为文或为武，只要没有祸心，最终都是为了大众苍生，期望造福后代子孙。即便偶有私心，也私不过公。自读书识字以来，我一直相信，人人之中自有一本人心功德账簿，扶苍生、止杀戮人之本性，世道平和、共敬天地乃第一功德。所以，我虽一书生，亦愿前往天漠，只为能够看一看不为俗礼所缚之言。"

说也奇怪，张秋池说话之间，或许是因为书生身为尘尘之师的缘故，魁梧男子左手停在空中，静静等待。朱犷听完之后，也不知听懂几分还是故意不予理会，自顾自蛮横言道："大道理我朱犷从来不去管，只管当今天下理应能者居之。我更知道，倘若谁能将天下异议者杀光，一家之言便是一国之言，太平盛世唾手可得。"张秋池还想继续与其辩驳，只见一直出尘若仙的月狐公主白鸾突然言道："张公子有天人之心，乃荣朝之幸。而朱犷此人，早已凶杀成性，若有一丝良意，岂能将十万西荒守军生死置之不顾。截杀皇亲是为不忠，以命胁反是为不义，如此不忠不义之人安能善语之？"这是化名凤儿姑娘的月狐公主白鸾首次出言提到朱犷兵变之事，可见白鸾对朱犷所作所为也心有了然。朱犷不以为意，冷漠说道："事已至此，多说无益，我的命忠于荣朝而并非白泓，十万西荒守军只为天下而战，今日起事，谁能阻我？"

张秋池不再言语，魁梧男子一动不动，白鸾嘴角微翘冷眼旁观。恰在此时，一人一骑从东城门一路飞驰而来，白衣飘飘，在漫天白沙肆虐的西荒城，显得说不出的风流偶傥。朱犷看到来人之后，神情微变，然而还是强硬地问道："小王爷前来莫非是为了阻止朱犷？"白无忧潇洒地笑了笑，任由肩膀上的青雀欢欣鼓舞地扑向白鸾，眼神望着白鸾随意说道："我不会阻止你做什么，只是想来告诉你一句话。"白无忧看了看四周再次说道："好像还来得及。"在众人不解的眼神和朱犷冰冷的目光中，白无忧转向朱犷，嘴角微动，默默无声对朱犷说了一句只有他能看懂的话。随后，只见朱犷全身那股视死如归的气势顿时瓦解一空，整个人顿时颓然。突然，朱犷拔出战刀，自刎而亡，倒在先他一步而亡的战马身旁。临死之前，朱犷浑身再次爆发出一股气势，然后朝向帝都方向说了一句话："我朱犷此生不悔。"

　　一时之间，整个西荒客栈附近鸦雀无声，望着倒地身亡的大将军朱犷，对朱犷忠心耿耿，敢同这位猛将一同截杀公主的御机营亲兵与五千铁骑，竟然没有任何一人表现出愤慨和不满。哪怕他们心中也有不解和疑惑，依然没有人站出来向白无忧询问一句为什么，因为他们心中只有一个真正的战神，那便是昊天王白不觉，朱犷所做的一切不正是为了替白不觉夺取帝位吗？而现在站在他们面前的白无忧，一个没有官职没有身份的年轻世子，一句话便赐死了大将军朱犷的人，只是笑吟吟地对所有人说了一句话："朱犷已死，其余人等立即归营复命。"让白鸾吃惊的是，所有将士竟然整整齐齐地哄然应诺："是。"不需要任何身份，只因为他是白不觉的儿子，西荒十万守军便可听白无忧号令。白鸾面无表情地看着这一切，肩膀上高兴异常的青雀歪着脑袋望向白鸾，它也不知道这个自己从小就喜欢亲近的美人儿，此时心里在想些什么。

　　白无忧骑着白马，眼神清澈地望向白鸾："鸾妹妹，我在帝都听说你出了宫，要去楼外楼求学，我日夜追赶，好歹来得及送你一程。"白鸾浅笑答道："朱犷不是已经准备送我一程了吗？"张秋池忍不住望向白鸾，原来这个出尘的女子并非不食人间烟火，她的外表与她的内心并不相符。白无忧听到白鸾如此说，立刻泄下气来，耷拉在马背上，自言自语叹气道："唉，朱犷啊朱犷，早知道这样就不让你死了，该让你向鸾妹妹赔罪再死才对。"谁承想白鸾紧跟着又说了一句:"我还以为你弃车保帅呢,原来是……""弃车耍帅。"小清得意扬扬地接了一句,然后和白鸾两个忍不住大笑起来。张秋池望着形象全无的公主殿下,又看看白衣白马的世子殿下,发现这两人真有点冤家的味道。是的,是冤家,而且是真正的冤家,只是张秋池现在还不知道罢了。

既然朱犷已死,魁梧男子也收回手掌,右手那根沙柳枝也随意插在腰间,像一把剑。木柏松不知何时已悄悄摸回柳星张身边,不甘心地问道:"真不知道?"柳星张摇了摇头。"那从刚才的出手来看,此人可排第几?"柳星张伸出右手,五指握拳。"前五。"柳星张还是摇了摇头,正当木柏松不耐烦之际,柳星张终于说出了四个字:"举世无敌。"木柏松这次没有任何反对之语,似乎默认了柳星张所说的话。就在木柏松刚刚消停下来的时候,柳星张突然喊道:"你的鱼要跑了。"木柏松抬起头刚好看到白无忧与白鸾等人准备向城西走去。望着那道风度翩翩的背影,收徒心切的木柏松垂头丧气道:"你帮我搞定外面那十万守军,我就出面收这小子为徒。"柳星张很自觉地朝魁梧男子努努嘴道:"他可以。"

白马世子充当马前卒,领着白鸾、张秋池等人向西门走去,他说要送一程便真的送一程。突然,小清掀开窗帘向白无忧问道:"你到底对朱犷说了什么话?"

白无忧头也不回地答道:"我告诉他,可保他九族不死。"

第十四章
举世难寻玲珑指　人间少有赤子心

　　西荒城西城门外，一望无际的白沙映入眼帘，这里已是天漠边缘，再往西行便会进入天漠深处，而天漠中心，曾经的圣女湖早已深埋地下多年，如今屹立其上的是江湖盛传已久却极少有人亲至的楼外楼。此时，一行人正站在城门之外，似乎楼外楼即将迎来新的一批客人。

　　望着前方站着的两道白色身影，华服飘飘，伍悠悠手托下巴，幽幽地说道："好一对神仙眷侣啊！"说完之后，还不忘询问坐在自己身后的张秋池，"还有什么词可以形容一下前面那两位？一个白马世子，一个月狐公主，再怎么看都是荣朝最般配的人啊。"说完半天没听到张秋池吭声，伍悠悠偏过头来，只见书生怔怔看着远方天地相接之处。伍悠悠自作多情地感叹道："唉，佳人本应天上有，人间哪得几回寻。我神功盖世的伍悠悠早已绝了这份心思，可那呆头书生还执迷不悟啊。"斯文完毕，又学着木柏松的语气接了一句，"啧啧，都是那双魔爪惹的祸事，坐你身前我可是冒着很大危险。"说了半晌，张秋池竟然全无反应，伍悠悠自以为笃实了书生的心思，一时之间既羡慕又遗憾，心想待进入天漠以后为书生制造点机会，富贵险中求嘛，谁让这天大的富贵没他伍悠悠的份儿呢？

"真不让我送你过去？"白无忧牵着白马，对站立身旁的白鸾说道。"你难道不清楚楼外楼的规矩？""就是太清楚了才敢这样，我只送到圣女湖遗迹附近，看到楼外楼拨马便回。""你不怕自己回不来吗？""有十万西荒守军替我拽着，就算不小心掉进黄泉，也能给我拽回来不是？"白无忧笑吟吟转头望向白鸾，这位白无忧在宫中见过一面便再也难以忘怀的女子，即使经过多日风尘跋涉，也难掩天生的丽质，眼前一个侧脸便满足了白无忧多年的念想和期盼。其实，哪怕白鸾并非仙子一般出众，他白无忧依然会痴迷，自己不能与鸾妹妹青梅竹马，可不是还有一见钟情吗？"为了我这么做，你不怕皇伯父打你屁股吗？"白鸾转过头盯着白无忧笑道，肩膀上的青雀也"啾啾"两声表示对白无忧的嘲笑。白无忧略微有些失神，讶然说道："你答应了？"白鸾摇了摇头："有些事总是要亲自去做的。"白无忧脸色如常地说道："虽然老爹从未说过我胸无大志之类的话，可我想他心里总还是有些失望的。"

白无忧最终没有跟随白鸾进入天漠，连小清也泪眼婆娑地被白鸾留了下来，青雀恋恋不舍飞回白无忧身上后，便立即躲进衣领里面装死睡去，好像不愿亲眼看见白鸾离去。自小尝遍世间冷暖的尘尘反倒显得尤为洒脱一些，跟仙女姐姐和刚认了师徒之情没几天的张秋池道了别就乖巧地站立一旁。小丫头心里清楚，就算张秋池他们走了，至少在西荒城还有一个第一伯伯，只要有人陪她玩就不算坏事。"你家小姐不要你了，还看什么看？"等楼外楼接引使承认的五人组离去之后，白无忧对仍然站在城外眺望白沙的小清打趣道。

眼见小清回过神来，即将发飙之际，白无忧撂下一句话转身回城去了："玲珑啊玲珑，这几天本世子身边可就有人跟你争宠了噢。"好聚好散，天漠内外，两拨人分道扬镳，各有各的去向和归宿。而西荒城西门城楼之上，一位身披粗布麻衣的魁梧男子盘膝坐在楼顶，眼望天漠，神采奕奕。

"怎么样，书呆子，还是坐沙驼舒服吧，两个驼峰，一人一个。"伍悠悠也是第一次乘坐行走天漠必备物品之一沙驼，"黑旋风"和拉马车的白马都跟小清一起留在了西荒城，这是没有办法的事情，再好的骏马进了天漠也活不过三天，因为细沙会随着强风灌进骏马的鼻孔，时间一长马就会窒息而死。而沙驼天生耳口鼻可以自行关闭，再大的风沙对它也无多大影响，沙驼在中原人口中还有另一个称呼，叫骆驼。张秋池等人为了方便，也都各自带了一个防风面罩，伍悠悠回过头来，刚好瞧见张秋池露在面罩外面的眼睛，话说书生这眼神里怎么充满同情之色呢？"吧嗒"，一大团白沙迎面飞向伍悠悠面庞，即便有面罩隔离，伍悠悠口中依旧渗进不少沙子。因为一句无心之举惹来横祸的伍悠悠嘴里含混不清地说道："书呆子，你学坏了。"下一刻，伍悠悠便看到白沙之中无数道沙砾耸动，向他逼迫过来。

"是蜥蜴龙，大家小心。"木柏松郑重地提醒道。蜥蜴龙其实就是一种生活在天漠的小型蜥蜴，个头跟成年老鼠一般大小，擅长在沙里钻行，因其聚集地往往都是地下水源的场所，又被边境之人称作蜥蜴龙，意为能够指引水源的动物。蜥蜴龙在白沙众多的天漠极为常见，只要不是成群结队出现，对人而言没有太大威胁。而此时，在伍悠悠一行人周围，几乎所有的白沙底下都在耸动，眼光所见之处，就像一个庞大的生物苏醒一般，沙丘以肉眼可见的速度渐渐变低变小，然后露出一道道披覆褐色鳞甲的蜥蜴龙背脊，低处白沙则缓缓隆起，最先出现的是一个个尖脑袋，盯着两只干巴豆大小的眼睛，暗红色信子随意弯卷。"不是说春季是蜥蜴龙最平和温顺的季节吗？"木柏松朝柳星张问道。进入天漠之前，大家在西荒城也了解了一些天漠常识，蜥蜴龙天生嗜好啃食皮革毛发，胆小谨慎，除了夏季繁衍之时会有成千上万蜥蜴龙聚集之外，再就是天漠附近有天灾人祸之时，也会发生如今眼前所见的景象。可近几年之中，天漠虽然依旧缓慢蚕食边缘土地，可并无引发蜥蜴龙大规模迁徙的事情发生，除非它们受到了极大的威胁。"有人进入天漠了。"柳星张望向不远处风沙弥漫的地方答道。"难道是他？"木柏松顿时反应过来，整个西荒，除了那个自称第一的魁梧男子，还有谁能仅凭自身气机就将无数蜥蜴龙惊得四处逃散？

五人四匹沙驼围成一圈，在这劈天盖地的蜥蜴龙之间显得极其渺小，随着越来越多的蜥蜴龙破沙而出，已经有不少慌不择路朝五人弹射而来，伍悠悠轻挥短刀，将一条条近身蜥蜴龙拨打开去，可他能护住自己和张秋池，却对那些蹿跳到沙驼身上的蜥蜴龙鞭长莫及，沙驼虽然皮糙肉厚，可每一只近身的蜥蜴龙都能轻易扯掉些许皮毛，一只两只尚不足惧，可成百上千之后沙驼恐怕就会变成秃驼了。"书呆子，你念一段人不犯我我不犯人的话给这些虫子听听，看它们能不能撇开我们。"伍悠悠一边不停地拨打蜥蜴龙，一边不忘调侃张秋池，手底下却丝毫没有放松，随着蜥蜴龙的队伍越发庞大，已经刀鞘分离，双手各执一刀一鞘旋转翻挑不停。谁知安坐沙驼之上的张秋池真就说了一段，更准确一些是背了一段文字：《西荒志》有记载，蜥蜴龙乃沙地之爬虫，身褐舌长，油鳞短腿，善沙土营生，嗜革毛草木。蜥蜴龙天生耳聪目盲，可辨十里风向，不见十寸地菌，常年居于地下，伴水源，嗅生草，蠢食一生。"听完之后，伍悠悠愣了愣，没好气说道："什么乱七八糟，我都听不懂，这些虫子能听懂？"而柳星张却对白鸾说道："公主殿下，不妨一试。"

白鸾闻言略一点头，盘膝坐于沙驼之上，抬手将随身携带的古琴横放腿上，调弦教音，一气呵成。木柏松两手左右开弓，分别撷取蜥蜴龙弹射之时带入空中的白沙，再以暗器手法朝白鸾周围撒去，一时之间，白鸾身边密不透风，没有一只蜥蜴龙可干扰到这位月狐公主。琴音乍起，与之前的《白虎啸天曲》不同，此刻琴声深邃缥缈，伍悠悠开始听闻只觉琴声近在耳边，让人心境平和。紧接着，白鸾手指不断飞舞，琴声渐渐明亮，如水银泻地，连绵不绝，只见蜥蜴龙宛如湖面涟漪一般以白鸾为中心，层层叠叠不断向四面八方散去，去势比之前来势更为迅捷。待一曲结束，一里之内再无半只蜥蜴龙之痕迹，而远处依旧白沙耸动，黄褐之影，蔽空穿梭。白鸾按弦收音后，指尖虽未如上次那般鲜血欲滴，可也微微颤动不已，可见对她来说，以琴化气仍非易事。

"《往生曲》脱胎佛教往生咒，曲音近似仙乐梵音，令人心向往之。"曲音远去，张秋池沉醉其间，抬眼望去，华服美人静坐沙驼之上，抚琴十指洁白如玉，玲珑剔透。

帝都，掌管荣朝声乐之声的韵律院琴瑟之声不绝于耳，一间偏僻的雅致竹舍内，小达子认认真真地拂拭着古琴"青竹"。

旁边一位年仅十岁的琴童手端一盆清水，望着面前这位比自己大不了几岁的盲琴师，又是好奇又是羡慕。琴童刚进韵律院没多少日子，原本以为凭借自己的琴艺基础和家世背景，不说能入韵律院院长王希音的法眼，就算拜入哪位副院长门下耳濡目染一番，对他来说也是莫大的荣耀了。让他想不到的是，自从进入韵律院后，竟然被安排给这个眼盲的年轻得让他心里生不出一点敬意的人做琴童。何况，琴童还私下了解到，这位叫小达子的琴师起先只是宫中一位不知名的太监，而沦为太监的人能有什么家世背景。可正是这样一位被韵律院上下瞧不起的太监琴师，却被院长王希音正式收为弟子，亲传琴艺。就凭这一点，便让整个韵律院无数人嫉恨不已，因为当世古琴宗师王希音一生只有两个入室弟子，小达子是为其一。

琴童等小达子擦拭完毕，静静站在一旁不舍离去，他跟随盲琴师已经多日，自然有幸听过这位王希音关门弟子的演奏。第一次听完之后，琴童泪流满面，小达子的琴声让他感到无地自容，什么样的人才能弹出如此清澈逼人的琴音，才能让人感觉在这个世界面前，肮脏和丑陋是那么让人痛恨和愤怒。琴童突然想起韵律院私底下流传最广的一句恶毒之言"无根之身，岂懂尘音"，而正是这样一个人，成了韵律院最年轻的副院长，这个人的琴声也成了当下帝都无数高官显贵趋之若鹜而不可一闻的稀罕物。只是今天，琴童注定要失望了，小达子将擦拭好的青竹装进琴匣，缚在背后，顺手拿起身旁那根青色竹子，一步一点朝竹舍门外走去。琴童端盆而立，恭敬弯腰作揖，轻声言道："先生慢走。"

出了韵律院，小达子一路不急不缓，踏着青竹竿点在石板上的节奏，一步步朝静谧的如意园走去。自从前些天，宫里传来消息，让韵律院选一名技艺精湛的琴师去后宫教紫妃娘娘弹琴，他小达子，这位最年轻的副院长，又是王希音的关门弟子，自然就被韵律院报了上去。其实，所有人都知道，韵律院那些家世显赫的世家子弟能够放弃这个千载难逢的附凤之机，将小达子推出去，原因只有一个，与琴艺造诣无关，与身份地位无关，只与小达子那"无根之身"有关。无论是韵律院的顾忌、嫉妒还是嘲笑，总之小达子领命而去。

　　站在皇宫门口，御殿亲兵看到这位盲琴师，象征性地打开琴匣看了看便放他进去。小达子踏进皇宫后并未继续行走，而是停下来抬起头，"看了看"天空，春风拂面，天空明净如洗，小达子深吸了一口这里熟悉而陌生的空气，已经好些天了，为什么每一次进宫还如此感伤呢？皇宫对小达子来说并不陌生，相对而言，甚至比父母兄弟还要印象深刻。那一年，自己才三岁多的时候，就被父母交给一位年老的太监带进宫里，宫门在小达子耳边沉重地关闭，也关闭了今生父母与他的恩情，他记不得父母的样子，因为他从出生之时眼睛便看不见。小达子从来没有怪过自己的父母，在他三岁被送进宫的时候是这样想的，在他净身之后在宫中成长的几年时间里还是这样想的，想想因为自己进宫获得的银两，或许能够让父母兄弟多吃几顿饱饭，多吃一片鱼肉，小达子就会不自觉地面露微笑。就像此时站在后宫御道一样，小达子笑了笑，他真的很开心，在自己被王希音发现之前，他还忍不住托人打听过家里的情况，好像父母又给他添了一个小妹妹，可惜的是，小妹妹刚出生就送人了。那次以后，小达子便再也没有家了，而那个不知生死的小妹妹则成为这个世上唯一的亲人。小达子沿着御道向前走去，脸颊有些冰凉，轻轻一抹，指尖晶莹一片，宛如青竹叶上未醒的朝露。到了如意园，小达子将古琴青竹放置在琴台上，调弦试音，静候紫妃娘娘凤驾亲临。

　　阿紫闭着眼睛，觉得这样听小达子的琴音更能让人心生感慨。柳儿站在一旁，看娘娘满脸平静的样子，又偷偷望了眼琴台上那张有眼无珠的脸庞，觉得这样的日子比以前确实要惬意不少，娘娘也不用成天担忧陛下的事情了。一曲终了，阿紫问道："今日为何不奏《赤子听风曲》？"柳儿望向盲琴师，她虽不懂音律，却也听得出今日所奏之音与前几日大有不同。"《赤子听风》乃由心而发之曲，取空旷豁达之意，旨在让人中正平和，不受庸扰，心存善意。刚刚所奏之曲乃先前微臣行走御道之时有所感触，亦由心生，只是琴音略显幽雅，搅了娘娘兴致，微臣之罪。"小达子微微躬身答道。"何罪之有。既同为心声，自有其动人之处，幽雅之中，不乏善愿之举，可见王希音赞你琴中赤子，实在恰如其分。"阿紫宽言道。"微臣再奏一曲《赤子听风》，与娘娘解乏。"阿紫听后，微微颔首，闭目不语。

《赤子听风曲》乃小达子师从王希音后第一首自创曲目，曲成之日，古琴宗师王希音亲自来到竹舍听完整首，而后摒退众人，与小达子单独畅谈许久。如意园中，曲音渐高渐远，小达子沉入其间，仿佛回到了与王希音初次见面时的场景。那一天，小达子在宫中清扫石阶，清风徐来，他突然侧耳倾听，直觉风中似有一股浩然正气随风游移不定。正入神之际，忽然，一位老人宽厚的声音传来："孩子，你刚才听到了什么？"小达子不知所以，凭着直觉回答道："风中好像有乐曲，可我不知道是什么。"良久之后老人叹息道："传闻能窃听天音者，必永无见天日之时。孩子，你可愿跟我学弹琴？"小达子老老实实回答道："可我是个瞎子，什么都看不到。"只听老人哈哈大笑道："孩子，天生无瞳，非你之罪。何况古琴讲究以心传声，目之所见，未必真也。"再后来，小达子跟随老人来到了韵律院，知道老人叫王希音，还知道自己有个师姐叫白鸾。

曲罢，小达子照旧背缚琴匣离去。阿紫回忆着《赤子听风曲》的韵律，笑道："一个是人间少有的赤子心，一个是世上难寻的玲珑指，真不知道最后谁会更胜一筹。"柳儿在一旁听了，好奇地问道："娘娘，玲珑指是谁啊？""玲珑指啊，便是我们陛下最疼爱的鸾妹妹啰。"

柳儿俏皮地吐了吐舌头，不再说话。

第十五章
天漠之中分天下　圣女台前赐光明

　　自大明王朝分裂，圣女湖沉入地下之后，天漠便成了人迹罕至的禁区，直到三十年前楼外楼兴起。传闻三十年前，楼外楼创办人之一的大楼主孤身一人挑战整个江湖武林，各大门派无数高手应约而战，悉数被大楼主击败，随后在天漠创立独立于江湖武林和荣朝之外的楼外楼。此后，楼外楼以其不计其数的财富和武林秘籍让整个江湖为之疯狂，不过数年时间，楼外楼便取代圣女湖，成为新兴而起的大陆中心，其影响力连版图最大军力最强的荣朝也不容忽视。三十年时间，楼外楼几乎成了江湖武林最高殿堂的代名词，任何学艺有成的高手侠客都会去一趟楼外楼，不为别的，只为衡量一下自己在江湖中的地位，而楼外楼每隔五年公布一次的天下高手榜，更成为武林人士津津乐道的一件事。

　　近三十年里，在榜的八位高手只有五年前发生过一次变动，那便是如今排名天下第六的指甲红横空出世，霸道无比，对原先排名第六的高手满天星展开追杀，两人连续拼杀了三天两夜，凭借暗器盛名已久的满天星竟然被赤手空拳的指甲红正面格杀，这场被誉为自大明王曌蓬山与魔教教主赤玉螭之后最强一战的决斗，最终奠定了指甲红天下第六以及天下第一杀手的名号。当指甲红是东海山羊宫宫主天机子首徒的消息传出后，众人才恍然大悟，难怪指甲红年纪轻轻便拥有如此超绝的实力，难怪这个女煞星将满天星当作首要目标，不死不休。满天星在大明王朝分裂后为了江湖地位，或明或暗地袭杀了无数明教教徒，而山羊宫宫主天机子更是当年大明王座下的首席军师。这样一来，所有的疑问都清清楚楚，指甲红杀满天星更多的还是牵扯到五十年前的恩怨，所以此事也被江湖人士避讳而尽量不再提起。作为天下第六的师尊，加上远超他人的资历，天机子更是被誉为可与楼外楼大楼主一较高低的人物，而楼外楼发布的天下高手榜在大楼主与天机子之间也未明文排名。当然，这些都是那位西荒城名叫第一的魁梧男子出现之前的事情，现如今的江湖武林，谁也不知道还会不会冒出新的高手，江湖本身就是一个充满意外和惊喜的地方。

　　"真是热闹啊，都快赶上五十年前那场风云变幻了。"夜晚，楼外楼最高一层的塔尖阁楼里，一道苍老的声音从一袭黑袍之中传出。黑袍老人走到阁楼边缘，俯首向下望去，灯火通明，人影绰绰，一座占地不过十亩的圆形城市宛如一片明亮的湖泊，点缀在灿烂星空下的天漠之中。"和当年的圣女湖真的很像，可惜就是太小了，地方小，人也太少。"黑袍老人转过身，略带沧桑地向另外两个同样罩在黑袍里面的人笑道。"怎么，觉得自己年纪大了，舍不得离开这个世界了吗？"左边的黑袍人调笑道，声音低沉宽厚。"呵呵，从我加入明教开始便一直等着回归光明的那一天，如果说有什么舍不得的，也只是希望亲眼看到明教遍及这个世界。"黑袍老人并不恼怒，缓缓说道。"遍及世界？你这个大逐日还真不省心，当年的大明王连这片大陆都未曾踏出去过，这个世界又该到哪里为止？"左边的黑袍人继续言道。

"反正征服大陆的事情你这个二楼主迟早都要去做的，我一大把年纪了，也不会和你掺合。"黑袍老人见身份被左边的二楼主揭破，也没有任何不满，继续说道："反而是我明教在荣朝的据点折节城，不知道二楼主为何要痛下杀手。这些年来，我的遮月也没少帮你背黑锅，更没少帮你杀人，你如此做法似乎有违当年我们三人创立楼外楼的初衷啊。"二楼主不以为意地说道："怎么，我让你旭国这二十多年安安稳稳固守大陆西南，稍微拿一点利息你就心疼了？俗话说成大事者不拘小节，难怪你临到死了，还跨不出那一步。"旭国大逐日哈哈大笑道："旭国和大月氏能够存留至今，不是你白昊手下留情，而是你怕重蹈大明王覆辙，就算你当年强行攻陷大陆西域，也不过是第二个大明王朝，守不守得住另当别论，这份功绩是算在你还是身坐皇位的白羿身上，恐怕都是一个死结。一旦你和白羿发生分歧，无论谁最终胜出，你有生之年必然无法一统九州。"大逐日看了一眼身份昭然若揭的二楼主继续说道，"所以，你更应该感谢旭国和大月氏为你腾出了二十年时间，让你能够顺顺当当营造出一个安稳的大后方，只等时机成熟便可挥兵西域，剑指九州。"

身份被揭破的二楼主白不觉看了看一直沉默不语的大楼主，见他并未有说话的意思，继续对大逐日说道："荣朝的事情不劳大逐日费心，而我白不觉的心思你就更别白费力气。折节城的事只是一个小小的警告，我不管你想杀谁，只是不应该触及我的底线，月狐公主在场的情况下，我不想再看到一个遮月的人出现。否则，楼外楼便可提前解散了。"大逐日闻言冷哼一声，言道："月狐公主我自然不会触及，可那个书生必须死，天机子已经决定将衣钵传授于他，甚至不惜让得意门生指甲红一路护送。不要告诉我，你们情愿看到第二个天机子出现在接下来的天下大势之中。"白不觉摘下黑袍面罩，儒雅的脸庞露出一丝讥笑："当年大明王朝建立之时，你身为军师之一处处被天机子压制，等大明王失踪天机子前去东海魔教寻仇之际，你又趁机拉拢教众成立旭国据守西南。现在你只是害怕天机子有了传人而你孤家寡人罢了。""世间有光明之处明教定可永存，天机子早已脱离明教，私人恩怨也一笔勾销。古人云：乱世出枭雄，大世诞人杰。接下来的九州大陆必然是一个前所未有的盛况大世，不为我等所用的人杰届时皆是阻力，我不信你堂堂昊天王看不出这一点。"

白不觉没有再与大逐日继续争辩，而是看向一直未说话的大楼主，笑道："赵武阳，说不定这次便是我们三人最后一次见面了，作为武功冠绝江湖的大楼主，你不打算说点什么吗？"赵武阳坐在那里一动未动，略显沙哑地说道："楼外楼建立的基础是我们三人的协议，你白昊想要一统九州大陆，而大逐日则希望明教传遍九州，既然你们之间没有必然的冲突，合作便是一件双赢的事情。至于我，则更简单，无论天下明教如何，我只要整座江湖，相比二位而言我的要求应该是最小的了，你们还有什么可争论的？""最小的要求也是最容易实现的。"白不觉跟着说道。

赵武阳抬起头，望着阁楼外星辰闪耀的远方，缓缓问道："真的容易吗？"

明曦微笑着靠在椅背之上。圣女台下，身着白袍的使者、教众将高大宽阔的明王总殿站得满满的，所有人都等着明曦说话，因为今天是明曦成为圣女以来第一次向旭国全国的明王殿主发出圣女令。七十七依然忠诚沉默地站在明曦旁边，自从明曦成为圣女之后，七十七便成为明王总殿最知名的光明使者，无论明曦这个圣女在明教的地位究竟是高高在上还是虚有其表，可圣女毕竟是圣女，在旭国万千教众眼中，离圣女越近一分就能多享受一份光明的赐福。所以，沉默寡言的七十七不知不觉就成为整个旭国最被羡慕的人。

随着时间的流逝，总殿早已关闭殿门，各地明王殿的殿主也已到齐，起先乱哄哄的殿堂渐渐安静下来，大家一言不发地望向圣女台上那道火红色的身影。安静之后大家才发现，那位前些年温和柔顺的圣女此时此刻是多么美丽迷人，经过几年光明仪式的洗礼，明曦身上那股与生俱来的空明纯净逐渐渗透进光明殿的尊荣与崇高，那股融合了女性处子气息的神圣光环，逼迫得众人有一种仰视的冲动。圣女就这样坐在台上微笑地看着他们，看着他们这群自称光明王仆人的从属，微笑着，微笑着，让他们觉得自己哪怕再多看一眼便是对圣女的亵渎，对光明的不敬。终于，一个资历较浅的年轻殿主忍不住垂下头去，因为圣女台上那道鲜红的身影太过耀眼，让他心生臣服。很快，七十七便发现了不可思议的一幕，越来越多的明王殿主垂下头去，那些明晃晃的白袍在散发着神圣光辉的明曦眼中，缓缓失去光彩，从一片流动的光的海洋，退变成一潭反射着白光的泉水。泉水宁静如镜，倒映着明曦光彩照人的笑容。

终于，几位依旧没有低头的总殿长老有些站不住了，跟随在大逐日身边最久也是年龄最大的大长老问道："不知圣女发出圣女令，召唤各位殿主来总殿意欲何为？"明曦这才望向大长老浅笑回答："旭国休养生息多年，明教得以继续发扬光大。可我作为圣女，总要将光明传向世间，让明王殿屹立于九州大陆四方。""圣女所言甚是，只是如今我旭国国力有限，未有逐鹿中原之势，理当在大逐日与圣女率领之下，尽心修行，祝福光明，静待大光明王普照世间。"大长老说完之后，只有几位明王总殿的长老随声附和，绝大多数分殿殿主依旧垂首而立，没有参与到总殿长老与圣女的分歧之中。明曦笑了笑，站起身来，伸出手指着头顶之上的光明顶说道："光明顶外，还有苍穹。苍穹之上，犹有烈日。烈日其上，光明永存。如今我明教身在光明顶内，困于苍穹之下，九州一隅，谈何祝福光明，又拿什么去普照世间？自大明王朝分裂后，明教尚存一二，意为上天不绝光明之意。倘若我等依旧居安而不思危，天漠虽小，亦不远矣。"大长老一时语塞，不知该如何反驳，与身边几位长老眼神示意之后，缓缓说道："圣女大怀，光明之幸。可如今大逐日不在教中，一切重大事宜还应等大逐日归教再商为妥。"明曦听完重新坐回椅子，几位长老心中稍安。

一时间，总殿寂静无声，氛围更显紧张。明曦闭上眼睛，想起几年前自己当上圣女时的情景。绿晓死后，明曦换上一件崭新的红袍，忐忑不安地跟在大逐日身后，一步步走向总殿当中至高无上的圣女台。当明曦端端正正坐上椅子之后，大逐日站在圣女台前朝所有殿主宣布"上代圣女绿晓已身献光明，由光明之女杨明曦继任圣女之职"时，面对台下无数眼光，明曦宛如置身光明火灼烧之中，极其害怕自己下一刻就被烧成灰烬。而且当着大逐日的面，依旧有分殿殿主提出异议，质疑杨明曦无名无分，没有资格担任圣女之职。然后，大逐日便说出了至今仍让明曦念念不忘的身份，"杨明曦实乃我明教先代光明左使杨逍之后裔，也是离光明最近之人"，自小无父无母的明曦当时的震惊甚至超过了对自己身上那件红袍的恐惧。可是即便如此，那位分殿殿主认为杨逍是中原明教使者，并非正统。这时候，大逐日朝那位分殿殿主伸出手，很随意地说了句"人人皆可入光明，人人皆可入神国"。然后，这位分殿殿主便与他那位在明王总殿担任光明使者的女儿一道献身光明了，圣女台从此正式属于她明曦所有。

明曦睁开眼，重新站起身来，朝大长老伸出右手，说道："人人皆可入光明，人人皆可入神国。"看到这一幕的大长老先是有些震惊，然后脸上不由自主地露出一抹微笑：天真的圣女，光明心法连绿晓都不如，就敢学大逐日那般以光明的名义来统领明教。在身边几位长老的讥笑声中，大长老也朝明曦伸出右手，然后，明曦那身红袍无火自燃，布满火焰的红袍穿在明曦身上，越发凸显出她的神姿。此时此刻，便连胜券在握的大长老心中都不得不承认，如此模样的明曦像极了第一位为光明献身的圣女，那是真正的圣女。明曦对全身的火焰丝毫没有在意，她再次伸出左手，双手掌心朝上，眼睛看向光明顶抑或顶外的苍穹，说道："光明即我，我即光明。"然后，在几位长老眼中，稳稳占据上风的大长老突然脸色数变，伸出的右手不由自主颤抖起来，整个人的身体似乎顺着右手向高高在上的明曦飘去。随着明曦身上的火焰渐渐熄灭，大长老右手低垂，整个人轰然倒地，不知道是生是死。

火红教袍已被焚烧得千疮百孔，从空隙之间裸露出的雪白肉体充满着诱人的神圣气息。明曦对此毫不在意，缓缓坐回椅子，抬眼望去，圣女台下垂首一片，肃然而立，竟然没有一人趁机享受这极为难得的圣女之光。明曦朝七十七看一眼便再次紧闭双眼，她真的觉得累了，只是破损严重的大红教袍胸口处，火莲竟已完全盛放，莲心隐隐成形。

紧接着，明王总殿内响起七十七的洪亮嗓音："圣女有令：旭国上下，明教为尊。起于光明，献于光明。明王各殿，皆可成兵。九州大陆，日月为明。护我国教，赐福万民……"

第十六章
风流债两笔勾销　截书生一夫当关

天漠虽然白沙遍地，危机四伏，可入夜的景色也是九州大陆不多见的。漫地白沙，在月明星稀或星辰闪烁的夜空下，朦胧怡人，眼望处，空旷深邃，窸窸窣窣的声音从远近各处传来，使这方天地显得越发宁静。这便是大自然的美妙之处，无数诱人风光尽在险奇怪戾之地。此时此刻，倘若将白天饱经风沙侵蚀的手足浸入尚显温热的白沙之间，酥酥痒痒，真是一件舒爽至极的事情。

一座平坦开阔的白沙地，四只高大粗壮的沙驼分东西南北静静卧在上面，嘴里嚼着它们驮来的沙柳枝条，不时从鼻孔喷出几道强劲的鼻息，空气中便灰尘四溅。沙驼中间正是走了一天路程的张秋池等人，一人靠着一只沙驼闭目养神，而张秋池和伍悠悠因为共乘一匹，只好坐在一起，靠在沙驼身上自然没有其余三人那样惬意。感觉到脚底和后背传来的阵阵温热，张秋池睁开眼睛，正对面的木柏松歪着脑袋，已经睡得很熟了。左侧的柳星张竟然盘膝而坐，布幡放在腿上，不知是睡着了还是在冥想天机。张秋池最后望向右侧，发现月狐公主白鸾曲着腿，双手撑在膝盖上面托着脸颊，昂头望天。天空只有一轮弯弯的新月，似乎还没有它周边的那几颗星辰更让人注目。没有小清在身边的白鸾此时显得有些孤单，那张完美的脸颊因为手指挤压的缘故，从手指边缘嘟出一些肉来，显得很是可爱。瞧得久了，倒真像月光下的一只小白狐啊，书生心想，是不是当年太宗白羿也曾如此静静地看过她呢。

伍悠悠睁开一只眼，睨着张秋池出神的脸庞，顿时，书生心中的诗情画意念想立刻就成了伍悠悠眼中色胆包天的形象。年少刀客心想，书生是越来越有出息了，自打一路走来，不仅看了摸了，连西荒城潇洒偶傥的白马世子出现后，张秋池还能不自甘堕落，甚至等大家睡着了，明目张胆地独赏美色，他伍悠悠别的不说，光凭这一点恐怕这辈子还真没法跟书生比。伍悠悠心中暗自哀号一声，不由得想起刚出帝都那会儿自己总能借机占有白鸾留下的雪白馒头。馒头馒头，就是这该死的馒头，伍悠悠现在每想到一次馒头都要暗自咒骂一番，不想竟从沙驼身上滑了下来。伍悠悠借机假装伸懒腰，将身子向右侧了侧，眼睛偷偷张开一道缝隙，本想从张秋池眼皮子底下分一杯美色，却看到白鸾做了一个让伍悠悠鼻尖一热的动作。

白鸾看到书生的眼神之后，非但没有生气，反而浅浅一笑，然后朝这边伸出右手，用食指勾了勾。伍悠悠看到后，觉得自己的魂儿都快没了，而张秋池傻乎乎地看着白鸾，不知道是在做梦还是陷入了幻觉。见书生有色心竟然没色胆，伍悠悠咬牙切齿暗骂不争气的同时，左脚轻轻点了一下书生的右脚背。吃痛的张秋池终于回过神来，看一眼若无其事继续装睡的伍悠悠，又看到勾了半天没有回应，此时正撇着嘴看自己的白鸾，书生同样伸出手指，不是朝向白鸾，而是点了点自己。白鸾一边翻白眼，一边无可奈何地点了点头，然后伍悠悠心中滴血地看到书生立

马爬起来，屁颠屁颠地朝白鸢走去，走得是那样急，连踩到伍悠悠的小腿都浑然不知，可怜伍悠悠还只能紧咬牙关不能作声，否则书生的好事和自己装睡看戏的企图便要泡汤了。

见张秋池过来，白鸢将腿向右边移了移，用手拍拍左边的白沙，示意书生坐下来。其实在书生心里，还在为之前的事担心，以为这位身份吓人的公主殿下趁着夜深人静要单独教训他，所以张秋池看到白鸢的指挥，异常老实顺从。见书生坐定之后，白鸢便又双手托着腮帮望向了天空。张秋池见状，看看白鸢，又看看天，最后只好学着白鸢的样子望天，只是书生双手拘谨地撑着沙地，孤零零昂起头，像一只啸月无声的狼，不是色狼，而是年幼无知的狼。也不知道过了多久，就在书生脖子酸胀难耐的时候，耳边终于传来了一道轻柔动听的声音："我不知道你是不是真的为了读书而去楼外楼，可我要去楼外楼拿一样东西。""说是为读书，其实可能也是为了自己吧。以前心里总想着以后要为这个天下做点事情，现在发现自己能做的实在太少了。"张秋池老老实实地回答，然后终于不怎么木讷地问道："那样东西很重要吗？"白鸢不可察觉地点了点头，言道："那样东西对整个天下都很重要，不过对我来说，只是想确认一下他到底是不是——"白鸢停顿了一下继续说道，"是不是我一直等的那个人。"说完，白鸢一脸渴望又忐忑地望向天空那弯新月，皇帝哥哥，这场仗你一定要赢啊。

"你放心吧，人心存善必定会天遂人愿。"张秋池看着近在咫尺的侧脸，终于明白为什么连白马世子都会无怨无悔地跑到西荒城来，这个女子有着让人爱惜的纯真和执着。白鸢转过头，看见书生一脸的真诚和煦，忽然展颜笑道："万一要不是，我就嫁给你吧。"一瞬间，张秋池错愕万分。"唉，竟然不肯答应。"白鸢忍不住又接了一句，让张秋池不知道该怎么说话才好。"算了，还是说说找你来的事情吧。楼外楼里面有一个规矩，进入楼外楼的人可以用自己身上的东西来换你想要的东西，只要楼外楼同意，这笔生意便算成了。而我要的东西不止一份而是三份，我希望到时候你要是有机会帮我多拿一份。"虽然带着被月狐公主转移话题的淡淡失望，可书生就是书生，顿时就应承了下来。"你就不问问是什么就敢答应我？"白鸢对这个满心慈悲和侠义的书生毫无办法，"我先告诉你，你再做决定。楼外楼中有三份太宗留下的遗诏，其中有一份我是一定要得到的。"张秋池听到"遗诏"这两个连天下都会动容的字后，依然老老实实答道："我会尽力的。"

白鸢对张秋池的表现很是满意，面带笑意地向书生说道："要是你帮我拿来一份，那晚的事情就一笔勾销，如何？"书生先是呆了呆，突然想起了什么，正要开口询问，谁知道白鸢根本不给他说话的机会，笑意变着怒地来了一句："一边一笔，两笔勾销行了吧。""哦。"不知就里的书生稀里糊涂应了一声，然后抬头看天，想了半天也没想出个所以然，看到身旁似乎有些气急的红颜，张秋池心中一急，便讨她欢心地说了一句："放心吧，我会争取拿到两份的。"只听"噌"的一声，书生两眼一黑，昏了过去，吓得偷看了半天的木柏松赶紧闭眼睡觉。

伍悠悠本来看书生坐到白鸢身边，伸着脖子瞧着，谁知道两人一坐就是半天，就那样抬头望天，后来伍悠悠脖子实在受不了了，打着哈欠腹诽一句"原来谈情说爱也不是什么美差啊"，便头一歪睡着了。天亮以后，伍悠悠一觉醒来，看了一眼身旁躺在地上抬头望天，一脸无辜呆滞的张秋池，憋着笑故作关心地问道："怎么，昨晚表白失败，后来寻短见了？"书生转过头去，用面罩遮住脖子上那道琴弦勒痕。

伍悠悠身心舒畅站起身来，突然"哎呦"一声抚摸小腿蹲了下去，忍不住指着身旁的沙驼骂道："都是你这傻驼，大半夜发情也不看路，这脚踩得真是狠哪。"

午时的天漠，再也不见丝毫夜晚的温柔可人，炎热烫人的白沙直晃得让人眼里和心里一同发慌。四匹沙驼五个人继续朝着楼外楼前进，木柏松不时回头看看坐在伍悠悠身后默不作声的书生，咂咂嘴，摸摸胡须，一副老怀大慰后继有人的模样。"我还以为你今天不用跟我一起骑沙驼了，唉，没想到看着温婉可人的公主殿下竟这么狠，不答应也不该要你的命啊。"伍悠悠对张秋池宽慰道。"话也不能这么说，不是说最毒妇人心嘛，"木柏松插嘴说道，眼角瞟见前方那位白衣华服女子衣角轻扬，老头赶紧转向，"可我们的公主殿下心地那么善良，不可能对书生下手的。依我看啊，肯定又是那什么遮月杀手搞的名堂。"伍悠悠和木柏松一早上就这样一唱一和玩得不亦乐乎，让他们奇怪的是，张秋池和白鸢对此竟然视若无睹，也一言不发，这反而让伍悠悠感觉他们两个之间肯定有什么事情，也让他对昨晚自己睡着的事情懊恼不已。就在此时，前方明晃晃的白沙之上，突然出现了一个小黑点，这个黑点由远及近，由小到大，不过几个气息的工夫，一个黑袍人便落在五人面前。"你看，老头子我说得没错吧，"木柏松对伍悠悠得意扬扬地说，"杀手这不就来了。"

"你不热吗？"伍悠悠望着黑袍人不解地问道。黑袍人没有说话，只是盯着伍悠悠，确切地说，是盯着伍悠悠身后的张秋池。伍悠悠看着黑袍笼罩下那双布满皱纹的眼睛，这双眼睛可真是慈祥啊，怎么会是一个杀手呢？琴音突起，宛如锦帛撕裂的声音在空气中炸响，伍悠悠只觉耳边一震，整个人从略显恍惚的状态惊醒过来，心想这个黑袍人好生厉害，只看了一眼就差点让自己着了道儿。伍悠悠直接将二尺短刀拔了出来，端坐沙驼背上，一手持刀，一手拿鞘，直接摆出了防守的姿势，面对深不可测的敌人，他从来不敢大意。听闻琴音响起，伍悠悠也回过神来，黑袍人才转身看向白鸾说道："王希音倒是教出一个好徒弟，可惜他一生不愿习武，不然定会位列八大高手。月狐公主虽然琴艺精湛，但以琴化气并非易事，何必为了无关人等而损耗心力呢？"说完，黑袍人朝白鸾伸出右手，掌心朝向天空那轮烈日，在阳光之下，光明鼎盛非常。

"嗞嗞"声不断响起，琴声顿时中断，白鸾望着无故崩断的琴弦，低首沉吟。见此情景，伍悠悠屏气凝神，他知道眼前这位黑袍人根本不是自己能够对付的，但是他这次不想再退让了。"他是来找我的，你让开一下。"张秋池在背后终于出声道。"我伍悠悠没有大本事，却并不怕死。"伍悠悠头也不回答道。只是伍悠悠没有等到意料之中的感动和热血，只听见张秋池有些焦急地说道："你挡到我视线了，总要让我见一眼杀我的人是什么样子的啊。"伍悠悠怀着一颗受伤的心将头偏了偏，突然发现这句话怎么这么耳熟呢？想起那位黑衣红甲女子放出来的狠话，伍悠悠倒是觉得真要战死在天漠未必不是一个不错的选择。黑袍人看着伍悠悠背后冒出的那颗脑袋，略显惊讶地道："竟然真是一点内力没有。"伍悠悠赶紧说道："是啊，这样的书呆子杀不杀没什么两样，还是不要浪费力气，我们就此别过如何？"黑袍人收回右手，看着掌心说道："年轻人，你可能不知道真正的书生是多么可怕的存在，他们不需要武功和战功，就凭几句话几条计谋就可以将天下瓜分殆尽，将万千人物玩弄于股掌之间。而且一旦书生发起疯来，丝毫不弱于昔日的魔教之流。你可知道山羊宫的天机子在罂蓬山失踪之前还是不懂半点武功的书生，可他一怒之下寻到东海魔教后，却能屠尽魔教教众，一跃成为天下翘首人物。更何况，你背后的这个书生可是天机子相中的弟子，你说我能放过他吗？"

黑袍人没想到自己说了这些话，伍悠悠反而转过头两眼放光地对张秋池说道："书呆子，没想到你还有这样的背景，难怪连指甲红都要给你当保镖。以后进了山羊宫，可不要忘了我这个兄弟，让天机子老前辈也把我收了吧，做你师弟也不是不可以的。"未等目瞪口呆的书生有何反应，黑袍人再次对伍悠悠说道："你放心好了，只要你今天不死，也有一场大造化等着你，至于是福是祸就只能听天由命了。不过，若是你还拦在他的面前，我也只好替天先收了你这条命，就算以后赵武阳怪罪于我，也顾不得了。""什么赵武阳？"伍悠悠正要问清楚这件事，就看到黑袍人将本已收回的右手再次朝向天空，面对自己和张秋池，他不由得急忙喊道："喂喂喂，你说清楚再动手啊，赵武阳是谁？有天机子厉害吗？喂，哎呦，衣服怎么着了……"伍悠悠手忙脚乱地用短刀在自己身上四处拍打，胸前的衣服已经烧了一个大窟窿，好不容易拍灭身上的火焰，伍悠悠发现自己手中的短刀和刀鞘变得越来越烫，就像一块逐渐被烧红的铁。

　　张秋池在后面见那黑袍人并未有什么动作，而伍悠悠却乱动不止，不一会儿，甚至还闻到了衣物和皮肉焦糊的味道。然后，只见伍悠悠右手持刀将左手割裂一道极深的口子，然后归刀入鞘，左手与右手相互一抹，双手浴血握刀，只听到血液洒在二尺短刀之上滋滋有声，传出一股刺鼻的血腥味。白鸢抬起头，看到这个平时吊儿郎当的年轻刀客此刻竟以鲜血对抗黑袍人高明至极的内功，神情也不禁有些动容起来。木柏松神情凝重地对柳星张道："还不出手？"柳星张无奈道："我这占卜幡还不够他烧的。"木柏松立马眉毛胡子一起翘起来说道："难道我的乌木剑就不被光明心法克制吗？这三个年轻人难得本性纯朴，又重情义，眼睁睁看着江湖好苗子被老杂毛毁了，你当真一点也不动容？"柳星张随手摸出一打龟甲笑道："占卜幡不行，不是还有这个吗？"木柏松见状微一点头，从座下沙驼随身携带的沙柳枝条中抽出一把黑黝黝的木剑，两脚在鞍上一蹬，直直朝黑袍人飘去。与此同时，柳星张迅速从沙驼上翻身下来，将十二块大小不一的土黄色龟甲扔到伍悠悠和张秋池两人周围，口中念念有词，最后将那一杆"卜吉问凶"的占卜幡插在正前方，整个人持幡而立，一派仙风道骨。

伍悠悠正值水深火热之际，忽然看见一道瘦削人影持一柄黑木剑飘向黑袍人，赶紧聚集心神仔细一看，原来是平时与自己趣味相投的木柏松，心中刚刚升起的惊喜顿时凉了一半。又看到惜字如金的柳星张朝自己身边扔了几块碎龟甲，然后神神叨叨地念着什么咒，心中活命的想法早已熄灭干净，正想朝两老头喊一句，让他们快去逃命，手上炙热难耐的高温竟然渐渐消退，不过片刻工夫，二尺短刀已然恢复正常，除了手心伤口还有些疼痛，伍悠悠只觉整个人神清气爽，周围一片清凉意，根本不似在天漠之中。这时候，只听空中一声叱喝，木柏松连同那柄乌木剑幻化成无数身影，如同一片乌云朝黑袍人笼罩而下。

黑袍人眼见木柏松攻势将近，右掌朝天向后一收，很快再次向头顶那片乌云伸出去，五指握紧，顿时云开雾散。黑袍人右手准确抓住乌木剑剑尖，然后将这把世间罕见的乌木剑连同木柏松一起顶在空中，掌心绽放出一道微弱光芒，往前缓缓推进，逼迫乌木剑和木柏松一同向后飘去。柳星张看到乌木剑与黑袍人掌心交接处不断有黑烟冒出，不由得皱起眉头。他想不通木柏松为什么舍弃变化万千的木棉剑法不用，而要选择和旭国大逐日比拼内力，何况木柏松无论是内力还是乌木剑，都被大逐日克制得死死的，就算耗掉这位大逐日一些内力，好像对大局也没什么影响，难道真指望自己的奇门遁甲可以困住这位当代的明教最强者吗？

黑袍人自然是来楼外楼与另外两位楼主商谈事情的大逐日，既然他亲自来了而张秋池又恰巧在此时前往楼外楼，大逐日就不在乎耽搁半天时间来亲手了结这个心结。只是没想到在这五人之中，竟然有两位名列高手榜的人物。不过这样也好，虽然大逐日这些年一直隐居旭国，未曾在江湖武林中显山露水，可明教也到了该重见天日的时候，他又何必再藏拙呢。大逐日轻喝一声，右掌不再向前，而是抓住乌木剑往身前拉扯，同时左手握指成拳猛然轰向柳星张。黑色袍子随着大逐日的轻喝声寸寸碎裂，飘散空中，一位须发皆白，身着白袍的老人站在通往楼外楼的道路之上，朝木柏松和柳星张自负道："有幸遇见天下排名七、八的柳相木师，就让老夫来领教一番二位联手之势，且看明教功法与中原武功孰强孰弱。"

第十七章
柳相木师显真身　天漠深处落难人

伍悠悠心中大惊，眼神在两个老头身上惊疑不定地移来移去。柳相木师这两个名号，几十年前都是叱咤风云的人物，只是后来不知为何归隐山林，再无消息。其实在那强悍至极的白袍老头亲口说出之时，伍悠悠心中就已相信两个老头确是名列高手榜之人，虽说柳相木师只排在榜单末尾，可第七、第八好歹也是八大高手。木柏松在与大逐日比拼内力的同时，还不忘回头望一眼伍悠悠这边，并非对伍悠悠或者张秋池有多担心，而是老头想看一看年轻刀客此时的震惊表情，也好让他知道自己一路来的侃侃而谈可不算吹嘘大话。"难怪这俩老头之前一直不敢现身，原来是看到了排名第六的指甲红，七老八十了还没人家小姑娘排名高，唉，要是我肯定也不好意思说自己是天下高手。"伍悠悠在柳星张的阵法之中，惬意地跟张秋池说道。木柏松回头刚好听到这句话，一口真气没提上来，差点被大逐日给烧死。

想到那个黑衣红甲马尾辫的女子，张秋池有些恍神，没想到自己跟她之间还有着天机子这层关系，难怪以凶残著称的天下第六会一路护送自己到西荒城。于是，听了伍悠悠的话后，书生心不在焉地点了点头，指甲红毕竟是他的救命恩人，说不定还是将来的师姐，对于拜天机子为师，张秋池可是半点都不会犹豫。看到呆头书生的点头附和，木柏松算是未曾战败便已经受了重伤，自尊心被伤害得无以复加。愤愤不平的木柏松胡须朝天翘起，左手捏一剑指，压在乌木剑上，沿剑尖方向向前滑去，只见乌木剑嗡嗡作响，黝黑的剑身越来越黑，黑得发亮，仿佛下一刻这柄剑将由光芒从内部炸裂一般。而谈笑风生的伍悠悠在大逐日出拳的下一刻便笑不出来了，哪怕有柳星张的阵法护体，可大逐日左拳一经挥出，柳星张身前凭空刮起一阵罡风，整个人冠巾乱舞，占卜幡上的幡布向后鼓胀突出。伍悠悠顿时觉得面前空气一紧，下意识握紧二尺短刀竖放于面门前，而张秋池死死抱住沙驼驼峰，不敢松手，连两人屁股底下那只重达几百斤的沙驼都忍不住后退几步。

柳星张握紧占卜幡，暗中发力，幡布逐渐恢复正常，不过他却星眉紧皱，这大逐日内力何其深厚，竟敢以一敌二，还都是比拼内力，木柏松到底想做什么。此时，乌木剑已经止住颓势，与大逐日的右手旗鼓相当，就这样黏在一起，木柏松和大逐日的内力通过这一掌一剑发动一轮轮冲撞，没有丝毫取巧。在两股强大内力的比拼下，木柏松与大逐日周围的温度在急剧上升，如果看得仔细可以发现，堪比玄铁的乌木剑与之前相比已经短了半寸，意味着这场内力比拼到目前为止大逐日已经稳占上风。"木柏松，你放着木棉剑法不用，难道以为你的木棉剑气可以撑爆老夫吗？"望着脸色渐渐苍白的木柏松，大逐日略带嘲讽地说道。别人可能不知道，而作为当年跟随过大明王的大逐日怎能不清楚木柏松的底细，木柏松天生五行缺木，为了追求剑道五行合一的至高境界，木柏松不仅姓名兵器皆取补木之意，习剑有成后更是在木棉茂盛之地，苦苦悟出一套木棉剑法，以此期待能将五行补全，成就最高剑道。见木柏松并未说话，而是将内力加深几分再次向自己冲过来，大逐日仍然轻松自如地说道："水生木，木生火。在这天漠与你对战，老夫天生立于不败之地。"

其实就算大逐日自己不说，柳星张也看出来了，木柏松是想通过木棉剑气将大逐日的光明心法催生到极致，好比用木棉剑气喂养光明心法一样，将是一件火上浇油的事情，迫使大逐日体内真气溢满而无处宣泄，加之天漠独特的干燥高温气候，最后看能不能让大逐日火满为焚，走向那自我灭亡一途。"你想以命换命，可惜你太小看老夫了，更小看了我明教的光明心法。"大逐日说完之后，强行断开与柳星张的比拼，一门心思催动光明心法将木柏松牢牢牵引住，右手轻松一抓一扯，乌木剑的剑尖竟然被大逐日折断，木柏松一口心血喷出，大半真气暂时被大逐日纳入体内，此时的大逐日站在那里，宛如人世间的一轮烈日，散发着无限光热和耀眼光芒。"柳老头，还不出手。"乌木剑尖断裂的同时，木柏松自空中向后落去之时仍不忘对柳星张喊道。望着为了面子死逞强的木柏松，柳星张无奈一笑，自他知晓木柏松的想法，便早已定好应对之策。既然木柏松以命设好五行之局，他柳星张便以五行来了局。

柳星张双手松开占卜幡，将下摆衣裾随意塞进腰间，双手伸直，掌心向天，轻轻往上一抬，张秋池、白鸾、伍悠悠三人只觉整个人浑身一轻，耳边呼呼作响。原来，四匹沙驼随身携带的四大袋用作饲料的沙柳枝尽皆飞向空中，枝枝叠叠，铺天盖地地向大逐日压去，比起先前木柏松的乌木剑云更让人叹为观止。大逐日眼见漫天沙柳枝从天而降，或落白沙，或插天漠，或悬空中，却丝毫不以为意。木棉剑法以木生火已将大逐日全身真气催生到顶峰，任你柳星张万千柳枝，我自一掌焚之。沙柳条落下的同时，柳星张双手结阵，使内缚印，接续上手印，双手紧扣，右手在前。空中默念一大段咒语，外人看起来就像一个江湖常见的捉鬼道士。"莲花生大士六道金刚咒，"自称遍读中原书籍的张秋池在伍悠悠身后吃惊地道，"原来是奇门遁甲高士，凭此一术入天下高手之列足矣，江湖武林果然处处卧虎藏龙。"伍悠悠先被柳星张的手笔震撼，又听见书生在耳边念念叨叨，禁不住嘀咕起来："真有这么厉害？别又跟木老头儿那样，徒有其表，一招血飚。"刚说完，恢复了些真气的木柏松又是一大口鲜血喷出，看得白鸾都撇过头去，有些不忍直视。

　　咒语念完，柳星张朝大逐日所立之处伸出一指道："阵。"只见数千沙柳条上下翻飞，左右移动，宛如活物，眨眼之间就在大逐日身边形成一个绿意盎然的沙柳囚笼。大逐日依旧镇定自若，缓缓说道："就凭此阵焉能困我。殊不知我光明之火可破万物，何况木乎？"柳星张结阵完毕，对大逐日微微笑道："木生火当以水克之。我虽然困不住你，可也不能任由你带着木棉之气远走西域。"说完，口念金刚萨埵降魔咒，双手结内狮子印，朝大逐日又一指道："着。"只见数千柳条绿叶暗淡，渐渐干枯，而大逐日所在上空隐约可见一片由无数水珠凝聚而成的雾气，千万滴从沙柳枝中脱离而出的水珠朝白袍老人激射而去。见此情景，大逐日脸色微变，双手垂于身侧，握空心拳，便再未有其他动作，然后大逐日整个人连同身上那袭白袍越来越亮，水珠迎面之时，"嗤嗤"之声大作，瞬间化为蒸汽消散在天漠干燥的空气里。如此反复，无数水珠携带柳星张附着其上的内力与大逐日短兵相接，在罕见雨水的天漠，形成一方烟雾氤氲、水汽蒸腾的世界，大逐日周身恐怖的高温让作为囚笼本已失去水分的沙柳枝，从枯枝变为焦炭，再化成尘埃消散一空。四只比书生还要憨厚的沙驼，眼睁睁看着口粮被白袍老头糟蹋，不禁睁着哀怨的大眼睛，喉咙里发出低沉的"噜噜"之声，在原地不停打转跺脚。

　　天漠之中白沙应有尽有，而沙柳枝却有用尽之时，柳星张额头微微渗出一层细汗，望着一身白袍干净如洗的大逐日，笑道："来而不往是为非礼，既然大逐日乐意承受木柏松的木棉之气，我也不能让你白白受那真气钻身之苦。权且用一小小'临阵'阵法，聚木为水，替大逐日除去斑杂之气。"大逐日冷哼一声，内心清楚自己与木柏松硬拼真气，如果能让他将这纯净的木棉真气带走加以化解吸收，对他而言却是难得的补品。可柳星张横插一腿，利用困阵将大逐日束缚在原地，再通过聚木为水，强行将本已入体的木棉真气连同己身的光明心法尽数打散，光明心法可修行恢复，而木棉真气则失不再来。或者说，这根本就是木柏松和柳星张商量好的一个圈套，将大逐日在天漠之中占尽优势的光明心法暂时剥去，再看他大逐日如何选择。"再战下去，老夫犹有胜算。"大逐日看了看张秋池平静说道。"杀人总比救人容易些，可大逐日别忘了这里是天漠。"白鸢突然轻轻言道。大逐日突然笑道："也对，虽然耽搁了些时间，可能见到两位天下高手也不虚此行。"转而又对张秋池说道，"本来我与天机子的恩怨与你无关，今日只是顺手为之，既然你命不该绝，我又何必违逆天意。"说完，白袍老人转身离去，只是来得急去得缓，但终归还是消失在天漠尽头。

　　眼见一场危机艰难化解，柳星张微不可闻地摇了摇头，转身去察看木柏松的伤势。"柳老头，没想到这些年你还没有退步啊，依我看，这个大逐日连许绩对上都有些头疼吧，怎么跑到这里来了。"木柏松坐在地上说道。"这是一个老疯子，如果他要拼命恐怕还真拦不住他，好在他心有顾忌，想来是放不下明教。只是他这一次出手，体内压抑许久的老衰之势就再也控制不住了。"柳星张若有所思地道。木柏松歇了一会儿之后，原形毕露地对张秋池和伍悠悠说道："算你们俩小子命大，这次要不是我拼着性命拦下那疯老头，估计现在已经没你们什么事了。"张秋池早就从沙驼上下来站在一旁，闻言赶紧作揖感谢。让木柏松想不到的是，之前被他气得半死不活的伍悠悠却径直扛起他向沙驼走去，边走边说："书呆子，两个疯老头，看来我们也不吃亏啊。"乌木剑在伍悠悠屁股上瞄了很久，终究没有刺下。

　　天命遥无期，人命有时尽。大逐日离去之后，并未返回楼外楼，而是径直朝旭国而去。之前之所以放弃对张秋池的杀意，一部分是因为柳相木师的存在，况且暗中还有三股隐匿的气息，应该是遮月禀报过的三个影卫。其实就算柳星张与木柏松联手破了光明心法，加上暗中的三个影卫，也不足以让大逐日罢手。只是大逐日心里清楚，自己真要是强行杀死张秋池的话，极有可能会在木柳两个老头身上吃点大亏。这次出山来楼外楼，他本已放弃对天道轮回的抵抗，全身内力已然达到鼎盛，就算不与人争斗，也不会超过三年寿命。在此之前，大逐日一心想将自己在旭国的基业和明教传承下去，只要这一点成功了，就算是天机子也总有死的一天，那时候，自己有明教永世传承，而天机子除了天下文武无双的名号之外，还有什么？想到这里，大逐日对张秋池未死的遗憾逐渐淡去，反而对明王总殿那个心底太过柔软的圣女担忧起来，自己剩下的时间已不足以重新培养一个圣女了。明曦，你莫要让我失望才好。

　　突然，大逐日停下脚步，双眼绽放出骇人的光芒，这在刚才与柳星张对决之时都未曾出现，而现在，大逐日感觉到了一股极其危险的气息，这股气息连天机子和赵武阳身上也未曾有过，所以让大逐日感到非常不舒服，比没杀死张秋池还要不舒服。但很快，大逐日脸上又有些许疑惑，因为站在他面前的只是一个年纪很轻的壮汉，一个赤着脚，身披粗布麻衣的魁梧男子。眼见男子拦住了自己的道路，大逐日开口问道："你是谁？"魁梧男子竟然认真想了想，然后又非常真诚地复述了一遍："我是谁？"魁梧男子摇了摇头，对大逐日说道："我是第一。"说完摸了摸腰间的沙柳条，接着说道，"第一柳。"此人正是从西荒城独自入天漠的号称天下第一的魁梧男子，只不过现在他给自己取了一个比较像话的名字：第一柳。大逐日看了一眼男子腰间，眼睛一缩，又是沙柳条。大逐日语气平和地问道："你为何拦我去路。"第一柳摇了摇头，回答得极为艰难："我想问你，又不想见你？"听到这句莫名其妙又互相矛盾的话，大逐日朝他举起右手微微笑道："放心，以后你就不会这么苦恼了。"

大逐日不可置信地望着穿过掌心的那根沙柳条，沙柳条已经被烈日晒了多日，只有几片枯叶挂在上面，而此刻上面还有一只手掌，一只当代明教最强者的手掌。大逐日怎么也想不到，在天漠之中随便遇见一个人，就能轻而易举地破开自己连柳相木师都焦头烂额的光明心法，即便此时的光明心法刚刚恢复，可自己这支执掌明教数十年的右手又岂是普通高手可以轻易伤到的？连木柏松成名已久的乌木剑也做不到，难道此人也是八大高手之一？大逐日摇了摇头，他知道男子不是八大高手，因为他体内的真气在手掌被洞穿后开始乱窜就已表明，此人可能已经超越了八大高手。想到这里，大逐日不再犹豫，左手在右手手腕上轻轻一划，同时集聚全身真气向后爆退而去，头也不回地向天漠边缘逃去。第一柳望着逃遁而去的背影，竟然没有半点去追的意思，他只是看着沙柳条上残留的那只手掌，口中默念："光明心法？"下一刻，沙柳条上那只手掌无火自燃，化为灰烬。

两个时辰之后，失去一手体内真气紊乱的大逐日逃到天漠边缘西南面，只要再给他几天时间便可穿过山岭回到旭国。大逐日回头看了一眼空无一人的天漠，停下脚步，突然出声说道："你再不出手，老夫可就离开天漠，恐怕以后你都不会再有这么好的机会了。"半晌过后，四下里还是空无一人，大逐日盯着右前方的白沙，讥讽笑道："布折节，你还跟以前一样胆小，我都伤成这样了，你还是不敢。既然不敢出手，又为何一路随我到此？"整个天地，除了大逐日孤单的身影，还是没有任何人予以回应。又过了一会儿，大逐日叹息一声，光明剑和那个人都远远遁走了。其实，大逐日现在真的是身受重伤，可只要那个胆小如鼠的道士敢出手，他就有把握拿回原本属于明教的光明剑。

日落月出，又是一个平常的天漠夜晚，就在白天大逐日驻足询问的地方，从白沙里探出一个焦黄胡须的脑袋，脑袋朝大逐日离去的方向望了望，然后又从沙中伸出一只手，两眼盯着空无一物的手掌苦苦思索："到底是什么秘密呢？"

第十八章
大音希声不留尘　春雨如油莫等闲

　　小达子刚从如意园中回来，进了竹舍，脱去蓑衣，卸下琴匣，琴童赶紧跑过来接了过去。这些天里，韵律院最年轻的副院长都会去紫妃宫奏一曲《赤子听风曲》，偶尔与紫妃娘娘畅谈一番音律，目不见物的琴师每次听到紫妃娘娘温婉的声音，就会让他想起心中不愿记起的家，宫外那个亲人尤在却了无温情的家。十六七岁的少年，此刻难道不应该在父母兄长的注视和庇护下成长吗？可是对小达子来说，这些曾经极其奢望的东西，现在都已不重要了，他独自一人也可以在帝都生活得很好，他可以自己洗衣做饭，独立抚琴听风，也可以端坐桌前，望着眼前那片黑暗，与黑暗中的另一个自己对弈，这些都是韵律院那个最和善的老头教给自己的吧。如果不是遇到王希音，恐怕自己今生只会卑微而默默无闻地老死在皇宫深处，或者连老死的机会都不会有。小达子发了一会儿呆，然后走到窗前，几道冰凉的雨丝拂在脸上。年轻琴师抬起头，习惯性地望向天空，他只听说过头顶是不知几万里的苍穹，苍穹有多高呢？自己一辈子都看不到了，可在小达子心里，却总会执着地认为，苍穹至少有老师的琴道那么高吧。

更为年幼的琴童，眼看盲琴师重新披上蓑衣，看样子又要出门一趟，这在琴童看来是很奇怪的事情。在他的印象里，年轻的副院长几乎从未离开过韵律院，要不是最近为了应付后宫的差事，更是连这间竹舍都难以走出一步。所以，本来对将自己安排到竹舍这件事耿耿于怀的琴童，现在反而对后宫那位独得圣宠的紫妃娘娘有些埋怨，因为小达子从如意园回来后，大部分时间都是静静思索，反而很少在竹舍弹琴了。这就让刚刚体味到盲琴师高超技艺的琴童，有些心痒难耐，恨不得小达子一整天都在竹舍里面，不用多，每天只需要弹一首，不，哪怕两天弹一首曲子，对琴童来说便是最大的期盼了。甚至，年幼的琴童现在看到小达子做任何事，都能从中觉察出一丝若有若无的韵味，他说不清是什么味道，只是感觉心境竟然比以前要安定许多，连独自练琴时奏出的琴声都不知不觉带了几分高远气息，这些都让琴童忍不住暗自高兴起来。琴童微微颔首，目送身披蓑衣的小达子缓缓消失在春雨之中，脸上呈现出一抹发自内心的敬意。

韵律院与荣朝其他的官府衙门不同，哪怕是离皇宫最近最曲高和寡的高雅之地，也看不到任何排场，甚至连一座像样的府邸都没有。从院长、副院长到各位乐师，大家生活、练习技艺都在各自的屋舍之内，而这些屋舍则错落有致地分布在皇宫附近的一座小山之中，这座山在荣朝很有名，叫孤山，恰好应了韵律院"指由心生，独在弦间"之意。韵律院创办伊始，当时正值壮年的王希音已成为天下闻名的古琴大师，因其祖上与白氏一族的关系，才答应荣太祖出面坐镇韵律院，统辖天下之音，而太祖皇帝则允诺韵律院虽属朝廷部门之一，但不设府邸，不纳官职，院内诸人皆不食俸禄，并将孤山划拨为韵律院所在之地。此后，王希音周游九州大陆回朝后，便一直隐居孤山之中，穷天地之变，寻人世之音，做着九州大陆乐师从未做过的事情，年逾耄耋仍存借音安天抚民之心。

说也奇怪，作为当今荣朝乃至天下最有名的古琴大师，同时又身为韵律院院长的王希音，其屋舍竟然不在孤山最高处的山顶附近，而是在一处山腰偏上的位置。传闻当年韵律院刚成立之时，允诺出任院长的王希音还未归来，几大与朝中权贵早有往来的副院长已将孤山山顶美景福地瓜分殆尽，但对这位名气与背景明显比他们高出一大截的院长极为忌惮，仍为他留了一块相当好的地盘。谁知道王希音回朝入住韵律院后，从山脚绕整座孤山转了一圈，连山顶都未抵达，便在山腰一处位置定下来，亲自动手盖了一间茅草屋，取名岚舍，就此定居开课，缔造了数十年天下音律古琴为首的大格局。当时几个副院长知道这件事后，尤其是听王希音说了一句"吾艺至此，可望巅乎，幸哉"的话后，纷纷从之前洞天福地般的屋舍中退出来，在岚舍之下重新择地而居，成为当时荣朝一件趣事。后来入韵律院学习的乐师大多也选择靠下的位置定居，而山顶的华美精致屋舍则成为韵律院院会或交流学习之所，倒是近些年在王希音的鼓励之下，不少年轻乐师敢于在院长之上的位置建立屋舍了，其中就包括前些年刚刚成为王希音关门弟子的小达子。

王希音的岚舍并不是一处保密的地方，可大部分新近入院的年轻乐师想来一睹前辈人物风采时，往往寻而不得见，最后只好离去，便是那些有幸在师长带领下来过岚舍的乐师，自己独自来寻，依旧是目不见岚舍的居多。谁知这样的怪事不仅没有让一众年轻人唉声叹气，反而传出消息认为只有技艺到达一定的程度才能被老院长认可，也才会开门一见，由此倒也形成了韵律院暗中刻苦练习的氛围。一片山幽鸟鸣之处，小达子正披着蓑衣，在蒙蒙春雨之中朝老师的岚舍走去，虽然目盲，可手中那根雨水点缀下愈显青翠的竹竿左右点地，敲敲打打，宛如在孤山山麓响起一阵悦耳的乐曲，行走于春深草木之中，叶不沾身，雨不湿衣。没过多久，一座明眼人很难看见而盲琴师心中有路的茅草屋出现在山麓之上，小达子走到门前正悠闲品茶的老人面前，自顾自坐了下来，拿起尚有温热的紫砂壶，给自己倒了一杯，然后用右手的拇指和食指蘸了一点茶水，轻轻按在眉心处，轻揉起来。

"这几年，我这上好的龙井茶水可被你糟蹋了不少。"老人一袭浅色青衣，面容稍瘦，精神矍铄，声音洪亮，正是韵律院院长王希音。眼见小达子轻揉片刻之后，这才拿起那杯茶水一饮而尽，王希音笑着说道："当年你刚上山，怕你心结难解，这才诓你以龙井拭目或可得见光明。你倒好，小时候信以为真不说，现在明明名气比为师还要响亮了，这糟蹋茶水的习惯还是改不掉。""茶水本可清神明目，老师不曾骗我，而早春龙井更是上佳奇物，学生虽不能视，心亦甚念。""你啊，就是心善，赤子心虽是天地间难得的本心之一，善恶万物一念之间，可为善却要艰难困苦百倍。若非你双目无瞳，我也不会让你踏足琴弦之上，虽说乐由心生，可越是无垢之心则越易蒙尘，而心一旦蒙尘可比目中无瞳要可怕得多了。"王希音微微一笑，边笑边说，可手底下却丝毫不慢，趁着说话间隙，右手抄起紫砂壶，将所余茶水倾入面前茶杯之中，待茶水沥干才放下来。

"学生明白。世人皆言赤子听风，风中有道义万千，可我自己越奏越是乏味，风中道义，岂非如同海市蜃楼那般，观之巍峨，转瞬即逝。赤子听风，未尝不是那万事皆空。"小达子端坐不动，面色困惑。王希音伸出右手置于檐外空中，任凭春雨浸润，缓缓言道："风中自有道义万千，雨中岂非一样，万事万物皆有道义，万千道义皆由心生。说白了，赤子心乃是一颗平常之心，行平常事，走平常路，做平常人。人心立于弦上，见弱犹怜，见恶犹嫉，见善犹从，见美犹喜，见不平犹郁结，见乱世犹哀伤，见天地之变犹心有戚戚，见人世之音犹心向神往，无外而是，仅此而已。"闻言，小达子干脆连那无瞳之目也闭了起来，静听孤山风雨声，似有所思。只听王希音继续言道："乱世求和，盛世少音，人心如弦，不平而鸣。古琴如此，诸般乐器诗歌词志亦如此，便连天下万物也是如此。"小达子默默点头，突然发问道："何为不平？""有违本心。""本心善恶难辨。""我辈结缘古琴，本心当以乐理论之。善者，循天理，从人欲，遵礼乐，其音正而不偏，可与天地万物共鸣之。恶者，灭人欲或随心所欲，无纲法，悖伦常，其音乖而致戾，夺天地造化而有损己身。"王希音所说之词，可谓他这辈子古琴造诣的最佳心得，今日趁此时机言语小达子，有授道之实，更有传承之意，而沉浸其中的小达子此时并未体味到这一点。

"为师于甲子前成名，沉溺琴曲之中，将身家世俗尽皆抛弃，如今想来，虽不后悔也常感触满怀。"不知为什么，聊完乐理，王希音并未如往常一样为自己的弟子奏琴一曲，而是说起了这辈子很少提及的个人情感，"整个荣朝都知道为师与太祖皇帝相识，其实何止相识，白、王两家在荣朝之前便是姻亲家族，白族主战，王家世世代代皆是中原名望大族，待荣朝建立后，更是一跃为王朝第一家族。两朝宰辅，一代皇后皆出自王家，而世人不知的是，我王希音也是王家之人，只是当年为了追寻至高乐理境界，年轻之时我便拒绝家族任何为我所做之事，到琴艺有成、太祖亲礼至今，仍未与王家恢复宗室从属。为师对此本不在意，可近日观天象、调素琴之时，往往察觉时局多变，既然我之本心不在此处，干脆借此机会离去为好。"小达子这时才反应过来，有些不知所措地问道："老师欲往何处？"王希音站起身，望着烟雾缭绕的孤山，感叹道："孤山虽大，不过天地之一粟，九州大陆，也只是沧海之一舟，是时候真正遵循一次本心了。"小达子默然无语，似乎从未想过这位改变自己命运的老人会突然离开，而且离开的不是孤山，不是荣朝，甚至不是九州大陆。

"你大可放心，我走之后，孤山仍会如从前一样，没有人会打扰到你。"小达子也早已起身，立于王希音身后，只听老人宽慰道："为师这一生本立誓不收弟子，唯恐误人子弟，谁料最后竟然一再食言，连收了白鸾和你两位弟子，真是造化弄人，还是天意如此呢？月狐公主本与我有着那一层隔绝不断的血缘之情在里面，收她为徒我尚可以自我安慰一番，而当日收你为徒，确是平生最为本心之事。"回过身来，老人看着眼前这位年纪很轻却有着超乎常人琴艺天赋的弟子，伸出双手，将小达子因赶路而稍显凌乱的衣服抚平整，然后与往常一样，轻拍了一下盲琴师肩膀，示意这位关门弟子自行离去。然后，老人转身进入岚舍，关上了门。

"青竹无心而人有赤心，葫芦无窍而世有玲珑。"这是一代古琴大师留给孤山也是九州大陆的最后一句话。

就在韵律院院长离开荣朝前往九州大陆以外寻找天地之音的消息传开后，位于帝都皇宫正南不远处的一座庭院内，当朝宰辅大人王志璨恭恭敬敬地站在一位戴着蓑笠，提竿垂钓的老者背后。突然，凭空一个霹雳，春日起惊雷，老者叹息一声，将鱼竿轻轻提起放在一旁，池塘内的鱼儿尽皆被这声惊雷吓跑了。"父亲，希音叔祖突然走了，说是要到九州以外的地方去。""要不是还念着与我王家有这么一层割舍不得的血脉关系，他早就离开这里了。呵呵，走了好，走了好啊，说不定我也要走了。"被王志璨称作父亲的老者自然是前任宰辅王远云，听到老父亲说出这种不吉利的话来，王志璨刚想开口避讳却被王远云摆手止住，老爷子继续说道："不管蓉儿想做什么，你由着她便是，我王家几代人都为白氏一族鞠躬尽瘁，蓉儿想任性一回，想必也不是不可以的。再说，当年我没有答应她，这次就算我不答应她也不会听我的了。"

听到王远云如此一说，原本满脸凝重紧张的王志璨也不由得苦笑道："逸蓉从小性子就倔，可如今的陛下毕竟年幼，为人处世恐怕不及太宗皇帝。"王远云不等王志璨说出担忧之事，又是连连摆手，当朝宰辅大人便退了出去。老爷子整理了一下鱼竿，重新抛入水中，他要趁着春雷渐息的时候，看看能不能钓上一尾新鲜肥嫩的春鱼。老人家记得外孙女白鸢可是打小就爱吃春鱼的，可现在这个小公主人却远在天漠，要真能钓着还是先给逸蓉送过去吧，月狐公主有一个好母亲，自己何尝不是有一个好女儿呢？想着想着，老爷子嘴角微翘，湖面上的浮标似有沉浮。

今年荣朝的这场春雨可谓范围极广，北到帝都，西至西荒城一整片都春雨纷纷，让才起暖意的春天又降了几分热情。好在与北方地区相比，西荒城终究是天漠边缘，这一场春雨还不至于让西荒人叹春感怀，他们没有这个传统。这不，西荒城城主府校场上刚刚结束一场异常激烈的比武，原本驻扎多年的西荒守军挑选了一支精锐骑兵，与世子白无忧带来的轻骑狠狠厮杀了一番。军人作战，哪怕是演武练习，流血受伤也是难以避免的，眼看又有几名运气不佳被误伤的士兵正被抬出校场，小清毫不掩饰对那位与西荒守军将领谈笑风生的白衣世子的鄙视之情。这些天，与白无忧在一起的日子，不是满城找地方吃饭喝酒便是让手下与西荒守军轮番对打，丝毫没有顾忌小清和尘尘两位女子的态度。尘尘倒还好，自从刚认的先生张秋池进了天漠，第一伯伯又突然消失后，她一时半会儿也不知道找谁玩，干脆就跟在白无忧后面，至少还有小清可以跟自己聊聊天、解解闷，何况每天除了到处玩之外，还有饭吃，这样的日子比起以前确是好很多了。小清回过头刚想跟这个小丫头灌输一下找男人不能找白无忧这样人的思想，就看到小丫头闭口不言，眼睛连眨，顿时反应过来，肯定自己之前的表情又被那可恶的白衣世子盯上了。

回过身去，果然看见白无忧一边逗着肩膀上的青雀，一边朝这边走来，想到这几天自己没少被白无忧欺负，小清干脆先下手为强，朝白无忧喊道："陛下正在与大月氏激战，公主殿下也为了陛下的事亲自去了天漠，你倒好，堂堂昊天王的公子却躲在西荒城享乐，也不怕丢了军神的脸。"白无忧果然还是一副无辜的表情，走过来看了一眼蹲在地上画方格玩的尘尘，也蹲了下去，慢悠悠叹道："堂哥打战不让我去，鸾妹妹又不让我跟，你说我能怎么办？其实要我说呢，新月谷那场战还是打输了好。""大胆。白无忧，你也太放肆了，竟然敢诅咒陛下兵败，你，你，你简直罪不可赦。"小清气得脸色发白，尖声教训道。白无忧这才抬起头来，瞟着小清正经说道："我胆子真不大，不过你的可不小。""啊……流氓。"小清望着眼神斜瞟的白无忧，突然捂着胸脯叫道，连不远处的西荒守军都望了过来。见到这一幕，青雀在肩膀上叫得幸灾乐祸，白无忧站起身，居高临下看着小清一字一顿解释道："我是说你一个宫娥身份，竟然也敢议论国家大事。"小清不知是害羞还是又被白无忧抓到了痛处，脸色红白交替，一时说不出话来，谁知道白无忧又接了一句："再说，好像你的也不大吧。"

望着一副吃人表情，眼泪在眼眶里打转的小清，白无忧无奈地举起双手说道："好吧，我投降了。告诉你好了，我在这里等人呢。"小清这回倒是见好就收，顺着台阶滋溜溜爬下来了，只冷哼了一声就转过头去。此时在小清心里，白无忧这位风流倜傥的白马世子反而比不上那位色胚暗藏的书生了，可惜张秋池并不知道。眼见小清偃旗息鼓，白无忧转过身望向西面的天漠，他是在等人，在等一个对他来说最重要的人。"老爹啊，西荒守军可是等了十几年了。"

第十九章
孤直一剑惊四座　刚过易折奈若何

　　经过近一个月的时间，中途更是经历了几次极为惊险的刺杀之后，张秋池一行五人终于在白沙茫茫的天漠之中看到了一座城，确切地说，是围绕着一座八角琉璃塔建造而成的小型城池。说是城池其实只是一块依靠一小片绿洲建立起来的聚居地，只有远远便可望见的八角琉璃塔才算天漠之中真正的建筑。普通人想要通过天漠来到这里几乎是不可能的，就算江湖武林人士，如若没有正确的路线及高绝的实力，也难以穿越天漠而安全抵达这里。所以，在天漠之中行走近一个月的张秋池一行五人，看到眼前这片在整个西荒都难以见到的绿洲之时，仍情不自禁相互看了几眼，这番从帝都至楼外楼的征程算是暂时告一段落了，可谁又知道到了楼外楼以后不会是一个新的开始呢？令五人惊讶的是，整座城池没有任何城墙，只是大致用木头、石块堆砌了简单的一圈栅栏，象征性地作为城池与天漠的分界线。

　　张秋池一行五人绕开一段栅栏，寻了一个较为平坦开阔的开口便进到城池里去了，沿途既没有守卫也没有人阻拦，显然这座简单的城池不像外表看起来那么简单。放眼看去，城里既比不上帝都、东海城、西荒城这些大都市或军事重镇，连荣朝境内那些普通的城镇都比不上，甚至可以说，这个城池更像那些人烟稀少的集市。城池里面不少民居用纯白色的大理石搭建而成，偶尔也有一些木制的房屋，但都不是很大，几乎都是适合一人独居的场所。各类身着奇装异服的人士各自做着自己的事情，没有人搭理张秋池他们，个别看了一两眼后也习以为常地不再过多关注。说来也是，能够来到这里的人哪个是简单之辈，只是每个人都有自己的故事，只要不涉及生死存亡，谁也不会在楼外楼平白无故与谁过不去。地方小也有好处，根本不用担心找不到路，其实从天漠任何一个方向进入城池，都有一条通向八角琉璃塔的道路，总共有八条，正对八个方位。

"这些道路暗含一个阵法。"正在行走的柳星张突然说道，其余四人听过之后自然而然停住了脚步。自从与大逐日一战之后，这位排名天下第七的柳相在几人心目中的地位自然不可同日而语，关键是精通奇门遁甲的柳星张很少说话，他一说话肯定是有问题的事情。当然，与木柏松那个老头斗嘴的话除外。"是杀阵还是困阵，难不成还有你柳相看不透的阵法吗？"果不其然，已经恢复了七七八八的木柏松立即接嘴言道。老头儿似乎对当日对阵大逐日时柳星张的大出风头还有些耿耿于怀，最关键的还是伍悠悠随后对待两人的态度，对柳星张那是轻声低语、虚心讨教，而对他木柏松则是勾肩搭背、嘘寒问暖，搞得跟一个辈似的，要不是书生在适当的时候跟一向话多的木柏松请教些江湖问题，恐怕老头儿早就要找机会让伍悠悠长长记性了。柳星张摇头说道："只是一个简单的引路阵，阵心便是中间那座琉璃塔。""就这么个破地方，还需要引路，谁不知道往中间走？我说柳老头，你是不是跟那个大逐日打上瘾了，动不动就要将家底掏出来显摆一下。"木柏松没好气地说道。"嗯，家底还是有些的。"柳星张打了个哈哈说道，将引路阵的事情就此揭过。

"地方虽破，人却不简单，楼外楼管事管一管恭迎五位帝都来客。"说话间，一个声音突然出现在半空之中，话音刚落，一位装束精致的中年人从道路前方走来，哪里有半分管事的模样，分明就是一位文人雅士。看到自称管一管的楼外楼管事，五人顿时有些哑然，此人便是当时在帝都招人之时选定他们五人的接引使，不过想来也算合理，若非在楼外楼有一定地位，又凭什么能够做主选择他们前来。"既然我们已经见过了，闲话就不多说。这些年来，楼外楼的规矩想必各位也是知道的，各位来楼外楼是想得到自己想要的东西，当然我们既然选择了各位，你们手中也有我们想要的东西。等进了楼外楼，我们便将自己所需的东西说出来，要是双方愿意就算交易成了，不知诸位意下如何？"儒雅管事说道。"要是谈不成呢？"木柏松掏着耳朵不放心地问了一句。"那就多喝几杯西荒酒，我想，这个世上能来楼外楼坐一坐也不算是件让人扫兴的事吧？"管一管微笑答道。"爽快。"木柏松听到西荒酒，不自觉地嗅了嗅鼻头。"我还有一位兄弟更爽快，到时候请木师多担待些。"说完，管一管侧身让过正路，做了一个请的手势。

一行人也不再多说，朝着八角琉璃塔而去，走了五六里路便来到塔下。整座塔由纯白色的大理石堆砌而成，八角自下而上逐层递缩，塔檐连成一条直线，层层叠叠向上延伸而去，各层皆有琉璃出檐，塔刹为宝瓶式，与项轮同为银铸，流苏也是白色琉璃。张秋池数了数，塔尖不算，塔身竟然也不多不少正好八层，而最顶端塔尖位置应该算是一间略显秀气的小阁楼。书生心想原来这楼外楼便是一座塔，而且是一座白塔，这与名闻天下的帝都白帝楼何其相似，只是白帝楼是荣朝白氏一族皇室身份的象征，更是天下文人墨客穷尽一生奢求登顶一观的地方，而天漠之中的这座白塔则是无数武林高手梦寐以求的所在，一文一武，两座巅峰建筑，似乎囊括了整个九州大陆最顶尖的人才和高手。不待书生思绪万千，伍悠悠已将张秋池从沙驼上掀了下来，原来在白塔底下还单独辟出了一处庭院，有围墙也有大门，跟富贵人家的府邸相比也不遑多让，庭院四周更是有统一青衣劲服的人员守卫，到了这里才算有一些江湖传闻中的楼外楼形象。

连续多日端坐驼背，饶是伍悠悠这个年轻人也感到屁股吃不消，现在终于看到有个地方能歇一歇，就准备奔进门去。临到跟前，伍悠悠发现这座看似森严戒备的庭院竟然没有门，庭院里外只有一个空空如也的过道，吃惊之余，年轻刀客前脚已经往庭院里面走去，管一管站立一旁，微笑不语。张秋池仍在盯着白塔建筑暗自惊叹不已，突然听到伍悠悠一声大喝，还未踏入庭院整个人便倒飞而出，而在伍悠悠面前有一把中规中矩的铁剑，寒光幽幽，剑尖直指伍悠悠的面门。此时，剑尖正刺在伍悠悠的二尺短刀刀鞘中间，伍悠悠左右手各执刀鞘两端，短刀仍未出鞘，不是不出，而是来不及出。说实话，伍悠悠从来没见过这么快的剑法，在踏足之前他心里虽然早有防备，可当真有一剑从天而降时，伍悠悠才发现为什么楼外楼会在江湖中有如此之高的地位，哪怕只是一个守门之人便足以笑傲江湖，或者也可以说，不是守门之人，因为这个人便是楼外楼所在庭院那扇真正的门，能否进门就要看你有没有这个资格。

最让伍悠悠难受的是，自己那招自创的旋转刀法此时竟然用不出来，他根本不敢用，全部心神都用在死死抵住剑尖的刀鞘之上，伍悠悠绝对相信，只要有丝毫分神，下一刻这把剑尖便会出现在自己脑后。

其实从伍悠悠进门到整个人倒飞而出，仅仅只是一眨眼的工夫，而年轻刀客此时面临的危险更是前所未有，因为他整个人还在退后，而那把剑依旧向前，也许再过片刻，伍悠悠一口真气用尽，退无可退之际，这把剑便可轻易将他杀死，可他却连这把剑的主人都未敢抬眼一见。张秋池刚刚被伍悠悠一声大喝惊过神来，便见伍悠悠整个人飞了起来，是真的在飞，而且一直往天上而去。然后，一位枯瘦的青衫人站在庭院门口，一把铁剑保持着向前刺出的姿势，青衫人没有看越飞越高的伍悠悠，而是望着刚刚收回腿去的木柏松，什么都没有说，只是将剑尖转向木柏松的方向。老头儿刚过了瘾，眼见青衫人如此动作，眼睛一瞪，脱口而出："欺负我老人家重伤未愈吗？"话音刚落，只听"啪"的一声脆响，木柏松自己眼睛都跳了跳。

"这便是我先前所说的那位兄弟，名叫打一打，是这所庭院的护院首领。诸位已经看到了，白塔便是楼外楼，至于这个庭院将是接下来各位休息居住之地，能否入院就要问打一打兄弟手里的铁剑答不答应了。"儒雅文士管一管笑着对五人解释道，"这也是楼外楼的规矩，至于是木师还是柳相来出手由你们自己决定，想必无论是谁都应该不是难事。不过，打一打兄弟还是比较希望能向木棉剑客讨教一番，毕竟你们都是剑道中人。"还未等木柏松做出回应，只听伍悠悠含混不清的声音从地上传来："木老头你要不把他也踢上天，回头我跟你没完。"木柏松表情讪讪，这次好像出手是重了点，不过还不是为了救你小子，当然，也顺便出了这几天心里憋的那股闷气。但老头儿总还是武林前辈吧，于是随口答道："你以为每个人都像你，把屁股撅着让我踹啊。老头子只能保证他怎么出来的，我就怎么让他回去。"听完这句话，青衫人眼中精光一闪，面对天下第八的木柏松，丝毫看不出任何愤怒与胆怯，反而战意高涨。

木柏松眉毛挑了挑，手指微动，乌木剑便从沙驼侧背的行囊落入手中，老头儿持剑胸前，横对青衫人，明显是让后辈先出手。青衫人打一打人如其名，无论面前所站何人，总要打一打才知道深浅，才有资格进入这个别院，哪怕你是天下八大高手又如何，高手也是打出来的。打一打的铁剑本来就指着木柏松，在老头与管一管对话之时略有下垂，此刻再次迎战，竟然丝毫没有收回铁剑再次出手的意思，而是直接刺了过去。世人无论如何用剑，想刺便要先弯肘蓄力，一击而出，可此时青衫人的出剑方式让刚刚从地上爬起来的伍悠悠感到非常别扭，打一打右手手臂与铁剑原本就是一条直线，现在这条直线变得更直更长，一直向木柏松面门延伸而去，而铁剑主人那道青色身影仿佛被这把剑带着前行一般，如同从门内飘出一样，拖曳在铁剑后面轻飘飘随剑而行，说不出的风轻云淡。伍悠悠这才理解为什么青衫人的剑可以这样快，因为这把剑的主人根本不是等用剑的时候才出剑，而是先出剑再考虑之后的事，将自己与铁剑都置于空中，置于无路可退之际，置之死地而后生，而胜负往往只需要一剑。

　　木柏松自打一打出剑的那一刻就完全收敛起那副玩世不恭的神情，面对这样一个用生命出剑的剑客，他完全有必要认真对待，这不仅是对对手的尊重，更是对自己生命的尊重。多少年来，不是没有人用过这样直接而决绝的出剑方式，而那些人最终都没能在这种偏门至极的剑道之上走得更远，因为这样出完剑后便没了退路，因为出剑太直便没有转圜的余地，因为这样的一剑只能伤人而不能自保，所以以前用这种出剑方式的人都已经死了。此刻，这位中年人既然还活着，便说明几十年来打一打一直用这种剑法对敌或者杀人，可他活下来了，这才是让木柏松心中警觉的地方。这种结果的可能性只有一个，那就是打一打的剑足够快，快到对手来不及反击甚至来不及与他同归于尽便死在他的剑下。"小子，你真是命大啊。"木柏松心里默默念了一句，伍悠悠没有死并不是他救得及时，而是打一打从一开始就没有起杀心，也有可能是借此逼迫自己出手。无论如何，在木柏松看来，打一打的孤直之剑已经到了极致，一个值得真正动手的极致。木柏松横持胸腔的乌木剑从左到右，在身前划出一道扇形帘幕，铁剑透帘而出。

乌木剑又从右到左，帘幕再起，继而左右摇摆不定，在木柏松身前掀起一片乌光，打一打出剑之前与出剑之后手臂未曾动过，而木柏松持剑之后手臂竟也未曾移动，一直横于胸前，只凭借手腕抖动，挽起朵朵剑花。而孤直铁剑便在层层叠叠的扇面之间一路向前，打一打心中只有剑尖，剑尖只盯着木柏松，只顾破除一切阻碍，丝毫没有力竭的征兆。青衫碎屑翻飞，打一打右手臂上的衣物已经被乌木剑光搅得粉碎，这是他必须付出的代价，因为他面对的是木棉剑法。何谓木棉？木棉取五行之木生生不息、连绵不绝之意。木棉剑法一旦施展出来可将用剑之人防守得滴水不漏，倘若进攻，则可将对手围得水泄不通。此时木柏松用的是防守，只因为打一打的剑确实是快，即便如此，这把铁剑依旧在打一打右手衣物化为乌有之时，洞穿了木棉剑法的防御剑光，直直朝木柏松面门刺来，只是这时候剑的速度在木柏松眼中就显得太慢了，他微微偏过头去，铁剑剑尖从他耳边刺过，就这样停留在空中。而打一打的身形也落了下来，一柄黑黝黝的木剑正抵着前胸的青衫，伍悠悠暗自叹息木柏松的乌木剑被大逐日融化了两寸，否则便可给这位不苟言笑枯瘦如朽木般的青衫人刺个透心凉。谁知道下一刻，打一打突然撤剑向后倒飞而去，在他刚才站立的地方，乌木剑剑尖似乎有光一晃即逝。打一打退回院内低头一看，前胸青衫毫无异样，可心口隐隐作痛，显然已被木柏松木棉剑气所伤。

"木师之剑，果然一如从前，让在下叹为观止。"管一管的声音适时响起。木柏松却收起乌木剑正色说道："孤直之剑，刚过易折，而你这位兄弟更是没有丝毫内力，完全以力御剑，如此做法虽见其功，可长此以往，哪怕不用别人出手，便会折于己手。"风度儒雅的管一管听后也点头叹息道："不错，打一打天生经脉无法修行内力，只能选择以力御剑。而剑气又是诸般兵器之中最为阳刚之气，直而不弯，宁折勿曲，孤直之路，岂非死路？""以肉身淬炼体魄，来抵御孤直之剑所带来的刚折之气，是以命养剑，观你兄弟身形瘦削定然与此有关。"这个时候，柳星张突然开口说道。管一管点了点头，苦笑道："这番道理我早已知道，奈何来到楼外楼多年仍然未找到半点方法，我那兄弟要想活命必须弃剑，可若是弃剑他又岂能活命。"说完，管一管脸色恢复如常，对五人说道，"既然我兄弟已经避让，诸位便可自行入内，不会再有人出手干扰，待稍作休息之后，我再来叨扰。"

　　五人相继而入，临到白鸢进入之时，她对管一管说道："若用温玉相伴，可吸纳剑气，延寿数年。"管一管和颜道："多谢月狐公主告之，他日以消息赠之。"白鸢展颜一笑，拾阶而入。伍悠悠揉着屁股走在最后，看到这一幕，忍不住凑到管一管身前，认真说道："要不你让你兄弟用软剑试试？"管一管点了点头，认真说道："我一定把话带到，就请小兄弟先定个日子。""什么日子？""比武的日子啊。""……"伍悠悠突然朝院内飞奔而去，一瘸一拐，边跑边喊道："木老头，木前辈，我有件重要的事情要和你商量。"

第二十章
论功绩天地正气　谈人生刀客狂奔

　　白石白银白塔，整座楼外楼在夜晚显得超尘脱俗，就像晚宴上那位白衣华服的女子一样。庭院会客大厅之中，管一管与木柏松、柳星张两位老头坐在正东面，张秋池、伍悠悠则坐在正对的西面，正南方向当然非以月狐公主身份落座的白鸾莫属，白鸾此次前来是迎回太宗皇帝遗诏，楼外楼自然也要给足如今九州大陆最鼎盛的荣朝面子，至于当年这三份遗诏为什么会放在楼外楼，白鸾当日并未跟张秋池提及，外人则更不清楚其中内情。至于与木柏松过招之后惜败的打一打则没有出现在宴会上，按管一管的解释，这位孤直剑客除了练剑和打架，对别的事情丝毫没有兴趣。楼外楼这座江湖武林的庞然大物，有着太多让世人向往和敬畏的地方，而每一次被接引使引荐前来的人物，哪一个都非凡夫俗子，管一管端坐在席位之上，对于这次自己选择的五人很是满意。

　　张秋池和伍悠悠并排而坐，桌子上摆着稍微中等的酒菜，天漠本就贫瘠，能够弄到这些中原随处可见的菜肴也是一件困难的事情，想来如果不是五人远从帝都而来，又有与楼外楼做交易的身份，恐怕还享受不到这种待遇。倒是每个人面前都放了一坛陈酿西荒酒，让整个宴会显得热闹起来，谁不知道西荒酒是楼外楼特制的美酒，普通人别说喝不到，就算真遇到也未必敢喝，西荒酒酒性过于浓烈，若非有江湖人士的体魄或内力，一般人身体是吃不消的，那些皇亲贵族高价猎取的正宗西荒酒大多是稀释之后才敢尝一尝，现在，这种名闻江湖的美酒毫不吝啬地放在众人面前。张秋池与白鸢都没有喝，伍悠悠打开酒坛之后闻了半天，倒了一杯拿在手里，细细盯着看，也不知道他是不舍得还是不敢下嘴。倒是木柏松和柳星张，各自自饮自斟，江湖前辈的风范十足，名动天下的八大高手中人，什么场面没有见过，什么酒没有喝过。

宴会开始不久，北面的房门外突然闯进一个浑身破烂、邋里邋遢的老人，老人身上依稀可以看出酱色长袍的底色，不知道多久未曾洗过，黑乎乎的，与老人脏兮兮的脸庞相映成趣。大厅里众人面面相觑，若非知道此处是楼外楼，任何一个人都会将老人当作乞丐来看，不过既然在这里，哪怕是乞丐也必然是最不普通的乞丐。老人疯疯癫癫，嘀嘀咕咕，径直跑到张秋池与伍悠悠的桌子旁边，拿起一枚水果张嘴就咬，吃了几大口后，才抬头对着两人皱眉道："你们哪个是张秋池？"伍悠悠低头看看自己，又看看一副书生打扮的张秋池，有些呆滞地反问道："这还用问吗？"谁知道老人两眼一翻，眼白几乎占据了整个眼眶，对伍悠悠喝道："怎么不用问，你以为来这里的人都是正常的吗？"说完便向对面一指说道："别看他像个文人君子，你可知道二十年前他就是一个屠夫，既然那么喜欢杀书生文人，为何自己又要穿得像个书生文人，到现在我也没有搞懂。"一向温文尔雅的管一管听后，只是尴尬地笑了笑，似乎是默认了老人的话，也没有反驳。

伍悠悠将这些看在眼里，有些促狭地对张秋池说道："书呆子，你不会也是隐藏武功的杀手吧，我可知道指甲红就是你的师姐。"老人听到伍悠悠这么说，全身的兴趣顿时移到张秋池身上，左瞧右看，点头晃脑，最后一拍脑门说道："听说你就是天机子要收的弟子，我今天来主要是为了看看你。"说完，走到张秋池身边一屁股坐了下来，拍开面前那坛西荒酒，连坛带酒往嘴边送去，边喝还边嚷嚷："我说一说这辈子佩服的人没几个，墨蓬山算一个，毕竟以一人之力建立大明王朝，有大气魄。天机子算一个，前半辈子以文定鼎天下，后半辈子以武坐镇东海。荣朝太祖皇帝白颢算半个，眼界大而太过谨慎，布局后世，明而不断。至于其他的就没什么可说的了。"伍悠悠看不惯老人这副比木柏松还自命不凡的样子，不由得反驳道："照你这么说，魔教教主赤玉螭不更厉害，连墨蓬山都被他干掉了。"说一说没好气地道："赤玉螭算个什么，就算他武功再盖世一些，魔教也只是魔教，永远成不了大气候，连东海都走不出去还谈什么大陆盛衰之争，我说一说看重之人，必须要以天下为界，所及之处，定将为后世所仰慕。"

"这位便是我楼外楼统领全儒的说一说，论地位，三位楼主之后便是他了，连我这个管事都得听他的。"管一管趁着老人喝酒的间隙介绍道。"别，我可管不了你，万一哪天你老毛病犯了，一刀把我给剁了，到时候我找谁说理去。"说一说嘴角挂着酒水，赶紧打断道。"那怎么会，只要在楼外楼，谁敢对你动手啊。"管一管打趣道。"要是出了楼外楼呢？""那就得看我心情了。""有志气，打一打，给我滚出来。"说一说听到管一管今天大庭广众之下竟然敢落自己的面子，忍不住大声吼道。只听话音刚落，一位青衫人已经出现在客厅门口，打一打抬头一看，见管一管和说一说都盯着自己，这位孤直之剑立马转身便走，兴许是对这两人的做派司空见惯了，走得比来的时候更快，撇下说一说和管一管两个人四目相对，一个怒目相向，一个嘴角含笑。紧接着，张秋池的话打破了两人好不容易营造起来的对决之势："学生张秋池，与老先生先前的见解有所不同，斗胆请教。""有话就说，难道我说一说还不让你说一说吗？"老人说完，自觉将书生面前那碟小菜扯过来据为己有。

张秋池站起身对说一说作揖行礼，又朝正南向的白鸾颔首致意，这才娓娓说道："大明王朝虽由大明王一手创立，可王朝根基在于明教，若无当年明教鼎盛之势，大明王再如何睥睨天下也无法主宰九州大陆，更何况远在大明王曌蓬山之前，明教便已创立。撇开武功一事不说，无论从明教还是大明王朝来看，曌蓬山仅仅是顺势而为的一代枭雄，而非独立天下的英雄人物。"说一说继续喝着西荒酒不置可否，于是张秋池继续说道："至于天机子前辈，其功绩自然也与大明王一样，都是有所依托，只是作为当时大明王朝的首席军师，能够借助明教之势将天下定鼎，也是一份前无古人的历史功绩。"说一说见张秋池虽然接连否定了自己欣赏的两位人物，可对于那位名义上的师父天机子同样不偏不倚，何况书生说的情况他怎么会不清楚，只是他不愿意承认罢了。"还有呢？"说一说再灌下一口酒言道。"荣朝建国短短五十余年，无论疆土还是国力，仅次于当年的大明王朝，从功绩来说或许比不上大明王那般显赫，可若从伟业来看，堪称九州大陆之冠。荣朝皇族白氏一族，起源于大宋时期，当年九州大陆东西强国分别为宋朝与燕国，后燕国内乱，分裂为以弑兄夺位的燕主慕容正的南燕和以嫡长公主慕容嫣为女帝的北燕，待宋朝鼎盛之时，南燕已不复存在，而北燕因不堪宋朝咄咄攻势，改换门庭依附之。直到后来明教由西域传入，在中原大肆成长之后，曌蓬山横空出世，宋朝遭遇亡国之灾。此时，原北燕后主慕容青火后裔改姓为白氏，意从头再来，趁机于西北建国，国号为荣。大明王朝兴起之时，荣朝仅是偏居一隅的小国，只是整个大明王朝没有人在意这个随时可以吞并的贫瘠之地，军师天机子当年虽有规划，可等不到大明王朝巩固拓展，便接连遭遇大明王失踪和天降白沙两件祸事，加之以教立国原本就没有根基，大明王朝一朝崩溃，而养精蓄锐已久、志在九州的荣太祖白颢趁势出兵中原，一举奠定半百基业。可见，九州大陆历代以来，荣朝白氏方是以天下为界之人。"

伍悠悠看着正南向的白鸢望向这边一动不动，美目涟涟，心底不由得对书生大加佩服，心中给张秋池竖起老大一根拇指，暗想这马屁功夫以后真得学学，连不食人间烟火的月狐公主都被忽悠住了，天下还有谁人能当。邋遢老人静静听着，等书生说完，没有认可也没有反驳，而是再次向张秋池问道："依你之见，当今天下将以何种走势为妙？"谁知道听了这句话，原本言语干净利落的书生反而面露犹豫，思索良久，方才缓缓说道："从帝都出来之前，我本以为读遍中原书籍，将来定要替天下苍生请命祈福，使人间免于祸乱。可这一路行走江湖，得见形色之人，所遇之事，也足以让我此生难忘。现在回想起来，当年无论是大明王还是荣太祖，他们何尝不想借助大势一统九州，将兵火战乱止于兵戈之中，一劳永逸。""以兵止兵，看似残暴，却是自古以来的无奈之举，一旦功成则天下可享太平。"说一说认真说道。"可这个太平能有多久，一百年还是一千年？王朝兴衰更替的初衷并非为了太平，而是为了人欲。口腹之欲，美色之欲，疆土之欲，权势之欲，乃至传承之欲，凡此种种，皆是自古大陆沉浮之因。何况，无论是当年的宋朝，还是最强大的大明王朝，中原还是那个中原，百姓也还是原来的百姓，可千千万万因兵戈而死的人究竟值不值得呢？地域动荡带来的水深火热、妻离子散、家破人亡难道就是为了史书上的'太平'二字？"

张秋池此番话后，整座大厅顿时鸦雀无声，连说一说也暂时说不出话来，良久，老人长叹一口气，颓然说道："如此说来，一切丰功伟绩、王朝兴亡岂非毫无意义？""如说有，其最大意义便是让我辈逐渐认清此事，在我看来，当年天机子老前辈应该早就窥出其中奥妙，才自隐东海。""如若真如你所说，天下之人当如何自处？"一向沉默寡言的柳星张突然出口问道，在奇门遁甲之中，天地人和便是一切阵法之核心，若是以九州大陆为界，这中间的兴衰交替则意味着天地之变的规则。张秋池看了看柳星张，发现整个大厅现在都盯着自己，有些不好意思地说道："我也只是这几天才生出这些想法，更是对解决之道迟迟想不通透，暂且只能寄希望于人之善念，若人人向善，则可减少不良之欲，而天下纷争必将逐渐停息。""这不可能。"一直耐心听书生与说一说辩论的管一管摇头说道，而木柏松、白鸢等人也点头赞同管一管的话。

"正因为不可能，所以才要去做，这也正是我来楼外楼的主要原因，希望从远离大陆纷争数十年的天漠之中，寻找出自己心中想要的答案。"书生忽然信心大增，笑道。"哈哈，张小友博览群书，又有江湖之胆气雄风，难怪天机子愿收你为徒，看来我楼外楼先前的信息并无太大差池。接下来就请各位提出自己的需求，而我明日会将楼外楼的要求告诉你们，然后再请诸位自行决定。"管一管终于借着气氛凝重之时将今日宴席的主要目的说了出来，眼见众人都点了点头，管一管也暗地松了一口气。"既然如此，便由我先来，"张秋池朝管一管抱拳道，"我只要能够阅读楼外楼所有书籍，武林秘籍除外。""我想学一套绝世刀法。"伍悠悠赶紧说道。管一管看了两人一眼点了点头。"我是跟柳老头一起来的，就让他来说好了。"木柏松兀自吃菜喝酒，将问题踢给了柳星张。柳星张微微一笑，言道："我们两个老头来这里很简单，既然作为天下高手中人，自然就是想见一见你们的大楼主。""要是能切磋一下更好。"木柏松嘴里含混不清地补充道。管一管依旧点了点头，看向一直未曾言语的月狐公主。

白鸾平静地说道："我只要太宗皇帝留在这里的一道遗诏，遗诏共有三道，哪一道由我自己来选。"不等管一管点头，白鸾再次说道，"不知道管事能否禀告几位楼主，白鸾若想再要一道遗诏，是否可行？"听到白鸾的话后，管一管起身对月狐公主微微躬身道："我来见诸位之前，已先得到大楼主招呼，公主殿下若选择其他事物却是可以，而遗诏只能选一份，还望公主殿下见谅。"白鸾见此也没有再多言语。就在这时，今晚出尽风头的书生冷不丁向管一管问道："管事先生，不知道我能否要一道遗诏？"听闻此言，除了白鸾以外，其余望向张秋池的眼神都怪怪的，连一向老成持重的柳星张都面露微笑。管一管挂着一副原来如此的神情答道："这个我要询问大楼主之后才能回答你，只是就算能成代价也是不小的。"说完，又望向月狐公主哈哈笑道："不过，张小友这番拳拳盛意，我一定尽力把你的意思传达给楼主。"白鸾本来被张秋池这样一闹就有些挂不住了，又被众人的眼神和管一管的话语一调侃，不施粉黛的脸上顿时泛出一层诱人的色泽。伍悠悠暗地里将书生的小腿捏了又捏，却发现书生满脸通红地站在那里，浑然不觉。

晚宴过后，各自回到房间，楼外楼底下这座庭院屋舍众多，虽然不大却胜在别致，所以五人每人都选了一间。张秋池回来后，躺在床上，按理说此时经过了前段时间的颠簸，应该好好睡上一觉才是。可书生翻来覆去怎么都睡不着，既有晚上自己与说一说辩论之事的困扰，也有对能否帮白鸾多拿一份遗诏的忐忑，就这样躺在床上胡思乱想，直到被一股内急憋得回过神来，这才开了房门，朝茅房走去。夜深人静，张秋池轻手轻脚地走进茅房，刚刚蹲下，就听见隔壁好像有人在喃喃自语。"……到了楼外楼才发现自己是最差的一个，白鸾竟然是公主，俩老头怎么就变成了天下高手了呢，连书呆子都是天机子看重的人。伍悠悠啊伍悠悠，从帝都到这里，就你每次什么事都做不好，难怪公主殿下看不上眼，连小清那个丫头都对你没个好脸色，就你这样还怎么混江湖，怎么出人头地……"原来是伍悠悠半夜睡不着，一个人躲到茅房来暗自感伤了。张秋池听了一会儿越来越难受，这个与自己一路前来的年轻同伴，此时仿佛一个遭受抛弃的自卑孩子，独自舔舐着命运留给他的伤口。

"你其实很厉害，"张秋池开口说道，然后隔壁便没有了声音，他不由得继续说道，"你救过我的命，而且不止一次，你敢打西荒城的守军，敢和大逐日动手，在你这个年纪谁还敢小瞧你一眼。""你跑来做什么？""内急憋不住了，没想到你也在。""楼外楼这么大，我想静一静的地方都没有吗？""那我不说话，让你静一静。""我现在不想静了，你说为什么好运都站在你那边，指甲红帮你，公主喜欢你，楼外楼也需要你，可这里是江湖啊。唉，你让我们这些江湖人以后怎么混。"听到伍悠悠这么说，张秋池一时不知道怎么回答，但是他还是很老实地告诉伍悠悠："指甲红也救过你，公主那边我是欠着账的，楼外楼的书除了秘籍给你你也不会看啊。""嗯，照你这么说，我还挺风光的了，别的先不说，指甲红说以后还要杀我你怎么不算进去了呢？话说上次你跟我说，你梦里不是答应过我让她不要杀我了吗？"张秋池记起好像有这么回事，继续老老实实向伍悠悠交代："在去西荒城的路上我跟她说了，指甲红答应饶你一次不死。"听到这里，伍悠悠才略显满意，声音也大了一些："才一次啊，不过也够了，能够在天下第六手中活命，传到江湖多有面子。""不过……""不过什么？""好像上次在西荒城外她已经用过了，就是你说看了她胸前一眼差点没命的那次。"

　　"什么？"伍悠悠的声音有些癫狂地喊道，"你办事能不能可靠一点，你可是将来拯救天下的大人物，这么一点小事都做不好，以后我怎么辅佐你。"伍悠悠越说越气，最后干脆拿书生的命门来找回点场子："之前你说欠账是怎么回事？""嗯。""是跟公主有关系的吧？""嗯。""是不是上次你梦见馒头那件事？""嗯……"最后一次"嗯"，张秋池竟然拖着音。"哈哈，我知道了，"伍悠悠兴高采烈起来，正准备好好调戏一下书生，突然厉声问道，"为什么会这么臭？你到底在做什么？""出恭啊。"张秋池话音刚落，就听到隔壁气急败坏冲出茅房的声音，顿时四野一片安静，只有夜空的那弯新月似乎胖了一些，真是越来越可爱了。

第二十一章
灯明影绰人难忘　凝眸笑靥凤求凰

　　九州何年初见月，白月何年初照人。帝都城外不过三四里地的官道上，一辆很普通的马车在皎洁的月光下缓缓而行，车夫是一个身材伟岸但非常匀称的男子。男子戴着一顶黑色的斗篷，所以看不清脸庞，但从握着马鞭的手背肌肉和凸起的经脉上可以看出，男子一定是个气血相当旺盛的人。换句话说，男子极有可能是练过武功的人，还是相当厉害的人物。能够让这样一个人心甘情愿做马夫，车厢内想必也不是简单人物。何况，这辆马车就这样大摇大摆朝着帝都驶去，如果此时被人看见这一幕，一定会心神动摇，什么人深夜还敢冲撞帝都呢？官道四周一片静悄悄的，除了这辆马车和马车上的人，似乎周围再也没有一个人了。要知道，荣朝定下规矩，帝都周围十里范围内，入夜之后禁止人员逗留，任何人都不可以。

　　任何人吗？充作车夫的男子稍微抬起头来，盯着不远处那座巍峨的帝都，黑乎乎的城墙在夜色中盘踞着，像一只沉睡中的巨兽，这只巨兽的主人可是当年自己跟着义兄和太祖皇帝一刀一剑打下来的，而现在，自己又来撩拨这只巨兽的獠牙吗？男子自然不会将帝都戍卫军看在眼里，可这次回来并非为了证明什么，他的实力早已无须再证明了，因为他是许绩。荣国唯一空有大将军头衔而不带一兵一卒的许绩大将军竟然成了车夫，那么车厢内的人身份不言而喻，除了当今荣朝新皇白泓，还能是谁？就在许绩打量城池的时候，白泓一直安静地坐在车厢正中，只有一张配套的椅子。从荣朝西北边境出发，三天三夜赶路，除了头两天两夜是与许绩一同乘快马不眠不休外，第三天以来他就一直坐在这张冰冷坚硬的椅子上。白泓闭着眼睛，不知道是睡着了还是累得不想睁开，身上血迹未干的黄金战甲比屁股下的椅子不知要坚硬多少倍，也不知要冰冷多少倍，他的睫毛随着马车颠簸微微颤动。白泓右手握着战刀，杵在地上，临近帝都一里左右时，战刀提起又落下，声音轻不可闻，可赶车的许绩马上会意，将马车赶进路旁的树林之中，接着，两人在斑驳的树影之间朝帝都而去。

有许绩带路，城墙上的戍卫军自然发现不了两人的行踪，连城头那几只用于警戒的鹰隼也被许绩散发出的气机震慑得不敢造次。禽兽对于危险要比人类敏锐得多，所以它们可以凭借本能躲避很多威胁，而人类却不行，甚至有时候明明知道危险临近，却不知道躲避。两道人影渐渐靠近城墙。他们自然不可能从城门进入，为了今天这个局白泓登基之后在边境待了三年，三年征战，想要战胜的不是大月氏，而是那些潜在的威胁。白泓眯起眼睛，眼神比最矫健的鹰隼还要锐利。许绩微微失神，心想还真是父子俩。到了城墙西北角的一处地方，两人停下身形，只等了片刻，便看到墙角的一块大型城砖竟然由里向外推开，一丝光亮从砖缝间透出。许绩凌空一指，光亮隐于黑暗。一个头发花白的脑袋伸了出来，看着许绩身后的新皇，点了点头，下一刻，白泓与许绩就消失不见了。帝都城外，仿佛只有天空那轮明月，明月下淡淡白光，一片柔和，空无一物。

深夜的帝都，一切都显得很安静，没有人知道西北城墙一角有一条通向皇宫的密道，而且还有三个人正在密道之中行走。没有灯火，密道内很黑，三人默默前行，花白头发走在最前面，许绩走在中间，任何想对白泓不利的因素都必须经过这位天下第三高手才能得逞。一路无言，约莫一炷半香之后，三人打开头顶上方一块松动的石头，通过透进来的光亮可以看出上边是一处宫殿。白泓发现竟然是母妃殿，是生母阿那朵生前居住的地方。许绩发现花白头发原来是一名年岁渐长的太监，老太监低着头，一声不吭地站在旁边，裸露在衣服外面的皮肤显得异常苍白。"这些年来辛苦你了。"白泓看着这位自先皇驾崩便一直生活在暗无天日的地道之中的忠仆说道，"以你侍奉父皇的功绩，本可安享太平，在宫中风风光光地过完下半辈子……"白泓话并未说完，只是望着眼前那簇花白头发。听到这些，老太监终于抬起头来。那是一张比头发更苍老的脸庞，却布满了安详的神态，仔仔细细、认认真真打量了白泓许久，这才满足地轻声说话，可能是长时间未曾说过话，声音有些颤抖而含糊："我在三年前就已经死了，先帝厚待于我，太妃曾有恩于我，如今能略报恩德，死得其所。"白泓将战刀交由左手，右手将老太监一缕散开的花白头发捋齐了，笑了笑，便爬出密道。许绩紧随其后，刚刚站上地面，就听见身后一声刀刃入腹的闷响。许绩望了望战神般的背影，用石板将密道口牢牢封死。

母妃殿内外，长年灯火辉煌，自新皇登基之后，此处被列为禁地，除了白泓，没有人敢靠近一步。现在，母妃殿里面，白泓与许绩正坐在皇太妃阿那朵用过的那张紫檀木桌子上喝酒。酒不是最好的西荒酒，而是用大月氏与天漠之间的阿兰草原生长的青草酿成的青酒，味淡而绵柔，醇香而悠长。这是大月氏人最喜欢的一种酒，也是当年阿那朵从大月氏带到荣朝的唯一一样东西。许绩突然对白泓说道："他其实可以不用死。"白泓知道许绩说的是那个老太监，他将许绩面前的空酒杯再次斟满，提着酒壶回道："求死容易求生难。"许绩点了点头，将青酒举起来，当年他也曾多次和义兄白羿一起在这里喝酒，只不过当时倒酒的是那个温柔乖巧的阿那朵。"你打算怎么办？"许绩自然清楚白泓三年征边，一直到新月谷之战败北才逐渐营造出目前这一局势，想来新月谷失利的消息也应该传到帝都了吧。"等，"白泓将酒壶放下，继续说道，"虽然我猜不透他们究竟想要做什么，可现在他们总要做些什么才是。"沉思片刻之后，白泓对许绩说了一句让这位天下第三的高手都有些寒意的话："万一她出手了，怎么办？"许绩眉头紧皱道："不可能。"白泓点了点头，自我安慰道："希望如此。"

　　昨天晚上，张秋池直到入睡之时，脑海之中还对天空那轮新月念念不忘，为什么月亮胖一点反而更好看呢？胖起来之后，有什么值得赞美的地方吗？对了，上次好像看到月狐公主托着脸颊看月亮，当时不就看到她两边脸颊的肉嘟起来，觉得挺可爱的吗？原来是这么回事，张秋池睁开眼睛发现自己终于想通了昨晚关于月亮胖起来的事情，心中暗暗有些惬意。突然，书生惊吓了一下，忍不住从床上跳起来，然后拼命摇头，似乎想把什么东西从脑袋里面甩出去。简单收拾之后，他第一个去找的是伍悠悠，心想这位立志成为大侠的兄弟千万别想不开。谁知道刚走进庭院里，远远望见伍悠悠正缠着木柏松，两个人嬉皮笑脸不知道在说些什么，看到张秋池走过来，两人突然一下子不说话了，竟变得有些拘谨起来。书生虽然老实，可这些天来多少也知道点这一老一少的不靠谱，不过好在书生也没仔细询问什么，三个人打了个招呼便往会客厅走去，因为今天管事管一管要给五人回话，能不能在楼外楼得偿所愿，就看接下来的交易了。

　　来到会客厅后，白鸾和柳星张竟然早到了，反而是作为待客之主的管一管不见人影。三人择位而坐，自然有下人捧茶上点心，只不过这些下人一个个都是五大三粗的青衣劲服，将茶水点心捧在手里宛如提兵器端首级一般，着实看不出半分美感，木柏松甚至连碰都没有碰，谁知道这些人手里沾过多少鲜血，洗得再干净也还有一股子血腥味。只有神经最大条志向最远大的年轻刀客来者不拒，一晚上的纠结疲惫就在一碗茶水、几块点心下肚后风消云散，精神抖擞地等着管一管，看看这位楼外楼管事人能否给自己寻来一部冠绝天下的刀法秘籍。练成之后先找谁好呢？伍悠悠一下子头疼起来，自己一没国仇二没家恨，难道练成了成天去找人打架？对了，年轻刀客一拍大腿，可以先找小清那丫头，让她看看武林大侠的风范，最好自己找机会救她一命，到时候再学着指甲红撂下一句狠话：以后别乱耍小脾气，否则本大侠一刀把你削成个光头，哈哈哈。会客厅里，诸人望着无端发笑的伍悠悠，有些莫名其妙。

　　幸好这个时候，管一管走进门来，看到早已等候的五人微微一笑，开口言道："看来诸位都对这次的交易非常重视，在下也幸不辱命，将楼主对诸位的要求一并带了过来。""哪个楼主说的？老头子只是想见见你们的大楼主，什么二三四五过来，我可没兴趣。"木柏松不忘提醒道。管一管大概也知晓木老头的脾性，接着老头的话继续说道："我们楼外楼只有三位楼主，只是二楼主和三楼主常年不在楼中，所以基本事情都由大楼主决定。我今天带来的正是大楼主亲口所承之事，其中就包括与柳相木师相见并切磋一二的事情，不过按楼外楼的规矩，两位也要付出相应的东西。"木柏松听了之后点点头，表示同意。管一管继续说道："木师只需要将木棉剑法留下一份剑谱即可，而柳相则要帮我楼外楼勘测一下白塔周围的地理纹脉。""柳老头，我将剑谱留下没什么问题，反正老头我正好还没有徒弟，以后谁要是有缘学了这套剑法，也算是有了一个传承。倒是你一个奇门遁甲的大师，楼外楼要你给他们看风水，你看你行不，别到时候看岔道了。"木柏松听到对柳星张的要求时，忍不住又对这个老伙计落井下石调侃了一把。柳星张丝毫没有理会木柏松的调侃，一本正经回道："五行相生相克，万法相辅相成。""好，既然如此，两位与我楼外楼的交易算是成了。"管一管松了一口气道。其实这次五人之中楼外楼最看重的还是柳相柳星张，因为柳星张的堪舆之术关系到楼外楼的一个大秘密。

与两位天下高手谈妥之后，管一管转向书生说道："我楼外楼所藏之书，张小友可遍览之，只是在你离开此处之前，需为我楼外楼撰修三年藏书，想必以小友资质学识，必然可将藏书打理完善，也算是造福后人之举。不知小友意下如何？"张秋池听完没有任何犹豫，从座位起身后向管一管作揖行礼表示感谢，儒雅管事也满意地点头回了礼。管一管从衣袖之中掏出一个锦盒，这才看向静静端坐一旁的月狐公主白鸢，问道："荣太宗皇帝的三份遗诏就在这里面，不知道公主想要哪一份，又打算如何来换取？"白鸢望着那个小小的锦盒，里面的三份遗诏任何一份就足以让荣朝甚至整个天下动容，此时它们仿佛三份普普通通的信笺一般被管一管拿在手里，由此不仅能够看出楼外楼超凡出世的地位和实力，也说明这个雄踞武林多年的鳌头之地也并非真的不理尘世，反而与九州大陆最强大的国家关系非同一般。可此时，这些在白鸢眼中都不重要，她只想确认一点："我想要新皇白泓身世的那份，"白鸢说完，从袖中掏出一卷格外古旧的帛书，"此乃古琴曲《碣石调》真迹，愿以此曲谱换取遗诏一份。"

管一管从白鸢手中接过帛书，查看许久之后叹道："墨硬而干涩，字略有形散，锦帛入手轻盈，几可无物。而此曲读来，耳中似有琴音，荡人心魄，确为真迹无疑。若从价值来看则换取遗诏有余，可从交易来说，遗诏关乎天下大势，《碣石调》虽可流传万世，却远不及今，希望公主殿下能够体谅。"管一管说完之后，突然将手中锦盒打开，从中抽出一张黄色帛锦遗诏递到白鸾面前，说道："不过，我来此之前，大楼主曾有吩咐，无论公主拿何种物品来交换遗诏，都还需允诺楼外楼一件事情，若成，则遗诏双手奉上。"白鸾望着眼前那份让自己内心忐忑不安的遗诏，平静说道："请讲。""在公主有生之年，力所能及之内，需答应大楼主一件事情。""只需承诺？"白鸾略显惊疑地问道。管一管却极为肯定地点头答道："大楼主说，相信荣朝的实力，更相信公主的为人。"白鸾盯着管一管的眼睛，将手中的《碣石调》真迹递过去，说道："好，我答应。"眼见白鸾从管一管手中接过遗诏，张秋池忍不住站起来问道："不知管事先生是否帮我询问大楼主，若是我也想拿一份遗诏，可否交换？"管一管望着一脸希冀的书生，将《碣石调》收回袖中放好后答道："可以是可以，不过小友留在楼外楼的时间可就不止三年了。""我可以多留几年。"书生惊喜地问道。"不是几年这么简单。"管一管伸出一根手指说道。"十年也是可以的。"书生看着管一管认真答道。管一管叹息着摇了摇头："不是十年，而是一辈子。"

　　白鸾拿着遗诏，心中思绪万千，正不知如何是好的时候，无意中听到书生与管一管的对话，顿时想起那天晚上的对话，赶紧看向书生，刚好瞥见张秋池也望向自己。白鸾心头一暖，笑了笑，对书生摇了摇头，示意他不要拿自己的一生来交换，这个代价太大了，大到即便她是白鸾，是荣朝的月狐公主也无法接受，更何况她的心很早以前就已有所属。所属的人本来是这个世界上最不可能的人，可是母亲怡容太后亲口向她保证过，"你心里想的一定可以实现"。所以，白鸾才会不远万里身临险境来到楼外楼，不惜拿老师留给自己的《碣石调》和一个承诺来交换这份遗诏，所以，她无法接受书生的好意，也无法再接受另一个男人的爱意。张秋池在白鸾对他微笑摇头的时候，心中更加坚定了自己的信心，可随后又看到白鸾盯着遗诏，脸上竟然露出了热烈的、痴情的、迷人的笑靥，他的心仿佛突然失去了知觉，就那样空空地停在空中。然后，张秋池有些颓唐地坐了下来。伍悠悠正焦急等待着自己刀谱的着落，看到书生这副神情，突然生不出半分调侃的心情，内心无来由竟也有些心酸。

"不会的，不会的，不会是这样的。"就在众人以为书生献殷勤而受挫难堪之际，满怀希望忍不住打开遗诏的月狐公主突然站起身来失魂落魄地叫道，紧接着，一口鲜血从她口中喷射而出，点点殷红镶嵌在那身华服之上，朱唇染血，刺眼夺目。白鸾站在会客厅中，整个人看起来就像一只浴血的凤凰，凄厉哀鸣。

第二十二章
云想衣裳花想容　血做胭脂点绛唇

　　楼外楼白塔之下，庭院之中，哪怕是正值春季万物复苏茂盛之时，依旧看不到中原该有的绿意，更别提江南的绿肥红瘦了。张秋池心绪不宁地站在庭院之中，眼前那扇紧闭的房门宛如一道天堑，横隔在他与房中的她之间，这道天堑甚至比木柏松的木棉剑气营造出的屏障还要让人心惊，近在咫尺却只能任她黯然神伤，看不见摸不着的距离谁又能够跨越。不要说书生，便是当时会客厅里所有的人都不清楚，月狐公主白鸾为什么在看到遗诏之后会突然气机紊乱，攻心而吐血。失魂落魄的白鸾一句话也没有说，直接回到自己房间，书生很不放心，跟了出来，一直站在这里，其他人还在会客厅中，商量着交易的事情。伍悠悠这次倒是识趣没有跟过来，当然跟他刀谱的事情还没得到答复也有关系。

　　房内开始时还有轻微的哽咽和喃喃自语的声音，可是半炷香过后，什么声音也没有了，张秋池在外面静静地看，静静地听，而内心却再也静不下去了。虽然他不知道遗诏的内容是什么，更不知道白鸾为何会如此伤心欲绝，可他忘不了天漠之中新月之下昂首望月的那张笑脸，两笔勾销吗？张秋池抬头望天，这笔账任凭书生如何满腹经纶、才思敏捷也无法计算清楚，何必要算清楚呢，哪怕拼着一辈子留在楼外楼也无法偿还了吧。是啊，有些事情还是不清不楚的好，真要是弄得明明白白，反而更加让人难以理解和接受，何必徒增烦恼呢。张秋池低下头来，庭院小径的大理石地板缝隙之间，白沙依稀可见，斑斑点点，细细碎碎，与他此时的心情无异，数不清道不明，又夹杂着天漠之中特有的孤闷苍凉之感。自帝都一路行来，明枪暗箭，琴声瑟瑟，那超凡脱俗的白衣女子不知不觉出现在张秋池的视线里。树林之中，十指殷红。车厢之内，粉脸娇叱。天漠之上，往生徘徊。书生心里，何去何从？

张秋池抬起头，脸色异常坚定，轻轻走到房门之前，没有叩门，而是直接推门，白皙的手指接触门框之时，愣了一下，这扇门便是那段缘分，门外书生，门内公主，或许此生缘尽于此，可我依然会看你一眼。张秋池也不知道哪里来的胆量，手指微微用力，幸好，房门应手而开，他悄无声息地走了进去，转身关紧房门，整个后背却已经湿透，只是书生自己并不知道。房间很小，很静，很伤心，因为那个白衣华服的女子正端坐在铜镜之前，怔怔地望着镜中哀恸的自己黯然神伤。张秋池走到白鸾身后，从铜镜之中看到白鸾以及白鸾身后的自己，竟然也怔怔出神起来。"你来做什么？"白鸾早就知道书生进来了，只是等了半天从镜中看到他傻乎乎地站着，只好出言问道。"啊，我是想问问看……"书生突然惊醒，才发现自己身处月狐公主的闺房之内，又被白鸾先声夺人地发问，一时之间说话竟有些结巴，犹豫片刻之后，脱口说道："问问你的那张古琴叫什么。"铜镜中的白鸾愣了愣，转过头看着书生回道："它叫葫芦。"想了想，抬起泪痕犹在的脸庞补充说道，"闷葫芦的葫芦。"

书生没有在意公主殿下对自己这个前来安慰人却不会安慰的人略有不满的情绪，而是老老实实地点头"哦"了一声，然后只见白鸢苍白的脸色似乎又白了几分，脸颊呼吸般一鼓一胀，显然气得不轻。张秋池盯着这张近在咫尺的脸庞，肌肤如雪，面容清丽，鬓角几根拂乱的青丝附在脸颊，与泪痕交织在一起，说不出的楚楚，道不尽的动人，何况那张如手指般玲珑的小嘴，嘴唇之上还带着一道殷红的血迹，那是气急攻心的心头血，经过了如此长的时间，竟然还未凝固，依旧鲜艳如常。张秋池心中一痛，想伸手帮她拭去，却没有去做，不是不敢，而是白鸢开口说道："遗诏在桌子上面，你自己看看。"书生也不知道白鸢此举何意，更没想过平民私自偷看遗诏犯的是死罪，只是又"哦"了一声，径直走到紫檀木圆桌前拿起了遗诏。遗诏上只有四个字：亲子白泓。由此看来，荣朝自新皇登基，传扬了许久的谣言不攻自破，白泓的的确确是荣太宗白羿的儿子，那么与白泓这个哥哥关系一向很好的白鸢为何如此伤心呢？

"我自小和皇帝哥哥一起长大，他是太子，我是公主，我们是荣朝最风光最富贵也是最孤独的孩子，好在皇帝哥哥有一个疼爱他的阿姊，而我也有一个疼爱我的哥哥。我们三人就这样互相爱护和依赖着长大，长大之后却发现谁也离不开谁了，只是阿姊要比我们大许多，比我们懂得多，也比我们能承受得多。"不知何时，白鸢又转过身去，面对铜镜娓娓道来，"只是后来，父皇一道旨意，阿姊便成了阿紫，成了紫妃娘娘，也成了我的嫂子。从小到大，阿姊都将皇帝哥哥照顾得非常好，比皇宫里任何一个人都要对他好，好到我都忍不住嫉妒起来，因为从来都只有皇帝哥哥照顾我，而我却帮不了他任何事情。"白鸢对着铜镜笑了笑，自顾自看了一会儿，继续说道，"每到皇帝哥哥母妃的忌日那一天，他便不让我去找他，我当然知道他心里有多么难受，从来没见过自己的母亲是这人世间最残忍的事情，虽然母后从小就很疼我，反而更让我感觉到没有母亲的痛苦。我也想帮他，可是我什么也做不了，我只好偷偷地跟着他，暗地里想帮他分担那份他不愿意让人分担的痛苦。皇帝哥哥一个人躲在母妃宫里，从早上到夜里，不吃也不喝，我就在那个阴暗的小角落看了他一整天。我真的很想帮他，可又怕被他发现，被他发现他最疼爱的妹妹为他伤心流泪，他真的很疼我，而那个时候我却第一次感到有些心疼。"张秋池没有说话，他也是孤儿，自然知道白鸾所说的皇帝哥哥是怎样一番光景，何况还是生在最是无常与无情的帝王家。

"后来，就在我坚持不住快要睡着的时候，我看见阿姊也偷偷地溜进了母妃宫，她将早已昏迷的皇帝哥哥抱在怀里，默默流泪，用手抚平皇帝哥哥褶皱的袍子，用蓄着泪水的嘴唇亲吻他，然后皇帝哥哥便在睡梦之中，在阿姊的亲吻之中，哽咽着，哽咽着，直到三人都沉沉睡去。谁也不知道，多少个那样的夜晚，我们都独自而又彼此相连地在一起流泪，直到皇帝哥哥成亲以后。"白鸾或许有些累了，说到这里，她支起双手，如同那天晚上在天漠一样，托着脸颊，望着铜镜中的自己，认真而又渴望地回忆道："皇帝哥哥成亲之后我便很少能再见到他，他住的是东宫，连我这个月狐公主、他的亲妹妹都没有办法经常进入，我只好将所有时间都用来弹琴。老师当年收我为徒，将'葫芦'赠送与我，说'葫芦无窍，有心自开'，这么多年过去了，可我好像还是没有开窍，难怪母后总说我空有玲珑指，不识男人心。"白鸾嘟起小嘴，有些赌气地说道，"我怎么就不识男人心呢？可是有什么办法，他是我的亲哥哥，我本来只希望他能过得安好，至于做不做这个皇帝都没有什么关系。可是后来等皇帝哥哥登基之时，宫内传来那些流言的时候，开始我很气愤，可不知怎的，到最后竟隐隐还有一丝期盼，期盼这一切是真的。闷葫芦，你说，我是不是很自私？"白鸾扭头望向站在圆桌旁听得发呆的张秋池突然问道。

不知为何，莫名其妙得了新外号的书生此时却极为配合地摇了摇头，白鸾似乎有些不满意，摇着头叹道："看来你的书读得还不够。母后就跟我说过，女人都是自私的，如果你不自私一点，男人便不会将你放在心上。以前，我总不明白知书达理的母后为什么会说出如此浅显的话来，直到父皇那次准备下旨将我远嫁大月氏，我才明白过来，母后说得是极对的。幸好那次有皇帝哥哥帮我挡了下来，他用太子之位与父皇抗争了许久，最终迫使父皇打消了这一念头，可是直到驾崩，父皇再也没有召见过我。我不知道父皇是不是生我的气，小时候父皇也是很疼爱我的，天天抱着我荡秋千，而皇帝哥哥只能一个人紧紧抱着绳子在半空晃荡。所以，在父皇病重的时候，我想见见父皇，可侍卫总拦着不让我进去，后来我就想爬墙偷偷溜进去看父皇一眼，谁知道不小心掉了下来，我以为自己要死了，结果却掉在了皇帝哥哥怀里，他说他从小就知道我想要做什么。那时，我和皇帝哥哥之间就像刚刚你和我之间那么近的距离，我就问：'那你知不知道我现在想做什么？'结果皇帝哥哥大笑着说：'当然知道，不过鸾儿现在都是大人了，可不能随便让人亲。'其实，当时我真的很想偷偷亲他一下，可是我不敢，我怕那些传言不是真的。真的很近，很近，我甚至都能闻到皇帝哥哥身上传来的那阵幽香，很淡，很淡，我知道那是阿姊身上的味道。"

白鸾叹了一口气，不再托着脸颊，而是双手交叉，将下巴枕在十指上，侧着头，继续说道："那天回来之后，我就有些心绪不宁，一连好几天连最喜欢的古琴都不想弹了，偶尔耐着性子弹几首曲子也不成调，连自己都听不下去。后来，母后不知道从哪里知道了这件事，将我传进怡容宫去，我以为母后这次总该狠狠责备我一番了，谁知母后竟然跟我说，如果我真的喜欢皇帝哥哥，她就帮我达成这个心愿。"白鸾瞟了一眼铜镜中书生瞪大眼睛一副不可置信的模样，白了一眼说道，"当时我跟你一样，以为自己听错了，可母后从来没有骗过我，除了皇帝哥哥，我最相信的人就是母后了。我自然认为这件事情肯定跟流传很久的那个谣言有关，从那个时候开始，我就决定总有一天自己要来楼外楼，亲眼看看那份关于皇帝哥哥真实身份的遗诏。可惜，这一次母后竟然骗了我，我虽然不清楚她为什么要骗我，但我知道母后这么做一定有她的理由，她所做的一切都是为了我，可是她为什么要这么做呢？"白鸾使劲摇了摇头，似乎想从这份不解和绝望之中挣脱出来。望着镜中有些凌乱的发髻，白鸾望着镜中早已痴痴呆呆的书生说道："你会梳头吗？"然后又说道，"想必是不会的，可是皇帝哥哥就会。以前每次看到阿紫帮他梳的头又好看又实用，我就很羡慕，没想到后来有一天皇帝哥哥竟然说要帮我梳头，而且他梳得那样好，比我自己梳的还好。我知道他是从阿紫那里偷师的，可我并没有说破，皇帝哥哥自己也没有言明，算是我们成年之后相互间难得的小秘密了吧。自从皇帝哥哥登基征讨大月氏后，阿紫还经常来帮我梳头，梳得比皇帝哥哥还好，可是我还是想让皇帝哥哥帮我梳，就像以前他没有登基，我没有来楼外楼，也没有打开遗诏一样，那该多好啊。"白鸾说完，看到镜中的自己温柔、甜蜜地笑了起来，再也蓄不住的泪水，顺着脸颊流了下来。

　　白鸾怔怔出神之际，蓦然发现书生不知道什么时候已经来到自己身后，低着头，看着镜子。她转过身，昂起头，对张秋池展颜道："你不会真打算帮我梳头吧？"书生没有说话，缓缓伸出右手，捧着这张因血泪点缀其上而愈发生情动人的脸庞，望着白鸾，望着那双纯净无瑕的双眼，望着双眼瞳仁中紧抿着嘴唇的自己，用拇指轻轻点在白鸾的朱唇上面，想把那殷红的血迹抹去，孰料血迹在书生的轻抹之下，竟然顺势染红了整个嘴唇，宛如胭脂，鲜红如血，刺眼耀目。张秋池眼前，白衣华服的女子恍如一只血凤凰被点了绛唇，变得让人，让天下的男人都惊心动魄起来。看着面前这个第二次轻薄自己的男子，白鸾苍白的脸色露出一抹微红，眉眼轻皱，轻声问道："记得上次在天漠说过，万一不是，我就嫁给你了。要不，现在先让你亲一下？""啊？啊！"两个啊，一轻一重，一缓一急，一疑一惊，白鸾这一调戏真真切切让书生措手不及，张秋池猛地缩手，放下这份早已深入脑海的容颜，急匆匆朝房外走去，差点撞在门框上面。

"不仅是闷葫芦，还是个胆小鬼。"望着夺路而逃的书生，白鸾转过头，俯身轻吻镜面，留下了两道浅浅血痕。看了一会儿，她伸出食指，按在血痕之上，轻轻拭去，口中喃喃自语："皇帝哥哥，此物最相思，愿君多采撷。"

第二十三章

白塔传承一念间　光明战罢天地变

　　伍悠悠站在白塔最高层的阁楼门前，一路登塔而上，白塔内除了他自己再也没有别的人了，一道道单调而清晰的脚步声至此也戛然而止。大厅中的会晤自月狐公主白鸾离开之后便终止了，随后书生跟着白鸾而去，而唯一没来得及交易的伍悠悠也获得了一个答案。管一管告诉他，他想要的东西和所需付出的代价尽皆在这白塔之上，白塔之上是阁楼，阁楼之上是苍天，那么阁楼里面会是什么呢？伍悠悠深深吸了一口气，左手在二尺短刀的刀鞘上缓慢摩挲着。这里是楼外楼，拥有整个江湖最崇高的地位和最诱人的武功，而这不正是自己想要的吗？如果是书生，恐怕早就进去了吧，可伍悠悠不知道的是，张秋池此时也只是傻傻地站在白鸾房间门口，犹豫不决。伍悠悠左手离开刀鞘，嘴角泛起一抹自嘲，伸出右手，用力推向白塔阁楼的那扇门，门的后面果然有一个人。这个人身着黑袍，背负双手，站在阁楼栅栏旁边，望向窗外。

　　走进阁楼，伍悠悠径直来到黑袍人背后，离黑袍人只有三尺的时候才停下。三尺的距离，既是伍悠悠最有把握出刀的距离，也是他能够最容易做出应变的距离。不过，伍悠悠心里非常清楚，既然黑袍人完全不在意自己的到来，那么在黑袍人眼中，自己无论做什么都不被对方放在心上，何况，能够出现在白塔阁楼之中的人，怎么看都不会是一个无名之辈。伍悠悠轻轻呼出一口气，右手突然迅速地握住刀鞘，抽刀而出，一气呵成。刀尖稍稍朝外，并未对着黑袍人。"在下伍悠悠，烦请前辈赐教。"让伍悠悠意外的是，黑袍人略显苍老的声音传来一句"我不会刀法"。伍悠悠愣了愣，心想自己跟管一管的交易说得清清楚楚，既然眼前之人不会刀法，为何又让自己前来。这个时候，黑袍人再次说道："我只相信自己的双手，任何兵器都只是外物。"说完，黑袍人转过身来，一张戴着金色半面佛的面庞望着伍悠悠，半面佛似笑，黑袍人未笑。

　　让伍悠悠大吃一惊的，并非这尊怪异、突兀的面庞，而是黑袍人手中那把二尺短刀。伍悠悠清楚地记得，就在黑袍人转身的同时，自己手中的短刀就被对方缓缓拿了过去，自己是眼睁睁看着黑袍人从自己手中拿走短刀的，时间仿佛在那一刻停止了一样。伍悠悠的心脏在这一刻极速地收缩，全身血液随着他清醒过来的那口冷气，一齐向心肺迅速流去，伍悠悠觉得自己的四肢渐渐僵硬麻木，整个心神都被黑袍人手中的短刀牵引。伍悠悠死死地盯着刀尖，就像心爱的人突然冷酷无情地出现在自己面前，而前一刻他们彼此还温情脉脉。伍悠悠觉得心里难受之极，心肺之中已经被无数收缩的血液堆积，无处宣泄，他好想大吼一声，然后让这份淤积的鲜血从喉咙之中得到释放。就在伍悠悠坚持不住之际，黑袍人手腕轻抖，二尺短刀缓缓落在不远处的紫檀茶几上，几上有杯，杯中有酒，酒盈如弯月，短刀落下之后，却仿若羽毛，滴酒未洒。伍悠悠憋闷不已的气机在短刀离开黑袍人之后，重新变得平和流畅起来，戴着金色半面佛的面庞望着他，并告诉他："我是赵武阳，楼外楼的大楼主。"

伍悠悠不记得自己喝了多少杯，反正紫檀茶几上的酒壶已经快空了，而赵武阳面前那杯酒依旧如初。二尺短刀早已归鞘，且就系在伍悠悠的左侧腰间，只是这一次，他再未动过拔刀的心思，想也不用去想，在几乎是天下第一人的楼外楼大楼主面前，他伍悠悠真的只是一个普通得不能再普通的人。"为什么会选我？"在最后一滴酒倒入口中之后，伍悠悠终于问出了这句自己不想问却又忍不住要问的话。"因为你不是一个普通人。"听到赵武阳的回答，伍悠悠放肆地大笑道："我不是天下高手，也没有皇族血脉，更非高人弟子，我就是想知道，我这样一个人，凭什么能够让天下闻名的楼外楼大楼主相中。"赵武阳凝视着状若疯癫的伍悠悠，平静地说道："你的经脉天生异于常人，是修炼上乘内力的最佳选择，可惜你从小未曾洗髓伐毛，如今就算再修炼上乘功法，虽可强于诸人，却难以登顶。""我为什么要信你？""你可以不相信你自己，可楼外楼的眼光从来不会出错。"听了这句话后，伍悠悠默然了，他现在当然知道自己从帝都来到这里，并非运气好，而是这一切都是楼外楼精心安排的。柳相木师，月狐公主，天机传人，哪一个身份都足以让天下动容，既然自己能够与他们四人一道来到这里，不用赵武阳说，他自己也早已想过其中的蹊跷所在。只是如今被赵武阳当面点破这团迷雾，伍悠悠反而有些迷惘，原来自己真的是一个世所罕见的练武奇才。

"我需要做什么？"伍悠悠异常冷静地问道。赵武阳摇了摇头，答道："你什么都不需要做。如果你答应和我交易，我会将我一身的内力悉数传送给你，当然，也只有你体内特殊的经脉才可以承受住我全部的内力。""然后呢？""然后，你便是天下高手，"看着再次沉默不语的伍悠悠，赵武阳继续说道，"当然，按照楼外楼的交易来算，你成为天下高手后，有十年时间可以做你想做的事情。你也可以放心，十年之后，你只需将内力传回与我，交易便算完成。而你的经脉经过这些内力十年的固本培元之后，即便与洗髓伐毛相比也相差无几，只要你再过些时日，定然可以再次成为真正的天下高手，而我楼外楼的资源你尽可享用。"说完，赵武阳右手食指在身前的酒杯上轻轻一扣，酒杯便缓缓移到伍悠悠面前，他继续说道，"我修炼的功法特殊，若想大成，只有将己身功力转嫁他人，重修之后合二为一，才有登顶的希望。所谓武道追求，人各有志，有舍有得，方成大事。所以你大可放心，一旦你同意这场交易，无论最终我是否成功，都会将你视作我的传人，你可称雄一世，也可走出一条自己的江湖之路。你先考虑一下，若是答应，便来此处喝了这杯酒。"

赵武阳刚刚说完，便突然转头看向阁楼外天漠东方，下一刻，身形微动，整个人便消失了。待伍悠悠回过神来，阁楼中空荡荡的，哪里有半分人影，那个戴着金色半面佛面具的黑袍人就像未曾出现过一样。伍悠悠低下头，看到紫檀茶几上还有一杯盈盈欲滴的酒水，"赵武阳"，心中默念一声，起身穿过阁楼门，走下塔去。

赵武阳掠出楼外楼后不久，就看到眼前不远处的白沙之上，站着一位身披粗木麻衣的魁梧男子，正是先前在天漠之中重创大逐日的第一柳。早在第一柳进入天漠之时，楼外楼便已得到消息，身为大楼主的赵武阳更是在第一柳与大逐日交手之时，就感觉到此人的强大与不凡。本来在功法大成之前，赵武阳未必会与这样一个横空出世来历不明的神秘高手相见，可现在这位魁梧男子明显是专门来此，目的当然是为了见到楼外楼的大楼主赵武阳。所以，早在第一柳靠近楼外楼之时，两个人早就从彼此的气机牵引之中锁定了目标。也就是说，这次见面是两大高手内心深处掩饰不住的强者之争，赵武阳不得不出来，而第一柳想走也走不了。

令人意外的是，声音苍老，年龄明显偏大的赵武阳见到这个正值壮年的魁梧男子之后，竟然从第一柳身上感觉到了一股浓浓的沧桑，这股沧桑连他这个在江湖中行走了大半辈子的天下高手都感到动容。戴着金色半面佛面具的赵武阳与面庞年轻棱角分明的第一柳隔空相望，天漠之中白沙与狂风此时早已停滞，而两人脸上都出现了极其异常的表情，自从现世以来就有无敌之姿的第一柳，脸上呈现出迷茫和疑惑。而闻名天下的楼外楼大楼主赵武阳，则在凝重和不解之余，多了一份讶异，因为他从第一柳身上感觉到一股熟悉而又让人极不舒服的味道，这股味道对于赵武阳这样的天下高手来说，已经很多年未曾体会，仿佛面对的是一位故交好友的后人。第一柳看到赵武阳出现之后，第一眼有些动容，然后他便低下头，望着白沙之中那道纤细的影子，那是他手中干枯的沙柳留在地面上的印记。面前的赵武阳，不知为何，竟然也在第一柳心中留下了一道挥之不去的影子，这道影子就像印记一样让第一柳渴望去探索，而内心之中又对此隐隐抗拒不已，这种感觉已经不是凭武功可以消弭的了，完完全全是一份发自内心的精神深处的战栗，这股战栗甚至让第一柳在灵魂深处对自己产生了动摇，他迫切而惊惧地想知道自己到底是谁。

"我是谁？""你是谁？"当这两句话分别从第一柳和赵武阳口中说出之后，两人再次陷入了沉默。"你竟然不知道？"第一柳对眼前这位江湖传闻的第一人露出了一丝失望的神色，楼外楼的大楼主都不知道的事情，恐怕整个江湖也没有人再知道了。"我为什么要知道？"赵武阳反问道。"你果然知道。""猜测一些而已。""一些就够了。""无论你是谁，想要知道什么，一切都必须按照楼外楼的规矩来办，"金色半面佛面具后的声音继续道，"只要你赢了，自然能知道你想听的话。不过，要是你输了，就必须留在楼外楼。"赵武阳不惜在功法大成之前与第一柳一战，除了被第一柳气机牵引之外，更重要的原因还在于他对这个横空出世的第一柳没有必胜的把握，甚至在心里隐隐觉察到，一旦到了自己功法大成的时候，胜算反而不如现在。何况赵武阳一生之中还未曾败过，他对自己有着绝对的自信，面对此生除了天机子之外最大的挑战，赵武阳唯有一战，不管是为了将来还是为了自己，这一战都在所难免。听到赵武阳的话后，一直垂首的第一柳猛然抬起头来，全身内力蓬勃而出，原本寂静的风沙顿时雀跃异常，第一柳睁着精光四射的双眼，满头黑发随风飞舞，吐出一句话来："你赢了，我留下。你输了，我也留下。"

在如此霸气绝伦的话语之后，第一柳右脚在白沙之中用力一踩，一个脚形大坑瞬间形成，脚掌之下的白沙化作齑粉，在第一柳强悍内力的挤压下，形成一块堪比花岗岩的石块，随后又被离地而去的第一柳深深踏入白沙之中，不知何年才可重见天日。人在半空，第一柳手中的沙柳朝赵武阳点去，沙柳以一化二，以二化四，如此反复，直至天空遍布千千万万沙柳之姿。而这一切在赵武阳眼中却并未如此复杂，仅仅只看到第一柳朝他一点，一柳即是一剑，只是这一剑出手时是一剑，见面时也是一剑，而在穿越他与第一柳之间的这段距离和空间之时，早已不知道幻化成多少剑。也只有赵武阳这样的眼光，才能看出这一剑由简化繁，再由繁合简的精妙和可怕，这一剑包含了第一柳无数股剑气形成的杀意，这些杀意足以杀死成百上千的人，就像当时在西荒客栈门前一样，所以这一剑便是八方风雨剑。只不过那时的第一柳只是防守，未起杀意，而此时面对赵武阳，他是真的有杀意，这股杀意在他出剑之时便从内心深处毫无障碍地指使着他。干枯的沙柳枝就这样轻飘飘地点向赵武阳额头，只是白沙之上却没有沙柳枝的任何影子，因为这已经是一道幻化之后的剑意，融入天地之间，无迹可循。

面对昔日称雄武林的魔教至高剑法八方风雨剑，赵武阳仅仅伸出一指，他只相信自己的双手，所以他只会用双手去迎敌。你有一剑，我有一指，这一指是整个九州大陆最强大的人所创，集聚了世间最纯粹与最高深的光明心法的一指，曾经代表了整个大陆行走的方向，这个人便是大明王墨蓬山。大光明指是明教极其少有的技法之一，哪怕是旭国明教大逐日也未必精通，而此时，赵武阳却可以轻而易举地用出，只是这一指指向的不再是人间，而只是一个人。赵武阳的食指指尖突然凭空发出一点白光，这道白光并不耀眼，如果大逐日能够亲眼看到这一切，肯定会比当时在天漠边界被第一柳洞穿手掌还要震惊。赵武阳的大光明指竟然能够完完全全地将光明心法化为己用，而丝毫不予外泄。真正返璞归真的光明心法是当年大明王站在江湖武林之巅的最大依仗。正是这道指尖上不起眼的白光，却能够牵引两人四周的一切，甚至连天漠深处的光线都显得有些暗淡，风沙飘扬在空中，渐渐变得狂躁而混乱，仿佛在竭力挣脱大光明指的束缚和捕获。大明王之后，很难想象这个世间还有什么可以阻挡大光明指的旨意，光明之下，万物皆空。

沙柳如同一棵稻草，与赵武阳的手指轻触在一起，奇怪的是，在大光明的普照之下，干枯异常的沙柳并未燃烧，连弯曲和抖动都没有，而赵武阳的手指也没有被沙柳中隐藏的无数剑意所伤，依旧光滑洁白，指尖白光依旧，宛如黑色的沙柳尖处开出一星点的白花，白色的光明之花就这样与第一柳的剑意安安静静地停留在半空之中，风沙早已荡然无存，不是被八方风雨剑意侵蚀殆尽，便是被大光明指化作尘埃，从远处望去，赵武阳与第一柳所在之处，此时早已与整个天漠脱离而出，四周密密麻麻的白沙碎末堆起丈余高，将两人深深围在其间。这个怪异的小世界之外，谁也不知道当今世上最强大的两位高手刚刚才交过手，胜负依然未分，可赵武阳那半边裸露在金色半面佛以外的面容已开始扭曲，紧接着，本与沙柳不相上下的大光明指竟然逐渐摇晃，似乎呈现出不堪的迹象。与此同时，身在半空的第一柳毫无征兆地收回沙柳，独自承受着两人内力的叠加反噬，一大口鲜血从第一柳口中喷射而出，如若不是他有着异于常人的体魄与无比深厚的内力做支撑，凭这份反噬，便足以活活杀死一位天下高手。即便如此，第一柳落地之后，右脚再次狠狠踏在白沙之上，借助内力的反震，硬生生将气机动荡反噬的余波消弭在体内。白沙堆砌而成的沙井在这一刻轰然倒塌，两个人的身影再次出现在天漠之中，依旧沉默相对，赵武阳没有询问为什么第一柳的八方风雨剑中竟然也有精纯至极的光明心法，而他也不会再告诉第一柳想要的答案。

正在此时，赵武阳与第一柳同时看向对方，神情凝重，各自向天空高高跃起，下一刻，两人脚下的白沙之间突然延伸出一条裂缝，这道裂缝由西向东，几乎没有尽头，无数白沙倾泻而下，似乎贯穿整个天漠。人在空中，赵武阳冷冷看了第一柳一眼，转身向楼外楼折返而去。赵武阳作为楼外楼大楼主，驻守天漠数十载，只有他最清楚，天漠有变，原因只有一个，一定是有人冒死进入了白塔之下，而白塔之下便是当年大明王朝的圣女湖遗址。当年天降白沙，圣女湖覆没之后，便再也没有人能够亲至，如今出现变故，难道九州大陆真的要再次动荡？第一柳落在裂缝旁边，却跪倒在地，右手沙柳直入白沙半截之多，左手死死抓住自己的黑发，用力拉扯。半晌之后，昂首向天，发出野兽般的咆哮，最后朝着裂缝纵身跃起，直直落了下去。

第二十四章
冠绝古今四圣灵　白沙地底藏光明

　　伍悠悠从白塔下来之后，刚走到庭院之中，便遇到同样失魂落魄的书生，两人在院落寻了一个圆木茶几便坐了下来。良久，谁也没有出声，各自小心翼翼地盘算着什么。"你垂头丧气干吗？"伍悠悠盯着地面石板缝隙里的白沙，没好气地说。等了半晌没听到回音，扭头一看，原来书生正双手托着腮帮看着庭院外的天漠，不知走神走到哪里去了。"难不成你真认为堂堂大荣朝的公主殿下会喜欢上你？当然，如果白鸢没有喜欢的人，你这个占尽便宜的羊皮书生也许还真有机会，可是现在你一点机会也没有了，趁早绝了这份心思，好好读你的书，说不定将来还可以治国安邦，也不枉我与你朋友一场，陪你来这天漠之中走一遭。""什么叫羊皮书生？"张秋池扭过头，独独对这句话显得很有精神。"你将来是天机子的弟子，天机子住的是山羊宫，那你岂不就是羊皮书生了。"伍悠悠难得机智了一次，却怎么也得意不起来。张秋池点了点头，没有深究，毕竟是只会读书的书生，怎会知晓伍悠悠这个江湖刀客的俚语。

"你是真不懂，还是装不懂？"看书生似乎又有神游太虚的意思，伍悠悠赶紧追问道。"懂什么？""我现在发觉你并不像表面看起来那般老实，明明一副回味的表情挂在脸上，还装作什么都不知道。""啊？有吗？"张秋池双手用力揉了揉脸，认真地望向伍悠悠。伍悠悠懒得再看眼前这张黯然神伤的脸庞，伸手从腰间取出二尺短刀，右手握在掌中，上下翻转了一番："你也不用再装了，虽然我不懂男女之情，却也知道有许多事情是无法取舍的。就像我手里这把刀，并非什么神兵利器，也不值几个钱，可自从我练刀的那天起，它就一直跟着我。我的汗水和对手的鲜血都曾经由它落下，我可以用它来切牛肉、砍柴火，也可以用它杀人和闯江湖，在认识你之前，它便是我最好的朋友，现在依然是。在我心里，无论你张秋池再好，也比不上这把刀在我心中的位置，你明白吗？"伍悠悠将二尺短刀举向空中，认真说道。"嗯。"书生很配合很老实地应了一声。"所以，就算给我再好的东西，我也不会用它来交换。""嗯。""但是，我怕它跟着我，这一辈子也就没什么出息。""嗯。""要是有机会跟上天搏一搏，你说我赌还是不赌？""嗯。""嗯，嗯，嗯了这么久，你到底听明白没有？"伍悠悠大声喝道，把张秋池吓了一跳。

"你不是说一点机会也没有了吗？"张秋池没有回答伍悠悠的问题，而是问了一句看似不相干的话。伍悠悠将二尺短刀举在眼前，平静地说道："这把刀只有拿我的命才能够去交换，因为它对我来说非常重要。""我明白你的意思，可哀莫大于心死，"书生望着庭院外远方的天漠，想起自帝都一路来的种种，缓缓说道，"你不知道她爱的是谁，而我只想帮她完成这个心愿。不过，你说得也很对，对于我来说，现在，她确实变得非常重要了。虽然我不能帮她完成心愿，但我可以为她实现另一个愿望。""你想做什么？"伍悠悠有些担心地问道。"我想留在楼外楼。""为了另一个锦盒，还是为了她？"张秋池站起身，看着伍悠悠，轻轻笑道："为了我自己。"人生若只如初见，抱得明月照本心。眼见书生转身朝白塔走去，伍悠悠手中的短刀紧了紧，眯起眼，一声不吭地跟了上去。

　　来到白塔之下，两人发现原来除了他们，整个院落的人几乎都聚集在这里。白塔四周围了一圈青衫劲服的下属，而作为楼外楼管事的管一管则与木柏松、柳星张一道并肩而立，看着白塔之下那道贯穿东西的裂缝，表情凝重。打一打和说一说竟然也来了，分别站在管一管身后，甚至连之前气急攻心的月狐公主白鸾也出现在这里，张秋池很远就看到了这袭白衣华袍，走到众人身前，他第一眼看的不是身前那道深不见底的裂缝，而是独自站立一旁的白鸾。白鸾除了发髻稍有凌乱，整个人再也看不出之前的黯然，嘴唇处血迹不再，散发着女性特有的红润色泽。只是白鸾的脸色依然比较苍白，整个人与以往相比，凸显得更为高贵冷艳。她根本没有在意张秋池与伍悠悠的到来，只是站在那里，绝世而独立。

　　管一管看到人差不多到齐了，这才转过身来大声说道："诸位也看到了，刚刚白塔底下发生变故，实属天漠异象。大家都知道，九州大陆上之前唯一一次天漠异象便是大明王朝时的天降白沙，最终王朝崩塌，圣女湖销声匿迹。所以，无论对我楼外楼来说，还是对江湖武林，甚至整个天下而言，这次异象的原因都至关重要"，说到这里，管一管转身对柳星张抱拳道，"恰逢柳相也在此处，到时候还烦请柳老出手，助我楼外楼解开此迷。当然，柳老的出手也将算在你我的交易之内，绝对不会让柳老吃亏便是。"听完管一管的话后，柳星张微微摆手，眼神却并未从裂缝之中转移出半分，半晌之后，柳星张出声说道："我原本就对白塔四周的四座引路阵法感到有些困惑，这四座阵法结构严谨，设计巧妙异常，能够制造出如此阵法的人，当今世上可谓绝无仅有。但这四座如此珍贵的阵法，除了指引方向之外，到现在我也未能揣测出其实质功效。直到今日发生此异变，我才突然记起，传闻大明王朝建立之后，圣女湖作为其一统中原连接东西大陆的主要枢纽，大明王颁发明王令，调集大陆阵法大师，倾全教之力，短短三年之间，在圣女湖周围修建了一座四圣灵阵，以此来守护圣女湖。如果我没有猜错的话，白塔四周的四座引路阵其实只是四圣灵阵的部分功效而已，而这座白塔则是四圣灵阵的核心所在。"

"柳相果然慧眼如炬，"管一管点头称赞，继续说道，"实不相瞒，我们楼外楼便是在当年圣女湖遗址上建立，而这座白塔确也正是进入圣女湖的唯一入口。只是，自楼外楼建立的数十年间，我们也邀请了不少阵法大师前来破阵，竟无一人识得四圣灵阵，更别提破阵进入圣女湖遗迹了。""四圣灵阵脱胎于四象阵，分东西南北四个方位，分别修建孟章、监兵、凌光、执名四座神殿加以拱卫，四方遥相呼应，相生相克，又可衍生出七七四十九种变阵，内含阴阳，演变五行。所以，想破解四圣灵阵几乎是不可能的，当年大明王朝设立四圣灵阵的本意是要其同明教永存大陆之上。只可惜人算不如天算，一朝天降白沙，此阵便与圣女湖一同沉入地下，从此不见天日。"柳星张感慨道。包括管一管在内的众人，听到柳星张此番言语，不禁对当年的大明王朝心生敬意，如此浩浩荡荡的阵法竟然是人力所为，虽说事与愿违，可如今观之，依旧冠绝天下。

"如此看来，就算知道白塔乃遗迹入口，我等也根本无法进入？"管一管不甘心地问道。柳星张闭上眼睛，手指掐算之后，自言自语叹道："唉，天机啊，天机，都说你不可泄露，可上天有好生之德，于人于事又总是留有一线生机。四圣灵阵虽说无人看破，可要是有人在阵内将其加以破坏，则阵法便有了缺漏，即便如此，此阵法也非我等可破。但若是借此进入阵中，倒可一试。""这话就不对了，既然没有人能够进入，又有谁可以从阵内加以破坏呢？"自进入楼外楼以来，见柳星张出尽了风头的木柏松，憋了半天终于逮着机会打击一下，"柳老头，这里是楼外楼，你可别乱忽悠，我那场架还没打呢，你别连累我也被人家轰出去。"虽然木柏松有些插科打诨，但他说的也不无道理，管一管皱了皱眉，望向柳星张。柳星张抬起右手，指着眼前那道宽达丈余的裂缝说道："四圣灵阵无人可破，不等于无人可解。""谁？"木柏松翘着胡子问道。"大明王曌蓬山。""他不是失踪了吗？难道还真活着，就躲在这地底下？"木柏松说到这里，看着脚下的白沙，忍不住打了一个寒战。柳星张再次摇头道："曌蓬山是生是死都不重要，重要的是他身上有一把大光明剑，这把剑便是破解四圣灵阵的钥匙。无论是谁，只要能拿到大光明剑，便可借此入阵。"

听到这里，管一管眼中一亮，再次朝柳星张抱拳道："敢问柳相，是否知道大光明剑的下落？"在众人注视的目光中，柳星张认真回道："不仅知道，凑巧的是，我们来的路上还和他见过。""难道是他？"木柏松言道，柳星张点点头。

柳星张猜得没错，邋遢道士布折节手中那把无影之剑就是传说中的大光明剑，只是世上很少有人知道这把剑是进入圣女湖的钥匙。而布折节却已经发现了这个秘密，这才不惜冒险潜入天漠白沙之下，想借此进入圣女湖遗迹。天漠白沙地底，就在离白塔不到三里路的地方，布折节从一堆残砖断瓦之中爬将出来，待他看清眼前那道深不见底、上可通天的巨大裂缝时，背脊上忍不住寒气直冒。布折节站起身，一些碎石粉末从身上簌簌而下，本就瘦削矮小的身子，经过这一番打扮，顿时显得更加邋遢滑稽，远远望去，就像土地庙的一尊泥菩萨。布折节转动眼珠，轻轻迈出一步，发现内力依旧流畅，身体也未受到太大伤害，这才小心翼翼地从残砖断瓦之中走出来，沿着裂缝边缘低头向下望去，黑乎乎的一道缝隙不知深入何处，看走向，应该是向东西横贯而去。布折节抬起头，头顶不远处竟然露出一道灰蒙蒙的光线，这是裂缝延伸到地面之后透下来的阳光，中间不时夹杂着白沙碎屑等物。沿着缝隙一路望去，突然间，布折节睁大了眼睛，不敢相信地原地转身看了一圈，原来自己身处的位置竟然是一座硕大无比的大殿之内，难怪在这道近乎撕裂一切的裂缝破坏之下，地面上天漠里的那亿万白沙只有一小部分透过缝隙漏下来，而布折节也才能依旧活生生地站在这里。布折节再次抬头仔细望去，大殿最低处高达三丈有余，方圆一里之内竟然没有一根支撑之物，而再远处，则依稀可见几根巨大无比的石柱耸立在大殿里面，支撑了这座大殿的屋顶以及屋顶上面存在了数十年之久的天漠。定下神来之后，布折节才想起之前发生的一切。

　　原来，从荣朝中原腹地逃出之后，布折节便朝着天漠一路狂奔，一方面是借此摆脱白无忧骑兵的追剿，更主要的是他早已知晓自己胸前那把大光明剑的作用，只是受制于当年的誓言，这才一直躲藏在荣朝境内，替旭国替大逐日做着培养死士的事情。现在，既然折节城已经被白无忧的铁骑踏成了平地，那么他也就没有必要再留在这里，布折节干脆把心一横，仗着自己修炼多年的遁地之术，一路向天漠逃来。来到天漠边缘的时候，布折节吓了一大跳，因为那里站着一个魁梧无比的男人，正是刚刚来到天漠寻找身份的第一柳。第一柳散发出的气息让布折节浑身战栗，似乎只要这个男人朝他看一眼，他便会从内心之中生出一股对死亡的敬意和向往。就在布折节心神动荡之际，胸前的大光明剑突然发出一道微弱的亮光投进他的眼里，布折节顿时恢复一丝清明，狠咬一口舌尖，连鲜血也不敢吐出，直接转身沿天漠边缘离开，直到再也感觉不到那个男人的气息，布折节才敢停下身来打坐调息一番。为了避开这个可怕的男人，布折节在随后的几日都不敢从西荒城正面进入天漠，而是偷偷绕道天漠东南方向，再准备施展遁地术进入天漠。谁知道就在此时，他突然发现了自己想见又不敢见的人，便是在第一柳手中吃了大亏的大逐日。布折节躲在白沙之下，隐藏了全身气息，他在心中盘算了很久，最终还是没有动手，他知道自己除了大光明剑这记杀手，根本就不是大逐日的对手，而一旦他动用大光明剑，那么他将会死得更快，因为这把剑正是当年大逐日赐予他的。在大逐日离去之后，布折节心无旁骛地朝天漠之中潜行，直到遇到一处坚硬的石墙才停止下来。

布折节在白沙之中歇息了个把时辰后，又耗费了数日时间，直到今天才沿着石墙摸索到一扇宽阔无比的石门。在黑暗的白沙里面，他根本无法知晓石门是什么样子的，可布折节却在石门中央处摸到一个凹进去的锁孔，手指接触锁孔的一刹那，布折节心中泛起一丝惊异，很快便又被一股无法言表的狂喜所代替。石门中心的锁孔竟然与他胸前那把透明的大光明剑外形一模一样，布折节强忍激动，抖抖索索地将大光明剑拿在手中，对准石门上的锁孔，再三考虑之后，才将心一横，不顾生死地将大光明剑插入锁孔之中。大光明剑毫无阻碍地进入锁孔之后，一路畅通无阻，直到与整个石门严丝合缝，然后便再无反应，地底下一片静悄悄的，布折节可以清楚地听到自己的心跳和吞吐呼吸时微弱的气息。大概半炷香的时间过后，布折节再也无法忍受这份黑暗中的孤独以及巨大窃喜之后的失望，他握着大光明剑的剑柄开始不停地左右转动，可惜的是，任凭他沾满汗水的手掌与剑柄之间塞满多少白沙，耗费了多少内力，大光明剑似乎已经与这座巨大的石门融为一体，不仅无法转动丝毫，甚至连拔也拔不出来了。

最后，布折节只好紧紧握住大光明剑，左手极不甘心地一掌拍在剑柄之上，正是在这一掌的带动之下，原本生了根似的大光明剑突然连同圆柱形的石锁猛地向石门里一沉。布折节只听到一声巨响，然后眼前一黑，整个身体便被无法抵挡的巨大压力深深埋入白沙之中，直到此时苏醒过来，才发现自己不仅活着，还来到了石门之后的大殿里面。想到这里，布折节不由得记起什么，赶紧划破右手食指，念了一个剑诀，当指尖殷红的血珠变得暗红之时，从砂石瓦砾之中"嗖"的一声，好像有什么东西飞出，径直落在布折节手上。紧接着，只见布折节食指上的血珠越来越小，而一把布满血丝的透明小剑在黑暗之中若隐若现。

第二十五章
深渊堕入为谁忙　城头夜羽有余香

楼外楼原本玲珑宏伟的白塔，自塔基之下，被地底突临的裂缝硬生生撕开一道口子，蛛网般的裂痕沿塔而上，直到五六层时才渐渐消失不见。张秋池站在白塔底层，看到白塔内部亦是如此，心中大觉可惜，根基已毁，就算白塔还能屹立天漠之中，却再也撑不过岁月侵蚀。原本在自己踏足江湖之前，心中也有两个小愿，一是能够登上文人之极的白帝楼，俯瞰帝都景象。二便是眼前这座江湖至尊的白塔，只是白塔已见，却再难相见。在神秘莫测的天意面前，无论文人还是武夫，任凭你位极人臣还是功盖武林，都远远无法掌控未知的一切。与书生内心感慨不同，在楼外楼生活了数十年的老儒说一说，此时早已老泪满襟，心中定然也是知道白塔再无长存于世的可能。相比之下，其他人的注意力大多放在脚下那道裂缝上，尤其是在柳星张道出四圣灵阵的秘密之后，更加让人对白塔之下的圣女湖遗迹产生向往，毕竟圣女湖是当年大明王朝鼎盛时期的标志所在。

柳星张认真查探了白塔八个方位的塔基之后，对众人说道："根基虽毁，但因地底有四圣灵阵稳固，此塔百年之内仍无大碍。"然后，又对管一管说："还请管事将塔底机关打开。"管一管点了点头，径直走到白塔内壁面前，先将南面四个方位的机关启动，然后施展轻功越过裂缝，再将北面四个方位的机关也依次启动，八角方位尽皆启动之后，只见塔门入内的位置处，地面微微震动，一块白色大理石板缓缓移开，露出一条布满台阶的密道。"由此密道可进入塔底三丈深，只是我等自来到楼外楼后，也从未进入过，实际情况如何，难与诸位相告，万事还请柳相多多提点。"见密道打开，管一管认真说道。"以防万一，就先由我进入查看一番，也劳烦管事一同带路前往。"柳星张对管一管说道。"也好。"管一管说完，也不耽搁，随手点燃一支火折子便走进密道，柳星张示意木柏松留在上面，也跟了下去。至于楼外楼护卫首领打一打和老儒说一说则对此并无异议。于是，众人就在塔内静静等待。将近一炷香的时间，柳星张与管一管一前一后从密道之中钻了出来，两人脸色稍显遗憾。柳星张挥手止住就要开口询问的木柏松，认真说道："密道尽头确是进入圣女湖遗迹的入口，只是入口与四圣灵阵早已融为一体，而现在已有人进入阵中，虽说破坏了小部分阵法对我们有益，可如此一来，也将原先的入口尽数封死。"

"这样也好，我们也不用去找什么圣女湖了，我老头子这把年纪，还想多活几年，可不想这么早就到地底去。"木柏松眼睛一转，继续对管一管说道，"要不管事你去跟大楼主禀报一声，让他现身和我切磋一场，反正柳老头也与你们做了交易，切磋之后，我们两个老头便可以回去，说不定还可以享几年清福。"管一管何尝不知道木老头的心思，朝木柏松微微一笑，抱拳道："木师放心，与大楼主切磋之事既然是我楼外楼答应的交易条件，就一定会做到。只是这次圣女湖遗迹出现异象，恰巧诸位又远道而来，不妨助我楼外楼一同探寻，若真能一睹当年圣女湖风貌，也是我等大幸。何况，以当年大明王朝的底蕴，圣女湖中岂会缺少稀罕之物，我可以答应诸位的是，圣女湖中的物品我楼外楼绝不独享。""管事这话说得就太客气了，老头子我就是凑凑热闹，干活还是得看柳老头，再说我们两个都一大把年纪了，也没什么贪恋的。到时候要真有什么好东西，让他们三个后生挑一挑就行了。"木柏松打着哈哈说道。"木老头，挺够意思的啊，到时候拿到宝贝请你喝酒，哈哈，"伍悠悠提着短刀晃到裂缝边缘看了看，"可惜，空有宝山进不去，真是愁死本少侠了。"

"这有什么难的，你跳下去不就行了。"一路上，除了小清，就数木柏松跟伍悠悠两个人最喜欢抬杠，这次也不例外。"说得也对，不过这种生死攸关的大事我得问下柳前辈。"伍悠悠毫不示弱，柳相木师，一个叫前辈，一个喊老头，这是存心跟木柏松对上了。伍悠悠斜眼一看，木柏松果然有些要吹胡子瞪眼的架势，可让他万万没想到的是，柳星张竟然真的点点头说："不错，现在想突破四圣灵阵进入圣女湖，只能从这裂缝中下去。"此话一出，不要说伍悠悠，就连提出建议的木柏松都吃惊地望着柳星张："柳老头，你该不会犯糊涂了吧，这地底裂缝深不见底，就算是天下高手进去，有几个能活着出来。要去你们下去，反正老头我年纪大了，没这个本事。"柳星张面对众人，微笑道："按我的估计，这道地底裂缝定然是因为潜入四圣灵阵法的人不懂破解之法，用大光明剑强行破阵而入造成的，也是四圣灵阵唯一的破绽所在。而我们现在所在之处，正是当年圣女湖遗迹的正上方，这座白塔其实是四圣灵阵其中的一座阵门，只要顺着裂缝往下，应该就能进入阵法之中，至于能否找到圣女湖，我也不敢保证。"

大家都知道柳星张的为人，要是没有把握也不会提出这样的建议，所以包括楼外楼在内没有人提出反对。于是，在管一管的调度下，楼外楼那些青衣劲服的守卫很快就将一大捆绳子拿了过来，然后以整个白塔为根基，结成一道长达数十丈的绳梯，沿着裂缝边缘缓缓扔了下去。柳星张自然是第一个进入裂缝之中的人，木柏松看了看，心里放不下这位老友，最终也跟着攀了下去。而楼外楼这边，除了老儒说一说，打一打和管一管都准备紧随其后，就在临走之前，管一管突然定下身形，对自房间出来后一直未曾说话的白鸾言道："我曾答应过要赠予公主殿下一个消息，本来还准备过几天等消息完善好做个人情，可今日此去，生死姑且不说，就算能安然返回也怕耽误了殿下的事情。""管事请讲。"白鸾声音清丽动听，丝毫没有之前气血攻心的影子。不知怎的，张秋池听到白鸾说话，心里却忽然有些紧张，竟有一股做贼心虚的味道，还好此时众人各有心思，没有人注意到书生的窘境。

"据我楼外楼收到的密报，荣朝西北大军在新月谷一战中不幸战败，新皇白泓生死未知，"管一管的话顿时让刚刚平静下来的白鸾又心绪不宁起来，似乎知道月狐公主心生忧虑，管一管不无担忧道，"依我来看，白泓身边有许绩坐镇，定然不会出什么事情。只是此战一败，荣朝上下定然会生出不少事端，可能对白泓的帝位有所不利。""多谢管事提醒，"白鸾朝管一管抱拳道，"圣女湖恕白鸾无法同行，还请管事向柳相木师两位前辈代为辞行。"管一管微微颔首，望着清丽可人的月狐公主，眼中异常慈祥可亲："殿下若是想前往西北之地，出天漠以后，穿过西北角的阿兰草原便可抵达。不过阿兰草原常年人迹罕至，虫兽颇多，若无把握，还是绕道为好。"白鸾再次朝管一管抱拳之后，便向白塔之外走去，张秋池想了想，鼓起勇气拦在白鸾身前，看着她一句话也不说。等了半晌，白鸾终于忍不住开口道："你是不愿意我去找他，还是想跟我一起去帮他？"听了此话，张秋池缓缓移开身子，呆立一旁，眼睁睁望着白鸢离去，白色身影在书生眼中渐渐消失，却不知不觉走进了他的心里。这个时候，伍悠悠才转过头来，在伍悠悠看来，此时的书生似乎比归心似箭的月狐公主还要黯然和落寞。

　　夜晚之后，原先热闹的白塔之中，除了那道依然不停吞噬白沙的裂缝和塔壁上燃烧的火把，竟没有一个人影，而白塔四周则围了一圈青衣劲服的守卫，管一管等人自然早已进入裂缝，寻找传闻中的圣女湖。没有人知道就在白塔不远处的裂缝旁边，有两个身着黑袍的人影站在那里，而楼外楼中那些身手了得的青衣守卫竟然无一人发觉。"你当真不和我一起下去看看？"云散月出之后，借着月光，一个金色半面佛的面具边缘，散发着微弱的光芒，说话之人自然是大楼主赵武阳。"大明王朝的遗迹，我为什么要去看？"另外一个黑袍人淡淡笑道："就算要看，以后纳入荣朝版图，随时都可以看到。""白昊，你就这么自信能够一统天下？别忘了，就算你一统天下，整个武林还是我的，这天漠自然也是我的。"另外一个黑袍人正是荣朝昊王白不觉，白不觉随意说道："要是你死了呢？再说，我从来没有将江湖武林放在天下之中，只有你们父子两个才将其视若珍宝。"听到白不觉此话，赵武阳眼中杀意一闪即逝："你就不怕我在临走之前，先杀了你？"

　　"你我之间，还远未到这一步，什么时候你登临武道巅峰，我君临九州大陆，便是你我决定天下归属之时，"白不觉看了一眼西荒城，继续说道，"等了这么多年，相信你也有些耐不住了，我也一样，其实，整个天下何曾寂寞过呢？""你在西荒城布置了二十余万守军，不就是为了对付我？既然要等到那个时候，岂不是多余了。"说到这里，赵武阳的语气也渐渐缓和，他和白不觉两人心中都清楚自己想要的是什么。"是啊，万一你没能从圣女湖出来，确实是浪费了。""白不觉，你这个军神竟然不懂人心，就算我真的出不来，你也得不到这个天下。"说完，赵武阳整个人凭空而起，缓缓朝裂缝中飘落。"是吗？"白不觉眼见赵武阳落入裂缝之中，脸上没有丝毫动容。白不觉将右手伸到眼前，打开之后，手中是一块金色的虎符，只有半块，却是荣朝唯一的大元帅虎符。白不觉收起虎符，望向东面自己征战和守护了半生的荣朝轻道："也好，就先让我看看这世间的人心都是怎样的。"

　　虽说二十余年西北、西南边境都没有什么异动，可西荒守军彪悍的作风丝毫未曾减弱，到了夜晚，更是在军营各处燃起篝火，拼酒、比斗是每天不可或缺的娱乐方式。而此时的西荒城城楼之上，也是一片灯火辉煌。白衣世子白无忧提起一壶小西荒酒，一口气喝了大半壶，让案几对面坐着的几位军士看得兴起，也各自提起酒壶往口中倒去，其中一位脸色黝黑的汉子更是一口气干了一壶，赢得身边同僚的阵阵喝彩。若是小清在这里，一定可以认出此人正是当日在帝都外边拦截他们的那个黑脸汉子，只是这段时间小清早已在白无忧手底下吃了无数暗亏，每天除非迫不得已，都不愿与这个她眼中罪大恶极的小纨绔沾边儿。而这时，她正搂着用小西荒酒哄骗来的玲珑睡觉，梦中还不忘向小青雀灌输白衣世子的斑斑劣迹。

　　白无忧提着剩余的半壶酒，醉眼蒙眬地看了一眼黑脸汉子，笑道："怎么样，张椿，这西荒的烈酒比起帝都的来，可丝毫不差吧。""那是自然，西荒城这样的重镇是王爷麾下将士都想轮戍的地方，这样好的地方酒水自然也是好的。"张椿的话虽然简单，拍马屁和讨好同行的意图也昭然若揭，可案几旁除了白无忧，其余都是粗人，大家听得明白就行。张椿这边话音才落，立马就有几位将领起身要与这位远道而来的世子殿下家将拼酒量。又是两壶酒下肚，饶是张椿酒量惊人，也架不住西荒守军人多势众，舌头微卷道："西荒城什么都好，就是少了一样东西。"此话一说，众将顿时哄笑起来，张椿酒壮人胆，继续说道，"要是能有两个美人弹琴唱曲，这西荒城可就比那帝都还要逍遥快活了。"

"大黑脸，我跟你说，西荒城要么没有，有的都是美人。最近我们守城的兄弟发现一个黑衣女子，天天站在城外不远处看着天漠，那份风姿能看一眼就是有福，"同桌的一位将领借着酒兴继续说道，"可惜世子殿下下令不许靠近她，连远远看一眼也不可以，唉。"张椿听得此话忍不住看了白无忧一眼，心想这可不是殿下的风格。白无忧将空酒壶放下之后，笑道："不让你们看是为你们好，你们知道她是谁吗？"张椿等一众大老粗极为配合地一齐摇了摇头，瞪大眼睛望着白无忧，说不出的乖巧听话，白无忧好气又好笑，说道："她可是当今排名第一的杀手指甲红，你们谁要是觉得自己的脖子够硬，就去试一下。""殿下，真有这么厉害吗？"张椿傻乎乎地问道。白无忧有些头疼，只好问张椿："你还记得当日帝都城外与你对决的那个年轻刀客吗？若是准你带兵出阵，你有多大把握？"听到此话，张椿黑脸一热，然后老实说道："单打独斗，我不是对手。以此人身手估计，至少需要百人以上才可擒拿或击杀。"白无忧点了点头，对张椿的推算表示认可："可你知道这位年轻刀客在指甲红手中连一招都走不过，而指甲红想杀的人，除了天下高手，当今世上恐怕没几个人能够活下来。我这样说，你明白了吗？"

张椿点了点头，却又蹦出一句让白无忧差点趔趄的话来："殿下，这样厉害的女人，就应该做殿下的老婆才对，以后无论闯荡江湖还是行军打仗，要多厉害有多厉害，要多威风有多威风。"可恨的是，张椿这话竟然得到了在座将领的一致认同，甚至有几位在心里还暗自盘算是不是要帮小王爷实现这个愿望。"我说张椿，你这想法怎么跟我爹一个德行，本世子是越来越不明白当年你们是怎么打下半个天下的。"嘿嘿，殿下，打战归打战，可谁年纪大了不为子女考虑呢？要是我……"话没说完，看到周围一群古怪的眼神，张椿顿时酒醒了大半，赶紧起身跪地上解释道："殿下恕罪，张椿酒后失言，并非要冒犯王爷和殿下。"白无忧笑着摆了摆手，示意张椿起身后，言道："我要真有你这样的老爹就好了，现在不用烦心，以后也不用烦这个天下。"说完，白无忧重新坐回，从怀中掏出半个金色虎符摇摇晃晃放在案几之上，对张椿更像是对自己言道："你说帝都要变天了，可这天下怎么变都是我们白家的，何必要费这个心思呢？女人啊，真是顶麻烦的一件事。"

　　说完，白无忧吹了一声口哨，不一会儿，只见刚从小清胸前挣脱出来的青雀，毛羽凌乱地出现在白无忧肩头。不等玲珑反应过来，便被白衣世子一把抓在手里，然后凑到酒气十足的鼻子前面长吸一口气，便沉沉睡去，只留下一句让在座将领莫名其妙的话："真是香啊！"

第二十六章
生死抉择惊春雷　母仪天下旧红颜

　　子时，李幼虎出了府门，一名亲兵熟稔地牵来坐骑，他骑上之后，与往常一样，由着这匹跟随了自己十多年的老马慢腾腾行走，街道上，响起一阵清脆悦耳的马蹄声。自从自己被太宗皇帝白羿亲赐为帝都戍卫军副统领起，李幼虎已经在这个位置上待了九年多，算一算，到今年秋季，便是整整十个年头了。在帝都，李幼虎与那些有着皇亲国戚身份的文官武将不同，他只是一个从南方参军的平民百姓，凭着自己的努力和军功，一步步向上攀登，直到走进荣帝都，走进离天子最近的戍卫军里面。李幼虎不苟言笑，但处事严明公正，无论是以前在军队之中，还是现在在戍卫军里面，所有士兵都对他持有敬畏之心，这也是李幼虎之所以能被太宗皇帝白羿看重，并在太宗死后还能坐稳这个副统领的主要原因。三年前新皇登基，帝都乃至整个荣朝军队都拥护白不觉的时候，李幼虎依然没有任何动容，他非常清楚自己的职责是什么，后来眼睁睁看着自己身边好几个老友被动怒的白不觉下令格杀之时，他也没有任何愤怒。李幼虎只是暗中照料着这些死去战友的遗孀和子嗣，让他们尽可能生活得舒服一些。

夜色渐浓，老马驮着李幼虎走到了白帝楼下，白帝楼位于帝都的中心，再向北不到三里，便是荣朝的皇宫所在。李幼虎抬起头，昂首望向代表荣朝无上荣耀的白帝楼，有多少文人武将都想有朝一日登楼远眺，眺望一眼当年荣朝兴起帝都建成时的波澜景象。只是，这么多年过去了，除了太祖太宗以及昊天王白不觉和几位开国老臣之外，便再无其他人能够登楼而观，连登基了三年的新皇白泓也不曾去过。李幼虎紧了紧披风，春天就要过去了，这夜晚的冷风还是让人觉得有一丝丝寒意。这个时候，李幼虎很想身边有一壶烈酒，最好是那天下闻名的西荒酒，可惜自己这辈子还没喝过。抖了抖缰绳，老马穿过白帝楼下，继续沿街道朝城楼走去，李幼虎今晚只是很随意地穿了一身软甲，因为今晚本不是他值守，更因为常年征战的老兵都知道，比起盔甲来，软甲更适合生死对决的近战。天空云层往来不息，月光也遮遮掩掩起来，偶尔照到李幼虎身上，使得他那初现花白的络腮胡须更显沧桑。自己已经老了吗？李幼虎双腿微微用力，手握刀柄，轻夹马腹，空中春雷一声闷响，老马开始加速，一如当年冲锋陷阵之时。

然而，当李幼虎进入城楼，推开议事厅大门之时，他觉得自己真的老了，因为眼前的王守山是那样年轻，正蓄满笑意地看着自己。李幼虎解下披风，任由其滑落在地，直直坐到王守山对面，提刀拄地。既然今夜值守的人不是同为副统领的宋毅，而是大统领王守山，那么李幼虎便知道事情已经暴露，或者自己与宰辅大人所做的联系和布置，都早已被人识破。"你是王家的人。"李幼虎说了这句话后，看到桌上有酒，替自己倒了一杯，想都没想，就一口喝尽。"按辈分来算，其实我应该称呼宰辅大人一声表叔，而怡容太后则是我的姨娘。"戍卫军大统领王守山仅仅是个三十出头的年轻将领，三年前，当原来的大统领死在新皇登基的风波之中，王守山便被举荐为戍卫军大统领。而对于这个决定，无论是新皇白泓还是文武百官，都没有任何异议，只因为举荐王守山的人是白不觉。"你不用感到奇怪，就算昊王不举荐我，我依然能当这个大统领，"王守山向李幼虎解释道，"我的世祖叫王希音。"李幼虎点了点头，在帝都这么多年，他自然知道王希音在荣朝的地位。即便在九州大陆，论影响，哪怕整个王氏家族，也比不上这位曾经淡出王家的古琴宗师。

"再怎么说，我也算是王家的人，而太后和宰辅也是王家的人，所以由我出面来处理这个事情便是最好的选择，"王守山看着自斟自饮的李幼虎郑重问道，"可我不理解的是，你并非王家的人，也从来不涉政站队，为何要替他们卖这条命。"李幼虎将手中的酒杯重重放下，睁大眼睛，盯着王守山，眼中在酒意的刺激下，渐渐呈现出一缕缕鲜红的血丝，深吸一口气后，缓缓说道："三年前，我那几个出生入死的兄弟，没有死在战场上，却死在了戍卫军的刀下。我就这样一直看着，看着他们穿着战甲，骑着战马，被戍卫军团团围住，身上插满了御机营的弓箭，他们高举着战刀，没有人说话，也没有人反抗，只是望着西面，望着大陆那块未曾被我们征服的土地。然后，一颗颗脑袋混着血水滚到我的马前，倔强地睁着眼睛，我知道他们想告诉我什么，"银制的酒杯在李幼虎手中渐渐变形，王守山依然端坐在主位之上，静静地听着，"他们很不甘心，为他们自己，为昊王，为荣朝不甘心，真的很不甘心，但是他们从来没有后悔过，所以我也不会后悔。"

"原来如此。我本以为你今晚过来，是因为后来王志璨出面免了你那些好兄弟家属的死罪，如今看来，怕是没有人能够劝得了你。"王守山露出惋惜的神色。"其实你不知道，王志璨不仅免了他们的死罪，更是在这场风波之前就派人送信与我，让我三思而后行。正因为这封信，那天我没有跟他们一同站出来，所以我活了下来。""每个人都有自己的选择，选择不同，结果也会不一样。""你说得没错，所以今晚我选择来了。""我明白了。"王守山说完，站起身，伸手朝李幼虎做了一个"请"的动作，既然李幼虎已经做出了选择，那么他就请李幼虎起身，请李幼虎出刀，请李幼虎为了自己的选择好好上路。王守山这个名字还是他出生的时候王希音替他取的，自成年以后，他就再也没见过那位独居小孤山的世祖，以后自然更见不到了。世祖王希音选择了踏出九州大陆，去寻找天道，而他王守山也有自己的选择，他要做一位名将。所以，首先他必须找到一位明主，王守山选择了白泓，在他看来，这位比自己年轻许多的新皇，会是将来整个九州大陆最了不起的君主。那么今夜，就先让自己替白泓守住这座城，以后才能够守住天下的江山。于是，自新皇登基风波以来，戍卫军中一场最混乱的内战从城楼向整座帝都蔓延开来。

　　春雷阵阵，最终新皇三年的最后一场春雨从天而降。直到丑时三刻，雷声渐小，而整座帝都也渐渐平静下来。一匹老马缓缓出现在李府门前的街道上，"嘚、嘚"缓慢行走，马背左侧挂着一个布袋，布袋很小，小到只能装下一个脑袋。鲜血顺着老马左侧那块被马鞍磨得光滑异常的皮肤滴落街道，很快就被石板上的雨水侵蚀殆尽。看到老马独自前来，隐藏在李府外面的宋毅心中微微松了一口气，他伸出那根关节早已被自己捏得乌青的手指，慢慢打开值守前夕收到的密旨，上面仅仅写着六个字：生则死，死则生。宋毅最后望一眼老马驮回来的同僚，轻轻挥手，带着戍卫军悄然离去。

　　偌大的怡容宫中，怡容太后独自坐在凤榻之上，搁在以往，这样的雨夜是她最欢喜的时刻，没有宫女太监，没有七情六欲，一个人静静地回忆，回忆那位骑着烈马，在整个帝都，在西北边境，在阿兰草原纵情驰骋的女孩。那时候，自己是多么自由和快活，父亲和哥哥一直都宠着自己，连整个荣朝都宠着自己，只因为自己是宰辅王远云的女儿，王家那代唯一的掌上明珠。可自从进了这座皇宫，怡容太后便再也没有骑过马，她的人在皇宫，在帝都之中，即便骑上再好再快的马，也无法回到曾经走过的地方。从子时开始，怡容太后就一个人在宫中静静倾听，倾听突然而降的春雨，以及隐藏在春雨之中细不可闻的吆喝喊叫声，这些声音随着马背上那位年轻调皮的小女孩越走越远，直到消失在远方，消失在这个春雨淅沥的晚上。"父亲，哥哥，你们终于舍得再宠我一次了吗？"怡容太后自言自语，开心笑道。她的心早就停留在二十年前的远方，停留在那个男人身上，而现在，自己最疼爱的女儿白鸾正好跟她相反，那颗玲珑剔透的女儿心不知何时起便在这皇宫之内牢牢生了根。凤榻上，怡容太后支起手，托着双腮，望着紧闭的宫门，一如当年那个无忧无虑的女孩。只是她知道，这扇门一旦打开就再也合不上了。

"吱——呀——"一声，缓慢低沉的开门声吸引了怡容太后的目光。她收起双手，端端正正地坐直身子，眯起凤眼。她想看看这场自己率性而为的宫变会是怎样一个结果，只是当她看到进来的那个人时，便再也无法镇定。怡容太后的身体哆嗦起来，不是害怕，而是激动，她那眼角充满岁月印痕而又眉眼如初的眼睛里，忽而欢喜，忽而怨怒，忽而迷茫，忽而欣慰。总之，一个女人一生之中所拥有的情感这一刻都在怡容太后脸上表露出来。"你还好吗？"这是许绩看到王逸蓉后的第一句话，没有君臣之礼，没有敌我之分，没有虚情假意，最简单而又最普通的一句话却让怡容太后泣不成声。许绩轻轻关上宫门，本该发出吱呀声的宫门在许绩的内力之中显得异常温顺，然后，许绩便望着泪流满面的怡容太后怔怔出神。多少年了，当年那个活泼调皮的女孩没有在自己面前流过一滴泪，甚至嫁给太宗白羿至今，也从来没有人见过王逸蓉伤心和落泪，这个早已母仪天下，成为世间女子典范的女人，在世人心目中似乎总是那样完美。只有许绩知道，这个女人心里，装着比他这个天下高手还要多的忧愁，如果不是王逸蓉进行这样的选择，也许，这份忧愁直到死，他许绩也无法感受和分担丝毫。所以，当看到这一生最爱的女人时，许绩只好问她，你还好吗？

"我老了吗？"怡容太后用手轻触脸颊，声音略带哽咽，许绩摇了摇头。怡容太后眼中掠过一丝欢喜，随即又黯淡下来，望着许绩两鬓丝丝白霜，幽幽说道："可是，你老了。"说完，怡容太后伸出右手，似乎想隔空轻抚许绩的鬓发，只是他们之间隔得有些远，隔了二十余年的时光与思量，让怡容太后的右手只能停留在半空之中。看到这一幕，身为天下第三高手的许绩，喉咙之中蓦然涌起一口鲜血，只是这口鲜血被许绩强行咽了下去，哪怕如此会让本已絮乱的真气变得更加难以控制，可许绩绝不会再让王逸蓉替自己担心。看到许绩站在那里一动不动，也不说一句话，怡容太后收回右手，轻微理了理头上的发簪，侧过面问道："你来做什么？""我想看看你，还有鸢儿。"许绩温柔答道。"许绩，你都已经成为天下高手了，怎么还跟以前一样，做事情还这样畏首畏尾，唉……我真是看错你了。"怡容太后怔了怔，突然哈哈大笑道，声音中不自觉地显露出一丝怒气和讥讽。许绩不以为意，只是平静地问道："为什么要这么做？"

"为什么？"怡容太后认真思索一番之后，对许绩展颜一笑道，"我也不知道。"看到这样的怡容太后，许绩仿佛回到了二十年前，一时间竟然呆住了。"或许，是我这二十年过得太无趣了吧；或许，是我当这个太后太久，觉得没有什么意思；或许，我就是想贪玩一次，就像以前一样，"怡容太后柔声说道，"以前，无论我做什么，你都从来没有反对过，不是吗？""蓉儿，这次不一样。"许绩叹了一口气，认真说道。谁知道怡容太后听到"蓉儿"这个称呼之后，突然厉声喝道："不要再叫我'蓉儿'，'蓉儿'在我进宫的时候就已经不存在了，永远不存在了。许绩，你给我记住，这个世界上，只有一个'蓉儿'，那就是王逸蓉，而不是我。"许绩听到这句话后，眼睛闭起又张开，脸上呈现出极其痛苦的神色，怡容太后看到之后，再次开口说道："当年你与白羿结拜在前，你我相识在后，你为了兄弟情义隐瞒你我之间的关系我不怪你；白羿提出与王家结亲，要立我为后的时候你远走大漠我也不怪你；二十年来每次进宫你对我视而不见，我依然不怪你。可我就想知道，难道在你心里，我从来都比不上你的义兄白羿吗？"

许绩摇了摇头，缓缓说道："认识你的时候，我并不知道你是王远云的女儿，更没想到最后你会嫁进宫中。当白羿将你带到我面前的时候，一切都已经迟了，就算想带你远走高飞都不可能。我不会背叛白羿，更不能让整个王家因为你我而蒙受灭族之祸，我只能选择离开。"说到这里，许绩整个人突然间苍老了几分，他默默回忆起当初的那段日子，离开王逸蓉后的许绩，连皇宫和帝都都尽量不去触及，他将自己所有的精力都耗费在武学之上，白天与白羿一同征战沙场，夜晚则独自一人苦练武功，直到白羿缔造了荣朝的"颢羿盛世"，而他则成为天下第三的高手。只是二十年来，在许绩心里，无时无刻不在思念着一个人，那个人就是王逸蓉，曾经的恋人成了母仪天下的皇后，又成了太后，可许绩依旧是一个人，在这个熙熙攘攘的盛世，暗中守护着她。"白羿是我义兄，我可以替他赴死，可你是我最心爱的女子，我必须为你活着。"许绩望着怡容太后的侧脸，柔情说道。

怡容太后转过身来，看向许绩，脸上似怨似嗔，喃喃说道："如若不是我这样做，也许你这一生都不会跟我说这些话。可惜已经太迟了，幸好我还能听到。"听到怡容太后这番话，许绩脸色微变道："泓儿是个好孩子，无论这次宫变是什么原因，我都会跟他解释，你不要多想就好。"怡容太后微笑着摇了摇头，"这件事情，你改变不了，白泓也改变不了，除非我能够当上皇帝，否则谁都没有办法。""逸蓉，你不是这样的人，为什么要这样做，难道你连身后的整个王家也不顾了吗？"许绩很是不解，皱眉问道。"当年我为王家，如今王家为我，两不相欠，岂不是很好？"怡容太后平静地说道，"当年我们没有这个缘分，不能在一起，我这辈子也无法做一个好妻子，可是我还想做一个好母亲，为了鸾儿的幸福，我情愿做任何事情。"见许绩脸上一副不解的表情，怡容太后忽然嫣然说道："你可知道鸾儿喜欢的人是谁？你永远都猜不到，她喜欢的便是她的皇帝哥哥白泓。"许绩难以置信地怒道："这不可能，逸蓉，你疯了，就算我们今生因为白羿不能在一起，可鸾儿是你的亲生女儿，你何必要如此做法。"

怡容太后看到气急的许绩，咬牙说道："鸾儿是我的亲生女儿，可也是你的亲生女儿。"说完，直直看着饱经沧桑而又如遭雷击的许绩，泪如雨下。

第二十七章
香消玉殒君已老　落红满径雨未停

　　二十年前，就在许绩得知王逸蓉的真实身份之后，便决定以后再也不与她相见。可是，就在那天晚上，王逸蓉传话给许绩，要跟他见最后一面。犹豫不决之后，许绩还是赴约了，他想告诉王逸蓉，就算她嫁到宫中，他也会永远爱着她，会一辈子守护着她。可惜的是，许绩当时没有这个机会，因为见面之后王逸蓉不让他说话，只给他倒了一杯酒，一杯许绩这一生最难忘最难以下咽的酒。王逸蓉就在那杯清澈透明的酒水里面望着他，许绩低下头，就着月光，将那张这辈子都无法忘记的容颜喝进心里，然后，许绩便醉了，这是他此生唯一的一次醉酒，为情而醉，为爱而醉，为了王逸蓉而醉。无论王逸蓉在酒里放了什么，许绩都会喝下去的，他甚至情愿自己永远都不要醒过来。当许绩睁开眼睛的时候，整个世界只有他一个人，孤独躺在枯黄的芦苇丛中，头痛欲裂，如雪的芦苇花从天空飘落，不时停留在许绩无神的脸上。许绩伸出手，想触摸这份落寞，而那朵芦苇花却悄然躲开，朝远方飞去。王逸蓉走了，许绩的心也死了。

"那天晚上……"许绩看着眼前这张完美如初的容颜，嘴唇颤抖地问道，"鸾儿是我们的孩子？"怡容太后点了点头，许绩脸色苍白，整个人都有些情不自禁地摇晃起来，自言自语道，"羿兄，我对不住你。"谁知道一旁原本伤心啜泣的怡容太后听到这句话，顿时沉下脸来，冷冷说道："你就从来没想过对不住我们母女吗？"许绩看到怡容太后熟悉而哀怨的眼神，双手紧紧握拳，鬓发微微抖动，越发显得苍老，浑然没有天下第三高手的影子。"我知道在你心里，白羿不仅是你的兄长，更是一位明君，哪怕我嫁进皇宫成了皇后，你依然跟随在他身边，帮他南征北战，替他拦截刺客，甚至站在他身后与荣朝半国之军的统帅白不觉暗中抗衡，你真是一位好兄弟啊。"怡容太后看着沉默不语的许绩，继续说道，"也许你不知道自己还有一个女儿，每次在宫中见到鸾儿的时候，她都会喊你一声'许叔叔'，你知道每当我听见鸾儿这样称呼你的时候，心里恨不得当年那杯酒中放的是毒药，而不是迷药，这样我就可以将你永远留在我的身边，也永远不用告诉鸾儿她在这个世上还有一个亲生父亲。"

怡容太后边说边向许绩走去，短短十几步的距离在怡容太后的话语里，变得那样漫长，那样忧伤。终于，时隔二十年后，这一对曾经的恋人再一次面对面站在一起，怡容太后伸出右手，轻轻抚摸许绩花白的鬓发，轻声说道："后来，我听到你成了高手，我就在想，万一哪一天告诉鸾儿，她的亲生父亲是天下第三的高手，她应该也很高兴吧？其实这样挺好，将来你可以好好照顾鸾儿，不要让她像我们当年那样，你说好吗？"感受着怡容太后冰冷的手指在自己脸颊上摩挲，许绩开口说道："不要告诉鸾儿我是她的父亲，这对白羿跟她都不公平，以后我会留在你们身边，再也不会离开你们。"怡容太后也将左手放在许绩脸颊上面，双手用力捧着许绩的脸，含泪笑道："你怎么还是那么傻？你以为白羿真的当你是好兄弟吗？不错，白羿是一个明君，可他不应该生在这一世，生在一个武治天下的时代。白羿功不及太祖，武不如昊王，这一世注定会孤独和失败，可他却很聪明，聪明到让太祖都认为这个天下需要由他来过渡，所以他兵不血刃地从昊天王手中夺取了皇位，他知道自己这个皇位岌岌可危，所以他将天下兵权全部交到白不觉手上，他更清楚自己无法在这个天下无所作为，所以他才会跟我父亲提亲，将王家与他绑在一起，甚至不惜耗费一生时间来为自己的儿子布置一切。最让我害怕的是，他能够看穿和利用一个人的心，所以才会有你这个兄弟和阿那朵那个傻女人愿意为他牺牲一切，你说，这样的白羿是你的好义兄吗？"

　　"无论白羿是如何打算的，可他毕竟生前没有对不起我，那么在他死后我也不会对不起他，当然，我更不会对不起你和鸾儿，"许绩望着怡容太后柔声说道，"蓉儿，你放心，等今天这件事过后，我就向白泓辞行，陪了他们父子两个这么多年，我也该陪陪自己心爱的人了。我们一起离开这里，如果荣国容不下我们，我们就走遍天下；如果天下容不下我们，我就带着你和鸾儿离开九州大陆，只要我们一家三口在一起，任何地方都可去得。"怡容太后听完，松开双手，往后退了几步，她笑得很开心，今天是她这二十年来最高兴的时候："要是二十年前你这样对我说，就算是死我也会答应你，只是现在，一切都迟了。"怡容太后说完这句话后，再也忍不住，张嘴喷出一口鲜血，鲜血带着刺眼的暗红，洒在许绩身上。许绩见状大吃一惊，人影微晃，便将还未倒下的怡容太后接在怀中。怡容太后嘴角溢着血渍，望向一脸内疚和痛苦的许绩说道："可是，我不怪你，我从来没有怪过你，每次看到鸾儿长得像你我就觉得自己这二十年没有白活，哪怕白羿早就知道这一切，哪怕他曾想将鸾儿嫁到大月氏，哪怕他从未真正爱过我，可是我还有你，不是吗？"许绩将手掌按在怡容太后心俞穴位置，精纯真气不要命地输送进去，身为天下高手，许绩在接触到怡容太后身体之时便察觉毒已攻心，这世间再无人可以救回怀中的人儿，可他不甘心，真的很不甘心。

"我本想万一自己成功了，真当上了荣朝的女皇，我便可以让鸾儿跟泓儿在一起，除此之外，我再也想不出别的办法。你可知道，鸾儿比我当年还要迷恋泓儿，可是无论鸾儿的身份如何，只要荣朝还是白家的，他们两个人都不可能在一起。"怡容太后停顿了一下，喘了几口气，伸手停留在许绩脸颊附近继续说道，"我从来没打算伤害泓儿，我只是不想让他做这个孤单又无趣的皇帝，只要他和鸾儿能够在一起，我就算当了女皇也会将皇位还给他们白家，白家还有白不觉，还有白无忧，何必要泓儿跟他父亲白羿一样将一生捆绑在那张龙椅上面呢？"怡容太后抬头望向怡容宫的房顶，在那房顶之上，是浩瀚无垠的天空。此时，天空中云开雾散，皎洁的月光躲藏在淡淡云层背后，余晖照亮整个世界，却无法为皇宫中这座哀伤的宫殿倾下一缕。突然，怡容太后眼中泛起异样的光亮，她伸出手，笔直指向许绩脑后，穿过房顶，一直延伸到云层背后的明月。"世间空如许，翩翩与星语。月中有狐仙，降做帝王女。"这是白鸾出生之后，白羿为其写的一首诗。也许，在怡容太后心里，只有月狐公主这个封号才是她对白羿唯一满意的地方吧。王逸蓉依偎在许绩怀里，平静地闭上眼睛，宛如熟睡的孩子，一如当年。

王守山站在怡容宫外，这是帝都自建成以来，戍卫军第一次进入皇宫内廷，整整一百人的小队散开成扇形，紧紧围住怡容宫的宫门。许绩大将军已经进入怡容宫两个多时辰了，在这段时间里，怡容宫除了燃烧的烛火连一个人影也没有，所有之前被怡容太后遣走的宫女太监也早就被戍卫军控制住了，这些侍者都很茫然，根本不知道太后为什么会将他们赶出宫来，更不知道戍卫军为什么会出现在皇宫之中，并将他们全部抓了起来，清秀宫女和瘦弱的太监们都在惊恐不安中等待着自己未知的命运。

王守山也在等待，他的命运在选择站在白泓身后的时候就已经决定了，他只是在等一个人，等那个孤身走进怡容宫至今未有任何消息的大将军许绩。当他接到白泓密旨的时候才知道，朝廷上下都在议论纷纷的新月谷战败的新皇，竟然早已回到皇宫之中，王守山原以为这一次自己的对手是昊王白不觉的旧属，甚至可能会直接面对这位荣朝的军神。可是，王家这个与皇室最紧密的家族竟然在这个时候走出让人出乎意料的一步，内有太后，外有宰辅，加上白不觉和白无忧父子两个都不在帝都，如果新皇真的还在西北边境生死未知的话，那么在这场宫变中，王家的胜算应该很大。可这一切在白泓秘密回到皇宫之后就变得非常简单，戍卫军只要他王守山不死就不会有太大异变，何况跟随新皇回来的还有天下第三的高手许绩，所以，新皇三年最后一场春雨中宫变的结果，早在李幼虎下定决心之前就已经决定了。而此时，让王守山心有不安的人正是许绩，自怡容太后入宫便很少有人知道她与许绩之间的事情，可王守山知道，因为他也姓王。所以，在肃清李幼虎所属并完全掌控帝都军务之后，他便马不停蹄带着戍卫军奔赴皇宫，先是去母妃殿觐见了新皇，然后便带着一百人的小队在这里等候。王守山非常清楚天下第三代表的是什么，所以他不用带太多的人，这一百人只是代表了一种态度，代表了白泓的态度。

终于，在接近卯时的时候，怡容宫中突然传出一声长啸，这声带着无尽悲愤与气机的长啸，在震熄怡容宫大部分烛火之后，也让守在宫外的王守山脸色大变。随着一声堪比天雷般的炸响，怡容宫两扇最高贵最坚固的宫门自内而外碎裂飞出，在尘土碎屑之中，许绩横抱着早已香消玉殒的怡容太后缓步走出。看到宫殿外围成半圈的戍卫军，许绩抬起头，看向母妃殿方向，轻轻说道："让开。"一百名王守山最信任的手下并没有被这位天下第三的大将军震慑住，不退反进，各自相互依托形成阵形，同时向前逼近了三步。许绩拾阶而下，朝着母妃殿的方向走去，一直走到戍卫军的包围中心，这才看了一眼王守山。王守山端坐马上，沉默不语，他不需要说话，而许绩也不用再说什么。许绩再次朝前迈出一脚，就在一百戍卫军连成一体即将出击之前，这位无尽哀伤的大将军，终于喷出心中那口压抑许久的鲜血，一时间，整个怡容宫殿前，血雾迷茫。这些血雾，许绩只有一口，而一百戍卫军却倒下了小半，除了近距离几位直接被血珠击瞎双眼的戍卫军外，大多数只是四肢受损，这还是许绩没有痛下杀手。

王守山举起右手，剩余的戍卫军没有再次向前逼近，也没有后退，除个别还躺在地上无法动弹或轻声哀号的戍卫军，能够行动的都挣扎着爬起来，在自己原先的阵形位置站好。许绩抱着怡容太后，继续向前走去，只是这一次，随着许绩前进的方向，戍卫军渐渐分开一条道路，像一根芦苇秆子轻轻滑落春水之中，水波荡漾着往后退出。许绩走得很慢，每走一步之后，地面石板尽裂。王守山眉头微皱，就在许绩即将从他身边走过之时，宫殿更远的地方传来一阵弓弩上弦的声音，而王守山此时眉头皱得更紧，他自然知道这是皇宫中也是整个荣朝最精锐的御机营，拥有最多人数和最精锐弓弩的御机营难道真能阻挡住许绩的步伐吗？更何况，在密旨之中，白泓除了让他在宫外等待，再也没有多余的只言片语，王守山现在真的有些头疼，他突然发现这一次自己竟然有些看不透新皇的想法。就在王守山进退两难之际，一道金色的身影进入大家眼中，来的不是别人，正是这些天一直暗藏在母妃殿中的新皇白泓。眼见白泓现身，王守山眉头微挑，他心中暗自松了一口气，同时掉转马头，朝向白泓翻身下马，伫立一旁。

许绩一直走到白泓面前才停下脚步，微微抬头，看着眼前这张略显苍白的年轻脸庞。当年白羿年轻的时候，眼神也是这般清澈坚毅，许绩选择与白羿成为兄弟，从此在这个天下相互扶持。如果加上手里的王逸蓉，曾经纠葛一起而又从未生恨的三个人，现在只剩下许绩自己了。"许叔叔，太后走了，"白泓将黄金战刀牢牢插在殿石之上，双手伸出，"她太累了，你也放下吧。"良久，许绩点了下头，将栩栩如生的王逸蓉交到白泓手里，白泓抱着王逸蓉，转身往母妃殿走去，许绩在白泓身后看了一会儿，慢慢跟了上去。王守山望着一前一后离去的两人，手里牵制缰绳，不知作何感想。

看着倒在御道上的王志璨，宋毅挥手示意手下先将其好好收殓，等皇宫事了，再让新皇发落。宋毅万万没有想到的是，当朝宰辅王志璨带兵守在紫妃宫的如意园门口，既没有进园也没有离开的意思，好像就在这里等着他和戍卫军前来。更何况，在宋毅到来之后，王志璨什么都没有说，只是朝着宫外王家的方向深深作揖，然后望向怡容宫微微一笑，便提剑自刎了。这一系列的变故使得跟随王志璨来到皇宫的家将子弟惊慌失措，除了个别对王家忠心耿耿的家将被戍卫军格杀之外，余数尽皆束手就擒。宋毅看了一眼跪在御道内外的那些参与叛乱的年轻人，大部分都是这几十年来依附王家而在朝廷内外邀宠得势的家族子弟，只是这时候，一个个都死灰着一张脸，畏缩地跪在地面的雨水里颤抖不已。就在宋毅准备下令戍卫军撤退之时，御道不远处，一位背着琴匣的青衣琴师缓步走来，这个青衣人用青竹点地，踏着御道之上夹杂在一起的血水和雨水，朝如意园的园门走去。说也奇怪，御道之上戍卫军和跪倒在地的囚徒那么多人，这个目盲的琴师一路走来，竟然一个都没有碰到，甚至连他的落脚之处，都是这片血污狼藉之地中最为干净的地方。"戍卫军副统领宋毅见过副院长大人。"宋毅当然认得盲琴师，这是韵律院最年轻的副院长，也是王希音的关门弟子，就凭王希音这个名字，便值得宋毅行这个礼。小达子朝宋毅侧身，微微点了一下头，便继续向前走去，整个御道之中，没有人发出任何声音。

御道尽头，小达子走近园门，抬起手，"笃笃笃"响起几声清脆的敲门声。然后，园门便打开了，柳儿伸出小脑袋看到是小达子，朝他做了个鬼脸，把园门敞开些，让他进去。"外面发生了什么，怎么有许多人呢？"在小达子进门的时候，柳儿踮起脚，伸长脖子想朝门外看一下，谁知道小达子背后的琴匣恰好将她挡住了。"没什么，昨晚帝都下了一场大雨，皇宫里落了许多花叶，需要打理一下。"

第二十八章

温情暗藏春意中　书卷之外有痴人

阿紫在如意园中整整坐了一夜，入夜之后，她便由紫妃宫来到了如意园，坐在那座本来是小达子抚琴用的竹亭里面。入夜不久，在春雷阵阵中，一场孕育已久的春雨如期而至，紫妃看着空无一物的琴台，心中竟有些空落落的。不知道为什么，这些天，那个青衣青竹又青涩的盲琴师一直没有来，也没有托人传来什么消息，阿紫自然不会为了这等事情而摆出紫妃的身份前去问罪，只是在她心里，早已将盲琴师与他弹奏的曲子当作自己在宫中仅有的一份意趣。善解人意的柳儿早就差遣宫女太监去韵律院打探，结果却是，这些宫女太监竟然连紫妃宫都没能出去，柳儿亲自到宫外询问内侍之下，外加打听之下，才知道原来是新月谷战事失利，朝廷上下都弥漫着一股对新皇不满的情绪，为了安抚人心也是为了以防万一，怡容太后下令整个后宫包括皇宫这些天都不许任何人私自外出，一切要等局势稳定之后再做打算。听到这个消息之后，阿紫怎么能够睡得着呢？本来心里还在为盲琴师的事情微微叹息，一想到白泓在西北边境生死不知，阿紫便觉得心里隐隐作痛，恨不得自己能够化身成一匹战马，星夜奔驰到新月谷去一探究竟。

　　夜深之后，春雨渐渐得势，寒气也重了起来，柳儿赶紧回到紫妃宫替阿紫拿了几件厚实的衣服，连那件秋末冬初的白貂裘袄都抱过来了。阿紫将白貂裘袄披在身上，顿时觉得暖和不少，本是冰冷慌乱的心也有了一丝安定，又让柳儿将剩下的衣物穿上，才发现那张空了多天的琴台上面多了一盘水果。眼见阿紫心神被琴台上的果盘吸引过来，不待阿紫询问，柳儿便喜冲冲地献宠道："娘娘，这是太后昨天差人送来的，说这是南方难得的佳肴，往年中少有机会吃到，若不是今年这果子早熟了半月，又恰巧春寒还未过去，说什么也送不到这皇宫里来。"阿紫看了看果盘中红紫青黄相间的果子，大感新奇，顿时竟将白泓的事情暂时放下心头，忍不住问道："这叫什么果子？"柳儿弯起眉毛，得意地说道："这叫丹荔，听说女人吃了最好呢。""既然是太后送来的，你怎么不告诉我，虽然太后为人谦和，可我们紫妃宫却不能没有礼数。""娘娘放心，昨天你不是一个人在房间里思念陛下吗，我就没敢打扰，不过我已好生嘱咐送丹荔来的宫女，她回去一定不会让娘娘失礼的。"阿紫听后，点了点头，被柳儿这么一打岔，就算是心里还对白泓念念不忘，也似乎舒畅了一些，再说自己除了照顾白泓，什么都不会，再担心又能帮得上他什么呢？何况，白泓成了新皇之后，自己连见都很难见到他，又谈何照顾。

　　"娘娘，说来也奇怪，这丹荔本是属火的果子，吃起来却又凉性十足，这几天春寒未消，本非食用的最佳日子。可我怕日子一久，万一耽搁坏了岂不可惜，刚刚我就想了个法子，让御膳房用熟水将这丹荔温热了送过来，您看，这剥开之后还冒着热气呢。"柳儿一边念叨，一边小心翼翼地剥开一个又大又红的丹荔递了过来。阿紫接过丹荔，只看了一眼，心中一阵慌乱，顿觉脸颊有些发烫，偷偷看了柳儿一眼，发现这小丫头并未察觉出什么，于是开口言道："柳儿，你可曾吃过这果儿？"柳儿仍在低头剥着壳子，头也不回答道："柳儿再馋嘴，也不敢偷吃娘娘的果子啊。再说，怡容宫的姐姐都说这是女人吃的，柳儿可还没到吃的时候。"听到柳儿娇憨的回话，阿紫忍不住掩嘴轻笑，"你不就是女人吗？哪来那么多讲究，手里的那颗你自己吃了，就算我赏给你的。"说完，阿紫将手中那颗渐渐冷却的丹荔肉直接放进嘴里，或许是柳儿挑的这颗丹荔太大，将阿紫整张嘴撑得有些难受，竟一时不知如何下咽。柳儿听到阿紫这样说了，也不客气，将第二颗剥好的丹荔放进嘴里咬了一口："嗯，真甜啊，娘娘。"看着柳儿嘴角溢出的汁水，阿紫联想到之前丹荔肉的模样，丹田处突然腾起一丝燥热，她将丹荔肉紧紧含在嘴里，感受到这颗圆果子充满弹性的肉质与口腔紧紧结合在一起，原本带着一丝冰凉的丹荔肉被她上腭和舌头包住，也渐渐变得温热起来，薄薄的表皮下面，如水般丝滑的细腻感让阿紫陷入了一场意乱情迷的幻觉，就像她和白泓在一起时一样。那个时候，白泓总会紧紧搂住阿紫的脖子，不让她离开自己分毫，直到两个人都筋疲力尽。想到这里，阿紫上下腭忍不住用力合起，丹荔肉再也支撑不住这份压力，甘甜温热的汁水充斥在阿紫小嘴之内，而阿紫整个人却在这微寒春雨中打了一个难分难舍的寒战。"白泓……"

"娘娘，您又想陛下了吗？"听到阿紫忍不住轻声呢喃新皇的名字，柳儿擦了擦嘴，又是同情又是无奈地安慰道。"怎么能不想呢？陛下从小与我一起长大，他是我在这个世上最亲的人。征边三年以来，哪一天我不在希望他回到我身边，哪怕见一眼也好，可我知道从他成为新皇的那天起，他就已经不再属于我。他是白氏一族，是荣朝，是这个天下的君王，作为他的女人，我只希望他能够平平安安地活着。"阿紫站起身，双手紧了紧白貂裘袄的领子，看着西北方向念道："你为这个天下而活，而我却只为你而活。"阿紫朝竹亭之外伸出一只手，任凭那冰冷的雨水落在手掌之间，打湿了洁白如雪的裘袄衣袖，也打湿了阿紫的双眼。就在这个安静的夜晚，阿紫好像听到西北战场传来的金鼓之音，那一声声战马的嘶鸣让深宫竹亭里的人儿睫毛乱颤，那一次次浴血奋战的冲锋让阿紫屏紧呼吸，那一阵阵短兵相接的刺耳回音仿佛就在耳旁。"柳儿，你听到什么没有？"听见阿紫问话，柳儿放下手里的丹荔，认真听了一会儿，摇摇头答道："娘娘，这么晚了，除了春雷和雨声，柳儿什么也听不到。"

阿紫竖起耳朵，在这春雨之中认真倾听，果然，除了春雷和雨声，偶尔还有刀剑相接时的争鸣和一两声简短的吆喝，只是这一切似乎很不真实，当阿紫屏气凝神再次探听的时候，所有的声音竟然都没有了，连春雷和春雨都渐渐停了下来，整个如意园一片安静。阿紫正准备坐下，突然鼻尖微耸，从这湿润寒冷的空气里嗅到了一股淡淡的血腥味。阿紫心中一惊，自她入宫以来，只有三年前白泓登基后的那天才出现过这样的气味。阿紫知道，那一天正是皇伯父白不觉亲手格杀反对白泓登基的那些将领的日子，那么，今天晚上，究竟发生了什么？"难道是……"想到这几天皇宫的异常以及怡容太后的态度，阿紫突然想到一件让她不安和害怕的事情。不知不觉，东方微明。如意园门外传来一阵轻轻的叩门声，让阿紫没想到的是，盲琴师这个时候竟然来了。

小达子坐定之后，轻扫琴弦，乐音响起，仿佛弹走世间无数哀怨忧愁，将如意园中那股淡淡的血腥味化于无形，"去而往之，死亦生之……"正是王希音临走之前传授小达子的《往生曲》。阿紫靠在竹亭栏杆之上，面容平和，早已沉沉睡去，只余满地丹荔果核，颗颗如无瞳黑眸，注视着人间。

自从进入天漠裂缝以来，张秋池已经在白沙地底穿行了五个多时辰，无数泥沙从四面八方朝张秋池身上压迫而来。即使他是背对泥沙前进，也能察觉到前方的阻力越来越大，而那些钻入鼻孔的泥沙也不再像先前那般干燥刺鼻，渐渐带有一丝潮湿的泥土气息。张秋池紧闭双眼，他无法做到武林人士那样在沙土中睁眼视物，连打开一丝丝的可能性都不存在。早在进入裂缝之前，柳星张就对一意孤行，一定要跟随大家进入地底的书生说过，在得到允许之前，如果睁开眼睛的话，书生这辈子就别想再看见一个字。看不见字对于张秋池来说，并不是最可怕的事情，其实他最担心的是自己再也看不到她了。其实，就算书生能够从这地底活着出去，这一辈子再见到白鸢的可能性也是非常小的，除非在履行完交易之后，张秋池能够回到帝都，而且那个时候白鸢还会见他才行。可是，新皇白泓在新月谷大败而归，就算白不觉在背后支持，恐怕整个荣朝依旧会对白泓产生无法避免的质疑，那么白泓这个皇帝能否安安稳稳地做下去还是一件难以预料的事情，而白鸢会为了这个因爱而绝望的皇帝哥哥做出什么事来，张秋池根本无法想象。

想到这些，张秋池只觉得脑袋被什么东西挤得生疼，让他无法再继续胡思乱想下去，他现在只想从这个让人难以忍受的旋涡中挣脱出来。随着时间的推移，张秋池好像回到了当时自己昏迷的境遇中，他感到自己又饿又渴，浑身的力气都被周围的泥沙渐渐吞噬，整个人变得越来越轻，像云彩一样向天空飘去，而那张隐藏在内心深处的容颜，却越来越模糊，随着他的离去而越来越远，书生想伸出手抓住什么，却怎么也动不了，一切似乎就这样离他而去了，只剩下天空之上那轮逐渐暗淡的红日。蓦然，张秋池感到全身一松，整个人从空中掉落，本已消失的一切重新回到脑海之中，帝都，天漠，白沙，楼外楼，伍悠悠，裂缝……还有白鸢，所有的一切都跟随张秋池一起重重坠落在地，只听"砰"的一声，张秋池感到后背一阵疼痛袭来，整个人终于不再飘飘荡荡，而是与大地融为一体。书生伸手摸了摸，一块棱角尖锐的石块硌得他生疼，他眉头紧皱，忍不住慢慢睁开眼来。入眼处，一个陌生的世界让他目瞪口呆，惊疑不定。

"累死我了。"伍悠悠伸了个懒腰，一边揉腰一边朝地上的张秋池抱怨道，"喂，书呆子，我背了你五个时辰，你可别死了。"张秋池躺在地上，待眼前伍悠悠的模样由模糊变为清晰，终于意识到自己没有死，而是到了白沙之下的地底。"眼珠还会转，看来死不了。"伍悠悠看了一眼正在缓神的张秋池，松了一口气，转身走开，开始像其他人那样打量这个刚刚来到的地底世界。这一次伍悠悠说的话，张秋池听得清清楚楚，他也终于缓过神来，除了后背在伍悠悠放下他的时候，被地面上的碎石硌得有点疼外，其他都没什么事。张秋池在地上躺了一会儿，也慢慢站起身来，这才发现，原来一行人竟然来到了一个巨大宫殿的入口，这里到处是断裂的砖石和厚厚的尘土，放眼望去，宫殿深处漆黑一片，不知延伸到哪里，而宫殿一侧，一条巨大的裂缝让人触目惊心，不用说，这便是天漠之中那道裂缝的根源所在。

"这里应该就是圣女湖遗迹，只是不知道这座宫殿是四圣灵阵中的哪座神殿。"管一管四处查探一番后，走到柳星张身旁问道。柳星张站在宫殿入口破损处，这里正是他们之前从泥沙之中遁出的地方。自从进入裂缝之后，大家都在柳星张的带领下在地底一路潜行，按照柳星张的理解，既然整个四圣灵阵已经有了缺口，那么只要顺着阵法威力渐渐减弱的方向寻找，就应该可以找到缺口，然后借此穿过四圣灵阵，进入圣女湖遗迹。而在寻找过程中，最大的危险不是四圣灵阵，而是无处不在的泥沙，原本按照管一管的想法，可以借助束缚在白塔之上的绳梯，沿着裂缝慢慢寻找，这样耗时虽长，但胜在比较省力。可柳星张认为裂缝随时可能扩大或闭合，如果长时间逗留会非常危险，何况四圣灵阵虽然暂时出现了缺口，可如果早已进入阵中的老道士发现了大光明剑的秘密，随时可以重新启动阵法，关闭外界进入圣女湖遗迹的通道。最后，在权衡利弊之后，大家还是一致决定听从柳星张的安排，冒险从裂缝遁入地底，寻找四圣灵阵缺口。幸好柳星张对阵法和奇门遁甲都有颇深的造诣，一行人在柳星张的带路之下，最终有惊无险地来到此处。

"从阵法和位置推算，这里并非四座神殿之中的任何一座，而是圣女湖中心的圣女殿。"柳星张郑重说道。"不错。按史书记载，圣女殿宽阔无比，全殿采用九百九十九根通天石柱隔空而建，最高处可达六丈，拥有九州大陆第一光明顶，人置其间，宛若立于苍穹之下。"一同跟随而来的老儒说一说接口言道。"那还等什么，我们一起进去，先将那个邋遢道士找到，让我跟他切磋两招再说。"此时的木柏松灰头土脸，与他口中的邋遢道士不遑多让。柳星张摇了摇头说道："不可莽撞。四圣灵阵虽然围绕整座圣女湖而建，但阵法的核心却与整座圣女殿融为一体，一旦我们踏足圣女殿，也就同时进入了阵法核心之中。""莫非这阵法核心还有困难之处？还望柳相明言。"管一管抱拳问道。"先前我已说过，四圣灵阵由四座神殿加以拱卫，这四座神殿不在别处，正在这圣女殿内，因为四圣灵阵的阵法核心便是这四座神殿。而四神殿又分为生死两类，二死二生，只有找到孟章神殿或执名神殿，才能够寻到离开四圣灵阵的出路。"柳星张答道。"既然这么麻烦，还这么危险，干脆我们回去算了。我看这宫殿里面除了灰尘和一些破石头，也没什么。秋池老弟，你说是不是？"木柏松不知何时已溜达到张秋池身边，听到柳星张所言，赶紧说道，还不忘拉拢书生做自己的盟友。"如果按柳前辈所言，恐怕我们进来容易，想出去就难了。"张秋池对木柏松认真答道。柳星张环视众人之后，点了点头，表示认可书生所说的话。木柏松眼睛一瞪，挑了块平整的碎石，没好气地坐了下来。

　　一时之间，众人都陷入了沉默之中，摆在大家面前的似乎只有一条道路，只有进入圣女殿，找到执名神殿，才有机会活着离开这里。"你后悔了没？"伍悠悠对张秋池问道。没想到书生竟然点了点头，就在伍悠悠有些莫名之际，张秋池缓缓说道："不过，我还想再看她一眼，所以我要活着出去。"

倚楼嬰

火莲圣女

下

玉琪 著

中国友谊出版公司

第二十九章

东方七星无心宿　神殿骸骨惊众人

　　"大家快来，我好像找到了。"天漠白沙地底圣女殿中，伍悠悠的声音从不远处的黑暗中传来，听到声音之后，一道亮光从管一管手中的火折子上传出。自从大家一起进入圣女殿后，便依照柳星张的推算，沿着裂缝向东南方向摸索，只是在潜行十几里后，由于离裂缝越来越远，原本微弱的亮光也渐渐失去了照明的作用，一行人只能在阴暗的宫殿内摸索前进。管一管随身带着不少临行之时准备的火折子，可先前在泥沙之中穿行时丢失不少，余下的更是倍觉珍惜，不到关键时刻，绝不轻易点燃，因为谁也不知道他们还要在这里待多久。柳星张也提醒过，明火在这地底宫殿里面容易招致一些不必要的麻烦，何况除了他们之外，这地宫里还有其他人，将自身置于光明之处也绝非善举。但是在听到伍悠悠的声音之后，管一管还是毫不犹豫地点燃了一个火折子，一方面为了将阴暗中的众人聚集到一起，另一方面也是为了让柳星张更好地确认到底是不是要找的地方。果然，在火折子亮起以后，同行几人先是与管一管会合，再一起向伍悠悠说话的地方寻去。

寻到伍悠悠之后，只见年轻刀客满身尘土地呆立在一面石壁前面，浑然不知众人到来。张秋池走上前去，用手轻轻捅了捅伍悠悠后背，伍悠悠回过身来，望着众人，伸手指着面前的石壁，既震惊又有些得意地说道："我找到生门了。"循着伍悠悠的手指望去，在火折子摇晃不定的光亮之中，张秋池看到眼前这面巨大的石壁上竟然凹凸不平，密密麻麻雕刻着众多图像，这些图像层层叠叠，形似波浪，一层层连绵不断地冲击着张秋池的眼睛，让他整个人有些恍惚起来，而当波浪渐渐停息之后，整个看起来就像一道道鱼鳞。"鱼鳞？"张秋池心里蓦然一惊，在四圣灵阵中怎么会有鱼鳞？结合伍悠悠之前说的话，书生心中只想到一种可能，眼前石壁所刻画的图像不是鱼鳞，而是龙鳞，只有传说中圣灵兽青龙的图案，才会撼动人的心神。想到这里，张秋池不由得又朝前迈了三步，一直走到伍悠悠前面，这才发现，之前看到的哪里是石壁，分明就是一扇巨大无比的石门，石门高达三丈有余，宽约一丈，从上到下，一条栩栩如生的点睛青龙昂首立于石门之中，龙口微张，龙珠暗含，龙须飞扬，左前爪腾空而舞，仿佛只要轻轻按下，下一刻这只龙爪就会降临众人头顶。

"孟章神殿，竟然是孟章神殿。"此时众人也都反应过来。老儒说一说看到青龙石门之后，竟然忍不住跪倒在地，对着石门不停磕头，口中喃喃自语，只是谁也听不懂他念的是什么。管一管将火折子高高举起，从上到下查看一番之后，看向柳星张，认真说道："青龙驻守，看来这里是孟章殿无疑。"柳星张先是点了点头，然后叹息一声，又摇了摇头。管一管看到之后，赶紧问道："难道有不妥之处？"柳星张看了一眼跪在地上的说一说，开口言道："进圣女殿后，我便感到东南方位隐约有一股生机存在，只是这股生机断断续续，难以维持，让我始终放心不下。现在既然寻到孟章神殿，我也就明白了。""何故？"管一管皱眉问道。"孟章属木，主生。位于东方，含震卦，意为万物初始，变化无常。而石门上的青龙，又以角、亢、氐、房、心、尾、箕七宿构建而成，本该紧锁生气，为四圣灵阵二生门之一，"柳星张微微掐指，指着石门右下处的心宿位置继续说道，"而此青龙心宿已绝，再无生机可言，东方七宿缺一而不可，何况损坏的还是主生气的心宿，所以就算我们找到了孟章神殿，也无法通过此殿走出四圣灵阵。"听得柳星张所言，众人再次朝石门望去，果然发现雕刻在青龙心宿位置的石刻图案已经断裂破损，远远望去，就像被人击碎了心脏一般，着实让在场的人心中一跳，不知当年在这圣女殿内究竟发生了什么，连四圣灵阵阵基之一的孟章神殿都受到波及。

"如此说来，这圣女殿内只剩下执名一座生门，万一执名神殿也出现了变故，岂不是说我等将被困于此地？"管一管缓缓说道。柳星张点点头道："难说。圣女湖当年一夜之间被上天所埋，圣女殿也从此沉寂地底，五十余年来，世间再无任何消息，何况当年大明王墨蓬山和魔教教主赤玉螭说不定也陨落此处了，我等能进入此地已属万幸，能否脱身而出，老夫也无法预测。""人在江湖，生死早由天论，管他能不能出去，既然找到了孟章神殿，干脆进去看看得了，站在这里也是白瞎。"在一旁早就不耐烦的木柏松接口说道。"木师所言甚是，是我有些执念了，"管一管朝木柏松抱了抱拳，又向柳星张问道，"不知柳相意下如何？"柳星张闻言点点头道："也好，老夫也想进去勘察一番。只是这座青龙石门，凭我一人之力仍难打开，还请管事和首领共同出手。"管一管自然没有意见，一直沉默不语的打一打也颔首同意。"这种事情可不能少了我。"木柏松急急说道。"放心，少了你的木棉剑法，这个门想开也难。"柳星张笑道。随后，柳星张对三人认真说道："要打开青龙石门，必须同时击毁构成青龙的东方七宿。心为一，氐为二，既然心宿已毁，氐宿便由我来出手。首领手中剑为金，属阳刚之气，可克角宿。亢为颈项，由管事出手。木老头，剩余的房宿、尾宿和箕宿可就全部交给你了，你用一招一气化三清即可。""这还用你说。"木柏松瞪了一眼柳星张。

商议完毕，管一管对伍悠悠喊了一声，便将手中火折子朝空中抛出，伍悠悠赶紧脚踏碎石，空中两个翻滚之后将火折子稳稳接在手中，落地之后，拉着书生向后退出一丈距离。只听柳星张一声令下，四人按照各自目标同时出招，打一打铁剑出鞘，笔直刺向石门上的青龙角宿位置，说一说单掌朝亢宿拍去，柳星张随手将占卜幡一抖，占卜幡稳稳飞向氐宿。木柏松乌木剑在空中盘旋一周，离手而出，行至半空竟然化作三支剑，突然加速，朝剩余三宿直奔而去。四人同时出手，缓急有序，在同一时间击打在青龙石门之上，只听见几声巨响之后，炸裂的石刻图案碎屑纷飞，去势急促，宛如暗器。伍悠悠见此情况，赶紧站到张秋池身前，抽刀将其护住，无奈石屑过多，而他手中又拿着火折子，难免有些顾此失彼，一不留神，碎石屑将火折子拦腰击断，众人眼前顿时一片漆黑。

昏暗之中，响声渐渐归于平静，石屑也消停下来，整个地宫变得极为沉寂。就在众人难以忍受之际，只觉脚下一阵阵抖动传来，面前的青龙石门发出嗡嗡之声，缓缓向上打开，一道白光从石门底部缝隙射了出来。随着青龙石门越升越高，白光照射的范围也越来越大，孟章神殿内投射出的白光将众人所立之处映照得清晰可见，这些光亮并不耀眼，洒在众人身上宛如月华一般柔和可亲。青龙石门升到离地一丈左右，便停止不动，从门外看去，神殿之内白光充盈，宛如白昼。等待片刻之后，并不见开启石门的孟章神殿有何异动，柳星张便带头走了进去，众人紧紧跟上，老儒说一说早已抬起头来，望着打开的青龙石门，半张着嘴，眼神呆滞。

　　进入孟章神殿，众人又一次被当年大明王朝的手笔所震惊，整座殿堂虽然远不如外面的圣女殿辽阔宏远，却也大气磅礴。神殿呈四方之形，在四处角落，各有一根一丈有半的蛟龙石柱，石柱顶端皆镶嵌有直径一尺有余的夜明珠，整个孟章殿内的白光便来源于这四颗绝世罕见的夜明珠。而在神殿正中央，矗立着一座与石门上的图案一般大小的青龙石像，青龙高达三丈，抬颈昂首，凌空探爪，有一股睥睨世间的气势暗含其中，龙嘴里面，更是衔着一颗直径近乎二尺的夜明珠，使得青龙石像神辉奕奕，宛如活物。"没想到大明王朝竟然强盛如斯，可一朝崩毁，世间便再无痕迹。"管一管看到这幅壮阔景象之后，不由得心生感叹。"大明王以教立国，又身负绝世武功，希冀凭一人之力，统领九州，不朽于大陆之上，只是这番雄心抱负只完成了一半。大明王朝虽已建立，却只是借助明教和大明王的威名，以武力强行吞并而成，看似强大，实则外强中干，何况以武立国，国失根本，民心难聚易散，一着不慎则会满盘皆输。"张秋池熟读中原典籍，自然对大明王朝的兴衰存亡有着自己的看法。"张小友说得在理，可当年若是大明王击败了赤玉螭，一统中原武林，大明王朝国运是否会有不同？"管一管提出心存已久的疑问。张秋池朝管一管抱了抱拳，认真说道："以一教之威挟天下之势，不智。以一剑之利筑国之重器，不安。以一人之心代万民之志，不仁。当年大明王朝天时、地利、人和三者尽皆占据，可依然未曾完成一统九州之伟业，难道只是因为天命使然？"张秋池说完，管一管思索不语。木柏松和伍悠悠两个人对这些家国道理没有丝毫兴趣，正拿着刀剑在神殿四处敲敲打打，希望能够发现什么异宝秘藏。反倒是相师柳星张听了张秋池所言频频点头，见张秋池停顿下来，接口言道："老夫愿闻其详。"

"柳相前辈言重了，"张秋池对柳星张微微作揖言道，"在下以为当年如果没有天降白沙，而墨蓬山即便战胜了赤玉螭，大明王朝也不会长存下去。因为以教立国，过于虚妄，明教以光明神为尊，又以引领众生朝觐光明为己任，而万民生于水火，盼止于兵戈。一旦大明王登临巅峰，大明王朝势必要再次东征中原，这并非万民所愿意看到的。何况人力有时尽，世间万物自有相生相克之理存在，大明王朝兴盛之时，西北荣朝也有登龙之势，墨蓬山睥睨世间，却又有赤玉螭与其争锋。所以，当年荣太祖白颢临终之前留下'武不立国，文不治国'的遗言，还是有些道理的。""好一个'武不立国，文不治国'，论治国韬略，墨蓬山不及白颢；论武学天分，赤玉螭又不输墨蓬山。由此来看，真是一切皆有天理昭昭，容不得世人逆之。"柳星张唏嘘言道。"事了拂衣去，功过后人评。无论国势盛衰还是功利得失，哪些过往的众生都值得敬畏，万事万物有理可循，我等大可不必黯然才是。"张秋池看到老儒说一说在孟章神殿面前失魂落魄，又见柳星张感叹不已，不由得开口安慰道。"哎，也不知道是谁，在月狐公主走后愁苦到现在。"无所事事的伍悠悠想起自己在沙土中背着书生行走时的痛苦，忍不住打击道。柳星张听闻，对书生和蔼地笑了笑，未再多言。

"柳老头，你快过来看下。"木柏松惊奇地喊道。听到喊声，众人也都朝木柏松的方向走了过去，原来木柏松闲来无事，在神殿中随意转悠，竟然在西南角的蛟龙石柱后发现了一副骸骨。这副骸骨肉身与衣物早就湮灭在岁月之中，只剩下一副光秃秃的骨架，只是这身骨架也不知道在神殿之中待了多少年份，却还保持得晶莹洁白，浑似玉石一般。柳星张看到骸骨之后，微微变色，径直来到骸骨身前蹲下，仔细观察，这才发现骸骨双腿自膝盖以下全部被蛟龙石柱压住。"看来此人是因为双腿折断，才会困死于此处的。""并非死于外伤。"管一管分析道。柳星张观察许久，才站起身摇头言道："从骸骨质地来看，此人生前内功已臻于化境，就算四肢尽断也不会伤及性命。何况骸骨的小腿只是被蛟龙石柱压住，而并未折断。"听闻柳星张所言，众人顿时陷入沉默之中，这副骸骨的出现，意味着这里曾经发生过不同寻常的事情。一个内功臻于化境的高手怎么会被蛟龙石柱困住双腿，除非当时这里还另有他人，而这个人至少在武学上不输于骸骨的主人，才有可能借助蛟龙石柱将其困住。"难道是……"管一管突然猜到了什么，又兀自犹豫不定。柳星张星眉紧皱，脸色严肃，管一管想说的事情，他从看到这副骸骨开始就有所同感，只是内心深处还是不敢相信。难道这副骸骨真是五十年前纵横天下的瞾蓬山或赤玉螭？

"扑通"一声，老儒说一说不知什么时候已经来到骸骨之前，五体投地趴在骸骨面前，高喊："大明王朝帝少师方儒淳叩拜大明王。"方儒淳此话一出，不仅张秋池等四个外人大吃一惊，就连与说一说相识多年的管一管和打一打也惊诧莫名。三人自从在楼外楼相识以来，皆以化名相称，算是对自我过去的一个了断，可是谁也没有想到，一向酸儒不堪的说一说竟然是前大明王朝的帝少师。实际上，大明王朝自大明王后，便无第二位登临王位之人，瞾蓬山虽有一子，却极为年幼，在他失踪之时，独子不过三岁左右，而大明王朝崩亡之后，大明王幼子更是不知去向。世间传闻，如果这位小明王没有死在战火之中，最大的可能便是藏身在延续明教传承的旭国，只是这么多年过去了，也从未听到任何消息。如今，既然教导大明王幼子的帝少师方儒淳还活着，则意味着当年的小明王很有可能尚在人间，一旦消息属实，传扬出去，无疑会令整个天下为之一震。

"原来是方儒淳前辈，秋池见过帝少师。"张秋池听闻方儒淳自报姓名之后，走到方儒淳身后作揖行礼道。在天下读书人之中，除了昔日明教首席军师如今的山羊宫宫主天机子外，大明王朝的帝少师方儒淳可谓极为出彩的人物之一。当年方儒淳弱冠之年作《九州赋》，名传天下，凭其聪颖才气被大明王朝立为帝少师，只是时运弄人，刚做了帝少师，方儒淳便与小明王一起随大明王朝崩亡而销声匿迹，今日能够见到帝少师真人，无论对人对事，张秋池都发自内心地对方儒淳表示敬意。听到张秋池所言之后，方儒淳直起上身，双膝仍然跪在地上，抬头说道："帝少师？连大明王朝都不存了，哪里还有什么帝少师。我隐姓埋名几十年，今日能够来到圣女殿再次见到大明王，此生再无憾事。看在相识一场，老朽在这里奉劝诸位一句，速速离去，免得打扰到大明王安息之所。""敢问帝少师，不知小明王如今人在何处？"柳星张突然问道。闻言，方儒淳转过头盯着柳星张冷冷说道："柳相果然厉害，不仅知道四圣灵阵的存在，而且还能破解圣灵神殿，不过看在大明王的分上，此事我也不与你计较，你赶紧带他们离开此殿，至于最后能否重见天日，老朽也管不得了。"

众人听得方儒淳所言，念其忠义至纯，也不在意，反倒是一向温和近人的柳星张却不依不饶，朝方儒淳抱拳问道："离去之前，老夫想借大明王骸骨一观，还望帝少师成全。"此话一出，张秋池、木柏松等人都有些疑惑不解，而方儒淳更是须发皆扬，怒视柳星张。

第三十章

大明王饮恨天漠　赤玉螭复丁重生

　　"柳老头，是不是这副骸骨有什么问题？"木柏松虽然平时喜欢胡搅蛮缠地插科打诨，可毕竟在江湖混迹了几十年，一听柳星张的话，木柏松立刻就察觉出关键所在。一直跪在大明王骸骨之前的方儒淳闻言之后，也脸色微变，只不过随后他又严厉说道："你们两个老头子不要在我面前演什么戏，老朽的岁数不比你们小多少，这副骸骨确是大明王无疑，难道我这位曾经跟随过大明王的帝少师还能认错了不成？"眼见方儒淳与柳星张和木柏松发生分歧，而且围绕的还是大明王的骨骸，管一管赶紧出来打圆场道："你我三人共事多年，虽说未必是坦诚相见，可也有这么多年的交情，柳相木师成名江湖已久，想必也不会对大明王骸骨有何企图，你不如让柳相将话说清楚，这样你们也好做出选择。""共事多年不假，可我们只是各取所需，你洪屠生若不是为了躲避追杀，会来到楼外楼当一个管事吗？而我来此本只是躲避世事，可如今让我遇见大明王之骸骨，可见天意使然，定然不会让骸骨流于他人之手。"方儒淳毫不客气地说道，而众人此时也知晓了管一管原来的名字叫洪屠生。伍悠悠趁机望了一眼一旁抱剑不语的打一打，心中怀疑此人是不是也另有身份。

不待洪屠生继续说话，柳星张面色郑重地向方儒淳说道："骸骨近似水晶之体，虽历经多年，未曾褪变反而越发剔透，且骸骨散发出一股光明气息，可以确定为大明王无疑。""既然如此，你还要观看大明王骸骨做什么，而且在我来之前你便已经查看过了。"方儒淳有些迟疑地说道。他没想到柳星张并不是对骸骨身份有异议，反而明确骸骨就是大明王。"难道你不想知道大明王的死因？"柳星张反问道。方儒淳闻言愣了一下，然后盯着地上的骸骨良久，才缓慢说道："除非你有一个让我信服的理由，否则大明王的骸骨我怎么也不会交到外人手上。""大明王陨落于此，定然不会是因为孟章神殿，既然帝少师跟随过大明王，自然知道以大明王的武功，孟章神殿无法将其困住，何况大明王手中还有可控制四圣灵阵的大光明剑。"见方儒淳没有反对的意思，柳星张继续说道，"若以武功而论，当年能够与大明王相抗衡的只有魔教教主赤玉螭，而这里正是他们当年决战后消失的地方。我进入圣女殿后，正是察觉到此处有生机不断逸散，才带大家前来。开始的时候，我原本以为生机是因为石门破损，孟章神殿气机外泄所致，直到看到这副骸骨，才发现原来这份生机并非来自神殿，而是源于大明王。"

"大明王修行的乃我明教至高的武学光明心法，心法大成之后可葆生机长存，即便大明王意外陨落，其肉身和骸骨之中依然会存有一二生机，你刚才所言并不能说明什么。"方儒淳听了柳星张的话后，反驳说道。"帝少师所言不假，可如果大明王的生机并非自行逸散，又当如何？"柳星张继续问道。"什么？"方儒淳脸色大变道："这绝不可能，世上根本没有人能从大明王体内汲取生机，就算是赤玉螭也不行。

光明心法，顺则绽放光明，逆则泯灭一切，哪怕是大明王亲自将光明之力传授他人，也没有人能够吸纳。当年大明王定是与赤玉螭大战之后，两败俱伤，才坐化此处，导致体内生机逐渐涣散。""那他双腿为何又会被蛟龙石柱所压？"木柏松问道。方儒淳闻言微微停顿，然后迟疑道："或许大明王自知身死，既然身在神殿之内，便以蛟龙石柱为碑，这对于我明教之人来说，亦无不可。"柳星张挥手止住还想问话的木柏松，平静地说道："帝少师应该知道，如果是正常坐化，大明王体内的光明之力只会自行泯灭，而不会逸散分毫。可现在，这神殿之内，明显能够察觉到残余的光明之力，说明当时除了大明王外，还有一人，正是这人强行从大明王体内的汲取光明之力，直到大明王坐化，正因为如此，才使得大明王体内的生机随着光明之力流逝而逸散神殿之中。""柳相，你此言可有证据，大明王就算不敌赤玉螭，可也不会落入那魔头手上，遭受如此待遇。如今，我明教虽然式微，可也容不得他人肆意诋毁。"方儒淳紧紧盯着柳星张，一字一顿说道。

　　"所以老夫想借大明王骸骨一观，便是为了确认此事。"柳星张见众人都沉默不语，叹了一口气言道，"而且我怀疑赤玉螭并没有死。"听闻此言，包括方儒淳在内，所有人无不动容。当年若真如柳星张所说，魔教教主赤玉螭不仅杀死了大明王，还将大明王的一身内力据为己有，那么赤玉螭的一身修为将达到一个可怕的高度。"柳老头，照你这么说，赤玉螭那个老儿如果重出江湖的话，岂不是天下无敌了？""不说无敌，也相差不远。"柳星张认可道。"以柳相的分析来看，当年的确有可能发生这样的事情，可据我楼外楼的情报，近五十年来，江湖中并未出现过赤玉螭这样的人物，连相类似的也没有。如果赤玉螭还活着，难道这些年他一直生活在地宫中不成？"本名洪屠生的管一管皱眉道，言语之中对柳星张的话有些质疑的味道。"各位前辈，晚生倒想起一人，只是这个人与各位前辈所述之人相差太远。"就在众人对柳星张所言议论纷纷之际，张秋池突然说道。"不知张小友所说之人是谁？"洪屠生不太相信地问道。"哈哈，我也记起来了，是不是西荒城那个自称天下第一的疯子。"伍悠悠听到张秋池一说，立马就回想起当日第一柳力破万箭那一幕。听闻张秋池与伍悠悠竟然同时说出世间真有此人，方儒淳顿时转向洪屠生责问道："洪屠生，此事是否属实？"洪屠生眉头皱得更紧，点头说道："不错，近日西荒城不知从哪里突然冒出一位高手，以目前的消息来看，他的身手至少在天下高手之列。可这个人年纪比你我还要年轻不少，所以刚才我也未曾将其放在心上。"

"若我猜得不错，此人便是赤玉螭。"柳星张的一句话将本已不抱希望的众人带入震惊和疑问之中，方儒淳更是破口大骂："荒谬！柳星张，不要以为你精通奇门遁甲就可在此胡说八道。当年大明王与赤玉螭决战之时，两人都已年过半百，如今五十余年之后，赤玉螭就算活着，也该一百有余，怎么会是西荒城的壮年高手。"方儒淳说完后，包括张秋池和伍悠悠在内都点头表示同意，同时大家一致望向柳星张，想知道天下第七的柳相为何会说出如此荒诞不羁的话来。

"明教至高武学光明心法修炼到最高境界便是返璞归真，可自明教创立以来，包括大明王在内并未有人达到这一高度。只因光明心法要想大成，条件极其严苛，其实光明心法又分光明大法与光明小法，而大法小法是按照内力在经脉中的走向加以区分的。大凡明教教徒，修行的都是光明大法，大法堂堂正正，属至阳至刚之功，而光明小法则须经脉逆向之人才可修行。只有同时将大小心法修至大成，合二为一，才能真正达到返璞归真境界。传闻光明心法一旦达到返璞归真境界，有让人华发转黑、延年益寿的功效。"谁知道柳星张没有回答方儒淳的问题，而是揭开了明教光明心法的一个秘密。

"不错，我明教的光明心法确如你所说，可大小两法任选其一，只要能够练至大成，便可以纵横天下，大明王正是将光明心法修到极致，才带领我明教开创了大明盛世。"方儒淳略带自豪地承认道。"不知明教之中可有修炼光明小法之人？"柳星张追问道，而方儒淳却默然不语。见状，柳星张微微一笑道："光明小法与光明大法虽只有一字之差，可修炼之途却截然相反。光明大法讲究以人养气，通过自我修炼再增强体内的光明之力，而光明小法则需要以气养人，气从何来？"见方儒淳依旧闭口不言，柳星张也没有为难老儒的意思，继续说道，"光明小法因为可以援引他人之气来壮大己身，所以在明教之中，早就被列为异法，禁止众教徒修行。""这不是与魔教的魔功一样吗？"伍悠悠虽然年轻，可在江湖中也曾经听闻当年的东海魔教，正是因为有这样一门可汲取他人内力的歹毒功法，才被江湖武林冠以魔教称谓。"放屁！魔教的魔功岂能与我明教光明心法相提并论，"听到伍悠悠的话后，方儒淳忍不住辩驳道，"光明小法虽然能够援引他人之气，却并不能针对任何人，只对修行光明心法的本教教众才能使用。""有什么区别，还不是损人利己。"伍悠悠撇了撇嘴道。"你……"方儒淳气急道，"你懂什么，光明小法就算援引他人之力，却不会伤人，献出光明之力的人照样能够修炼武功，不受丝毫影响。"谁知道伍悠悠听了这番话后，不知道想起什么，突然呆立不动，也不言语，脸色变得有些苍白。

"不知柳相提到光明心法，可与大明王的死因有关？"被伍悠悠这样一打岔，整个神殿之内突然安静下来，显得有些沉寂，最后还是洪屠生出来打破僵局。"正是。世间武学功法，可谓殊途同归，明教有光明小法，而魔教亦有复丁神功。"柳星张言道。"复丁神功？"洪屠生身为楼外楼管事多年，还是第一次听到这一功法。"复丁神功也就是江湖盛传的魔教魔功，与光明小法不同的是，复丁神功在汲取他人功力的同时，还将人的精气神一并汲取以补自身损耗。凡被复丁神功汲取之人，三日之内必会未老先衰，憔悴而亡，正是因为复丁神功有悖武道精神，才会被整个江湖所不容。可霸道功法自有霸道之处，一旦复丁神功练成，修炼者便能恢复壮年之姿，胜似返老还童一般。""难道西荒城出现的神秘高手，真是赤玉螭不成？"洪屠生大惊。柳星张补充道："赤玉螭当年应该是利用大光明剑离开了地宫，只是不知何故将大光明剑遗失了，后来大光明剑被布折节得到，这才引发了天漠地底的异变。""情报上说过，这个人最早出现在西荒城，而西荒城离天漠又最为接近。"一直未曾说话的打一打此时也慎重提醒道。"柳老头，看来这次你是对的，在西荒客栈，此人使的便是魔教绝学八方风雨剑。早知道是赤玉螭，当时就该跟他切磋一下。"木柏松却毫不紧张，眼中还有些渴望。

　　"老伙计，看来你错怪柳相了。"洪屠生对方儒淳说道。"哼！就算赤玉螭还活着又如何，报仇的事自有大明王的子嗣和旭国那些徒子徒孙去做。"方儒淳扭过头去，望着地上的骸骨对柳星张说道，"柳星张，你可还要观看大明王骸骨？"柳星张迟疑片刻，还是走向前去，再次蹲在骸骨头颅位置，细细观察之后，起身说道："果然是赤玉螭的复丁神功，骸骨中残存的气机从脚开始，由下到上，最后经由头颅溢出。只是这些气机好像太过温顺，似乎并未有任何紊乱的痕迹，实在有些奇怪。""有什么好奇怪的，大明王既然身遭不测落入魔教歹人之手，就算身死道消也会魂归光明，岂会参不透一切，而与普通人一样挣扎于生死吗？柳星张，你不要太过分，骸骨既已看过，就请还大明王一个清静吧。"柳星张这次没有再说什么，认真对大明王骸骨作揖行礼之后退到方儒淳身后。

"大明王，儒淳无能，此生不能替你手刃魔头，今日儒淳便将你从这里带出去，回到光明中去。"说完，方儒淳弯下身子，将右手直直插入蛟龙石柱底下，大喝一声"起"，只见方儒淳一身破旧儒袍微微鼓起，双目圆睁，额头鬓角青筋凸起。方儒淳右手缓缓上抬，竟然有单手托起蛟龙石柱之势。共事多年的洪屠生与打一打脸上不禁微微变色，似是这些年来，丝毫不知道老儒身负武功。"且慢！"柳星张突然出声阻止道。可惜还是晚了一步，随着方儒淳再次大喝一声，重达千斤的蛟龙石柱竟硬生生被老儒撼动，朝青龙石像方向微微倾斜，与此同时，方儒淳左手迅速托起大明王骸骨，将其腿骨从蛟龙石柱底下移出来。谁知道就在腿骨移出的同时，伴随着柳星张的那声提醒，整个孟章神殿突然发出阵阵轰鸣之声，从中央的青龙石像到四角的蛟龙石柱也一同摇晃起来。"大家快从石门出去，孟章神殿即将重新闭合，快走。"柳星张在神殿开始晃动的时候就已出声提醒，木柏松第一个反应过来，一手一个，拎起张秋池和伍悠悠便向青龙石门退出，柳星张紧随其后。洪屠生与打一打见状，一同望向仍旧跪在地上的方儒淳，洪屠生劝道："先走吧。"可方儒淳似乎未曾听见，依旧跪着一动不动。此时，木柏松与柳星张四人已经退到石门外面，而青龙石门果然开始下降，不过一小会儿，青龙石门离地面只有一丈不到的距离。方儒淳却双手抱起地上大明王的骸骨，背对洪屠生与打一打说道："此生能再次见到大明王，我已无憾，两位以后遇见大楼主，替我传一句话，就说帝少师方儒淳此生无愧于大明王朝。"洪屠生还想再说什么，打一打伸手拉住洪屠生摇了摇头，两人对视一眼后，一同转身向青龙石门掠去，石门空隙只剩下不到二尺高度，两人微微弓身，堪堪在石门闭合之前逃了出来。

青龙石门前，逃出一劫的六人彼此相视，眼中满是惋惜之情。"没想到蛟龙石柱竟然是神殿闭合的机关，柳相，依你之见，我们现在该怎么办？"柳星张掐指盘算后言道："孟章神殿机关被毁，再也无法打开，要想离开地宫，便只有前往寻找执名神殿方有机会。好在知道孟章神殿以后，我能大致推算出执名神殿的位置，只是孟章喜火，位于东方，而执名却爱水，隶属北方，裂缝恰巧是东西走向，所以要想找到执名神殿，需横穿裂缝向北寻去才对。""好，一切就依柳相所言。"洪屠生言道，其他四人更是没意见。

于是六人原路返回，不久便又回到地宫入口的裂缝旁边，六人准备妥当后便朝裂缝飞掠而去，伍悠悠和张秋池分别由木柏松与柳星张照料。就在即将抵达裂缝对岸时，攀附在占卜幡上的张秋池突然惊讶道："咦，空中怎么会有一把剑？"话音未落，位于书生右后方的打一打出声提醒道："小心，有人偷袭。"可惜，这句话还未说完，那把熟悉的水晶飞剑已经到了书生眼前。

第三十一章
斗转星移玄武门　执名殿前魔音现

在这千钧一发的时刻，与打一打并肩而行的洪屠生一掌拍在打一打背上，借助这一掌之势，打一打迅速朝张秋池前方扑去。要论剑法精妙，木柏松的木棉剑法自然首屈一指，可若单论出剑速度，则非打一打莫属。打一打人快剑更快，孤直一剑，后发先至，只听见"噗"的一声轻响，铁剑刺在张秋池身前半空之处竟再也无法前进，打一打微微皱眉，还未来得及变招，只见黑乎乎的空中有一个人影跌落下来，人影在下坠之后，一个转身，朝前方落去，转瞬之间消失得无影无踪。张秋池也被这突如其来的一幕吓出一身冷汗，等他回过神来，早已双脚站在地上。原来，前方便是裂缝的另一边，很明显刺客早早埋伏在此，就等他们六人凌空飞渡裂缝之时发出致命一击，可惜却被洪屠生与打一打联合破解了。"这牛鼻子空有一把好剑，武功稀松平常不说，还胆小如鼠，真是枉为剑客。"木柏松看到眼前灰蒙蒙空荡荡的地宫吹胡子道。"算了，由他去吧，布折节已被铁剑所伤，想来短时间里是不会再来了。"柳星张说完，将周围环境打量一番，掀起一块石板，将石板下的泥土捏起一簇仔细闻了闻，这才指向一旁说道："执名为玄武，五行喜水，此方向正是地宫水脉流经汇合之处，执名神殿应该就在前面。"众人点头，打起精神朝地宫深处走去。

在昏暗中行走了约莫半个时辰，六人在地宫一处较为宽阔的地方，发现前方有一面与孟章神殿的青龙石门相类似的石壁，而当洪屠生打开火折后，竟然发现石壁之前早已站立一人。此人身穿黑袍，面朝石壁，负手而立。看见此人之后，洪屠生与打一打脸色同时一怔，互相对望一眼走上前去，双双抱拳作揖道："说一说，打一打，拜见大楼主。"身着黑袍的赵武阳这才缓缓转过身来，没有多看两人一眼，金色半面佛面具下的双眼直接望向柳星张四人。"原来你就是楼外楼的大楼主，来得正好，反正这里也出不去，干脆我们就在这里切磋切磋算了。"木柏松一听此人竟然是大楼主，顿时有些手痒难耐，虽然明明知道自己不是赵武阳的对手，可这次重出江湖来到天漠不就是为了见识一下楼外楼的厉害之处吗？加上上次与大逐日交手以后，木柏松对自己的木棉剑法又有了一番心得，正想找个对手来体悟一下。谁知道赵武阳根本没有接他的话，而是看着柳星张说道："柳相木师，在江湖中都是成名已久的前辈人物，这次楼外楼与二位合作探索圣女湖遗迹，一旦传扬出去必然又是一段武林佳话，不知两位此番事了有何打算？"

"我不管什么假话还是真话，只想和你打一架，"木柏松朝洪屠生瞪了一眼道，"我跟你们楼外楼可是有交易的。"洪屠生尴尬地笑了笑，没有说话，有赵武阳在这里，自然用不着他来拿主意。果然，木柏松说完之后，赵武阳便笑道："这有何难，你们不是想进这座执名神殿吗？干脆这样好了，我们也不用直接交手，就以执名神殿的这座石门来做比试，谁能攻破此门便为胜者，如何？"木柏松这才抬头仔细看了一眼面前这座石门，与之前孟章神殿的青龙石门如出一辙，只是石门上雕刻的不再是青龙，而是一只黑色的玄武，奇怪的是玄武并非正面对外，而是背对众人，硕大的头颅藏在高高在上的龟壳之中，仿佛趴在石门上睡着了。木柏松回头看了柳星张一眼，柳星张点头言道："玄武为门，乃守护之意，要想打开石门，只需击碎龟甲即可。而玄武五行属水，水以养木，此番比试对你木棉剑法有利无害，很是公平。""好，既然如此，那就以玄武石门来切磋好了。"木柏松也知道如果与赵武阳正常交手，自己肯定不是对手，现在以玄武石门打赌，他还有一些机会。"远道是客，还请木师先动手。"赵武阳说完，便走到一旁，将玄武石门让给木柏松。

木柏松也不客套，走到石门之前，提剑而立，凝神聚气，渐渐地，乌木剑剑身呈现出一股乌亮色泽，这是剑身之中布满木棉剑气的缘故。木柏松待剑意饱满之时，纵身高高跃起，朝石门上黝黑的玄武图案飞去，人在半空，剑尖遥指玄武龟甲，然后左手搭在右手手腕处，双手将乌木剑平平向前送去。这一剑不快也不慢，就像刚刚学习剑法的学徒一样中规中矩，既无一剑化三清的精妙招式，也没有木棉剑法的磅礴大气，却让一旁同为剑客的打一打面露兴奋之色。打一打走的便是孤剑一道，孤剑往往忽视一切剑招，甚至连内力也不在意，而只将面对的一切完全置于一剑之下。此时，木柏松采用的方法与孤剑有异曲同工之妙，他将全身的木棉剑气全部聚集在乌木剑剑身之上，而将这一辈子悟得的剑意加持于剑尖，因为此番切磋只需进攻而不用防守，木柏松才能采用如此极端的方式形成这最强一剑，而这一剑的对手正是四圣灵中以守护著称的玄武龟甲。在众人的目光之中，乌木剑最终与玄武龟甲正面相接，让人意外的是乌木剑剑尖落在龟甲上时，竟没有发出任何声音，黝黑色乌木剑与龟甲紧紧连在一起，将木柏松定在空中。短暂的平静之中，木柏松吐出胸中一口浊气，也借此将体内最后一道真气注入乌木剑内，双手将乌木剑向龟甲不断下压，乌木剑呈现出一道肉眼可见的弧度。突然，仿佛有风从龟甲之中向四周飘散开来，木柏松连人带剑被吹得向后飞出。打一打眼睛一缩，他清楚那些飘散而出的并不是风，而是真气，是木柏松之前灌入龟甲中的真气，不知道什么原因，这些真气被龟甲自行反射出来，木柏松首当其冲，根本抵挡不住。身在半空的木柏松似乎未曾放弃，后退的同时想要再次挥出一剑，"不可莽撞。"柳星张制止的声音及时传来，木柏松听后，强压住涌向喉头的鲜血，转身落回地面。

"柳老头，这只乌龟有古怪。"木柏松缓过气后朝柳星张说道。柳星张点头道："从你刚才的剑气能够被这龟甲转嫁反弹来看，这玄武石门上还隐藏着一个阵法。""什么阵法这么霸道？"洪屠生面带惊讶地问道。"此阵法名为斗转星移，传闻在大明王朝之前的宋朝，出现过斗转星移这门绝学，后来由一位天才的阵法大师将这门绝学化作一门阵法，没想到传闻竟然是真的，"柳星张感叹之后，又遗憾说道，"如果玄武石门真布置了斗转星移阵法，当今世上，恐怕没有谁能够凭借人力将其打开了。"

"柳相此言差矣，世间事，总在人为，何况再精妙的阵法，也有破解之道，"此时，赵武阳站出来说道，"既然木师已经尝试过了，接下来就让赵某人一试。"木柏松听完后冷哼一声，而柳星张却也没有再说什么。赵武阳正对玄武石门，抬起右手，整个人在刹那之间便飘到了石门前面，仿佛他与石门之间五六丈的距离原本就不存在一样。张秋池只觉得身边起了一阵微风，然后便看到赵武阳的右手手掌已经与石门贴在一起，正好击打在龟甲的中间位置。由于龟甲黝黑，衬得赵武阳的手掌洁白异常，但是张秋池很快就发现，原来赵武阳的手掌并非只是白皙，而是手掌边缘散发出一道淡淡的光晕，这道光晕与先前孟章神殿中夜明珠发出的光线很像，也与当日天漠之中身着黑袍的大逐日举起右手时的感觉很像。于是，书生突然之间有些恍惚，他揉了揉眼睛，再次望向赵武阳时，发现这位楼外楼的大楼主也与木柏松一样，身不由己地向后退去，只是退得比木柏松要潇洒自然得多。与此同时，一股极其强大的罡风从玄武龟甲向四面八方激射而来，吹得众人衣袖飘飘，站得最远的书生忍不住用手挡在面前，还是往后退了三四步才定下身来。"果然了得。"赵武阳退回来后说道。

"四大神殿本就与圣女殿通过四圣灵阵融为一体，而神殿之中又各设阵法，这玄武石门天生担任守护司职，又有斗转星移阵法加持其上，实非人力所能破解。"柳星张看了看众人，大家脸上似乎都有些失望，毕竟执名神殿是唯一能够离开这里的通道，而且近在眼前。顿了顿，柳星张又说道："估计只有大明王遗留下来的大光明剑，才有可能开启石门了。""这么说，我们这辈子都别想出去了？大光明剑就在牛鼻子手上，刚才谁把牛鼻子打跑了，现在人影都看不到，到哪里找大光明剑？"听完柳星张的话后，木柏松没好气地瞪着打一打说道，而打一打对这位剑道中的前辈人物的归罪，非但没有生气，反而极为少见地咧嘴笑了笑，可惜这份笑容实在让人不敢恭维，木柏松遇到这样一个沉默如金的主，也被弄得没了脾气。"柳相言之有理，木师莫要心急。"洪屠生笑着安慰道。"有理个屁……"木柏松刚想对触霉头的洪屠生再次打击的时候，突然想到了另一个可能，顿时怒骂道，"死牛鼻子，你在旁边躲了这么久，再不出来，老头子我就算挖也要把你挖出来。"木柏松的声音加了内力，在地宫中炸雷般响起。

张秋池被木柏松这声吆喝吓了一大跳，但随即就明白过来，既然执名神殿是圣女殿通往地面的唯一通道，那么拥有大光明剑的布折节要想出去，也必须通过这里才行。只是木柏松的声音传出去半天，整个地宫依然静如黑夜，除了越传越远，越远越小的那声吆喝外。"布折节擅长五行遁法，若是他自己不想现身，外人很难发现，只可惜之前你与大楼主攻击玄武石门时，真气过于四溢，让隐藏在暗处的布折节气机出现了一丝波动，"紧接着，柳星张转向西南方向问道，"你说是不是呢，折节城城主？"柳星张此言一出，众人大惊，谁也没有想到行刺失败的布折节竟然没有逃离，反而躲在他们眼皮子底下。正在此时，一旁神态自若的赵武阳突然出手了，只见赵武阳抬起右掌，轻飘飘击向不远处一块空地，空地的方位并非柳星张所面对的西南方向，而是西南再往北二丈多远。一声沉闷的声音响起后，掌风所落之处，石板尽碎，乱石横空，尘土飞扬不定，气势好不惊人。木柏松见状不由得多看赵武阳一眼，心中清楚内家真气，自己肯定不是赵武阳的对手，便将之前用玄武石门打赌胜负未分的事情暂且放了下来，心想等出去以后找机会用木棉剑法再和赵武阳打一场。

待尘埃落定之后，众人围上去定眼一瞧，坚固无比的圣女殿地面在赵武阳的掌风之下，竟硬生生被轰开一个三尺多深的土坑，而土坑之内一动不动地趴着一个人，从那身青黄不接的破烂道袍来看，不是布折节还能是谁？布折节趴在那里，活像一只躲在土里休憩的王八，慢慢抬起头后，张嘴吐出一大口沙土，又使劲晃掉头和身上的泥土，才缓缓翻过身，坐在土坑之中，大口喘气。张秋池仔细一看，原来布折节左胸位置的道袍上渗着斑斑血迹，可能是之前他行刺时被打一打所伤的地方，随后又硬生生挨了赵武阳的一记掌风，整个人脸色苍白，显得虚弱无力。"柳匹夫，本城主上你的当了。"良久，缓过一口气来的布折节抬头斜睨柳星张，恨恨说道，"你虽然知道我在西南方向，却不知道我躲在哪里，只要我收敛气机，你们未必能找得到。"此话一出，便是连不懂武功的张秋池也立刻明白过来，之前柳星张所说的那番话也是对的，而布折节听了之后却心有所动，想借机离开，谁知道布折节这一动却将自己暴露在赵武阳这位天下绝顶的高手面前，气机锁定之后，赵武阳一掌便断了布折节的退路。

老道士布折节说完之后，咳嗽起来，可见他被赵武阳的掌风扫中，伤得不轻。布折节越咳越急促，忍不住喷出一口鲜血，只是这口鲜血并未落在沙土之中，反而尽数朝布折节手中汇集而去，不过片刻工夫，一柄布满血丝的透明小剑出现在大家面前。"反正每天都要喂你，也没浪费这口心头血。"布折节将透明小剑举到面前自言自语道。众人都被眼前这奇异的一幕所吸引，连一向嬉笑于色的木柏松这次也不例外，认真盯着布折节手中的透明小剑若有所思。过了一会儿，当血丝由粗变细、由浓变淡之后，这把惊鸿一现的透明小剑也与布折节那口鲜血一样消失在众人眼前。布折节又轻咳了两声，将右手高高举起，对众人说道："这就是你们想找的大光明剑，可惜它早已认我为主，就算你们得到也没有用。""大光明剑虽是明教圣物，也只是一把材质特殊的兵器而已，至于认主之说，实乃谣传之言。大光明剑其实并非明教所铸，而是由晶石天然生成，据闻此剑出世之后，每日须以精血喂养才能维持神兵之利。正因为如此，大光明剑也曾被视为不祥和罪恶之剑，后来大明王朝建立之后，大明王得到此剑，便将其定为圣物，希望通过明教的无上光明来洗涤此剑，才赐名大光明剑。"柳星张看着布折节近乎空荡荡的手中，继续说道，"这把剑除了喜好吸血，更因其特性而让人无迹可循，整个世间只有极少之人才能看清它的真身，能够得到，便是与大光明剑有缘。"柳星张说这些话的时候，布折节没有反驳，等到柳星张说到大光明剑能够隐匿的特性时，布折节有意无意看了一眼张秋池。

洪屠生听完柳星张对大光明剑的介绍之后，突然想起一件事，赶紧对赵武阳说道："楼主，说一说跟我们一起下来后，被困在孟章神殿内。"见赵武阳看过来，洪屠生便快速将孟章神殿里发生的事情简单说了一遍，又将方儒淳的话带到。不待赵武阳说话，柳星张摇头道："孟章神殿阵基被损才导致青龙石门重新闭合，这种情况就算有大光明剑也无法再次打开，除非有人能够凭借外力将青龙石门击穿。"赵武阳听了柳星张的话后，平静地说道："既然方儒淳是大明王朝的帝少师，临死之前能跟随在大明王身边，那就随他吧。"闻听此言，洪屠生面露戚然之色，他深知想凭借人力击穿神殿石门，几乎是不可能的事情。就在众人为方儒淳以死侍主的事情动容不已的时候，突然南边传来一个声音，这道声音浑厚异常，宛如天雷一般震得众人耳中嗡嗡作响。声音由远及近，虽然只有一道，但在这封闭的地宫之中循环往复，显得嘈杂异常。过了一会儿，当众人终于听清这道声音的时候，禁不住脸色大变，因为这道声音反反复复只有一句话："嬰蓬山，你给我出来。"

第三十二章
圣女情定今生寺　日月当空少明王

　　进入夏季以后，位于西北的旭国气温渐渐升高，而作为明教圣地的明王总殿内，依然燃烧着一成不变的烛火，终年不息。七十七走在明王殿的通道之中，走在万千烛火营造出的光明之下，就连自己的影子也在烛光辉映中消失了。他从殿外回来的时候，身上原本带有的烈日余温，自进入明王总殿的那刻起，就完全被这座高高在上地位尊崇的圣地汲取得一干二净，整个人瞬间变得冷淡而卑微起来。对于明教教徒来说，正是因为世间有那么多的浮躁与虚妄，才会让一个人的内心不得安宁。所以，七十七从未觉得这样有什么不好，反而在这么多年过去之后，与旭国所有的光明使者一样，对明王殿带给人的这种压迫和清冷心怀敬意。

　　七十七在通道之中缓慢行走。以往那些与他一样的教徒见了他都会驻足，双掌朝向天空，朝他行明教之礼。这样的情形如果放在以前，七十七是从来不敢想象的，甚至现在每一次遇到这种情况，他也忍不住会向这些同袍还礼致意。只是这一次，遇到的两个光明使者年纪较轻，很可能是从外地的明王殿刚刚召集过来的，在看到七十七回礼之后，两个清冷女子忍不住露出一丝惶恐，不知所措地呆立在通道之中。七十七知道自己在总殿地位的改变与苍穹之下的那位女子有关，因为现在所有明教教徒都知道，他是离明教圣女最近的人，而圣女明曦则是离光明最近的人。七十七没有理会那两位女子，这样的情况他已经遇到过很多次了，还礼之后，七十七便继续朝总殿光明顶走去，在那里，那位当年被他带到大逐日面前的女子正在等他，而在他看来，这位越发高贵圣洁的圣女，似乎已经成为新的明教象征。自从圣女令传遍旭国之后，昔日一统中原的明教旧属们忍不住宣泄出压抑已久的渴望，即便是年轻的明教教徒，也为圣女明曦的决定而欢呼雀跃，每一个对光明心怀敬意的男性教徒都踊跃前往各地明王殿应征入伍，希望能够成为大明军的一员。短短二十余日，万民皆教众的旭国竟然组建成了一支人数多达十万的大明军，这些崇敬着昔日辉煌与对光明降临九州大陆充满无限向往的教军，此时正不分昼夜地从旭国各地向明王总殿赶来。七十七一路想着，不知不觉便来到明曦所在之处，恭恭敬敬站在门前。他什么都不需要做，圣女自会知晓。

明曦坐在木屋里面，屋里除了几件简单的家具，只剩下几根一成不变的烛火，连镜子都没有。其实，整个明王总殿里面，都没有一面镜子，明曦第一次看到自己的容颜还是小时候洗漱的时候，至于长大之后，她反而没有在乎过这些，以至于这些年来她根本不知道自己是什么样子了。明曦盯着静静燃烧的烛火，烛火中的灯芯轻微而柔软地跳动，就像此时火红教袍下她的那颗心一样，为了光明而不断燃烧自己，燃烧自己的身体和灵魂，让生命与这份永久的光明融为一体。教袍之上，火莲花早已绽放许久，莲心处更是隐隐呈现出莲蓬的雏形。在大长老与长老团那几位冥顽不灵的长老被吞噬内力之后，火莲的成长本就是一件水到渠成的事情，明曦再次想到了前圣女绿晓，葬身在大逐日光明心法之中的绿晓，何尝不是另一种献身光明的方式。成为圣女之后，明曦从明教密献中得知，致使绿晓对大逐日或者对明教产生异念的原因只是因为一个男人，那个男人曾经许诺过绿晓可以与她一同君临天下。只是那个男人现在与绿晓一样，将在九州大陆的历史长河中逐渐消失，唯一不同的是，绿晓就如她的自己名字一般，此生注定不为后人知晓，而那个男人却缔造了自己的时代，而且还有子嗣传承遗志。"你是为了白羿，还是为了自己？"想到这里，明曦清冷的脸庞上明眸流动，宛如一尊不容亵渎的女神雕像活了过来。不知为何，明曦此时对于那位深陷焰火之中仍然对自己诅咒不已的绿晓全无恨意，在她眼中，绿晓仿佛就在面前的烛火里面翩翩起舞，"你是在嘲笑我吗？"明曦展颜轻笑，作为圣女，她不知道自己做这些是为了什么。七十七刚刚在门外没有进来，明曦便知道明空如同空空的今生寺一样，还没有回来，既然如此，那就先去看看那位老人吧，听说他回来的时候受了重伤。

推开木门，明曦时隔多日之后再次来到这间当初改变她一生轨迹的地方，木门无声自合，屋内安静得如同坐在床榻上那位须发皆白的老人。大逐日缓缓睁开眼睛，盯着明曦看了许久，然后微微一笑，脸上露出一丝欣慰。这位明教当代最高的首领，看起来依然是那么慈祥，让人感到温暖和向往，整个人端坐在床榻之上，散发出一层淡淡的光晕，似乎他所代表的光明并未随着那只丢失的右手而有所减少，反而因为这种缺憾而更显静穆神圣。不得不说，此时的大逐日让明曦感到吃惊，并非她在获得几位长老的内力之后功法大长，而是内心深处从这位老人身上获得了安宁与平静。明曦走到大逐日面前，在他对面的那张木椅上端庄坐下，一如以往的乖巧女子一般。大逐日看了一眼教袍胸前那朵怒放的火莲，又抬起头，仔细望着近在咫尺的圣女，嘴唇蠕动，半响才发出低缓的声音："我以为临死之前，再也看不到你了。"望着少女般纯净的容颜，大逐日缓缓说道，"呵呵，时间过得真是快啊。当年绿晓还是个孩子，每次也都坐在这张椅子上听我这个老头不停唠叨，直到她长大成人，直到最后在我眼前化为灰烬，依然如此。再后来便是你，你天生是属于光明的人，这一点连我也比不上，但有时候，太过纯净也是一个弱点，就像一个人的眼睛所望之处，如果光明太盛，他便成了一个瞎子，然后便会永坠黑暗，再也无法看到光明。"大逐日停顿片刻，深深吸了一口气，使得木屋内常年波澜不惊的烛火都摇曳不定起来。"老了，真是老了，就算这次没有受伤，我也无法看见真正的光明之顶，"大逐日又轻轻呼出一口气，烛光似乎同时明亮了几分，"孩子，你比绿晓幸运，可绿晓比你幸福一些。她不需要在明教与世俗、光明与白羿之间做出选择。"听到这里，一直未曾说话的明曦终于开口言道："她已经做了选择，而大逐日你成全了她的选择。"

明曦说完之后，大逐日愣了一下，然后点头说道："是啊，她已经做了选择，现在，也该到了我选择的时候。听说你不仅解散了长老团，还颁发了圣女令，三十余万的大明军，这比我要有出息得多。"大逐日继续说道，"这几十年来，我一直以为只要明教不灭，我们就可以一直将光明留在这里，留在世人的心里。等到九州大陆再次陷入黑暗的时候，光明便能够重新照耀这个世界，让所有人感觉到温暖，看到新的希望。"明曦平静地望着老人的眼睛，一字一顿道："我第一次走出明王总殿的时候，一道阳光正好照在身上，那个时候，我觉得这道阳光比我心里这些年所拥有的光明还要温暖，还要让人充满希望。于是，我渴望更多地获取阳光，围着明王总殿走了一圈又一圈，这才发现，原来光明之上，苍穹之外，还有比光明更伟大的东西存在着，也许这样东西便是真正的光明，而真正的光明不是唯一的。""所以，你比我更接近光明，也更能得到光明。当年在大明王朝末法时代，曾流传着一份指责明教的箴言。箴言认为我们明教就像整个九州大陆最大的一座明王殿，而明教教众便是这座殿堂之中昼夜不息的烛光，大明王也好，我也好，所有教众都只是在光明下的黑屋之中燃烧自己，以此来自诩光明。时至今日，我依然不认同这个说法，因为光明并不是明教的，而是这个世界的。"大逐日刚刚说完，明曦便接口言道："所以，我要将这些烛火从明王殿中拿出来，将它们洒向人间，去点燃黑暗，点燃身体，点燃鲜血，点燃能够燃烧的一切。""我今生做的最正确的事情便是将你立为圣女，看来，我可以安心回归光明了。""大逐日献身光明，明曦定将躬身亲送。"

大逐日有些讶异地看向明曦，他从这个女孩眼中看出了执着与决心，于是大逐日的脸色也变得神圣端庄起来。似乎是不太习惯自己的左手，大逐日伸出左手的时候，显得极其缓慢而虚弱，就像一个风烛残年的老人一般，颤巍巍地伸出自己的左手，向明曦慢慢伸了过去。明曦这次内心之中没有丝毫忐忑与不安，之前她已经做过很多次这样的动作，与面对长老团那些老人时一样，轻轻将右手伸出，朝大逐日的左手迎了上去。与前几次不同的是，那些长老没有一个能够坚持到与她相遇便已将内力耗尽，而大逐日明显不一样。明曦只觉得有一股暖流，源源不断地从大逐日布满褶皱的左手向自己体内涌了进来，这些都是最为精纯的光明之力，不愧是执掌明教近五十年的大逐日，哪怕在天漠与柳相木师斗法之后，又遭到神秘男子第一柳的截杀，可体内蕴藏的内力竟然比明曦之前吸收的那几个长老要强大得多，也许整个长老团的人合在一起，也没有大逐日的光明之力浑厚。明曦整个人升腾起一股雾气，雾气散尽之后，便形成一颗颗晶莹剔透的水珠点缀在额头脸颊之上，原本红艳欲滴的嘴唇渐渐变得苍白，而明曦座下的那张木椅早已在两人的光明之力下飞灰烟灭。大逐日整个人被一整圈光晕包围着，而且这圈光晕随着时间流逝正变得越来越亮，甚至已经盖过了木屋内的烛光，成为这方天地里最光明的所在。

　　"你修炼的竟然是光明小法？"两人手掌接触之后，大逐日顿时感觉到了不对劲，惊讶地问道。明曦在大逐日光明之力的磅礴压迫下，正在咬牙苦苦支持，她知道，如果不是之前从几个长老那里汲取了大量的光明之力，自己早就和绿晓一样化为灰烬了。看来，自己还是低估了大逐日的实力，或许只有将整个明王总殿的光明之力全部化为己有，才有可能同大逐日正面抗衡。听到大逐日的询问之后，明曦苍白异常的脸上也露出了一丝迷惘，她只记得明空传授自己功法的时候说过，这个功法虽然修炼的也是光明之力，却能克制明教的光明心法。明曦当时并未仔细询问，因为只要是明空教她的，无论是什么，她都选择相信，没有理由，只是一个女子执着的心理。"是他教你的？"大逐日似乎猜到什么，但看到明曦脸上的那丝迷惘之后，布满皱纹的脸上竟然露出一丝得意，"看来，你还不知道他是谁。"明曦依旧没有说话，她无暇说话，更不敢放松一丝丝心神。大逐日仿佛没有在意此时此刻两人正在生死相搏一般，而更像一个上了年岁喜欢絮絮叨叨的老人兀自说道："真是可惜啊，我原以为你比绿晓做得更好，甚至能够超过我，没想到你也遇见了一个男人，而且竟然是他。"大逐日没有注意到明曦苍白的脸色之中正渗透出一股绯红，那是承受不住光明之力的高温而衍生出来的。老人依旧自言自语："明空啊明空，这五十年来，我为明教呕心沥血，你却躲起来经营自己的楼外楼，你到底想做什么呢？"明曦的脸色已经由粉红变得红艳无比，与她身上的教袍一般让人惊心，而从沉思中回过神来的大逐日这才发现明曦的不对劲，他对着即将被光明之力湮灭的明曦叹息道："孩子，他不可能爱你的，因为他是光明之子。"

"孩子，他不可能爱你的，因为他是光明之子。"这句话犹如晴天霹雳般在明曦耳旁响起，明曦终于想起来了，想起了今生寺，想起了明空，想起了自己看到明空后那股油然而生的归宿感。明空明空，日月当空，为什么要用明空这个名字呢？之前一直苦苦思索的答案在大逐日的言语之下突然变得清晰可见，因为今生寺的那个光头男人天生就是这个名字，因为他本就姓墨，这个世上除了大明王墨蓬山之外，还有谁能够拥有这个姓氏呢？"无论你是谁，无论你在哪里，就算你不爱我，又有什么关系呢！"明曦喃喃自语，放开了整个心神，也将自己置身于大逐日的光明之力中。失去了抵抗的光明之力如洪流一般，从右手悉数涌进明曦体内，磅礴无比的光明之力，将这位身着红袍面带笑颜的圣女带入无尽的黑暗之中。正如大逐日先前所说，当光明太盛之时，光明也就不存在了。精纯无比的光明之力进入明曦体内后，光晕横生，将其整个人衬托得美丽异常，与此同时，原本笼罩在大逐日周围的光晕却渐渐暗淡，直至消失不见。

明曦在放开心神的那一刻，就知道自己败了，败给了大逐日，也败给了自己的本心。本心无意，奈何能活。无数光明之力汹涌而至，在体内肆意破坏着她的经脉和穴位，细小而曲折的经脉承受不住这样的冲刷而齐齐断裂破损，伴随着无尽黑暗而至的是无尽的痛楚，没有任何人能够对这种痛楚加以描述，这是一份堪比死亡的痛楚。在这种黑暗痛楚中，明曦却毫无感觉。闭眼之前，她便觉得今生已经很满足了，不是当了圣女，也不是功法大成，而是她知道今生自己最爱的人是谁……"你叫明空，我叫明曦，难道我们是失散多年的兄妹？"……"我不爱你，你却为何爱我。"……忆起当日今生寺的情景，黑暗似乎并不可怕。"我叫杨明曦，你是少明王，不管你爱不爱我，我却已经爱上你了……"这是明曦在失去意识前内心深处隐隐的回答。大逐日此时显得极为虚弱，两只陡然变得又大又沉的眼袋正努力支撑着，只为盯着眼前漂浮在光晕与烟火之中的明曦。大逐日没想到在自己最后的日子里，前后两位圣女为了男人都做出了同样的选择，不同的是绿晓早已了无痕迹，而明曦还在光明与黑暗之间沉沦。这时候，只要大逐日一个念头，明曦便会在他之前献身光明。

"你若想救他，便去天漠。"说完这句话后，大逐日闭上眼睛，他终于可以离开这个世界，回到光明之中了。木屋之中，烛台上的烛火渐渐熄灭，最后一根灯芯也燃烧殆尽，一切归于黑暗，一切却又始于黑暗。明曦突然睁开双眼，烛台无烛自燃，散发着柔和的光线，照在一个女子和一个老人身上。

第三十三章
众人无奈陷囹圄　于无声处起惊雷

　　"罂蓬山，你给我出来。"听到这句话后，身处地宫深处的洪屠生等人脸色大变，他们早已知道大明王罂蓬山的遗骸就在孟章神殿之内，那么现在这个前来寻找罂蓬山的人只有一个可能。"是赤玉螭。"柳星张表情凝重地说道。"他怎么来了？难道他不知道大明王早已坐化了吗？"洪屠生皱眉说道。就在众人不解之际，不过片刻工夫，赤玉螭的声音离他们越来越近，显然已经察觉到众人方位，正在向这边追赶而来。"我们怎么办？"木柏松走到柳星张身边问道。而众人此时却都看向赵武阳，很明显，来人如果真的是赤玉螭的话，在场的这些人里恐怕只有赵武阳有与其一战的实力。"我拦不住他。"赵武阳平静地说道，前几日他便与赤玉螭见过一面，交手之后更是落了下风。柳星张将手指向面前的执名神殿说道："我们先进去，这玄武石门应该能够挡住赤玉螭一些时间。""只好这样了，希望神殿里能有走出地宫的通道。"洪屠生说完，看向端坐在土坑之中的布折节，意思不言而喻。老道士不甘示弱地瞪了洪屠生一眼："不用你提醒，本城主也会打开这扇石门，不过我也有一个条件，进入执名神殿之后，我想走谁也不能阻拦。"布折节因为有大光明剑在手，而现在就只有他才能动用这把剑，这才有了讨价还价的底气。"我楼外楼一向都有自己的规矩，我答应可以放你走，但大光明剑必须留下。"赵武阳随意说道。布折节脸色变幻之后，最终还是咬牙点头道："好，成交。"

与赵武阳达成一致之后，布折节也不再磨蹭，从土坑之中跃出，沿地宫石板一溜小跑之后，整个人"嗖"的一声拔地而起，径直朝玄武石门飘去。即便布折节此时受伤不轻，可这份不俗的轻功还是让众人惊讶不已，再加上老道士还精通五行遁术，也难怪布折节这么多年都能从大灾大难中保得性命。布折节来到玄武石门前，并未像木柏松和赵武阳那样对石门施展攻击，而是在空中控制身形，缓缓落向石门正中央处。果然，在黝黑龟甲的中央地方，有一个暗藏在龟甲鳞片之间的空隙，正是一道与大光明剑极其吻合的钥匙孔。布折节将大光明剑准确刺入钥匙孔中，然后双手紧握剑柄，运足内力，使劲往石门里面一按，钥匙孔连同所在的那块石形鳞片便一同凹陷下去，布折节顺势将大光明剑与鳞片一起向右旋转，只听见"咔嚓"一声，机关启动的声音响起，先前让木柏松和赵武阳都束手无策的玄武石门轰隆隆开始向上升起。待石门容得下众人进入之时，布折节便拔出大光明剑，落下地来。此时，赤玉螭的声音仿佛就在脑后，震得众人耳膜嗡嗡作响，于是众人没有丝毫犹豫，在赵武阳带头进入之后，相继鱼贯而入。伍悠悠在临进石门之时，看了看赵武阳的背影，稍做迟疑，还是跟了进去。洪屠生最后一个进入神殿，以防万一，他又让布折节重新将石门闭合起来。

与孟章神殿一样，执名神殿之内正中央处也有一只巨大的玄武雕像，四个角落则是四条黑色大理石雕刻而成的蛇形石柱，石柱顶端，与孟章神殿内一般大小的夜明珠熠熠生辉。唯一的区别在于，玄武雕像并非如青龙雕像那样屹立殿中，而是四肢着地，只有龟首略微向上翘起，但玄武石像上并没有夜明珠。仔细望去，还可发现，玄武龟首两侧，本应是眼眸所在的位置竟然是两个空洞洞的窟窿，窟窿大小却与孟章神殿青龙石像口中所含的夜明珠相仿。"这里以前有人来过。"洪屠生第一时间便发现了玄武石像下的地面上有一些晶莹的粉末，说完之后便望向柳星张。柳星张蹲下身来，捏了一些粉末细细察看一番，说道："这些粉末正是夜明珠破碎之后形成的，若我所料不差，离开地宫的通道应该就在这玄武石像身上，但想打开通道则需要两颗对应的夜明珠才行。"其实，看到眼前这番景象，在场众人心理都有准备，所以当柳星张说出真相之后，反倒没有谁感到意外。"柳匹夫，你的意思是我们都出不去了吗？神殿内这四颗夜明珠本就世上难寻，而这玄武石像需要的夜明珠明显世间难寻，我们到哪里去找。"布折节因为失望而气愤道。"观其大小应该与青龙石像嘴中的夜明珠比较吻合，但孟章神殿已经无法进入，看来只有先找到监兵和陵光两座神殿，从中取来夜明珠才行。"如果柳星张判断无误的话，洪屠生所说的办法应该是唯一的出路。

"要去的话你们去找，本城主可不奉陪，那个大魔头就在外面，嫌命长了差不多。"说完，布折节干脆直接坐在地上，双手交叉抱于胸前，将大光明剑护在其间，不再与众人言语。木柏松看到老道士一副事不关己的样子，忍不住说道："赤玉螭又如何，当年他这个魔教教主称霸武林的时候，老头子我也早已出道。就算他练了什么复丁魔功，我还能怕他不成。"话音刚落，只听得执名神殿外传来"砰"的一道巨大响声，伴随响声而至的还有一份莫名的气机从殿外渗透进来，殿内众人纷纷变色，反而是没有武功的张秋池没受到什么影响。赵武阳与木柏松神情最为凝重，他们两个在众人之中内力最为高深，而两人之前也曾对玄武石门出过手，自然知道凭借一人之力要想撼动玄武石门是何其困难，更何况是与整个圣女殿融为一体的执名神殿。可从刚才殿外赤玉螭的这一击来看，若非是玄武石门加上斗转星移阵法的作用，恐怕还真有可能被这个魔头硬闯进来。好在这一击之后，随着声响渐小，渗透进殿内的那股气机也慢慢消散，而木柏松再也不提不惧赤玉螭的话题，在魔教教主面前，天下高手的自傲与自信根本无法相提并论。谁知众人还未来得及松一口气，神殿外突然"砰砰"之声大作，赤玉螭竟然无视斗转星移的阵法威力，凭恃武力强行攻击玄武石门，无数凌厉之极的气机也随之向殿内不断袭来，连不懂武功没有任何内力修为的张秋池都渐渐感到胸口烦闷不堪，而修为最弱的伍悠悠和身受创伤的布折节更是嘴角溢血，显然已被气机所伤，其余众人也不得不运功相抗。

谁也没有想到，赤玉螭竟持续不断攻打了近半炷香的时间，在这期间，"砰砰"之声不绝于耳，弥漫进殿内的气机动人心魄，可怜书生张秋池双手捂住双耳，即便被柳星张的占卜幡护住也脸色苍白，表情痛苦。而布折节与伍悠悠早就喷出几口鲜血来，元气大伤之余，兀自苦苦支持。好在半炷香过后，殿外传来的声音渐渐变小，赤玉螭的攻势也弱了下去，又过了片刻，再也听不到任何声音，执名神殿内变得安静异常，而众人的心中却丝毫静不下来。如果不是执名神殿的玄武石门这道坚固的防御，恐怕没有任何东西能够阻挡赤玉螭的攻击。即便如此，在赤玉螭疯魔一般的攻击之下，遭受池鱼之灾的众人还是对昔日的魔教教主心有余悸，没有人知道殿外这个活了上百年的老妖怪在吞噬了大明王的全部修为之后，如今会达到怎样一个境界。

洪屠生定下心来，看了一眼柳星张，发现这位老相师脸上依然布满凝重之色，于是开口言道："现在赤玉螭就在外面，我们根本没有机会出去，如果赤玉螭再攻击下去，恐怕这里除了大楼主和柳相木师两位前辈，其余人等都将会被其活活震死。就算赤玉螭不再攻击，只要守着玄武石门，我们也会被困死在神殿之中。"柳星张叹了一口气道："以赤玉螭的性情，一定会再次攻击神殿。他和大明王都是两个对武学痴狂之人，当年为了天下第一人的名号不惜抛开魔教和大明王朝，两人从东海到西荒，大战三天三夜，虽然最终分出了胜负，但在我看来，赤玉螭的复丁神功必然也出了一些问题，否则他不会这么多年没有音信。"说到这里，柳星张迟疑了一下，继续说道，"而且从赤玉螭此时的行事来看，他与大明王之间定然有着外人所不知晓的秘密，所以赤玉螭在调息之后会再次攻击，而且，以魔教教主的心性，他最终会攻进这座神殿。"

　　"若真如此，那便是我等之劫数。"洪屠生稍显无奈，语气平静地叹道。"就算赤玉螭真能攻入此地，真气实力也必将受损严重，到时，凭借我们三人合力，未必不能与之一战。"木柏松望向赵武阳，他口中所说的三人自然是自己、柳星张和赵武阳，然而赵武阳听闻此言并未有任何表示，只是盯着玄武石门，不知所想。其余诸人也未答话，一时间，执名神殿内气氛沉默异常。木柏松又回头盯着柳星张，希望这位相识多年的老伙计能够打破这份静谧，可惜这次事与愿违。自从赤玉螭停止攻击之后，柳星张紧皱的眉头便未曾舒展，右手五指一直保持着占卜之势，宛如石像。最终还是火爆性子的木柏松受不了这份令人压抑的平静，忍不住朝倚靠在地的布折节发难道："要不是你这老匹夫在地底捣鼓这乱七八糟的破地宫，我们也不会深陷此地。"经过一连串的事情之后，布折节早已虚弱至极，稍微直起身子，没有任何精力与木老头斗嘴，只是歪着脑袋朝木柏松冷哼一声，嘴角因伤牵动血流不止。

看着布折节这副窝囊相，木柏松也熄了与其斗气的兴致，想着自己在江湖中好歹也排名第八，如今却被昔日的魔教教主逼迫躲在神殿之内束手待毙，这种感觉对于每一个江湖人士来说都是一种煎熬，甚至是一种耻辱，更何况木柏松这位纵横江湖数十载的天下高手。木柏松越想越气，忍不住在神殿之中来回走动，越走越快，渐渐全身散发出缕缕真气，这是气急之后气机紊乱的表现。突然，木柏松停下脚步，似乎下定了决心，朝布折节走去，嘴里念叨："我纵横一生，要死也要死得轰轰烈烈，哪能做那缩头乌龟。"自从来到地宫之后，伍悠悠就像换了一个人，闷闷不快，极少言语，此刻见到木柏松如此疯癫，忍不住又触及本性，心直口快地接道："还是躲在龟壳子里，哈哈，木老头，这回你真是要死不瞑目了。"听了这话，木柏松倒没有继续气急败坏，反而极其反常地正经言道："你小子少在这里贫嘴，虽然你这脾性与老头我相差无几，可是这本事却太不济，要是这次你能活着出去，以后可要加把劲，练好功夫，否则连老婆都娶不上。"听到这话，伍悠悠怔了怔，竟不知道如何接嘴。木柏松说完，走到布折节身边，继续说道："柳老头，一会儿我就打开这乌龟壳子，出去与那魔头一战，你趁机带着这两个浑小子离开，能否觅得一线生机，就看他们的造化了。"

柳星张回过神来，看着几十年来孩子气依旧的木柏松，露出一丝笑意。他自然知道木柏松打算用大光明剑将执名神殿从内部打开，然后出去与赤玉螭拼命，为众人赢得一丝生机。可木柏松并不知道，圣女殿内四大神殿的机关皆为单向设计，即便有大光明剑，从石门进来之后便无法再从石门出去，生死之门，岂能轮回！明教教义有注：通往光明的道路只有一条，那便是勇往直前。因此，圣女殿的设计也是这般，只有不断前行，才能寻觅到生门所在。更何况，赵武阳人在此处，大光明剑便不可能落入他人之手，至于布折节，或许只是大光明剑选择喂养自己的一个奴仆，这把与生俱来的邪恶之剑，非明教不能所有，非光明不能镇压，非君子不能驾驭。想到此处，柳星张收敛心神，认认真真看着让人猜不透心思的赵武阳。在他心里，此时此地的赵武阳，并不比一墙之隔的魔教教主赤玉螭安全分毫。

果然，就在木柏松朝布折节伸出手的时候，赵武阳无声无息地出现在布折节身旁另一侧。木柏松有些意外，停止动作之后问道："莫非大楼主有意与老头我一道共战赤玉螭？"赵武阳望向布折节，却答非所问道："大光明剑物归原主。"听得此话，本已虚弱至极的布折节突然之间眼神重新散出精光，似有不甘之色，双手紧紧握在胸前，赵武阳随意朝布折节伸出右手，五指微张，悬于半空。布折节见此，脸色变幻不定，表情丰富异常，稍显猥琐的面容在不甘之中又显愤怒，在解脱之中又显痛苦，在失望之中又显迷茫，仿佛此时此刻布折节面对的是一尊佛陀，正在度化这位邋遢道士一般。片刻之后，布折节还是在痛苦中松开了双手，目送手中那把陪伴了自己，也汲取了自己二十多年鲜血的大光明剑缓缓向赵武阳掌心飘去。随着赵武阳五指收紧，将大光明剑移到眼前注视之后，布折节整个人似乎失去了所有气力，软塌塌地倒在地面上，双目无神地望着执名神殿上方，注视着那片曾经光明异常此时却永坠黑暗的神殿空间，生无可恋。

赵武阳看着透明异常的大光明剑，这是他第一次观赏这把传闻中的明教圣物。大光明剑透明异常，肉眼所见之处，一片虚无。也许因为赵武阳并非大光明剑选中的寄养之人，即便他是天下数一数二的高手，竟也无法真切地握住这把剑，而只能凭借强悍至极的气机，用真气将大光明剑紧紧包裹在手掌之中。在场众人里面，只有木柏松和柳星张才能察觉到，大光明剑落入赵武阳掌中之后，曾有过短暂挣扎，这种挣扎造成的气机牵引，并非赵武阳能够完全掩盖的，只不过片刻之后，赵武阳望着待在掌心真气之间异常老实的大光明剑道："你本属于明教，如今归于明教。将你与天下等同，也不埋没你这圣物的身份。""到底是天下归属于明教，还是明教归属于天下，还未定论，大楼主又何出此言。"木柏松等人已被这突然出现的一幕弄得不知就里，只有柳星张依然平静地加以询问。

"无论是天下归属于明教，还是明教归属于天下，只要我存活于世，这两者最终将尽皆归属于我。"赵武阳说完之后，全身上下突然迸发出一股强悍绝伦的气机，在木柏松看来，这股气机的凌厉程度似乎不弱于石门之外的赤玉螭。事发突然，站在不远处的洪屠生和打一打也被赵武阳这份强大至极的气机震惊得无以复加，在他们的印象当中，此时的赵武阳展现出的实力，绝对要凌驾于他们之上，甚至已经超越了天下高手的范畴。相对于张秋池的懵懂和伍悠悠的麻木，只有柳星张还保持了一贯的平静，就像他心中暗藏的无数天机一样，不说出来永远没有人知晓他心中所想，只是面对如此强势的赵武阳，柳星张的眼中也不禁闪烁出点点光亮与兴奋，与这位老相师一贯的沉稳风度隐隐不符。

"墾蓬山，果然是你。"赵武阳的惊为天人不禁震慑住殿内众人，也彻底引燃了执名殿外那位魔教教主赤玉螭的怒火。一时间，石门外再次响起天雷般的轰击之声，众人的真气也随着赤玉螭的攻击而紊乱不已，整个执名神殿陷入一种诡异异常的氛围之中。

第三十四章
武道巅峰天人境　明眸皓齿惊鸿影

　　"啧啧，不愧是楼外楼啊！"看到前后气势截然不同的赵武阳，木柏松忍不住说道，"赵武阳，以你现在的实力，若不是外面那个魔头横空出世，恐怕这天下第一的名号非你莫属。"

　　"天下第一？这天下指的是明教还是九州大陆？而这第一指的是荣朝还是武林？"赵武阳不待木柏松做出回答，反而向呆立一旁的张秋池道，"你号称尽读中原之书，通达古今之理，我且问之，九州大陆之上可曾有过真正的天下第一人？"张秋池虽然被这一连串的变故弄得不知所措，可还是很快镇定下来，面对这位似乎比传闻中更为强大的楼外楼大楼主的询问，书生双手作揖，想了片刻，便答道："九州大陆自诞生之日起，可记载查阅王朝一十六个，其中史书记载鼎盛王朝只有五个。"说到这里，张秋池顿了一下，而赵武阳整个人与面庞上的金色半面佛一样，没有丝毫动容，其余众人皆是武林中人，对于九州大陆的历史传承虽有耳闻，却肯定比不上张秋池这位自小泡在故纸堆中的书生，自然也对这五大王朝有所好奇。"九州伊始，秦氏一统。二世而止，汉分天下。"张秋池念出这四句话后，娓娓说道，"此乃《九州志》卷首二句，仅此两句当中便有秦、汉两大鼎盛王朝。秦为九州大陆首个大一统王朝，而汉朝在秦之基础上，进一步拓疆开土，奠定九州大陆后世版图，想必这两个朝代的开国君王称为当时的天下第一人，当毫无异议。"

"然后，自秦汉之后近千年时间十朝之间竟再无鼎盛之世，版图骤缩，内乱严重，天灾人祸，不一而足，所以这十朝中皆无人可称天下第一，只因千年之间未有一个真正的天下。直到大唐盛世出现，唐太宗自秦皇汉武后再次问鼎天下第一人。唐太宗之后，想必诸位都已清楚，前朝宋朝，虽说相较唐朝有所式微，但其携唐朝余势，又幸宋太祖有安天下之心，虽比不了秦、唐，但将之于汉相比也不为过，是以宋太祖亦可称为天下第一人。及至荣朝崛起，天下版图再次合纵为一，太宗白颢称为天下第一人当之无愧。"闻得此言，除了赵武阳之外，众人都暗自点头。张秋池说的这五个人，皆为五大鼎盛王朝开国之君，若说他们五个乃当时的天下第一人，当属实至名归。

然而，张秋池朝众人看了一圈，最后面对赵武阳接下来却话锋一转，说道："此五人称为天下第一人乃史书认定，世人也绝无异议。可我在遍观史料之后，一直认为九州大陆五大鼎盛王朝的说法似有不妥，如果从历史功绩和后世影响来说，古今十六朝中应该有六大鼎盛王朝。"此言一出，众人皆有些惊讶，连赵武阳纹丝不动的黑袍都有轻微起伏。众人似乎忘记了此时身处何等困境之中，连石门外那惊天动地的袭击之声都在张秋池平静的话语之中不再让人心惊肉跳。张秋池继续说道："各位都是武林中人，想必对大明王朝以及明教的了解比我要多。虽然大明王朝的存在极为短暂，但短暂并不代表可以忽视大明王朝的建立对整个九州大陆的影响。依我来看，自古至今大明王朝才是疆域版图最为辽阔宏大的王朝，即便如今的荣朝也有所不及，何况大明王朝将九州的最西边首次与中原、北狄、南蛮、东南沿海连为一体，这是九州大陆历史上从未有过之举。仅凭这一点，当年大明王朝的大明王便可称为天下第一人。"

"这种天下第一与我们武林中人相去甚远，要不然嬰蓬山当了大明王后，屁股还没捂热就跑到东海找赤玉螭决斗，要争武林第一，可见嬰蓬山身为习武之人，心中还是更看重江湖武林。"木柏松听了半晌，终于找到机会发一发肚子里的牢骚。张秋池早已习惯木柏松的为人，朝木柏松点头示意之后，朝赵武阳道："木前辈说的也有一定道理，可我想大楼主所问的天下第一人应该既不是君王的文治武功，也不是江湖的武林魁首。不知我猜得可对？"张秋池心中其实想到了一个词，只是没敢说出来。赵武阳依然没有对张秋池的话做出任何回答，只是极为平静地说道："就凭你刚才这一番话，我这次便不杀你。"说完，赵武阳没有理会呆若木鸡的张秋池，而是转身走到神殿内的玄武石像旁边，伸出左手重重击打在龟甲中央位置，只听"砰"的一声，看似坚硬无比的执名石龟龟甲竟然应声破碎，露出一片六边形的机关暗槽，如果此时有人仔细观看，便可发现，暗槽内的钥匙孔与之前布折节开启龟甲石门时的机关一模一样。

击碎龟甲的同时，赵武阳松开右手，眨眼之间，躺在地上半死不活的布折节整个人突然抽搐了一下，胸前迸发出一抹血花，大光明剑一划而过，剑身带着斑斑血丝在布折节上空盘桓几圈之后，恋恋不舍地被赵武阳的气机强制牵引而去。得到鲜血滋润的大光明剑被赵武阳用真气控制，插入机关钥匙孔中，微微旋转之后，殿内石龟像发出"嗡嗡"之声，轻微抖动起来，只听见"咔嚓"一声之后，整个石龟龟甲缓缓向后移动，露出一个黑黢黢的密道入口，而赵武阳此时完全松开了右手，大光明剑却被卡在机关之中，不再动弹。随着时间的推移，剑身上的血丝渐渐变淡，直到大光明剑完全消失在众人视线之中。

"好你个赵武阳，既然知道神殿出口所在，又何必惺惺作态戏弄我等于此。难道这便是你楼外楼的待客之道，还是你们另有所图？"看到这一幕，包括洪屠生和打一打在内，众人都大感意外。本来在赤玉螭的逼迫之下，众人早已没有退路，谁知道生死存亡之际，希望却来得如此突然，不过，木柏松的断然大喝也将神殿内的气氛推到一个尴尬的地步。木柏松说完，立即从布折节身旁退了回来，与柳星张互成掎角之势，将张秋池和伍悠悠护在身后，而洪屠生与打一打虽然对赵武阳的做法不明就里，可作为楼外楼的忠实管事，两人默契地站在赵武阳身旁，面向木柏松四人。

面对木柏松的诘责和众人的疑问，赵武阳依旧不予理会，他抬起头，此时此刻，金色半面佛面具显得更加冰冷无情。石门所在的墙壁在赤玉螭疯狂击打之下，发出震耳欲聋的轰击之声，整个执名神殿都随着赤玉螭内力的轰击而不停震动，似乎在下一刻，整个神殿便会被外面那个魔头攻破。赵武阳一直盯着墙壁，不知其心中所想，过了很久，才开口言道："本座隐遁天漠，创建楼外楼，潜心修行三十余载，及至功法小成，自信江湖武林，乃至九州大陆，罕有敌手。若无意外，假以时日，必将一统武道，凌驾九州之上，成就天人之志。"

"天人？赵武阳，你是练功走火入魔了吧，老头我之前说你天下第一都算客气的了，现在外面那个魔头估计就能把你打趴下。你还真当自己是什么人，竟妄想达到传说中的天人合一境界。"木柏松抓住机会毫不客气地讥讽道。赵武阳并未对木柏松的讥讽加以理会，反问道："难道世间真无人达到天人之境？"这一次木柏松却不好回答，天人合一这个九州大陆数百年以来传说中的境界是否有人达到，根本无法知晓。连张秋池在听到天人之境时都愣住了，他博览群书，也有个别偏门书籍当中只言片语地提到天人一词，可从来没有一个正统说法，这也是书生之前回答赵武阳时暗藏心中不敢说出来的话。只是张秋池没有想到，这个楼外楼的大楼主赵武阳竟然真的心怀天人之志。

"以前是否有天人之境很难定夺，可当今世间，却有一位天人之人。"就在众人对赵武阳的问话无法回答的时候，沉默良久的柳星张突然说出这么一句话来。不仅众人吃惊，连赵武阳都略显讶然地问道："谁？""王希音。"柳星张认真地说道，"王希音天赋异禀，自小通晓人间音律，世人的喜怒哀乐、生老病死、盛衰荣枯尽皆被他化入音律之中，从中寻找真正的天地之音。如今，老先生已看破生死，放下整个九州大陆，向世人未曾抵达的世界飘然而去。若论天人之境，王希音当数第一人。""王希音以音入天道，我等以武入天道，实为殊途同归。"赵武阳说完，停顿片刻，石门墙壁之上，"嘭嘭"之声依然不绝于耳。赵武阳接着说道："只是王希音已远遁他方，未见其人，不知其境界究竟如何。而神殿外之人若确如柳相所言，乃魔教教主赤玉螭复丁重生，则此人必乃武道之中离天人之境最近之人。"

"原来大楼主不惜以身犯险，深入圣女殿内，是为了他。"听得赵武阳此言，柳星张微微点头，而后又忍不住叹息道，"你想通过我们把赤玉螭引入圣女殿内，再利用殿内的四圣灵阵将其围困或者直接击杀。""不错。"赵武阳没有否认。"那就是了，你事先便已知道四圣灵阵的存在，并一直在执名神殿外等候我们，因为这里是唯一的生门所在，而我们最终会将赤玉螭引到这里来。"柳星张此言一出，大家也都明白过来，见赵武阳没有说话，柳星张继续说道，"本来我们将赤玉螭引到这里，大家从密道生门逃离之后，你便可利用大光明剑将四圣灵阵重新关闭，赤玉螭也会永远被关在这地宫之中，你便可以从容冲击天人之境，直到登临九州大陆的巅峰。"

"什么天人之境无人之境的，你们这些数一数二的人物就是麻烦，练个武还要搞这么多弯弯绕，老头我都听得头疼了。现在赤玉螭我们也帮你引来了，密道也打开了，柳老头，要不我们先上去……"木柏松话还未说完，看了柳星张一眼，发现柳星张正一脸苦笑地望着自己，木柏松心里顿时咯噔一下，暗道不妙，能够让柳星张如此神情，可见整件事并没有那么简单。果然，赵武阳没有理会木柏松，而是对柳星张言道："的确如此，柳相心思果然细密惊人，对整件事判断得丝毫不差，想必柳相还有话要说。"柳星张点了点头，继续道："本来事已至此，我们与楼外楼也算互有交代，可以全身而退。可惜啊，可惜。"柳星张连续说了两个"可惜"，然后再次正色道，"可惜我们机缘凑巧之下，在抵达执名神殿之前竟先到了孟章神殿，而在孟章神殿内又发现了大明王的骸骨，虽然凭此推断出赤玉螭的身份，但也因为此事而无法离开圣女殿了。"柳星张看了木柏松、张秋池和伍悠悠一眼，一口气将这些话说了出来。

"为什么呢？"张秋池问出这句话的时候，没有注意到身旁的伍悠悠早已惨白如纸的脸色。

"因为，谁也没有想到，楼外楼的大楼主便是当年大明王朝的少明王。"柳星张说出这句话之后，整个执名神殿宛如冰窖一般寒冷。

自古以来，阿兰草原便是九州大陆一处独特的所在，这片横亘在大陆西北与中原之间的大草原，流传着无数传奇生动的故事。

阿兰草原原本是一片无人的野生之地，唐朝以前，只有西北方的少数民族冬季为生计所迫时，族长偶尔率着族人迁徙到草原边缘地带渡过难关，等到天气回暖，立即会回到自己祖辈相传的集聚地，即便在最为困难的时刻，也没有任何少数民族会进入阿兰草原深处，更别说横穿整个阿兰草原了。这样的情况一直持续到唐朝末期才有所改变，因为经过唐朝上百年对阿兰草原的探索开拓，草原中那些凶狠至极的野兽竟然被唐朝的士兵渐渐赶了出去，剩下的也都是些对人类危害不大的动物，即便还遗留下几只原始凶兽，也跑到草原最深处安安静静地做着自己的兽王。

直到唐末宋初之际，由于朝代更换、氏族动乱等原因，一部分少数民族为了生存，咬着牙进入阿兰草原生活，他们发现原来整片草原并不像祖辈相传的那样可怕，虽然草原中依然充满未知与危险，可只要你有能力生存其中，便可以得到之前所没有的资源与食物。于是，从宋朝开始，一批少数民族中的勇士渐渐在阿兰草原扎下了根，他们共同形成了一个新的部落，叫草原猎人，猎人的首领是猎人王。从此，阿兰草原由无主之地进入猎人王时代。草原猎人入主以后，阿兰草原便成了中原人眼里野蛮、愚昧、凶狠的代名词，只有江湖武林中那些成名人物才敢行走其间，正因为如此，近百年来，阿兰草原一直流传着"海棠仙子""白衣剑神"等武林传说，这些传说进一步刺激了草原猎人与中原武林的联系。

然而，以武建国的荣朝建立之后，阿兰草原与中原地区的联系不仅没有增强，反而变得稀少起来。这与阿兰草原作为荣朝与大月氏之间天然的地理屏障是分不开的，草原边缘东西两侧，常年驻扎着荣朝的军队和大月氏的部族，何况自从东海魔教兴起、南海派建立，以及武林圣地楼外楼的兴盛之后，整个九州大陆江湖武林的重心渐渐自西向东偏移，阿兰草原渐渐回归到萧条落寞之中。

夜幕降临，整个阿兰草原更显萧条落寞，在草原深处西南角的方向，隐隐闪烁着点点亮光，远远望去，如同暗夜中狼群狩猎觅食的双瞳。一道黑色的身影从更为西南的方向飘来，踏在阿兰草原的百草之上，一路风驰电掣，旁若无物，径直向那点点亮光奔去。直到走近，才发现那些亮光并不是什么狼群，而是火把，只有人类才会使用的火把。谁也没有想到，在阿兰草原的深处竟然还生活着这样一群人类。在一片清理出的地面之上，所有黑色劲服覆盖全身的黑衣人围着数十个火堆，有的黑巾遮面，有的黑巾悬在脖子处，除了进食的人外，没有任何人说话，连丝毫声响都未发出。这样纪律严明的数百人聚集此地，恐怕任何人见了都会立刻转身离去。

可是，这里是阿兰草原，普通人来不了，来到这里的也绝非普通人。先前行走在百草之上的黑衣人此刻已经落在火堆中间，只是落地之后，在火光照耀之下，才发觉这个人穿的并不是黑衣，而是一身火红的袍子，只是这火红的袍子在黑暗之中也是黑的。数百黑衣人面无表情地各行其事，对于他们来说，除了大首领之外，来到这里的陌生人是活人还是死人都是一样，因为最终都会变成死人。

明曦理了理鬓角的乱发，连续不断赶路，即便是以她目前超绝的内力已然感到有些吃力，可是她不能放缓自己的速度，因为她不知道明空何时会遇到那个疯子。从大逐日受伤的情况来看，那个疯子根本没有任何人可以阻拦，只有在那个疯子出手之前将明空带走才是唯一出路。明曦借着理头发的瞬息，稍微调息了一下体内波动不已的内力，前段时间强行汲取长老团的内力之后，又得到大逐日倾力相传，这样一股强大的真气原本不是明曦的身躯所能容纳的。若不是大逐日临死之前尽心为她梳理经脉，打通屏障，恐怕她现在不死也是一个废人。当然，明曦最该感谢的人还是明空，因为只有明空传授她的光明小法才能强行接纳这些真气，即便这个过程痛苦不堪、生不如死，可明曦活了下来，这便够了。

想到这里，明曦胸口一阵烦闷，尤其是看到这么一群活死人般的杀手之后。她不知道大逐日当年弄这样一群人有什么用，不过现在她需要他们。明曦伸出右手在空中轻轻挥了一下，位于明曦身前的三名杀手便彻彻底底消失在白色光团之中，发出的光亮比所有的火把加起来还要耀眼。杀了三个杀手之后，终于有人站了出来，不是一个人，而是每一圈杀手里面都站出一个人，他们是每个小组的首领。直到这些杀手首领站定方位之后，明曦才从腰间掏出一块令牌，任何明教教众都认得的圣女令牌，这些出身明教教徒的杀手自然也认得，可他们依然毫无动静，只是静静拔出铁剑，等待其中某个人下达攻击的命令。此时明曦觉得似乎有些头疼，她轻轻吸了一口气，饱满的胸脯在红袍包裹之下变得越发挺拔，只要瞬息，她便可以杀光这些活死人。幸运的是，终于有一个杀手首领开口说话："我们只听大首领的。"

　　明曦笑了笑，明眸皓齿。她收起圣女令，右手食指朝这名说话的杀手点了一下，便飞身离去："现在我说了算。"

　　这名唯一说话的杀手，说的便是人生中最后一句话，在明曦离去之后，其首级无火自燃，矗立在肩膀之上，成为阿兰草原这个夜晚最明亮的火把。

第三十五章
乌木逞威杀意浓　老臣少主终相见

　　"原来如此。"柳星张揭开赵武阳的真实身份后，木柏松便不再多言，他知道就凭嫛蓬山败于赤玉螭之手这件事，赵武阳也不会让他们几个活着离开这里，更何况赤玉螭不仅没死，还利用复丁神功夺取了嫛蓬山的生机，堂堂一代大明王落得如此下场，一旦传扬出去，对于整个明教和身为少明王的赵武阳来说，都是不可承受的打击。尤其是赵武阳身怀天人之志，在登临武道巅峰之前，他决不允许这个世间出现任何对他不利的事情，哪怕现在有一个人间无敌的赤玉螭，也要设计将他困死在圣女殿地宫之中。由此可见，赵武阳此人不仅武功卓绝、心思缜密，行事更是果断异常，如此情形之下，与其浪费口舌，不如舍命相搏，或许能有一线生机。木柏松毫不犹豫地将乌木剑执在手中，对柳星张说道："柳老头，看来这次我们真要结伴而行了。"柳星张并未搭话，不知心中作何打算。

　　"你们呢？"赵武阳暴露身份之后，并未对木柏松和柳星张出手，似乎一切尽在他的掌握之中，反而朝跟随自己多年的洪屠生和打一打问道。而两位管事互相看了一眼后，洪屠生向前一步抱拳说道："我与打一打都蒙受大楼主恩德才苟活至今，无论大楼主是什么身份，此生都将誓死追随。"赵武阳微微点头，然后静静看着沉默不语的柳星张，在这位当年的大明王朝少明王，如今的楼外楼大楼主心中，对柳星张这位排名第七的天下高手着实还有些忌惮，并非因为柳星张的身手和精通阵法，而是这位柳相对于赵武阳而言，有些过于意外和神秘，竟然能够凭借之前发生的事情，将赵武阳的心思和布置推测得明明白白，不得不让赵武阳心中生起一丝警惕。

　　"这样吧，我与木老头愿意留在执名殿中，烦请大楼主离去之时将这两位小兄弟一同带走。至于出去以后，是将他们留在楼外楼还是另有处置，想必身为大楼主的少明王自有办法，不会对他们过于为难。"沉默不久，柳星张突然说出这样一番话来。此话一出，不仅木柏松张秋池伍悠悠三人大吃一惊，连赵武阳也略感意外。"好，我可以答应你们，不过在我离开之前，你们必须自废武功。"赵武阳提出的这个条件，顿时让本已默认柳星张提议的木柏松暴跳如雷："赵武阳，你不要欺人太甚。就算我们两个老头不是你的对手，但我二人联手并非就没有一点胜算，只要我们将你拖延片刻，让殿外的赤玉螭攻进门来，恐怕你也未必能全身而退。"听得木柏松此言，赵武阳语气平淡地吐出五个字："你可以试试。""你当我不敢？"木柏松说出这句话的同时，乌木剑早已凝聚全身内力，以玉石俱焚之势朝赵武阳刺去。

　　这一剑几乎是木柏松这辈子最漂亮的一剑，只因这一剑包含了木柏松练剑以来所有的感悟和冲天怒火，更何况剑意之中暗含着一股必死的决心。这一剑刺出之后，整个执名神殿的光线似乎都随着这道乌亮的剑光产生了偏折，石门之外的轰击之声此时也被阻隔在剑气范围之外，木柏松与赵武阳短短两丈之间变得寂静异常。这一剑让站在赵

武阳身后的打一打瞳孔为之收缩，同样浸身剑道的打一打，自然看出木柏松这一剑才是真正的孤直之剑，真正的有来无回、有死无生，无论赵武阳接不接得下这一剑，木柏松都将身受重伤，因为这一剑是木柏松燃烧真气，不惜损毁自身气机而发出的至强一剑。可以说，这位倔强的木老头，为了这超越自身极限的一剑，几乎透支了自己剩下的生机。打一打眼中渐渐闪现出一道黑色焰火，这道黑焰由远及近，从木柏松手中向赵武阳身前闪烁而至。

即便是身为楼外楼大楼主的赵武阳，面对木柏松这搏命一击也丝毫不敢大意。木柏松出剑之时，赵武阳便将右手伸向半空，与木柏松的乌木剑一样，执名殿内夜明珠散出的光线也随着赵武阳的手掌开始变化、弯曲，所不同的是，乌木剑是将周围的光线不断弹开，形成一道绝对的黝黑，黑得发亮。而赵武阳的右手则吸引着这些柔和的光线堆积聚集，使得赵武阳本已泛着白光的手掌越发明亮，亮得耀眼。即将与乌木剑相迎之时，赵武阳突然将食指与中指合二为一，并指为剑，缓缓触及乌木剑尖。刹那间，两道磅礴至极的剑意由两人之间开始向周围波及，宛如一场黑暗与光明的洗礼，整个执名殿内连续发生如同闪电般明亮以及明亮闪现之后的黑色留影。光影消散，尘埃落定之后，只听得"咔嚓"一声，坚如玄铁的乌木剑竟然硬生生从中断为两截，与此同时，木柏松整个人如遭重击，张嘴吐出数口鲜血，身体摇晃着向后退去。让人想不到的是，乌木剑剑尖部分断落之后并未落地，而是掉转方向径直朝木柏松胸口刺去，虽然此时的乌木剑剑尖再也没有一丝真气和剑意，可这去势、速度都远非身遭重创的木柏松所能应对。

木柏松与赵武阳言语不合之际，柳星张便在一旁时刻留意，可是到木柏松出剑的时候，他却来不及阻止。所谓剑由心生，到了木柏松这个境界，何况又是抱着必死之心的剑意，就算是柳星张能够未卜先知，也阻止不了木柏松的选择。但在木柏松落败之后，柳星张却来得及阻止没有杀人之意却有杀人之实的乌木剑剑尖。千钧一发之际，占卜幡从天而降，将乌木剑剑尖击落在地。与此同时，木柏松强忍重伤之体，将手中的半截乌木剑也抛出手去，之后半空与地面同时闪现出两抹火光，不惧明火的乌木剑便在众人眼前燃烧殆尽，连尘埃都未留下一点。"光明大法。"木柏松强行压下胸口膨胀欲裂的紊乱真气，勉强说道。赵武阳收回右掌，掌心边缘渐渐归于平淡，似乎木柏松这搏命的一剑并未对他造成任何影响。"没想到时隔五十年，曌蓬山之后又有人将光明大法修至大成，而且还是他的儿子，莫非明教果真要重现九州大陆？"柳星张喃喃念道，不知是自言自语还是说与众人的。

谁料柳星张话音刚落，本已收手的赵武阳突然对重伤在身的木柏松再次出手，虽然这次赵武阳只是朝木柏松轻轻点出一指，可从赵武阳右手食指发出的光亮中，谁都可以看出，这一指包含着多么强烈的光明之意，这份光明之意便是杀意。木柏松没有抵抗更没有躲避，他知道赵武阳如果真想杀他，之前的交手自己就绝不会存活下来，他更知道只要柳老头还在边上，就绝不会轻易让自己死去，他们两个老东西可是有着几十年的交情，谁比谁先死可由不得自个说了算。大光明指携带着赵武阳的心意，杀气腾腾，悠然而至，柳星张没有占卜幡，更没有时间列阵布法，一个瘦小的身影在电光火石之间已到木柏松身前，于大光明指前同样伸出一指。柳星张的手指相对于赵武阳而言，干枯、瘦小，甚至在大光明的辉映之下黯淡无光，还有些微微颤抖，可不管怎样，至少是救下了木柏松的命。令人惊讶的是，柳星张的这一指在节节败退之后，竟然硬生生抵挡住了赵武阳的大光明指，干枯瘦小的手指在大光明之中渐渐明亮起来，光华不盛，却能与大光明指争辉。明教教义有注：普照众生为大光明，克己度人为小光明。

所以，柳星张的这一指又叫小光明指。

下一刻，赵武阳与柳星张几乎同时撤回手指，执名神殿又恢复到夜明珠柔和的光线之中。"天机子，本座还以为你当真不会出手。"赵武阳的语气依旧平淡，然后他的这句话却能让人从那张金色半面佛面具上看出一丝丝笑意。可整个执名神殿里面，除了赵武阳之外，其余众人谁也笑不出来，哪怕对现在这种状况来说，天机子这个名字的出现也许是唯一的希望，可仍然没有人会笑，因为根本没有人相信赵武阳所说的话。

"唉，当年我与墨蓬山在明教中相识，谁曾料到，天意难测，造化弄人，西方小教东出中原，恰逢宋朝乱世，群龙无首，黎民无望。明教横空出世，光明信仰席卷九州大陆。墨蓬山后来成了大明王，而我则成为大明王朝的首席军师，可惜大明王朝建立之后，我与大明王之间出现了分歧。墨蓬山希望以武治国，追求用武道代替天道，而我一向认为武治乱世、文安天下，最终墨蓬山为证明自己，不惜舍下大明王朝，出游东海，与魔教教主赤玉螭一决高下，争临武道巅峰。"柳星张站立神殿之内，此刻娓娓道来，再无之前那般有趣诙谐神态，而是一派出尘无垢的风姿。

"咳咳，柳老头，这个时候你就不要再开玩笑了。"听到赵武阳把柳星张说成天机子，而柳星张这一番话又以天机子自居，这让身受重伤的木柏松哭笑不得，他与柳星张相识数十年，中间两人虽因归隐而分开，可三年前柳星张找他重出江湖至今，两人从未分开过，"要是你柳老头是天机子，那我木老头便是王希音了。"听到木柏松的打趣，柳星张回过身，正色说道："木老弟，实不相瞒，三年前柳老弟因病找到山羊宫时，我已无能为力。恰好当时我便准备离开东海，四处云游，柳老弟便以阵法遮蔽我全身气机，又将面皮与我易容，这才躲过楼外楼的视线，与你一道行走江湖三年。"

"你说的可是真的？"木柏松瞪大眼睛问道，天机子无奈地点了点头。其实，听了柳星张刚才说的这些，再回忆之前的那些日子，木柏松心里已经知道他便是天机子了。如果是真的柳星张，就算精于阵法，又怎么能够勘破明教圣地圣女殿的四圣灵阵；如果是真的柳星张，怎么可能会使出明教中都极为罕见的小光明指；如果是真的柳星张，便从来不会叫自己木老弟。更何况，如果是真的柳星张，这三年来相互斗气的时候，自己便永远不会占据上风。"咳咳，柳老头，争了这么多年，还是你先走一步，最后一次便算你赢了，可惜这个酒你却喝不到了，咳咳，看来只有便宜老头我了……"心中明白柳星张早已离去的事实之后，木柏松颓然坐在地上，喃喃自语，忘却了周围一切。

"如此说来，大明王朝的崩塌你也脱不了干系。"赵武阳没有理会木柏松，直接向天机子问道。"少明王如此说法，也未尝不可，不过少明王更应该知道，就算大明王未曾失踪，大明王朝也不会长久，"既然赵武阳和天机子都承认了自己的身份，两人之间的言语便不需要再遮遮掩掩，"大明王朝建立的根基在明教，明教兴则大明兴，明教衰则大明衰，两者之中，明教为本，大明为辅。大明王朝建立后，大明王希冀借助王朝之势，将天下大众尽皆纳入明教，形成九州皆明教，大陆遍教徒，让光明普照万民。""明教教义如是，本该如此，又有何不妥？"赵武阳反驳道。"确是如此，但少明王不要忘了，明教教义有言：大善大美方能大信大成，无欲无求才可无妄无灾，如是，大光明将普照世间。可是连大明王与我都做不到这一点，普通万民又将如何做到？试问少明王能做到何种程度？"见赵武阳没有言语，天机子继续说道，"这些年，少明王创立楼外楼，立于三国之间，超于世俗之外，宁肯隐居天漠，也不愿表明身份回归明教，无非早就看透明教教义循天理，而与人欲不相符合。所以，少明王才会直取武道巅峰，想以天人之境引领众生回归光明，而当年大明王则希望通过众生回归光明之力，助他突破武道桎梏。"

"不错，本座确是如此认为，"赵武阳坦诚道，"自古至今，多少武林同道追求天人之境，可武道巅峰到天人之境本就殊途同归，未到最后，谁也不知道对错。"随即，话锋一转，"天机子，你当年背离明教，自创东海山羊宫这件事本座不与你计较，但现如今假冒柳星张之名，混入楼外楼，又意欲何为？""三年前，我观天象看到天势有变，九州大陆将有一场浩劫，便趁机离开东海，云游四方，希望能够找出症结所在。而在西荒城看到赤玉螭之后，便打定心思要来天漠一探究竟。如今得知大明王早已坐化，昔日种种便不再提及，而少明王以光明心法追求武道巅峰，希望通过大法小法融二为一来抵达天人之境，依我来看，实在过于凶险。""这么说来，你辛辛苦苦从东海跑来，还是为了我好。"赵武阳的情绪难得出现一丝波动，冷冷答道。"光明大法与光明小法修炼之法完全相反，任何武学天才也无法同时修成，只能选择其一，大成后转嫁他人之体，封存光明之力。而后逆转经脉重修另一法门，待再次大成才将转嫁之人体内的光明之力取出，融于己身，冲击天人之境。只是自明教传承开始，便无人如此做法，成功与否暂且不说，其过程必然凶险万分。"说到这里，天机子看了一眼脸色苍白的伍悠悠缓缓说道，"何况，转嫁之人须天生经脉异常宽阔，即便如此，能否完全容纳大成的光明之力还很难说。而最为有违人和的便是，经过光明之力灌输的人体，此生登武道巅峰无望，最高也只能停留在光明心法大成的境界。敢问少明王，若你采取如此方式，则与当年的魔教教主赤玉螭有何区别？"

"自然不一样，本座修行的乃明教至高心法，赤玉螭练的是复丁魔功，本源不同，两者岂能相提并论。何况本座就算选择转嫁之人，也是尊其意愿，并非强人所难。"赵武阳隐隐有些怒意，语气冷峻道："天机子，你口口声声有违天道人和，那我问你，你那名女弟子又是怎么回事？若不是你将一身光明心法传输于她，指甲红又岂能年纪轻轻跻身天下高手之列。"听到这里，张秋池才回过神来，进入执名神殿以后，发生的一切竟比书生前半辈子见到的事情还要离奇。直到听到指甲红这个名字，才让处于懵懂状态的张秋池为之一振，脑海中闪现出一双十指鲜红的白皙小手，一股清凉寒意使得书生瞬间变得清醒万分，这才明白过来天下第六指甲红的师父，正是眼前的天机子，而自己对这个名义上的师父却没有任何印象，只有当年那位一面之缘鼓励自己读书的老人。

　　听到赵武阳的责问，天机子愣了一下，想起当年那个身受重伤的女孩，嘴角微微一笑，什么也没有说。

第三十六章

江湖情仇爱恨难 杀手之王红颜换

　　深夜，九州大陆各个角落渐渐陷入黑暗之中，大月氏，旭国，还有正日益强盛的荣朝，只有在夜晚，这三个自大明王朝崩塌之后兴起的国家才能获得久违的宁静。即便如此，在三国的边境交界处以及各自的国土范围内，并非所有的人都能安然享受这份宁静，无数刀光剑影、爱恨情仇、阴谋诡计正在黑夜遮掩之下，悄然醒来。

　　荣朝西南边境的一个小镇之中，大多数百姓早已入睡，只有为数不多的房屋还亮着灯火。其实这个镇子并不平静，因为所处的地理位置，正是荣朝向西南方开疆拓土的必经之路。虽然，如今的大荣在昊天王的打拼之下，国土日益增多，疆域横亘南北，每一次捷报传来，荣朝军民都会发出震天的欢呼，可那些真正位于战场边缘的百姓，对战事胜败的关心远远低于对自身安危的担心，谁也不知道，明天醒来之后，这个镇子是不是还会存在，或者自己在睡梦之中便会遭到明教余孽的屠杀。所以，镇子里大多数人能够酣然入睡，除了对自身命运的无可奈何之外，也还抱着对生存的敬意。保持好充沛的体力，至少可以在战乱来临时，能够让自己多活上一阵子，哪怕多呼吸一口气也是好的，生命只有在面临死亡的时候才显得脆弱和伟大。

一间镇里极其常见的破旧小屋内，此时便亮着灯光，靠近窗户的位置，由于有一层粗麻布的遮挡，使得灯光极其隐晦模糊。这么晚还没睡的人，一定是家里有什么事，这间小屋也不例外，屋内只有一个浑身伤痕，穿着破旧衣裳的男人，和一个斜靠在男人肩膀上的女人。他们一定是一家人，因为男人正搂着这个女人。这个男人也一定很爱这个女人，因为女人露着浅浅的微笑。他们一定也很幸福，因为女人手里还抱着一个襁褓中的婴儿。婴儿还很小，似乎连眼睛都未曾睁开过，可这个新生的小生命却让这间破屋在这个夜里显得温暖而迷人。男人搂着女人，女人抱着孩子，此时，无论是荣朝还是明教都与他们无关，这一刻是属于他们的。三口之家就这样静静地贴在一起，而屋子外面，夜更深了，边境的风沙似乎也变得更猛烈起来。

丑时刚过，已经四更天了，再过一个时辰天就亮了，新的一天代表着新的希望。男人再一次搂紧了身边的女人，他的手粗糙而有力，手背上的伤口因为用力而有了一丝裂口，淡淡血腥味飘荡在破屋之中，冲淡了原本那份甜蜜温馨的氛围。随着时间的推移，男人把女人搂得越来越紧，女人被搂得几乎透不过气来，她的肩膀被男人抓得生疼，可是女人却一声不吭。自从跟了这个男人之后，女人便做过最坏的打算，她连死都不怕，又怎么会在乎这样一份因爱而生的痛楚呢？男人竖起耳朵，静静倾听夜色中的声音，他那沧桑而坚毅的脸庞一丝不落地落在女人眼中。终于，男人搂抱着女人近乎扭曲的手指渐渐松了下来，可是，女人并没有因为痛楚的减少而高兴，相反，她的脸色渐渐变得苍白，苍白如雪，她的眼神之中渐渐生出恐惧，恐惧之中透着深深的绝望。

女人抬起头，想最后看一眼这个自己深爱的男人，可男人却在此时站起身，头也不回地走到木门面前。男人心里很清楚，那个人已经到了，就在外面，只要自己走出这扇门便会立刻死在那个人的暗器之下，甚至连怎么死的都不知道。在生命的最后时刻，男人竟然陷入了一段零碎的回忆，如果自己当初没有加入明教，那么现在就不会是明教余孽。如果大明王朝崩塌后那些疯狂的教徒没有滥杀无辜，那么荣朝朝廷就不会清剿明教教众。如果不是自己逞强杀死了前几批清剿的荣朝侍卫，那么也不会引来被朝廷收买的江湖杀手满天星。如果自己能够狠心不带着怀着身孕的妻子一同逃走，那么更不会连累到妻子和刚出生的女儿。可是，没有如果，现在说什么做什么都太迟了，男人双手攥着拳头，十指紧紧陷入肉里，他开始痛恨自己，痛恨自己为什么要加入明教，痛恨自己在明教为什么没有好好修炼武功，痛恨自己为什么要遇到她，痛恨……痛恨门外那个杀人的魔鬼满天星为何那么强大。男人想最后看一眼妻儿，可他不敢回头，最终他带着满腔愤恨打开了破屋的木门。

　　他什么都没有看到，眼前一片漆黑，比屋外所有的夜色加在一起还要黑，这个黑是永恒的黑，代表着死亡的黑暗之色。一颗精致的六角形暗器深深嵌入男人额头之中，夺走了他的生命，也夺走了他的一切。破屋里面，女人眼睁睁看着男人站起身，走到门口，打开木门，然后随风而倒，重重砸在破屋陈旧的地板之上，她的心也跟着抖动不已，连怀中的女婴都似乎因为受到惊吓而打了一个寒战。木门就这样开着，外面一片漆黑，夜风趁机而入，女人紧了紧襁褓中的女婴，她觉得很冷，心里一片冰冷。她没有武功，除了倒在地上的男人和怀里的婴儿，她什么都没有，所以她并不怕死，临死之前，她只想亲一亲自己的女儿，这个刚来到这个世界又将离开的可怜的小生命。女人的嘴唇蠕动了一下，便再也无法完成人生最后一个心愿，一枚同样精致的六角形暗器嵌在她额头之上，良久，血珠渗出，宛如美人痣。女人向后倒去，怀里的婴儿滚落在地，没有发出任何声音。破屋之中，除了依旧微弱的灯光，便是死一般的沉寂。没有人知道这一家三口被谁所杀，更没有人知道杀死他们的暗器有一个好听的名字，叫满天星。

天刚蒙蒙亮，天机子来到这间破屋门口，他在进入小镇的时候便嗅到了空气中浓浓的血腥味。不用说，又来晚了一步，藏在小镇里的明教教徒无一例外全都死了，连同他们的朋友和家人。这些幸存的明教教徒为什么要来到这个小镇，是想躲避朝廷的清剿还是想逃亡旭国都不重要了。天机子已经不记得这是第几个被屠戮的边境小镇，虽然他早已脱离明教，自立门户，可自从得到朝廷要在中原清剿明教教徒的消息之后，还是马上离开东海，一路向西而行，沿途虽然出手救了不少人，可他毕竟只有一人。何况那个天下高手榜排名第六的杀手满天星出手歹毒，一击毙命，在满天星手下从来没有逃出生天的人。天机子抱着一线希望走进破屋之中，轻轻抱起地上的婴儿，竟然一息尚存，看来之前感应到的生机便是这个襁褓中的婴儿。只是婴儿气若游丝，随时都可能死去，天机子揭开襁褓，任凭他是天下高手榜顶端的人物，也不由得大吃一惊。婴儿胸口处，心脉之上，一颗满天星深深嵌入雪白稚嫩的肌肤之中。

西荒城外，夜色如墨，只有城墙上彻夜不熄的烛火才让这个边塞之地稍显生气。离城外不远的一处树林之中，指甲红睁开眼睛，清秀的脸庞之上，两行泪水无声自流，她记不起这是第几次做这样的梦了，二十六年来，这个梦就像心魔一样，不断在她脑海之中闪现。这位天下排名第六的杀手之王，内心深处，既不堪忍受这个梦境所带来的痛苦、仇恨和折磨，又对这个梦境流露出恋恋不舍的情绪，因为只有在这个梦里，指甲红才能见到自己的父母，哪怕这个梦里的景象仅仅是天机子后来告诉她的。"师父，我妈妈是什么样子的呢？"小指甲红奶声奶气地问道。"你妈妈是一个非常漂亮的女人。"天机子宠爱地抚摸着小指甲红的脑袋答道。"有多漂亮？""跟你一样漂亮。""师父，那我爸爸长什么样子？""你爸爸高大英俊，比师父年轻的时候要英俊得多。"听到天机子的回答，小指甲红每次都会满足地闭上眼睛，靠在天机子身上，想象着父母的样子。"师父，那他们什么时候会来看我啊？""他们一直都在看着你，只是你不知道，等你长大了就知道了。"

指甲红生命中的前二十年，就在不断的憧憬与失望中成长，直到六年前，早已亭亭玉立的指甲红站在天机子面前，愤恨而绝望地道："师父，我根本无法练武对不对？您一直知道，这么多年来，我在山羊宫里偷偷修习过各大门派的武功心法，可是您从来没有责备，也没有阻止过我。因为您更知道，我从小心脉受损，这一辈子都没有办法修炼出真气。"指甲红看着须发皆白的天机子，这个将她一手抚养成人的老人，这个与楼外楼大楼主齐名的天下高手，双手紧紧握拳，十指几乎深入血肉之中，咬牙说道："师父，我不甘心。"天机子望着倔强的指甲红很久，才轻轻叹出一口气，说道："也罢。当年我将你从那木屋中救出，便注定与你有一场师徒之缘。既然你自己能够活下来，或许复仇对你来说，便是一件公平的事情。你知道当年为师是大明王朝的首席军师，自然也是明教中人，明教教义中认为，光明所到之处，必然是一个没有战争、灾难、仇恨的世界，可是天意难违，而人心更难测，大明王朝在光明到来之前便陷入了黑暗。为师身处江湖武林之中，所以为师不会阻止你去报仇，可是你要记住一点，仇恨必须在你内心平和的那一刻结束。"指甲红似懂非懂地点了点头，天机子和蔼地笑了笑，并没有再说什么。这位经历九州大陆百年沉浮的大智慧者，自然知道，如若不让指甲红杀死这段仇恨，那么她必然会被心中的仇恨所杀。自己曾经杀过那么多人，现在何必为了内心所向往的光明去为难她呢？

纵横江湖半辈子，令武林中人闻风丧胆的满天星从来就没有想过，有朝一日，自己这天下排名第六的杀手之王会被人追杀得如此狼狈。满天星趁着调息的工夫，回头看了一眼，那道黑色的影子果然就在不远处看着他。满天星这个杀人不眨眼的魔头，这个时候才真正害怕起来，从未有过的恐惧感渐渐从心底升起，他才知道当年那些被他轻易杀死的人在面对死亡时是一种什么感觉。凭暗器起家的满天星，喜欢在杀人之前让对方身心陷入一种恐惧之中，而他自己则躲在周围的黑暗里，静静欣赏那些人在死亡面前的挣扎和绝望。现在，自己竟然被逼到同样的境地，真是一份莫大的讽刺。满天星披头散发，苍白的脸庞上汗珠早已蒸发，他不知道紧紧跟在他身后的那道影子是谁，更猜不出江湖中除了天下高手榜上的人物还有谁能将他逼到如此境地。

看到黑影又静止不动，满天星的嘴角不自觉地抽搐了一下，这个黑影从满天星的老巢开始杀戮，赤手空拳，招招见血，白皙的手指在鲜血的渲染下显得诡异无比，逼得满天星不得不舍弃老巢四处逃窜。说也奇怪，黑影的速度并不比满天星慢，甚至更胜一筹，可黑影每次都留给满天星逃走的时间和机会，然后再次慢慢追杀过来。最让满天星胆寒的是，每当满天星逃到新的地方，找到帮手和同盟之后，黑影总会及时出现，当着满天星的面杀光所有的人，然后静静地看满天星仓皇而去，如此反复，三天两夜之后，当满天星停留在这里之时，才发现自己此刻真的成了孤家寡人，数十年在江湖中打拼积攒下的根基和人脉都被眼前这个黑影所毁灭。可以说，现在除了逃命，满天星已经一无所有了。"嘀，嘀，"满天星发出两声低沉的冷笑，朝黑影喊道："真是好手段。"看到满天星没有再跑，黑影也不答话，只是缓缓走向前来，满天星这才看清，追杀他许久的魔头竟然是个年轻的女子。这个女子正是指甲红，穿着黑衣，一头黑发与夜色融为一体，下垂的双手血迹斑斑，红亮的指甲在星空下闪闪发光。

　　看了许久，满天星只能迷惘地摇了摇头。他根本不认识这个女子是谁，连跟她相似的印象都没有，满天星不记得自己杀过多少人，他也曾想象过有一天会有仇人来找他复仇，为了避免这一情况的发生，满天星从来不会留下活口，连孩童都不会放过。除了那一次在西南小镇，他故意留下一个重伤致残的婴儿，嘲讽一下那个追了他很久的天机子。满天星知道自己不是天机子的对手，可是他不甘心这一辈子就停留在天下第六的位置，所以他才接受荣朝朝廷的招安，替他们清剿中原各处的明教余孽，只有这样他才有机会在天下高手的榜单上更进一步。想到自己当年屠杀了那么多明教的门徒，满天星依然觉得有一股无法言喻的快感在身体里面流动，毕竟在这个世界上，敢杀死如此多号称光明使者的人，恐怕除了他满天星，连当年的魔教教主赤玉螭都未能做到。"婴儿！"突然，正自我陶醉的满天星在夜风中惊醒过来，像见到鬼一样大声叫道，"你是那个婴儿，你就是那个婴儿。"指甲红寂静无声。"不可能，这绝对不可能，"满天星摇头喊道，"就算你没死，这辈子也无法习武，我打伤了你的心脉，你是绝对练不了武功的。"

　　这个时候，指甲红已经离满天星很近了。她抬起双手，十指微曲，红艳的指甲闪烁着一抹光亮，比夜空里那漫天的星星还要耀眼得多。此时此刻，指甲红清秀倔强的脸上终于显出一丝笑容，这丝笑容是那么温暖，那么温柔，就像当年抱着婴儿的那位女子。"疯子，你们都是疯子。"满天星看到指甲红指尖上的亮光之后，终于明白心脉受损的指甲红为何还能拥有一身超凡的武功，只是他怎么也想不明白为什么天机子愿意舍弃修炼一生的光明之力，难道只是为了让眼前这个女孩替父母报仇吗？或许，像他这样的人永远不可能明白天机子的想法，他也不需要明白，他所需要的仅仅是在这个江湖中活下去，不择手段地活下去。所以，满天星在半真半假的震惊和咆哮中出手了，这么近的距离，面对一个初出江湖的小女孩，满天星丝毫不敢大意，将所有的满天星暗器发挥出这一辈子最超常的水准，尽皆打向指甲红的身体要害，额头、眼睛、咽喉、死穴，瞬息之间，指甲红全身笼罩在满天星的暗器之下。就在暗器全部出手的瞬间，满天星松了一口气，因为他知道没有人在如此近的距离还能躲开这些暗器，就算是天机子也不行。可满天星嘴角的那抹笑容还未浮现便永远失去了这个机会，指甲红只伸出一根手指，就洞穿了满天星的额头，这个名闻江湖数十载的杀手之王缓缓跪倒在新王面前。真正的杀手面对死亡的时候，心里是没有一丝求生欲望的。所以，指甲红面对满天星发出的暗器根本就没有想过躲避，她的目标只有一个，杀死满天星，哪怕用她自己的命去换。

指甲红醒来之后，坐在树林中运功调息。六年前与满天星一战留下的伤在真气流动之时依然疼痛无比，最为关键的是她体内的光明之力正在不断流失，再过十年，也许再过几年，天机子灌输到指甲红体内的真气便会消失殆尽。那个时候，指甲红可能真的会死，可是她并不在乎，大仇已报。这些年师父离开山羊宫四处云游，她也在江湖上漂泊，做自己想做的事，无拘无束，就算死去也没什么遗憾的了。只是现在，指甲红望了一眼天漠的方向，失去光明之力的师父在面对楼外楼大楼主时，是不是很不安全。突然，西荒城中传出一声清脆的鸟鸣，天快亮了。

　　指甲红站起身，朝西荒城走去。

第三十七章
巅峰对决生死结　旦夕祸福谁人知

随着赵武阳与天机子停止争论，执名神殿内又陷入了短暂平静，可这一平静很快便被殿外巨大的轰击声所破坏。赤玉螭的攻击频率逐渐减缓，然而攻击的力道却越来越大，每一次攻击之后，执名神殿四个角落安放夜明珠的蛇形石柱都开始轻微晃动，殿内光影摇曳，让人难以适应。见到此种情况，为免横生枝节，赵武阳直言说道："也罢，既然你我各有道理，多说无益，干脆在这里一决胜负，将这些年的恩怨一并了结。"说完，不待天机子有何回应，便抬起右手，如同之前与木柏松的对决一样，雄厚充沛的光明之力遍布手掌边缘，一层淡淡的光晕渐渐生成，"天机子，整个明教从古至今，能修成光明小法的人屈指可数，你天纵奇才，在舍弃大半生光明大法之后，还能将光明小法修炼有成，说实话，本座不得不佩服你在武道上的天分。今日一战，不仅关系你我之间的恩怨生死，其实也是明教光明大小心法之间的对决。本座正好看一看，所谓的光明小法是否真值得本座修习。"

天机子闻言，缓缓说道："大小心法，本属同源，少明王又何必执着于高低之分。我一直猜测，当年创立光明心法之人，必然是将光明大法和光明小法共同修习之人。只是后来不知何故，光明心法一分为二，而后人则将大同之道的光明大法作为光明心法之传承，盖因大法通俗易学，明教之人皆可习之，至于能否大成，则因人而异。而小法剑走偏锋，反向而行，通往大成之路曲折幽僻，趋利避之，人之常情。所以，习武之人若只为追求天道，不为势利所左右，则大小法并无异处，而若是为争权夺利，将天道置于私欲之下，则无论大法小法，皆违背了光明心法之初衷，即便大成，也难以圆满。"说完之后，天机子向前踏出一步，同样右手伸出，手掌边缘光晕点点，竟与赵武阳的情形如出一辙。

"天地有阴阳，光明分大小。世间万物，既然存在，自然有其遵循的天道因果，天机子你又何必自扰之。本座自习武伊始，便以踏入天人之境为唯一追求，其余诸事皆为身外之物，你我今日之战，无论输赢，都是本座武道巅峰之前必须做的事情之一。天机子，同为明教心法，你可莫让本座失望才是。"言毕，赵武阳收敛心神，右掌携带磅礴的大光明之力缓缓推进，天机子同样以掌相对，虽然天机子的光明之力看似没有赵武阳之精纯、充沛，可经过先前大小光明指的对决，谁也不敢轻言赵武阳就一定能够占据优势，毕竟明教近年之中，修炼光明小法有成者寥寥无几，更未出现过大小光明心法同台相斗，所以，谁也不敢保证表象偏弱的光明小法就一定会落入下风。随着赵武阳与天机子气势的不断攀升，两大强者之间相互牵引的气机也逐渐波及整个执名神殿，这股强大至极的气机风暴不仅让洪屠生、打一打、张秋池和伍悠悠四人不断后退，避其锋芒，就连陷入悲痛之中的木柏松也被惊动，睁大眼睛看着老友"柳星张"展现出的绝世风姿。

自五十年前罂蓬山与赤玉螭一战之后，江湖中再也未曾出现过顶级高手之间的对决，以至于六年前指甲红横空出世，千里追杀满天星一战都成了绝响，至今仍为江湖武林人士津津乐道。可是今日，在大陆西侧天漠地底，明教遗迹圣女殿之中，占据天下高手榜一、二两名的人物竟然毫无先兆地进行最强对决，此事若是传至江湖，必然会掀起一波惊涛骇浪，楼外楼大楼主与东海山羊宫宫主，两者无论谁胜谁负，都将左右中原武林的力量对比，甚至对整个九州大陆产生影响。赵武阳和天机子在进入圣女殿前，或许都曾考虑过这样的情形，可是现在，也许连他们自己都不知道接下来会发生什么。两位至高强者的气机和真气已渐渐抵达巅峰状态，这样的状态让一旁的木柏松都忍不住认为，若是两人联手，是不是可以与神殿外的赤玉螭有一战之力。紧接着，木柏松苦笑着摇了摇头，因为这两位对决的巅峰人物是绝对不会联手的，哪怕他们修习的都是明教心法，哪怕他们是曾经的旧臣少主，哪怕此时此刻殿外还有一个当世无敌的赤玉螭。

由于气机牵引，赵武阳与天机子轻浮在空中，随着手掌越来越近，两人也如同凭虚御风一般朝对方飘去。终于，两只极具渊源又极其相似的右掌紧紧贴在了一起，刹那间，执名神殿内的夜明珠突然变得极为暗淡，一缕缕微弱的光线，在肉眼可见的情况下，不受控制地倾向两只晶莹如玉的手掌。光明大法与光明小法相遇之际，没有爆发出水火不容的姿态，也没有呈现出半点强弱之分，两只手掌顺着气机自然地贴在一起，就像一个人的双手合十，极其自然合理而又轻松巧妙地贴在一起。说来也怪，赵武阳与天机子双掌接触之后，原本凌厉之极的两股气机竟然开始减退，木柏松等人承受的压力也为之一轻。而两人双掌之间的光晕却越发明亮，似乎执名神殿内原先那些狂暴的真气和气机都被这两只手掌所吞噬。

赵武阳黑袍罩身，金色半面佛不喜不悲，稳若磐石。天机子须发迎风，脸容清淡慈眉善目，宛如谪仙。二人此时气机交织，真气对冲，大小光明之力于掌间方寸之地相互博弈，大光明之力奔腾如大江之水，浩浩荡荡横无际涯，朝天机子迎面而来；小光明之力则似高山流水，居高临下清澈异常，一往无前势不可当。然而，外人看来，两人手掌对峙之后，便再无动静，白色光晕将双方手掌包裹其间，随着时间的推移，光晕开始扩散，由手掌到手臂，再由手臂到肩头，不知不觉中，赵武阳与天机子已经双双被光晕覆盖全身，远远望去，宛如两尊气息纯净的光明神祇，立于世间。而就在众人为之惊叹之时，均衡之势出现了变化，光晕覆盖两人之后，未及片刻，只见天机子光明之力锐减，白色光晕如同气泡一般消散在空中，而赵武阳则气势大盛，大光明之力越发精纯，白色光晕渐渐呈耀眼之势。就在这一刻，大光明之力借机冲破两人之间的真气屏障，由手掌向天机子体内侵入。天机子闷哼一声，嘴角溢出一道血线，内力之争，最为凶险，一步错则满盘皆输。木柏松以手撑地，脸色凝重万分，旋即又一片释然，他知道天机子已然落败，只要赵武阳不愿收手，瞬息之间，天机子就将被猛烈至极的大光明之力化为灰烬。看来，这天下高手榜首之争，终归要尘埃落定。

就在木柏松不忍之时，场中局面再次出现异变，在真气屏障被攻破之后，天机子竟然收回内力，放弃了抵抗，任由赵武阳的大光明之力侵入体内。然而，天机子并未因此而再次受伤，原本消散的光晕却再次从他体表衍生出来，随着赵武阳攻势的加强而变得明亮耀眼，几乎又回到了两人平手时的情景。"天机子，你竟然修习魔教的复丁魔功。"赵武阳虽然早已发现不妥，奈何两人开始便以内力相拼，气机真气互相纠缠在一起，一损俱损，本以为凭借精纯磅礴的大光明之力，天机子必然难以承受，可在损失了近乎半身内力之后，赵武阳才突然想到，天机子修习的并非光明小法，而是魔教的复丁神功。"原来你先前使出小光明指，便是想让本座以光明大法与你对决，而后又假以光明小法相抗，实则等待时机，通过复丁魔功来陷害本座。天机子，你不愧是当年的首席军师，真是一番好算计。"赵武阳推算出事情的原委之后，终于动怒起来。

"我将大光明之力转与指甲红后，六年来，勤于小法，可光明大法大成之人，经脉、穴位早已根深蒂固，若要逆转以修小法，几乎是不可能的事情。所以，这六年来，我并没有修成光明小法，连小光明指也只悟出其形，而未具其实。少明王，听老夫一劝，莫要以光明心法来冲击那天人之境，大小法同修之路，实在是有死无生。当年大明王对武道过于偏执，不幸坐化于此，老夫实在不愿意看到少明王重蹈覆辙。"天机子在赵武阳道破复丁神功后，便不再运功吸收大光明之力，而赵武阳也不再强行进攻，两人之间保持着这均衡之势。赵武阳心中清楚，就算天机子所说未必属实，但修习光明小法的困难程度可想而知。可赵武阳已经没有退路，就像现在与天机子之间的对决一样，他已倾力为之，再难回头。见赵武阳沉默不语，天机子继续说道："你我皆修习光明心法，个中利害，想必少明王心中也有数，老夫就不再多言。至于今日之战，我看就此作罢，只要你我同时收手，少明王定然能够全身而退，于武道根基也无损害。"

赵武阳从来没有想过，事情会发展到如此田地。如果他与天机子继续僵持下去，最终只会两败俱伤，除非有人愿意打破僵局。可在这种内力比拼当中，主动破局之人定然承受更多的真气反噬之苦，轻则伤筋动骨，重则走火入魔，无论哪种情形都是赵武阳不愿看到的。现在只有如天机子所言，趁着还能维持平衡的时候，双方同时撤去内力，或许能够全身而退，至于被复丁神功汲取的大光明之力，花费几年时间，赵武阳便可以恢复过来，只要自身根基无损，这点代价还是可以接受的。"老夫年事已高，对武道巅峰与天人之境只余向往之情，一会儿我便先行撤去内力，少明王紧随其后便可。"见赵武阳微微点头，天机子看了一眼木柏松三人继续说道，"事后，老夫将与木老弟一起带两位小友离去。而我与少明王之间恩怨既了，大明王朝也早成过往，地宫发生之事，老夫可以保证绝不会传出天漠分毫。"天机子说完，赵武阳并没有出声，算是两人达成了默契，接下来只要双方能够撤回内力，这场榜首之争便可告一段落。

就在天机子与赵武阳屏气凝神，准备各自收回内力之时，一道震耳欲聋的响声在执名神殿中响起，玄武石门竟然活生生被殿外的赤玉螭攻破。一时间，殿内混乱一片，无数碎石、气流蜂拥而至，殿内众人无不运功抵挡，而可怜的书生和伍悠悠没了木柏松在一旁照应，再也承受不住如此冲击，直直晕死过去。此时的赤玉螭状若痴狂，须发凌乱，一身粗布麻衣已成褴褛，隐隐之间，健壮无比的体魄让人望之胆寒，仔细一看，正是在西荒城以一人之力击败御机营的第一柳。打破石门之后，赤玉螭没有任何停留，飞身扑来，落在赵武阳与天机子两人身旁。赤玉螭的出现不仅让正在拼斗的两人大吃一惊，就连一旁的洪屠生、打一打与木柏松也脸色大变。此时的赵武阳与天机子正值紧要关头，哪怕再过一时半刻便可双双脱离凶险的境地。然而，赤玉螭偏偏这个时候闯了进来，这个五十年前就名震天下的魔教教主，此时只要插手其间，便可轻易让赵武阳与天机子身受重创。可是让人意外的是，赤玉螭落在两人身边后，竟然没有立即出手，而是歪着脑袋看着僵持中的两人，不时用手拨开落在眼前的乱发，饶有兴致。

赵武阳和天机子此时却是有苦难言，被赤玉螭如此近距离欣赏，两人又不敢在这时撤回内力，生怕气机波动刺激到这个疯疯癫癫的魔头，万一赤玉螭一时兴起，一人一掌，当头拍下，当今武林最强的两大高手可就连喊冤的机会都没有了。执名神殿内，其余众人也是一动不敢动，连木柏松这个天不怕地不怕的老头此时也显得异常老实，忍着伤势一声不吭。赤玉螭看了半晌，脸色变幻极快，先是饶有兴趣，看着看着便渐渐起了迷茫之色，不过一会儿工夫，迷茫顿消，一股怒意从赤玉螭身体内喷薄而出，让殿内众人出了一身冷汗。幸运的是，这股怒意转瞬即逝，赤玉螭闭起双眼，陷入沉思之中，又过了一会儿，赤玉螭睁开眼睛，脸上呈现出一股欢喜之色。突然，赤玉螭双手一拍，左手指着赵武阳道："你是曌蓬山。"右手指着天机子道："你是赤玉螭。"此言一出，执名神殿内众人皆目瞪口呆，赵武阳与天机子相互望了一眼，都从对方眼中看出震惊与不解。

识破两人身份之后，赤玉螭显得极为高兴和得意，竟然盘膝坐在地上，兀自说道："找了这么久，终于让我找到你们了，快跟我说说看，当年你们之间那绝世一战，究竟谁胜谁负？"说到这里，赤玉螭又仔细打量了一下两人，狐疑道："咦，不对，莫非你们还没分出胜负？"没有理会众人吃惊的表情，赤玉螭指着赵武阳道："曌蓬山，你这大成的光明心法怎么就剩了半身功力，看来你是赢不了。"说完，仔细看了一眼天机子后，惊讶道："赤玉螭，怎么你体内也只有半身功力，而且还是光明之力。"说到这里，赤玉螭脸上再次露出迷惘不解之色，喃喃自语："你们最后到底是谁赢了呢？难，难，难，真是让人头疼。"话音刚落，赤玉螭真的双手抱着脑袋，不停拉扯自己的头发，显得极为痛苦，盯着赵武阳与天机子，同时嘴里不断喊道："你是曌蓬山，他不是赤玉螭……不对，不对……他是赤玉螭。你不是曌蓬山……我知道了……你不是曌蓬山，他也不是赤玉螭，还是不对，不是曌蓬山和赤玉螭，那你们是谁？"说到最后，赤玉螭似乎是难以忍受脑海中这股混乱的思绪，竟然抡起双拳重重击打自己的头部，充满力量的拳头狠狠落在脑袋上后，发出宛如钟鼓撞击般的沉闷声响，赤玉螭状若癫狂，一拳一拳砸向自己，到最后，如同鼓点一般，"咚咚"之声让殿内众人难以忍受，简直要吐出血来。

眼见赤玉螭癫狂之态越来越盛，天机子平静问道："你是谁？"说也奇怪，听到天机子问话之后，赤玉螭果然停下手来，只是眼中显得更为迷茫不解，自言自语道："我是谁？对啊，我是谁呢？你们谁能告诉我，我到底是谁？"赤玉螭说着说着，将双手摊在身前，看了一眼赵武阳，左手升起一股耀眼的白色光晕，竟然是精纯至极的大光明之力。又看了一眼天机子，右手掌心上空，渐渐出现一个小小的旋涡，离得最近的赵武阳和天机子两人明显感到自己体内的生机和内力不受控制地朝旋涡中流逝。赤玉螭的目光在双手之间不断游走、挣扎，终于再次双手握拳，昂首吼道："我是谁？我是君临天下的大明王曌蓬山，我是雄霸武林的魔教教主赤玉螭，哈哈哈哈……"

第三十八章
前世今生斩不断　杀机尽增美人心

　　"你不是璎蓬山。"听到赤玉螭如此猖狂而又疯狂的话后，天机子似乎想到了什么，于是继续向赤玉螭说道，"大明王璎蓬山在五十年前已坐化此处，遗骸便在地宫之中的孟章神殿内。"赤玉螭听完后，愣了一下，随即又猖狂大笑道，"原来璎老儿果真死了，哈哈哈哈，真是大快人心啊，那我便是魔教教主赤玉螭了，看来本教主一统江湖武林指日可待，哈哈哈哈。"看了一眼天机子，赤玉螭再次说道，"老头，你是本教哪个分舵的人，竟然会修习复丁神功，本教主怎么从来没见过你？咦，你对面这小子又是谁，难道是明教中人？"听得此话后，赵武阳不由得心中一紧，万一这疯疯癫癫的魔头将天机子当作自家人，而对自己出手，以现在赵武阳的状态，基本是毫无抵抗之力，岂不是太过冤枉。纵横江湖数十载的楼外楼大楼主赵武阳，此刻心里真是气急加窝囊。好在天机子没有理会赤玉螭这般疯癫话语，而是认真地说道："你也不是赤玉螭。赤玉螭在五十年前已经与璎蓬山同归于尽，又怎么可能出现在此处。"赵武阳看了天机子一眼，虽不明白天机子为何要隐瞒赤玉螭复丁重生一事，但也并未点破。

　　而稍显平静的赤玉螭听到天机子的话后，再次疯癫痴狂起来，伸手指着天机子道："你胡说。既不是曌蓬山，也不是赤玉螭，那你说我是谁？要是答不上来，今天你们都要死在这里。"说到最后，赤玉螭已经完全失去理智。然而，天机子似乎并不在乎进一步刺激到狂暴状态的赤玉螭，平静地说道："你是谁，只有你自己知道。""我自己知道，我自己知道，我自己怎么知道……"赤玉螭再次开始撕扯自己的头发，双手不停拍打脑袋，双眼赤红，口中念念有词："曌蓬山……赤玉螭……东海，明教……圣女殿……"如此持续了近半炷香的时间，突然右拳狠狠捣在地上，赤玉螭面带一丝诡异的笑容，披头散发站了起来，"我想起来了，这里是圣女殿，我是赤玉螭，"然后对天机子冷冷说道，"本教主没有说错吧，天机子。"天机子对赤玉螭微微一笑，只说了三个字："理由呢？""理由？"赤玉螭好像听到了世上最好笑的事情，冷酷笑道："本教主做任何事情从来就不需要理由。"停顿之后，想了想，又对天机子道，"念在你让本教主恢复记忆的分儿上，本教主就让你死个明白。"

　　"五十年前，曌蓬山寻到东海邀本教主一战，本教主恰好神功大成，便与曌蓬山大战七天七夜，一路向西而行，从东海打到圣女殿内，抵达圣女殿时，两人都近乎油尽灯枯，曌蓬山自知留不住我，便硬生生受我一掌，使诈将我引到孟章神殿内，妄图以阵法将我困在神殿之中，被我识破后，本教主干脆一横心，直接击毁神殿机关，于是我们两人都被困在神殿之内。谁知不久之后，整个圣女殿突然开始下沉，我们与孟章神殿一同被埋进地底之中。过了半月有余，整个圣女殿除了我们二人之外，再也没有任何生机，本教主与曌蓬山自知难逃此劫，两人也不再白费力气继续争斗，而是静下心来，相互把毕生所学交流一番。也是我们命不该绝，曌蓬山从本教主的复丁神功中觅得一线生机，提议将二人残存真气合于一人，希望借此能够抵达武道巅峰，从而强行击破神殿机关，逃将出去。由于复丁神功乃本教绝学，本教主又修至大成，最终双方立下誓言，由曌蓬山将光明之力传输于我，只要我能突破武道巅峰，攻开神殿后便各行其道。作为交换，本教主事先也将复丁神功功法传与曌蓬山。谁知道曌蓬山天纵奇才，短短三日，便暗中将复丁神功练成。"说到这里，赤玉螭突然脸色阴沉，愤恨道，"不仅如此，曌老儿还趁传送光明之力之时，对我突下毒手，竟然想通过汲取本教主全身内力来成全自己的武道巅峰。不过，曌老儿没有想到复丁神功是要散功之后才能修炼的，否则，只能走火入魔，内力尽失。"赤玉螭说到这里，脸上呈现出一股幸灾乐祸的表情。

"所以，你趁大明王走火入魔之际，通过复丁神功将其内力据为己有。"从赤玉螭出现后的状态，天机子基本已经猜到了当时的情况，现在只是通过赤玉螭的回忆来加以确认。"不错，本教主平生最恨言而无信之徒和背叛之人，原本我还考虑逃出圣女殿后是否放他一马，没想到曌老儿竟然先下手了，那也就别怪本教主无情。本教主不仅汲取了曌老儿的内力，连同他体内的生机也一并吸收过来。这时候，曌蓬山虽然未死但已经是个废人，本教主在运功冲击武道巅峰之前，为防意外，就用盛放夜明珠的蛟龙石柱将其双腿压住。"赵武阳听到这里，金色半面佛面具下的双眼紧紧眯起，浑身气机为之一颤，差点打破与天机子之间的均衡之势。赤玉螭也注意到了这一点，只是他看了一眼赵武阳，并未在意，继续说道："谁曾想到，本教主在冲击武道巅峰的过程中，也出现了问题。正因为汲取了曌蓬山的生机，所以我汲取到体内的大光明之力好像也有了自己的意识一般，拼命与我作对，处处阻挠，导致我在运功过程中几乎走火入魔。可天意难测，又正是这场危机，刺激了复丁神功的功效，阴差阳错之间，本教主竟然通过此功复丁重生，真是天助我也。"

赤玉螭认认真真看了一遍自己的身体，又将充满弹性和力量的健壮手臂伸到眼前说道："当我醒来的时候，并不知道过了多久，直到我看见曌蓬山早已化作一堆枯骨，才意识到可能过去很长时间了。然而，那时候我却失去了所有记忆，直到现在才想起一切，可是这并不晚，本教主重新拥有了一副健康的身体，如今整个天下，还有谁能阻挡本教主分毫。"天机子并未因为赤玉螭恢复记忆而有所动容，依旧冷静道："就算你恢复了记忆，你也不再是原来的赤玉螭，老夫抵达东海之后，查阅了魔教遗留的复丁神功秘籍后得知，复丁神功大成之后，确有可能涅槃重生。可重生之人，绝大多数会失去原有记忆，即便有记忆也会残缺不全，这些重生之人，在魔教记载中，被称为转世者。而转世者的人生一般都会重新开始，所以，老夫认为，复丁重生之人并非真正的重生，或许只是如婴儿般存在于世，是另一个人而已。""荒谬。本教主岂可同那些普通的转世者相提并论，本教主已经恢复所有记忆，连武功心法都毫无差错，天机子，不要以为你刚刚有助于我，本教主就不敢杀你。"

"老夫有没有胡说，你听完便知。我且问你，当年你汲取了曌蓬山的生机，那么如今你的这副身体里面便包含着赤玉螭和曌蓬山两人的生机，既然你说自己是赤玉螭，为何不能说你是曌蓬山呢？"天机子问道。"复丁神功纳万物为我所用，区区生机又算得什么？"赤玉螭辩解道。"那好，如果你不是曌蓬山，为何能够使出光明之力？明教光明之力如同其他内力一样，的确可以转嫁他人，但转嫁之后便与普通内力无异，你若不是曌蓬山，又岂会明教光明心法，先前又岂能施展光明之力？"天机子进一步问道。"这……"赤玉螭这次却答不上来了，他自己也不知道，为什么醒来之后便会施展光明心法，现在天机子提到这一点，顿时让赤玉螭脸上得意的笑容渐渐消散。看到赤玉螭的脸色变化，天机子突然语气一转，冷冷问道："你若不是曌蓬山，又岂会认识我天机子。"这句话说完之后，赤玉螭顿时如遭雷击。五十年前，在曌蓬山与赤玉螭消失之前，天机子只是大明王朝的首席军师，是一个不懂武功的文人，作为魔教教主的赤玉螭根本没有见过，更何况现在的天机子易容成柳星张的样子，如果赤玉螭脑海之中没有曌蓬山的意识，先前他便不可能直接喊出天机子的名字。

　　"不可能，不可能，"明白这一点后，赤玉螭眼神之中尽显恐惧之色，口中则急忙大喊，"我是赤玉螭，我不是曌蓬山。""你是曌蓬山。"这个时候，一个声音在赤玉螭心里响起。"你是谁？"赤玉螭环顾四周，惊恐问道。"我就是你。"声音继续答道。"不，你不是我，你是曌蓬山。""曌蓬山就是赤玉螭，赤玉螭就是曌蓬山。"声音继续蛊惑道。"曌蓬山，你给我滚出来，我要杀了你。""嘀嘀，你杀不了我，因为你就是我，嘀嘀……"声音带着得意的笑从赤玉螭心里消失。"啊……"赤玉螭抱着脑袋在地上翻滚起来，整个人似乎完全崩溃，众人只看到赤玉螭在听完天机子的话后，一个人在疯言疯语，却对赤玉螭内心深处发生的事情一无所知。赤玉螭滚落在地，不停地咆哮吼叫，声音恐怖，神情痛苦，挣扎一番后，整个人突然从地上弹起，死死盯着赵武阳和天机子冷冷说道："曌蓬山，天机子，你们两个都该死，我要杀了你们。"听闻此言，赵武阳与天机子都微微变色，不待两人有何反应，赤玉螭左手为掌，右手化拳，直接朝对峙中的两人凶狠而去。仓促之下，赵武阳只好左手并指如剑，绕过右臂，朝赤玉螭左掌掌心点去，与此同时，天机子也伸出左手，迎向赤玉螭的右拳。

赵武阳与天机子两人本就以命相搏，双双陷入僵局之中，能使出的内力不足半分之数，而赤玉螭早将大明王和魔教教主两大高手内力融为一体，几乎已是武道巅峰，此时暴怒出手，赵武阳与天机子又如何能够抵挡。只听见执名神殿中发出"啵"的一声巨响，气机纠缠、真气冲击之后，赵武阳与天机子被赤玉螭直接击飞二丈有余，重重摔倒在地，两人都忍不住呕出一口血来。赤玉螭却依然屹立原地，嘴角竟然也溢出一丝血迹。原来，赵武阳与天机子虽然硬生生承受了赤玉螭的攻势，但赤玉螭也相当于承受了当世两大高手的联手一击。何况赵武阳与天机子内力均衡之势被赤玉螭强行打破，本应两人承受的反噬之苦此时却有相当一部分被赤玉螭承受去了，饶是赤玉螭此时拥有无敌的体魄和武道巅峰修为，遭受如此重击之下，想必也受伤不轻。然而，这点伤对赤玉螭来说似乎没有多大影响，在击飞两人之后，赤玉螭没有停留，再次朝赵武阳走去，在赤玉螭心里，对罂蓬山的仇恨要浓烈得多。两道破空之声响起，朝赤玉螭攻去，洪屠生和打一打很清楚赤玉螭绝非自己二人所能够抗衡，可依然做出这样的决定，哪怕是死，他们也要帮赵武阳拖延片刻。

"滚开。"赤玉螭看都没看，直接朝两人一挥左手，洪屠生与打一打人在空中，便被强悍无比的真气直接挡了回去，落地之后，双双向后倒退十来步才堪堪站稳。洪屠生与打一打对视一眼，眼中满是震惊之色，待两人回过神来，赤玉螭早已抡起右拳，带着满腔的不甘和怒火，朝赵武阳狠狠攻去，似乎想让罂蓬山从这个世界上彻底消失。赵武阳见拳头迎面而来，金色半面佛无喜无悲，他能够清楚感觉到赤玉螭附着在拳头上的杀机，这份杀机是赵武阳踏足江湖以来，第一次感受到死亡气息的杀机，如果是在他全盛时期，也许他还有把握躲过这一拳，可是现在，没有人能够救得了他，也没有人能够拦下这必杀的一拳。死亡对于赵武阳来说，并不是什么可怕的事情，当年在大明皇宫他便是从死亡边缘活过来的，让赵武阳难以接受的是即将杀死自己的这个人，身上竟然带有父皇的印记，甚至拳头上面还流露着光明之力的气息。这是惩罚，还是宿命？赵武阳没有时间去想这些了，下一刻，赤玉螭的拳头已到心口。

"无论你是谁，无论你在哪里，就算你不爱我，又有什么关系呢！"从旭国到天漠，明曦心里一直默念着这句话。一路上，她忘记了自己是明教圣女，忘记了光明顶，忘记了苍穹之上；忘记了体内光明之力所造成的痛楚，忘记了自己是如何闯入地宫之中，也忘记了眼前这个魔头是多么可怕。其实，就算忘记了全世界，明曦也不在乎，只要她心里还记着那个金色半面佛面具以及面具下的他，那么，便足够了。赵武阳看了一眼身形摇摇欲坠却依然挡在自己身前的明曦，他根本没有想到明曦会突然出现在这里，更没有想到她能挡住赤玉螭的那一拳。明曦静静站在赵武阳与赤玉螭之间，脸色苍白，时而泛起一股真气翻涌后的潮红，强忍着不让鲜血从喉咙冒出来，她要在明空面前，保持最完美的一面，无论是生，或是死。

因为日夜赶路的缘故，明曦那袭火红教袍早已布满了尘土，她的双手前后交叉置于胸前，赤玉螭那夺命的一拳正停留在掌心处，拳头上的内力和杀意早已被明曦体内的光明之力所化解，可拳头上的气势却让明曦的双手连同胸口一同向内凹陷，而明曦眼中既无痛楚也无恐惧。赤玉螭奇怪地看着明曦，他记忆里见过的美丽女子并不少，可几乎没有一个比得上眼前这个女子。赤玉螭缓缓收回拳头，冷冷说道："你不怕死？"明曦也将双手慢慢分开，放回到身体两侧，她双手的指骨不知道断了多少，可在外人看来，明曦的一举一动总会透着一股高贵和优雅，圣女般的高贵和优雅。"怕。我怕他会死。"明曦轻轻答道。听到这个回答，赤玉螭只是冷漠地说了一句："那你们都去死。"这个时候，明曦竟然朝赤玉螭出手了，玉手之上，光明之力大盛，一时间，执名神殿内，一切都变得黯淡无光。

赤玉螭原本冷漠的眼神这一刻变得炽热起来，作为前世和当世的最强者，尤其是面前这个女子在抵挡住攻势后，还敢朝自己出手，不由得勾起了赤玉螭的好胜之心。玉手上光明之力越来越亮，就在众人以为明曦要出手之际，这位圣女竟然笑了，这一笑连赤玉螭一瞬间都有些失神。没有谁猜得到，明曦会趁着这电光火石的间隙，转身带着赵武阳逃入玄武石像的密道之中。直到人影空空，赤玉螭才醒悟过来，忍不住怒吼一声，也径直追了进去。眼前发生的这一幕，让殿内众人看得目瞪口呆，木柏松差点牵动伤口，又喷出一口血来。

天刚蒙蒙亮，西荒城外不远处，尘尘独自蹲在地上，手里拿着一根沙柳枝在地上胡乱画着。尘尘自从到城主府吃饭后，被白无忧捏着脸蛋说了句"比我养的那只笨鸟可爱多了"。她这个曾经无依无靠处于最底层的小孤儿，如今在西荒城大到富贵商贾，小到守卫兵痞，都没人再敢欺负她一下，偌大的西荒城任她闲逛，只是时间一长，尘尘反倒觉得没什么意思。孤单无聊的时候，除了摆弄自己那些五彩天石外，尘尘便喜欢跑到城外来玩。

今天她已经蹲在这里一个多时辰了，玩腻了沙子，尘尘抬起头，望着远处无边无际的天漠白沙，不由得噘起小嘴，自言自语道："先生进了天漠，第一伯伯不知道去了哪里，现在小白白也进了天漠，还把小清姐姐送回了京城，只留下我一个人在这里。"说完，尘尘用沙柳枝使劲戳了戳地上的白沙。"我也要去天漠，你愿意和我一起去吗？"一个声音突然从尘尘背后响起。尘尘回过头来，认真思索一番后，才小声道："我想去，可是我要在这里等先生。""没有关系，我是你师伯。"

第三十九章
惺惺相惜不须识　同病相怜起仓皇

又是一场阵雨过后，整个新月草原宛如被人清洗过一遍，碧空下，水草丰盛，羊马成群，不少肥厚的水草叶片边缘还挂着晶莹的水滴，这些水珠顺着叶片脉络向低处滑去，偶尔汇聚成更大更晶莹剔透的水珠，将水草压得低低沉沉。最后水草不堪重负，将这些饱满诱人的水珠扔进草原中无数的水潭里，荡漾出一圈圈微小的涟漪。这些涟漪会被正在进食的羊马破坏，当然，如果你运气极好的话，也有可能在涟漪之中看见一位大月氏美人的倒影。都说九州大陆就数大月氏的美女最为好看，也最为耐看，从古至今，没有哪朝哪代的皇帝没有一位来自大月氏的妃子，而在大月氏，又数生长在新月草原的女人最美。就拿最近来说，如今称霸九州大陆的荣朝已故皇太妃便是当年的新月美人阿那朵。

传说新月草原是天上仙女的挂坠落在九州大陆形成的，大月氏各部落的女子谁不想从小就生活在这片有着灵气和肥沃水草的地方，可近二十年来，新月草原却被大月部牢牢占据着。因为大月部正是大月氏现在的王族部落，大月部的首领阿那木扎自然也是整个大月氏的实际控制者。实际上，虽然大月部自大明王朝崩塌后便是大月氏最强盛的部落之一，可也没有强大到让其余部落俯首称臣的地步，直到大月部出了个新月美人，这个新月美人正是阿那木扎的亲妹妹阿那朵。等到阿那朵被荣太宗白羿迎娶之后，大月部才算真正成为大月氏的王族，从此高人一等，无论是军事还是威望，其余部落再也无法超越。即便如此，这些年来，整个大月氏各部落之中，仍然有一些野心勃勃的首领，对阿那木扎有所不满，认为他是依靠妹妹阿那朵才当上大月氏的大首领。如今，新月美人早已离世，而阿那朵留下的那位荣朝皇子在三年前登基之后，竟然暗指阿那木扎这个亲舅舅是杀害自己母亲的凶手，更是挂帅亲征，撕毁了当年白羿与大月氏的盟约，与大月氏正式开战。这件事直接让阿那木扎在大月氏的名望落到低谷，甚至由此引发了好几场部落叛乱。

好在阿那木扎在战争开始之后，率领部落联军将荣朝新皇白泓拒之于新月谷外，这才稳固住大月部的王族身份。谁知，大月氏与荣朝这一战一打就是三年，三年间，大月氏与荣朝互有胜负，即便这样，如此旷日持久的战争也是任何人都不愿意看到的，尤其是大月氏这样的部落联盟之国，一时间，各部落怨声载道，纷纷指责阿那木扎为了自己和大月部的荣誉而牺牲整个大月氏的利益，阿那木扎再次陷入困境之中。然而，一切都在那场新月大战后，得到彻底扭转。一个多月前，经过三年的准备和攻坚战后，新皇白泓决定破釜沉舟，强攻新月谷。于是，在今天春季的最后一个晚上，在蒙蒙春雨之中，新皇白泓亲率十五万新军强攻新月谷，结果中了大月氏军师斩土的诱敌之计，斩土命令大月氏守军连退二十里，直接将新月谷让给了白泓，就在荣朝十五万新军欢呼雀跃之际，斩土下令将事先准备好的数以万计的羊马，从山顶山腰向谷底驱赶。月夜之下，新月黯淡无光，羊马大阵冲入新月谷，势不可当，十五万荣朝新军瞬间就被击溃阵形，只能向谷外逃走。与此同时，大月氏部落联军跟在羊马大阵后，掩杀过来，荣朝新皇白泓辛辛苦苦训练的十五万新军，大败而归。听说最后逃回荣朝西北边塞的还不到十万人，其余五万之众尽皆葬身新月谷，事后还有传闻说新皇白泓也在新月大战后失踪了。

新月草原最南端，春天来得最早，冬天来得最晚，是大月氏地理环境最好的地段。一座金色的大帐篷矗立在平坦开阔的草原之上，帐篷顶端有一根旗杆高高耸立于半空，旗杆顶端则悬挂着一幅巨大的大月部部落图腾，在风力的作用下，不时上下翻滚，颇有气势。金色大帐篷周围，东、西、南、北四个方位有四个稍小的帐篷拱卫四周，再往外便是里外各三层的部落守卫，个个体格健壮，双目炯炯有神，无一不是大月氏各部落挑选出来的勇士。由于白天下过几场阵雨，到了晚间，天空反而繁星点点，让人心神开阔，禁不住感慨天道之神奇奥妙。夜初时分，一个身材矮小，满脸络腮胡子的老头径直向王帐走去，丝毫没有大月氏部落人的特点，然而，各个部落的勇士守卫却对他低头行礼，一路通畅地来到王帐前。此人正是阿那木扎的军师，也是新月大战的功臣斩土。斩土在王帐前静立片刻，随即挥手挑起幕帘，走了进去。"这么晚还来见我，是不是荣朝那边有什么消息传来？"阿那木扎靠在王帐中央的椅子上闭目养神，听到斩土进来，开口问道。

斩土没有直接回答，而是径直走到茶几旁坐下，自顾自地斟上一杯茶水，赶紧先抿了一口，茶水温热，显然刚泡不久。阿那木扎睁开眼睛，看到斩土如此行为，也不以为怪，轻笑道："在大月氏待了二十多年，你还是习惯南方的饮食，只是不知今日这茶水与你当年在明教享用的，可有一比？"斩土抿了一口茶水之后，在口中回味良久，才轻轻吐出一瓣茶叶道："此乃中原极其稀有的峰顶之茶，便是当年明教之中，也算稀罕之物。"说完，看向阿那木扎双手抱拳道，"新月一战大胜之后，各部落首领都争相来表达忠心，连如此珍贵之物都舍得贡献出来了，真是应该恭喜大首领。""自古弱肉强食、胜王败寇，我大月氏如此，荣朝如此，九州大陆也是如此。今日献我茗茶之人，他日便有可能取我首级，又何喜之有。"阿那木扎淡淡言道。"大首领所言极是。想我斩土当年文武双全，原本以为有生之年定能建功立业，不料进入明教之后，文比不上天机子，武又不及大逐日，直到大明王朝覆灭，天机子弃文从武，于东海创立山羊宫，而大逐日则以光明自居，掌控明教和旭国。心灰意冷之下，我只好远走北地，幸蒙大首领不弃，苟活至今。"每当遇到感触之事，斩土都要把自己的往事叙述一遍，这么多年来，阿那木扎早就习惯了，便也像往常一样宽慰道："当世之人，能与天机子和大逐日相提并论便是无上荣耀了，军师又何必自谦。"闻言，斩土咧嘴一笑。两人这么多年早有默契，也不在此事上多做纠缠。

直到半壶热茶下肚，斩土才心满意足正色道："果然不出大首领所料，荣朝皇宫发生变故。据说荣朝当朝宰辅王志璨趁新皇白泓兵败之际，勾结党羽，欲要挟太后，图谋不轨，兵败后，自杀谢罪。事后，老宰辅王远云，将朝中攀附王家的门阀子弟一并上报皇宫，自缢身亡。而皇太后王逸蓉因此事怒急攻心，也阖然长逝。""看来，泓儿已安全回到皇宫。从今以后，九州大陆除了飘然离去的王希音，再无王氏了。""王氏一族对新皇白泓来说，应该不算什么威胁，只是……"说到这里，斩土停顿片刻，又继续说道，"只是此次宫变之中，昊天王白不觉自始至终都未插手，连他手下的那半国之军竟然也出奇地安静。""王氏一族又怎么算得上威胁呢，其实他们与我一样，都是在帮泓儿，区别在于他们选择了死亡，而我则必须要活着。至于白不觉，当年能够与白羿平分天下的人物，又岂是我们能够猜透的。"阿那木扎道出这样一番话后，斩土心中暗自吃了一惊，这些年来，阿那木扎几乎所有事情都会跟他商量，除了新月大战前那天晚上，阿那木扎独自去见了新皇白泓，回来后，只让斩土做大战前的准备，并未提及其他。但斩土是个聪明人，阿那木扎不说，他也不会问。

　　一番对话后，两人静静坐在王帐之中，一个喝茶，一个饮酒。不知过了多久，昏昏欲睡的斩土隐隐听得阿那木扎轻喝道："王志璨，本王敬你一杯。"声音悲怆而寂寥。

　　"娘娘，您不能再喝了。"清晨，阿紫宫中，柳儿望着自斟自酌的阿紫，不知如何是好。自从王氏一族谋反被诛的事情传来，阿紫便将自己关在宫中，未曾踏出宫门一步。新皇白泓从前线暗中归来，坐镇皇宫的信息更不是什么秘密，只是现在朝野上下一片混乱，文武百官之中但凡与王家有一丝联系的，都在急着划清界限，以免殃及池鱼。"娘娘，宫里发生这么大的事情，陛下现在肯定政务繁忙，等过几天，一定会来紫妃宫的。"柳儿在一旁不停地劝慰道。阿紫端起酒杯，脸色酡红，眼神微微有些迷离，她盯着玉杯之中犹自散发着沁人香味的西荒酒喃喃道："太妃娘娘走了，怡容太后也走了，现在整个后宫只剩下我一个人了。""娘娘……"听到此话，柳儿顿时吓得魂飞魄散，急得喉咙哽咽，泪眼婆娑却不知道该说什么。听到柳儿轻轻的啜泣声，阿紫回过神来，放下酒杯，用手抚摸着柳儿的脸颊，将那双通红杏眼下的泪水轻轻拭去，柔声道："傻丫头，你以为我会想不开吗？"阿紫站起身，走到窗边，望着窗外郁郁葱葱的草木言道，"后宫女子，便在这四四方方的皇宫之中度过一生，没有亲人，没有朋友，也没有自由，运气好的，有一个心爱之人在心头便是最大的幸福。"

阿紫回过头，看着渐渐平复的柳儿继续说道："而陛下，便是我的心爱之人，我这一生情愿只爱他，其余的什么都不去做。可是这些对陛下来说，并不够，远远不够。太妃娘娘为了心爱之人不惜牺牲自己，怡容太后为了心中所爱，甚至搭上了整个王家，她们才是这后宫之中了不起的女人。可我呢，只能待在这后宫之中，为了陛下孤单、痛苦而卑微地活着。即便我死了，除了让陛下平添一份伤心外，也不能帮到他什么。你说，像我这样的女人是不是配不上陛下对我的宠幸？""娘娘，在柳儿心中，您是最漂亮、最善良、最好的女人，在这个世上，没有谁比您更爱陛下了。现在宫里发生了那么多事，娘娘应该振作起来，帮陛下打理好后宫，想必便是帮了陛下的忙了。"阿紫愣了愣神，随即点了点头，用手指在柳儿额头轻戳一下道："柳儿真是长大了，能说出这样有理的话来。看来，是时候帮你挑一个如意郎君了，到时候把你嫁到宫外去，省得再受这后宫之苦。"听得阿紫的调侃，柳儿忍不住破涕为笑道："柳儿哪舍得离开娘娘，过两年还要帮娘娘照看小皇子呢。"闻言，阿紫抬起手，作势欲打，柳儿轻巧地躲了开去，趁机将桌子上的酒壶端在手上，转身准备离开。"这可是天漠进贡的正宗西荒酒，你就舍得拿去倒了？"柳儿听到后，暗自吐了一下舌头，最终还是将酒壶重新放了下来。

小达子站在如意园门外，御道早已清扫干净，一连几日，印象里那位俏皮可爱的柳儿都没有前来打开园门，年轻的盲琴师虽不知为何，但能猜测出定与前几日皇宫中那场腥风血雨脱不了干系。"笃、笃、笃"。叩门之声在无人的御道上显得尤为清脆，道旁柳树上的一只小黄鹂于晨梦中惊醒，化作一道黑影朝天空飞去，不一会儿，黑影就成了黑点，渐渐消失在天空尽头。小达子抬起头，望着空空如也的苍穹，似乎想从中寻找到一丝那个老头留下的痕迹，最终还是什么也没有。就在小达子整理好琴匣，准备离去之时，关闭许久的如意园门再次打开了。不知道是不是刚刚喝了一点西荒酒的缘故，柳儿望着盲琴师那道孑然独立的身影，两腮竟微微发热，心中暗啐一声，赶忙将小达子迎进园去。

乐曲既罢，余音未绝。柳儿走到琴台中央，在香炉中添了些香料，又顺道将一只斟得满满的酒杯放在盲琴师跟前。小达子皱了皱眉，耳边传来阿紫轻柔的话音："此乃天下闻名的天漠西荒酒，恰逢今日新开一坛，便请一同品尝。"小达子双手抱拳，认真答道："微臣只会喝茶，不会喝酒。"闻言，阿紫微微惊讶，她可是知道每年的西荒酒大半被送上孤山，给那位古琴宗师用来追求天地之音去了，而小达子作为王希音的关门弟子，竟然说没喝过酒。阿紫不禁狐疑道："难道副院长在王老宗师那里未曾喝过酒？"小达子点头道："然。老师曾有言，心有醉意，茶便是酒。心无醉意，酒也是茶。"阿紫点了点头，随意说道："西荒酒其性烈，其味浓，其香醇，普通人闻之便有醉意，不知副院长此时有无醉意？"小达子不知阿紫此言何意，仍然老实答道："没有。"闻言，阿紫眼中秋波流转，紧跟着道："王老宗师所言极有道理，既然副院长此时心无醉意，那你面前那杯便是天漠西荒茶，岂有不喝之理？"小达子听完，愣在那里，半晌没有回过神来。阿紫和柳儿以手掩嘴，满脸笑意。

最后柳儿忍不住笑出声来，小达子这才发现不知不觉中被紫妃娘娘戏弄了一把。好在小达子天性质朴，丝毫不以为意，反而直接拿起琴台上的酒杯，将满满一大杯西荒酒倒入口中，一股辛辣至极的味道让盲琴师欲作呕，但小达子已经露了一次窘态，岂能再犯。强忍着不适之感，硬生生将满嘴西荒酒咽入腹中，顿时，只觉得腹中宛如火烧，一股无法言表的灼热向全身蔓延。晕眩之际，小达子似乎回到了三岁那年，自己进宫净身之后的那数个时辰，似乎也是这般生不如死，自此之后，他便成为皇宫中人人嗤笑的无根之人。想到这里，小达子突然觉得小腹一片冰凉，整个人也从先前的灼热之中清醒过来，全身一片冷汗，酒意全无。小达子吁出一口浊气，握紧的拳头在琴弦上慢慢展开，轻抚，一道空灵至极的琴音从琴弦上缓缓流出。本还担心盲琴师乏于酒力的阿紫，听得琴音后，也渐渐沉醉其间。

　　琴音消散，香已焚尽，如意园中，三人依然沉浸其间。"此曲何名？"良久，阿紫才回神言道。小达子沉思片刻："就叫《君如是》吧。""《君如是》？好名字，人间若得如此心爱之人，便是孑然此生也不后悔。副院长能够奏出此曲，莫非心中有深爱之人？"小达子没有说话，在他脑海深处，浮现出为数不多的几张脸庞。父母？妹妹？王希音？这几个对他来说最重要的人此刻呈现出的脸庞竟然都是模糊一片，他从来没有真正看见过他们，又如何能够将他们清楚地记在心里。一股无法言喻的悲伤之感从小达子心中升起，这一刻，盲琴师的那颗赤子之心仿佛被青竹琴上的琴弦切割得支离破碎，他如同一个被遗弃的婴儿承受着这份来自灵魂的痛楚。小达子睁着无瞳之眼，清澈而明净，两道涓涓细流沿着清瘦的脸庞滑落，如高山流水，滴落琴弦。恍惚间，小达子看到一个人影来到自己面前，准备替自己拭去泪水，他急忙伸手阻拦，却将一只纤纤玉手握在指间。小达子心中蓦然一惊，以为是站在一旁的柳儿，脸上再次发烫，赶紧松开手，朝阿紫方向道："微臣先行告退。"

直到小达子跟跟跄跄的身形消失多时，柳儿兀自不信之前盲琴师竟敢抓住紫妃娘娘的手。阿紫脸色平静，之前看到小达子真情流露的那一刻，她有一股同病相怜之感，不知不觉便走到琴台中央，抬手瞬间，就被小达子挥手阻止。但是阿紫知道，小达子确实是一个瞎子。一主一仆离去之后，琴台底下，还有一根被某人遗落的青竹。

第四十章
天机舍命传衣钵　神兵力挽有缘人

　　木柏松看着盘膝坐在地上疗伤的天机子，摇了摇头，叹出一口长气，走到张秋池和伍悠悠身旁，在两人后背各自轻轻拍了一掌。片刻之后，张秋池和伍悠悠先后苏醒过来。伍悠悠环视一周，向木柏松开口问道："那个魔头呢？"见伍悠悠醒来后，脸色有所好转，一双贼眼到处乱转，木柏松没好气地道："魔头？哪个魔头？我看你小子怕的是赵武阳吧。"伍悠悠心思被点破，极为难得地点头承认道："怎么不怕，要是赤玉螭准备把你的身体用来练功，我看你怕不怕。"木柏松听后，禁不住破口大骂道："老头我没你小子的身体天赋，享不了这福分。"伍悠悠竟然还煞有其事地点了点头，木柏松一吹胡子，忍不住戏谑道："你小子别跟我在这里贫嘴，还不抓紧时间跑路，万一赵武阳折回头来，可没有人救得了你了。"别说，木柏松这吓唬人的话还真把伍悠悠吓到了，伍悠悠赶紧扯了扯书生的衣裳："书呆子，木老头这话也不无道理，我们还是赶紧先走吧，保命要紧。""小友莫要惊慌，若老夫所料不差，赵武阳已经经脉尽断，就算你答应他，他也没有办法转嫁大光明之力。"伍悠悠还在催促张秋池的时候，耳边传来了天机子虚弱的声音。"你怎么知道？"伍悠悠半信半疑道。"因为他和赵武阳一样，被赤玉螭打了一掌，又深受内力反噬之苦，全身经脉早已断裂。"一旁的木柏松解释道。听到这话，殿内几人都看向天机子，不再说话。

片刻沉默之后，还是木柏松忍耐不住，向天机子催促道："我说天机子，俗话说死马当作活马医，你赶紧运功疗伤，停下来跟这浑小子胡扯干吗。虽然柳老头早就走了，可你现在易容成他的样子，难道还要在我面前再死一次吗？""我生机已绝，就算断裂的经脉能够重新续上，这次也难逃此劫。"天机子宽慰地笑了笑，与木柏松同行了三年，他自然知道木柏松是什么心思，可是这次即便他是天机子也无力回天了。片刻之后，天机子看向张秋池问道："你就是当年我赠书的那个孩子？"张秋池呆了呆，这一路来他都以为天机子是柳星张，此刻突然意识到面前这个人就是要收自己为徒的天机子，一时还很不适应，听到问话，只是下意识地点了点头。"唉，也许真是天意难违，当年我离开明教之后，在东海建立山羊宫，本想好好寻一个传人，将我毕生所学传授与他，奈何一直未能找到合适之人，直到遇见了你。"

见张秋池一头雾水，天机子也不再遮掩，继续说道："当年看到你之后，我便知道你有天纵之姿，无论习文习武都能大有所成。奈何当时楼外楼已经强大无比，赵武阳的心思虽然放在武道之上，但是也绝对不会任由我培养出一个出色的嫡传弟子，何况旭国大逐日当年与我有冤，如果再加上一个遮月的话，老夫也没有把握能够时刻保你周全。最后只能任由你漂泊人海，老夫也只能派人暗中观察，希望能够觅到良机将你带回东海。没想到，最后还是被赵武阳识破，他才派人将你和伍小友一同带到楼外楼。而我没有办法，只好以柳星张的身份和木老弟一道与你同行，后来的事情你都知道的。"原来一切都不是偶然，"听完这番话，张秋池自嘲道，"枉我一直以读书人自居，原来我早已身在江湖而不自知，可惜我这么多年来，手无缚鸡之力，让你们这些天下高手看笑话了。""孩子，我天机子这一生所做之事，对得起天地，对得起明教和大明王，对得起九州大陆上的黎民百姓，唯一有愧的人便是你。"

"前辈言重了，人各有命，老前辈也不用自责。当年前辈能在学生懵懂之际点拨一二，便是对学生最大的恩惠。其实，能不能读尽天下之书，懂不懂绝世武功，对学生来说都不重要，学生认为人生在世，只要保持一颗本初之心，能够识天道，辨是非，明善恶，知进退，便不枉此生。""识天道，辨是非，明善恶，知进退，"天机子口中默默重复着张秋池所说之话，边念边点头击掌，快慰道，"这些年来，你的所作所为老夫都看在眼里。虽然你不会武功，却有一颗侠义之心。虽然你人不在江湖，却能仗义行事。自古以来，天下君主枭雄何其多，而能不忘初心者，寥寥无几。就凭你刚才说的这四句话，我天机子就不愁后继无人了，快哉快哉，哈哈，哈哈。"天机子兴奋之余，忍不住牵动伤势，呕出一大口血来，然而天机子却毫不在意，依旧哈哈大笑，望向张秋池的眼神之中，满是欣慰与慈爱之情。"我说天机子，你一直嚷嚷着收徒弟，可张老弟好像还没答应你吧？"木柏松突然插嘴道。天机子闻言，急忙看向张秋池，神情极其认真期待。看到天机子这位当世高人，此刻面容苍白憔悴，却还如此真情对待自己，张秋池不忍再让这位老人费神，忙道："一日为师终生为父，二十年前老前辈教学生读书之时，便已经拜师了。""既然如此，那你还叫什么老前辈。"木柏松也装不下去，摸着胡子笑眯眯道。张秋池现在哪还不明白木柏松促他拜师之意，醒悟过来之后，立即跪在地上，恭恭敬敬作揖行礼，口中言道："老师在上，请受学生张秋池一拜。"天机子面带笑容，坦然受之。

礼毕，天机子示意张秋池起身，朝洪屠生和打一打招了招手，微微提高嗓音道："两位今日便和木老弟共同做个见证，张秋池乃老夫关门弟子，日后将传承老夫衣钵，坐镇东海，接掌山羊宫。"这段时间，洪屠生和打一打本来站在一旁，颇为尴尬，现在看到天机子朝他们招手，还说出这一番话来，两人也顺着台阶抱拳祝贺。木柏松将胸脯挺得高高，摸着胡子极为得意。而站在一旁早已目瞪口呆的伍悠悠，此时再也按捺不住激动的心情，拍了拍张秋池的肩膀，待张秋池回头之时，暗地里给他竖了一根大拇指。就在殿内众人神情轻松，气氛缓和之际，天机子突然伸出右手，将张秋池一把抓了过去，由于事出突然，包括木柏松在内，谁都没有反应过来，张秋池就端端正正地坐在了天机子面前。"天机子，你要做什么？"木柏松第一个反应过来，出声发问。天机子对张秋池和颜悦色道："你是为师关门弟子，为师便将体内真气和毕生武学心得传授与你，就算是为师送你的拜师之礼。记住，以后要是见到你师姐，就告诉她活着比什么都重要。"

张秋池刚要开口说话，便被天机子抬手封住了全身各大穴道，顿时动弹不得。为了打消木柏松的疑虑，天机子一边在张秋池身上运指如飞，一边解释道："木老弟大可放心，一会儿老夫逆转复丁神功，将真气先行散去，再传到张秋池体内。而武学心得，也只通过秘法让他在脑海之中参详，能够记住多少就看个人造化了。无论如何，都不会对他有任何伤害，老夫总不会让自己的嫡传弟子成为第二个赤玉螭吧？"木柏松听完，疑虑顿消，也不由得对天机子肃然起敬。按天机子所言，逆转复丁神功，其实便是自行坐化，一旦真气全部传入张秋池体内，天机子必死无疑。正如天机子先前所说，他的身体早在之前与赵武阳对峙之中已受重创，后来赤玉螭的出手以及内力的反噬则彻底摧毁了复原的可能性，就算天机子不将真气传于张秋池，顶多也只能延缓自己坐化的时间而已。对天机子来说，能在坐化之前收下自己最欣赏的张秋池为弟子，已是他此生最完美的谢幕。

天机子双手不停在张秋池后背敲打游走，他在生命的最后一刻，拼尽毕生所学为张秋池打通身体里闭塞的奇经八脉，甚至不惜损耗自身残余生机帮张秋池巩固全身一百零八个大穴，只为弥补这些年对这名弟子的亏欠。无数真气、生机随着天机子的指尖不断进入张秋池体内，这些精纯至极的真气在重新进入一个充满生机活力的身体之后，立刻焕发出勃勃生机，快速在张秋池经脉、穴道之间游走。张秋池只感到一股股奇异温热的气流从全身各处进入体内，这些气流进入体内之后，顺着经脉两端快速扩散，但凡遇到穴位，便囤积下来，直到穴位中产生酸胀之感，才继续向下一个穴位前进。数不清的真气源源不断冲入张秋池体内，冲刷着他的经脉，占领每一个穴位，直到张秋池整个人感到有无数火苗在体内燃烧。他想喊却口不能言，想动却四肢麻木，整个人就像在炭火上烧烤，又像有千万只蚂蚁在体内爬行、啃食，无数汗珠从张秋池体表渗透而出，凝聚，汇集成涓涓细流自上而下滑落，只是汗水还未落到地上，又被书生身体所发出的高温生生化为白雾，升腾、缭绕在身体周围。张秋池开始还在苦苦坚持，保持灵台清明，渐渐地，思维变得迟缓、恍惚，再后来，整个人宛如腾云驾雾一般，彻底迷失在汪洋恣肆的真气海洋之中。此时的张秋池并不知道，体内的这片真气海洋是天机子留给他，也是留给九州大陆的最后一份礼物。

一炷香过后，张秋池已经彻底昏迷，不省人事，天机子的手指依然搭在张秋池身上，只是整个人早已生机断绝。木柏松走到张秋池身旁盘膝而坐，他知道现在才是最危险的时候，天机子磅礴的真气能不能被张秋池顺利吸收和接纳，就要看书生的毅力与能力如何，若是成功，天下便又凭空多出一位高手，要是失败，那么书生则会成为真正的书呆子。趁着给书生护法的间隙，木柏松向洪屠生和打一打说道："你们还不走，难道也打算留在这里给天机子的传人护法不成？"以木柏松的实力，就算身体有伤，也不会担心他们二人。木柏松只是咽不下先前被赵武阳打伤这口气，忍不住对他们两个嘲讽一番。洪屠生早就熟悉木柏松的脾气，这个时候哪敢火上浇油，赶忙赔笑道："有木师在这里，我们岂敢多此一举。只是下地宫之前，我们约定好共同进退，还是等秋池贤弟醒来再做打算吧。""哼，说得冠冕堂皇的，你们无非是怕现在出去，遇到赤玉螭那个魔头罢了。"洪屠生讪讪笑了笑，没再说话，而木柏松嘴上占了便宜也就算了，毕竟张秋池正值生死攸关之际，他也不可能真和洪屠生二人计较。

　　"木老头，你快看，书生怎么跟螃蟹一样。"不知过了多久，木柏松被伍悠悠的话惊醒，赶忙起身查看张秋池的情况。一看之后，木柏松心知不妙，只见张秋池整个人浑身通红，仿佛一块烧红的烙铁，站在一旁的木柏松和伍悠悠都能闻到书生身上衣物渐渐发出一股焦味，可见书生体表的温度有多么吓人。"这个张秋池真是死脑筋，天机子的真气吸收不下，又舍不得让多余的真气自行消散，硬生生将自己逼成这副模样。"木柏松在旁边又气又急。"那怎么办，书呆子会不会有危险？"伍悠悠同样焦急万分。"能怎么办，就看他自己能不能及时醒来，主动放弃一部分真气，否则定会自爆而亡。"木柏松神色凝重地说道。"难道没有其他办法了吗？""除非有人能够强行将真气从他体内逼出来，"木柏松说到这里，见伍悠悠眼睛一眨不眨地盯着自己，瞪眼骂道，"你看我干吗，他体内可是天机子的真气，这世上估计只有赤玉螭来才能救他。""要是赤玉螭来了，我们都得死，还救什么救……"伍悠悠低声嘀咕。

木柏松此时丝毫没有心情和伍悠悠做口舌之争，眼看张秋池脸上渐渐呈现出痛苦之色，口鼻之中已经隐隐有白烟冒出，木柏松知道再不出手就来不及了。"木老头，这样你会死的。"伍悠悠喊道。"人生自古谁无死。天机子已经死了，难道让老头我眼睁睁看着这小子步他师父后尘吗？"木柏松说完，神情自然，却又义无反顾。"算我一个，"伍悠悠知道自己实力不济，又补充了一句："多一个总好一点。"这时，洪屠生也开口言道："我们俩也算上一份。"木柏松回头看了三人一眼，道："此事凶险无比，若是不成，我们四人都有可能死在这里，你们可要想清楚。"见三人丝毫没有胆怯之意，木柏松精神一振，豪情万丈地喊道："好，一会儿等我号令，我们四人一齐出手。"就在木柏松四人准备以命相搏，千钧一发之际，执名殿内传来一道微弱的声音："你们若是这么做，书生可真要死了。"伍悠悠扭头一看，吓了一跳，原来众人都以为早已死去的布折节，此时已经爬了起来，正靠在执名石像底座旁大口喘着粗气。

"老杂毛，难道你有办法？"木柏松看着地上的布折节，狐疑道。"有是有，但贫道不能保证一定可以救活他。"布折节使劲挪了一下身体，艰难地说道。"什么办法？"布折节微微用力，脸上露出一丝痛苦的神色，然后抬起头，朝执名石像上吐出一口鲜血，血迹斑斑的大光明剑再次出现在众人面前："将大光明剑拔出来，插到书生丹田气海穴上。"伍悠悠怀疑地看着布折节，却没有说什么，在这关键时刻，木柏松反而显得异常果断，径直来到执名石像机关旁边，凝神提气，将血迹越来越淡的大光明剑拔将出来，一个飞身，直接来到张秋池身前，瞄准气海穴，毫不犹豫地刺了进去。说也奇怪，大光明剑刺入张秋池身体后，便自行将木柏松右手弹开，牢牢吸附在气海穴上。

下一刻，奇异的一幕发生在众人面前，原本逐渐暗淡的大光明剑遇到张秋池的鲜血后，开始重新变得活跃起来，无数红色的血丝从剑尖向剑身扩散，鲜艳的血丝由疏到密、由细到粗，不过一会儿工夫，大光明剑便被密密麻麻的血丝缠绕得结结实实，整个剑身也最终变成诡异的血红色。随着大光明剑血色的加深，张秋池体表的红色却在缓慢变淡，整个人的气息也愈加平稳。又过了半炷香左右，张秋池的肤色已经恢复正常，而插在气海穴中的大光明剑似乎还没有从这顿美味的鲜血大餐中清醒过来，犹自源源不断从张秋池体内汲取血液。张秋池眉角微挑，缓缓睁开眼睛，察觉到丹田之上有所异动，书生稍一运气，一股凌厉的气机从体内爆发，贪婪无比的大光明剑直接被这股气机弹了出去。张秋池伸出右手，被弹至空中的大光明剑还未落地，便直接飞到张秋池手中，入手之后，剑身嗡嗡作响，似乎极其满足地向张秋池传达自己的喜悦之情。

"你果然是大光明剑的有缘人。"布折节虚弱的声音再次响起。

天空似乎有些阴沉，这样的天气是天漠里极为罕见的，仆人们将楼外楼日常储水的用具都搬了出来，抬头望天，期待今年夏季的第一场雨。谁知等了半天，天空依旧阴沉，甚至隐隐传来阵阵雷声，可就是不下一滴雨，仆人们活动一下酸胀的脖子正准备继续观天时，却发现之前听到的雷声越来越大，也越来越近。瞬息之后，这股雷鸣般的声音渐渐清晰起来，常年生活在天漠之中的仆人和楼外楼守卫终于明白过来，这些根本不是什么雷声，而是千军万马所发出的马蹄之声，只是远在天漠之中，有什么兵马敢进来呢？

白不觉站在白塔阁楼之上，凭栏而望，嘴角露出一丝不明显的欣慰之色。冲在最前面的那道白色身影，白衣飘飘，像极了当年与太祖、太宗一同征战沙场的自己。

第四十一章
携神兵重见天日　得消息心急如焚

　　"当时在折节城外，我就奇怪为什么大光明剑竟然会失手，原来这把剑早就认定你是它下一任的有缘人，否则，就算荣朝那位最神秘的影卫暗中出手，也一定救不了你的。"见张秋池拿着大光明剑怔怔出神，布折节继续说道，"而之前在地宫裂缝行刺你们的时候，书生竟然能够看到大光明剑，才让我彻底明白过来。要不是大光明剑对有缘人的要求极为苛刻，贫道早就远遁走了，又怎么会被你们发现，最终落得如此下场。""老杂毛，你自己不就是有缘人吗，又纠缠着张老弟做什么？莫非你想用张老弟的血来替你养剑不成。"木柏松说完，众人皆微微变色，这个可能并不是没有。"哼，木柏松，贫道虽说不是名震江湖的天下高手，却也没下作到这种地步，"布折节有些不快，声调也大了起来，"二十年前，贫道到天漠之中，偷偷来寻圣女湖遗迹，希望能够找到一些明教遗物，不料身陷流沙，差点就死在地底。就在贫道绝望之际，手臂突然被划破一道口子，贫道视线模糊之中，隐隐看到一道暗红色的影子，当时生死攸关，也未多想，便伸手使劲抓住，最后竟然从流沙里面活了下来。救了贫道的正是这大光明剑，说来也巧，进入天漠之前，贫道从一些记载之中恰巧看到了有关大光明剑的叙述，所以贫道当即惊喜异常，能得到如此神物，岂非说明贫道福缘不浅。贫道当即决心远遁他方，精心研究此剑。"

"咳。"说到这里，布折节声音中的欣喜之色立刻变得无比愤怒，"不曾想到，就在贫道带着大光明剑离去之时，竟被当时的楼外楼二楼主发现，后来贫道才知道他就是大逐日。落到大逐日手里之后，他并没有杀我，而是让我立下毒誓，为明教卖命二十年，只要我能做到，二十年后就还我自由，连大光明剑也可以让我带走。迫于无奈，贫道只好答应下来，直到后来，贫道才知道江湖中兴起的杀手组织遮月正是这个老头一手培养出来的，最后贫道也成为其中一员。只是贫道武功有限，大逐日也不知道通过什么手段将贫道安排在折节城担任城主，而折节城正是遮月在中原的据点。"听到这里，众人大致弄清楚了整件事的前因后果。"那这有缘人是怎么回事？"木柏松继续问道。"其实，我是被大逐日那个老不死的骗了，大光明剑只有遇到有缘人，不断用鲜血去滋养它才能发挥出神兵之效，当年就算大逐日拿到大光明剑也没有任何用处。"布折节苦笑道，"一切都是天意，贫道辛辛苦苦以血养剑二十年，本以为只要与大逐日解除了誓言，就可以恢复自由之身，从此与大光明剑一起逍遥江湖，可最终还是回到天漠，葬身在这地宫之中。可贫道不甘心，大光明剑救过贫道一命，我不愿意在身死之后，将它埋没在这暗无天日的地宫里面。"

从布折节对待大光明剑的态度可以知道，这个邋遢道士这些年也许做过许多错事，可他的本性并非十恶不赦，能够对一把剑知恩图报的人，内心中总还有着善良的一面。木柏松听完，忍不住点了点头："难怪它会救书呆子，原来它是为自己将来的口粮做打算啊。"伍悠悠毫不客气地言道："依我看，你这老杂毛和这把破剑都不是什么好东西，浑身上下都透着邪气。书呆子可是东海山羊宫的传人，绝不会跟你们同流合污的，你说对吧？""你放屁，大光明剑虽然喜欢汲取鲜血，却从来不会主动伤人，比那些道貌岸然的小人正派多了。再说，贫道滋养了这么久，预感到它就要恢复……"不等布折节说完，在听到东海山羊宫后，张秋池突然想起了什么，赶忙回过头去。天机子盘膝坐在地上，只是面容憔悴异常，整个人比活着的时候瘦了好几圈，但依旧慈眉善目，风姿出尘。张秋池眼睛湿润，双膝跪在地上，面对眼前这位和自己有二十多年师徒情义，却只有瞬间师徒之实的老人，重重磕了三个响头，口中言道："老师放心，学生一定会谨遵教诲，不忘本心。"书生站起身后，伍悠悠上前拍了拍书生肩膀，以示安慰。

"噗。"斜靠在执名石像旁的布折节望着张秋池的背影，突然喷出一大口鲜血，整个人眼神涣散。张秋池正准备上前，木柏松伸手拦住书生道："没用的，老杂毛自断心脉，谁也救不了他了。"张秋池呆了呆，手中大光明剑呜呜作响。"张老弟，人在江湖，都将生死看得极淡，以后慢慢你就会习惯的，"木柏松出言安慰道，"现在估计赤玉螭他们也该走远了，我们还是先出去再说。"张秋池点了点头，其他人更没有意见。众人进入地道后，张秋池将外衣脱下，认认真真披在天机子身上，这才转身离去。

天漠中一处极为平常的沙丘上，一只瘦小的蜥蜴龙正埋首白沙之中，寻找着赖以生存的食物。突然，它警觉地昂首而立，红色信子在空气中微微抖动，背部朝天空弓起，这是蜥蜴龙遇到危险时的反应。当蜥蜴龙一切准备妥当之后，下一刻，弓起的身体突然伸直，借着这股弹力，蜥蜴龙瘦小的身体跃向天空，四只蹼爪相连的短腿向身体外侧伸出，在空中划出一道优美的弧线。刚一落地，蜥蜴龙再次弹起，如是反复，不过两三个呼吸，这只蜥蜴龙已离原来的沙丘十丈开外了。

　　就在蜥蜴龙离开沙丘后不久，一股强大的气流从地底喷薄而出，漫天白沙被抛洒到空中，然后又遮天蔽日般落下地来，几道模糊的身影夹杂在白沙之间，待尘沙落定之后，才看出正是之前身陷地宫执名殿中的张秋池等人。"啧啧，不愧是天机子传授的真气，就凭刚才这一掌就足以排进江湖前十。"木柏松对张秋池夸奖道，看起来自己比书生还要高兴。张秋池不好意思地笑了笑，没有说话。伍悠悠抖落身上的泥沙之后，看了一眼身旁一尘不染的张秋池，心里有些淡淡的失落。想到两人刚从帝都出发的时候，一路上张秋池还需要他来保护，可现在，书呆子转眼之间变成了木柏松都甘拜下风的天下高手，而自己依然是那个初涉江湖的无名刀客。

　　"怎么，小子，嫉妒啦？"木柏松这个老江湖，一眼就将伍悠悠的心事看穿，"张老弟是傻人有傻福，不过，老头子我可以告诉你，人世间有些事是羡慕不来的，高手有高手的烦恼，你没看之前赵武阳和天机子，这么多年斗得死去活来最后还不是被赤玉螭一人一掌拍飞了。还是老头我看得开，在江湖逍遥快活几十年，不也挣得了天下第八的名号。"伍悠悠心里知道木柏松是怕自己心理不平衡而误入歧途，但嘴上依旧不甘示弱道："书呆子是我最好的兄弟，我又怎么会嫉妒。木老头，你放心好了，假以时日，我伍悠悠必然会成为江湖一流的刀客，到时候你这天下第八可就危险了。""呦，不错，有志气，"木柏松朝伍悠悠竖起一根大拇指道，"看来老头我得抓紧保养身体，抓紧活到那个时候。"伍悠悠用舌头搅了半天，终于将卡在牙缝里的一颗沙砾吐了出来，含糊道："洪管事，一会儿到了楼外楼，帮我找几本好点的刀谱，本少侠不练成绝世刀法就不离开这楼外楼。""这个你尽管放心，楼外楼最不缺的就是这些东西。"经过一番劫难后，洪屠生与三人之间的关系也不像之前那么生分。说完，洪屠生从怀中掏出一个特制的罗盘，指着一个方位道："从这里往正东方向走，应该就能回到楼外楼了。"于是，五人顶着烈日白沙，再次启程。五人离开后不久，那只瘦削的蜥蜴龙又悄悄跑了回来，重新占领这片属于它的沙丘。

　　一个多时辰以后，五人看到不远处那座耸入高空的白塔，都露出一丝惊喜之色。地宫之中，昏暗阴沉，谁也不知道在里面待了多长时间，现在好不容易再次看到地宫以外的建筑，内心深处隐藏的焦虑和压抑也顿时烟消云散。五人稍做休息，便开始加快步伐，朝楼外楼赶去。

　　"洪屠生，这里还是楼外楼吗？"五人到了楼外楼外围栅栏入口附近，木柏松望着栅栏不远处那队整齐划一、数以万计的西荒城守军向洪屠生问道。洪屠生与打一打对望一眼，两人脸上都是震惊和不解，楼外楼一向与荣朝井水不犯河水，西荒守军又为何会出现在这里？正在此时，一名青衣劲服的守卫来到入口处，朝洪屠生行礼道："洪管事，二楼主请各位到白塔一叙。""走，大楼主和三楼主老头我都领教过了，倒要看看这二楼主是何方神圣。"说完，木柏松当先走了进去，张秋池和伍悠悠自然跟木柏松一起，洪屠生与打一打略微迟疑后，也紧随其后。五人一路无话，径直往白塔方向走去，不过一盏茶的工夫，再次来到这座八角琉璃白塔之下。由圣女湖遗迹异变而造成的裂缝依然醒目，横贯白塔塔基而过。

　　洪屠生来到白塔之后发现，原本作为楼外楼重地的白塔外面竟多了一张桌子，关键是桌子边上还坐着两个人。左边坐着一位素白长衫的中年男子，眉宇轩昂，不怒自威。右边坐着的则是一位白色华服的年轻公子，好生俊俏，一派贵族风范。这两人皆一身白衣，风度翩翩，正旁若无人地喝着楼外楼引以为豪的西荒酒。洪屠生掌管楼外楼日常事务多年，大到九州大陆皇宫贵族，小到江湖武林世家门派，基本上他都有所了解。所以看到这两人之后，再联想到城外的那支西荒守军，洪屠生心中早已猜到二人身份。"在下楼外楼大管事管一管，不知昊天王和世子殿下大驾光临，所为何事？"白不觉放下手中酒杯，笑道："洪屠生，你当真不认得本王吗？"听到白不觉直接喊出自己的名字，洪屠生微微吃惊，随后脸色大变，失声道："你是二楼主？"白不觉面含微笑，并未答话。

"哼，原来你就是二楼主，堂堂荣国昊天王，怎么做事情也这样遮遮掩掩。"木柏松对白不觉父子二人的做派，心中颇不以为意，忍不住出言针对道。"既然大明王朝的少明王能做大楼主，旭国的大逐日能当三楼主，那本王做这个二楼主又有何不可？"白不觉反问一句，木柏松却一时语塞，答不上话来，只好将头扭向一边。白不觉也不以为意，向洪屠生问道："洪管事，赵武阳在你之后也进入地宫之中，不知现在身在何处？"洪屠生迟疑片刻之后，还是将圣女殿中发生之事大致说了一遍，而对天机子将真气传于张秋池以及大光明剑重新认主一事却并未提及，这也让站立一旁的木柏松送了口气。"复丁重生？没想到这世间真有如此神奇之事，"听到赤玉螭重现江湖的消息，白不觉先是略有惊讶，随即摇头言道，"可惜，天道无缺，逆天行事，终究有所缺憾。"听到这句话，静立一旁的木柏松对这位以治军统率闻名的荣朝军神又高看一眼。

"诸位此番能够逃过这场劫难，也算一件喜事，只是不知接下来有何打算？"白不觉给自己倒了一杯西荒酒，从容问道。洪屠生并不知晓白不觉此话有何意图，但这次地宫之行他也算受过天机子不少恩惠，所以赶忙抢先回道："按照当初与楼外楼的约定，木师前辈和天机子已经与大楼主切磋过了，月狐公主也看过遗诏，而伍少侠则想从楼外楼得到一套刀法秘籍。"听得洪屠生提到秘籍一事，伍悠悠顿时两眼一亮，整个人显得极为精神，让木柏松在一旁看得直翻白眼。"约定一事，本王也有所耳闻，按楼外楼规定来办便是。""等一下。"木柏松突然插嘴道，"老头我与赵武阳切磋一事，还未结束。地宫之中，玄武石门上我与他未分胜负，后来第二次交手算我略输半筹，所以老头我一定要等赵武阳回来，再跟他打一次，这样才算公平。"听到木柏松说道"略输半筹"的时候，连张秋池这样的老实人都觉得脸上微微发烫，其余三人更是不自觉地抓耳挠腮，干咳遮掩尴尬。"只是大楼主不知何时才能归来，不如木师在我楼外楼暂且住下，等大楼主归来再战那最后一场？"洪屠生早已猜出木柏松是不放心伍悠悠一个人留在楼外楼，干脆再帮他一次。"如此甚好，不知二楼主意下如何？""木师能坐镇楼外楼的话，本王便可以放下心来做那甩手掌柜了。"白不觉的话说得极为漂亮，让木柏松根本找不到半点破绽。

见事情已安排妥当，白不觉突然对张秋池说道："张秋池，你现在既是天机子的传人，又是东海山羊宫的主人，不知接下来有何打算？"张秋池抱拳道："我本以为读尽天下之书便是此生目标，可是见了老师之后，才发现不是这么回事。读书也好，习武也罢，若是不能遵循初心，便都是空的。而那些违背本意之人，更是有愧于天地之间。先前我答应过月狐公主一件事，所以现在我想去完成这件事。"白不觉点了点头，又倒了一杯酒，道："鸾儿能有你这样的朋友，本王也感到欣慰。只是，本王前日才得密报，鸾儿在穿越阿兰草原时遭到遮月伏击，现在仍然行踪不明。"听到这话，白无忧和张秋池都微微一怔，只是白无忧依然将举起的酒杯缓缓倒入口中，神色很快恢复如常。而张秋池则满脸紧张之色，恨不得马上飞到阿兰草原，当即朝白不觉抱拳道："我现在就去阿兰草原。""我跟你一起去。"一道熟悉的声音从远处传来，不一会儿，黑衣红甲的指甲红带着天真活泼的尘尘出现在众人面前。

尘尘一看到张秋池，喊了一句"先生"便亲热地黏了上来，不知怎的，看到坐在桌子旁的白无忧后，脆声喊道："小白白，原来你真的在这里啊。"原先一副从容淡定的白无忧，看到尘尘之后心中暗叫不妙。白无忧到现在也没有弄明白，为什么这个西荒城的小女孩第一眼见到自己，就给自己取了"小白白"这样一个让自己听了想死的名字，难道只是因为当时自己骑着白马、穿着白衣吗？自从那次城主府晚宴上尘尘喊出"小白白"后，白无忧便一直躲着尘尘，甚至这次带西荒守军来天漠，都是趁着天黑出城，结果这小丫头还是追了过来。白无忧此时真是欲哭无泪，只好继续倒酒，装着没看到没听到。谁料，尘尘见白无忧没有搭理自己，又朝他喊道："咦，小白白，你的鸟呢？"白无忧再也忍耐不住，一大杯西荒酒破口而出，空中满是烈酒，还有杀意。

第四十二章
九州当兴蔷薇生　晚霞深处藏旖旎

　　烈酒是白无忧的，而杀意却是指甲红的。"原来是你。"指甲红看到白不觉，立刻认出他便是折节城外那名中年男子。"正是本王，"白不觉笑道，"姑娘真是好记性，恰巧今日小儿也在此处，姑娘是不是可以考虑一下这门亲事。"指甲红这才看了一眼坐在白不觉旁边的白无忧，冷冷道："你想他死？"听到此话，白无忧浑身一哆嗦，将此前的尴尬抛到九霄云外。"作为父亲，本王怎么舍得让自己的儿子去死，只会希望他好好活下去，所以才向姑娘提起这门亲事。若是姑娘能够答应，本王便将这楼外楼作为聘礼如何？"白不觉极为认真地道。木柏松第一次觉得自己并非天下面皮最厚之人，心中倒对白不觉这番死缠烂打的功夫深以为然，何况白不觉面对的人可是指甲红，换作自己，肯定没有这份胆量和能耐，否则当年也不会与南海派那位姑娘错失姻缘了。但木柏松并不后悔，至少这几十年来他脑海之中还记着那位姑娘的音容笑貌，而白不觉马上要面对的则是杀手之王的怒意。

　　果不其然，白不觉话音刚落，一股凛冽的杀机让在场众人心中一颤。"那个，师姐，你可不可以下次再打，"就在众人以为一场高手之争即将开始的时候，张秋池对指甲红小心翼翼地说道，"我想先去阿兰草原。"更让众人惊讶万分的是，处于暴怒边缘的指甲红听到张秋池的请求后，瞬间杀意全消，极为干脆果断道："好。"木柏松与伍悠悠刚好互相望去，皆竖起一根大拇指，钦佩之色，溢于言表。"既然如此，两位便先行一步，稍后本王也将派人支援。"众人现在哪还看不出来书生对月狐公主的心思，当即帮忙打点妥当，张秋池和指甲红与众人道别之后，便离开了楼外楼，朝阿兰草原赶去。两眼通红的尘尘当然被留了下来，有木柏松等人帮忙照看，张秋池也放得下心。

　　自始至终，白无忧都没有说过一句话，待众人散去后，这才转头向白不觉问道："鸢儿当真出事了？"白不觉点了点头，顺手拿起桌子上的酒壶，发现已经空了，朝白无忧瞪了一眼。白无忧视而不见，继续说道："怡容太后刚走，万一鸢儿又出了意外，恐怕白泓那边不好交代。"白不觉放下酒壶，起身，负手而立，望着阿兰草原方向道，"你真这么觉得？"白无忧一时沉默不语。"白鸢和王逸蓉一样，为了心爱之人可以不惜一切。这样的女人，值得任何男人去爱，但是，我不想你去碰她们。"好像知道白无忧的疑问，白不觉继续言道："王逸蓉嫁入我白氏之后，端庄贤淑，母仪天下，没有辜负白、王两家多年的香火情谊。可是谁又知道因为她，而毁了当世两个伟大的男子。"白不觉转过身，盯着白无忧道，"你以为白羿这么多年不肯对大月氏和旭国用兵，真是忌惮我吗？"听到这里，白无忧才算有了兴趣，言道："莫非另有隐情？"

　　"我所说的两个伟大男子，白羿是一个，而另一个则是大将军许绩。许绩本是天下高手之中最有可能直达武道巅峰的人，可惜了。"白不觉露出一丝惋惜之情，"白羿这一生有两个好兄弟，而为父只有一个，就因为多出的那个人是许绩。若是当年王逸蓉没有成为皇后，或许我和白羿早就攻陷九州，而许绩也可能抵达武道巅峰。试想，当年要真是如此，又该是何等波澜壮阔，荣朝也必将缔造古往今来第一盛世。"白无忧惊讶地看着白不觉，这是他出生之后，第一次看到白不觉的情绪出现这样大的波动，连白无忧都能从白不觉的语气之中感受到那股霸绝天下的气势。"真是可惜，一个王逸蓉就将他们两个给毁了。"白不觉回过神来，恢复了以往的从容淡定，向白无忧问道，"一个是心爱的女人，一个是最好的兄弟，如果是你，你又将如何选择？"没有等白无忧回答这个问题，白不觉继续道，"所以为父曾经跟你说过，白羿有帝王之气，却无帝王之心，他斩不断男女之情，又舍不下兄弟情义，最终只能害了自己，害了白氏和荣朝。他情愿带着许绩远离帝都，让王逸蓉独守空房，也不愿打破这层关系，最终三人痛苦一生，却也将荣朝一统天下的大好时机白白浪费，这是为父此生最不能原谅白羿的事情。"

　　"过去的也就过去了，历史虽然不能改变，可我们可以开创新的历史。"望着震惊得无以复加的白无忧，白不觉平静地道，"当年上天给过白羿机会，要是他能够与武道巅峰的许绩联手，为父自然没有任何机会，只会尽心辅佐于他。可是他并没有抓住，如今九州大陆大势所归，良机重现，为父此生已错过一次，不想再错过第二次。""原来你要指甲红嫁给我是认真的。"白无忧道。"都说如今是天下大世，但又有多少人知道大世即乱世。你虽有统率之才，但武道不足，若是能有一位天下高手与你相伴，为父将来也能安心。放眼武林，合适的人选非指甲红莫属。"白不觉顿了顿道，"何况，你也知道，白鸢心有所属，为父更不想你步白羿后尘。""可是鸢儿与白泓，"话刚出口，白无忧陡然一惊，这才明白为什么今天白不觉要跟他说出这段皇族秘事，兀自不信道，"难道莺儿是许绩大将军与太后……我明白了，你将第二份遗诏送给张秋池，是想让他将这一消息带到帝都。""白泓与当年的白羿相比，相去甚远，若是连这儿女之事都处理不好，为父也不把荣朝的希望放在他身上了。"

白不觉从胸口掏出半块虎符，扔给白无忧道："一会儿你将守军带回西荒城，吩咐他们这段时间要注意戒备旭国动向，然后即刻赶往帝都，沿途通知所属将领，就说天下将乱，让他们做好准备。"白无忧看着手里的虎符，短暂沉默之后，领命而去。白无忧离开之后，不过片刻，楼外楼外传来一阵马匹嘶鸣之声。

白不觉重新坐到桌子旁边，手指敲打着桌面，嘴里却说着一个人的名字："张秋池。"不知不觉之间，白不觉手指敲击之下，坚硬无比的紫檀桌面竟刻出一朵盛放的蔷薇花，迎风独立。这个世上还有多少人记得，白氏建国之前的族花正是白蔷薇。

日落时的九州大陆，笙箫渐起。黄昏时的阿兰草原，美丽异常，夕阳余晖中，一道红色身影从茂盛绵密的百草间穿行而过，留下一大片修长的叶子随意摇曳，翩翩起舞，身影划过之后，几片叶脉沾染了一层暗红色的鲜血，将这个黄昏渲染得凄美悲壮。

又过了数十个呼吸，明曦再也坚持不住，将赵武阳往左侧挪了挪，自己则右肩下沉，"扑通"一声，两人重重摔在草原之上，将一片茁壮的百草砸得东倒西歪。落地之时，赵武阳恰好从明曦左肩翻了一个身，所以此刻两人躺在地上，正好侧面相对。明曦望着近在咫尺的赵武阳，伸出左手，把金色半面佛面具上沾染的泥土拭去，又将赵武阳光头上断裂的百草一根根挑走，这才温柔笑道："明空，我又能见到你了。"赵武阳没有说话，他不知道该说些什么。此时的明曦哪里还有半分明教圣女的影子，头发凌乱无比，脸色苍白，身上那件火红的教袍早已破损不堪，露出与她脸色一样白皙的肌肤。看到赵武阳不说话，明曦便想伸手去摸他面具未曾遮挡住的右脸，然而，看到赵武阳眼中不喜不悲的眼神之后，明曦停止了动作。她顾不得自己全身的伤口，硬是挣扎着从泥地里起身，盘膝坐定后，又弯下腰将赵武阳扶起来盘膝坐好。可能因为从来没有照顾人的经验，赵武阳整个人几乎被明曦拉拽起来，而他自己，就像今生寺那座不喜不悲的佛像一般，任由明曦摆弄。

终于，两人可以再次面对面坐在一起，明曦伸出左手，这次没有犹豫，轻轻落在赵武阳的脸颊之上，一股说不出的感觉从手心传到明曦心里。她盯着赵武阳认真道："明空，谢谢你教我，教了我光明小法。"说完又补充道，"这样我才能赶来救你，才能见到真正的你。""我不是明空。"赵武阳话音未落，嘴唇就被明曦左手食指轻轻按住。"我知道，"明曦边说边将手指朝赵武阳鼻尖处移动，慢慢地，攀附上他的鼻梁，直到触及那片金色半面佛面具的边缘才停下来，"我还知道你也不是赵武阳，你是少明王。但是，在我心里，只有一个明空。"说完，她将那片神秘的金色半面佛面具轻轻揭开，赵武阳没有阻止，因为他根本无法阻止，在地宫中，他已经受到了无法挽回的重创。此刻，除了说话和呼吸，他什么都做不了。

明曦睁着大眼睛，一丝不苟地看着赵武阳左脸上的那些疤痕。她可以想象到五十年前，有一个小男孩从大明王朝皇宫的大火之中跑了出来，用手捂着脸，回头看着熊熊燃烧的大明皇宫，独自离去。"一定很疼吧。"明曦心疼地说道。"时间太久，早已忘却。"赵武阳并未因为脸上的伤疤被明曦看到而有丝毫动容。"那现在呢？"明曦收回左手，将赵武阳的奇经八脉再次查探一番，脸上依旧是失望之色。望着一脸平静的赵武阳，明曦再也忍受不住，整个人微微颤抖起来，她完全可以感受得到全身经脉断裂之后是怎样一种痛楚，因为她在光明之中曾经承受过类似的痛楚。对明曦来说，自从那天在今生寺立下誓言，她的心，她的人，她的生命都不再属于自己。她只是为了他，为他明空而活，所以无论承受怎样的痛楚她都毫不在意，都能够忍受，哪怕在面临死亡的时候，她都有勇气活下来。可是，当她看到赵武阳，不，是看到明空，在自己面前承受这些痛苦的时候，她再也忍受不住。

明曦整个人宛如在光明之中燃烧，灼热的气息将她紧紧包裹，将她的心从身体之中剥离开来，单独而残忍地悬在空中，妄图通过光明与神圣将其粉碎和毁灭。但是，明曦绝不会答应，因为这颗心并不属于她自己，她早已将自己的心献给了明空，献给了她这一生中唯一并且最爱的那个男人。赵武阳不喜不悲的脸上终于出现了一丝动容，他从来没有见过这样的情景。明曦苍白的脸庞渐渐变得红润起来，两股红晕从明曦脸颊升起，渐渐将赵武阳面前的这张绝世脸庞染成晚霞一般的颜色，像一团火在燃烧，在明曦的脸颊里面，在明曦的身体里面，在明曦的心里面，不断燃烧着，熊熊火焰将明曦包围起来。破碎不堪的教袍在这烈火之中变得无比明艳，却如昙花一现般在光明之力的灼烧下渐渐融化。

赵武阳，这位面对天下武林和赤玉螭毫不动容的男人，此刻却有些害怕起来，因为明曦准备将自己的身心都献给光明，而他是少明王，在这个世间，没有谁比他更能代表光明了。明曦离赵武阳越来越近，而她身上的教袍燃烧得越来越少。"我太老。"万般无奈之下，赵武阳只憋出这三个字来。明曦身体前倾，挺直身子说道："我也不小。"教袍刚好燃烧至胸口之间，明曦双肩裸露，耸立胸前的那两团光明正如明曦所言，非但不小，在教袍剥离之后，宛如星辰悬于夜空，令草原晚霞黯然失色。面对光明圣女，少明王赵武阳毫无办法，内心翻江倒海之后，颤抖着再次说出三个字来："我太丑。""我也一样。"明曦展开双臂，教袍此时正好焚烧殆尽，一个完美而又冷酷的玉体展现在赵武阳面前。白皙如玉的身体之间，无数烈火灼烧过的伤痕宛如光明留下的印记，密密麻麻缠绕在霞光之中的玉体之上，这是经过怎样的危险和苦痛之后，才能得到的光明赠予。面对如此完美冷酷的圣女，面对如此热烈冷艳的明曦，面对如此爱自己而不顾一切的女子，无论是赵武阳，还是明空，都无法再拒绝迎面而来的那两瓣炙热红唇。

黄昏终究会落入黑暗之中，阿兰草原在星空下一如往常，静谧非凡。明曦站在草地之上，看到赵武阳那颗深陷在泥土之中的锃亮光头，忍不住抿嘴微笑。突然间，她静立不语，几颗晶莹的泪珠从眼中流出，滴落在百草上，迎风闪烁，楚楚动人。

"为什么？"明曦向赵武阳责问道。"我全身经脉已断，此生再难恢复，就算大光明之力不传于你，我也留不住分毫。"赵武阳睁眼望着星空，平静答道。明曦沉默不语，她本想借阴阳交合之际将内力转到赵武阳体内，希望赵武阳重续经脉，恢复武功，可是万万没想到赵武阳竟然先她一步将大光明之力传给自己，现在大光明之力与自己体内的小光明之力已相互融合，再也无法转赠他人。"当初因我藏有私心，才传授你光明小法。"赵武阳说道。"回到明王殿后，我便知道了，所以我更加勤奋修炼，希望能对你有所帮助。"明曦道，"只怪那赤玉螭，要不是这个魔头，我找到你后，就能将小光明之力传给你，你定能冲击武道巅峰，可惜还是晚了一步，你不会怪我吧？""你既已委身于我，只要能达到武道巅峰，你我又有何异。"只有赵武阳心里才清楚，自己绝不是经脉断裂那么简单，在赤玉螭的攻击和内力反噬之下，他体内的经脉已被冲击得凌乱不堪，远非接续断脉所能拯救。

"明空，你放心，等我们回到旭国之后，我便冲击武道巅峰，"明曦望向阿兰草原东面坚定地说道，"然后，我要将整个武林还有这个天下握在手中，因为它们原本就是属于你的。"明曦站在百草之间，月光洒在她光滑的脊背上，玉石光华，分外迷人。然后，明曦双手交叉抱于胸前，默默念道："我也是属于你的。"

第四十三章
问世间情为何物　直教人生死相随

　　进入阿兰草原已经第三天了，除了一望无际的百草和偶尔跑进视野的野兽，张秋池没有看到任何其他的东西。现在，虽是深夜，可张秋池盘膝坐在地上，怎么也睡不着。白鸾下落不明，他又岂能安眠？想当初，两人从帝都一路同行，经历了那么多艰难困苦，直到白鸾拆开那道遗诏，张秋池才能够像白鸾一样，体会到绝望是什么滋味。不过，对于书生来说，也许远未达到绝望的地步，从白鸾房间出门的那一刻，张秋池的心里非常后悔，他不知道为什么自己会产生这样的想法，但是除了后悔和无助之外，那时候的自己又能做些什么呢？只是现在，情况似乎变得有些不一样了。张秋池微微运功，感受到体内汹涌澎湃的真气在经络穴位之中不断流动奔走，一股压抑在内心深处，潜伏了不知多久的声音，似乎下一刻就要冲破书生的喉咙，长啸在这天地之间。

　　张秋池是一个自我控制力极强的人，所以他并没有让自己内心的情感在这个夜晚通过长啸来进行宣泄。而张秋池又是一个极其善良的人，当善良这种优秀品质放在儿女之情上后，便会转变到多愁善感这个难以判断优缺点的问题上来。其实经过这三天打坐时的思考，张秋池已经发现自己并非没有缺点，这个缺点就是从小到大的那颗本心，他容不得别人受苦，见不得有违本心的事情发生，若是伍悠悠在这里一定会告诉他，"你这个缺点就叫多管闲事"。想到这里，书生难得自嘲地笑了笑，当即决定不再胡思乱想，因为所有的一切在见到白鸾之前都是空的。当然，也许在见到白鸾之后也是空的，可至少书生不会为自己的决定而有所后悔。张秋池将手伸入怀中，第二份遗诏就安安静静地躺在这里。"一边一笔，两笔勾销行了吧。"张秋池想起那天晚上白鸾对自己说的话，同样是一个月圆之夜，当时的场景此刻回忆起来，让书生觉得是那么温暖，那么美妙，又那么失落。

突然，张秋池感到自己变了，似乎变得更加聪明，因为他现在终于明白为什么白鸾在说这句话时会那样羞怒。书生就这样沉浸到此前的种种误会之中，渐渐地，白鸾的每一个动作，每一句话，甚至每一个眼神，都在书生心里变得清晰、动人。不知道过了多久，更不知道书生想到什么，他竟然开始发笑，还笑出了声音。闭目养神的指甲红睁开眼，看到书生憋红了脸，正傻傻地望着自己。"师姐，你怎么哭了？"看到指甲红脸颊上的泪水，张秋池忍不住问道。"没有，你看错了，"当着书生的面，指甲红用细长的手指将泪珠弹落后道，"是你自己在笑。"张秋池极为老实地答道："哦。"两人就这样坐着，没有再说话，一轮明月悬挂于星空之中，月光毫不吝啬地倾洒在两人身上，指甲红黑衣红甲，脑后的马尾辫随着夜风的节奏，与周围百草一同摇摆，鲜红的十指在月光下依然醒目，但书生心里再也没有之前那股寒意，他可以肯定指甲红的手指一定如同这月光一样，是暖的。

想到这里，张秋池几乎与指甲红同时从地上弹起，落在百草之上，在空中两人提了一口真气，便朝同一方向飞奔而去，身形不相上下。半炷香后，夜空下一片醒目的火光出现在两人视线之中。张秋池猜得没错，暖的不是月光，而是火光，正是这片火光趁着夜风，才让这丝暖意被十余里外的张秋池和指甲红察觉到。指甲红朝张秋池打了一个手势，两人一前一后，缓慢朝火光处逼近。前进的过程中，张秋池明显感受到指甲红身体周围散发着的那股凛冽气机，这股气机不是真气，而是杀意，是杀手在无数次生死搏杀之后才拥有的杀意。张秋池怔了怔，他不知道指甲红以前经历过什么，但现在，为了自己这个新认的师弟，她便义无反顾地进入阿兰草原，这让书生内心生出一股感动，就像当初伍悠悠第一次将馒头让给自己一样。而张秋池不知道，天机子死后，他这个师弟或许就是指甲红在这个世上唯一的亲人。原来这个江湖，并不冷血。

　　指甲红突然停了下来，猝不及防之下，张秋池差点一头撞上指甲红后背，幸好书生此时已经能够控制真气，微微运功，便悄无声息地停在指甲红背后，近在咫尺。张秋池屏气凝神，不敢呼吸，可惜没有坚持多久，因为有一根长发随风散落在他鼻尖之上，很痒，很要命。张秋池没有办法，只能轻轻呼出一口气，将头发吹了回去，又重新提了一口真气。一股淡淡的清香在这一呼一吸之间，钻入张秋池的鼻孔，真是要了命了，这股清香似乎比之前的长发还要磨人，弄得鼻孔到心里都有些痒痒的，书生忍不住想要打几个喷嚏，又怕弄出动静。无奈之下，书生只能再次呼出一口气，通过不断呼吸来降低鼻子对这股清香的敏感。指甲红停下来后，知道张秋池就在自己身后，即便贴得很近，但她并未在意。只是指甲红不知道自己这个师弟为什么突然在后面吹自己的脖子，吹得她脖子有些痒，更可恨的是，书生似乎吹上瘾了，连续不断地吹气让指甲红心烦意乱，干脆直接伸出右手，指向一个方向，让书生先过去。

张秋池本来也正无比难受，看到指甲红的手势，如蒙大赦，赶紧侧身向指甲红所指方向移动。经过指甲红手指时，书生觉得这根手指好像与之前有所不同，特意瞟了一眼，不看还好，一看之下，张秋池连此时此刻的境地都忘了。因为指甲红手指之上的那抹暗红，他再熟悉不过了，在地宫神殿里面，他从大光明剑剑身上见过很多次，这暗红便是人血的痕迹。"你杀人了？"指甲红回过头，狠狠瞪了书生一眼。既然自己已经暴露，也就没有再潜伏的必要。"是遮月。走，跟在我后面。"指甲红说完，左手顺势掐断早已被她控制的那名杀手的咽喉。果然，张秋池话音刚落，不远处那片火光就出现了一阵骚动，很明显，因为张秋池的大意，杀手只用了两名暗哨的代价就察觉到了他们。本来，隐蔽对于指甲红来说并不算什么，可现在她是来帮张秋池救人的，既然行踪暴露，就要速战速决，否则书生心中牵挂的月狐公主就有危险。指甲红一马当先从百草中跃起，化作一道黑色影子，向火光处扑去。

火光处正是上次圣女明曦来过的地方，而这里也正是大逐日遗留下的遮月杀手的大本营。张秋池从来没有想过指甲红出场的时候会这么霸气十足，就这样直接落在这些杀手和火堆之间，等张秋池同样落地站稳之后，他们早已被数以百计的杀手围在中间。所有的杀手都面无表情，每一个人脸上都透着一股不正常的苍白，这是长期生活在阴暗处所造成的，杀手本就是见不得光的人。当然，指甲红是个例外，江湖上所有人都知道指甲红是杀手，但她是杀手之王，就算走在大街上，也没人敢触这个霉头。要是放在平时，遮月也不会主动去惹这位女煞星，可是现在，情况完全不一样，指甲红和张秋池自己寻找到这里，而且从指甲红身上那股浓烈的杀意来看，她今天到这里绝对不会是来送死的。能够成为杀手的人，都是极为聪明的，这些遮月杀手在认出指甲红的时候就已经明白，想要活下去，就只有杀死眼前这个女人，用他们大多数人的命或者全部的命换取继续活下去的机会。

　　"你敢不敢杀人？"指甲红对与自己背靠背站在一起的张秋池问道。"杀人不好。"指甲红没有理会书生的劝导，继续问道："你怕不怕死？""不怕。"指甲红突然发现如果再这样交流下去，自己没被这些杀手杀死，倒有可能被这个师弟给气死，所以她只好换一个问法："那你想不想死？"这一次，张秋池没有让她失望，斩钉截铁地答道："不想。"听到自己想要的答案之后，指甲红嘴角微翘，想笑却最终没有笑，她已经很长时间没有笑过了，何况，微笑又不能杀人。"很好。东北方向有一个草屋，月狐公主应该就在里面，一会儿我拖住他们，你去救人。"说完，指甲红又特意强调了一句，"记住，确定是公主之后，与我会合，然后先离开这里。"听到"月狐公主"几个字后，张秋池精神一振，朝东北角瞄了一眼，发现在不远处的确有一个茅草屋，里面透着昏黄的亮光，心里佩服指甲红观察仔细的同时，嘴上也毫不犹豫地答道："好。"指甲红点了点头，整个人凌空而起，下落的时候，已经朝东北方位离两人最近的几名杀手拍去。

　　与此同时，地面上的杀手也直接迎了上去，几道寒冷的剑光自下而上刺向身在半空的指甲红，紧接着，是一整片剑光将指甲红落下的方位包围得水泄不通。牵一发而动全身，这才是遮月杀手大本营最恐怖的地方，这样的情景也让第一次面对生死之战的张秋池刺激无比，紧张得喘不过气来。指甲红人在半空之中，丝毫没有理会身下的那片剑光，而是突然加快速度双手朝攻击她的几道剑光抓去，指甲红后发先至，直接抓住两道剑光的剑尖部分。攻向指甲红的剑光肯定不止两道，而指甲红只抓住了两道，可是对她来说，就已经足够了。抓住剑尖的同时，指甲红十指微微用力，精铁打制的铁剑被她轻易折断，折断的同时，双手食指与拇指相扣，顺势弹出，只听"噗噗"两声后，铁剑被折的两名杀手应声倒地，死在他们自己的铁剑之下。而指甲红借着铁剑折断时的力道，身形在空中又朝前方飘了过去，完美避过地面上的寒光，直直落在率先攻击她的几名杀手之间。如此近的距离，对指甲红来说，杀人太简单了。而对于那几个倒霉的杀手来说，被杀的确不算冤枉。

指甲红直接落在一名杀手面前，这名杀手的铁剑还未来得及收回防御，咽喉早已被指甲红一指洞穿。尸体倒下的同时，又有两道寒光一左一右向指甲红肋下刺来，指甲红十指快若闪电，坚硬如铁，一伸手，直接捏住两把铁剑剑脊，双手一前一后，向铁剑方向牵引而去，整个人只在两剑缝隙之间一个转身，两个杀手便同时死在对方剑下。张秋池知道指甲红很厉害，他见过指甲红独自击杀数十名遮月杀手，但那次指甲红是在树林之中，在白鸾的琴声里，而那时的他真的只是个书生。所以，他没有机会亲眼看到指甲红出手。所以，他并不知道指甲红杀人竟会这么好看。所以，他更不知道这些杀手到底有多危险。张秋池还没从指甲红潇洒飘逸而又干净利落的身手之中回过神来，一片寒光早已将他淹没其间，眼见自己就要被万剑穿心，张秋池一横心直接将全身真气运到极致，气机瞬间冲出体外，将他包裹其间。令这些杀手震惊的是，这么多铁剑，竟然没有一柄能够刺穿张秋池的护体真气。

天机子修炼的是明教正宗的光明心法，且是大法小法兼修之人，后来又学会了魔教的复丁神功，所以天机子的真气内力的强大在整个武林都是数一数二的。张秋池几乎完整地继承了天机子所有的真气内力，甚至连武学心得也一并刻到脑子里面去了，此刻将体内真气完全释放，又岂是这些以命搏命的杀手能够攻破的。指甲红看到张秋池将天机子传授的精纯真气如此奢华地使出一招金钟罩来，嘴角微微抽动，秀口微张，吐出一个无声的"笨"字。指甲红的内力虽然也是天机子传送的，但由于她身体的缺陷和大光明之力的特性，她不可能像张秋池这样挥霍，所以指甲红的每一次出手都尽量避免消耗内力，而是尽可能用最简洁最有效的方法杀死对手。现在看到张秋池如此施展内力，指甲红心里真是又欣慰又无奈。看到书生和围杀他的杀手都愣在当场，指甲红忍不住开口喊道："你还不抓紧时间。"

张秋池听到这话，醒悟过来，看了指甲红一眼，这才发现守在茅草屋方位上的杀手已经被她清理得差不多了，当下也不再耽搁，顶着护体真气朝茅草屋飞奔而去，不经意间却将不少铁剑吸附在身体周围，携剑而行。周围一大群杀手也拿书生毫无办法，剑都刺不进去，还怎么杀他。好在书生只顾着赶路，对这些杀手根本视而不见，如此一来，杀手们也懒得理他，纷纷将铁剑撤回来，向指甲红蜂拥而去。张秋池离茅草屋越来越近，而指甲红身上的压力也越来越大，一时间，寒光四起，红甲翻飞，在指甲红周围，不时有尸体和断剑飞出，无数鲜血从空中飘落，惨烈异常。这个夜晚，生命变得廉价而脆弱。所有的一切，只因杀手中间那位浴血奋战的女子。

奔走在草地之上的张秋池，并没有意识到自己的善良给身后的指甲红带去了多少危险。此时，他已经离茅草屋很近了，近到可以很清晰地看到守卫在茅草屋外面那六个杀手的眼神，这些眼神中充满了惊慌之色。能让遮月的杀手产生惊慌的人，整个武林都很少，幸运的是，今天的张秋池算一个。六个杀手望着如同刺猬一般横冲直撞而来的书生，连拔剑的欲望都没有，在张秋池撞向茅草屋木门之前，一个个就从旁边逃开了。杀手也有杀手的尊严，他们宁可死在指甲红的手上，也不愿围着张秋池这个刀剑不入的怪物浪费时间。张秋池就这样一路畅通地来到茅草屋前，"嘭、嗵"一声巨响，张秋池直接撞碎木门冲进草屋之内，由于奔跑太快，进屋后还滚了两滚才停下身来。

　　张秋池稳下身形之后，抬起头，昏暗的火光之中，只有一张古琴，古琴后面是一位白衣女子。这张古琴有一个奇怪的名字，叫"葫芦"，而白衣女子正是书生这些天日夜挂念的月狐公主白鸢。"是你！"白鸢看清楚冲进屋子里的人之后惊讶道。望着眼前这张熟悉又陌生、咫尺又天涯的脸庞，张秋池柔声问道："你还好吗？""你不要命了？"白鸢并不知晓张秋池在天漠地宫之中的境遇，自然还以为他和原来一样，手无缚鸡之力，"你知道这里是什么地方吗？"白鸢本还想数落这个不怕死的书生，突然想到关键所在，不由得问道，"你是怎么来到这里的？"不知为何，一向思维敏捷的书生在听到白鸢的声音之后，整个人便显得有些迟缓，过了好久，才在白鸢询问的眼光中答道："走过来的。"

　　此时此刻，张秋池的回答和神态显得非常可笑，但白鸢并没有笑，而是又问了一句："为了我？"书生没有说话，可他的眼神却出卖了自己。"你傻不傻啊。"白鸢的声音似乎有些哽咽，美目之中，泪光涟涟。这一突然的转变让张秋池不知所措，他从未想过自己能够得到白鸢的在意和关切，进入阿兰草原是他心甘情愿的事情。他做的这一切，都是为了让白鸢可以好好活下去，而现在，可以看着眼前的白鸢，他便觉得足够了。

　　书生不傻，书生只是痴情。

第四十四章
真情实意空欢喜　红颜薄命惹人怜

　　张秋池与白鸾四目相对，似有幽愁暗恨生于其间，正当两人沉浸在这股充满莫名情愫的美妙氛围中时，一道强劲的气机冲破草屋屋顶。有人自天空而来，杀意凛然，下落之处，正是款款相对的书生与白鸾。情急之下，张秋池从地上弹起，双手朝白鸾轻轻一推，自己也趁势向前飞去，身体横在空中之际，还不忘左腿脚尖在葫芦上点了一下，将这架白鸾最心爱的古琴踢到远处。

　　破空声后，草屋内稻草飞扬，杀气四溢，落地之人正是此前在屋外被遮月围攻的指甲红，只是此时指甲红脸色发白，马尾凌乱，黑衣破损不堪，胸脯微微起伏，全身上下沾染了无数血迹，不知道是那些杀手的还是她自己的。指甲红站稳身子，略微喘了口气，看向张秋池道："还不走。"而此时的张秋池正处在一个极其尴尬的境地，先前双手将白鸾推出之时，由于情急之下力道没有控制好，差点将白鸾推到茅屋外面去，书生刚一出手就知道不妙，赶紧运转复丁神功，又生生将飘向草屋边墙的白鸾拉了回来，这一推一拉之间，张秋池便再无转圜余地，白鸾整个人便朝张秋池怀中飞来。两人接触之下，张秋池便觉心神一荡，当即脑中一片空白，因为好巧不巧，书生双手再次按在白鸾胸脯上。

从指甲红破空而入到书生与白鸾滚落在地，也就一瞬间的事情，当指甲红看过来的时候，张秋池正好压在白鸾身上，保持着袭胸的姿势。眼前一幕，三人似曾相识，一时间，竟忘记了身处险境，都微微有些出神。过了片刻，还是白鸾最先反应过来，羞怒道："你还不松手。"说也奇怪，一向老实的书生在听到白鸾的话后，并未就此收手，而是涨红了脸，盯着白鸾娇羞的脸庞，结结巴巴说道："你……你，不是白鸾。"此话一出，三人皆惊。白鸾吃惊于不知道书生是如何识破自己的，顺口接道："你怎么知道？"而张秋池吃惊则在于既然此女不是白鸾，那真正的白鸾人又在何处，是否安然无恙？心思痴呆的书生竟然对身下女子的问话未曾留意。反倒是指甲红旁观者清，略一思索，便明白书生为何能辨别出白鸾的身份，想到这里，这位以冷血无情闻名江湖的杀手之王，却极为难得地将头偏向一边，如同小女子一般轻轻啐了一口。指甲红回过头来，见痴痴呆呆的书生还保持着这般不雅的姿势，忍不住道："她不是白鸾，你更应该放手才是。""啊！"书生这才回过神来，当即松开双手，在地面轻轻一拍，整个人从地上弹起，朝假白鸾道："你到底是谁？"

假白鸾也从地上站起身来，微微整理衣物后，才脸色羞红道："属下北玄，乃公主殿下身边三大影卫之一。"张秋池自然不知道荣朝皇宫最为神秘的影卫，反而是指甲红听到此话后，不由得多看了北玄两眼。"不知公主殿下现在人在何处？"书生心里此刻关心的只有白鸾。北玄瞧见张秋池一脸紧张关切之色，想起之前两人深情相对一幕，心中滑过一丝失落，正色道："离开楼外楼后，我与南炎、西浩三人一路护送公主殿下前往西北边境，进入阿兰草原后不久，便发现有人跟踪，后来交手之后才发现是遮月的杀手。为了稳妥起见，我就易容成公主殿下，将遮月杀手引走，而南炎、西浩则继续护送殿下前往边境。本来，若只是几个遮月的杀手，我想脱身也不是难事，只是没想到阿兰草原竟然是遮月的大本营所在，后来由于杀手实在太多，我失手被擒，便一直被关在这草屋中。"

"这么说，公主殿下应该没事。"张秋池松了一口气。北玄点头道："若无意外，殿下此刻早已抵达西北边境。"书生听完，兴奋之色溢于言表，当即朝指甲红道，"师姐，既然公主殿下不在这里，我们赶紧走吧。"说完，又朝北玄道："北玄姑娘，要不你也跟我们一起先离开这里再说。"北玄瞟了张秋池一眼，心里一暖，略带羞涩地点了点头。虽然已经知道眼前的女子是影卫北玄易容的，可这副容貌却与白鸢一模一样，此刻北玄的女子神态落到张秋池眼中，让他大饱眼福的同时，心中又感到一阵荒谬，于是侧过头去，不敢再看。指甲红没有理会两人之间的小小插曲，独自望着屋外，神情极为凝重。张秋池和北玄看到指甲红后，也注意到屋外情况不太对劲。按理说，指甲红进入茅屋这么长时间了，屋外的杀手早就该攻进来才是，可现在沉默下来后发现，茅草屋外一片安静，静得可怕。作为杀手应有的本能，三人之中，只有指甲红清楚，此刻屋外的敌人比先前所有的遮月杀手还要危险，这个危险甚至是指甲红此生都未曾遇见过的。

"一会儿我先出去，你们两个分开逃走，或许可以保住一命。"指甲红背对张秋池和北玄道。"外面到底是什么人？"北玄不解地问道，作为影卫，北玄自身的武功自然不会差，何况她还是许绩的弟子。当她听到天下第六的指甲红说出这样的话后，还是被震惊到了，北玄想不通当今江湖还有何等人物会厉害到如此程度。"是赤玉螭。"张秋池神情平静地说道。他从指甲红的话语中很快就猜到了来人是谁，然后走到指甲红身旁轻声道："师姐，之前我就说过我不怕死，何况现在知道公主无恙，就更没有什么可怕的了。""我们影卫又岂是贪生怕死之辈，算我一个。"虽然不知道赤玉螭是何人，北玄还是选择与这对师姐弟一同对敌，大步上前，站在书生旁边。"你们为救我而来，即便想救的人不是我，我也不会舍你们而去。"无论从道义还是心志上来看，北玄这般豪气干云的回答，还是为茅屋中的三人增添了一份信心和悲壮。指甲红伸出右手，指甲鲜红如血，五指血迹斑斑，隔空一划，茅草屋轰然炸裂，三人暴露在夜色之中，迎接死亡。

赤玉螭站在火堆中间，负手而立，望着张秋池三人，在这位昔日魔教教主周围，密密麻麻躺着一层遮月杀手的尸体，残躯断剑铺满了整个地面，说是血流成河毫不为过。在那些死去的杀手之中，不少人脸上还呈现出极为扭曲的可怕面容，这是因为他们生前遭受了无法言喻的恐怖折磨。或许，这些杀手从来都没有想过，自己有朝一日会对一个人产生如此巨大的恐惧，这股发自内心的恐惧已经超越他们的冷血与无情，这是一种来自死亡之外的灵魂战栗。没有人想象得到之前这里到底发生了什么，连天下第一的杀手指甲红都没有察觉到异常的情况下，所有杀手便被赤玉螭屠戮干净。张秋池在执名神殿中见过赤玉螭出手，当世两大高手联合之下也挡不住赤玉螭的暴怒一击，即使当时的赵武阳与天机子不是处于巅峰状态，可赤玉螭的存在绝对是当今江湖武林的噩梦。除天下高手以外，谁人能抵挡赤玉螭的一击？所以，这些杀手死得并不冤，甚至有可能死得并不痛苦。恐惧往往并非来自死亡，而是出于对生的憎恨。

"是你。"赤玉螭看见三人中间的张秋池道。"是我。"张秋池踏前一步道。"好。"赤玉螭看到张秋池三人见到自己之后并未逃跑，甚至连脸色都没有多大变化，忍不住称赞道，"这才像江湖儿女。"紧接着，赤玉螭伸出右手指着地上的尸体言道，"这些蠢货是什么东西，也敢自称杀手，呸。"说完，狠狠朝地上吐了一口口水，同时抬起左腿朝一个杀手的尸体跺去，只听"噗"的一声，本已死透的杀手尸体在赤玉螭的跺踩之下，顿时四分五裂，朝周围飞溅而去，而赤玉螭脚下腾起一片血雾，狰狞异常。饶是北玄身为影卫，见到此情形也忍不住脸色大变，以手掩嘴，胸腹之中生出一股恶心难忍之感。张秋池眉头皱起，言道："死者已矣，何必辱之。"赤玉螭闻言，双手伸向天空，抬头大笑道："天都不收我，我还需要在乎什么？"接着又对张秋池道，"小子，我对你印象还不错，只要你告诉我他们在哪里，我今天就放过你们。"张秋池知道"他们"指的是从执名殿逃走的圣女明曦和赵武阳，原来赤玉螭没有追到他们，难怪变得这么暴戾。可惜书生真的不知晓，只好老实回答："我不知道。"

　　"好，很好，"赤玉螭极为赞赏地道，"那你们就去死吧。"说完，直接化掌为拳，朝张秋池三人狠狠攻去。冷静异常的指甲红一直在注意赤玉螭的反应，当赤玉螭话音刚落，出拳攻击之时，指甲红十指如钩，也已经出手。可是，张秋池竟然比她还快，因为张秋池先前多走了一步，现在这一步的距离便是先手。张秋池在神殿见过赤玉螭这一拳的威力，他虽然不知道指甲红与明曦相比，谁会更胜一筹，但他曾经亲眼见过明曦挡下这一拳后所付出的代价，所以他不想让指甲红身陷险境。书生身形一晃，站在指甲红与北玄身前，运起真气护体后，同样抡起右拳向赤玉螭迎了上去，只是书生这一拳并非正面相对，而是在空中弯了一道弧线，与赤玉螭拳背相撞。即便如此，书生依然毫无悬念地被赤玉螭击飞，让遮月杀手无可奈何的护体真气，在赤玉螭

的拳头面前，不堪一击。书生人在空中，直觉右手酸麻无比，几乎失去了知觉，而护体真气震散之后，全身经脉中流转的真气仿佛突然停滞一般，整个人宛如砂石般向后飞去。

在张秋池被击飞的瞬间，指甲红已扑到了赤玉螭面前，既然书生不惜性命来挡下这一拳，作为杀手的指甲红自然不会放过如此难得的机会。趁着赤玉螭招式用老，拳势未收之际，指甲红右手双指如针，直插赤玉螭双眼，左手并指为剑，刺向赤玉螭心口。见指甲红攻来，赤玉螭丝毫不以为意，微微低头，避过双眼，以天灵盖向指甲红双指撞去，左手伸出一指，是为大光明指。如果说指甲红出手快若闪电，狠辣异常，那么赤玉螭的应对则显得闲庭信步，游刃有余。指甲红双指落于天灵盖上，以往无坚不摧的红甲却片片碎裂，如落花散于空中，双指更是弯曲变形，双双折断。而左手剑指还未曾触及赤玉螭衣物，手掌便早已被大光明指洞穿，时间还有什么比光明更快，一指点出，万物皆燃。此时，张秋池已落在三丈以外，自然也看出指甲红和自己一样，一招即败，甚至比自己败得还要惨，双手皆受重创。书生勉强运行真气，准备再次出手时，却大吃一惊，发现原本站在两人身后的北玄此刻竟毫无踪影。

本来以指甲红的原则，一击不中，肯定会抽身而退，可这次在双手受创后，指甲红不仅没有撤回，反而再次发动攻势。双指折断，还有三指，于是干脆化指为勾，右手牢牢附着在赤玉螭天灵盖上，将其脑袋死死压住，左掌则舍弃心口，继续保持剑指之势，斜挑向上，再次朝赤玉螭双眼刺去。与此同时，一道鬼魅般的身影突然出现在赤玉螭身后，正是消失的北玄。身为影卫，既能护人，也能杀人。影卫精于隐匿，不到生死攸关之时绝不出手，出手之时，生死立现，堪比世间顶级杀手。北玄对战局的观察和对时机的把握，让身为杀手之王的指甲红都暗自点头称赞，所以她才会不惜性命为北玄营造出必杀一击的时机。北玄手持一把玄铁短刃，现身的同时，便朝赤玉螭脖颈处笔直落下，如若此中，必能断了赤玉螭的根本，任他武功盖世，也要饮恨当场。然而，指甲红与北玄如此心有灵犀的布局，在赤玉螭看来并不完美，玄铁短刃即将触及赤玉螭肌肤之际，一道拳影携奔雷之势重重砸来。赤玉螭与张秋池对攻的右拳刚好此时收回，竟未做停留，直接从右肩上方向身后的北玄砸了过去。

玄铁短刃被赤玉螭右拳砸中之后，虽未折断，却高高向远处飞去，不知落于何处，而北玄猝不及防之下，更是被拳头余势击中胸口，整个人喷出大口鲜血，白衣飘飘，落红点点，横飞出去。指甲红也赶紧收招回撤，可还是迟了一步，赤玉螭左掌早已拍了过来。好在指甲红反应迅速，堪堪避过要害，虽让赤玉螭的掌风扫到右肋，但好歹能够全身而退。北玄被击中之后，感到心口一疼，浑身再也没有一点力气，仰身向地面落去。北玄看着夜空，当年许绩收他们师兄四个为徒时，以东南西北四大方位替他们命名，并告诉他们，每个方位都有一颗属于他们自己的星辰。北玄最小，所以选了北面，所以正北便是她的归宿。此时，正北的星辰依旧明亮如斯，可惜自己以后再看不到了，北玄睁大着眼睛，想要在临死之前记住属于自己的那颗星辰。然而，一张陌生而熟悉的脸庞突然挡住了她的视线，张秋池赶了过来，将北玄抱在怀中。北玄已经说不出话来，她睁大眼睛，望着一脸伤感的书生，心中竟然没有丝毫恐惧和遗憾。她看得出来书生此刻的悲伤是真实的，是为了她，而不是为了公主殿下。

当张秋池想要揭下她的面具时，北玄极其艰难地朝书生眨了眨眼睛。她知道自己长得没有公主殿下好看，所以她不想在临死之前破坏书生对自己的印象，哪怕这个印象是建立在白鸢的幻影之下，可这个印象依然是美丽的，不是吗？作为影卫，可能这一辈子都没有机会去爱一个人，也没有机会被别人所爱。所以，在生命的最后一刻，偏偏不让自己心满意足地死去，死在阿兰草原，死在夜空下，死在一个重情重义的男人怀里。北玄感到自己越来越冷，而周围的火光、月光、星光宛如萤火虫般闪耀、跳跃，最后，全部围着自己飞翔，将她寒冷的身体带向温暖的国度。在这温暖之中，北玄心满意足地睡着了，安安静静，宛若夜空。

　　"小子，你到底是谁，为何体内有光明之力，又会复丁神功？"赤玉螭的声音再次响起。张秋池将北玄轻轻放在地上："我是张秋池。""张秋池？没印象。"赤玉螭思索片刻后说道："小子，看你修炼的功法与我有缘，干脆你拜我为师，我也可以不杀你。""我已经有师父了，而且，现在我只想打败你。"张秋池认真说道。"打败我？"赤玉螭疯狂大笑道，"你竟然说要打败我，你一个空有内力，连功法都不会用的傻小子竟然想打败我，哈哈……哈哈……"张秋池没有理会赤玉螭的嘲笑，对指甲红说道："师姐，这次我先来。""好，小心。"指甲红说完，缓缓向后退去。"师姐，师父让我告诉你，活着比什么都重要。"指甲红停下脚步，望着书生略显单薄的背影，沉思不语。

第四十五章
只身打马过草原　芙蓉帐暖度春宵

　　张秋池面对赤玉螭，微微下蹲，扎稳脚跟，凝神聚力，再次将真气灌输到右拳之中，朝赤玉螭击打过去。书生此前没有打过架，所以正如赤玉螭所说，他空有一身真气内力，却丝毫不会运用，就像一个不会书法的人，空有笔墨纸砚，而纸上最终是一片空白。但是，没有关系，有笔墨就够了，不会写字，至少可以在纸上画两笔，比如一横。现在，书生就是将内力真气当作他的笔墨，而他的右拳便是他开始尝试运用内力的那一横，书法百态，基于横竖，功法万千，始于拳脚。张秋池心境平和，他没有想过要杀死赤玉螭，这不是他的本心，就算他的实力远远超过赤玉螭，他也不会这样做。他只是为北玄这样死去而感到悲伤，作为朋友，或者说作为共同战斗过的盟友，他有必要做些什么。

　　说也奇怪，张秋池体内的真气经过之前赤玉螭的震荡之后，分散成点点滴滴，与书生体内的血肉重新聚合在一起，当真气再次在体内运行之后，竟显得更加迅速通畅。所以，书生这一次的拳头出得比上次更快，划过空中之时，寂静无声，但却拳意十足，不是杀意，而是心意。赤玉螭见书生向自己出手，自然不会迟疑，右拳微微聚力，迎向前去，只是这一次，赤玉螭只用了半成功力。两拳在空中迎面相撞，这次张秋池没有取巧，也没有将复丁神功暗藏其间，两人都是真气与内力的碰撞，宛如羚羊角斗，野蛮而直接。"嘭"的一声巨响，无数气机在相撞之时四散开来，围绕着两人凭空卷起一阵风浪，让红光暗淡，让百草折服。全力相拼的书生依然不是赤玉螭的对手，幸好赤玉螭只用了半成功力。张秋池脚下扬起一阵尘土，双脚竟朝草地泥土里面陷了进去，身体摇摇晃晃，但就是不倒，更没有退后一步。原来，张秋池在两拳相撞之后，运转复丁神功将反冲之力经由双腿导入地下，确保自己在交锋之中，不丢其位，不失其势。气势往往代表了一份决心。

"好。"赤玉螭大吼一声，第二拳呼啸而至，这次则用了七成功力。张秋池身形站稳，也不迟疑，同样一拳挥出，两人正面相迎，"嘭"的一声炸响，宛如平地惊雷。一股气浪向张秋池席卷而去，吹得书生长衫猎猎作响，整个人在冲击之中向后倾斜，双脚整整陷入土中两寸有余。张秋池胸口一阵烦闷，真气运转稍有停滞。"很好。"又是一声大吼，不待书生有所喘息，赤玉螭第三拳紧跟而至，而且是全力而为。从第一拳开始，张秋池最先出拳，第二拳的时候，两人近乎是同时出拳，而到了第三拳，书生则明显要慢了半拍，只能被动防守，勉强出手相抗，结果自然可想而知。没有任何悬念，任凭书生心志再如何坚定，复丁神功运转得如何疯狂，也阻挡不住全力出手的赤玉螭，张秋池连同他脚下整块泥土一起被赤玉螭一拳轰飞，掉落三丈之外，张秋池趴在地上，衣袖尽碎，地面上大摊鲜血。半晌过后，书生毫无动静，赤玉螭摇了摇头，左手伸出一指，缓缓向书生点去，大光明指，助尔奔赴光明之中。

只有指甲红知道书生还没有死，或者说还没有败，地面那摊鲜血竟然在逐渐缩小，不过一会儿，竟然消失不见，仿佛之前书生未曾受伤一样。赤玉螭也注意到了这一点，手指迟迟不肯点下，他也想看看这个不怕死的书生还有什么手段。张秋池终于动了，以脚跟为轴，整个人缓缓飘了起来，直到站立之后，与赤玉螭迎面相视。"大光明剑。"赤玉螭紧眯双眼念道。一柄红色小剑被张秋池握在手中，正是大光明剑，刚才消失的鲜血正是被它汲取了。刚刚饱饮鲜血的大光明剑，面对着赤玉螭似乎有些兴奋，它从赤玉螭身上感受到一股熟悉的气息。张秋池握剑而立，微皱眉头，此刻，他心里极其清楚，要想与赤玉螭相抗，就必须用大光明剑与之一战，只是，似乎又觉得哪里有什么不妥。然而，赤玉螭没有给他犹豫的时间，在大光明剑现身之后，大光明指散发着灼热气息迎面而来。张秋池没有办法，只能提剑而上，双腿在地面一蹬，整个人腾空而起，右手持剑，朝赤玉螭大光明指刺去，红色小剑与耀眼手指在空中相遇，爆发出一抹刺眼的光亮。光亮一闪即逝，赤玉螭随即脸色一变。

自复丁重生之后，赤玉螭对自己现在的这副身体极为满意，加之赤玉螭本身超凡的真气护体，可以说，到目前为止就没有人损伤过他的肌肤，可刚刚与大光明剑接触之下，赤玉螭明显感到自己左手食指指尖被大光明剑轻易刺破。如果只是护体真气被破，赤玉螭也不会大惊小怪，令人不解的是，大光明剑刺破他指尖之后，竟然将一股强大至极的精气向他体内灌输而来。开始时，赤玉螭还心中暗喜，他的修为距离武道巅峰近在咫尺，若是吸纳了大光明剑中暗藏的精气，说不定便可借此机会一举冲入天人之境，到时不仅是江湖武林，甚至整个九州大陆都将任他遨游。可是，赤玉螭在精气刚刚进入自己身体的时候就发现情况不对，因为这些精气并不精纯，而是极其驳杂，是大光明剑这些年来吸收的无数有缘人的精血所致，若是强行吸收，谁也不知道会发生什么事情。这些天来，赤玉螭通过杀戮好不容易将灵魂深处的那股恐惧压制下去，但内心之中仍然对曌蓬山残留在自己身体里的气息耿耿于怀，此刻突然遇到充满如此驳杂气息的精气，而且这些精气还想钻进自己体内，顿时吓得魂飞魄散。一个曌蓬山就够他受的了，要是再来一些，岂不是让他生不如死。

　　赤玉螭突然伸出右手，化掌为刃，直接将自己左手食指削去，紧接着怪叫一声，头也不回地朝阿兰草原深处落荒而逃。张秋池落地之后，一脸茫然。指甲红也没想到事情会出现这样戏剧性的变化，走到张秋池身边问道："你没事吧。""只是受了点内伤，并无大碍。"望着张秋池空无一物的右手，指甲红微微惊讶道："这就是传说中的大光明剑？没想到竟然可以击败武道巅峰的赤玉螭。"听闻此言，张秋池更为惊讶："师姐，你能够看到大光明剑？"指甲红摇了摇头道："我看不到它，只是在你手上能察觉到一丝血腥的味道。"张秋池将大光明剑收回袖中，无奈道："这把剑就是以血为生的，到现在都不知道汲取了多少鲜血，自然会有血腥味。""你放心好了，估计除了我之外，别人是感觉不到的，"指甲红因为杀手的本能，已经对血腥味有了天生的反应，换作其他人，未必能够察觉，"不过，我曾听师父说过，此剑甚是诡异，当年大明王都拿它没办法，只好镇压在明教之中，如今赤玉螭也被它吓跑，你放在身边，自己要多加小心。""这把剑在地宫中救过我一命，我想应该不会对我有什么威胁吧。"张秋池安慰道。"行走江湖，小心为上。"听完指甲红的话，书生认真点了点头。

　　一个时辰之后，张秋池与指甲红站在北玄的墓碑之前，这里是阿兰草原深处一处极为安静的地方，连野兽都极为稀少。背着古琴葫芦的书生言道："师姐，你还是跟我一起去边境吧。"指甲红早已换了一套衣服，头发也重新扎了起来，除了脸色略显苍白，整个人显得极为精神："不了，我现在双手有伤，就算去了也帮不上你什么忙。"张秋池突然抓了抓头，不好意思地说道："忙到现在，我把这个给忘了，你的伤严不严重？"指甲红随意答道："手指断了可以续，血肉没了可以生，你放心吧。"相处这几天，张秋池也知道指甲红的性格，估计只要没死，对她来说就不算什么事，书生便不再说什么，看着黑衣红甲的指甲红慢慢消失在无边无际的百草之间。"师姐，等我把葫芦和遗诏送给公主之后，就去东海找你。"听到书生在身后的喊声，指甲红难得地嘴角微微勾起，嘴里却冷哼一声。

指甲红走了，赤玉螭跑了，遮月杀手的大本营也完了。张秋池站在星空之下，望着北玄的墓碑，想起指甲红刚才说的话，自言自语："手指断了可以续，血肉没了可以生，可是人若是死了呢？"默立片刻后，书生紧了紧身上的古琴葫芦，朝西北边境而去。

阿紫今天异常忙碌，但她整个人却显得极为高兴，今晚是新皇白泓在宫变之后首次来紫妃宫。总管早就传下话来，白泓不仅晚上在紫妃宫用膳，还会留在这里过夜。所以从中午开始，紫妃宫的丫鬟们就在阿紫的带领下做着准备，阿紫更是亲自下厨，烧了白泓从小就爱吃的菜肴，又让柳儿提前温了几壶西荒酒。

太监和丫鬟们似乎比阿紫还要兴奋，因为他们知道怡容太后这一走，整个荣朝后宫便以紫妃娘娘为尊了，若是以后封了皇后，他们这些人必然也会水涨船高，无论身份地位还是俸禄，都会提升几个档次。对于他们来说，在皇宫之中讨生活不过是让自己过得好一点，个别的还想着富贵后对宫外的亲人略微照顾，这就算是极有良心的了。其实，也是没有办法，从亲人将他们送进宫的那一刻起，这份亲情便随着家人领走的那点薄薄银两一笔勾销了，至于进宫之后是死是活，是贵是贱，全凭个人造化。进宫两三年后，这些穷苦人家的孩子便被皇宫中的规矩打磨服帖了，不想死得快，只有老老实实、本本分分地做好自己的事情。荣朝建国这么多年来，后宫之中见过几个穷苦人家的孩子熬成贵人的？有也是跟对了主子。现在，紫妃宫里的太监丫鬟们面对的就是这样一个机遇，也怪不得他们兴奋，干活的时候，一个个都铆足了劲想从紫妃娘娘那里获得一丝青睐。

"陛下，怎么了？"阿紫替白泓将杯子倒满之后，柔声问道。也许是事务繁忙，白泓赶到紫妃宫的时候已经过了戌时，不过阿紫从来不担心白泓会不来，从小到大，白泓答应自己的事情总会做到的。白泓挥了挥手，除了阿紫其他人都退了下去，连柳儿也不例外，望着满桌色香味俱全但几乎没有动筷的菜肴，白泓对阿紫略带歉意地道："这段日子确实让朕心烦，没有什么胃口。""都怪阿紫无能，不能替陛下分忧解乏。但陛下也不可过多饮酒，以免伤了身体。"阿紫说完，伸手将白泓举起的酒杯轻轻按下。"你在后宫，朕便可安安心心地治理天下，阿紫居功至伟，何来无能一说。"白泓微微笑道。"陛下又来诓人，阿紫自知无德无才，终日躲在紫妃宫中偷闲度日，未曾替陛下分担分毫，否则……"说到这里，阿紫突然停口不语，她怕自己说出来会勾起白泓的烦心事，那是她不愿意看到的。"否则什么？"白泓接口言道，"否则你便可以提前查得王家谋反一事，替朕分忧解乏了吗？"

"阿紫不敢，阿紫自知没有这个本事，就算有也不敢过问朝政之事。"白泓看着变得拘束的阿紫，想起以前那个胆小怕事的女孩子却敢为了自己和其他宫女打架，不由得伸手将阿紫的小手握住，使劲一拽，阿紫整个人便落入白泓怀中。"你有什么不敢的，当年是谁将朕抱在胸前？"白泓将脑袋靠在阿紫酥软的胸脯之上，继续说道，"搂得朕差点喘不过气来，差点就死在你这温柔之间。"说完，白泓将脑袋朝阿紫酥胸上拱了拱。"陛下，你又说这件事……"虽然早已成为荣朝唯一的皇妃，可阿紫听到白泓说起当年的事情，还是一脸羞红。那时候，白泓还是个男孩，阿紫只是为了安慰他才将他搂到怀里。"从那时开始，我便决定长大以后一定娶你，因为你是除了母妃之外第一个也是唯一一个对我好的女人。"白泓抬起头，盯着阿紫的眼睛说道。"阿紫心中只有陛下一人，但白鸾妹妹从小便与陛下一心，也是对陛下极好的。"阿紫话刚出口便后悔了，赶紧垂下头，低声道，"阿紫又说错话了。"

白泓轻轻抚摸阿紫贴在后背上的秀发，平静说道："无论王家的事最终如何定夺，都与鸾儿毫无关系，你也不要过于担心。""阿紫明白，只是怡容太后这一走，白鸾妹妹岂不成了可怜之人。""或许怡容太后这一走，朕才是那可怜之人。"白泓将阿紫的秀发在手指上不断缠绕又松开，沉默良久才说道，"自登基之后，朕不惜远征大月氏三年，造成帝都空虚之势。没想到最后浮出水面的不是皇伯父白不觉，而是怡容太后。"阿紫以手捂嘴，她从未想过帝都之乱的根源竟然出自怡容宫，出自那个母仪天下、端庄贤淑的怡容太后之手，阿紫终于明白白泓这些天心烦的是什么事了。"你以为朕是为太后的事心烦吗？"白泓似乎知道阿紫内心的想法，继续说道，"若太后真想谋反的话，王家也不会反。王家真要是反了，朕现在也无法安然坐在这里。"白泓看了一眼懵里懵懂的阿紫，问道："你听懂了？"阿紫摇了摇头，白泓自嘲道："别说你不懂，便是我到现在也没弄懂，他们王家这么做到底是为了什么？"

"陛下，凡事往好处想想就不觉得那么心烦了，白氏和王氏乃世交，否则当年太宗陛下也不会迎娶怡容太后，这次帝都之乱也许是双方有什么误会，并不一定就如陛下想得那么严重。"阿紫不清楚白泓到底苦恼的是什么事情，她只是不愿意看到白泓困扰和痛苦的样子，现在的她帮不上白泓什么，只要能让白泓轻松一些，阿紫便心满意足了。谁知阿紫说完这几句宽慰的话后，白泓先是一怔，紧接着在阿紫脸上狠狠亲了一口道："哈哈，朕明白了，还是阿紫聪明。"看到眉头解开、一脸兴奋的白泓，依然稀里糊涂的阿紫既高兴又自责地说道："唉，哪里是阿紫聪明，明明是陛下自己厉害。"

"阿紫要是不聪明，朕当年又怎会落入你的口中。朕要是厉害，又岂能每次被你杀得丢盔弃甲。""陛下，还不是那次你喝醉了，阿紫才……"正当阿紫娇羞辩解之时，双唇早已被白泓温柔而热烈地侵占。紫妃宫，今夜宫灯长明，芙蓉帐暖度春宵。

第四十六章

重现江湖玄阴功　山雨欲来风满楼

天色微明，白泓梳洗之后，看了一眼兀自熟睡的阿紫，没有惊动她，先行离去。辇车从紫妃宫出来，经过御道，白泓正思索着早朝该如何应付那些老官油将的时候，无意间看到一名青衫琴师安安静静站在道旁，注视着自己一行人从身边走过，既未拜见也未行礼。擦肩而过之后，新皇心中略有不快，心想怡容太后走后这段日子，宫中着实有些闲散，连一个小小的琴师都忘了规矩，看来下次得让阿紫立立威才行。想到阿紫，白泓禁不住想起昨晚的缠绵，顿时靠在背后的软枕之上，微微闭眼，将早朝之事暂时抛诸脑后。辇车走了一段路后，白泓猛然睁开眼睛，想起刚刚琴师那双无瞳之眼，立刻猜到了这位盲琴师的身份，不由得轻声念道："王希音的关门弟子，又是王家吗？"

白泓心里惦记着王家之事，草草结束了早朝，便直接出宫来到许绩的大将军府。大将军府离皇宫不远，片刻即到，与平时一样，白泓抵达之后，没有让人通报，许绩也没有出来相迎，新皇独自进入府中，直奔许绩书房而去。走到后院之中，恰好看见许绩在院子里练功，白泓没有停留，径直向书房走去。白泓落座不久，许绩行功完毕，也来到书房之中。"许叔叔，近日安好？"白泓朝刚进屋的许绩摆了摆手，示意他不用行礼。怡容宫宫变之后，许绩便没有进过皇宫，那一天也是他与王逸蓉见的最后一面。若说安好，二十多年来，许绩便从来没有心安过，如今得知实情，内心深处更是极不好受，所以许绩没有说话，他不知如何回答。"新月谷兵败之后，朝野上下一致要求朕再率军亲征，连白不觉手下的那些将领这次也主动请缨，为朕甘做先锋之军。"白泓不愿许绩在宫变之事上为难，继续将朝政情况告诉许绩，"一个个都慷慨激昂，将父皇和皇伯父当年横扫各处之事提将出来相与比较，认为新月谷战败乃荣国之耻，让他们这些军人夜不能寐。哼，依我看，夜不能寐倒是真的，至于是为了什么，恐怕便谁也不知道了。"

"荣朝本以武立国，军方有此态度也情有可原，陛下无须在意。"许绩稍加安慰道。"这个朕自然知道，只是朕的皇伯父白不觉一直躲在那西荒边境处，似乎对帝都发生的事情无动于衷。""白不觉志在九州，而绝非荣朝，既然他都等了二十多年，现在又岂会按捺不住！不过，王家一事出乎我们计划之外，自然也是白不觉没有意料到的，这便是变数，而且这个变数正朝有利于陛下的方向发展。所以，帝都恐怕平静不了多久。"白泓听完许绩的分析，点头说道："不错，朕从小到大都一直保持与王家之间的关系，便是希望将来在关键时刻，王家能助朕一臂之力。只是朕没有想到，原来王家很早以前就已经做出选择。""白、王两氏，世代交好，王家与先皇和昊天王之间的关系更是错综复杂，如若不是此次帝都之乱，还真是难以将那些隐藏暗处的关系暴露出来。"白泓望着许绩，不解地道："既然王家早有决定，他们有无数种办法帮朕，为何偏偏要采用这样的方式？王氏父子二人，为荣朝耗尽一生心血，难道只是为了帮朕便不顾一世名节和族人生死了吗？"说到这里，白泓再也难以控制胸中郁结之气，在几案上重重拍道，"怡容太后自小待朕视如己出，她这一走，朕如何向父皇交代，如何向荣国交代，又如何面对鸾儿？"

见白泓如此悲怆，许绩却不知如何劝慰。他总不能告诉白泓，怡容太后是为了他，为了他们的女儿白鸾铤而走险。许绩望着白泓那张与白羿如出一辙的英俊脸庞，想起那天王逸蓉与自己所说之话，心中也是一痛，朝白泓说道："帝都皆传怡容太后病逝，公主殿下年纪虽小，但自小通情聪颖，想必能够接受这亲情之变。""也只好如此了，"白泓心情稍显平复，突然想起什么，向许绩问道，"听说鸾儿从天漠前往西北边境的途中，遭到遮月杀手阻截，朕甚是担心。""有南炎他们三个暗中保护，想必遮月的那些杀手还构不成威胁，你放心好了。""那就好，要是鸾儿有任何意外，朕一定不会放过白不觉，若不是他这些年暗中支持旭国，遮月这群宵小又岂能如此猖狂。"白泓怒道。白泓又哪里知道，在知晓白鸾是自己的女儿之后，许绩这个排名第三的天下高手，又怎会让她受到伤害。

又与许绩讨论片刻之后，白泓便准备返回宫中，许绩突然想起一件事，便道："近日，武库的官员来报，说是紫妃娘娘从武库借走了一篇秘籍。"闻听此言，白泓略一思索，无奈笑道："这个阿紫，整天自怨自艾，说帮不上朕。这次竟然想到去武库，莫非她真以为天下高手是轻易练成的吗？"许绩也笑了笑，言道："阿紫自小便一心在你身上，近日又发生诸多变故，一个女子独处深宫，难免心中忐忑，有此想法，也属正常。"白泓点点头，有些好奇地问道："她拿了什么秘籍？""玄阴功。""玄阴功？"白泓虽然身为荣国之君，可武库之中收藏有江湖武林无数武功秘籍，加之他自身并非爱好武学之人，所以对这门功法竟一无所知。"玄阴功乃南海派镇派绝学，当年先皇征讨苗地、陵南之后，行至南海，发现南海派踪迹，由于南海派常年生活在海中小岛，与大陆往来极少，先皇便做了顺水人情，向当时的南海派掌门八世音册封南海派为九州福地，南海派为了表达敬意，将镇派绝学玄阴功抄录一份赠予先皇，只是这么多年来，未有人练成过此功，秘籍便一直存放在武库之中。"

想起阿紫，白泓心存一丝侥幸："依许叔叔来看，阿紫是否有机会试练此功？"许绩认真回道："绝无可能，玄阴功只有处子之身的女子才能修炼，南海派弟子也皆是女子。"闻言，白泓先是一呆，随后大笑着转身离去。

当辇车从身边驶过之后，小达子又继续朝前走去，他不知道刚才辇车上的人是谁，他也不需要知道。韵律院在荣朝皇宫有着特殊的地位，只要不是皇族，韵律院的乐师都不需行跪拜之礼，因为这些乐师并不属于荣朝官员，不需官职与俸禄，腰杆子自然也直。当然，倘若遇到皇亲国戚或身居要职的官员，这礼数还是要的，然而小达子并不知道刚才从自己身边经过的便是荣朝当今的皇帝，他只记得这条御道是通往紫妃宫的，前面不远处，再拐个弯，朝巷子里走一百零八步，就到了如意园后门。小达子今天的步伐似乎比以往要慢一些，不知道是不是因为手里少了那根青竹竿子的缘故，让盲琴师稍微显得不太习惯。御道并不是很长，不过一会儿工夫，小达子就来到了路口分岔的地方，小达子没有丝毫犹豫，缓慢而准确地迈进了巷子，就算青竹竿子不在手里，这条路也早已刻在盲琴师的心里。

依旧是柳儿来开了园门，看到小达子，想起前日盲琴师那副狼狈的样子，柳儿忍不住"扑哧"一声笑了起来。小达子不以为意，脸色平静地跟在柳儿后面，反倒是柳儿与小达子接触这么长时间，也不再自恃紫妃宫第一丫鬟的身份，拣着宫里宫外一些不痛不痒的事情说与小达子听，盲琴师只是在背后不时跟着附和两句，也不知道是不是真听了进去。不过这对于柳儿来说，也无所谓，她也只是寻一个倾诉的对象罢了，毕竟后宫里面，平时也没有人能跟她说得上话。闲话间，两人便已走到如意园琴台之处，小达子坐定之后，感到眼前忽然多了一件什么东西。"喏，这是你上次落下的那根青竹，是娘娘让我给你留着的，"柳儿清脆的声音在清晨显得更加干净，"娘娘还说，你们孤山上的路本就难以行走，这青竹竿子就跟你的眼睛一样，可以帮你看到路呢！"小达子伸出手，握住青竹竿子，竿子圆润温暖，没有一丝凉意，知道柳儿没有说谎。

见盲琴师握住竿子后有些发呆，柳儿一边焚香一边道："我还和娘娘打赌，说你没了青竹竿子会不会摔跤，看来还是娘娘赢了，莫非你真有心眼不成。"说完叹了一口气接着道，"换我肯定就不行了，后来我试了一下，蒙上眼睛我连这个如意园都走不出去。""哪里有什么心眼，只是习惯了而已，出了韵律院和皇宫，我也就是个瞎子，哪儿也去不了。"小达子正在调琴，听柳儿说了这么多，忍不住回了一句。"那倒也是，"柳儿闻言似有所悟地点了点头，又朝盲琴师吩咐道，"你在这里等一下，娘娘昨晚乏了，晚起了点，我这就去禀告娘娘。"小达子微微颔首，只听得柳儿柔软的步伐渐渐远去。

半炷香不到，柳儿去而复返，当然，紫妃娘娘也一起来到如意园中。阿紫脸上明显还带着些许倦容，但肌肤红润，眉角温存犹在，此刻身上罩了一件粉色披风，倚靠栏杆之上，右手支腭，说不出的风情万种。琴声响起之后，阿紫本来燥热的情绪也渐渐平复下来，啜一口热茶，左手轻轻翻着身前那本金色书籍，随意翻弄，杂乱无章，柳儿只在一旁看着，不敢稍作言语。突然，琴声戛然而止，阿紫与柳儿吃惊之下皆望向琴台，只见小达子紧皱眉头，侧耳倾听，似乎发现了不同寻常之事，阿紫和柳儿四下探视后对望一眼，都未曾发现如意园中有何不妥之处。"敢问紫妃娘娘，今日是否带有异物入园。"不待柳儿发问，小达子倒先行问道。阿紫看了柳儿一眼，柳儿急忙道："今日与往日一样，何来异物之说。""那便有些奇怪，"小达子疑惑道，"青竹喜阳，今日本风和日丽，其音应清和远扬，但刚才微臣弹奏之时，发现琴音虽清，却暗藏晦涩，乃有至纯至阴之物相扰所致。"阿紫闻言，美目一动，拿起金色书籍，失声道："莫非是因为它？"

"娘娘所持何物？"小达子听得阿紫话语，知事有蹊跷，不禁询问道。"是一本武学典籍，名唤《玄阴功》，"阿紫让柳儿将金色书籍送到小达子面前道，"此物带有'玄阴'二字，想必与你刚才说的至纯至阴有所关联，只是不知是否对青竹稍有影响。"柳儿将《玄阴功》秘籍送到盲琴师面前后说道："娘娘，武库官员说这是南海派的绝学，而且这个南海派好像都是女子，这绝学也必须是女子才能修炼，男阳女阴，说不定还真有影响也不一定。"阿紫点了点头，她也是这样考虑的，但心里却对小达子凭琴音便能推断出《玄阴功》这件事颇感好奇。小达子也不客气，将秘籍拿在手中，以手指轻触，感到有一股清凉之意从秘籍中传来，钻入他身体之中，凉意入体之后，游走不定，整个人惊愕之余又顿感轻松无比，神清气爽，只是凉意入体不久便消失殆尽。盲琴师又触摸多次，凉意却并未再次出现，让小达子越发感到奇怪。"此物入手，凉意十足，从娘娘与柳儿姑娘所言中，微臣可以断定扰琴之物定然是它无疑，"小达子想了想，将《玄阴功》放回琴台，朝阿紫拱手道，"实不相瞒，微臣通过刚才接触，感到此物与微臣似有缘分，恳请娘娘能许臣观之。"

"莫非副院长也懂武功？"阿紫狐疑道。小达子摇头道："微臣自幼进宫，时至今日所学之道，不过古琴尔。但老师曾言，世间万事万物皆有其道，遍观天下大道，老师认为武学一道却是与古琴一道最为相通。""此话何解？"阿紫继续问道。"两者皆从形到式，由式生术，以术入道，无论形式如何千变万化，而术道必然殊途同归，最终皆入天道，谓之天人合一。"阿紫听完，深以为然，点头道："副院长所言极是，看来无论是古琴一道还是武学一道，此生都与我无缘了。"阿紫脸上略显黯然之色，她早已从《玄阴功》秘籍中得知，修炼此功之人须有处子之身，失望之余，抱着侥幸心理，也将秘籍通读数遍，结果自然毫无感应，现在听小达子这样一说，也醒悟过来，就算自己能够修炼，岂是朝夕间所能练成，又如何能帮到白泓呢？"也罢，既然此物与副院长有此缘分，便赠予你了，也不枉这些天来你为我弹琴解乏。""微臣谢过紫妃娘娘。""好了，哀家突然觉得有些困乏，今日干脆就此打住，你先回去吧。"小达子起身行礼后，将金色秘籍收入怀中，背起古琴青竹，默默离去。

　　一匹健壮的枣红色骏马在官道上快速驰骋，东苍离开帝都已有数日，确切来说，从怡容宫那场宫变之后，他便离开了帝都。师父许绩对他并无任何责怪，许绩自己都无法挽救王逸蓉，东苍作为一个影卫又如何能够救之。何况，王逸蓉既然早有决定，定然不会让他这个许绩的大弟子有所防备，所以，当东苍将白鸢在阿兰草原遇险的消息带回时，怡容宫和怡容太后已经成为过去了。当他怀着愧疚的心情出现在大将军府的书房中时，许绩只是拍了拍他的肩膀，什么都没有说。

　　作为许绩座下的四大弟子，东苍也许是唯一知晓师父与怡容太后之间关系的人，因为在守护怡容太后的时间里，王逸蓉无数次向东苍问起许绩的近况。尽管每一次都会将许绩数落一遍，连带他们四个弟子也被骂得抬不起头，可东苍却从来没有怨恨过王逸蓉。他知道，一个女人若不是真正关心那个男人，便不会花这个心思来数落他，这就是所谓的爱之深责之切。在东苍看来，师父是一个好男人，为了当年对太宗白羿的承诺舍弃冲击武道巅峰的机会，用大半生时间保护白泓和荣朝。而东苍自己也是一个好男人，为了尽弟子的本分，情愿舍弃江湖武林的梦想，甘当影卫替许绩守护在怡容太后身旁。同样是好男人的两人之间，除了师徒之情以外，还有着一股惺惺相惜的情感在里面。许绩是为了王逸蓉，而他东苍心里面何尝没有一位心爱的女子。

"此次事了之后，为师便会退出朝堂，你们四个也不用再做那暗无天日的影卫了。"这是东苍离开帝都前，许绩跟他说的一番话，东苍现在回想起来，依然清晰可闻，"为师这一生除了逸蓉和白鸾，最对不住的就是你们四个。我知道你们是放心不下为师，我也知道你们和为师一样，早就想离开这里。放心吧，用不了多久了。""东苍，你跟为师的时间最长，为师又怎么不知道你的心思，等我们师徒五个离开这里之后，为师亲自替你与北玄说媒，那丫头到现在还不知道你喜欢她。""你啊，跟为师一样，总是这么老实，在江湖上，老实人往往容易吃亏。"……东苍不知道许绩为什么要和自己说这么多，就像一个年迈的老人一样絮絮叨叨，直到天色破晓才让他离开。在东苍眼里，这么多年来许绩似乎总是一个样子，衰老这个词只是在王逸蓉死后才在许绩身上有所体现。

马背上，东苍忽然一怔，他突然想起怡容太后最后一次派给自己任务前也是这样絮絮叨叨，只是他早已习惯了王逸蓉这种做法，没有在意，结果回来之后怡容宫便出事了。东苍心里开始焦急起来，可是他必须先到西北边境接应月狐公主白鸾，然后还要前往阿兰草原，完成一项秘密的任务。想到这里，东苍暗暗发誓，无论发生什么事情，一定要活着回来，就算是为了许绩，也是为了自己。

当然，更是为了北玄。枣红马一声嘶鸣，扬起大片尘土，像一朵彩云朝西北边境呼啸而去。

第四十七章
白银闪耀大明军　暗度陈仓日月兴

在圣女令的鼓动下，整个旭国陷入一种狂热的境地，教徒们都渴望明教在二十多年之后，能从这崇山峻岭与天漠之中突围而出，重现昔日光彩。而在大逐日回归光明之后，圣女明曦便成为整个旭国和明教至高无上的存在，何况从明曦在明王总殿的各种表现来看，这位高贵优雅、美貌无双的圣女，无论是手段还是实力，都不输于原来的大逐日，甚至有可能更胜一筹。除了那些半只脚迈入泥土的老一辈明教教徒，青壮教众谁不愿意由圣女明曦来领导自己，如果说这些后起的明教之秀仍然愿意为明教牺牲性命的话，那么，他们为了圣女，情愿奉献出自己的灵魂。红袍绝美的明曦，出现在明王总殿的日子，无数教众都会将明王总殿围得水泄不通，无数年轻男子都会举起右手，向着明教和明曦宣誓效忠，无数的光明之火在明王总殿汇集，将光明顶映射得宛如大陆苍穹。在这样的氛围之下，大明军依旧在持续不断地增加，明教二十余年的隐忍与底蕴此刻在明曦手上得到最猛烈的爆发，而最终目标只有一个：让光明照耀九州大陆。

七十七骑在马背上，全身银色的盔甲在烈日下闪耀着刺眼的寒光，这种银色盔甲是当年大明王朝一统九州时所穿之物，代表着明教最强盛的时期和最辉煌的荣耀。此刻，七十七这位在明王殿生活数十年，内心早已波澜不惊的老教徒，在穿上盔甲之后，禁不住想起明教当年的光辉岁月，全身血液似乎不由自主地开始加速、跳跃、沸腾，因为他的眼前是横亘大陆东西五十余年的天漠，天漠以东便是西荒城，是荣朝在西南边境的守城，天漠之中更是埋葬着明教鼎盛时期的标志性建筑圣女殿。历史早已证明，七十七目之所及以及一望无际的远方，曾经都属于明教，而现在，当大明军再次出现在这座大陆之上，当银色盔甲再次闪耀着刺眼的光芒，当光明这个词再次被世人提起，所有的一切似乎重新回到起点，大明王与大明王朝所失去的一切将从这一刻起，由圣女明曦和她的大明军来夺回。七十七转过身，一片银光闪闪，他身后是十万与他一样身着银色盔甲的大明军，这十万人便是明教复苏的宣言，代表着光明的意志。

　　一股危险的气息从这支大明军中蔓延开来。这是一支年轻的、热血的、无畏的军队，七十七回过头来，暗暗想到，若是圣女明曦没有离开明王总殿，若是明曦回来的时候没有背着那个和尚，若是明曦身上更没有穿着赵武阳的黑袍，也许现在这支大明军的气势会更加强盛和可怕。可惜无论七十七采取了多么严厉的手段，还是有谣言不断传入这支他一手打造的大明军中。谁让明曦那天出现得太过突然，浑身凌乱地出现在明王总殿众目睽睽之下，还背着一个和尚，白皙的肌肤在身上那件破损的黑袍之中若隐若现。当时整个明王总殿彻底安静了，直到明曦消失在众人目光之中，回到光明顶上那间木屋后，明王总殿才爆发出一场激烈的争论。

　　争论的结果在七十七出现在明王总殿门口的时候，就已经决定了。

七十七回过神来，低头看了一眼双手，没想到自己第一次杀人竟然是自己的同胞教众，要不是那两个年轻的男教徒在情绪崩溃后出言不逊亵渎明曦的话，七十七是绝对狠不下心对他们出手的。可是一旦出手，便是两颗死不瞑目的头颅，为了明曦，七十七认为这一切都是值得的，如果有需要，他甚至可以杀光明王总殿里的所有人，只要明曦还是圣女，明教还能在明曦的掌控之中。因为七十七亲眼见证了明曦在明教中的崛起，他深信明曦一定是那个带领明教重现辉煌的人。当一身火红教袍的明曦出现在大明军阵前时，原本窃窃私语，气息不稳的大明军顿时鸦雀无声。这个明眸皓齿高贵非凡的圣女，现身之后只需要一个背影，便足以让万千教众为之疯狂，哪怕在明曦身前还有一张轮椅，哪怕这张轮椅上坐的是一个和尚。明曦伸出一指，指向天漠方向，七十七知道，一个新的时代来临了。

斩土回头望了一眼王帐，说实话，这二十多年来，若不是自己体内流淌的光明之力还提醒着自己，说不定他真的将这里当作安度晚年的好地方，将王帐内那个喝醉的男人当作此生唯一的知己。斩土停下脚步，抬头望了一眼头顶的那轮明月，又伸出右手食指，指尖微微发亮，宛若荧光。"大月氏，旭国，日月为明，本是一家，相煎何急。"斩土说完，收起手指，径直朝新月谷方向走去。

夜幕下的新月谷，在新月之战后的这段日子里，一直显得极为宁静，各部落前来支援的勇士早已相继撤回，只有大月部留下来承担守军之责。荣朝在新月谷战败后，西北守军早已回撤到守城之中，与新月谷之间的这道宽阔地带现在基本上已被大月氏控制，不少胆大妄为的大月部少年，往往在白天相邀几个同伴骑着烈马奔到离荣朝守城不远的地方朝荣朝守军射上几箭，虽然这些箭远远就落入了泥土之中，可对于大月部的守军来说，这是磨砺自家孩儿的最好机会，倘若谁家孩儿的箭射得最远，作为他们的父亲，事后还能赢得一壶上好的烈酒。何况近日还传来消息说，荣朝帝都竟然爆发了叛乱，那个败于他们之手的荣朝新皇这回该是焦头烂额了吧，无论是大月氏的子民还是新月谷的守军，得到消息后的那几日睡得都异常香甜。

　　军师斩土进入新月谷后，没有惊动任何守军，矮小的身躯此刻在新月谷的乱石峻岭间显得极为灵活，一直绕到新月谷南侧的山脊背后，斩土才放缓脚步，人也放松下来。这一侧南端有天漠充当天险，几十年来固若金汤，大月氏基本不再派人把守，因为没有任何军队可以毫无动静地穿越天漠，就算真有人敢这么做，那么不需要大月氏动手，这支军队基本就全军覆没了。斩土站在一处凸起的岩石上，眺望南端尘土朦胧的天际，再次确认天漠中的环境确实不是人力所能够抗衡的。斩土跳下岩石，又七拐八弯地绕了半炷香的时间，才小心翼翼地来到一块巨大石壁前，石壁上早已长满青苔植物，与周边环境并无二致。斩土走到石壁前，屏气凝神，突然一掌狠狠打在石壁上面，"啵"的一声后，再次悄无声息，斩土收回震得微微发红的手掌，将耳朵紧紧贴在石壁上，半晌之后，习惯而又失望地站回石壁前。

　　二十多年了，石壁之后还是空空如也，斩土记不清自己是第几次冒险来到这里，只为查探隐藏在心中的那一丝希望。可是每一次都是失望而归，慢慢地，失望渐渐变成了一份寄托，斩土今天来本来也没有抱着任何希望，只是在这异国他乡，背负着内心的秘密太久，要不是每次都在这石壁前平复下压抑的情绪，这位在大月氏神机妙算的军师也不能保证自己不会疯掉。这次要不是听闻大光明剑在天漠中出现的消息，斩土也不会时隔不久又来到这里，只是结果却没有任何区别。斩土转过身，望了望天色，时间不早了，阿那木扎随时会醒来，自己还是早些回去，否则被那位老朋友问起来，不免又要费一番唇舌。斩土觉得自己累了，或者是老了。就在斩土即将离去之时，不可思议的表情出现在斩土脸上，因为身后的石壁发出了"咚"的一声，虽然很轻，可斩土明白自己没有听错。斩土的表情变得丰富起来，在极其渴望之后又夹杂着一丝犹豫和好奇。

终于，一道天雷般的巨响之后，石壁在斩土面前四分五裂，一道十尺多高的密道入口出现在斩土面前。矮小的军师斩土直直望着密道，眼睛一眨不眨，他要看一看到底是谁通过大明王朝当年布置在圣女殿底下的密道来到这里。果然，斩土看见一道火红教袍的身影后，就知道来人没有令自己失望，多少年了，作为明教教徒的自己还能亲眼看见明教圣女，何况这位圣女是如此的神圣不俗，全身上下无时无刻不闪烁着光明的气息。斩土忍不住流下泪来，心悦诚服地拜倒在地，口中泣道："明教长老斩土，拜见圣女。"石壁打开之后，看到身材矮小的斩土，明曦虽略有惊讶，可内心并无波澜，平静地问道："你也是明教中人？"斩土听到明曦问话，宛如天籁，缓缓抬起头，望着明曦虔诚地说道："大月氏也是明教之地。"明曦满意地微微一笑，玉手轻抬，七十七一马当先从密道走出，紧接着，万千银色盔甲在斩土震惊的眼神中照亮了整个新月山脊。

破晓之前，阿那木扎从沉醉中醒来，守卫及时送上一碗北地高参熬制的羹汤。阿那木扎喝完之后，又在椅子上靠了些许时间，精神也渐渐恢复过来，看到空无一人的座椅，阿那木扎苦笑着摇了摇头，心想："老朋友，这么多年了，难道你还不死心吗？听说旭国那边，大逐日都已经归天了，剩下的那些年轻教徒，还有谁会为了明教而大动干戈呢？也许，再过几年，旭国便连曾经的大明王朝都会忘却，就像如今的大月氏一样。朝代一旦更替，便不复存在了。"阿那木扎想起年少时的自己与妹妹阿那朵在新月草原的日子，当时的新月草原远没有如今这般美丽和富饶，但在阿那木扎心里，那却是最美最难以忘怀的时光。阿那木扎脑海中浮现出白泓的身影，仍不住自言自语道："老了，我们都老了。"

王帐外突然响起一阵嘈杂之声，紧接着便传来大月部守卫勇士的怒吼和惨叫，一场突如其来的战争在新月草原悄然发生。破晓来临之时，战争已经接近尾声，阿那木扎自始至终都没有走出王帐，他知道只要自己不现身，大月部的伤亡便会降至最低，但令这位大首领不太理解的是，自己是主动不出去，可敌军为何也没有人攻入王帐之内。这个疑问在斩土掀开王帐的时候，阿那木扎便立即明白过来，望着这位二十年的老朋友以及他身后那位身着红袍的高贵女子，阿那木扎平静地说道："老朋友，你终究还是等到了这一天。"斩土也感慨道："是啊，明教教义有言：迟早光明是会降临的。只是，我等来了圣女，而老朋友你，却没有等到白泓。""无论是明教还是荣朝，对你我来说，或者对九州大陆来说，都已经没有区别，"阿那木扎点头道，"唯一难以判断的是，你所说的光明究竟会将九州大陆带向何方？"

"光明之下，人人将自由平等，无杀伐，无宿怨，无恶疾，无贪欲，九州大陆将成为苍穹下唯一净土。"明曦肯定地说道。"希望如圣女所言，"阿那木扎微微一笑，朝斩土问道，"老朋友，记得当年你曾说过，圣女殿中有圣灵阵法，若无大光明剑，必然无法通过，莫非大光明剑重现人间了？"斩土朝明曦看了一眼，见圣女没有意见，便道："大光明剑的确重现人间，可是并不在我明教手中。至于圣灵阵法，除了大光明剑外，武道巅峰者也尽可破之。"阿那木扎闻言，惊讶地望向明曦，随即点头言道："原来如此，当年大明王未曾抵达的境界，如今竟真有人能做到。看来，明教重兴乃上天之意。"见此，斩土趁机劝道："大月氏与旭国本属同源，今日明教重兴，定当恢复昔日大明王朝鼎盛之势，大首领何不重归明教。圣女以武道巅峰之体，加之你我齐心辅佐，大业可期。"阿那木扎沉默片刻，道："明教之中，你不服大逐日，不服天机子，为何偏偏服从于她？""老朋友，你别忘了，明曦圣女代表的是光明，而明教则是当年大明王一手发扬光大的，所以，我重新臣服明教，并非臣服于圣女，而是臣服于少明王。"斩土话音刚落，七十七推着轮椅走了进来，阿那木扎看到轮椅上金色半面佛遮面的赵武阳后，知道明教的复兴已无可阻挡。

这段时间以来，九州大陆上发生了几件震惊世人的大事，荣朝新皇白泓兵败新月谷自然是其中之一，正当众人皆认为新月谷战败后，荣朝定将重整旗鼓杀向大月氏时，荣朝帝都却突然爆发叛乱，与荣朝皇族白氏荣辱与共百年的王氏一族轰然倒塌，荣朝朝廷内外都受到波及，一时间内政动荡，无暇外顾。而几乎与此同时，江湖武林之中传出天漠异变的消息，有人说是明教昔日遗迹圣女殿重现江湖，还传出曌蓬山与赤玉螭未死的谣言，说这两个老怪物在地底搏杀数十载，双双修至武道巅峰，这才破殿而出。对于江湖中这类传言，自然没有荣朝所发生之事让人信服，但也有不少人信以为真，因为位于天漠的武林圣地楼外楼近日打破往年常规，在五年时间未到之时，重新发布了天下高手排名。令人意外的是，天下高手榜首两位竟双双易主，被两个陌生名字取代：第一柳和杨明曦。知晓明教内情的人或许知道杨明曦便是明教当代圣女，排名第二似乎可以接受，而这个横空出现的第一柳，却让江湖武林摸不着头脑，一时之间谣言四起，却最终没有什么定论。

荣朝大将军许绩依旧牢牢占据着第三，至于第四第五两个位置，多年来一直稳定异常，因为这两人一个是远离大陆的南海派掌教八世音，一个是深居阿兰草原的猎人王。至于最后三人，武林第一杀手指甲红和木棉剑客木柏松排名未有变化，反倒是原本第七的柳相柳星张被一个叫张秋池的人所取代，虽然没有人知道张秋池是谁，可与榜首两位的变动相比较，这天下高手第七人的更换就显得没有什么吸引力了。武林中人都知道，榜单的变动只有两个原因，要么被人凭武学修为抢了位置，要么便是原本占据位置的人出了问题，至于出了什么问题，就不是大家关心的了，因为江湖武林强者为尊，既然你已不再是天下高手，还有谁会在意你是生是死。正是因为天下高手榜单的变动，才让整个武林对天漠异变之事不禁多信了几分，同时也意识到，随着天机子、赵武阳、柳星张的陨落或败退，江湖武林必将迎来一轮新的动荡。

　　然而，无论是荣朝的帝都之乱还是武林中的高手之争，在明教宣布东出中原、北伐大月氏的决定后，都显得那么微不足道。当银光闪闪的大明军再次出现在世人眼前，整个九州大陆瞬间安静下来，五十年前那个辉煌无比的大明王朝再次回到众人的记忆之中，在大明军的提醒之下，大明王朝似乎从未退出过历史，只是大家早将隐忍在大陆西南角多年的旭国明教忘却了而已。如今，当光明的口号再次响彻九州大陆，所有人都知道，盛世已终，乱世伊始。

第四十八章
遇善缘义结金兰　恨无边风尘相见

　　张秋池背着古琴葫芦在阿兰草原行走数日，按照指甲红给他的方位来看，本应早就走出草原了。可就在前日，接近草原边缘的张秋池在百草丛中接连发现几具尸体，从尸体的服饰来看，应该就是指甲红跟他说过的草原猎人。这些草原猎人原本便是阿兰草原上实际的主人，在猎人王的率领下，统治着阿兰草原数百年之久。谁曾想到，如此骁勇善战又极具天时地利的草原猎人，会成为别人捕杀的猎物。本来这件事情与张秋池毫无关系，他完全可以快速穿过草原，到西北边境寻找月狐公主，只是书生在观察到这些草原猎人的死状之后，当即决定先去找这个凶手。因为这些草原猎人的尸体竟然没有一具是完整的，而在张秋池的印象中，采用如此凶残、暴虐手法的人只有现在那位心魔作祟的赤玉螭。如果凶手真是赤玉螭的话，对于阿兰草原上数百年生活传承下来的猎人们来说，便是一场灭顶之灾。

　　经过两天两夜的跟踪和追赶，张秋池反而离西北边境又远了，不过好在赤玉螭的行踪也渐渐明朗。书生望着眼前十几名咽气不久，血迹还未干透的草原猎人，明白赤玉螭就在附近，也许刚刚离开这里，当下没有丝毫迟疑，循着线索全力追赶而去。不过几个呼吸，草原前方传来声势浩大的打斗之声，张秋池悄悄贴向前去，只见偌大一片百草地上，成百上千的草原猎人正围着一个魁梧的身影游斗不止，草原猎人分成几个小分队，每一个分队都围成一圈，将魁梧身影层层叠叠包围其间，即便草原猎人的声势如此惊人，仍然伤不了被围之人。每一次攻击之后，草原猎人这边都有一两个人倒下，不是缺胳膊断腿，就是口中狂喷鲜血，就算当场没死，恐怕也是活不长了。张秋池看了两眼，不用猜都知道肯定是赤玉螭，这个魔头还在不断杀戮以掩盖自己内心对身份的恐惧，通过制造死亡来获得自己生存的意义。

　　赤玉螭虽然被围，却毫不在意自己的周围，反倒是周围密密麻麻的草原猎人渐渐露出恐惧之色，越打越是心惊。赤玉螭每一次出手，他们之中必定有人会倒下，也许下一个就是自己，而他们自古以来引以为豪的攻击，对赤玉螭来说，几乎可以忽略不计。可以说，这场围猎的本质正在发生改变，由围猎变成猎杀。随着越来越多的人倒地不起，猎人们心中突然升起一股绝望的情绪。他们这才发现，这个魔头之所以能够轻易地让他们包围，并不是前来送死，而是为了更好地捕杀他们，猎人与猎物的角色在一瞬间便发生了互换。不过三四个呼吸，草原猎人又留下了七八具残缺不全的尸体。张秋池正准备出手之际，心中蓦然一动，因为他感应到不远处一道极其强大的气机正朝此地奔来。一声尖锐的长啸划破长空，已经惊恐至极的猎人听到啸声后，一扫颓色，纷纷振作精神不惜一切朝赤玉螭飞扑过去，打定主意要将赤玉螭纠缠住。

　　片刻之后，一名与草原猎人穿着相同服饰的壮年男子飞身而至，男子长得异常雄壮，论体形与包围圈中的赤玉螭不分上下，一头棕色长发随意扎起悬于脑后，全身以少量兽皮遮挡，大部分裸露在外，而手腕脚踝等处更是挂了各类兽齿制成的链子，加上此时身上所散发出的那股惊人杀气，让男子整个人显得无比霸道和凶悍。男子落地之后，一眼扫到地上惨遭毒手的同伴，顿时对赤玉螭怒目而视，杀气再盛一筹，怒道："不知阿兰草原猎人哪里得罪了你，出手竟如此毒辣，若是今天给不出一个理由，身为阿兰草原的猎人王，我定与你生死相见。"猎人们见猎人王现身，都停下手来，不再做无谓的牺牲，只将赤玉螭紧紧围住，防止他逃走。"心中不快，自当杀人，"赤玉螭盯着猎人王，颇感兴趣道，"至于生死相见，就要看你有无本事。"说完，顺势一脚将地上一名犹在挣扎的草原猎人踏得脊椎寸断，气绝身亡。

猎人王见赤玉螭如此蛮横残暴，知道今日必有一场恶战，朝猎人们喊道："你们都给我退远一些，此人极其危险，今日我若是战死，阿兰草原从此再无猎人。"听得此话，众猎人惊怒不已，脸上大多流露出不甘之色。他们深知猎人王的武功和脾气，能让猎人王说出这样的话，说明今天真是阿兰草原猎人生死存亡的时刻。众猎人退远后，猎人王也不再言语，朝赤玉螭快速奔跑而去。脚步落在草地之上，宛如铁锤击鼓，"咚咚"之声直扣人心，十来丈的距离在猎人王两腿之间，转瞬即至，猎人王宛如一阵狂风，腾空而起，携带漫天百草，以雷霆万钧之势，一拳朝赤玉螭当头砸下。一声惊雷在阿兰草原炸响，猎人王与赤玉螭两拳相撞所造成的声势连草原深处的野兽们都瑟瑟发抖。不出张秋池所料，猎人王如此声势骇人的一击对赤玉螭丝毫没有威胁，不过看到赤玉螭在拳势之下双脚深陷泥中，书生内心之中不由得对这个雄壮魁梧的猎人王心生敬意，只有他才真正明白赤玉螭的拳头有多么可怕。

猎人王与赤玉螭相撞之后，身体如陨石般砸落在地，回来得比刚才还要快一些。猎人王落在地上，心中翻起惊涛骇浪，刚才自己的全力一击竟然被对方轻易化解，可见两人的武功境界完全不能相提并论，猎人王实在想不到中原武林什么时候出现了这样一号人物。猎人王突然想起最近江湖上的传闻和楼外楼新发布的榜单，脱口而出："你是第一柳？"听到"第一柳"三个字后，赤玉螭不由得愣了一下，随即冷酷说道："刚才我接了你一拳，现在轮到你接我一拳试试。"说完也不等猎人王回话，运足功力，一拳袭了过去。赤玉螭心中隐隐觉得第一柳这个名字很熟悉，可就是想不起来，他想速战速决，打算先杀了猎人王和这群人，再好好思索这个问题。"不好。"躲在旁边的张秋池看到猎人王准备硬抗赤玉螭的攻击，心中暗道。念头刚起，书生便从百草丛中弹出，同时也一拳朝赤玉螭的拳头击去，复丁神功运转，张秋池后发先至，终于在猎人王和赤玉螭相遇前抢先一步，撞在赤玉螭拳头上面，即便如此，被书生卸去部分真气的赤玉螭仍然将全力以赴的猎人王打了一个趔趄，差点直接躺在地上。

"又是你。"赤玉螭看到张秋池出现在这里，脸色极其难看，思忖之后，还是冷哼一声，腾空而走。猎人王挥手阻止想继续追踪赤玉螭的猎人，径直来到张秋池身前，抱拳道："不知小兄弟尊姓大名，刚才多亏及时出手，否则我这个猎人王今天可就栽大跟斗了。""学生……在下张秋池。""你就是张秋池，"听得书生自报姓名，猎人王惊讶道，"真是后生可畏，小小年纪便荣登天下高手榜，看来中原武林果然人才济济，远非我等荒野之地所能想象的。"张秋池自地宫出来后，便行走阿兰草原，对于楼外楼发布新榜单之事还未知晓，所以听了猎人王的话后更为惊讶，不由得问道："什么榜单？"听闻此话，猎人王先是不解，但看书生神情不似作假，当即将天下高手榜换人一事告之书生，张秋池听后才得知天漠地宫中发生的事情，竟然对整个江湖武林影响如此之大，想到天机子和木柏松等人，不由得又是感伤又是唏嘘。一番感慨之后，猎人王邀请张秋池前往草原猎人的营地一坐，得知营地离西北边境不远，书生便应承下来。前往营地的路上，张秋池也将赤玉螭的身份和最近发生的事情向猎人王大致说了一遍。

"唉，没想到世间竟真有重生转世如此离奇之事，"抵达营地，猎人王得知前因后果后，反而对面有愧色地张秋池道，"张老弟也无须自责，若不是你及时出现，恐怕我们这些草原猎人今日之后便从武林中除名了。既然今日有缘，张老弟又有恩于我阿兰草原，不如我们就此结拜，何况如今天下与武林皆动荡不安，此事若成，也算我阿兰草原与中原武林结个善缘。"张秋池本就面薄，加上阿兰草原这次猎人伤亡惨重，也让他心有不安。另外，猎人王又将结拜一事说得如此大义凛然，让书生不得不答应。一番简单布置之后，张秋池便与猎人王在阿兰草原结成生死之交。书生这才知道，原来猎人王在天下高手中排名第五，比师姐指甲红还更胜一筹，只不过常年生活在阿兰草原，与中原地域相隔，名气上自然比不上中原武林中那几位闻名遐迩。

"要不是阿兰草原与荣朝太宗有约在先，我一定和老弟一同离开这里，到中原去领略一番各路武道风采。"张秋池因惦记月狐公主安危，结拜后便前往边境，想起临别时猎人王所说之话，书生顿觉在中原人眼中野蛮凶狠的草原猎人，其实与所有江湖儿女一样，有着真诚、豪情的一面，就像自己原先没有武功时，同样敢打抱不平，也敢心怀天下。在猎人王和草原猎人的指点下，张秋池很快穿过了阿兰草原，西北边境近在眼前。

自新皇白泓新月谷大战败北以来，从西北通往帝都的官道，便再无先前那样的风光。在新军征讨大月氏的三年多时间里，轮换征边的新军每个月都要走上一个来回，在战争的刺激下，这条官道几乎变成了一条西北和帝都之间的商贸枢纽，无数客栈商铺也应运而生，一时间，西北官道风光无限，连不少中原地区的大客商都慕名而来，希望能从中谋取一份可观的利益。但是新月谷失陷后，幸存的新军早已撤回帝都，由于西北守城通往新月谷的区域已经被大月氏控制，整个西北方向此刻如同一个死胡同。道路不通，商贸自然难以存活，不仅中原的客商早已拔寨离去，连原先西北本土的贸易都大打折扣，不到个把月时间，西北沿线商业贸易便遭受了毁灭性打击，所剩商家店铺寥寥无几，连官道上供应茶水食宿的客栈都关门殆尽，整个官道异常空旷，看起来萧条至极。尤其是刚刚从边关传来消息，说是明教欲恢复大明王朝，已重新立国，大明军都打到西北守城底下来了。此流言传出之后，西北百姓更是人心惶惶，不少人已开始携家带口地朝中原地区逃窜，流言尚未被证实，人间乱象却早已开始。

"哼，难道这些人对我大荣戍边之军如此不看好吗？"官道上一处极其简陋却是现在极为难得一见的茶肆中，一位头戴斗笠的高大男子轻声怒道，"看来荣朝的子民这些年享福享得骨头都软了，新月之战只是磨砺新军而已，就算战败又能如何。我荣朝秣兵厉马二十余年，为的是一统九州大陆，这些西北弱民竟然被一个大月氏吓得不知所措。""不错，想当年太祖太宗两位陛下所率之师，横扫四方，所到之处万民敬仰，无不渴望一瞻荣朝大军风采，打得大月氏只敢低声求和，不敢出新月谷半步，那旭国干脆自闭其路，与外界彻底断了联系。现在流言说这个偏安一隅的残败明教重新立国，竟然还有人去信。要我说，肯定是白不觉在背后搞的鬼，趁着新月谷的事情唯恐天下不乱，这样他这个昊天王才能名正言顺地出山。"答话之人也是一位头戴斗笠的男子，两人都体形魁梧，而坐在他们桌子中间位置的还有一位脸罩轻纱的白衣女子，明眼人一看便知道这三人绝非普通之人。三人进入茶肆休息后，便没有路人再敢入内，连茶肆里那个老态龙钟的老板上茶之后都躲得远远的。

"好了，西浩，南炎，事情尚未定论，你们也不用胡乱猜测，一切等回帝都以后再做打算。"白衣女子声音虽然轻柔，听起来却有些嘶哑。"是，公主殿下。"两位头戴斗笠的男子齐声应道。由此看来，白衣女子就是从楼外楼赶往西北边境的月狐公主白鸾，而那两名头戴斗笠的男子自然是守护在白鸾身边的影卫南炎和西浩。自帝都出发以来，他们和北玄三人便一直暗中保护白鸾，由于同行的五人中暗藏着柳相木师两大天下高手，一路上除了击杀树林外的那名遮月杀手和折节城外出手相救张秋池外，三人基本上没有出手的机会。等白鸾到了楼外楼，三人也不敢再跟进去，只好在外围等候，直到白鸾决定提前离开楼外楼，三人才与白鸾一道进入阿兰草原。

"过了这么久，也不知道北玄怎么样了，为何至今仍未跟来？"不知为何，白鸾声音不仅略有嘶哑，似乎还有些虚弱。"殿下不用担心，阿兰草原地势复杂，以北玄的身手，就算打不过遮月，可要是脱身还是没有问题的，"西浩听得白鸾到现在还关心着北玄，心中甚是感动，安慰之后不由得劝道，"殿下，按东苍师兄所言，帝都之乱确有其事，我看我们不要再等北玄师妹了，先赶回帝都再说，万一……"西浩话未说完，便被南炎严厉的眼神制止。"你们二人不用宽慰我，东苍从来不会说谎，何况母后若是无事，他也绝不会离开帝都。"白鸾盯着帝都方向，声音微微颤抖，"皇帝哥哥既然无恙，王家一事回到帝都之后我自会向他询问，而你们三人从进宫之日起就跟随在我左右，事到如今，我更想我们四人能够一同回去。"

西浩和南炎沉默不语，作为同门，他们何尝不想等北玄回归，只是前几日由前来接应他们的大师兄东苍口中得知，帝都之乱，王氏一族难辞其咎，两朝宰辅双双身亡，太后薨逝，这让原本心系白泓安危的白鸾再受打击，整个人憔悴消瘦，声音嘶哑。西浩、南炎作为影卫，并不擅长安慰人，何况又是如此人生悲痛之事，连日来两人只能不断转移话题，希望能够减轻白鸾内心的痛楚，可冰雪聪明心思细腻的白鸾如何能够轻易忘却这份苦痛呢？她现在只想返回帝都，亲口问一句自己曾经深爱的皇帝哥哥，为何要这样做？

就在三人无语之时，一人一马从官道西北方向快速驰来，马背上的人，风尘仆仆，全身沾满了一层厚厚尘土。令两大影卫神情凝重的不是此人身背类似剑匣之物，也不是这一人一马直冲茶肆，而是此人身上显露出的那股气机，让西浩和南炎不敢相信。这样无与伦比的气机，他们只在师父许绩身上感受过，两人对望一眼，同时拔身而起，将月狐公主护在身后。

风尘犹未散，马快人更急。一人一马临近茶肆，马背上的人直接飞身而起，稳稳落在三人面前。待看清来人之后，白鸾从西浩和南炎两人之间走出，盯着张秋池布满尘土的面庞，紧咬嘴唇，嘶声言道："你怎么来了？"

第四十九章
残阳如血记相思　以身破局为收官

　　彩云半出岫，日暮苍山远。茶肆老板是个瘦小木讷的老头，此刻正蹲在茶肆背后，望着萧条的西北官道，昏黄的眼中布满迷茫之色，不知道是在回忆过去，还是在担忧自己的未来。老头看了半天，除了风沙迷眼之外，并未看出什么端倪，枯瘦的老手在怀中摸索半天，终于掏出半壶浊酒，这还是早上跟一帮伙夫好不容易换来的，虽然用这个抵掉茶钱，老头吃了点小亏，可谁让他一辈子就好这一口！在老头眼里，这半壶浊酒可比那些白花花的银子耐看多了。就在老头举起酒壶，准备独自享受这日落前的最后时光之时，两道魁梧的身影突然落下，一左一右蹲在老头面前。老头看着杀神一般的西浩和南炎，眼角抖动，颤巍巍地将手里的酒壶朝他们伸了过去。两个影卫对望一眼，同时瞪向老头，老头整个人顿时一哆嗦，赶紧将酒壶缩了回去。

　　张秋池和白鸾坐在茶肆桌旁，古琴葫芦就放在两人之间，不远也不近。"她呢？"见到葫芦，白鸾已经猜到了结果，可是忍不住还是问了出来。张秋池低着头，他知道面前有一双熟悉而迷人的眼睛正看着自己，期待自己给出一个不一样的答案。可是，书生从来都不会说谎，所以，现在他便无法回答。张秋池一直低着头，仿佛怀中还有北玄离去时心有不甘的叹息。"怎么，入了天下高手榜，连话都不敢说了吗？"听到这句话，张秋池猛然抬起头，盯着白鸢的眼睛，嘴角微动，他不想白鸢说出这样的话来，因为他不想白鸢伤心。可是最终，书生还是没有说话，他觉得自己的心在这一刻，变得酸楚而无奈。突然，两行泪水从白鸢的凤眼中无声滑落，张秋池心中一惊，话语即将出口，却见白鸢向自己摇了摇头。

"你知道吗？从小到大，真正对我最好的人不是阿紫，不是白泓，甚至不是母后。他们都是为了别人而对我好，可北玄对我比对她自己还要好，她知道我喜欢什么，知道我讨厌什么，知道我的心思，知道我的弱点，几乎知道我的一切。当北玄易容成我的模样的时候，连白泓和母后都辨别不出。"白鸢看着张秋池，想笑但笑不出来。张秋池刚想张口，又被白鸢打断："其实并不怪你，以前是没有机会，否则北玄这条命早就献给我了。我知道她不喜欢做影卫，不想在阴影中无声无息地活着，她其实和我一样，有着自己的梦想和追求，只是她无能为力。在阿兰草原分离的时候，最后一次看着北玄，看着她朝草原深处走去，我就像看到曾经不顾一切的自己。"当情愿流血也不流泪的女子，为另一个女子流下泪时，她们不是知己，而是生命中两个重叠的影子。

"她的确和你很像。"在倾听之后，张秋池只好这样说道。"然而，还是被你发现了。"白鸢眼中闪过一丝异样，即便她对阿兰草原所发生的事情一无所知，可从书生微红的脸庞还是猜到了什么。夕阳已经西下，洒在茶肆上的余光，让白鸢脸颊显得晶莹剔透。白鸢摘下面纱，将泪水擦拭之后，道："反正天也快黑了，跟我说说草原上的事吧。""啊，噢。"于是，书生异常老实地将阿兰草原发生的一切都告诉了白鸾，连发现北玄身份的事情也毫不隐瞒，白鸾就这样静静地听着，看着，直到张秋池窘迫而悲伤地说完所有事情。"你救过北玄的命，而我现在的命是她的，所以我就欠了你一条命，"白鸾忽然眨了一下眼睛，让书生不禁心中一荡，似乎又回到了结伴途中，"反正你还欠着我的，这笔账就等我回帝都以后再跟你算吧。"白鸾见书生没有任何意见，又默默加了一句，"如果我还活着的话。""帝都现在很危险。"张秋池担心道。"你是担心我还是担心我欠你的债？"

张秋池又不能说话了，可他又不想让两人停顿下来。书生总觉得茶肆之中只有他和白鸾两人，这让他感觉有些怪怪的，就像那天在楼外楼与白鸾在房间中对话一样。晾了半天，张秋池从怀中掏出一张圣旨放到白鸾面前，这是离开楼外楼时从白不觉那里讨来的第二份遗诏，直到此时才想起来。看到遗诏，白鸾想到自己刚刚调侃书生的那句话，不由得白了张秋池一眼，不过也并未多说什么。"你看过这份遗诏吗？""没有。"白鸾相信书生的话，所以看过之后将遗诏递到书生面前，"那你现在可以看一下。"张秋池接过遗诏看完之后，脸色大变，吃惊之余又隐隐带着失望，道："怎么会这样？"相比之下，白鸾反而显得极为平静，看着书生言道："看来宫里的谣言并不是空穴来风，只是没有皇室血脉的不是皇帝哥哥，而是我。"

原来第二份遗诏与第一份一样，是荣太宗白羿对自己两个儿女的身份确认，第一份证实了白泓的龙子之身，而第二份则表明白羿早就知道白鸾并非亲生。"我这才明白为何当年父皇，不，是太宗陛下为何要将我远嫁大月氏，而母后却一直想撮合我和皇帝哥哥，"白鸾冷冷道，"一个是功绩盖世的太宗陛下，一个是母仪天下的怡容太后，你们心里互相都清楚，只是为了自己的私心，将我置于痛苦之中而不顾吗？""如果真是这样，那你和白泓不是可以在一起了吗？"书生不忍看到白鸾心灰意冷的样子，昧着心思安慰道。谁知白鸾听后，立刻站起身来，双手一拍桌子，俯身朝书生怒道："张秋池，你是在笑话我吗？"书生内心本就难受纠结，又被这一声呵斥所惊，望着居高临下的白鸾，心神不宁。

突然，白鸾冷不丁朝张秋池嘴上亲来，书生躲闪不及，或者说内心深处并未真想躲避这可望而不可及的一幕。转瞬之间，两片陌生而遥远的嘴唇已贴在一起，张秋池感到此刻自己整个人已经不能动弹，嘴唇上传来的冰冷与湿润让他的思维清晰无比，可紧接着的柔软与温暖则让书生忘记了身在何处。正当张秋池陷入迷离之际，一股腥甜的味道闯入书生的鼻口之中，让他顿时清醒过来。只是清醒之后，才发现刚刚那温柔早已离去。白鸾站直身子，冷冷地望着帝都方向，嘴角的心血是她内心难以忍受的痛楚，这一刻，帝都与皇宫中的一切，变得模糊而寒冷，如同一件带血的胞衣被白鸾从身上生生剥离。

南炎将酒壶举得高高，一道细长的酒线落入口中，混浊的酒水此刻仿佛成了陈年佳酿。不过南炎控制得极好，酒水刚刚蘸嘴便收了酒壶，伸手递给一旁目瞪口呆的老头。老头战战兢兢接过酒壶，学着南炎的模样，举得老高，结果一不留神洒了出来，本已不多的浊酒被胡须抢了大半。恰好茶肆中传来拍桌之声，老头一个激灵，看着站立眼前两尊铁塔般的身影，欲哭无泪，正想跪地求这两位杀神饶自己一命，却发现两人根本没有顾及自己，而是从茶肆背后探出头去。"怎么办？"西浩看着贴在一起的白鸾和张秋池，紧张问道。"还能怎么办，没看到公主殿下占了上风吗？"南炎说完，两人都松了口气，能不跟张秋池交手，毕竟不是什么坏事。

白鸾终究还是走了，向着帝都，向着她渴望解答的疑问而去。三道身影，修长如剑，渐渐消失在西南方向，张秋池忍不住伸手朝嘴唇摸去，轻轻一抹，残阳如血。

"你说，你们女人到底是怎样想的？放着至高无上的圣女不去享受，偏偏为那什么日月神国费心费力，放着倾国倾城的美貌不去珍惜，却心甘情愿做一个废人的女人。"昊王府后花园之中，白无忧捏着一瓣鲜红的蔷薇，仿佛自言自语一般。"你懂什么，人家明曦圣女那叫女中豪杰，岂能像你这个纨绔世子一般胸无大志，连一个女人都不如，你丢不丢你老爹的脸啊！"小清坐在茶几之上，剥着宫里刚送到王府的丹荔，此时丹荔极其鲜嫩，小清以前跟着白鸾没少吃这南国的贡品。此时此刻，在昊王府后花园，吃着府上的丹荔，数落着白无忧，小清觉得真是大快人心，顿时把白无忧将她提前遣送回帝都的怨恨减去几分。"哦，"白无忧转过身来，拖着嗓音问道，"没想到小清姑娘这么有志气，这么说若是将你换到明曦的位置，你也会这样选择了，是吗？"

"你别想挤对我，我只是宫里一个小丫鬟，俗话说'不在其位不谋其政'，天下大事哪里轮到我来操心。""你是有自知之明呢，还是不想嫁给赵武阳那样的废人？""废人怎么了，废人也比你这个纨绔好。至少人家有圣女无怨无悔地爱着，你呢？估计连爱情是什么你都不知道。"白无忧听完，把头转向天空，朝向西北方，竟没有反驳小清的话："这话倒没错，我要是知道的话，估计现在就不会再和你说话了。""哼。"小清哼得得意十足，终于让这个可恶的世子殿下在自己手下败了一城，满心欢喜的小清顺手抓起盘里的丹荔，剥开一颗，丢进嘴里，甘甜无比。咀嚼一番后，小清朝白无忧用力吐出果核，果核刚出口，一道青色影子闪电般从天而降，叼住果核，落在白无忧肩膀上。

"啧啧，玲珑啊玲珑，看来这些天你被人带坏了，这么脏的东西也敢衔在嘴里，下次可别到我酒杯里喝酒。"小青雀一听到酒字，立马脑袋一甩，将果核扔到花草之间，气得小清跺脚骂道："你这个忘恩负义的小东西。"白无忧却走到小清身旁，低下头，脸上蓄着迷人的微笑，轻轻问道："丹荔好吃吗？"小清眼睛一瞪，伸手将盘子护在手中，道："关你什么事，吃了就是我的。"白无忧凑到小清耳边，柔声道："我怎么好像听人说过，宫里的女人只有想男人了才爱吃这东西。"说完，不等小清明白过来，潇洒离去。"流氓。"半天，才听到小清在背后气急败坏地喊道。

　　"怎么，还不死心，用一个丫鬟来讨白鸢欢心。"白无忧走进议事厅的时候，才发觉白不觉早已回来。"发生这么大的事情，鸢妹妹回来，有个知心的人也是好的。""要是人回来了心却未回，知心人又有何用？"白不觉看着白无忧，含笑道："你可知我为何放那书生去救白鸢？""不就是拆散你儿子的好事，然后让我娶那天下第六的指甲红吗？"白无忧见白不觉拆穿自己的心思，没好气道。"你当真以为那书生还无一用吗？天机子的传承和山羊宫的归属，任何一样传出去都会令武林震惊，而这并不是我所希望看到的，"白不觉收敛笑容，正色道："这么多年来，我本希望白羿能够稳定天下，赵武阳可以一统武林，只要一切都安安稳稳，九州大陆才有可能归一，而我将是结束这一切的人。""你放心好了，除了娶指甲红，其他事情我都会支持你的。""这就是你跟为父的不同，我知道你对这些都没有兴趣，或许只有你对白鸢的感情才是真的，可惜的是，在这个世界上，哪怕最卑微的事情也有需要你生死抉择的时候。"

　　白无忧突然觉得直到现在才有些真正了解自己的父亲，了解这个名传荣国、震慑整个九州大陆半生的男人。"如果让你在白鸢和生死之间做决定，你会如何选择？"白不觉看着沉默不语的白无忧，拍了拍他的肩膀，道，"所以，你永远不可能成为我这样的人。所以，我希望你能好好地活下去，哪怕按照你喜欢的方式。""你准备出手了吗？"白无忧突然问道。"平衡一旦打破，选择的时间也就到了。"白无忧明白这句话的含义，谁也不曾想过旭国会在一夜之间穿越天漠攻陷远在西北的大月氏，当明曦宣布明教复兴，将旭国与大月氏合并成为日月神国的时候，天下局势已不再是白不觉所期待的走向。

白不觉从怀中掏出一道圣旨递给白无忧："你打开看看。"白无忧握着手中的圣旨，握着太宗白羿的第三道遗诏，握着那个和父亲暗中争斗一生的男人留在这世上的最后一句话，这句话只有四个字：九州一统。这四个字表明了荣朝立国以后，几代帝王所为之征战一生的期望，但是，白无忧从这四个字中看出了玄机。"如果天下是一盘棋的话，你和太宗陛下各占几手？"白无忧突然想到这样一个奇怪的问题。"以文治取信太祖，以王逸蓉拉拢王家，以许绩震慑武林，娶阿那朵联合大月氏，这是白羿的先手。立白泓为太子，将遗诏送到楼外楼，对阿兰草原和南海派允诺领土来换取支持，这些都是白羿布置的后手。所以，他只留给我中盘，而且是一个没有活路的中盘，白羿以为他算死了所有结局，才会通过第三份遗诏向我施压，希望我能在他死后像当年对他一样继续辅佐白泓，好让未来的九州大陆臣服在他儿子手下。"

"九州一统，新皇白泓，"白不觉微微抬头，将白无忧手中的遗诏化为灰烬，"白羿算到了一切，唯一没算到的是我连中盘也不要了，因为我比他活得长，人一死，再好的棋局也就死了。只是让我和白羿都没有想到的是，在这盘棋即将收官之际，出现了一个搅局者。""杨明曦就是那个搅局者。"真相与意图在白无忧脑海中渐渐明朗。白不觉点点头道："可惜的是，杨明曦为了爱赵武阳而搅局，身临其境而不自知，却做成了赵武阳想做的事。天下武林，天下和武林从来就没有分开过，赵武阳以为抵达武道巅峰便能凌驾九州之上，可现在呢，即便杨明曦修至武道巅峰，还不是要通过明教与大明军来和我荣朝抗衡？所以搅局者虽然能够出其不意，可无论其势有多大，招有多奇，只要入了棋局，就会身陷生死劫难之中，鹿死谁手，无人能够知晓。”

白不觉看着英俊如同当年的自己的白无忧，风华正茂，潇洒倜傥，罕见地露出一丝慈爱笑容，朝这个此生世上唯一的牵挂点出一指。这一指丝毫不亚于天机子对张秋池的灌顶传承，竟生生打通了白无忧体内的生死玄关，自此以后，只要这位世子殿下有机缘，便可轻易跻身天下高手之列，且无后顾之忧，前途无量。望着转身离去的白不觉，白无忧心里莫名有些担忧起来，但是他想不出任何办法，突然摸到怀中的虎符，正准备拿出来，可下一刻白不觉已杳无踪影，只传来一句话：“虎符代表的只是荣朝的权力，而为父代表的是荣朝的军心。”

时隔二十余载，白不觉再出昊王府，军神重临九州大陆。

第五十章

人心如弦鸣不平　君情已晚空余恨

　　琴童走到竹舍前，望了一眼放在门口的斋菜，依然纹丝未动。琴童摇着头，学着韵律院其余几位副院长的模样，老气横秋地叹了口气，只是这般表情出现在十三四岁的脸庞上，不禁让人啼笑皆非。琴童或许也意识到了这一点，自己显得有些尴尬，幸好是在孤山，这里又是王希音关门弟子的住处，除了他和小达子这位韵律院历史上最年轻的副院长外，很少会有人来到此处。琴童收敛好神色，走到门口，神情恭敬地将早已冷却的斋菜端起来，只好等晚上再热一次了，要是屋内的小先生还不吃的话，这份斋菜便会成为琴童的晚餐。

　　想到这里，琴童忍不住咽了一口口水，不是为了这份清新寡淡的斋菜，而是想象自己以前在家里享受的锦衣玉食。回想起来，自己来到孤山已一年有余，虽然内心当中早已将对这位小先生的不屑转变为敬佩，再到崇拜，可小达子喜好斋菜的习惯却从未被琴童当作模仿的目标。琴童将斋菜放置妥当，又回到竹舍屋前，坐在门口的琴台旁百无聊赖，只好趴在琴台上望着风中摇曳的青竹怔怔出神，仿佛落入眼帘的是一根根颤动的琴弦。不管怎么说，毕竟是韵律院小孤山上的人，相对于大鱼大肉的口腹之欲来说，琴童倒更希望亲耳聆听小达子空灵出尘的琴音，这是他前来小孤山的目的所在，更承载着整个家族对未来的美好期盼。可是不知道怎么回事，小达子三天前从紫妃宫回来后，便闭门不出，别说演习琴艺，便是怡容太后三七之日的奏乐法事都没能敲开这扇门。琴童记起当日三位资历最老的副院长在竹舍门口颤巍巍等了半天，最后依然无奈离去的情景，不由得又对屋内神神秘秘的小达子生出一份敬仰之情。

幸亏小达子有王希音嫡传弟子这层身份，否则宫里的管事太监早将这竹舍给拆了。这三天除了韵律院方面每天早晚各派一次人来打探情况外，其余时间都极为清静。琴童斜眼望着风中摇曳的青竹，想起一件事，小先生上一次从紫妃宫回来好像将从不离手的青竹忘记了，直到三天前才又拿了回来，和青竹一同带回来的还有一本金色书籍。想到这里琴童越发肯定小先生这几日足不出户的原因肯定与这书籍有关，记得那天小达子回来后，一个人在屋中静静待了一个多时辰，才让琴童进去帮他做了一件事：念书。琴童现在回想起来，感到真是奇怪，竟对金色书籍的内容毫无印象，只记得当时小达子在他念完一遍后就开始闭关，说是参悟琴道，琴童迷迷糊糊间从竹舍出来，直到现在也没进去过。琴童转过身，盯着竹舍，内心深处隐隐希望这次小先生能再次参悟出了不得的琴道，这样，自己近水楼台，定能受益匪浅，有朝一日，必然也能成为像小达子这样万众瞩目的古琴大师。年幼的琴童想着想着，咧嘴笑了起来，陷入人生美好的幻想而不自知。

与琴童的焦虑和憧憬完全不同，三日的时间对于小达子来说，恍如隔世。自从那天离开紫妃宫后，一股淡淡的忧愁和哀伤便紧紧缠绕在小达子那颗被王希音称为世所罕见的赤子心上，他自己并不知晓是何缘故。即便如此心绪让小达子有些心神不宁，可他并没有拒绝，相反，从紫妃宫回孤山竹舍的路上，这位盲琴师反而对这股心绪不断地咀嚼，任由忧愁与哀伤使自己泪如雨下，依旧不曾将这份噬咬着他灵魂的苦难从心中抹去。小达子不记得自己是如何回到孤山的，只知道抵达竹舍的时候，整个人已近乎虚脱，内心的煎熬和灵魂的负担让这个拥有赤子心的琴师，以超出常人的敏感全盘接纳了痛苦和折磨。小达子庆幸自己没有疯掉，他知道刚才发生的一切是一次极为危险的心魔，而这份心魔则源自身前桌子上的金色书籍，那本记载着南海派镇派绝学玄阴功的书籍。恰好此时，琴童走了进来，小达子没有丝毫犹豫，便让琴童将《玄阴功》念了一遍，一遍足够了，以小达子的悟性，完全能够一字不差地记忆下来。而盲琴师当时未曾注意的是，当《玄阴功》秘籍上的文字从琴童口中传入他耳朵之后，便逐渐消失了，从秘籍上消失，同时也从琴童的记忆里消失。小达子本身看不见并不奇怪，奇怪的是琴童自己也宛如没有看见一样，当然，这也是此刻身在屋外的琴童心中迷惑不解的地方。

小达子听得秘籍内容之后，整个人仿佛入定了一样。他不知道琴童什么时候离开，不知道韵律院的三位前辈曾经来找过自己，不知道时间已经过去了三天，甚至不知道自己是死是活。盲琴师身陷一处黑暗的世界。在这个世界里，一切都是黑色的，日月星辰，草木花朵，所有的一切都只是一个黑色的影子。让小达子吃惊的是，那些原本被他刻意埋葬在心灵之外的童年记忆，重新活了过来。一个有眼无瞳的男婴，在黑色世界渐渐成长；一个有眼无瞳的男孩，被送进黑色笼罩的皇宫；一个有眼无瞳的小太监，在经受无数黑影的摧残之后，独自一人，站在黑色的山顶上，抬头望天，望着天上那轮黑色的太阳，让人绝望的是，连太阳发出的光线也是黑色的。小达子忍不住抱着双膝坐在地上。他闭上眼，在这个黑色的世界里，睁开与闭上又有什么区别？小达子闭合的其实是他的心。就在他整个人即将从这个世界消失之时，小达子突然清醒过来，于是他笑了，自来到这个世间后第一次笑了，因为无论这个世界如何黑暗，当你看到黑色的时候，便证明这里一定有着光的存在。

小达子知道，这道光是王希音，从九州大陆以外的地方照射而来，让这个世界的黑色无可阻拦。盲琴师想通这一点后，一股芬芳的香气传入他的鼻孔，这香气是那样熟悉，就像小达子出生时唯一记住的母亲的味道，就像自己第一次来到孤山闻到的青竹味道，就像紫妃宫如意园中阿紫身上传来的那股独特的味道。小达子睁开双眼，无瞳之眼竟看到有生以来唯一的色彩，那是一只紫色的蝴蝶，在黑色世界里翩翩起舞，无数磷光从它的翅膀边缘散落，在黑色中留下点点斑斓。紫色蝴蝶朝盲琴师飞来，小达子伸出手，蝴蝶停在掌心之中，宛如当日如意园中那一幕，将一只纤纤玉手握在手中。小达子心中一惊，只见紫色蝴蝶在掌心支离破碎，化作一蓬晶莹，彻底消散在黑色世界里。无瞳之眼再次睁开，这次是真的睁开了，盲琴师从入定中苏醒过来。

"老师，你说过'人心如弦，不平而鸣'，若是连心都没有了，又如何能不违本心？"小达子睁眼之后，眼前依旧漆黑一片，可此时他的内心似乎明亮如雪。他这一生都在苦难与缥缈间度过，从不知晓自己想要的究竟是什么，亲情，古琴，天道，还是重见光明？盲琴师微微一笑，从现在起，这一切对他而言都不再重要，他只需要守护住此刻内心深处的那根不平之弦，这根不平之弦便是停留在他掌心的紫色蝴蝶。只想让你停留世间，不愿就此支离破碎。小达子弹指从青竹上扫过，琴音缥缈，金色书籍化作一蓬尘埃。

与此同时，远在九州大陆南端的南海派密室之中，当代南海派掌教九世音从蒲团上惊起，面露喜色："中原竟有人练成我南海神功。"

帝都之乱过后，整座皇宫显得冷清不少，后宫中更是如此。这几日，西边军情传来，明教圣女明曦攻陷大月氏，建立日月神国之事再也不是什么秘密。皇宫里大到首领总管，小到太监丫鬟，这些经过无数明争暗斗而活下来的人精，本能地感应出隐藏在冷清之下的滚滚暗流，而且这一次的危机并不是新皇白泓能够解决的，甚至新皇能否自保都是未知之数。一时间，宫中人人自危，氛围显得紧张而凝固。

怡容宫前，静谧异常，鲜红的宫门四周还挂着未曾撤下的白绫，在怡容太后归天之后，整个怡容宫宛如二十年前的母妃殿般，成了皇宫里避讳不已的所在。子时刚过，新皇白泓出现在怡容宫外，没有穿龙袍，反而穿上了西征时穿的那件黄金战甲。曾几何时，他从西北边境回宫之后，总会在第一时间来到此处，拜见怡容太后，再身披这身黄金战甲穿梭在宫殿之间。只是今日再来，怡容宫早已物是人非，冷清得连个守门的人都没有。白泓心中清楚，不管帝都上下怎样揣测怡容太后的死因，她终究是王家的人，既然王氏一族都已在荣朝被连根拔起，无论事情真相如何，都没有人胆敢与之有所牵连，这便是皇亲国戚都要面对的残酷事实。

白泓踏上宫阶，并未从怡容宫宫门进入，而是拐到宫门侧面的一扇极不起眼的木门前，这扇门曾经是他年少时带白鸾偷偷溜出怡容宫的密道，而且每次回宫，门后总是那位年老的嬷嬷放白鸾进去，白泓知道，这位嬷嬷是怡容太后从王家带进宫的，是怡容太后的奶娘。白泓来到小木门前，木门没有锁住，轻轻一推，无声而开。白泓踏入之后，原地站立片刻，门后空无一人，那位老嬷嬷在怡容太后身死的那天随她而去了。白泓忍不住抬头望天，天空飘着无数暗淡的云朵，此刻正好有一片乌云将那轮明月完全遮挡。他继续朝怡容殿走去，那里是怡容太后的寝宫，也是月狐公主白鸢的诞生之地。

怡容殿的门是敞开的，白色灯笼明亮异常，显然有人刚刚更换了烛蜡。白泓踏入殿门，一个熟悉的身影映入眼帘，除了月狐公主白鸢之外，还有谁会深夜来到怡容殿中。"鸢儿，对不起。"白泓驻足不前，说了这句话，他不知该如何是好。"皇帝哥哥，你这么晚过来就是为了跟我说这句话吗？"白鸢日夜兼程，终于在入夜之后赶回帝都，进了皇宫，就一直待在怡容殿里，没有人知道白鸢回来了，可白鸢清楚白泓会知道。白鸢转过身，一袭白衣，一头长发直垂腰际，宛若月中仙子。"皇帝哥哥，我知道你对我的好和对母后的尊崇是不一样的，也知道你和太宗陛下一样对王家充满信任和眷顾，更知道现在的结果并不是你想要的，可一切已经无法改变。即使我曾经将你当作自己的哥哥，甚至比哥哥还亲。"在白泓看来，经历过如此重大打击后的白鸢，没有丝毫哀怨与憔悴，依旧和从前一样完美无缺，连说话的语气和眼神也都如同昨日一般。

"皇帝哥哥，杨明曦已经成了日月神国的圣女，大明军正向荣朝边境进军，"白鸢将天漠楼外楼中得到的第一份遗诏拿出，"有了这份遗诏，再也没有人质疑你的身份，你去和白不觉一起退敌吧，以后我也帮不上你了。""我到这里就是想看看你。"白泓并没有伸手接遗诏。"为了看我而不顾荣国安危了吗？"望着英明神武的白泓，白鸢笑了笑，她知道今晚是自己与白泓最后一次相见了，无论白泓是不是利用她和母后来取悦王家，无论白泓对王家有没有真情实意，无论自己与白泓有没有血缘关系，这次相见便是永别，将以往所有的情意在最真诚的祝福里埋葬。以后见与不见，爱恨或者情仇，都将从这对从小青梅竹马相互痴迷的兄妹之间消失。白鸢想起身后王逸蓉的灵位，觉得一切都来得太早，若是等她回来，或许结果便不一样了。可是，怀中的第二道遗诏似乎告诉她一切又来得太晚，若是早知道事情的真相，或许她根本不会离开帝都，不会离开王逸蓉，也就不会离开白泓。那样的话，生或者死，她都可以安然接受，而不必像现在这样，将泪藏在眼中，将血藏在心中，将自己藏在美丽与完美之下。

白泓望着微微颤抖的白鸾，伸出右手，在空中做出一个擦拭泪痕的手势，转身离去。黄金战甲响起一连串悦耳的摩擦声，仿佛在向人间倾诉：此生我与荣国共存亡，只能负你。白鸾朝那金色的背影嘟起小嘴，在空中轻吻一下，口中无声默念："皇帝哥哥，此物最相思，只是君已晚。"

怡容宫外，王守山紧紧握着手中的战刀，刀柄与手掌之间竟渗出一层冷汗，对于他这样一个冷静睿智的人来，这是无法想象的。没有人能够理解为什么在王氏一族轰然倒塌之后，同样出自王家一脉的王守山不仅没有避嫌，主动请辞，反而坦然接受新皇白泓的封赏，继续牢牢掌控负责帝都守卫的戍卫军，还兼任皇宫御机营副统领一职。如此一来，王守山面对的不仅有来自朝廷内部的压力，更有朝廷以外的舆论，帝都甚至传言王氏一族的覆灭与王守山有直接关系，认为他这位唯一的幸存者暗中背叛了王氏一族，才用王家余荫成全了自己。而王守山无愧于自己的名字和白泓的信任，面对如此诛心之言依然面不改色，在金銮殿中接过新皇手中的御机营副统领令牌，让荣朝所有官员大吃一惊的同时，更对这位新皇面前的红人暗自戒备。

王守山已经在怡容宫外守了整整十二个时辰，此刻不仅手心冒汗，连眼眶之中都充满了无尽血丝，可他却丝毫不敢大意。在这十二个时辰里，他看到了繁华过后的怡容宫惨淡之色，看到了月狐公主白鸾潜入宫中，在向白泓通报之后，很快便看到了身着黄金战甲的新皇孤身而来。说实话，王守山极不赞成白泓如此行为，虽然他心中十分清楚王氏一族与皇族的关系，更相信月狐公主白鸾绝不会对新皇不利，但他永远忘不了怡容太后薨逝那天，从怡容宫破门而出的那个男人。曾经被王希音寄予厚望的年轻人，早就从怡容宫那一幕联想到了与事实极为相近的真相，所以，当白鸾出现在皇宫中的时候，王守山最担心的人反而是荣朝皇室的守护者大将军许绩。王守山身后是整整三千人的皇族御机营，另加上秘密调遣入宫的三千戍卫军，如此庞大的守卫此刻已将怡容宫团团围住，在见识过之前许绩天下第三高手的风采之后，王守山丝毫不敢托大，六千人的守卫也是唯一让他能安心等待白泓出宫的凭恃。

然而，就在天空云散月出，新皇白泓即将步出怡容宫之际，王守山望着那个从容而来的男人，不禁骇然色变。因为这个白衣飘飘的男人不是许绩，而是潇洒自若的白不觉。

第五十一章
皇族英姿双雄会　圣女蹁跹独倾城

"王守山，本王都来了，你还打算躲到什么时候？"白不觉来到怡容宫前，随口言道。见白不觉早就发现自己一干人等，王守山自知再埋伏下去也是无趣，当即现身，与他一同现身的还有御机营三千弓箭手和戍卫军三千帝都守卫。整整六千王者之师，戍卫军在前，御机营在后，将怡容宫连同宫门之前的白不觉团团围住，王守山不发一言，而肃杀之气自然而生。"荣朝养精蓄锐二十载，何尝不是马放南山二十载，连帝王之师都如此，何况举国兵士。"白不觉摇头轻笑道，"空有杀气，而无杀意，如之奈何！"

"昊天王所言甚是。只是如今明教兴起，大明军胆敢犯我大荣边境，不知麾下那半国之军是否可堪一击？"王守山话虽如此，心中却对白不觉的话极为认同，但不管怎样，此时此刻，白不觉出现在皇宫之中，自然不是为了训斥他和这些帝都的守卫军，而且在白泓决定亲征西北边境，与明曦一决雌雄的前夕出现在这里，则更是极为不妥。在王守山看来，昊天王白不觉，这位曾经的荣国军神，就算对皇位、对整个天下有所觊觎，也应该等天下大势将定之时再出手争夺，何况如今荣朝面对的是昔日建立大明王朝的明教，荣朝内部更应该一致对外才是。"本王手下的将士，就算没有杀意，也会有恨意，这二十年来，他们都在恨本王，恨本王当年没有带他们一统这个天下。""所以，王爷才重出王府，准备再次征战天下吗？""王守山，本王知道你是王希音留下的一颗活棋，将王家与白泓连成一气，自然也知道本王需要的并非棋盘上的棋子，而是整个棋盘。"白不觉望着王守山，依旧面带微笑。

"王爷当真要走这一步？"王守山脸色凝重，知道白不觉此刻的选择极有可能影响甚至决定荣朝的未来。"王守山，你好好算一算，本王来到这怡容宫前，已经走了多少步？""白不觉，你这是谋反！"王守山厉声说道。"你错了。就算白羿在世，也不会用谋反来形容我，你们心里都清楚，本王并不看重白羿布置的这局棋有多奇特奥妙，因为本王决定入局的时候，定会抹去原有棋子，重新布局。如今，九州大陆这盘棋已经乱了。""所以，皇伯父准备如何重新布局？"就在王守山为白不觉的话震惊之时，新皇白泓刚好走出怡容宫，听到两人的对话后，接口言道。白不觉转身看着身着金色盔甲的白泓，眼中异色闪现，随即叹息道："白羿当年为了阻止我一统九州，不惜以荣朝二十年的时间做代价，帮你布置了这样一个必胜之局，若非杨明曦为情所困，误打误撞之下抵达武道巅峰，世间还真无人能轻易打破此局。""既然棋局已乱，皇伯父何不与我一道下完此局，再另外手谈一把？"

"就算我有这个心思，也没有这个时间了。"白不觉无奈言道，"一局棋，二十年。白羿用二十年的时间和我下了这样一盘棋，而我却没有二十年再来和你下同样的一盘棋。一直以来，我都认为你是白羿选中的人，现在看来，不仅是白羿，极有可能太祖在世时便做出了这样的安排。太祖，白羿，还有王希音，他们三个就这么看好你能一统九州吗？为此太祖不惜牺牲整个王家为你做嫁衣，白羿则牺牲了最爱的女人阿那朵。至于离开九州大陆的王希音，或许也跟此有关。既然如此多的人看好于你，本王反而想看看最终的结果是否如他们所想的那样。"二十年一局棋，白泓知道白不觉说得完全正确，所有的这一切在白羿临死之际，在白泓得知母妃阿那朵是为了自己而自杀的时候，就已经注定了。作为荣朝的新皇，白泓从那一刻起，就背负着以白羿的寄托、阿那朵的性命、荣国的未来为代价的重担。所以，这些年里，白泓不得不将自己压抑在无比痛苦而渴望的谦虚之中，为此不惜利用王家，利用大月氏，利用旭国对白不觉的牵制，利用一切可以利用的东西，只为完成人生中早已注定的目的。

　　"其实这样也有好处，当本王认清棋局之后，也就认清了整个九州大陆。当初，我认为白羿优柔寡断，结果他却在暗中运筹帷幄。现在我承认白羿不仅仅是我最好的兄弟，他更有资格成为我白昊此生的对手。然而，对你而言，即便你拥有如此众多的优势，从小到大似乎也表现得那么优秀，可我依然不看好你。"白不觉伸手指着白泓身后的怡容宫道，"如果你今天在得到明教攻打西北守城的消息后，第一时间穿着这身金光灿灿的盔甲奔赴西北的话，我还会给你一个与我公平对弈的机会。可是你却来到这里，为了心中那一点割舍不断的男女之情，而将荣朝与整个天下弃之不顾。你要知道，有时候，晚了你便失去了一切。"白泓一直在听，一直在想，甚至一直同意白不觉所说的话，所以在听到白不觉最后一句话后，年轻的新皇盯着白不觉，极为认真地说道："你说得对，失去了她，我已失去了一切。从现在开始，天下便是我的所有。"白不觉欣慰而满意地点了点头，这才是他们白氏的后人，才是白蔷薇王朝的传人，这样的白泓才有资格让他出手，才值得他拿出全部的实力。天下也好，武林也罢，终究是男人之间最肆意妄为的一次豪赌。

与白泓和白不觉这两位身具帝王豪气的皇族传人不同，王守山在听到白泓表明态度之后，手中的战刀毫不犹豫地挥下，六千守卫之师应声而动。然而，让王守山和白泓惊讶的是，这六千名对白氏忠心耿耿的守卫，此刻面对赤手空拳的白不觉，竟然在得令之后一动不动，静静注视着怡容宫前的两个男人。新皇白泓是荣朝正统的帝王，而白不觉则是荣朝的军神，统率半国之师奠定荣朝江山的男人。如果王守山知道白不觉在临行前对白无忧说的那句话，一定会毫不犹豫地表示同意，白不觉便是荣朝唯一不需要虎符就能调动军队的男人，因为白不觉代表的就是荣国这二十年来的军心。如果王守山没有立志成为白泓的臂膀，他也会被白不觉的气度与风采所折服，可他既然做出了选择，就一定会坚持自己的选择。就算六千人的守卫不会冒犯眼前的白不觉，但在他王守山的眼里，君王只有一位。在白泓的注视下，王守山运足内力，试图将手中的战刀朝白不觉劈去。

可是，结果依然是令人失望的。王守山诡异地发现自己紧握战刀的右手竟然纹丝不动，与周围那六千名守卫主动弃战不同，王守山是真的不能行动。此时，一个可怕的念头在王守山心里冒了出来，想通这一点后的王守山，此生以来第一次产生绝望的情绪，因为他和新皇白泓面对的不仅是荣朝的军神，更是一名气机凌人的天下高手。"没想到你竟然还有天下高手的武道修为。"白泓望着被气机锁住的王守山，向白不觉道。"你身边不是也有一位吗？不知他现在人在何处？""我在这里。"许绩的声音从不远处传来，下一刻，人已出现在怡容宫前，与昊天王白不觉针锋相对。

夜半时分，明曦苏醒过来，看了一眼兀自熟睡的赵武阳，悄然起身，坐到铜镜之前。镜中女子，头发凌乱而不失雍容高贵，明眸皓齿却难掩冰清玉洁。"我是杨明曦，你是谁？"明曦盯着铜镜看了半晌，莞尔一笑，她知道以前那位战战兢兢的小女孩早已一去不复返了，现在的自己是明教的圣女，是日月神国的圣女，是他的女人。在赵武阳均匀的呼吸声里，明曦定了妆颜，将崭新的圣女教袍穿好。教袍中间那朵盛放的火莲之上，左右两边各悬挂着一轮旭日和一弯新月，日月同辉，圣女明曦将代替日月神国明王赵武阳，将光明之意洒向九州大陆。明曦准备妥当之后，拿起妆奁上的金色半面佛面具，在手中婆娑片刻，将面具放回原处，起身离开了房间。从第一回进入今生寺的时候开始，从第一眼看见明空的时候开始，从第一次少女的心为这个男人跳动的时候开始，一切就已经注定。那时的一眼，便是万年，便是此生无怨无悔的追求。房门轻掩，赵武阳也睁开了双眼。

　　赵武阳知道明曦将会亲率大明军攻打西北守城，西北守城与西南的西荒城一样，是荣朝西边边境的两座屏障。西北守城与西荒城不同之处在于，这里相较于远在西南的西荒城而言，却是离荣朝帝都最近的一条路径，只要攻破西北守城，沿着荣朝修建的那条准备用来征服大月氏的西北官道，不出半个月，便可直达帝都城下。所以，明曦在攻占大月氏后，以十万大明军为根基，加之在大月氏征召的六万部落勇士，同出新月谷，对西北守城发动自大明王朝覆灭之后最大的一场攻城之战。赵武阳躺在床上，除了说话和眨眼之外，现在的他什么都做不了。明曦将他留在房间里，他便只能等待，等待这位深爱自己又异于常人的女子，在取胜之后才会回来，并亲自将胜利的光环戴在他这位日月神国的明王头上。然后，明曦会推着轮椅上的他，走到洒满热血的土地上，去接受所有明教教徒和被征服者的欢呼，而那些在浴血奋战中活下来的大明军，则依旧会用充满敬畏、亢奋、嫉妒的眼神看向自己。

明曦并不知道赵武阳已经醒来，她来到大明军前，骑上自己的战马，这是一匹同明曦极为般配的红鬃烈马，神骏异常。新月谷口，无论是大明军还是强行征召而来的大月氏部落勇士，在看到这一人一马之后，眼神中皆充斥着热烈的向往之情，高高在上的圣女，将与他们这些光明的使者一起，向这个时代最强帝国的最强守城发动最为猛烈的一击。明曦与红鬃烈马宛如一团烈火朝西北守城奔去，快若流星，在身后那些狂热的教徒和亢奋的追随者眼中，只留下一抹火红的身影，如同一道惊鸿划过天际。惊鸿过后，电闪雷鸣，十万银色盔甲携带着滚滚雷声朝西北守城奔驰而去，六万大月氏部落勇士看到如此声势浩大的攻城之举，不由得心神摇曳，紧随大明军后，舍命狂奔。

早在数日前，西北守军便做好了大明军攻城的准备，三十万西北守军枕戈待旦，就等着与当年纵横九州的大明军一决雌雄。可看到十万之众的大明军发动如此强大的攻势后，这些经验丰富的荣朝将领和守军眼中依然流露出惊骇之色，若不是拥有西北守城这座屏障，他们甚至认为，哪怕以三十万之众与大明军抗衡，极有可能会被这样一群充满光明信仰的教徒直接撕裂防线。但荣朝守军毕竟是当今天下最强大的军队之一，短暂的心神动摇后迅速恢复如初，面对大明军气势如虹的冲击，西北守城并未一味防守，而是极具魄力地打开城门，派出三万黑甲铁骑先锋军，希望通过先锋军的冲杀对大明军造成伤害，延缓其冲击速度，降其锐气。三万黑甲铁骑出城后，城门当即合上，三万人却面无惧色，在先锋将军的率领下，如一层乌云朝眼前那群光明之师覆盖而去。

明曦一马当先，比闪电般快速推进的大明军还要快上一截，所以当三万黑甲铁骑缓缓发动冲锋之时，发现似乎有一位倾国倾城的红袍女子出现在自己眼前。先锋将军身先士卒，自然第一个发现情况有所不对，但他毕竟是心志坚定之人，看到传闻中的明教圣女迎面而来，不仅没有惧色，反而脸庞露出一抹狰狞，手中铁枪在两人马匹交错之际，狠狠朝明曦座下的红鬃烈马捅去。这名先锋将军作战经验的确丰富，知道自己的武技对于如今名列天下第二的圣女而言，不值一提，干脆舍人取马，只要能够击毙红鬃烈马，不仅能使明曦身陷背后三万黑甲铁骑的冲击之中，还能从气势上先声夺人。先锋将军早已做了必死的打算，所以出枪极其果断，此刻，能够和一匹马同归于尽，反而成了这位先锋将军最大的心愿。然而，事与愿违，先锋将军在生命的最后一刻，只看到一团红影从自己面前，从身下的战马，从自己与战马的身体之间，一穿而过。精铁打制的长枪，与昔日陪伴自己的战马，在圣女绝美的容颜面前渐渐化为灰烬。尘烟散尽，先锋将军已然毫无踪影，仿佛整个人未曾在这个世界出现过一样。

明曦动用光明大法，诛杀先锋将军之后，继续朝西北守城掠去。由首到尾，自始至终，身着红袍的美艳圣女，都未曾改变过一丝方向，笔直地从三万黑甲铁骑中间穿过，留下一道美丽异常的朝霞，在黑甲铁骑之中汹汹燃烧。朝霞笼罩的黑甲铁骑，在火焰与痛苦之中，将热血与生命献给了光明，却无人能够触碰圣女高贵的身体分毫。三万黑甲铁骑出城之时，皆知此番冲杀定然有死无生，然而面对明曦无情且无敌的出手之后，才发觉，在真正的天下高手面前，他们的这些血肉之躯又如何能够经得起杀戮。发自内心深处的恐惧还未来得及向四周散布，无数银色长枪已经杀到跟前，乌云与光明交织在一起，刹那间云开雾散，大明军如同光线般从黑甲铁骑之中扩散而出，很快就将这三万西北守军最精锐的先锋军淹没。目睹了这一幕后，整个西北守城一片寂静，只能看着红袍圣女，同时带着光明和死亡投入自己的眼帘。

当明曦率领大明军沐浴在晨光和鲜血中时，她所深爱的男人却沉浸在不甘和折磨之间。赵武阳又一次尝试握紧拳头，但还是以失败告终，不要说拳头，便是连一根手指也动不了。从阿兰草原回归明教，明曦曾动用无数秘术也无法将赵武阳紊乱至极的经脉加以恢复，即便明曦冲击武道巅峰成功后，依然对赵武阳体内的状况束手无策。只有赵武阳自己清楚，断裂的经脉可以慢慢恢复，而紊乱的经脉却无法凝聚真气，无论是光明大法还是光明小法，修炼任何一个都会与体内的经脉产生冲突，所以赵武阳早就明白，自己此生已经无望。在绝望与不甘之下，赵武阳不由得开始回忆自己的一生，从一人之下的少明王到孤苦无依的明空和尚，从默默无闻的少年郎到名震武林的楼外楼大楼主，从位居榜首的天下高手到空有一身皮囊的明王，一切究竟是轮回还是虚妄？天道到底真的存在还是人的臆想？明空曾问佛，赵武阳曾问己，而少明王从来都不曾问过任何人。赵武阳想起一切之后似乎又将一切都忘却了，既然一切都已与他无关，他又何必执着于这个尘世。

"少明王，听老夫一劝，莫要以光明心法来冲击那天人之境，大小法同修之路，实在是有死无生。"赵武阳万念俱灰之下，想起当日天机子在地宫里的劝谏，不由得将光明大法与光明小法在经脉中同时运功，默默等待死亡来临。"我身已死，要生何用。"

第五十二章
将军百战犹不敌　绝世清音与谁听

二十年前，昊天王白不觉还叫白昊的时候，与太宗白羿兄弟二人追随太祖白颢左右，一武一文，率领百战之师开疆拓土，奠定荣朝如今的辽阔版图。在白羿登基为帝后，战功卓著、军权在握的白昊依旧掌控荣朝半国之军，但也正是从那时起，白昊改名白不觉，以示对白羿的拥护和支持。此后，白不觉虽挂有荣朝大统帅之职，却再未骑上战马，常年在昊王府中过着逍遥自在的生活。可荣朝内外，在这二十多年里，从未忘记这位在九州大陆有着军神之称的昊天王，只要白不觉活着，荣国的半国之军便会唯他马首是瞻，能对荣朝构成威胁的大月氏和旭国，更是从来不敢放肆，老老实实在九州大陆西边待着。在明曦攻陷大月氏建立日月神国之前，白不觉就是荣朝长治久安的屏障，也是横亘在九州大陆上一座难超越的高峰。这座高峰在荣太祖白颢归天之后，再也没有人能够超越，白羿不行，白泓更不行。

"看来楼外楼的榜单并非完全可信。"许绩作为当年与昊天王并肩作战的战友兼熟人，自然知道这位名震九州的军神除了出类拔萃的统率之能外，也拥有一身不弱的武道修为，但这么多年来，许绩依然不曾想到，白不觉的武道修为竟已达到天下高手的境界。如果许绩知道白不觉还有另一个身份，一定会明白为何这些年楼外楼发布的天下高手榜单没有白不觉的名字，与白不觉类似的还有旭国的大逐日，这两人的武道修为足以进入天下高手行列，可江湖武林中并没有人知道。"没进榜单未必没有天下高手的境界，有了这个境界却未必想上榜。""的确。当年你连荣朝都能放得下，又岂会在乎一个武林中的虚名。""许绩，虚名与否，对你们而言都不重要。当年在我心里，你是最有可能抵达武道巅峰之人，没想到过了二十年，你依然迟迟没有踏出那一步。作为皇族，本王敬重你为荣朝所做的一切，但若从武道出发，你让本王感到有些失望。""武道巅峰虽是我初入武林时的目标，但在经历过一些事情以后，我并未将它当作此生唯一的追求。就像你，若是心中没有这个天下，又怎么会舍弃二十年的光阴来踏入天下高手之境。"

"许绩，一直以来，本王都认为你我最为相近，但最终你与白羿走得最近。我本以为你们可凭文武之姿定鼎九州大陆，可最后却为了一个女人而功亏一篑。"白不觉慨然叹道，"当年若是你和白羿能够成功，本王可能现在也不需要在武道一途走得这么远，而明教定然早已成为历史，至于日月神国，本身就是不应该存在的。你和白羿这一生之中，对得起荣朝，对得起兄弟情义，却对不起两样东西：一个是女人，一个是天下。正是你们的优柔寡断，既辜负了王逸蓉，又欠了天下黎民百姓一个朗朗盛世。""原来如此。"直到今日，许绩才明白白不觉当年和现在，为何做出不一样的决定。两个恩怨纠缠一生的男人，此刻面对彼此，都从对方身上感觉到了陌生的气息，因为从一开始，他们两人便注定了此生不可能成为知己。士为知己者死，白羿已死，许绩犹在，白不觉也在，生死去留，只能刀剑相问。"你们都退下吧。"许绩朝王守山轻轻招手，战刀径直飞到许绩手中，王守山顿觉全身一松，之前被白不觉锁定的气机不复存在。王守山当即不再犹豫，右手掌心朝后一挥，将六千进退两难的帝都守卫引向远处。

许绩手握战刀，顿地，轻踏石板之上，脚踏之处，蛛纹朵朵绽放，空气中隐有爆裂之声，每一步都均匀至极。许绩全身气机内敛，一如他的为人，朴质而敦厚，长衫随着奔速略有起伏，人与地面平行前进，刀与白不觉直线相攻。战刀的速度并不快，但很多，因为许绩朝白不觉劈出的不是一刀，而是很多刀。每一刀都以同样的速度、同样的力道、同等的距离，却又以不同的方向、不同的角度、不同的招式攻出。都说荣朝的战刀是由百炼之钢制成，许绩这一刀法是从实战中百战而成，江湖人称百战刀法。许绩此生所经历的战斗何止百场，自身真气又岂是寻常江湖人士能比，此时以天下高手的境界，施展出百战刀法来应对白不觉，无疑是最为恰当和明智的。抢先出手，占据先机和气势，与拥有天时地利的白不觉相比，便不落下风。高手对决，相互间一览无余，陌生的只是气息和习惯，而个人气机在互相锁定之后，便不再有任何秘密。

以白不觉的眼力，自然看得出许绩百战刀法幻化出的每一刀，都不是虚招。横砍斜劈刺，上撩下点压，无论哪一刀，无论哪一招，都凝聚着许绩浑厚的真气，无论是刀刃还是刀背，都循着白不觉的气机朝其全身穴位袭来。许绩的刀意里面没有杀意，只有敬意，英雄惜英雄，作为成名已久的天下高手，许绩以起手式礼问昊天王。许绩动的时候，白不觉也动了。许绩是向前围攻而来，白不觉则是原地荡尽来客，一攻一防，相得益彰。白不觉从腰间抽出蔷薇软剑，说是软剑，其实是白不觉从不离身的一条金镶玉腰带，只是不知何物所制，柔软异常而又坚韧无比，乃荣朝先祖白氏祖传之物。许绩一眼看出白不觉施展的正是皇族白氏独有的蔷薇剑法，所以说这根金镶玉是软剑也不为过。世人皆知荣朝白氏源自北燕慕容氏，却极少有人知道，白氏的蔷薇剑法出自当年的武林传奇人物生死剑白青岚之手。蔷薇虽美，却不易折，剑剑如刺，望之奈何。蔷薇剑法取其刚毅果敢之意，每一剑都以身体为根基，向四周直刺而去，剑花朵朵，将白不觉牢牢护在其间，白衣飘飘，尽显蔷薇剑法之精髓。

白驹过隙，金石相交，电闪雷鸣过后，怡容宫前宛如经历了一场金戈铁马的交锋，气机震荡，真气四溢，气势磅礴，动人心魄。"蔷薇剑法，施展到极致之后，与昔日魔教绝学八方风雨剑相比也不遑多让。"许绩由衷赞道。"既是生死相向，何须惺惺相惜。"白不觉反而对许绩刀中的敬意很是不满。"好。"许绩也豪爽之极。白不觉举起蔷薇软剑，遥指许绩，无数真气向软剑汇集，气机所向，便是生死一线。昊天王欲毕其功于一剑，许大将军自然不会坐以待毙，战刀微提，数十载真气尽入其中，刀锋颤抖，若非百炼之钢，此刻早已刀身崩塌，即便如此，战刀依然缓缓裂开，由刀柄至刀刃，一路破碎。唯一让人感到惊奇的是，破碎之刀依然被许绩牢牢握在手里，气机所指，非白不觉莫属。这二十年来，许绩过得并不轻松，正如白不觉所言，他这一生唯一对不住的人便是王逸蓉，至于天下，在白羿与王逸蓉相继离去之后，已被许绩渐渐淡忘。所以，白不觉希望速战速决，也正好符合许绩的心意。他们都已经等得太久，久到物是人非，久到恍如隔世，久到天下都已经属于年轻人了。

蔷薇剑意，意欲何为。百战之刃，撩天而起。软剑与战刀隔空相望，之间的距离便是生或死。刀剑相遇的一刹那，两人交织在一起的气机无限纠缠，在分出胜负之前，谁也无法摆脱这张剑意与刀意编制而成的罗网，罗网之内，刀剑不再是兵器，而只是真气对冲时所承受的战意。两位天下高手全力而为之下，方圆三丈以内，台阶尽裂，石板皆碎。最纯粹的真气相拼使得一切仿佛静止下来，白衣不再飘动，长衫也无起伏。身处对决之中的许绩在气机溃散的一刹那便知道自己输了，本已破碎的战刀失去真气的加持后，四处飞溅，蔷薇软剑则对许绩的护体真气视若无物，在击溃战刀后，一鼓作气直接洞穿许绩的肩胛骨，一蓬血花从许绩背后透体而出，宛若红色蔷薇，刺眼异常。"没想到五十年后，武林中竟有人相继踏入武道巅峰。"许绩判断得没错，这二十多年来，许绩迟迟没有踏出那一步，最大的障碍是心中没有放下，白羿死后有王逸蓉，王逸蓉死后还有白鸢，既然放不下，干脆就不去想，可许绩在天下高手境界停留这么多年，除武道巅峰以外，就算当时排在榜首的天机子与赵武阳也没有可能让他一招败北。

　　"当年白羿不愿挥兵西进，你也不想冲击武道巅峰，我原以为荣朝失去了千载难逢的机会。可如今，明教复兴，欲在九州大陆重燃战火，而本王于无意间踏入巅峰之境。二十年宛如轮回，只是这次我不会再错失良机，你与白羿挥霍的天资与时间，本王要补给这个天下。"白不觉直视许绩，伸出左手，朝白泓遥遥一指，隔着许绩向白泓说道："白羿是个了不起的皇帝，他为你取名为泓，便希望你将来可以泓泽九州，可在我看来，你所做的这些，还远远不够。白羿是一个好父亲，本王又何尝不是呢？所以，你必须得死。"巅峰之境，化气为指，既可打通生死玄关，也可让人生死相隔。白泓身着黄金战甲，立于石阶之上，面对白不觉的话语与杀意，面无惧色，亦无恨意。荣朝由边陲小国凌驾九州大陆，白氏从诸侯姓氏成为盛世皇族，从来遵循的就是强者为尊，荣国若不强便不能逐鹿九州，白颢若不强便不能于乱世奠定大荣根基，白羿若不强白不觉也不会甘心以长让幼。白泓已经尽力了，他做了他所能做的一切，如果这样还不能得到天道的认同，那么就以自己的鲜血让荣朝与白氏的荣耀继续留存在九州之上吧。

许绩被金镶玉穿肩而过，气机和真气被白不觉全面压制，无法动弹。就算他能行动又如何，武道巅峰真想杀一个人，就算许绩也阻拦不了。不知为何，在白不觉出手的瞬间，许绩整个人反而轻松下来，这么多年的责任担当在这一刻烟消云散。"白羿兄，我已经尽力。"许绩守护白羿与白泓二十多年，其实也是守护了荣朝二十多年，可现在，荣朝白氏有了白不觉这位武道巅峰的军神之后，再也不需别人守护，这个王朝注定会守护九州大陆。许绩心结已解，却眉头紧皱，因为在白不觉出手的同时，一道白色身影从怡容宫冲出来。看到白鸾，许绩忍不住流下英雄泪，口中念道："傻孩子，就算你想替白泓挡下这一指，也来不及了。"话音刚落，一道激昂悠扬的琴音划破天际，一根翠绿竹竿在千钧一发之际，挡住了白不觉的必杀一指。竹竿只是小达子引路所用，极为普通，在白不觉巅峰气机之下，节节破裂，化作尘埃飘散在空中，但阻挡片刻便够了，竹竿消失之后，小达子终于来得及从韵律院小孤山赶来。小达子落在白泓身前，伸出右掌，朝残余的指气平推过去，身体微微一晃，杀机散于无形。掌心处，一点猩红浮现，宛如美人痣。

无瞳之目转向心有余悸的白鸾，轻声细语，如夏日凉风："先生离去时，白鸾师姐远在天漠。今日有缘得见，不如合奏一曲如何？"望着清秀青涩的盲琴师，这是白鸾第一次见到这位王希音的关门弟子，自己的同门小师弟。她不知道小达子为何要来，又为何要出手阻止白不觉，但他从小达子身上感受到了与自己同样的气韵。师出同门，气脉相承，一个玲珑指，一颗赤子心，今日双双归位，只为君吟。白鸾双膝盘坐于地，双手平摊，有古琴葫芦从怡容宫里飞出，落于天地之间。古琴本为世间鸣不平之物，白鸾以地为台，以天为界，以白云为香，以清风为韵，皓皓玉手，十指落于弦上。千古清音，始于绝唱。七音伊始，止于《离殇》。琴音响起，小达子闻之微露迷惘之色，来到此处，不为其他，心中既有不平，又如何能相忘。离殇曲取自男女离别之意，今日一别，他年不知何时再见，或是生离，或是死别，终究化作一曲凄凉之音，永留世间。在盲琴师的气机之中，清晰地感应到紫妃宫里那位娇柔不甘的娘娘，此刻正向怡容宫急匆匆赶来，今日为你一战，只是不愿你伤心失望，曾经那一道牵手的温暖，便许我以赤子心来告别往日种种的曲意阑珊。

在白鸾至情至意的琴音之中，小达子向白不觉飞身而去，人在空中，双手连连向前拍出。人未到，掌风已至，全部重重击打在许绩背后透体而出的软剑之上，每一次击打，都让软剑朝白不觉退出一寸，看情形，盲琴师是想先将许绩从白不觉手里救出。"传闻南海派的玄阴功只有女子才能修行，没想到过去这么多年，中原大陆却只有你一个男子练成此功。"白不觉无视步步后退的蔷薇软剑，朝盲琴师叹息道，"可惜此功暗合天道，天有阴阳，以阳体强取玄阴之道，虽成亦后继无力，有损生机。"言毕，左手同样化指为掌，朝小达子拍将过去。气机先于手掌，暗中交锋，小达子紧随其后，飘然而至，左掌狠狠击在软剑上，将软剑透体而出的部分直接逼回许绩体内，右掌与白不觉左掌十指相合。

两人交手之后，白不觉暗暗吃惊，极为年轻的盲琴师看似对真气控制不够圆润，但从手掌处传来的内力却着实惊人，竟丝毫不弱于当今天下高手榜上的那几位。"玄阴之体？"白不觉皱起眉头，摇头道，"不可能，男子岂有玄阴之体。""除非你是无根之人，"白不觉猜到小达子身份之后，不由得勃然大怒，"放肆！我荣朝后宫什么时候变得如此混乱不堪，一个太监竟然能接触并练成玄阴功。"紧接着，白不觉透过许绩和小达子，漠然道："白泓，看来你的确该死。"就在白不觉分神之际，许绩趁小达子对白不觉造成的牵制，第一时间调动真气，将自己与白不觉牢牢纠缠在一起，希望盲琴师的玄阴功能奏奇效。小达子从现身时便明白，凭借自己顿悟而成的玄阴功，莫说与白不觉抗衡，便是遇到一个天下高手，自己也未必是其对手。所以从一开始，小达子就打算帮许绩脱离险境，然后两人联手，或许还有一丝希望。于是，许绩的浑厚内力，小达子的玄阴功，白鸾以气化弦的琴音，三者相互辅助之下，才堪堪与白不觉战成平手。一时间，怡容宫前风平浪静，唯有白不觉的杀机暗藏心中，起于平和，指向白泓。

"如此下去，你们必败无疑，可本王没有时间再和你们周旋。"白不觉深深吸了一口，天地之间似乎随着这口气都变得有些迟缓，白云不动，清风不吹，琴音变得凝重晦涩起来。许绩和小达子同时脸色大变，两人体内的真气开始变慢，直到逐渐停滞，再后来，白不觉汹涌澎湃的内力逆流而来，势如破竹般冲入两人体内。至此，两人气机全面溃散，任由白不觉将气机提升至一股无法言说的高度，在场众人仿佛面对的不是昊天王白不觉，而是一尊真正不可战胜的军神。面对绝对的实力与压迫，小达子最先抵挡不住，口喷鲜血倒飞而去，重重摔落于石阶之上，三人合攻之势就此破裂。许绩仗着真气绵长内力浑厚，还能在白不觉的压迫下苦苦支撑，而白鸾身体早已憔悴不堪，此刻琴音受阻，在白不觉睥睨天下的气机之下，再也支持不住，古琴葫芦七弦尽断，落红点点。

　　琴音戛然而止，"不！"让白鸾惊怒的不是王希音留下的古琴葫芦毁于白不觉之手，而是那七根断裂的琴弦径直朝白泓射去。"鸾儿，不可。"许绩亲眼见到断弦在白鸾的牵引下，倒飞而归，没入白鸾体内，顿时目眦尽裂，血泪由眼角滑落，却无能为力。

第五十三章
红袍招摇屠苍生　赤发成妖西北城

　　西北守军刚从黑甲铁骑覆灭的场景中回过神来，明曦已如一团烈火直达城池之下，面对这个明艳而危险的女人，西北守军此刻反而冷静下来。他们居高临下，如同每一个想占有人间财富和美人的男人，带着猎艳和贪婪的心理，静静地欣赏明教圣女如何来攻这座闻名九州的城池。

　　明曦没有让他们失望，在临近城楼之时，红鬃烈马嘶鸣而起，前蹄与红色鬃毛飘扬在半空之中。明曦从马背上跃起，双脚踏着马头，轻轻一点，整个人如同一片火色的彩云，径直朝西北城楼飞去，红袍耀眼，衣带飘飘，说不出的仙气凌人。就在明曦升到三丈高时，听到城楼上的西北守军发出一阵嘈杂喧嚣之声，这些常年镇守西北的男人，望着腾空而来的圣女，望着明曦完美的身材和挺拔的酥胸，心底最深处那抹原始的欲望让他们暂时忘却了身处残酷的战场，从而用声音与眼神来发泄内心的压抑，口哨声和粗言鄙语清清楚楚落入明曦耳中。明曦知道，这些守军之所以如此放肆，在于他们根本不信自己能跃上高达十来丈的城墙。明曦抬起头，隐约看见一名粗犷的守军正朝自己疯狂吹着口哨。明曦露出一丝微笑，作为圣女，在这些西北守军献身光明之前，她并不介意让他们享受这片刻的欢愉。

　　片刻间，一口真气令明曦腾升四丈多高，这已经是她的极限，即便她已踏入武道巅峰之境。就在明曦身形停滞，西北守军爆发出一阵欢呼，即将看到圣女重新落入凡尘之时，一根闪亮的银枪从大明军中激射而来，"铮"的一声，稳稳插在城墙之上，正好位于明曦脚下。明曦双脚在枪身上轻轻一点，银枪晃动不已，而她借着这个间隙，重新换了一口真气，身形再次拔高数丈。看到这一幕，西北守军传来一片惊呼。就在这惊呼声中，第二根银枪接踵而至，紧接着第三根、第四根、第五根……无数银枪被大明军抛向城墙，就像倾泻光明一般。"快放箭……"反应过来的守城校尉刚刚喊出这三个字，就被一支迅猛的银枪穿喉而过，倒地身亡。于是，西北守军一片大乱，而城池下拍马赶到的大明军正顺着银枪朝城池攀爬，惨烈而残酷的攻城之战就此拉开序幕。

　　那名粗犷的守军，前一刻还盯着明曦尽情放肆，下一刻明曦已近在咫尺。明曦借着银枪重新腾空之后，整个人已经离城头不远，此时，一支尖锐的利箭正好迎面而来，她微一挥手，将利箭握在手中，借着微弱箭势，身影一晃，直接跃上城墙，来到那名粗犷守军面前。这名守军呆呆望着冷艳无比的明曦，痴痴说不出话来，利箭穿喉而过，无论是说话，还是呼吸，都已经永远离他而去了。明曦转身朝城楼走去，竹制利箭无火自燃，粗犷守军咽气之前，眼睁睁看着烈火从咽喉开始，将他整个人包裹住，在恐惧与绝望之间，一个生命在众守军眼前慢慢化为灰烬。明曦随手拍死一名弓箭手后，将箭壶抛向空中，数十支利箭在真气控制之下，带着无法磨灭的光明之火，齐刷刷朝守军激射而去。这些利箭在明曦的控制之下，堪比武林中最致命的暗器，每一根都会穿透一人，甚至数人的身体，这些人毫无例外都被附着在利箭中的光明之力点燃。一时间，守城城墙之上，哀号遍地，数十个人形火球在黎明之前点亮了夜空。有几个一时未死的守军，忍受不住烈火焚身之苦，选择从城墙跃下，惹来正在攀爬城墙的大明军一阵欢呼。

　　城墙之上，守军密密麻麻，三十万守军不能出城迎敌，只好不断通过城楼楼梯向城墙支援，而城内西北守军如蚂蚁一般将街头巷尾围得水泄不通。明曦面无表情，周围数十丈内早已空无一人，红袍浮动，她独自看着城墙内外，黑甲银盔，一半黑暗，一半光明。在这场以光明的名义征讨荣朝的战役里，正有数不尽的鲜血从身体流向泥土，数不尽的生命从热情化作寒冷，数不尽的人在黎明中走向死亡。明曦心中突然生出一股烦躁之感，就算她无所顾忌地痛下杀手，三十万人她要杀到什么时候？就算最后攻下了西北守城，还有帝都，荣朝还有大半个九州大陆的城池，难道都要像今天这样一个个杀戮过去吗？她所做的一切只为了完成他的愿望，将光明遍洒九州，将天下独握手中。然后，自己便可以带着他，推着他，自由自在地生活。所以，为了赵武阳，为了心爱的他，为了他心爱的天下，明曦必须将所有阻碍光明的东西清除干净，让这个天下以崭新的面貌出现在苍穹之下，享受光明的沐浴。

　　所以，如果有城池阻拦了她，她就要摧毁城池；如果有人阻拦了她，她便会让人接受光明的洗礼。所以，明曦抬起右手，手掌边缘大放光明，对准了城内人群最为密集的地方，她要速战速决，不惜以武道巅峰之境来唤起这些普通士兵对死亡的恐惧。"你把人都杀光了，就算得到这个天下，又能如何？"就在明曦即将出手之际，张秋池站在城头不远处平和地问道。明曦微微侧身，歪着头笑道："那就先不杀他们，杀你如何？"面对红袍圣女的回眸笑问，张秋池都忍不住略有失神，似乎眼前这位集美艳、高贵、冷酷于一体的圣女身上，在这一刻，绽放出所有女子都具有的狡黠与执着。美艳时不可方物，无情时让人奈何，说的便是此时的明曦。"哦，对了。我差点忘了，你体内的内力还有一些是他的，今日正好拿回来。"就在书生不知如何回答之时，明曦替他做了回答。

明曦说完，朝书生挥了挥手，挥了挥那只布满光明之力的右手。张秋池感到一股灼热至极的气息充斥在自己周围，整个人仿佛被烈火包裹了一样。更让张秋池想不到的是，就在他暗中运转真气，准备冲破明曦的气机时，发现体内的光明之力突然不受控制地快速流逝，流逝的方向正是明曦所在方位。天机子当时输送到张秋池体内的真气里面，包含了一部分赵武阳的大光明之力，而明曦在吸纳赵武阳大光明之力，与体内小光明之力融合踏入武道巅峰后，无论从武道境界上，还是光明小法对光明大法的功法制约上，张秋池都处于绝对下风。所以，书生面对明曦时，空有一身武道修为，却无能为力，他只能舍弃真气，专心运行复丁神功以抵抗明曦的光明小法。一旦书生运行真气的话，体内的光明之力便会被明曦克制并夺取，到那时，张秋池更是一点机会也没有了。"你为何还要抵抗？"明曦笑脸问道，然而转瞬之间脸色一变，寒声道，"难道你现身阻止我的时候，不知道自己的结局吗？"

在光明之力的包裹之下，书生早已险象环生，浑身宛如火烧，衣物冒出缕缕青烟，散发出刺鼻的焦煳之味。但张秋池依然在苦苦支撑，那日与白鸾相见，书生便完成了最大的心事，虽然之后他很想与白鸾一同回到帝都，可最终还是没有。不是张秋池不愿跟随，而是书生心里放不下赤玉螭，他不能任由堕入魔道的赤玉螭胡乱杀人，只好放下自己的小心思，强忍思念之情来到西北守城，便是为了寻找赤玉螭，希望阻止这个复丁重生的魔头在魔道一途越行越远。不承想，赤玉螭没有寻到，却在今日撞见大明军攻城之战，书生本不愿卷进这场九州大陆的战乱之中，却看不得明曦以武道巅峰的境界屠杀守军，心有不忍还是站了出来。张秋池又怎会不知自己不是明曦的对手，面对赤玉螭时，他都毫无抵抗之力，同样是武道巅峰的明曦，他又如何能够改变圣女的心意呢？可是，与自己的身家性命相比，张秋池更不愿看着这些无辜的西北守军死去，即便他阻止不了这场战争，也可以让这些战争中的守军多一分活命的机会。他是这样想的，便这样去做了，如同吃饭喝水那样简单，因为他是张秋池，是那个曾经心系天下却无能为力的书生。危机之时，他又岂会在乎生死！

张秋池裸露在外的肌肤开始变得卷曲褶皱，是水分缺失造成的，这些褶皱很快又自内而外开始皲裂，鲜血从裂缝中汩汩冒出，裹着汗水，在肌肤表面流淌。明曦丝毫没有停手的意思，光明之力源源不断压榨着张秋池的每一根神经和血脉，可即便已经浑身浴血，书生还在咬牙苦苦支撑。他在等，等胸前那把大光明剑饱饮鲜血之后，或许能够带来一些不一样的变化。因为这把剑在面对武道巅峰的赤玉螭时，曾将这名魔头吓跑，张秋池不知道在明曦面前，大光明剑是否还会如此神奇，但这是他唯一的机会。鲜血继续流淌，顺着头发，顺着胸口，顺着肌肤，越流越多，血线也越来越粗。终于，在张秋池快要坚持不住的时候，事情发生了变化，顺流而下的鲜血并没有坠落地面，反而在下颌和臂弯等处停滞不前，然后开始倒流，由下到上、由左到右，同时又从上到下、从右到左，无数血线在挤掉汗水之后，齐齐聚集到张秋池胸口位置，最终被胸前的大光明剑吞噬一空。

一道明亮的剑光从书生胸前破空而出，无视周围气机和光明之力的束缚，径直朝圣女明曦刺去。明曦望着悬在眼前的大光明剑，剑身血红透亮，嗡嗡作响，不由得轻轻伸出左手食指，点在剑尖之上，如此一来，大光明剑突然兴奋异常，朝明曦手指猛然一刺，然而，明曦安然无恙。"你本是我明教之物，还想夺取我的身体不成。"见大光明剑暴露出真实意图，明曦哂笑道。见大光明剑剑身血光明灭不定，渐渐颤抖，明曦收回食指，扣在拇指之上，朝剑尖轻轻一弹，大光明剑带着呜咽之声，剑柄在前剑尖在后，倒射而回，直接没入张秋池胸口，书生本已是强弩之末，受此一击，再也难以支持。随着最后一口心血从嘴中喷出，勉强维持的气机与真气也同时消散，书生整个人顿时陷入一片火光之中。"咦？"明曦收回右掌，望着面前越烧越旺的张秋池，不久之后不禁有些惊讶，以她现在的境界自然知道火光中的书生不仅没死，反而在逐渐变强，似乎有一股强大至极的外力在帮他提升境界。一股陌生而旺盛的气机从火光中透出，明曦的脸色渐渐变得凝重起来。她不知道张秋池身上到底发生了什么，或许跟大光明剑有关，但有过经历的她深知这股气机再膨胀下去，最后极有可能突破天下高手的极限，从而达到一个新的境界，这个境界会与她现在一样，进入武道巅峰之境。

　　明曦绝不允许这样的事情发生，何况还是当着自己的面。她再次举起右手，毫不迟疑，朝张秋池点去，凝聚着大小光明之力的完美一指，携带着无尽杀意，力求将正浴血重生的书生击毙于指下。张秋池似乎感应到了这股致命的威胁，气势突然间迅速提升。他想在光明指杀死自己之前，抵达武道巅峰，只有这样，他才可以活下来，才可以奔赴帝都，见到心中思念的白鸢。可是，一切都太迟了，明曦决绝的出手没有留给他任何机会，光明指出，生死立判。但是，张秋池并没

有死，因为他身前多了一个人，这个人用拳头帮他挡下这必杀的一指。"赤玉螭，你一个转世重生之人也敢坏我好事，你以为你那五行不全的武道巅峰能与我相提并论？我要杀他，你真能阻止得了吗？"明曦盯着出手阻挠的赤玉螭怒道。"我的确阻止不了，但是他可以。"赤玉螭说完，横移一步，将身后的张秋池让了出来。明曦脸色勃然大变，因为此时的张秋池气机已攀升至顶峰，火焰在他身上渐渐熄灭，令人奇怪的是之前受损的皮肤已经恢复如初，身上那件本已破损的衣服在漫天火光之中竟然完好如初。

待火光消失，张秋池睁开双眼，双目与满头黑发，此刻都变得一片赤红，整个人从头到脚更是透着一股血腥味。苏醒之后，张秋池伸开双手，诡异一笑，突然左右手分别伸出一指，朝明曦和赤玉螭点去，赤玉螭似乎早有准备，身形微晃躲了过去，并未接招。明曦则同样伸出一指，朝张秋池点去，两人以光明指对决，没有丝毫取巧之处，都存了必杀之心。两指遥相对决，隔空相望，气机瞬间即至，一番冲撞之后，张秋池兀自站立，面不改色，而明曦则迅速偏过头去，明珠炸裂，左耳耳垂渗出一丝血痕。再次交手，武道巅峰的圣女竟然不敌浴血重生后的张秋池，这样的结果不禁让明曦有些狐疑。赤玉螭反而在一旁看着张秋池，冷笑不语。

就在此时，原本在明曦的带领下，从气势上压倒西北守军的大明军中突然出现哗变，被强征而来的六万大月氏部落勇士看到明曦在城头受阻，不知何故突然对身边的大明军反戈，致使形势大好的大明军顿时身陷夹击之中，狼狈不堪。而西北守军自然不会放过这有利局面，不仅加强了城墙上的防守，还再次打开城门，五万精锐铁骑出城以后，趁乱掩杀过去。谁也没有料到，胜负在这一刻竟然出现反转，眼见大明军再无取胜之望，明曦忍不住仰天长啸，朝新月谷恨声道："阿那木扎，你胆敢背叛于我，你们都该死。"愤怒至极的明曦回首盯着张秋池，也不言语，带着浓烈的杀意朝赤发书生飞身扑去。

新月西沉，黎明将至。大月氏大月部王帐之中，彻夜燃烧的烛火此时已所剩无几，两位老朋友依然聊兴正酣。"好酒。"阿那木扎痛饮着斩土送来的西荒酒，痛快言道。"好茶。"斩土将茶杯里最后一丝茶水喝尽，依然赞不绝口。两人言毕，不由得对视一眼，哈哈大笑。从昨天夜里直到此时，两人在王帐之中，畅谈至今，所聊内容都是那些熟悉得不能再熟悉的事情，比如阿那木扎的妹妹阿那朵，比如斩土当年在明教的辉煌历程。两人共事二十多年，深知对方的心理，配合得也极为默契，所以整夜时间都未提及西北守城那场攻城之战。"时间不早了，我也该回去休息了。"眼见天色将明，斩土默默言道。阿那木扎点头道："是该休息了。""老朋友，当年若是遇见大明王之前遇到你就好了，我们定会成为真正的至交好友，"斩土转过头望着阿那木扎言道，"可惜，世间毕竟只有一位大明王。""幸好，我在世上还有一位亲外甥。"阿那木扎脸上略显得意，斩土听后只能摇头苦笑道："谁让天下只有一个呢。"

这一日，两位相知多年的老友都没有走出那座统治大月氏二十多年的王帐。酒中有毒，茶中有鸩，斩土与阿那木扎在生命的最后一刻，都为对方送上了难舍之物。

第五十四章
身死道消终不悔　看破红尘执子归

　　明曦恨意滔天，光明心法运到极致，全身真气倾尽而出，拳掌并用，招招致命，宛如一只红凤凰围着梧桐树翩翩起舞，只是这舞姿之间，杀意凛然，稍有不慎，便会被这只愤怒的凤凰灼为灰烬。面对明曦不惜两败俱伤的打法，张秋池不为所动，立于城墙之上，光明大法与复丁神功来回施展，竟越打越是圆润，对两大绝世神功的理解也越来越深刻。而明曦则越打越是心惊，本来她还想趁张秋池刚刚踏入武道巅峰之境，抓住武道经验不足这一弱点，希望通过凶狠凌厉的招式逼迫书生露出破绽。谁料，张秋池凭借体内深厚无比的真气和复丁神功的奇妙之处，硬生生扛过了明曦的连番攻击，并乘着防御之时，加强了自身真气的运用和对武道巅峰之境的理解，所以，书生对于明曦的应对也显得轻松自如，而明曦久攻不下，不仅气势受挫，连真气也损耗不少。此消彼长之下，反倒是张秋池的气机日益旺盛，明曦却渐渐落于下风。

　　想到今日一战，大局已定，又拿赤发书生无可奈何，明曦心中萌生退意。何况大月氏有变，与明教东出中原受阻相比，明曦更担心位于新月谷的赵武阳安危，想到此处，明曦当机立断，狠狠望了张秋池和赤玉螭一眼，便准备离去。然而，张秋池却在此时出手，对明曦百般阻挠，任凭她采取何种手段方法都避不开赤发书生的纠缠。眼见在大月氏部落勇士和西北守军夹击之下，十万大明军早已所剩无几，而新月谷方向却安静异常，明曦心中不禁焦急万分。在接连几次逃脱都被张秋池逼回后，明曦干脆把心一横，将全身真气凝于双拳，朝张秋池决然攻去。在明曦看来，就算两败俱伤，她也要趁这个机会离开这里，然后带着赵武阳回归旭国，只要她还活着，只要明教还在，只要能和赵武阳在一起，其余的一切她都可以不在乎。如果说武道巅峰还不足以一统九州大陆的话，她便继续修行，直到抵达天人之境再卷土重来。总之，只要她明曦活一天，便会尽她所能帮赵武阳达成愿望，谁都阻拦不住。不论现在你张秋池是人是妖，我杨明曦都将一并斩杀。

"终于舍得拼命了吗？"张秋池伸出舌头舔了一下嘴唇，脸上洋溢着渴望之情，与以往的斯文模样大相径庭。张秋池功行全身，赤发飞扬，微提真气，脚下城墙竟然生出一道细长裂缝。待明曦双拳袭来之后，张秋池猛然伸出双手，将双拳紧紧抓住，与此同时，一声巨响过后，书生脚下城墙似乎不堪重负，裂缝迅速扩大，整整一段城墙被两人的绝世气机震塌，遭受池鱼之殃的西北守军不知多少，纷纷从城头坠落，生死不知。双拳被抓之后，明曦将光明心法运到极致，左拳光明大法，右拳光明小法，体内真气循环往复，不停向张秋池形成冲刷之势，希望以光明之力将书生体内的怪异气息驱除殆尽。然而，半瞬之后，明曦惊骇地发现，无论自己催动多少真气进入书生体内，都如泥牛入海，一去不返不说，对张秋池而言，似乎没有任何作用。明曦唯一能够感觉到的就是书生的气息还在不断加强，正如张秋池现身时，自己对他所做的一样，书生此刻正源源不断地汲取自己体内的真气。不同之处在于，当时的书生并没有被自己击溃，而现在她则要被张秋池吞噬殆尽。

难道自己真的就这样败了？难道自己努力这么久最终却成全了他人？难道自己再也见不到明空了吗？明曦不甘心，她真的很不甘心，尤其是她这武道巅峰的修为还是赵武阳牺牲自我成全她的，所以明曦在陷入昏迷之时，重重咬了一口舌头，用极端的疼痛重新唤醒知觉。"对不起，明空。"她朝张秋池吐出一口心头精血，不惜自断心脉也要将自己从赤发书生手中挣脱出来。"可惜了。"明曦自断心脉，真气失去了存在的根基，不久之后便会消散在天地之间，而张秋池也没有办法再强行夺取。张秋池闭上双眼，丝毫没理会浑身上下沾满了明曦自绝的心血，而是拼命感受着身体之中那股强大至极的真气，这股真气似乎已经超越了武道巅峰的范畴，正向着武道一途的终极境界天人境无限接近。不过一会儿，张秋池再次睁开双眼，赤红之色更盛，他松开双手，轻轻一推，将脸含笑泪的明曦丢在一旁，转身看向一直在旁坐山观虎斗的赤玉螭，冷冷说道："你等了这么久，现在想走也走不了了。"

"怎么，还想吞噬我的修为来冲击天人境吗？"面对如此强大诡异的张秋池，赤玉螭此时竟毫无惧色，反而兴奋地说道，"其实你我心里都清楚，自从你将大光明剑剑中蕴藏的血气全部吸收，你就和我一样了。我复丁重生转世之后，人不人魔不魔，而你人剑合一之后，则人不人妖不妖，在这个世上，只有我们两个才是同类，你若杀了我，将来难道不觉得孤单吗？哈哈哈哈。"张秋池歪着脑袋，赤发胡乱散在肩上，脸上红艳的血迹还未干透，望着赤玉螭的眼光就像看着一个白痴，或者说更像看着一个死人，然后在赤玉螭莫名寒冷的时候，幽幽道："我和你不是同类，我是活的，而你马上就要死了。"赤玉螭望着妖异书生伸出手，即将朝自己伸来，不由得退开三丈，求饶道："你不要杀我，我可以做你的下属。我是魔教教主，我可以把东海的魔宫让给你。"听到东海后，妖异至极的张秋池突然间恍惚了一下，不过也就是一瞬间的事情，回过神来之后，摇头叹道："东海？已经不需要了，因为整个天下都将落入我的手里。"闻听此言，赤玉螭吓得魂飞魄散，就在这位昔日魔头即将施展真气，拼命逃亡之际，一股令人心悸的气息从新月谷方向传来。

这股气息是如此可怕，而且传播得极为迅速，不过转瞬之间，就穿越了整个新月谷直达西北守城，而且还在不断向四周扩散，似乎在向这个世界宣告一位王者的诞生。气息莅临之后，整个西北守城攻城之战的战场，陷入一片寂静之中，激烈而残酷的生死相杀竟然在此刻停止下来，天地仿佛在此时凝固，所有人都沉浸在这股气息之中，静静等待这气息的主人降临人间。一阵微风拂过，一切仿佛重新活了过来，战争依旧在继续，鲜血依然在流淌，一切似乎都没有改变，而西北守城城墙上却多了一个人。看到弯腰蹲在明曦身旁的赵武阳，赤玉螭收回了逃走的念头，半笑不笑地对皱眉的张秋池道："现在我不用跑了，还是你跑……"孰料话未说完，蹲在地上的赵武阳头都未抬，便一拳朝赤玉螭隔空击来，赤玉螭见状脸色大变，急忙运足真气，同时双腿踏着城墙，向后狠狠退了九步，退无可退之际，才咬紧牙关紧紧握拳，双拳同时朝赵武阳的拳风阻挡而去。然而，一声巨响之后，赤玉螭早已没了身影，在赵武阳一拳之威下，武道巅峰的赤玉螭竟然被打入城墙，活生生陷在城墙之中。

赵武阳收回拳头，摘下脸上的金色半面佛面具，望着怀中死去多时的明曦，脸上流露出一抹罕见的微笑，他极其小心地将明曦眼角的泪水与唇上的血迹擦拭干净，然后将那跟了自己一辈子的金色半面佛面具温柔地戴在明曦脸上。怀中的圣女，纵使只露半边脸庞，依旧倾国倾城。赵武阳抱起明曦，双脚渐渐离墙而起，在朝阳升起的时刻，在万丈光芒之中，两人飘向空中，宛如神仙眷侣，生死相随。

"天人境，"妖异书生看到这一幕，捏紧拳头，向沐浴在光明之中的赵武阳不甘道，"天人境又如何，明教又如何，赵武阳又如何，我可以在圣女面前踏入武道巅峰，自然也可以在你少明王面前踏入天人之境。"张秋池伸出双手，又一次紧闭双眼，凭气机搜寻赵武阳踏入天人境后遗留在气息之中的痕迹，一缕缕痕迹不断被书生捕捉，一丝丝明悟渐渐在书生脸上绽放。他相信，只要再给他一些时间，说不定自己就能踏入那武林之中传说的终极境界。可是赵武阳没有给他这个机会，抱着明曦飘然来到书生头顶，在张秋池感悟天道的时候，轻轻一脚踩下。张秋池极不甘心地睁开双眼，双手朝天，奋力跃起，只是下场与赤玉螭如出一辙，甚至比赤玉螭还要惨烈。赵武阳踩着张秋池的双手，将他从城头一路踩至地面，一道圆形通道宛如深井般出现在西北城墙之间，赵武阳飞身跃出后，"轰隆"一声巨响，宛如天降刑罚，劈天裂土一般，坚固无比的城墙轰然倒塌，尤其是张秋池坠落的通道周围，坍塌了将近大半，声势骇人之极。

赵武阳从烟尘缭绕中升起，悬停在坍塌的城墙上方，依然将明曦紧紧抱在手中，脚下却早已成为一片废墟。张秋池在境界上被赵武阳全面压制，气机冲不破赵武阳的封锁，真气比不过赵武阳的浑厚，即便他现在有了超越武道巅峰的实力，在天人境的赵武阳面前，还是显得不堪一击。可是赤发书生心里极其不服，自己有如此多的因缘际会，在汲取了上百年留存下来的血气之后，好不容易才达到这个境界，可赵武阳竟然踏入了传说中的天人境，这是上天不给机会，还是他选择的时机不对？张秋池不愿就此坐以待毙，他可不想让这座城墙废墟成为自己的坟墓。赤发书生疯狂催动复丁神功，让体内真气逆经脉而行，想借此来打破赵武阳气机的束缚，同时也是最后冲击天人境的机会。不成功便成仁，一旦失败，书生将陷入极其危险的境地，生死还是小事，就怕兵行险招后，神志尽失，到时便连赤玉螭都不如，完全成为一个只知杀戮的怪物。赵武阳察觉到废墟中有所异动，一道道莫名的波动传递出来，他知道张秋池还不死心，还想冲击天人境后与自己公平一战。可赵武阳更知道就算张秋池成功抵达天人之境，也不是自己的对手。

　　在新月谷内，当赵武阳躺在床上求死之时，大小光明心法同时在体内运行，如果没有意外，他必然被这两种同出一脉却又互相克制的心法化为灰烬，在尘世间烟消云散。可是让赵武阳惊讶的是，两种心法同时运行之后，他竟然没有马上死去，因为他体内的经脉此时正处于紊乱状态，结果光明大法选择了正常的经脉，而光明小法则选择了逆转的经脉，两种心法在体内不仅没有冲突，反而随着功法的运行，将赵武阳体内紊乱的经脉逐渐整理清晰，就像一个人的两只手，同时做着两件完全相反的事情。意识到这一点后，赵武阳开始有意识地控制心法的运行，加速经脉的恢复，直到最后，体内紊乱不堪的经脉竟排列出一种极为奇特的顺序，每一条奇经八脉都分正反两个行功路线，一条是光明大法，一条是光明小法，这样正反相生、相辅相成的奇特经脉一直延伸到赵武阳的丹田之中，但光明大法和光明小法在赵武阳体内各自完成周天之后，齐齐在丹田汇聚，两股截然不同的光明之力此刻完美融合。天机子说得没错，强行将大小光明之力纳入体内融合是一件有死无生的事情，但两股光明之力若同时在人体之内衍生、运转的话，则相互之间毫无影响，并且最终能合二为一，成功突破武道巅峰的桎梏，一举抵达天人之境。

这是明教自光明心法创立以来从来没有过的事情，甚至连赵武阳和天机子以前都没有想过，因为世间不可能有人同时拥有正反两种经脉，这是违背天道原则的，可赵武阳在重伤之后，因祸得福，反而在必死之局中得到一线生机。天人境，乃天人合一之后，对天道有所感悟，完全超出了正常的武学范畴，所谓一道通则万道皆通。正因为天人境过于逆天强大，非有大机缘、大智慧、大毅力者不能达到，所以赵武阳心里清楚就算张秋池强行突破武道巅峰也不会踏入天人境，依靠外力永远不可能成为最强者。不过，赵武阳不愿给张秋池留下任何机会，哪怕这个机会是渺茫的。怀中的明曦犹然栩栩如生，赵武阳又怎会任由她的真气被赤发书生用来挥霍呢？赵武阳伸出右脚，在空中抬起，只要踏下这一步，张秋池连同整座城墙都将陷入万劫不复，天人境若动了杀心，试问整个天下还有谁能阻拦？"你连天下都放下了，难道还放不下一个人的生死？"就在赵武阳即将落脚之时，一道苍老的声音在空中响起，仿佛来自久远的地方。

一位清癯老者不知何时，盘坐在赵武阳身后，亦是飘然空中，风姿出尘，一派仙风道骨。赵武阳早已知晓老者的存在，可是他没有回头，也没有说话，踏入天人境后，便能参悟一丝天机。九州大陆不过大千世界之沧海一粟，对于天人境的赵武阳来说，得之无味，失之无恙，而在那九州大陆之外，或许还有更多未知的境界和事物，作为在武道一途追求极致的高手，登临顶峰一览众山小，为何不继续向那遥远处虚无缥缈的云雾中找寻一番，人生不可能在山顶停留太久，若不想下山，便只有前往更高远之处。赵武阳右脚还是缓缓落下，老者也没有阻止，同样是天人境，谁都阻止不了谁，只有心里放下了才是真的放下。右脚踏落之后，赵武阳轻轻在空中一点，抱着明曦凌空而去。明曦为了赵武阳，可以抵达武道巅峰，可以率兵东出中原，可以与荣朝争夺天下，赵武阳也可以为她放下一切，从此以后，远离世间红尘万象，与佳人同归苍穹。明教的少明王与圣女——赵武阳与杨明曦——就这样从九州大陆消失，没有人知道他们去了哪里。苍穹之上，光明依然。

"哈哈，我也是天人境了。""轰隆"一声巨响，失去压制的赤发书生从废墟中腾空而起，眼中一片鲜红，站在空中，对盘膝而坐的老者喝道："赵武阳呢？"清癯老者微微一笑，朝张秋池招了招手。说也奇怪，人剑合一后变得暴戾无常的赤发书生，在看到老者招手后，竟无比恭顺地走到老者面前，目光迷惘，仿佛失去了意识一般。老者面露慈祥之色，将右手伸到书生胸前，五指成爪，在空中好像捏着什么东西一样缓缓后移。不过一会儿，只见早已融入书生身体的红色小剑被老者从张秋池胸口抓了出来，随着大光明剑渐渐拔出，书生的身体也渐渐发生变化，血腥味渐渐淡去，肤色和头发也恢复正常。等大光明剑完全离开身体之后，张秋池的眼神再次变得清澈淳朴起来。"你是谁？"张秋池向老者问道。

"大光明剑乃天生异物，只因其嗜血特性，被世人所误解。不过也正因为剑身之中堆积了无数精血，才会对你造成影响，将贪嗔痴念从你内心引发出来。幸好你本性善良，最终才未酿成大祸，否则，就算救得了你，也保不住你这一身真气了。"老者说完，竟皱起眼口耳鼻，对张秋池做了一鬼脸道，"至于我是谁，等你去帝都救了白鸾，自然会知道。"话音刚落，老者身影在空中渐渐变淡，最后消失得无影无踪。老者消失后，张秋池不由自主从空中落了下来。"王希音？"书生心里刚闪过这一念头，突然在废墟上狠狠一点，整个人朝帝都狂奔而去。

第五十五章
神游太虚登天去　明月秋池倚楼曌

　　白鸾昂首躺在石阶上，七根断弦尽数穿透她的身体，白衣之上，鲜血浸染，宛如一幅落红映雪图。在琴毁弦断的那一刻，与葫芦心神相通的白鸾就知道白不觉这次是真正动了杀机，通过气机的牵引，直接将断弦射向白泓。作为看着白泓和白鸾长大的皇伯父，白不觉又怎会不知道白鸾曾经的心思，心思落在琴上，便是情丝。

　　白鸾所奏的《离殇曲》契合了小达子的心意，又何尝不是自己情绪的宣泄，从今而后，便是离人。即便在怡容宫中，即便在得知母后归天时，即便在白泓转身离去的那一刻，白鸾就已经将这份感情生生斩落，可终究在心里还有一道挥之不去的身影，否则白泓第一次遭到攻击时，白鸾就不会从怡容宫冲出来。正是因为这道挥之不去的情丝，才会让白不觉的气机顺着断弦轻易锁定白泓，甚至都不需要如何牵引，断弦就会飞向那位岿然不动的新皇。白鸾自然更加清楚蕴藏在琴弦之中的联系，但是她不想看到白泓死去，尤其是在自己面前死去，所以，她只能斩去心里最后那一丝丝情意，从今以后，无情也无意。

断弦失去了情丝的牵引，白鸾才能将其强行拉扯回来，可琴弦没有情意，还有白不觉的杀意，杀意透体，白鸾却无怨无悔。夜空泛白，新月渐渐变得暗淡无光，如同白鸾此刻的气息。白鸾没有再看一眼金甲中的白泓，她已经没有力气了。在昏迷之前，白鸾挣扎着想将破损的葫芦拉向自己怀里，她伸出手，侧颜相对，似乎在面漆上看到一张傻傻的笑脸。"皇帝哥哥的情都还了，可我欠你的怎么办呢？"在一丝甜蜜的愧疚中，月狐公主沉沉睡去。"白昊！"见白鸾身受重伤，生死未卜，大将军许绩怒由心生，直呼昊天王二十年前的本名。

"想和本王两败俱伤？"面对暴怒的许绩，白不觉丝毫没有托大，在许绩打算燃烧生机搏命之前，抬手一掌将许绩打落远处。许绩跌落在地，久久不能起身，白不觉在重伤许绩的同时，还出手封住了他的经脉。看到白泓走下台阶，一步步朝自己走来，白不觉微微点头，至少白泓在面对死亡时，还能表现出一点皇族的尊严。"唉，看来我还是来晚了。"就在大局将定时，一位身着青色裙裳，头披青纱的清丽女子突然出现在众人面前。女子年纪很轻，面容姣好，最关键的是全身上下透着一股莫名的气息，让人看不真切。"怎么，南海派重新踏足中原，难道也是为了救他？"白不觉一语道破女子来历。青纱女子盯着白不觉看了半天，又望了一眼停步不前的白泓后，指着重伤在身的小达子言道："昊天王，我不是你的对手，也救不了白泓。今天来到这里，只是想带他离开。他以男人之体修炼玄阴功，本已有违天道，伤了根本，如今更是被你所伤，若不以我派秘法相救，必死无疑。"

听完青纱女子所言，白不觉眉头一挑，道："若是八世音亲自跟我说这番话，本王倒是可以考虑，你又有什么资格站在我荣朝皇宫之内。""我师父八世音是南海派前任掌教，七年前已坐化归天。师父归天后，我继承衣钵，成为南海派第九任掌教九世音。"青纱女子面色微变，但仍然平静言道，"玄阴功在中原流传多年，如今有人练成实属不易。不瞒昊天王，便是我南海派弟子这些年来也无人修成玄阴功法，所以还请王爷高抬贵手，让我将此人带回南海。"九世音不惜将南海派近年尴尬之事当众说出，就是为了能从白不觉手中将小达子带走，谁知白不觉听完之后，竟没有任何表示。九世音等了一会儿，见白不觉脸色渐渐变得凝重，心里不由得咯噔一下，正想着是否该用一些条件与荣朝将来的主人完成这笔交易，就像当年八世音与白羿之间的约定一样，突然一股极其强大而危险的气息从大陆西北方向传递过来。不过一会儿，许绩、小达子两位天下高手也相继变色，就连武道修为极其浅薄的新皇白泓在这股气息的压迫之下，也忍不住望向西北方向。白泓心里最是清楚，气息的方位应该就是西北守城所在之地。

白不觉作为武道巅峰的高手，比任何人都最先感应到这股气息，也更加知道这气息展现出来的强大与危险。从气息中捕捉到的气机来看，白不觉知道无论这股气息是何人发出的，自己都不是他的对手，因为这个人应该超越了武道巅峰，而世间在武道巅峰之上的就只有天人境了。半晌之后，白不觉轻轻叹了一口气，他知道如果真有人达到了天人境，那么无论荣国有多么强盛，自己计算得多么精准，最终都将会成为一纸空谈。这股气息的可怕之处在于，还没有交手，就已经让人失去了所有的希望，即便他是九州大陆的军神，即便他是白不觉，即便他有着武道巅峰的实力。于是，白不觉朝呆立一旁的白泓言道："近百年间，江湖武林未曾出现过巅峰强者，今朝天道异变，却让巅峰强者不再遥不可及。如今，传说中的天人境横空出世，你我为九州大陆所做的一切都已毫无意义。"白泓虽然不知道天人境究竟是怎样的境界，但他在面对白不觉时，无论白不觉如何强大，心里总还有与之相争的欲望，但是现在如果面对的是连白不觉都感到绝望的敌人，白泓又凭什么可以去面对呢？

　　就在当世最具权势的两位荣朝皇族默认之际，有一股同样强大甚至有过之而无不及的气息也在西北方向出现。感受到气息波动白不觉内心突然一震，百年难得一见的武道巅峰相继出现，而传说中的天人境出世后都不能独占鳌头？这一切都说明如今的天下是武道中人的盛世，既然如此，自己为什么不能借此机会一步登顶。白不觉开始放开心神，将气机朝西北方向延伸，追寻并尝试将自己的气息融入这两道气息之中。朝阳刺破夜空，新月沉入山峦，一道刺眼的光线照射在怡容宫前，白不觉内心深处仿佛被点燃了一盏明灯，将意识里那些模糊不清的阻碍逐渐驱逐。无数道阳光迎面而来，便有无数道明灯在内心亮起，掩盖着世界真相与本质的云雾在明灯照耀下，烟消云散。旭日神奇，白不觉的意识变得清晰无比，体内真气与气机合二为一，不知疲倦地向周围飘散而去，一切都豁然开朗。

　　在天漠南端西荒城外，七十七率领着二十万大明军与西荒守军在白沙地上展开了殊死搏斗。攻占大月氏后，七十七便由密道潜回旭国，将所有汇集在明王总殿的大明军，以圣女明曦的名义带向天漠的战场，为了明教的光明而战。大明军和西荒守军已经鏖战了三天三夜，大明军心向光明，悍不畏死，而西荒守军以逸待劳，经验丰富。两军短兵相接，几十万的兵马直杀得天昏地暗、流血漂橹，连干燥异常的白沙都在这场战争中化作血腥味极重的血泥，可见这场战役的残酷与惨烈。三天之中，七十七没有休息过一刻，一直身先士卒顶在战场的最前方，他不仅是为明教而战，更是为了明曦而战。所以，七十七心里，一直深信明曦会在他们之前攻破荣朝的西北守城，只要坚持到帝都被围的消息传来，西荒守军将不攻自破，而大明军便可沿西南一线深入中原腹地，与圣女遥相呼应。

　　七十七抹去脸上的血水，再次朝周围的大明军呼喊圣女的名字，号召他们拼死战斗下去，因为他知道，对面的西荒守军也消耗得差不多了，谁能坚持下去就可以获得这场战役的最终胜利。一颗头颅在七十七面前飞起，这名西荒守军在大明军的夹击之下，早已摇摇欲坠，被七十七抓住机会，一刀斩落马下。七十七瞟了一眼滚落在地的头颅，西荒守军兀自死不瞑目，其实这场战役中死去的生命有几个可以瞑目的呢？七十七眼神微眯，将视线从头颅移开，转身看向自己的明教兄弟们，白甲银盔，热血飞洒，大明军在炎炎烈日下神圣无比。突然，从天漠东北方向飞来一片叶子，是阿兰草原上最常见的百草枝干，百草极速射来，比西荒守军里隐藏的那些御机营的弓弩还要锋利，眨眼之间，便活活穿透了三名大明军的盔甲，也夺走了他们的生机。七十七有些愕然，他不知道一向安居阿兰草原深处的猎人为何会出现在这里，而且还在如此关键的时候对大明军出手。当七十七眼帘中出现那位身材魁梧异常的猎人王时，他知道，自己和二十万大明军完了，在光明中献身光明，是他们剩下的唯一使命。

　　白不觉看到猎人王和东苍出现在西南战场之后，便不再注意这里的一切，他的意识还在不断飘散，向西北，向东海，向南海，向着整个九州大陆。短短一瞬间，白不觉看到了西荒守军与草原猎人的大获全胜，看到了新月草原王帐之中两位逝去的老友，看到了西北守城城墙下惨烈的废墟，看到了如意园里躺在蔷薇之间的白衣世子。白不觉还看到了两个离去的人和两个赶来的人。离去的人，一个是赵武阳，抱着杨明曦；一个是王希音，怀抱朽木琴。赶来的人，一个身着紫衣，神色匆忙，悲哀印在脸上；一个风尘仆仆，武功高绝，相思藏在心中。

一道洪亮的钟声响起，是金銮殿早朝召集群臣用的。

白不觉睁开双眼，脑海之中，东海海水潮起潮落，渐行渐远，阿兰草原百草卷地，触不可及，而苍穹之上，那一望无际的云朵，宛如水中的倒影般，从白不觉眼中快速退去，连同水面泛起的涟漪，消散在碧波深处。原来，这便是天人境，难怪赵武阳和王希音会选择离开。原来，九州大陆是如此渺小，如果自己踏入天人境是不是也会和他们一样？原来，这世间的一切，这样无趣又充满惊喜。白不觉脸上绽放出一丝欣慰的笑容，如同当年与父亲白颢和弟弟白羿踏马山巅时一样，所有的意识与气机在这一刻消散于九州大陆之上。或许白无忧永远不知道，父亲白不觉的一线生机在打通生死玄关的那一刻，已在他体内得到延续。

九世音望着白不觉的背影，惊骇得脸色苍白，小嘴张得极大，丝毫没有一派掌教的风姿，宛如一位市集里迷路的小姑娘。她从没有想过自己第一次踏入中原，便会见到白不觉这样一位武道巅峰的高手，更没想到白不觉会当着大家的面突破天人之境。刚才白不觉体内不断攀升的气机，简直让九世音和在场众人在生死之间走了无数轮回，如此强大的气机哪怕有一丝波动，就足以杀死他们所有人，连许绩也不例外，因为白不觉早已超越了武道巅峰的范畴。许绩惊疑地站起身来，白不觉束缚他的气机在冲击天人境的时候就已消失不见，可是许绩并没有出手，他知道无论白不觉能不能成功，自己出手都没有任何意义。何况以刚才的那种情况，如果许绩真敢出手，恐怕就会连累所有人跟他一起湮灭在白不觉的气机之中。

"为何你体内少了一份生机？"许绩不愧是天下高手中离武道巅峰最近的那个人，脱离束缚后，气机一接触白不觉的身体便发现了问题所在，"如果你生机圆满的话，或许你现在已经达到天人境了。"说完，许绩脸上不由得露出惋惜之色，是发自内心的惋惜，毕竟身为武林中人，谁不在乎对武道一途的追逐，整个江湖数百年间又有几人能够感受和踏入天人之境的？而白不觉离最后那一步就差了一线生机。白不觉闻言丝毫未动，在意识和气机消散的同时，他已经动不了了。许绩猜得没错，就在刚才，白不觉已经踏入了天人之境，可是踏入之后，由于体内生机不全，他无法将自己与天道完美融合，最终只能身死道消，任由生机消散在这个世间。一阵清风吹来，白不觉整个人随风而逝，只余一件白色长衫落在怡容宫前。

一切似乎已经结束了，白泓与许绩对望一眼，许绩没有动，白泓沉默片刻，还是朝白鸢走去。就在白泓准备弯腰时，一道身影快速穿过皇宫，来到他与白鸢之间。张秋池背对白泓蹲下，将血泊中的白鸢抱进怀里，然后飘然离去，自始至终没有看白泓一眼，书生或许不知道站在自己身后的人就是荣朝的新皇，就是白鸢之前一直念念不忘的皇帝哥哥，但书生知道白鸢还没有死。这就足够了，因为他的眼里只有那位与自己一路同行的凤儿姑娘。就在张秋池离去之后，阿紫气喘吁吁地赶到这里，抬头一眼看到白泓安然无恙，满是泪痕的脸上不禁梨花带雨，忍不住小跑过来，一头扑进白泓怀中，抽泣不止。黯然神伤的阿紫没有注意到，在她奔向白泓的路上，小达子，那位盲琴师，那位为了本心不惜以身犯险的赤子之人，正被九世音搀扶着与她擦肩而过，向宫外走去。

这一日，荣朝早朝之上，白泓立阿紫为皇后，重赏西北守军和西荒守军众将士，赐白不觉为护国神王，谥号：昊天。

这一日，大将军许绩辞官归隐。与此同时，荣朝皇宫影卫少了三人，而西荒守城多了一位将军东苍。

这一日，昊天王府世子殿下白无忧将统率半国之军的虎符留在府中，挂印出走，不知所终。

这一日，江湖武林传闻有巅峰高手现身西北，引得江湖中不少人士前往查探，最终因为荣朝出征大月氏而不了了之。

这一日其实发生了很多事情，只是最后能够被人们记住的并不多，能够流传下来的则更为稀少。但是我们都知道，九州大陆还有很多精彩，而江湖武林更不缺乏故事与温情……

夜深人静，月明星稀。帝都白帝楼上，张秋池坐在一张案几旁，研好墨，提笔在纸上画着什么。等他最终搁笔时，突然发现有一道影子倒映在纸上，书生回过头，那张明眸笑靥近在咫尺。白鸾盯着画纸上的自己，不由得调皮地问道："许绩说，你为了救我把真气都输给了我，这可是能够成为天下高手的真气，你真这么舍得？"见书生满脸和煦笑容，白鸾忍不住脸色微红，转身走开，站到栏杆边上，幽幽言道，"许绩走了，南炎和西浩也走了。我也想走，只是不知该去往何处。""你去哪里，我就去哪里。"书生听到白鸾所言，赶紧走到旁边认真说道。"好，这可是你说的。"

白鸾狡黠一笑，一把将书生拉过来，从白帝楼一跃而下。

《倚楼翆·青莲印记》即将出版

出 品 人：许　永
策　　划：文　能
责任编辑：许宗华
特邀编辑：雷　彬
责任校对：雷存卿
封面设计：海　云
内文插图：雨　七
印制总监：蒋　波
发行总监：田峰峥

投稿信箱：cmsdbj@163.com
发　　行：北京创美汇品图书有限公司
发行热线：010-59799930

创美工厂　　　创美工厂
官方微博　　微信公众号